Arnold Nüscheler

Die Gotteshäuser der Schweiz

Erstes Heft und Zweites Heft Erste Abtheilung

SALZWASSER
VERLAG

Arnold Nüscheler

Die Gotteshäuser der Schweiz

Erstes Heft und Zweites Heft Erste Abtheilung

Unveränderter Nachdruck der Originalausgabe von 1864.

1. Auflage 2022 | ISBN: 978-3-75259-745-5

Verlag: Salzwasser Verlag GmbH, Zeilweg 44, 60439 Frankfurt, Deutschland
Vertretungsberechtigt: E. Roepke, Zeilweg 44, 60439 Frankfurt, Deutschland
Druck: Books on Demand GmbH, In de Tarpen 42, 22848 Norderstedt, Deutschland

Die

Gotteshäuser der Schweiz.

Historisch-antiquarische Forschungen

von

Arnold Nüscheler

Erstes Heft.

BISTHUM CHUR.

Zürich

1864.

VORWORT.

Die nachfolgende Arbeit ist dem Wunsche entsprossen, von den durch die Vorfahren errichteten Gotteshäusern in der Schweiz (Kirchen, Kapellen, Klöster), deren schon so viele im Laufe der Zeiten ganz oder theilweise zu Grunde gegangen sind, den Nachkommen Kunde zu erhalten. Zunächst war die Absicht des Verfassers darauf gerichtet, die Schutzheiligen der vor der Glaubenstrennung entstandenen Gotteshäuser zu ermitteln, um daraus verschiedene Schlüsse hauptsächlich auf den Ursprung derselben zu ziehen. Zur Vergleichung und Sicherstellung der hiedurch gewonnenen Resultate wurde es sodann nothwendig, das Alter der Gotteshäuser auch aus den Urkunden zu bestimmen und daran anknüpfend mit Bezug auf die Pfarrkirchen die Lösung der Frage zu versuchen, welche derselben in den frühesten Zeiten vorhanden gewesen und welche später durch Abtrennung entstanden seien; mit andern Worten, zu unterscheiden zwischen Mutter- und Tochterkirchen, wobei die Kollaturverhältnisse mit in Berücksichtigung fielen. Endlich schien es dem Verfasser erwünscht, durch Notizen über die Bauart der Gotteshäuser, Inschriften, Glocken u. s. w., wo solche erhältlich waren, die Ergebnisse seiner Forschungen zu bestätigen und durch Beifügung der ältesten lateinischen oder deutschen, sowie der romanischen Schreibart der Ortsnamen seinem Werke weiteres Interesse zu verleihen. Dasselbe enthält demnach einen Beitrag zur Kirchengeschichte und Alterthumskunde der Schweiz. Behufs leichter und bequemer Uebersicht konnte nicht die jetzige politische Eintheilung nach Kantonen und Bezirken zu Grunde gelegt werden, sondern es musste die frühere kirchliche Abgrenzung nach Bisthümern und

Decanaten massgebend sein, wobei indess jener gleichwohl möglichst Rechnung getragen wurde. Dem ersten, im Osten des Vaterlandes beginnenden Hefte sollen allmälig in der Richtung nach Nord, West und Süd die übrigen, ganz oder nur zum Theil sein Gebiet umfassenden Bisthümer Constanz, Basel, Besançon, Lausanne, Genf, Sitten, Mailand und Como sich anreihen.

Schliesslich erfüllt der Verfasser die angenehme Pflicht, allen Freunden vaterländischer Geschichtsforschung, welche seine Arbeit durch gefällige Mittheilungen unterstützt haben, insbesondere den Herren Domdecan Ch. de Mont in Chur und Dr. Ch. G. Brügger von Churwalden in Zürich, für ihre reichen Beiträge aus den bündnerischen Archiven seinen wärmsten Dank auszusprechen.

Zürich, im November 1863.

Der Verfasser.

BISTHUM CHUR.

a. Entstehung.

Wann und wie das Bisthum Chur gestiftet worden, kann nicht angegeben werden; jedenfalls war es nach den dortigen Stiftsbüchern eines der ältesten Deutschlands. Den frühesten urkundlichen Beweis für das Bestehen desselben liefert die Vertretung auf einer Mailänder Synode vom Jahre 452, auf welcher der Bischof Abundantius von Como für seinen abwesenden Collegen Asimo, Bischof von Chur im ersten Rhätien, unterzeichnete[1]). Noch 842 ist diese Verbindung mit Mailand vorhanden, da in einem dortigen Synodalschreiben ein Bischof Verendarius von Chur sich vorfindet. Die Losreissung vom Mailändischen Metropolitansprengel und der Uebergang an denjenigen von Mainz dürfte mit der Theilung des Reichs im Jahre 843 zusammenfallen[2]).

b. Grenzen.

Die Grenzen des Bisthums Chur bildeten:

A. Das **Bisthum Constanz** bis zur Aufhebung desselben im Jahre 1814 und zwar:

1) Nördlich die Pfarrei Montlingen im Rheinthal, Kanton St. Gallen in welcher der Hügel Hirschensprung zwischen Rüti und Oberriet beide Sprengel schied[3]). Jedoch soll einst das Bisthum Chur auch unterhalb Montlingen alle Pfarreien auf beiden Seiten des Rheins bis nach Stad und Bregenz besessen haben[4]);

2) nordwestlich und nördlich die Gebirgsrücken, welche die Thäler des Rheins, der Seez, des Wallensees und der Linth von dem Kanton Appenzell-Innerrhoden und dem Toggenburg, Kanton St. Gallen, trennen;

---

1) Rettberg, Kirchengeschichte Deutschland's. Göttingen, 1846—1848. I. 217. — 2) Ib. II. p. 133. — 3) Fäsi, Staats- und Erdbeschreibung der helvetischen Eidgenossenschaft. Zürich, 1765—68. III. 340. — Bergmann, Beiträge zur kritischen Geschichte Vorarlbergs. Wien, 1853. p. 35. n. 3. — 4) Tschudi, Beschreibung Galliae comatae. Constanz 1758. p. 71.

in letzterem selbst gehörte das Gericht zur Wildenburg oder zum Wildenhaus, Geburtsort des zürcherischen Reformators Ulrich Zwingli, im obersten Theile des Landes gelegen, nach seiner eigenen Aussage zum Sprengel von Chur[1]);

3) westlich die Steinerbrugg, d. h. die Brücke über den Steinenbach, welcher vom Speer her kommend sich zwischen Benken und Kaltbrunn, Kanton St. Gallen, in die Linth ergiesst[2]);

4) südwestlich die Linth und jenseits derselben das Gebirge zwischen den Kantonen Glarus und Schwyz längs den glarnerischen Kirchgemeinden Bilten und Niederurnen, ferner der Britterwald zwischen den dem nämlichen Kanton (Glarus) angehörenden Pfarreien Mollis und Kerenzen[3]), endlich das Gebirge zwischen den Kantonen Glarus und St. Gallen;

5) wieder nordwestlich die Gebirgskette zwischen den Kantonen Graubünden einer-, Glarus und Uri anderseits bis zum Urnerloch an der Gotthardsstrasse und von dort das Gebirge zwischen dem Urserenthal und der Göscheneralp, Kanton Uri.

B. Das **Bisthum Sitten** im Westen auf der Wasserscheide zwischen dem Reuss- und Rhonethale.

C. Das **Erzbisthum Mailand** im Süden und Westen längs den drei tessinischen Thälern Livinen, Riviera, Bollenz (Blenio).

D. Das **Bisthum Como** in West, Süd und Ost längs den Gebirgen zwischen dem Kanton Graubünden einer-, dem Kanton Tessin und den Landschaften Cleven und Veltlin anderseits, sowie auch auf einer kurzen Zwischenstrecke die Wasserscheide zwischen dem Engadin und Puschlav, Kanton Graubünden. Sehr wahrscheinlich gehörte indessen Posclav (Postclave 824, Posclaui oder Posclauium 1200 und 1201, ital. Poschiavo)[4]), wie aus vorhandenen Urkunden zu schliessen ist, in früheren Jahrhunderten ebenfalls dem Bisthum Chur an[5]).

E. Die **Bisthümer Trient, Brixen und Augsburg** im Südosten, Osten und Nordosten gegen Tyrol und Vorarlberg.

c. Umfang.

Das Bisthum Chur umfasste bis in den Anfang des laufenden Jahrhunderts folgende Gebiete:

1) Innerhalb der jetzigen Schweiz:

A. Den ganzen **Kanton Graubünden** mit einziger Ausnahme des zum Bisthum Como gehörigen Puschlavs.

B. Im **Kanton Uri** das Urserenthal.

---

1) Wegelin, Geschichte der Landschaft Toggenburg. St. Gallen, 1830. I. p. 288. — v. Arx, Geschichten des Kantons St. Gallen. 1810—1830. II. 374. n. *b)*. — 2) Fäsi St. u. E. B. III. 369. — 3) Tschudi B. G. C. p. 71. — 4) v. Mohr, codex diplomaticus ad historiam Raeticam. Cur., 1848—61. — I. No. 18, 166 und 168. — 5) Mittheilung von Hrn. Domdecan de Mont in Chur.

C. Im **Kanton Glarus** die früher zur Pfarrei Glarus, Bisthum Constanz, gehörenden, später aber behufs Erleichterung der Seelsorge der Pfarrei Schännis, Kanton St. Gallen, zugetheilten Kirchgemeinden Bilten und Niederurnen, sowie die als Filialen von Schännis einen Theil des Gaster bildenden Pfarreien Kerenzen und Mühlehorn.

D. Im **Kanton St. Gallen**:

a. Die Freiherrschaft Sax und Forsteck.

b. Die Grafschaft Werdenberg.

c. Die Grafschaft Sargans.

d. Die Landvogtei Gaster.

Durch die von Papst Pius IX. am 12. April 1847 erlassene Bulle über Errichtung des Bisthums St. Gallen wurden die in diesem Kanton gelegenen, bisher zum Bisthum Chur gehörigen Pfarreien davon abgetrennt und dem neuen Bisthum St. Gallen einverleibt[1]).

2) *Ausserhalb der Schweiz:*

Im jetzigen **Kaiserthum Oesterreich** und **Fürstenthum Lichtenstein**:

a. Einen Theil der Grafschaft Tirol von Finstermünz bis Meran mit Einschluss der Pfarrei Tirol.

b. Die Graf- und Herrschaften Vaduz, Schellenberg, Jagdberg, Bludenz, Sonnenberg, Feldkirch und Blumenegg bis Hohenems.

d. Eintheilung.

Laut einem muthmasslich im 11. Jahrhundert verfassten Einkünfterodel war das Bisthum Chur damals in folgende Ministerien eingetheilt[2]):

1) M. in pago vallis Drusianae, Wallgau.

2) M. in Tuverasca, in der Grub (später Decanatus in Montanis, zuletzt D. supra silvam).

3) M. Tumilasca, Domleschg (später zum Dec. super Curwalde gehörig).

4) M. Curisinum, Chur, später Dec. Curiensis.

5) M. in Planis, im Boden oder in der Ebene (später Dec. sub Langaro).

6) M. Adhalgisi, id est de oder in Impedinis; oberhalb des Steins (später Dec. super Curwalde, supra saxum vel lapidem).

7) M. Bergalliae, Bergell (später z. D. super Curwalde gehörig).

8) M. Richperti, id est Endena, Engadin (später Dec. Vallis Engadinae).

---

1) Näf, Chronik der Stadt und Landschaft St. Gallen. St. Gallen, 1850—1861. p. 325. — 2) v. Mohr, C. D. R. I. No. 193.

9) M. Remedii, Vinstgau (später Dec. vallis Venustae).

Ein zweiter Einkünfterodel aus dem Ende des 13. Jahrhunderts enthält nachstehende Eintheilung in Decanate, welche unverändert bis zur Reformation fortdauerte[1]):

1) D. vallis Drusianae, Wallgau, ganz in Lichtenstein und Vorarlberg gelegen.

2) D. sub Langaro oder infra Langarum, unterhalb der Landquart, früher Min. in Planis.

3) D. Curiensis, Churisches, später supra Langarum genannt, oberhalb der Landquart.

4) D. supra silvam, ob dem (Flimser) Wald; früher Min. in Tuverasca; hierauf Dec. in Montanis, im Oberland.

5) D. super Curwalde oder ultra Curwaldiam, ob Churwalden, früher Min. in Impedinis; später Dec. supra saxum vel lapidem, ob dem Stein.

6) D. Vallis Engendinae, Thal Engadin, früher Min. Endena.

7) D. vallis Venustae, Vinstgau, früher Min. Remedii, grösstentheils im Tirol gelegen.

Dazu kommt noch:

8) Praepositura vallis Mesolcinae, Thal Misox (und Calanca).

I. DECANAT UNTER DER LANDQUART.

(Kantone St. Gallen, Glarus und Graubünden.)

Dieses Decanat enthält laut einem Verzeichnisse aus der Zeit zwischen 1320 und 1330 folgende 19 schweizerische Pfarrkirchen[2]): Pfäfers, Ragatz, Vättis, Maienfeld, Jenins, Gams, Sax, Grabs, Buchs, Sevelen, Gretschins (Wartau), Sargans, Mels, Flums, Wallenstatt, Wesen, Schännis sammt Kerenzen, Amden und St. Gallen Kapelle (bei Schännis). Es fehlt darunter Malans, das im Widerspruch mit seiner Lage im Decanate Chur (ob der Landquart) erscheint.

In einem Katalog aller Pfarreien und Kaplaneien des Bisthums Chur aus der Zeit vor der Reformation (wahrscheinlich vom Jahr 1525)[3]) werden nachstehende 4 weitere Pfarrkirchen aufgezählt, welche erst im Anfange des 16. Jahrhunderts entstanden sind: Salez, Sennwald, Gommiswald, Rüthi.

Zur leichteren Uebersicht sind nun die Pfarrkirchen, die Kirchenfilialen und Kapellen, sowie die Klöster nach der früheren politischen Eintheilung geordnet, die im wesentlichen mit der geographischen Lage zusammentrifft.

---

1) v. Mohr, C. D. R. II. No. 76. p. 105. — 2) Kaiser, Geschichte des Fürstenthums Lichtenstein. Chur, 1847. p. 138. — 3) v. Mont, aus dem bischöflichen Archiv in Chur.

A. GASTER. (in castris 998?)[1])

(Kantone St. Gallen und Glarus.)

1. Pfarrkirchen.

a. *Mutterkirchen.*

Schännis (Schennines 972)[2]). Im Jahre 809 stiftete daselbst Hunfried, Sohn des Palastmeisters Karls des Grossen, ein Augustinerinnen-Kloster zu Ehren des h. Kreuzes und des h. Sebastians[3]). Nach der Tradition des Klosters Reichenau holte er zugleich mit Einhard und Waldo die dem Kaiser Karl durch Hassan von Hueska geschenkten Reliquien von Corsica, erbat sich zur Belohnung dafür ein Kreuz mit dem h. Blute, das später in den Besitz von Reichenau kam, und gründete zur Aufbewahrung desselben das genannte Frauenkloster[4]), welches zum ersten Male in einer Urkunde des Kaisers Otto I. vom 28. August 972 genannt und sodann laut Urk. vom 30. Jan. 1045 durch Graf Ulrich von Lenzburg und dessen Vorfahren von Grund aus erbaut wird[5]). Die Kirche desselben war im 14. Jahrhundert die Pfarrkirche für den grössten Theil des Gasterlandes von Mühlehorn am Wallenstatter See bis Benken an der Linth; sie hatte 1525 ausser dem Pfarrer fünf Kaplane, nämlich St. Sebastian, St. Katharina, St. Gallus, St. Leonhard und St. Niklaus[6]). — Das jetzige Kirchengebäude stammt aus verschiedenen Zeiten. Die ältesten Theile sind: 1) Ein rundbogiges Portal auf der Westseite beim Eingange in das Hauptschiff. 2) Ein im gleichen Style erbautes Querschiff auf der Südseite mit halbkreisrundem Chorabschluss und zwei in Stein gehauenen Thierfiguren. (An der nördlichen Seite des Querschiffes steht jetzt der Kirchthurm). Unter jenem noch vorhandenen, parallel mit dem Chor laufenden Querschiffe befindet sich 3) eine nicht mehr benutzte Krypta, die in der Richtung von Nord nach Süd ein längliches Viereck bildet, und zwei nicht an einander stossende Kreuzgewölbe mit ganz flachen Bogen ohne Gurten hat. In dem Raume zwischen denselben erblickt man rohe Steinbilder, nämlich an der östlichen Seitenmauer zwei kämpfende Ritter zu Pferd mit Schild und Lanze, an der westlichen Mauer einen Löwen, in allen vier Ecken der Krypta unterhalb der Gewölbansätze je zwei Menschen- oder Thierköpfe und in der südöstlichen Ecke überdiess einen viereckigen Altar mit Reliquienbehälter.

1) Eichhorn, episcopatus curiensis, St. Blasien. 1797. Cod. Prob. No. 29. — 2) v. Mohr, C.D.R. I. No 64. — 3) Bergmann, B. z. K. G. V. p. 34. — 4) Rettberg, K.G.D. II. p. 143. — 5) v. Mohr, l. c. — Herrgott, genealogia diplomatica augustae gentis Habsburgicae. Viennae 1787. II. p. 117. — 6) Cat. Cur.

Der neuere, ein halbes Achteck bildende Chor hat ein künstliches Sterngewölbe mit schönen Schlusssteinen, Spitzbogenfenster mit einigen Glasgemälden aus dem Anfang des 16. Jahrhunderts (darunter das Bild des h. Sebastian als Patrons der Kirche) und Strebepfeiler, deren erster oder unterster Absatz in Stein gehauene Thierfiguren zeigt, während der zweite Lilien und der dritte oder oberste Absatz am Dache Bischofsköpfe enthält [1]).

Wesen (Wesin 1223)[2]). Die nicht mehr vorhandene Basilica in Wyden (in Salicis) wird mit dem dritten Theil des Hafens im Einkünfterodel des Bisthums Chur aus dem 11. Jahrhundert unter den eigenthümlichen Besitzungen des Klosters Pfäfers aufgezählt[3]). Eine zweite Kirche St. Martin, genannt Otis (jetzt im Fly), in welche Wesen gehört, und « diu giltet über den pfaffen uf VI marc silbers,» leiht im 14. Jahrhundert die Herrschaft Oestreich [4]). Die dritte Kirche zum h. Kreuz, dermalen eine Filiale der vorhergehenden, steht auf dem Hügel Bühl[5]). Das Mauerwerk dieses jüngsthin renovirten Gotteshauses stammt aus dem Ende des 12. oder Anfang des 13. Jahrhunderts; denn die Fensterform, sowie die ganze ursprüngliche Anlage trägt deutlich das Gepräge des Rundbogenstyls [6]). — Die Geistlichkeit von Wesen bestand 1525 aus einem Pfarrer, einem Frühmesser von St. Niklaus und vier Kaplanen, nämlich: St. Lucius, St. Johannes Täufer, U. L. Frau und der Seelen[7]).

Benken (Babinchova 741 od. 742)[8]). St. Anna[9]). Die Kirche mit Hof und Zubehörden wird von Papst Alexander III. im Jahre 1178 1525 dem Kloster Schännis bestätigt. [10]). Neben dem Pfarrer waren noch zwei Kaplane, St. Jakob und St. Peter, angestellt [11]).

Gommiswald (Gochamswald 1440) [12]) oder **Gauen.** St. Jacobus [13]). Das Kloster Schännis bestellt den Pfarrer [14]), welcher 1525 im bischöflichen Verzeichniss aufgezählt wird [15]).

b. Tochterkirchen.

Von Schännis:

1) Im Kanton Glarus:

Niederurnen (Vranum 1178) [16]). St. Verena [17]). Die erste Spur einer Kapelle findet man 1521. Der Ort war anfänglich zur Kirche

---

1) Mittheilung von Hrn. Rudolf Rahn in Zürich. — 2) Wegelin, Regesten der Benedictinerabtei Pfäfers und der Landschaft Sargans. Chur, 1850. No. 68. — 3) v. Mohr, C. D. R. I. No. 198. p. 292. — 4) Pfeifer, das Habsburgisch-Oestreichische Urbarbuch. Stuttgart, 1850. p. 138. — 5) Fäsi, St. u. E.-B. d. h. E. III. p. 371. — 6) Baubeschreibung des Hrn. Architect St. Reichler in Schwyz. Msc. — 7) Cat. Cur. — 8) Urk. im Stiftsarchiv St. Gallen. — 9) Mittheilung von Hrn. Präsident August Näf in St. Gallen. — 10) Eichhorn, E. C. No. 56. — 11) Cat. Cur. — 12) Näf, Ch. d. St. u. L. S. G. p. 123. — 13) Mitth. v. Näf. — 14) Fäsi, St. u. E.-B. III. p. 368. — 15) Cat. Cur. — 16) Eichhorn, E. C. No. 56. — 17) Lang, historisch-theologischer Grundriss. Einsiedeln, 1692. I. p. 921.

Glarus gehörig, 1026 aber nach Schännis eingepfarrt, wovon er sich, nachdem er schon 1525 einen Pfarrer erhalten hatte [1]), 1542 und 1605 gänzlich auskaufte [2]). Eine Glocke daselbst trägt die Inschrift: « Ave Maria gratia plena » [3]).

Kerenzen (Kirchinze 1230) [4]). St. Mathäus [5]). Die Kirche zu Obstalden am Kerenzerberg kömmt in einem Ablassbriefe von 1444 vor, wird zur Reformationszeit (circa 1525) von Schännis getrennt und 1592 völlig ausgekauft [6]). Auf der grossen Glocke ist zu beiden Seiten das Bild des h. Fridolin sammt dem auferweckten Ursus mit der Ueberschrift: O heiliger Sant Fridli stand uns allzeit mit deiner Hilff by » [7]).

Von Kerenzen:

Mühlehorn. Die Absonderung fand 1761 nach Erbauung einer eigenen Kirche statt; ein Auskauf von der Mutterkirche ward indess nicht gewährt [8]).

Von Schännis:

Bilten (Villitum 1178, Billitun 1241) [9]). Dieses ursprünglich gen Wangen in der March, Kanton Schwyz, pfarrgenössige Dorf wurde 1026 von Bischof Warmann in Constanz der Kirche Schännis zugetheilt, erhielt 1349 eine Kapelle, worin Gottesdienst gehalten wurde (siehe unten S. 8), 1607 eine Kirche, 1610 einen eigenen Pfarrer, und befreite sich 1612 durch Auskauf von allen Verpflichtungen gegen die Mutterkirche [10]).

2) Im Kanton St. Gallen:

Amden oder **Ammon** (Andimus mons? 1178, Andimin 1230) [11]). St. Gallus [12]) hatte 1525 einen Pfarrer, Frühmesser und Kaplan [13]).

Von Benken:

Maseltrangen (Mazzeltrangen 1178) [14]). St. Johann von Nepomuk [15]). Der Kirchenbau fand erst circa 1790 statt [16]).

Von Gommiswald:

Ernetschwyl, St. Karl Borromäus, getrennt 20. April 1807 [17]).

2. Kirchenfilialen und Kapellen.

In der Pfarrei Schännis:

Schännis im Dorfe: St. Gallus schon 1178 unter den Besitzungen des fürstlichen Frauenstifts daselbst erwähnt [18]) und 1525 von einem Kaplan bedient [19]). Die Kapelle, welche 1824 bis an den Thurm abbrannte,

---

1) Cat. Cur. — 2) Heer, der Kanton Glarus. St Gallen und Bern, 1846. p. 585 u. 639. — 3) Lang h.-th. G. I. p. 921. — 4) Archiv für schweizerische Geschichte. Zürich, 1843–62. V. p. 292. — 5) Lang, h.-th. G. I. p. 921. — 6) Heer, Kt. Gl. p. 585 u. 623. — 7) Lang, h.-th. G. I. p. 921. — 8) Heer, Kt. Gl. p. 585 u. 635. — 9) Eichhorn, E. C. No. 56. — Hergott, II. p. 264. — 10) Heer, Kt. Gl. p. 585 u. 595. — 11) Eichhorn, E. C. No. 56. — Archiv f. sch. G. V. p. 292. — 12) Mittheilung von Hrn. P. Justus Landolt in Einsiedeln. — 13) Cat. Cur. — 14) Eichhorn, E. C. No. 56. — 15) P. J. Landolt. — 16) Neujahrsblatt des wissenschaftlichen Vereins in St. Gallen. 1833. p. 17. — 17) Näf, Mitth. und Ch. v. S. G. p. 423. — 18) Eichhorn, l. c. — 19) Cat. Cur.

hatte laut einer Zeichnung des sel. Herrn Kupferstecher Hegi in Zürich auf der Ostseite einen halbkreisrunden Chor und auf der Westseite ein zierliches rundbogiges Portal, über dem ein Kopf in Stein ausgehauen war. Der viereckige Thurm besteht aus einem ältern Unterbau mit zwei Fuss dicken Mauern und nur wenigen schmalen Lichtöffnungen. Auf demselben ruht ein stark verjüngter, an den Ecken abgerundeter Aufsatz, dessen zwei Geschosse mit zierlichen, durch ein schlankes Säulchen getrennten Rundbogenfenstern versehen sind. Thurm und Kapelle können wohl mit Sicherheit als ein Werk des 12. Jahrhunderts bezeichnet werden[1]).

Eichen. St. Sebastian, südöstlich hart am Ufer der alten Linth, 1525 mit einem Kaplan. Diese uralte Kapelle soll von Hunfried, Herzog von Istrien und Graf von Rhätien, wegen einer Seuche, die Menschen und Vieh dahinraffte, gestiftet worden sein, und war bis in neuere Zeit als Wallfahrtsort namentlich bei vorkommenden Viehseuchen stark besucht. — Der Chor, ganz in Stein gewölbt, stammt aus sehr früher Zeit und hat sich gut erhalten. Das Schiff dagegen scheint erst später angebaut worden zu sein, und ist baufällig. In einer Nische des Chorbogens befindet sich ein Standbild des h. Sebastian, das nach der Tradition zur Zeit der Bilderstürmerei im Kleinthal, Kanton Glarus, in die Linth geworfen und von den Fluthen derselben in Schännis an's Land gespült worden ist[2]).

Rufi (Rufinum 1178)[3]). St. Leonhard, zwischen Schännis und Maseltrangen, 1525 Kaplanei[4]).

In der Pfarrei Gommiswald:

Ütelburg[5]) an der Strasse nach dem Toggenburg

In der Pfarrei Bilten:

Unter-Bilten. Von der 1349 durch den Priester Johannes Uli von St. Gallen gestifteten Kapelle St. Katharina an der Landstrasse nach der March ist noch Gemäuer zu sehen[6]).

In der Pfarrei Amden:

Amden. St. Anna bei der östlich liegenden Häusergruppe jenseits des Riettobels[7]).

Bätlis am Wallenstattersee, 1525 Kaplanei[8]).

3. Klöster.

Benken. Auf dem Buchberg stand ein Kloster, in welchem am 19. November 741 oder 742 ein Vertrag betreffend Schenkung von

1) Anzeiger für schweizerische Geschichte und Alterthumskunde. Zürich, 1861. No. 4. p. 70. — 2) Fäsi, St. u. E.-B. III. 364 u. 367. — Cat. Cur. — Mitth. v. Hrn. Oberst Gmür in Schännis. — 3) Eichhorn, E. C. No. 56. — 4) N. J. B. von St. G. 1833. p. 17. — Cat. Cur. — 5) Näf, Ch. v. S. G. p. 423. — 6) Lang, h.-th. G. I. p. 921. — Heer, Kt. Gl. p. 595. — 7) N. J. B. v. S. G. 1833 p. 12. — 8) Cat. Cur.

Gütern und Hörigen an das Kloster Lützelau (auf einer Insel des Zürichsee's) unterzeichnet wurde, das aber schon im 9. Jahrhundert verschwand[1]).

Schännis. Zu dem Seite 5 erwähnten, am 8. Mai 1811 aufgehobenen fürstlichen Frauenstift St. Sebastian, Augustinerordens, ist noch zu bemerken, dass der Convent (Sig. ecclesie Shennis) 1240 den h. Sebastian, die Aebtissinnen dagegen abwechselnd bald die h. Maria mit dem Jesuskinde (1260 und 1312), bald den h. Laurentius mit dem Roste (1303 und 1511), sowie auch die h. Katharina mit Rad, Schwert und knieendem Bettler (1362) im Siegel führten[2]).

Wesen. Ueber das noch bestehende Dominicanerinnenkloster in der Wyden, 1429 St. Verena[3]), jetzt Maria Zuflucht geweiht[4]), sind die ältesten Nachrichten in zwei Schenkungsurkunden des Grafen Rudolf von Rapperschweil vom 1. Februar und 30. Mai 1259 enthalten[5]); nach der Tradition soll es indess schon im 9. Jahrhundert als Schwesternhaus bestanden haben, was vielleicht auf einer Verwechslung mit der Basilica in Wyden (Seite 6) beruht[6]). — Das Siegel des Convents von 1429 hat die Umschrift: « S. conventus in Wyda ordinis Praedicatorum », und zeigt einen Mönch mit einem Stern in der Hand[7]).

B. GRAFSCHAFT SARGANS

(Kanton St. Gallen.)

1. Pfarrkirchen.

a. Mutterkirchen.

Mels (Meilis 972)[8]). St. Petrus[9]), später St. Petrus und Paulus[10]). In dem Einkünfterodel des Bisthums Chur aus dem 11. Jahrhundert werden bereits vier Kirchen in Mels mit dem Zehnten von drei Dörfern als Eigenthum der Benedictinerabtei Pfäfers genannt[11]), deren Tisch sodann die Pfarrkirche mit ihren beiden Filialkapellen Wangs und Vilters von Bischof Friedrich zu Chur wegen der grossen Schuldenlast in Folge von Gastfreundschaft und Bauten am 24. Januar 1376 incorporirt wurde[12]). 1525 besorgten den Gottesdienst in Mels ein Pfarrer, ein Frühmesser, ein Kaplan U. L. Frau und ein anderer Kaplan[13]). Die Kirche wurde im Jahre 1728 von Grund aus neu erbaut[14]).

---

1) Urk. im Stiftsarchiv St. Gallen. — N. J. B. v. S. G. 1833. p. 18. — 2) Siegelabgüsse in der Sammlung der antiquarischen Gesellschaft in Zürich. — 3) P. Gall Morel, die Regesten der Benedictinerabtei Einsiedeln. No. 721. Chur, 1848. — 4) v. Mülinen, Helvetia sacra. II. p. 198. Bern, 1858—1861. — 5) Hergott, G. d. H. II. p. 345 u. 349. — 6) v. Mülinen, l. c. — 7) Siegelabgüsse, l. c. — 8) P. Gall Morel, Regesten von Einsiedeln. No. 10. — 9) Wegelin, Reg. v. Pfäfers. No. 803. — v. Arx, G. d. Kt. S. G. I. p. 465. Note *a)*. — 10) Mittheilung von Hrn. Decan Dr. Federer in Ragatz. — 11) v. Mohr, C. D. R. I. No. 193. p. 292. — 12) Reg. v. Pfäfers. No. 262. — 13) Cat. Cur. — 14) Holzhalb, Supplement zu Leu's schweizerischem Lexicon. IV. p. 409. Zürich, 1786—1795.

Flums (ad flumina 881)[1]. St. Laurentius und St. Bartholomäus[2]. Der Kirchensatz wurde den 5. Januar 881 vom Bisthum und der Kirche St. Maria zu Chur gegen Abtretung von Gütern im Elsass eingetauscht[3], 1294 an den Ritter Ulrich von Flums verpfändet, 1528 aber in Folge der Veltliner-Wirren vom Gotteshausbunde trotz der vergeblichen Protestationen der Churer-Bischöfe mit der Herrschaft Flums an die Familie Tschudi zu Gräplang verkauft[4]. Den Gottesdienst versahen 1525 neben dem Pfarrer noch ein Frühmesser und zwei Kapläne U. L. Frau und St. Justus[5].

Sargans (Senegaunis XI)[6]. St. Oswald[7]. Die Pfarrkirche ging vom Bisthum Chur, welches sie im 11., 12. und 13. Jahrhundert besass[8], an das Kloster Mehrerau bei Bregenz über, welches am 29. April 1394 Lehenherr derselben genannt wird[9]; später, als dieses aufgehört hatte, an Pfäfers[10]. Ihre Geistlichkeit bestand 1525 aus einem Pfarrer und drei Kaplanen, nämlich: *a)—b)* der Altarpfründen Allerheiligen und St. Matthäus (beide fundirt 29. April 1394 von Graf Johannes von Werdenberg) und *c)* der Frühmesserei[11].

Ragatz (Regez 998? Regacies 1050)[12]. Die ehemalige Pfarrkirche St. Niklaus, nordöstlich vom Dorfe in der Ebene Malez gegen den Rhein hin gelegen, soll nebst einem Siechenhause (xenodochium) dabei von Rudolf v. Hardegg, Abt der nahen Benedictinerabtei Pfäfers, im Jahre 1174 erbaut worden sein[13], wird aber nebst dem Zehnten des Dorfs schon im 11. Jahrhundert unter den eigenthümlichen Besitzungen derselben aufgezählt[14] und am 24. Januar 1327 durch Bischof Johann von Chur dem Tische des Klosters wegen Verarmung in dem Kriege des Bischofs Rudolf gegen den Freien Donat v. Vatz und Behufs Fortsetzung der bisher ausgeübten Gastfreundschaft mit Zustimmung des Domcapitels förmlich einverleibt[15]. Noch im Jahre 1500 ertheilten ihr drei Cardinäle in Rom hunderttägigen Ablass[16], und 1525 hatte sie einen Pfarrer, einen Frühmesser der Altarpfründe St. Sebastian, gestiftet von der Gemeinde am 17. December 1471, und den Kaplan von St. Leonhard[17]. Nachher scheint sie abgegangen, vielleicht durch eine der wiederholt in Ragatz ausgebrochenen Feuersbrünste zerstört worden zu sein. Anstatt derselben wurde sodann die gegenwärtige Kirche Mariä Himmelfahrt im Dorf errichtet. Ihr Bau war nach der Portalinschrift

1) v. Mohr, C. D. R. I. No. 30. — 2) v. Mont. — Federer. — 3) v. Mohr, l. c. — 4) Näf, Ch. v. S. G. p. 104. — 5) Cat. Cur. — 6) v. Mohr, C. D. R. I. No. 193. p. 289. — 7) Federer. — 8) v. Mohr, C. D. R. l. c. u. II. No. 76. — 9) Reg. v. Pfäfers. No. 320. — 10) v. Mont. — 11) Reg. v. Pfäfers. No. 320. — Cat. Cur. — 12) Eichhorn, E. C. No. 29. — v. Mohr, C. D. R. I. No. 92. — 13) Leu, schweizerisches Lexicon. XIV. p. 492. Zürich, 1747—1765. — 14) v. Mohr, C. D. R. I. No. 93. p. 290. — 15) Eichhorn, E. C. No. 99. — Reg. v. Pfäfers. No. 136. — 16) Näf, Ch. v. S. G. p. 674. — 17) Reg. v. Pfäfers. No. 666. — Cat. Cur. — Näf, Ch. v. S. G. p. 674.

1703 beendigt, und soll, laut mündlichen Aussagen, nur das Langhaus, nicht aber Thurm und Chor betroffen haben[1]).

Wallenstatt (Walchestette 998? Ripa Vualahastad, Riva XI)[2]). St. Lucius und Florinus[3]). Der Kirchensatz stand laut Urkunde des römischen Königs Heinrich III. vom 30. Januar 1045 dem Kloster Schännis[4]), noch im gleichen (11.) Jahrhundert aber dem Kloster Pfäfers zu, welches 1525 einen Pfarrer, Frühmesser und Kaplan U. L. Frau dahin setzte[5]).

Grätschins (Grezinnes 1273)[6]) oder **Wartau**. St. Martin[7]). Der dortige Leutpriester ist am 7. August 1273 Zeuge in Chur[8]). Den Kirchensatz besass am Ende des 13. Jahrhunderts das Bisthum Chur[9]), 1414 die Herrschaft Wartau[10]) und seit 1517 der Stand Glarus[11]). 1505 und 1517 wird auch ein Frühmesser daselbst genannt[12]). — Die Kirche, von deren Schutzpatron der Hügel, worauf die Burgruine Wartau steht, St. Martinsberg genannt wird, ist sehr alt, und es bezieht sich daher die Inschrift am Chorbogen: « 1491 haben Hans Stoffel und seine « Gesellen diese Kirche gemacht» wohl nur auf eine theilweise Neubaute. Von den drei Glocken tragen die mittlere und die kleine die Inschrift: « O rex glorie veni cum pace. maister ulrich tend. anno domini. MCCCC. LXXXIIII ». Die grosse ist 1658 von Gaudenz Hempel in Chur gegossen. — Nach einer fast verschollenen Sage haben die Bewohner von Balzers im Fürstenthum Lichtenstein während eines Krieges bei Nacht den Grästchinsern eine kostbare Glocke geraubt, welche diese nachher beim Läuten wieder erkannten, allein nicht mehr erhalten konnten[13]).

Vättis (Vettis 1050)[14]). St. Anianus[15]), Collatur von Pfäfers. Der Leutpriester daselbst ist Zeuge an letzterem Orte den 19. Januar 1274[16]).

Pfäfers (Fabarias 877, Fauares 905, Pfaevers 1288, romanisch Favära[17]). Als Leutpriester des alten Dorfkirchleins St. Evordius, südlich vom Kloster, das Collator war, wird in einem Instrument von 1386 Georg Wallaer genannt[18]). 1525 war nebst dem Pfarrer auch ein Kaplan dafür angestellt[19]).

---

1) Federer. — 2) Eichhorn, E. C. No. 29. — v. Mohr, C. D. R. I. No. 193. p. 288. u. 292. — 3) Reg. v. Pfäfers, No. 862. — v. Arx, G. d. Kt. S. G. I. p. 465 n. *a)*. — 4) Hergott, G. d. H. II. p. 117. — 5) v. Mohr, C. D. R. I. No. 193. p. 292 — Cat. Cur. — 6) v. Mohr, C. D. R. I. No. 271. — 7) Federer, aus einem Msc. von alt-Statth. Galatin in Mels. — 8) v. Mohr, C. D. R. I. No. 271. — 9) Ib. II. No. 76. p. 100. — 10) v. Arx, G. d. Kt. S. G. I. p. 541. — 11) Fäsi, St. u. E.-B. III. p. 335. — 12) v. Mont. — 13) Senn. — 14) Hergott, g. d. H. II. p. 122. — 15) Federer. — 16) Reg. v. Pfäfers, No. 96. — 17) Reg. v. Pfäfers. No. 8, 11 u. 107. — 18) Federer. — Reg. v. Pfäfers. No. 291. — 19) Cat. Cur.

b. Tochterkirchen.

Von Mels:

Vilters (Vilters 998?)[1]. St. Medardus, als Filiale in einem Compromiss vom 19. Juni 1364, wodurch eine Wiese in Bruel «enend dem Graben» der dortigen Widum zugesprochen wird; als Pfarrei abgetrennt 15. Februar 1487. Collator das Kloster Pfäfers[2].

Weisstannen. St. Johannes Täufer. Collator der schon 1525 bestehenden Pfarrei ist ebenfalls das Kloster Pfäfers[3].

Von Flums:

Bärschis (Bersinz 1253)[4]. St. Eusebius[5]. Ein Leutpriester daselbst erscheint 1253 als Zeuge bei der Güter- und Erbtheilung zwischen den Brüdern Albert und Ulrich von Sax[6]. In dem Pfründenverzeichnisse des Bisthums Chur von 1525 wird aber Bärschis noch eine Kaplanei der Pfarrei Flums genannt.

Von Ragatz:

Valens (Valens 1253)[7]. St. Philippus und Jacobus[8], bei der Incorporation der Mutterkirche am 24. Januar 1327 als Filiale erwähnt[9], 1525 als Kuratkaplanei von Pfäfers aus pastorirt[10].

Von Wallenstatt:

Quarten (Quart 998? Quartum XI)[11]. Im 13. Jahrhundert werden als Schutzpatrone genannt U. L. Frau, St. Gallus und Othmar[12], jetzt die hh. Gallus und Martin. Die Filialkapelle ist erwähnt 998? und XI[13], und dem Kloster Pfäfers incorporirt XII.[14], welchem sodann von Papst Innocenz IV. am 12. März 1249 erlaubt wird, zur Zeit des Interdicts Gottesdienst daselbst zu halten. Als Kirchspiel erscheint Quarten in einer Urkunde vom 27. Dezember 1437[15], doch findet man in dem bischöflichen Katalog von 1525 nur einen Kuratkaplan und einen Kaplan der Seelen[16]. Die frühere Pfarrkirche, deren Bauart für ihr Alterthum zeugte, wurde vor zwei Jahren abgebrochen, im Style der Bonifaciuskirche zu München neu erbaut und am 10. November 1861 eingeweiht. Von den vier Glocken stammt die zweitgrösste aus der alten Kirche, und trägt folgende Inschrift zu oberst unter der Krone:

« Semper tranquillas sonus en meus appetit auras.
Isti(us?) vitæ bona protege sancte Cirille »[17].

---

1) Eichhorn, E. C. No. 29. — 2) Reg. v. Pfäfers. No. 239, 747, 869. — 3) Federer. — Cat. Cur. — 4) v. Mohr, C. D. R. I. No. 227. — 5) Federer. — 6) Reg. v. Pfäfers. No. 83. — 7) v. Mohr, l. c. — 8) Federer. — 9) Reg. v. Pfäfers. No. 136. — 10) Cat. Cur. — 11) Eichhorn, E. C. No. 29. — v. Mohr, C. D. R. I. No. 193. p. 292. — 12) v. Arx, G. d. Kt. S. G. I. p. 465 n. *a)*. — 13) Anm. 9 u. 11. — 14) Näf, Ch. v. S. G. p. 670. — 15) Reg. v. Pfäfers. No. 78, 497. — 16) Cat. Cur. — 17) Federer, aus Mitth. v. Hrn. Pfarrer Huber in Quarten.

Von Quarten:

Murg (Murga 1045). St. Johannes Täufer[1]). Die Kirche (Kapelle) wird am 30. Januar 1045 von dem römischen König Heinrich III. als Eigenthum des Klosters Schännis in Schutz genommen[2]), 1730 in Folge einer von den Dorfgenossen gemachten Stiftung zur Pfarrei erhoben[3]), 1735 der erste Pfarrer gewählt und 1760 die jetzige Kirche erbaut[4]). Von den drei Glocken hing die kleinste mit der Jahrzahl 1743 schon in der frühern nunmehr abgebrochenen Kapelle, die beiden grössern wurden 1764 gegossen[5]).

Mols (Mols 1178)[6]). St. Anton von Padua. 1787 wurde eine Pfarrpfründe und aus der Kapelle eine Kirche errichtet, die schon 1822 einen Neubau erlitt und gegenwärtig wieder dem Einsturz droht[7]).

Von Grätschins oder Wartau:

Atzmoos, als Kapelle St. Niklaus[8]), zur Pfarrei erhoben 1734 und die neuerbaute Kirche eingeweiht 1736. Eine Stelle daselbst heisst «der alte Friedhof»[9]).

2. Kirchenfilialen und Kapellen.

In der Pfarrei Mels:

Mels. U. L. Frau, unweit der Kirche, 1772 schön renovirt[10]).

St. Martin, zwischen Vermol und Nidberg südwestlich von Mels. Das Dorf wird am 14. Februar 1371 von Anna der Meierinn zu Windegg mit der Burg Nitperg, Mels und andern Dörfern den Herzogen Albrecht und Leopold von Oestreich verkauft[11]).

Wangs (Wangas 842)[12]). St. Lucius[13]), südlich von Mels. Die Filialkapelle wurde mit der Mutterkirche den 24. Januar 1376 dem Kloster Pfäfers incorporirt[14]).

Tschervingen, nördlich von Mels. Der Kapelle h. Kreuz, später St. Joseph verkaufen den 19. Januar 1500 Jörg Fryg zu Wangs und Anna, sein Weib, 1 ℔ Hlr. jährlicher ewiger Pfenning-Gült auf ihrem eignen Gute, genannt Gigersberg, um 20 ℔ Hlr.[15]).

Vermol. St. Katharina[16]), auf der Höhe südwestlich von Mels.

Ragnatsch. St. Niklaus von der Flüe[17]), nordwestlich von Mels.

Dills oder **Tills** (Utils 1387)[18]). St. Maria zum guten Rathe[19]), westlich von St. Martin.

---

1) Mitth. v. Hrn. Pfr. Al. Schwyter in Murg. — 2) Hergott, g. d. a. g. H. II. p. 117. — 3) Holzhalb, S. z. L. s. L. IV. p. 286. — 4) Schwyter: — 5) Ders. — 6) Eichhorn, E. C. No. 56. — 7) v. Mont. — Lutz, Handlexicon d. schweizerischen Eidgenossenschaft von Sprecher. Aarau, 1856. II. p. 36. — Näf, Ch. v. S. G. p. 671. — 8) Federer aus Msc. Galatin's. — 9) Senn, Mitth. und Werdenberger Chronik. p. 205. Chur, 1860–62. — 10) Holzhalb, S. z. L. s. L. IV p. 409. — 11) Reg. v. Pfäfers. No. 251. — 12) Eichhorn, E. C. No. 10. — 13) Federer. — 14) Reg. v. Pfäfers. No. 262. — 15) Reg. v. Pfäfers. No. 816. — 16–17) Federer. — 18) Reg. v. Pfäfers. No. 293 u. 755. — 19) Federer.

Mädris. St. Michael[1]), zwischen Mels und Flums auf dem Abhange des Melserberges und am Fusse des Mädriskammes gelegen.

In der Pfarrei Flums:

Flums. St. Justus, nordöstlich vom Dorfe.
» St. Jakob, westlich vom Dorfe.
» St. Peter, oberhalb des Dorfs am Grossberg. } [2]).

Grünhag, an der Strasse nach Mels.

In der Pfarrei Sargans:

Splee. St. Sebastian, östlich vom Städtchen beim Schwefelbad, reich dotirt[3]).

Field oder **Villd** (Vill 1477), nordöstlich von Sargans gegen den Schollberg hin[4]).

In der Pfarrei Ragatz:

Buschär. St. Leonhard, westlich von Ragatz am Fusse der zerstörten Veste Freudenberg, wahrscheinlich die Burgkapelle, vollendet 1399 und durch Wunder berühmt[5]). Hier wurden am 6. März 1446 die unter Hans von Rechberg in das Sarganserland eingefallenen Oestreicher von den Eidgenossen, grossen Theils Glarnern und Schwyzern, unter Anführung Ital's Reding, des jüngern, und Jost's Tschudi besiegt[6]). — Die Kapelle muss bedeutend gewesen sein; denn in einem pergamentenen Katalog im Pfarrarchiv Wallenstatt aus der Zeit kurz vor der Reformation findet man unter den Geistlichen einen Propst und einen Kaplan von St. Leonhard. Jetzt dient die Kapelle dem dabei befindlichen Armen-, Kranken- und Waisenhause der Gemeinde[7]).

In einiger Entfernung von St. Leonhard auf Buschär stand die Kapelle St. Joseph, welche später an erstere angebaut wurde[8]).

Ragatz. Bei der Statthalterei, jetzt Hof genannt, östlich vom Dorfe, lag die 1774 erbaute St. Niklaus-Kapelle, welche 1839 den dortigen Neubauten weichen musste[9]).

In der Pfarrei Vättis:

Calfeuserthal (ad fontes Calvesanos 1050, Galues 1385)[10]). Die Genossen der Alp zu der hintern Sardonen vereinbaren sich am 24. Mai 1477 über die Entrichtung der darauf haftenden Hofzinse an St. Martins-Kapelle in Galfeisen und Büssung derer, welche in Erstattung desselben säumig wären[11]). — Anzeichen einer frühern selbstständigen Pfarrei sind Ueberbleibsel eines Begräbnissplatzes neben der einsam stehenden Martinskapelle, ferner ein an dieselbe angebautes Beinhaus, in

1) Federer. — 2) Id. — Näf, Ch. v. S. G. p. 405. — 3) Rietmann, Ortslexicon des Kt. St. Gallen. 1818. p. 157. — 4) Federer. — Reg. v. Pfafers. No. 688. — 5) Reg. v. Pfafers. No. 352. — 6) Reg. v. Pfafers. No. 536. — Tschudi, Chronicon helveticum. II. 462 bis 463. Basel, 1734—1736. — 7—9) Federer. — 10) Hergott, g. d. H. H. p. 122. — Reg. v. Pfafers. No. 290. — 11) Reg. v. Pfafers. No. 687.

welchem noch jetzt Gebeine von Menschen (angeblich riesenhafter Grösse) aufbewahrt werden, endlich eine Mauerruine, die unter dem Namen « Pfarrhaus » bekannt ist[1]).

In der Pfarrei Wallenstatt:

Wallenstatt. St. Oswald, eine grosse kirchenartige Kapelle im Städtchen[2]).

» an der Strasse nach Bärschis eine kleine Siechenkapelle, jetzt abgetragen[3]).

In der Pfarrei Pfäfers:

Pfäfers. In der Umgebung des Klosters war ein dazu gehöriger Spital St. Christophorus, welchem 998? durch Papst Gregor V. die von den Aebten in Pfäfers und den übrigen daselbst Gott dienenden Personen verliehenen Zehnten zu Mels bestätigt werden. Dieser Spital stand wahrscheinlich am Römerweg (Porta Romana) und zwar vielleicht an dem 10 Minuten vom Kloster entfernten Orte, genannt Siechrüthi[4]).

Margarethenberg (Berg Sanpans). St. Margaretha, östlich von Pfäfers, erbaut 1201. Die jeweiligen Besitzer des dem Kloster gehörigen Erblehenguts Prabiel (jetzt Bühl) mussten laut Urkunde vom 24. Mai 1394 die Kapelle « bemesnen » (das Mesmeramt besorgen) « vnd » ainem Priester, der Mess da hat, ze altar dienen vnd sin mal geben » vnd och thun, was ain Maier je daher von Recht oder gewonhait » gethan haut », und zudem an die Kapelle und an die Leutkirche zu Pfævers je von zwei Kälbern ein Biner Schmalz als Zehnten entrichten[5]).

Pfäfers. St. Maria Magdalena. Dieser jetzt nicht mehr existirenden Kapelle beim Kloster verkauft am 6. November 1359 Simon von Vättis all sein liegendes Gut in diesem Dorf für rechtes Eigen um 7 kurwelsche Mark; auch wird dieselbe am 2. und 20. September 1364 Behufs der Unterhaltung eines beständigen Kaplans von dem Ritter Konrad von Wolfurt mit liegenden und beweglichen Gütern und Einkünften dotirt. Kaplan war damals Heinrich von Ungarn[6]).

Wartenstein. St. Georg, erbaut von Abt Werner 1430[7]) bei dem gleichnamigen jetzt in Ruinen liegenden Schlosse, nördlich von Pfäfers.

Pfäfers. Im Bade ward 1543 in einem ausgehöhlten Felsen nächst der hölzernen Brücke eine Kapelle angebracht mit einem Glöckchen, das dem Abgehenden geläutet wurde[8]).

---

1) Federer. — Lutz, H. d. S. v. Sp. II. p. 12 — 2) Fäsi, St. u. E.-B. III. p. 348. — 3) Federer. — 4) Eichhorn, E. C. No. 29. p. 35. — Kaiser, die Heilquellen zu Pfäfers. Chur, 1833. S. 10. — 5) Reg. v. Pfäfers No. 53 u. 324. — 6) Ib. No. 225, 240 und 241. — 7) Ib. No. 453. — 8) Kaiser, l. c. p. 31. —

In der Pfarrei Bärschis:

Bärschis. St. Georg, Wallfahrtskapelle auf einer Felsenhöhe, östlich vom Dorfe, mit schöner Aussicht; der Kapellpfründe wird am 13. Juni 1491 ein jährlicher Zins von 17 rhein. Gulden und 17 Behemsch verbürgt [1].

Bärschis. St. Katharina. }
» St. Peter. } [2].

Tscherlach, nördlich von Bärschis.

Bärschis. St. Johannes Täufer [3], gegen Wallenstatt.

In der Pfarrei Valens:

Vasön (Fusuns 1385), südlich vom Dorfe [4].

Casaura, am Schröpferbach, nördlich vom Dorfe [5].

In der Pfarrei Quarten:

Ober-Terzen (Tertz 998? Vfterzin 1178) [6], am Wallensee zwischen Quarten und Mols. Die Kapelle hat keinen Patron, weil sie nicht fundirt ist.

Quinten (Quintus locus 849) [7]. St. Bernhard, am gegenüberliegenden südlichen Ufer des Wallensee's; 1525 besorgt von einem Kaplan der Pfarrei Wallenstatt [8].

In der Pfarrei Atzmoos:

Fontenas. St. Erasmus [9]. Die Kapelle brannte sammt dem Dörfchen am 7. November 1816 ab, wurde aber wieder aufgebaut [10].

Malans. St. Laurentius [11].

Oberschan (Scana oder Scanaua XI) [12]. St. Oswald, früher ein Wallfahrts- und ein Begräbnissort [13].

3. Klöster.

Pfäfers (monasterium Fabariense 840, cella Fauares XI) [14]. Ueber die Entstehung dieser von dem h. Pirmin im Anfange des 8. Jahrhunderts (die Angaben schwanken von 713 bis 731) gestifteten und der h. Maria Himmelfahrt geweihten Benedictinerabtei, am linken Rheinufer oberhalb Ragatz gelegen, einer Kolonie von Reichenau [15], erzählt die Legende folgendes: Der h. Pirminius, Bischof zu Meaux, kam nach der von den fränkischen Königen und den Päpsten erhaltenen Erlaubniss, Klöster zu bauen, auch nach Rhätien, und wollte am linken Ufer der

1) Reg. v. Pfäfers. No. 768. — 2) Rietmann, O. L. p. 33. — 3—5) Federer. — Reg. v. Pfäfers. No. 290. — 6) Eichhorn, E. C. No. 29 u. 56. — 7) v. Mohr, C. D. R. I. No 28. — 8) Cat. Cur. — 9) Federer, aus Msc. Galatin's. — 10) Senn. — 11) Federer, aus Msc. Galatin's. — 12) v. Mohr, C. D. R. I. No. 193. p. 287 u. 288. — 13) Federer. — 14) Eichhorn, E. C. No. 9. — v. Mohr, C. D. R. I. No. 193. p. 290. — 15) Rettberg, K. G. D. II. p. 143.

Landquart auch ein Kloster anlegen. Bei der Auszimmerung des Holzes aber verwundete sich ein Arbeiter mit dem Beile, und sein Blut färbte die herumliegenden Späne. Hierauf nahm eine herbeigeflogene weisse Taube einen solchen mit Blut besprengten Span in den Schnabel und flog so gemächlich damit fort, dass Pirminius ihr nachfolgen mochte. Dadurch, dass sie den blutigen Span an dem Orte, wo jetzt Pfäfers steht, fallen liess, ward der Bischof bewogen, das angefangene Kloster zu verlegen, und diess gab auch letzterem die Veranlassung, eine weisse Taube mit einem rothen Span im Schnabel zu seinem Wappen auszuwählen [1]). Die älteste noch vorhandene Original-Urkunde des Klosters d. d. 24. Juli 840 rührt von Kaiser Lothar her; er bestätigt darin die Vorschriften seines Grossvaters Karl und seines Vaters Ludwig mit Bezug auf den königlichen Schutz und die Immunität, und verleiht den Mönchen die Vollmacht, einen beliebigen Abt zu wählen [2]). Durch Beschluss des Grossen Rathes des Kantons St. Gallen vom 20. Februar 1838 wurde das Kloster aufgehoben [3]). — Das Siegel der Aebte zeigt von 1214 (S. Chonradi Abbis. Mon. Fabariensis) bis 1361 einen stehenden oder sitzenden Bischof mit Stab in der rechten und Buch in der linken Hand; 1407 drei Heilige neben einander, darüber Maria mit dem Kinde, welche sodann 1471 allein erscheint und schon 1401 im Conventssiegel enthalten ist [4]).

Ragatz. Am rechten Ufer der Tamina wurde 1056 von Immo, Abt zu Pfäfers, eine K l a u s e erbaut, die aber schon vor der Reformation aufhörte [5]). Nach einer dunkeln Sage sind Mauertrümmer in einem Weingarten in der Ebene Malez die Ueberreste eines Bethauses von Beguinen [6]).

Mels. Zur Wiederherstellung einer S c h w e s t e r n k l a u s e ertheilten die Glarner 1558 ihrem Gesandten auf die Tagsatzung alle Vollmacht. Dieselbe verbrannte aber am Ende des 16. Jahrhunderts, und aus ihrem Fond wurde 1647 ein Beitrag zur Errichtung eines K a p u z i n e r k l o s t e r s daselbst bewilligt [7]).

Sargans. Die S c h w e s t e r n k l a u s e im Hofe bei der Stadtkirche war den 21. Januar 1342 von 7 Klausnerinnen bewohnt, denen Wernher, der Ammann von Meienfeld, und sein Sohn am 1. Mai 1349 eine Hube und einen Weingarten daselbst um 51 ℔ neue Zürichmünze verkauften, und hatte am 3. November 1357 eine Priorin, Kath. Glarner, und 3 Schwestern, die eine Veräusserung mehrerer Grundstücke an das Kloster Pfäfers um 57 kurwelsche Marken mit ihres Hauses Insiegel be-

---

1) Leu, sch. L. XIV. p. 484. — 2) Eichhorn, E. C. No. 9. — Reg. v. Pfäfers. No. 6. — 3) Näf, Ch. v. S. G. p. 664. — 4) Sammlung d. a. G. i. Z. — 5) v. Arx, G. d. Kt. S. G. II. p. 200. III. p. 302. — 6) Federer. — 7) Näf, Ch. v. S. G. p. 597. — v. Arx, l. c. III. p. 303, 304.

kräftigen. Schon am 29. April 1394 aber wurde die Klause der Kaplanei Allerheiligen in Sargans als Dotation angewiesen[1]).

Wallenstatt. Die Schwesternklause, deren zwei Bewohnerinnen Anna und Elisabetha durch freundschaftliche Uebereinkunft mit Abt und Convent des Klosters Pfäfers am 2. Mai 1319 auf eine streitige Wiese und Aecker verzichten, hing 1451 von dem Predigerkloster in Chur ab und ging vor der Reformation ein[2]). Es sind Spuren vorhanden, dass die Beguinen, für welche später eine Klausur an die Pfarrkirche in Wallenstatt angebaut wurde, sich anfänglich auf dem hohen Felsen, der die Wallfahrtskapelle St. Georg bei Bärschis trägt, aufgehalten haben[3]).

C. GRAFSCHAFT WERDENBERG.

(Kanton St. Gallen.)

1. Pfarrkirchen.

Mutterkirchen.

Grabs (Quadravedes, locus iuxta silvam Senniae 614). St. Bartholomäus. Im Jahre 614 stand der dortigen Kirche der Diakon Johannes vor[4]). Am 24. Jan. 948 schenkt sodann König Otto I. dieselbe sammt Zehnten und übrigen Zubehörden der Meginrats-Zelle (Einsiedeln)[5]); im 11. Jahrhundert besass solche laut dem ältesten Einkünfterodel des Bisthums Chur, welches das Eigenthumsrecht hatte, ein gewisser Fonteianus[6]), und noch am Ende des 13. bezahlte sie an Chur die bischöfliche Dienstbarkeit, d. h. die sogenannten inducias, Einführungs- oder Installationsgebühren[7]). 1525 findet sich auch ein Frühmesser in Grabs[8]).

Buchs (Pugo 934, Bugu 1050). St. Georg. Hier hatte das Hochstift Chur ebenfalls eigenthümliche Rechte im 11. bis 13. Jahrhundert[9]). — Die erwähnte Kirche lag vermuthlich gleich vielen andern alten Kirchen ausserhalb des jetzigen Dorfs auf einem Borde gegen das Feld hin, das heutzutage noch «Chappeligarten», wie eine Brücke dabei «Chappelibrugg» heisst, und stürzte, vom Rheine unterwühlt, schon vor der Reformation ein. Vor einigen Jahren grub man daselbst nach

---

1) Reg. v. Pfäfers. No. 156, 215, 320. — v. Arx, l. c. III. p 303. n. *a)* — 2) Reg. v. Pfäfers. No. 132. — v. Arx, l. c. II. p. 204. III. p. 303. — 3) Federer. — 4) v. Arx, G. d. Kt. S. G. I. p 17 n. *f)* u. p. 234. n. *c)*. — 5) Reg. v. Einsiedeln. No. 2. — 6) v. Mohr, C. D. R. I. No. 193. p. 288. — 7) Ib. II. No. 76. p. 400. — 8) Cat. Cur. — 9) v. Arx, l. c. I. p. 149. n. *a)*. — v. Mohr, C. D. R. I. No. 93. No. 193. p. 288 u. II. No. 76. p. 400.

und fand die Mauerstöcke nebst ganzen Haufen Todtengebeine. — Die spätere Kirche im Dorf wurde St. Martin geweiht[1]).

Sevelen (Seuellun 1208)[2]). St. Johannes Täufer. Die Kirche soll nach der Sage von Heiden erbaut sein[3]). Ihr Leutpriester Heinrich ist am 15. November 1235 Zeuge bei einer Verzichtleistung auf Aecker in Bühl zu Gunsten des Propsts von St. Lucius in Chur[4]), dem der Kirchensatz zustand[5]); und am 3. August 1490 erscheint Stephan Montenschiner, genannt Waibel, als Kirchmeier St. Johannsen zu Sevelen in einem Spruchbriefe um den Plattenzehnten[6]).

Im 18. Jahrhundert wurden die Pfarrer der Grafschaft Werdenberg vom gemeinen Rath zu Glarus durch das Loos erwählt[7]).

2. Kapellen.

In der Pfarrei Grabs:

Am Grabser-Berg. St. Sebastian. Von der daselbst auf einem schönen Hügel mit herrlicher Aussicht nach der Behauptung der Einwohner vorhanden gewesenen Kapelle sind noch Mauern und Trümmerhaufen übrig, die ungefähr 50 Klafter Boden bedecken und mit Haselstauden und Dornen überwachsen sind. Die Stelle heisst das «Chappeli» und ein nahegelegenes Gut «Chappelsbünt»[8]).

Werdenberg. Die Schlosskapelle wurde vom Stande Glarus in ein Zeughaus verwandelt[9]).

In der Pfarrei Buchs:

Räfis. St. Katharina. Die Kapelle wird in einem Obmannsspruch vom 28. November 1458 betreffend den Streit zwischen den Gemeinden Schan und Buchs wegen Wunn und Weid u. s. w. genannt. Laut einer Urkunde vom 1. August 1495 «sol aber ein steini march gesetzt werden zu refis by Sant katrinen capell zu nechst vsswendig an der mur des Chors derselben capell». Jetzt sieht man nichts mehr davon[10]).

In der Pfarrei Sevelen:

St. Ulrich. Dieses auf dem Sevelerberge gelegene Dörfchen kömmt schon in einer Pfäferser-Urkunde vom 21. Januar 1361 vor[11]); und am 3. August 1490 wird Hans Rütner als Kirchmeier von St. Ul-

---

1) Mitth. v. Hrn. Lehrer Senn in Buchs, Verfasser der Werdenberger Chronik. Chur, 1860. — 2) v. Mohr, C. D. R. I. No. 172. — 3) Senn. — 4) v. Mohr, C. D. R. I. No. 212. — 5) v. Mont. — 6) Senn, aus dem Archiv Buchs. — 7) Fäsi, St. u. E. B. II. p. 477. — 8) Senn. — 9) Mitth. v. Hrn. Präs. Aug. Näf in St. Gallen. — 10) Senn, W. Chr. p. 86. und schriftl. Mitth. — 11) Reg. v. Pfäfers. No. 231.

richs Kapelle in einem Spruchbriefe um den Plattenzehnten genannt. Gegenwärtig nimmt man kaum eine Spur ihrer Ruinen wahr[1]).

3. Klöster.

In **Grabs** wird eine Schwesternklause erwähnt[2]), von der noch altes Gemäuer bei Stauden südlich vom Dorfe herrührt[3]).

D. FREIHERRSCHAFT SAX UND FORSTECK.

(Kanton St. Gallen.)

1. Pfarrkirchen.

a. Mutterkirchen.

Gams (Campesia 834)[4]), im 11. Jahrhundert St. Sebastian, schon in der zweiten Hälfte des 13. aber St. Michael und St. Johannes Täufer[5]). Den Hof mit der Kirche und allen Zubehörden, Aeckern, Wiesen, Alprechten übergeben im Jahr 834 Berengar und Ima an das Kloster St. Gallen[6]). Einst hatte das Kloster Disentis die Collatur[7]). Am Ende des 13. Jahrhunderts aber bezahlte die Kirche Gams nach Chur die bischöflichen Gebühren[8]), und kam dann im 14. Jahrhundert an die Freiherren von Hohensax, welche 1393 den Kirchensatz an Oestreich abtraten[9]). Herzog Leopold vergabte hierauf denselben am 15. Juni und 8. September 1401 dem Abt und Convent von Pfäfers für die ihm in dem Kriege wider die von Werdenberg geleisteten willigen und grossen Dienste[10]). 1497 endlich wurde der Kirchensatz von der Gemeinde, die ihn auf dem Wege eines Anleihens käuflich erworben hatte, den beiden Ständen Schwyz und Glarus eingeräumt[11]). Dem Pfarrer stand 1525 noch ein Frühmesser zur Seite[12]).

Sax (Saccum 1139, Saches 1210)[13]). St. Mauritius[14]). Die Kirche mit dem Zehnten des Dorfs, das nach der Tradition ursprünglich nach Gams pfarrgenössig gewesen sein soll, schon in einem Einkünfterodel des Bisthums Chur muthmasslich aus dem 11. Jahrhundert als Eigenthum derselben vorkommend, bezahlte am Ende des 13. die

1) Senn. — 2) v. Arx, G. d. Kt. S. G. II. p. 200. — 3) Senn. — 4) v. Arx, G. d. Kt. S. G. I. p. 148. — 5) Ib. I. p. 234 n. *c)* u. p. 465 n. *a)*. — v. Mont. — Senn. — 6) v. Arx, l. c. I. p. 148 n. *a)*. — 7) v. Mont. — 8) v. Mohr, C. D. R. II. No. 76. p. 100. — 9) Näf, Chr. v. S. G. p. 110 u. 111. — 10) Reg. v. Pfäfers. No. 357 u. 359. — 11) Näf, Ch. v. S. G. p 111. — 12) Cat. Cur. — 13) v. Mohr, C. D. R I. No. 117 u. 177. — 14) v. Mont, aus dem grossen Officialbuch (liber magnus officiorum) im bischöflichen Archiv zu Chur. 1494—1524.

bischöflichen Inducion[1]). Ihre Geistlichen waren 1525 ein Pfarrer und ein Frühmesser[2]). Der Kirchensatz gelangte den 15. April 1615 mit der Herrschaft, an welche er vom Bisthum in unbekannter Zeit übergegangen war, durch Kauf an den Stand Zürich[3]). — Von den drei Glocken im Kirchthurme zu Sax tragen die kleinere und die mittlere die Inschrift: « O rex glorie Christe veni nobis cum pace. anno domini 1513 »; und die grosse: « Si Devs pro nobis, qvis contra nos. Anno domini 1576 ». Für den Guss der letztern Glocke soll nach der Sage eine alte Frau einen Bündel Silbermünzen hergegeben haben[4]).

Zu diesen beiden schweizerischen Mutterkirchen kommen noch:

Im Fürstenthum Lichtenstein:

Bendern (Benedurum 1045)[5]). St. Maria[6]). Am 22. Mai 1194 wird von Kaiser Heinrich VI. die ihm von Rüdiger von Limpach resignirte Kirche Bendern dem Kloster St. Lucius in Chur übergeben[7]).

Im Kaiserthum Oestreich:

Rankweil (Uinomna 881, Ranguila XI). St. Peter. Die Kirche, welche König Karl der Dicke seinem Erzkanzler, Bischof Luitward von Vercelli, verliehen hatte, wird am 5. Januar 881 der Domkirche der h. Maria in Chur gegen Besitzungen im Elsass tauschweise überlassen, und erscheint noch im 11. Jahrhundert im Einkünfterodel des Bisthums[8]).

b. *Tochterkirchen.*

Von Gams:

Wildenhus oder **Wildenburg**. U. L. Frau. Die zunächst dem gleichnamigen Schlosse im Schönenboden seit 1381 (wohl eher 1281) erbaute Kapelle sonderte sich, nachdem daselbst eine Frühmesse gestiftet und eine Pfarrpfründe errichtet worden, 1484 als selbstständige Pfarrei ab. Der Ritter Andreas Roll von Bonstetten, Gerichtsherr zu Gams und Lehenherr der dortigen Mutterkirche, übergab alsdann die Collatur beider Pfründen zu Wildhaus dem Abte von St. Gallen, behielt sich dagegen diejenige zu Gams vor[9]).

Von Bendern:

Sennwald (Sennia silva 614)[10]). Die dortige Kirche heisst zuweilen auch « die rothe », und ward 1499 im Schwabenkriege vom Feinde

---

1) v. Mohr, C. D. R. II. No. 76. p. 100. — 2) Cat. Cur. — 3) Leu, sch. L. XVI. 123. — 4) Senn. — 5) Hergott, g. d. H. II. p. 117. — 6) v. Mohr, C. D. R. I. No. 174. — 7) v. Mohr, C. D. R. I. No. 163. — 8) Ib. I. No. 30 u. 193. p. 283. — Bergmann, B. z. K. G. V. p. 51, 56, 58. — 9) v. Arx, G. d. Kt. S. G. I. p. 465 n. *a*). II. p. 374. — Wegelin, G d T. I. p. 65, 288. — 10) v. Arx, G. d. Kt. S. G. I. p. 17.

verbrannt[1]), muss indess bald wieder hergestellt worden sein; denn 1513 stiftet der Vater des Freiherrn Ulrich Philipp von Hohensax ein ewiges Licht, eine ewige Jahrzeit und eine Kaplaneipfründe in der Kirche zu Sennwald[2]), der Begräbnissstätte seines Geschlechts. 1520 wird Christoph Bantli Leutpriester derselben genannt[3]); Lehenherr der beiden Pfründen (1525 Pfarrer und Frühmesser)[4]) war der Abt von St. Lucius in Chur, als Propst zu Bendern[5]); allein bei der Einführung der Reformation riss der genannte Freiherr das Collaturrecht an sich[6]), welches sodann am 16. April 1615 mit der Herrschaft Sax und Forsteck an den Stand Zürich verkauft ward[7]).

Salez (Salectum)[8]). St. Anna[9]). An der Stelle, wo nach der Sage früher nur eine unbedeutende Kapelle gestanden hatte, wurde 1512 eine Kirche erbaut und 1514 als eigene Pfarrei von Bendern getrennt[10]). 1524 ist Leutpriester Hr. Lucius[11]). — 1859 fand ein Neubau des baufällig gewordenen Gotteshauses statt[12]).

Von Rankweil:

Rüthi. St. Valentin[13]). Die Kirche steht auf dem nach ihrem Patron benannten St. Valentinsberg, einem einsamen Hügel zwischen dem Dorfe und dem Rhein[14]), und war noch 1519 blosse Filiale[15]). Dagegen wird 1525 ein Pfarrer daselbst aufgezählt[16]). — Von den drei Glocken ist die grosse mit dem Bilde des h. Valentin 1633 und die mittlere 1763 in Lindau gegossen; die kleine trägt keine Inschrift[17]).

2. Kapellen.

In der Pfarrei Gams:

Gassenzen. St. Maria[18]).

In der Pfarrei Sennwald:

Lienz, oben im alten Dorfe am Fusse des Berges[19]).

---

1) Leu, sch. L. XVII. 75. — Senn, W.-Ch. p. 105. — 2) Leu, l. c. — Senn, W. C. p. 120. — 3) v. Mont, ex L. M. O. — 4) Cat. Cur. — 5) Senn, W.-Ch. p. 133. — 6) Senn, W.-Ch. p. 133. — 7) Leu, sch. L. XVII. p. 75. — Bluntschli, Memorabilia Tigurina. p. 139 u. 378. Zürich, 1742. — 8) v. Arx, G. d. Kt. S. G. I. p. 38, 148 n. d). — 9) Cat. Cur. — 10) Senn, W. Ch. p. 120 u. 121. — 11) v. Mont, ex L. M. O. — 12) Senn, W. Ch. p. 121. — 13) Cat. Cur. — 14) Lutz, H. d. S. v. Sp. II. p. 180 u. 379. — 15) v. Mont, ex L. M. O. — 16) Cat. Cur. — 17) Senn, W. Chr. p. 123. — 18) Füsi, St. u. E. B. III. p. 373. — Senn. — 19) Id.

E. HERRSCHAFT.

(Kanton Graubünden.)

1. Pfarrkirchen.

a. *Mutterkirchen.*

Malans (Malanzia 966, Malasan 998?)[1]. St. Cassian[2], erscheint als die älteste Kirche dieser auf der rechten Seite des Rheins von der Höhe des Luciensteigs bis zur Landquart sich erstreckenden Gegend. Papst Gregor V. bestätigt dieselbe 998 dem Kloster Pfäfers[3]. Sehr wahrscheinlich ist indess dieses Datum viel zu frühe angesetzt und die nur nach einer Abschrift gedruckte Urkunde verfälscht. Geistliche daselbst sind 1525 ein Pfarrer, Vikar und Frühmesser[4]. Das Kirchweihfest fiel auf den 10. November[5].

Maienfeld (Lupinis um 1087, Maienvelt 1295). St. Amandus[6]. Diese Kirche mit dem Zehnten des Dorfs ist schon im 11. Jahrhundert dem Bisthum Chur eigenthümlich[7]. Den vierten Theil derselben schenkt Graf Liutold von Achalm um 1089 dem Kloster Zwifalten in Würtemberg[8], und ihre Investitur wird 1148 von Papst Eugen III.[9] sowie den 26. April 1189 von Kaiser Friedrich I. dem Kloster Allerheiligen in Schaffhausen bestätigt[10]. Von diesem gelangte sie durch verschiedene Hände den 25. September 1479 an's Kloster Pfäfers, welchem von Bischof Ortlieb zu Chur unter'm 28. November 1480 das Patronatsrecht einverleibt wurde[11]. Am 30. Juni 1465 weihte der Bruder Johannes, als Suffragan des Bischofs Ortlieb von Brandis in Chur, die Pfarrkirche in Maienfeld mit vier Altären ein und zwar: 1) den Hochaltar in der Ehre der unbefleckten Jungfrau Maria, sowie der h. Amandus, Lucius, Florinus und Ulrich; 2) den Altar über dem Grabe der Herren (von Brandis) beim Kirchthurm in der Ehre der h. Antonius, Bernhard, Jakob des grössern und Christophorus; 3) den mittleren Altar oder die Frühmesserei in der Ehre der h. Catharina, Maria Magdalena, Margaretha, Dorothea und Barbara, des h. Kreuzes, der 11,000 und aller Jungfrauen; 4) den Altar bei der kleinen Thüre in der Ehre der h. 10,000 Ritter, Sebastian, Urban, Georg, Johannes des Täufers und des Evangelisten und der h. 3 Könige. Die Kirchweihfeier ward auf den nächsten Sonntag nach Maria Heimsuchung festgesetzt und der gewöhnliche Ablass ertheilt. Im Jahre 1496 fand sodann die Einweihung

1) v. Mohr, C. D. R. I. No. 62 u. 73. — 2) v. Mont. — 3) Eichhorn, E. C. No. 29. — 4) Cat. Cur. — 5) v. Mont. — 6) v. Mohr, l. c. I. No. 99 u. 104. II. No. 65. — 7) Ib. I. No. 193. p. 289. — 8) Ib. I. No. 101. — 9) Kt. Archiv Schaffhausen. — 10) v. Mohr, C. D. R. I. No. 152. — 11) Reg. v. Pfäfers. No. 701 u. 708.

des Altars der kleinen Kapelle der h. Jungfrau Maria in der Ehre derselben und des h. Gallus statt. — Kaplaneipfründen waren drei ältere (vor 1475), als: die Frühmesserei des St. Katharina-Altars und die beiden Kaplaneien des St. Johannes-Altars und der Kapelle St. Lucius auf der Steig. Dazu kam um 1520 eine vierte U. L. Frau. Die Kollatur der erstern wird am 28. März 1509 beim Verkauf der Herrschaft Maienfeld durch Johann von Brandis, Dompropst zu Chur und Rudolf von Sulz, Landgraf im Klettgau, an den Bischof Paul Ziegler in Chur, den obern Bund und die eilf Gerichte des dritten Bundes ausgenommen. Die übrigen drei Kapläne bestellte nebst dem Pfarrer und Vikar 1525 der Abt von Pfäfers. — Im Jahre 1502 wurden zu Wesen um fl. 300 rh. die zwei grossen Glocken der Pfarrkirche Maienfeld gegossen, nämlich die eine 45 Ztr. schwer am 23. Juni, die andere von 25 Ztr. Gewicht am 19. August, beide mit einander am 20. September übergeben und am 14. Oktober in den Stuhl gehängt und geläutet. In dieselben sind Heilthümer von der Glocke des h. Theodulus in Sitten eingefügt worden[1]).

Jenins (Uienennes 1139, Geninnes 1178)[2]). St. Pantaleon[3]). Der Leutpriester Konrad kömmt den 27. Februar 1209 in Ragatz als Zeuge vor[4]). Im grossen bischöflichen Officialbuche zu Chur von 1494 bis 1524 ist bei Erwähnung des Johannes Frick als Pfarrer auch von einer St. Valentinskirche in Jenins die Rede[5]). Am 23. Februar 1536 verkauft Johann von Marmels, römischer und ungarischer Majestät Landvogt der 8 Gerichte, Inhaber und Besitzer der Herrschaft Jenins und Aspermont, für sich und alle seine Erben den drei Bünden die Veste und das Schloss Aspermont sammt dem Lehen des Kirchensatzes der Pfarrei zu Jenins und der St. Wolfgangs-Kapelle[6]).

b. Tochterkirchen.

Von Maienfeld:

Fläsch (Flaessca 1087, Villa Flasconis 1089)[7]) wird bei der Incorporation seiner Mutterkirche in's Kloster Pfäfers (1480) als Filiale aufgeführt[8]). Die Einweihung der Kirche feierte man am Sonntag vor Allerheiligen, diejenige des Altars der h. Erasmus, Agatha und Lucia am Sonntag nach St. Jakob und die des Altars der h. Jungfrau Maria am Sonntag vor Mariä Geburt.[9]). Die Trennung von Maienfeld und die Theilung des bisher gemeinschaftlichen Kirchenvermögens geschah 1569[10]).

---

1) Anniv. Maienfeld. — Cat. Cur. — v. Mont. — 2) v. Mohr, C. D. R. I. No. 120. — Eichhorn, E. C. No. 56. — 3) Brügger. — 4) Reg. v. Pfäfers, No. 56. — 5) v. Mont. — 6) Id. — 7) v. Mohr, C. D. R. I. No. 99 und 101. — 8) Reg. v. Pfäfers. No. 708. — 9) Anniv. Maienfeld. — 10) v. Mont.

2. Kirchenfilialen und Kapellen.

In der Pfarrei Maienfeld:

Auf der Steig (Silva Martis)[1]. St. Lucius. Die Kirche (titulus S. Lucii) wird schon im 11. Jahrhundert als Eigenthum des Bisthums Chur genannt[2], 1480 als Filiale von Maienfeld[3]) und hatte schon vor 1475 einen Kaplan. Das Kirchweihfest war am Sonntag vor Bartholomäus[4]).

Stürvis. St. Nicolaus. Dieses ehemalige, laut Urkunde noch 1371 bewohnte Bergdörfchen in der Maienfelder-Alp, die sich gegen das Ganeyerbad hinzieht, hatte eine Filialkirche, wovon im Anfang des 18. Jahrhunderts noch das halbe Dach und das ganze Gewölbe zu sehen, schon 1742 aber zerfallen war[5]). — Die beiden Glocken der Kapelle in Stürvis, dessen Bewohner laut der Chronik wahrscheinlich bald nach dem Schwabenkriege in das Thal hinabzogen und ihre Alp und Privatgüter den Maienfeldern abtraten, von diesen dagegen das Gemeind- und Bürgerrecht erhielten, wurden in das Rathhaus des Städtchens gebracht und mit der kleinern in den Rath, mit der grössern zu Gericht geläutet[6]).

Maienfeld. Die neue Kapelle im Schloss mit ihrem Altar wird am 30. Juni 1465 eingeweiht in der Ehre der unbefleckten Jungfrau Maria und des ganzen himmlischen Heeres, des h. Kreuzes, Thomas, Johannes des Täufers, Georg, Christophorus, Mauritius und seiner Gefährten, Antonius und der h. 3 Könige[7]).

Maienfeld. Kap. beim Kaufhause, im Anfange des 18. Jahrhun-
» derts, bei Tscharner's Garten[8]).
» » an der untern Ecke des Brünneli-Weingartens[9]).
» » auf dem Platze des alten Zehntenstadels, wo das Gugelbergische kleine Haus steht[10]).
» » St. Wolfgang unter dem Schawenditsch in der hohlen Gasse; daselbst wurden viele Hexentänze gehalten[11]).
» Kapellen sollen auch gestanden haben auf dem Vatscheriner-Berg und ob diesem auf der sogenannten heiligen Wiese[12]).

3. Klöster.

Maienfeld. Ein Frauenkloster lag nach einer alten Tradition da, wo nun das grosse Enderlische Haus steht[13]).

Rofels. Hier soll ebenfalls ein Kloster gewesen sein[14]).

Luciensteig. Ehemals stand hier ein Klösterchen für einige Mönche, von welchem die uralte Kirche sich noch erhalten hat[15]).

---

1) Cat. Cur. — L. M. O. — 2) v. Mohr, C. D. R. I. No. 193 p. 289. — 3) Reg. v. Pfäfers, 708. — 4) Anniv. Maienfeld. — 5) Sererhard, einfalte Delineation aller Gemeinden gemeiner 3 Pündten. Msc. (Stadtbibliothek Zürich I. 52) III. p. 24. — Der neue Sammler für Bünden. Jahrgang VI. p. 321. Chur, 1811. — 6) Hess in den Alpenrosen auf das Jahr 1820. Note zu Seite 209. — 7) Anniv. Maienfeld. — 8) v. Mont. — 9)–14) Mitth. von Hrn. Ingenieur Gugelberg in Maienfeld. — 15) Lutz, H. d. S. v. Sp. I. p. 526.

II. DECANAT CHUR.

In diesem Decanate waren zwischen 1320 und 1330 folgende 19 Pfarrkirchen vorhanden: Malix; Schalfik, St. Peter; Schalfik, St. Georg (Castiel); Rhäzüns; Ems; Chur, St. Salvator; Felsberg; Chur, St. Martin; Chur, St. Regula; Trimmis; Zizers; Igis; Untervatz; Seevis, Vicariat; Schiers; Jenatz; Saas; Malans (vergleiche das Decanat unter der Landquart Seite 23); Klosters, St. Jakob.

Der schon erwähnte alte Katalog von 1525 nennt fernere 12 Pfarreien in Haldenstein; Küblis; St. Antonien; Luzein; Fideris; Fanas; Valzeina; Davos, St. Johann; Langwies; Peist; Arosa; Maladers und Parpan.

Die Gotteshäuser des vorliegenden Decanats werden am zweckmässigsten nach ihrer natürlichen Lage in verschiedenen Thälern und in dem grössten derselben, dem Rheinthal, nach der früheren politischen Eintheilung in Hochgerichte behandelt.

A. HOCHGERICHT DER VIER DÖRFER.

1. Pfarrkirchen.

a. *Mutterkirchen.*

Die Kirche des h. Sisinnius kömmt vor in einer Urkunde vom 25. Juli 825, laut welcher Kaiser Ludwig, der Fromme, dieselbe dem Bischof Victor II. von Chur zurückgibt. Sie wird entweder in Igis (Yüs oder Yüns 1290/98) oder Seyes (Seians 1222) ob Trimmis gesucht, welche beide Kirchen indessen schon 998? das Kloster Pfäfers besass [1]).

Zizers (Zizuris 825) [2]). St. Peter und Paul. Diese jetzt von den Katholiken benutzte Kirche steht mitten im Dorfe, während die reformirte Kirche St. Andreas auf der südöstlichen Seite desselben liegt [3]). — Am 28. Dezember 955 wird die Kirche Zizers von König Otto I. dem Hochstift Chur geschenkt und von ihm als Kaiser, sowie von seinen Nachfolgern Kaiser Otto II., König Otto III. und König Heinrich II. durch Urkunden, datirt 28. Aug. 972, 2. Jan. 976, 20. October 988 und 28. Mai 1005, demselben bestätigt [4]). Vor der Reformation hatte sie auch einen Kaplan.

Trimmis (Trimune 958, Trimons 998? romanisch Tremun oder Tremin) [5]). St. Carpophorus (heutzutage die katholische Pfarrkirche),

---

1) v. Mohr, C. D. R. I. No. 19. — Kind, die Stadt Chur in ihrer ältesten Geschichte, Chur. 1859, p. 14. — 2) v. Mohr, C. D. R. I. No. 19. — 3) N. Sammler I. B. 1811, p. 145. — 4) v. Mohr, C. D. R. I. No. 52, 64, 65, 69 u. 74. — 5) Ib. I. No. 53 u. 73.

gelangte am 16. Januar 958 ebenfalls als ein Geschenk des Königs Otto I. an das Hochstift Chur[1]), allein von diesem schon 998? in den Besitz des Klosters Pfäfers[2]). — Die nunmehr dem reformirten Gottesdienste gewidmete kleine Kirche St. Emerita am Fusse eines Felsenhügels, worauf wohl ein Schloss stand[3]), war 1525 nur eine Kaplanei der Pfarrkirche von St. Carpophorus; damals werden auch ein Frühmesser und ein Kaplan von St. Leonhard aufgezählt[4]). — 1688 und 1762 verlor Trimmis theilweise beide Kirchen durch Feuersbrünste[5]).

Igis (Yges 998? Yüs oder Yüns 1290/98, romanisch Aigias)[6]). St. Thomas[7]), und **Untervatz** (Vatium 998? Vazzes inferius 1222)[8]). St. Laurenz[9]). Diese zwei Kirchen mit Leuten, Zehnten und Kolonien werden 998? von Papst Gregor V. als Besitzungen des Klosters Pfäfers in Schutz genommen[10]). Letzere erscheint auch im 11. Jahrhundert als Eigenthum des Klosters[11]) und wird laut Urkunde vom 16. Januar 1482 dem Tische des Abts und Convents einverleibt[12]). Dasselbe verkaufte aber 1529 den Kirchensatz nebst Zehnten zu Igis um fl. 600 und 1567 alles, was es in Untervatz besass, um fl. 6200 den betreffenden Gemeinden[13]).

Haldenstein (Haldenstain 1285)[14]). St. Gereon[15]). Die Collatur daselbst besass das Kloster St. Lucius in Chur, dessen Mönchen Peter von Griffensee, als Besitzer der Herrschaft, 1424 die Besorgung des Gottesdienstes übergab, wofür sie jährlich 15 Scheffel Gerste bekamen[16]). — Das frühere, kleine und dunkle Kirchlein war mit allerlei Figuren, worunter auch der Riese Geryon, bemalt. Das jetzige Gebäude stammt aus dem Jahre 1732[17]).

b. Tochterkirche.

Von Zizers löste sich als Curatie ab:

Mastrils, St. Anton von Padua[18]); jedoch müssen die Pfarrgenossen heutzutage noch zur Anerkennung der einstigen Abhängigkeit an gewissen Festtagen in der Mutterkirche erscheinen. Bis 1686 das jetzige Gotteshaus an einem vorspringenden Felsen über der Tardisbrücke erbaut wurde, war das reformirte Kirchlein unweit der letztern

1) v. Mohr, C. D. R. I. N. 53. — 2) Eichhorn, E. C. No. 29. — 3) N. Sammler f. B. 1811. p. 149. — 4) Cat. Cur. — 5) N. Sammler, 1811. p. 151. — 6) Eichhorn, l. c. — v. Mohr, C. D. R. II. p. 108 u. 109. — Campell, R. G. cap. 9. — 7) N. Sammler f. B. 1811. p. 156. — 8) Eichhorn, l. c. — 9) Reg. v. Pfäfers, No. 713. — 10) Eichhorn, l. c. — 11) v. Mohr, C. D. R. I. p. 291. — 12) Reg. v. Pfäfers. No. 713. — 13) N. Sammler f. B. 1811. p. 156 u. 164. — 14) v. Mohr, C. D. R. II. No. 31. — 15) v. Mont. — 16) N. Sammler f. B. 1811. p. 177. — 17) Ib. p. 115. — 18) Eichhorn, E. C. p. XXIX. — N. Sammler f. B. 1811. p. 168.

dem katholischen Gottesdienste gewidmet; denn nach dem Bergsturze von Plurs am 25. August 1618 votirte die gerettete Familie de Vertematti ein Altargemälde dahin, vorstellend Maria de Victoria, das bei der Reformation geflüchtet wurde und seither in der Hauskapelle der obern Zollbrücke aufbewahrt ist [1]). Nach andern Nachrichten aber soll das reformirte Kirchlein 1613 von den Evangelischen erbaut worden sein [2]).

2. Kapellen.

In der Pfarrei Zizers:

Obere Zollbrücke, nördlich an der Landquart, Hauskapelle [3]).

In der Pfarrei Igis:

Marschlins (Marzennines 1290 – 98) nordöstlich, Schlosskapelle [4]).

3. Klöster.

In **Haldenstein** soll nach der Sage vor Erbauung des Dorfs ein Kloster im Schlossgarten gestanden haben [5]).

In **Zizers** wurde 1686, in **Untervatz** 1698 und am **Mastrilserberg** 1728 ein Kapuzinerhospiz gestiftet [6]).

B. PRÄTIGAU (Bretenkove 1222, Brettigeu 1344, romanisch Val Partenz) [7]).

1. Pfarrkirchen.

a. Mutterkirchen.

Schiersch (Ssiers 1209, Assiers 1213, Schiers 1281) [8]). St. Johannes Täufer [9]). Vermuthlich die älteste Pfarrei des Thales und wohl noch vor Klosters, jedoch erst im Einkünfterodel der Kirche Chur 1290 bis 1298 erwähnt [10]). Dem dortigen angeblich um 1150 durch einen Grafen von Kirchberg dem Domkapitel zu Chur geschenkten Chorherrenhofe verdankt das Chorherren- oder Kapitelgericht zu Schiers im Prätigau seine Entstehung [11]). Die Collatur (im Anfange des 14. Jahrhunderts eine

---

1) v. Mont. — 2) N. Sammler f. B. 1811. p. 115. — 3) v. Mont. — 4) v. Mohr, C. D. R. II. p. 107. — Truog, n. G. f. G. p. 94. — 5) N. Sammler f. B. p. 115. — 6) Geschichtsfreund. Mittheilungen des historischen Vereins der V Orte. Einsiedeln, 1844—1862. Bd. XVI. p. 100 n. 1. — 7) v. Mohr, C. D. R. II. No. 298. — Brügger. — 8) v. Mohr, C. D. R. I. No. 173 n. 3. I. No. 179. II. No. 6. — 9) und 10) v. Mont. — v. Mohr, II. No. 76. p. 100. — 11) v. Mohr, I. No. 173. n. 3.

Besitzung der Freien von Vatz und nach Donats Absterben zwischen 1330 und 1335 durch seine Tochter Kunigunde eine Erbschaft des Grafen Friedrich IV. von Toggenburg) trat am 2. Jan. 1394 Graf Donat von Toggenburg seinem Neffen Friedrich VI. ab[1]). 1525 besorgten den Gottesdienst ein Pfarrer und ein Frühmesser. — Die Kirche wurde 1622 beim heldenmüthigen Kampfe des Volkes gegen die Oestreicher in die Luft gesprengt[2]). Neben ihr erscheint noch eine zweite Kirche St. Apri (des h. Bischofs Aprus[3]).

Klosters (Ecclesia S. Jacobi in Bretenkove 1222). St. Jacobus und Christophorus. Die Kirche mit Zehnten und andern Zubehörden wird am 24. Mai 1222 als eine Besitzung des Prämonstratenserklosters St. Maria in Churwalden von Papst Honorius III. bestätigt[4]); sie wurde zugleich eine Propstei desselben. Dem Kloster oder Spital der h. Jakobus und Christophorus in Walt im Thale Prätigau ertheilen je 6 Bischöfe zu Avignon in den Jahren 1319 und 1335 (Juli 8.) Ablassbriefe. Laut dem letztern soll der Ablass auch denjenigen Gläubigen zukommen, welche für den edlen Mann, Herren Donat, Graf von Vatz, Guota, dessen Gemahlin und deren Kinder, sowie für den Bruder Ulrich von Maienfeld beten[5]). — Das alte Gotteshaus ist, weil es zu enge war, im dritten Jahrzehent des 18. Jahrhunderts bis an den Chor abgebrochen und erweitert worden. In letzterm steht am Spitzbogengewölbe die Jahrzahl 1465, welche wohl eine damalige Vergrösserung der Kirche bezeichnet. Ueber dem Eingange zur Sakristei liest man die Worte: «Im Jahre 1631 ist diese Kirche vom Feind verbrannt, «im Jahre 1634 darnach durch Gottes Gnade wieder aufgebaut worden». Der Kirchthurm hat eine romanische Bauart; die Ecken sind von gesägtem Tufstein; die Füllung von gewöhnlichem Material; die Rundbogen des Glockenhauses auf drei Seiten von Sandstein, auf der vierten von Mörtelwerk. Ueber und unter den Schalllöchern läuft ein Karnies von gehauenem Tufstein. — Die Glocken tragen folgende Inschriften:

a) A. D. 1428. Maria. Jacobus. O Rex gloriæ Christe veni cum pace. Ward vor einigen Jahren umgegossen.

b) A. D. 1413. Lucas. Marcus. Matthæus. Johannes. Ulricus præpositus cœnobii.

c) 1512. St. Maria Magdalena[6]).

Saas (Sausch 1290—98)[7]). St. Laurenz[8]), muss unter der Kollatur der Freiherren von Vatz gestanden haben, da zwischen 1290 und

1) Tschudi. Chron. helv. I. p. 581. — v. Arx, G. d. Kt. S. G. II. p. 43. — Bergmann, B. z. K. G. V. p. 117. — 2) Gulers Deduction Pündtnerischer Handlungen. 1622. — 3) v. Mont. — 4) v. Mohr, C. D. R. I. No. 191. n. 3. — 5) Brügger, ex Manuscriptis monast. Curwald. im Archiv des Klosters St. Lucius. — 6) Mitth. v. Herrn Pfarrer Kind in Saas aus einem Manuscripte des sel. Landammann Simeon Engel. — 7) v. Mohr, C. D. R. II. No. 76. p. 101. — 8) Kind, ex Msc. cit. —

1298 die Frau (Lucardis) von Vatz das Kathedraticum an die Domkirche in Chur bezahlte[1]). Bei der Theilung zwischen den Grafen Donat und Friedrich von Toggenburg am 2. Januar 1394 fiel der Kirchensatz zu Sausch wie Schiers letzterem zu[2]). — Der Chor hat ein Spitzbogengewölbe von schöner Construction; das bedeutend niedrigere Schiff, welches sammt dem Thurm der Kirche im Jahr 1739 völlig abbrannte, eine vertäfelte Holzdecke, die sich dem Balkenwerke des Dachstuhls anschliesst[3]).

Jenatz (Junaz 1290—98)[4]). St. Peter und Paul[5]). Das Hochstift Chur bezog am Ende des 13. Jahrhunderts verschiedene Einkünfte daselbst, wesshalb noch jetzt ein Gut den Namen Kapitelshof führt[6]). Der Kirchensatz gehörte den Grafen von Matsch im Tirol, welche denselben als ein (früher Vatzisches, später Toggenburgisches) Reichslehen besassen, und wurde von diesen mit den VIII Gerichten 1500 und 1501 dem König verkauft[7]). Im Jahre 1498 gab Dr. Anton Flos, Chorherr der Kirche St. Stephan in Constanz, zu Gunsten Ulrichs von Sendern, Priesters, von Constanz, dem Grafen von Matsch, als Collator, die Pfarrei auf[8]). 1525 wird auch ein Kaplan in Jenatz verzeichnet[9]). — Das jetzige Gotteshaus hat die Jahrzahl 1483[10]).

Solavers. St. Maria. Die Kirche dieses seiner Bauart nach erst im 11. oder 12. Jahrhundert aufgeführten Schlosses war zugleich die Pfarrkirche von Seevis. Die Kollatur gehörte um die Mitte des 15. Jahrhunderts dem Dompropste von Chur[11]).

b. Tochterkirchen.

Von Schiers:

Küblis. St. Niklaus[12]). War bis 1515 blosse Filiale. Am 20. Januar 1519 aber nennt sich Johannes Hitz von Delf Pfarrer daselbst[13]). Die Kirche trägt oberhalb des Haupteingangs das Bauzeichen 1472[14]). An dem Thurme war noch im Anfange des 17. Jahrhunderts das Bild St. Christoffels in ungeheurer Grösse mit Oelfarbe gemalt, wesshalb die Oestreicher 1622 die Kirche verschont haben sollen[15]).

Luzein (Luzzins 1222)[16]). Als Patrone werden genannt für die Filialkapelle 1464 St. Margaretha[17]), 1485 U. L. Frau und St. Fridolin?[18]), und für die Pfarrkirche 1514 St. Florinus[19]). Die Kapelle wird schon am 24. Mai 1222 von Papst Honorius III.[20]) und

1) v. Mohr, C. D. R. II. p. 101. — 2) Tschudi, Ch. h. I. p. 581. — v. Arx, G. d. Kt. S. G. II. p. 43. — 3) Kind. — 4) v. Mohr, C. D. R. II. Nr. 76. p. 100. — 5) v. Mont. — 6) Kind. — 7) Bergmann, K. B. p. 117—121, 129. — 8) v. Mont. — 9) Cat. Cur. — 10) Kind. — 11) N. Sammler f. B. 1811. p. 363. — 12) Kind, aus Msc. Engels. — 13) v. Mont, ex L. M. O. — 14) Kind. — 15) Sererhard, III. p. 51. — 16) v. Mohr, C. D. R. I. No. 191. — 17) Bergmann, K. B. p. 65. — 18) Kind, aus Msc. Engels. — 19) Brügger, aus dem Churwalder Urbar von 1508, dem ein Urbar des Klösterli's St. Jacob in Pretengöw vom 25. Jan. 1514 beigefügt ist. — 20) v. Mohr, C. D. R. I. No. 190.

am 21. April 1464 von Papst Pius II.[1]) als Besitzung des Klosters Churwalden bestätigt. Kapläne sind 1507 Niklaus Nigg und 1517 Gregor Maler. Erst 1523 wird ein Pfarrer Johannes Wolfray und 1525 auch ein Kaplan genannt. — Später scheint Luzein nach Jenatz pfarrhörig gewesen zu sein, da es im bischöflichen Officialbuche heisst: Jacobus Malthess de Luzein, alias parochie Jenatz[2]).

Fideris (romanisch Fedrain). St. Gallus[3]), ist noch 1523 Filiale[4]); dagegen wird kurz vor der Reformation, also zwischen 1524 und 1526 ein Pfarrer daselbst aufgezählt[5]). — Die Kirche trägt die Jahrzahl 1461[6]).

Grüsch (Grusche a cruce), wahrscheinlich St. Antonius, da 1519 Valentin Säli Kaplan in Grusch ad sanctum Antenum (wohl Antonium) genannt wird[7]). Das eine der beiden die Grenze des Chorherrengerichts von Schiers bezeichnenden Kreuze befand sich hier; das andere stand auf der Bergspitze zwischen Schiers, Luzein und St. Antönien[8]). Kaplan ist 1503 Jakob Starlank. Das Filialverhältniss bestand noch zur Zeit der Reformation circa 1526[9]).

Schuders, ehemals eine Wallfahrtskapelle, mit einer alterthümlichen, bunt bemalten Holzdecke im Schiff[10]).

Von Saas:

Serneus. Kapläne zu Zerneus sind 1502 Johann Mett und 1521 Leonhard Walchmeister von Chur[11]).

Conters (Cunters 1290—98), getrennt 1646[12]). Kaplan zwischen 1498 und 1524 ist Jakob Mitreus, alias Pitschen[13]). — Der Chor der Kirche, welche die Jahrzahl 1515 zeigt und Ueberreste alter Glasmalereien enthält, ward 1516, das Schiff 1518 ausgebaut[14]).

Von Jenatz:

St. Antönien. St. Anton, getrennt 1493[15]). Die Kirche hat eine ähnliche Holzdecke, wie Schuders, und im Jahr 1647 war noch eine ganze Seite derselben mit Bildern aus der Zeit des katholischen Gottesdienstes bemalt[16]).

Von St. Antönien:

Fanas (Affennas 1291, Phanaus, Fenaus 1290—98)[17]). — Nach einer andern Angabe gehörte Fanas zur Schlosskirche auf Solavers und erhielt 1487 einen eigenen Pfarrer[18]).

---

1) Bergmann, K. B. p. 65. — 2) v. Mont. — Cat. Cur. — 3) Campell, R. G. c. 40. — Kind, aus Msc. Engels — 4) v. Mont, ex L. M. O. — 5) Cat. Cur. — 6) Kind. — 7) v. Mont, ex L. M. O. — 8) Kind. — 9) Cat. Cur. — Leonhardi, Vierteljahrsschrift für das reformirte Bündnervolk. III. p. 47. Chur, 1849—55. — 10) Kind. — 11) v. Mont, ex L. M. O. — 12) v. Mohr, C. D. R. II. p 101. — Leonhardi, V. I. S. II. 44. — 13) v. Mont, ex L. M. O. — 14) Leonhardi, l. c. — Lutz, H. L. d. S. v. Sp. I. 188. — 15) N. Sammler f. B. 1805. p. 542. — 16) Sererhard, III. p. 55. — 17) v. Mohr, C. D. R. II. No. 54 u. 76 p. 112 u. 115. — v. Mont, ex L. M. O. — 18) N. Sammler f. Bdn. 1811. p. 363.

Von Jenatz:

Furna. St. Georg[1]), noch 1525 Kuratkaplanei[2]).

Von Solavers:

Seevis (Sewns 1291, Seuvens 1290—98)[3]). St. Lorenz[4]). Pfarrer ist 1523 Herr Florin Walgeuer[5]). Die niedrige Kirche hat eine alterthümliche Bauart[6]).

Valzeina stand gleichzeitig unter den Pfarreien Velsberg, Zizers, Seevis, Schiersch und Jenatsch (quibus olim dicta ecclesia Valzena subjecta erat simultanea et vices variando per singulos terminos), und wurde daher wohl abwechselnd von diesen erhalten und kirchlich versehen. Bei der Trennung laut Spruch vom 19. Januar 1523 waren alle genannte Orte mit ihren Vorständen vertreten; nach demselben musste zur Gründung und Erhaltung der Pfarrei jeder Bürger jährlich zwei Gulden rheinische Währung erlegen. Erster Pfarrer scheint 1523 Johannes Giger gewesen zu sein[7]). — Die Kirche hat die Jahrzahl 1499[8]).

2. Kirchenfilialen und Kapellen.

In der Pfarrei Luzein: **Pany,** nordöstlich, erbaut 1705[9]).

« « « Seevis: **Schmitten,** südlich. Das jetzige Gotteshaus stammt aus dem Jahre 1696[10]).

3. Klöster.

Serneus. Gegenüber diesem sehr alten Bade sollen auf der entgegengesetzten Seite des Thales noch die Ruinen eines Frauenklosters zu sehen sein, von dem das Bad, wie vermuthet wird, seinen Ursprung herleitet[11]).

C. DAVOS (Tauauns? 1213, Dafos 1289, Tafaus 1300, Thauavs 1335, Tafas 1338[12]), romanisch Davau).

1. Pfarrkirchen.

a. Mutterkirche.

Am Platz. St. Johannes Täufer ist die Hauptkirche der ganzen Landschaft[13]). Ihr sowol als auch den nachfolgenden Kirchen U. L. Frau und St. Niklaus stellen am 8. Juli 1335 sieben Bischöfe zu

1) Kind, ex Msc. Engels. — 2) v. Mont, ex L. M. O. — Cat. Cur. — 3) v. Mohr, C. D. R. II. No. 54 u. 76 p. 112 u. 115. — 4) Sererhard, III. p. 103. — 5) v. Mont, ex L. M. O. — 6) Sererhard, III. p. 95. — 7) v. Mont, ex L. M. O. — 8) Kind, ex Msc. Engels. — 9) Id. — 10) Id. — 11) Rüsch, Anleitung zum richtigen Gebrauch der Bad- und Trinkkuren. II. p. 211. — 12) v. Mohr, C. D. R. I. No. 240. p. 365 u. II. No. 47, 97, 245, 259. — 13) Campell, zwei Bücher rhätischer Geschichte, deutsch bearbeitet von Mohr. Chur, 1851 (Im Archiv für die Geschichte der Republik Graubünden. I. No. 5. cap. 36 p. 139). — Sererhard. III. p. 16.

Avignon einen Indulgenzbrief aus, unter andern auch zu Gunsten derjenigen Bussfertigen und Bekenner, welche, wie in Klosters, für den Grafen Donat von Vatz, dessen Gemalin Guota (von Ochsenstein), ihre Kinder, und den Bruder Ulrich von Maienfeld, Prämonstratenserordens, beten [1]. — Die ganze Landschaft Davos, also wahrscheinlich auch die Kirchensätze, gehörte als Reichslehen gegen das Ende des 13. Jahrhunderts (1289) den Freien von Vatz, fiel um die Mitte des 14. (nach 1335) erbsweise an die Grafen von Toggenburg, kam circa 100 Jahre später (1439) an die Grafen von Montfort-Tettnang und endlich 1477 durch Kauf an das Haus Oestreich [2]. — Das jetzige Gotteshaus hat die Jahrzahl 1481; es befand sich darin ein Altar des h. Kreuzes, dessen Kaplan 1517 Mathias Wenndeli ist [3].

b. Tochterkirchen.

Von Davos am Platz:

Frauenkirch. Die Kirche U. L. Frau, deren heutiges Gebäude die Jahrzahl 1603 trägt [4], sowie die weiter entstandenen zwei Kirchen, nämlich:

Im Dörfli. St. Theodor oder St. Joder, Hauptpatron von Wallis, woher die Davoser der Sage, ihrem Dialecte u. a. nach abstammen [5].

Glaris. St. Niklaus [6] mit der Jahrzahl 1613 [7], waren zur Zeit der Reformation noch blosse Kaplaneien der Mutterkirche [8].

Von Glaris:

Monstein. Die Pfarrei wurde erst lange nach der Reformation errichtet [9].

2. Kirchenfilialen und Kapellen.

Im Sartigerthale ein Kirchlein mit der Jahrzahl 1699 [10], südöstlich gelegene Filiale der Frauenkirche [11].

Im untern Laret, nordöstlich vom Dörfli, ein erst im Anfange des 19. Jahrhunderts erbautes Kirchlein, Filiale von St. Theodor [12].

Zwischen dem schwarzen und Davosersee, ebenfalls nordöstlich vom Dörfli, stand eine Kapelle St. Jodocus [13].

Auf der Scheideck bei Ober-Laret, zwischen diesem und dem Davosersee, lag eine Kapelle St. Wolfgang [14].

1) v. Mohr, C. D. R. II. No. 245. — 2) Bergmann, B. z. k. G. V. p. 108, 117, 120 und 121. — 3) Kind. — v. Mont, ex L. M. O. — 4) Ib. — 5) Campell, cap. 37. p. 142. v. Mohr, C. D. R. II. No. 47. n. 3. — 6) Campell, R. G. cap. 37. p. 140. — 7) Kind. — 8) Cat. Cur. — 9) Neuer Sammler f. B. 1806. p. 54. — 10) Kind. — 11) N. Sammler f. B. 1806. p. 53. — 12) Ibid. p. 54. — 13) Campell, R. G. cap. 36. p. 138. — 14) Leonhardi, V. I. S. III. p. 1.

D. SCHANFIGG (Scanaulcum 841, romanisch Scanvetg)[1].

1. Pfarrkirchen.

a. Mutterkirchen.

St. Peter. Circa 998? nimmt Papst Gregor V. die Kirchen in Schanfigg als Besitzung des Klosters Pfäfers in Schutz[2]. Aller Wahrscheinlichkeit nach ist darunter zunächst die St. Peters-Kirche gemeint, von der ein Dorf an der Strasse und Hauptort des Hochgerichts den Namen erhielt, da Pfäfers schon laut dem Einkünfterodel des Bisthums Chur aus dem 11. Jahrhundert eine Kirche Schanfigg mit dem Zehnten von drei Dörfern als Eigen besass und überdiess am 1. April 1460 und 21. Mai 1479 als Collator der Kirche St. Peter erscheint[3].

Castiel (Castellum 1210)[4]. St. Georg[5]. Collatur des Klosters Pfäfers[6].

St. Peter und Castiel sind ohne Zweifel die ältesten und Hauptpfarreien des Thales[7].

b. Tochterkirchen.

Von St. Peter:

Langwies (Pratum longum 998? romanisch Pralöng oder Prau liung)[8]. U. L. Frau[9]. Die Angehörigen der Kapelle hatten am 31. März 1475 Anstände mit dem Pfarrer von St. Peter betreffend seine pfarrlichen Gerechtigkeiten[10]. — Am 31. October 1475 ertheilen ihr vier römische Cardinäle hundert Tage Ablass[11]. U. L. Frauen an der Langenwies Wachszinse sind in einem Kaufbriefe vom 15. October 1483 als schon vormals auf Eroser-Gütern lastend erwähnt[12]. 1511 wird Johannes Burscher Leutpriester in Langwies genannt[13].

Peist (Paiste 1149, Paistene 1156)[14], soll mit Langwies früher eine Pfarrei gebildet und der in Trümmer zerfallene Pfarrhof in der Mitte beider Orte gestanden haben[15]. Am 25. Juni 1478 kaufen die Vögte an der ewigen Mess zu Baist von Jan Buwier, sesshaft auf Saigis, 16 ss. Pfenning ewigen Zinses ab dessen Gütern in Erosa[16]. — Seit 1517 erscheinen Leutpriester in Peist und zwar zuerst Marcus Molet[17].

---

1) v. Mohr, C. D. R. I. No. 24. — 2) Eichhorn, E. C. No. 29. — 3) v. Mohr, C. D. R. I. No. 193. p. 292. — Reg. v. Pfäfers. No. 613 u. 699. — 4) v. Mohr, C. D. R. I. No. 177, n. 3. — 5) Campell, R. G. cap. 39. p. 150. — 6) v. Mont. — 7) Id. — 8) Eichhorn, E. C. No. 29. — Campell, R. G. cap. 39. p. 148. — 9) Reg. v. Schanfigg, No. 56. — 10) Ib. No. 55. — 11) Ib. No. 56. — 12) Brügger. — 13) v. Mont, ex L. M. O. — 14) v. Mohr, C. D. R. I, No. 123 und 133. — 15) v. Mont. — 16) Brügger. — 17) v. Mont, ex L. M. O.

Von Langwies:

Erosa (Erossen 1443). «Das kirchelin in Arossen, geweyhet in «der Eer sannt Josen und Santa Barbara» kömmt vor in einem Kaufbriefe vom 22. Jan. 1511 um das Gut in der yssell daselbst[1]). — Eine alte Volkssage, dass Erosa vor Alters nach Obervatz kirchgenössig gewesen sei[2]), findet etwelche Bestätigung durch eine Urkunde vom 17. Juni 1477 im Archiv der Stadt Chur, worin es heisst: «Die obge« nant gemaynd (Erosen) sol ainem pfarer zu Obervatz fünffzehen Schil« ling pfenig järlich einzehenden»[3]). Am 5. Juni 1520 werden die seit 1. Juni 1494 obwaltenden Anstände über kirchliche Verhältnisse zwischen der Mutterkirche in Langwies und der Kapelle in Erosa, als deren Kaplan 1506 Johannes Schmid genannt wird[4]), durch einen Rechtsspruch entschieden[5]). 1524 ist Martin Nicolai Pfarrer daselbst[6]).

Von Castiel:

Tschiertschen. St. Jakob, hoch oben auf der linken Thalseite, circa 1525 mit 2 Kaplänen, wovon einer für die ewige Messe St. Jakobs[7]). Dagegen erscheinen in einem Kaufbriefe vom 19. Januar 1545 um die Tschiertscher-Churwalder Jochalp die Kirchenvögte St. Jakobs, des Heiligen[8]).

Dazu kommt:

Maladers (Maladers 1209)[9]). St. Desiderius, ursprünglich Collatur des Klosters St. Lucius, 1487 aber des Dompropsts von Chur. Kirchweih am 6. Dezember[10]). — Das zu Ehren des h. Eusebius erbaute und mit allen Zubehörden am 7. October 841 dem Bischof Verendarius II. zu Chur für die von letzterm errichtete kleine Zelle der h. Jungfrau Maria, genannt Serras) vergabte Kirchlein in Schanfigg[11]) stand ebenfalls in Maladers, und wurde wahrscheinlich nachmals in die St. Desiderius-Kirche umgewandelt[12]).

2. Kirchenfilialen und Kapellen.

In der Pfarrei St. Peter:

Malinis (Mulina? 1335, Malinis 1523)[13]). St. Bartholomäus, am rechten Ufer der Plessur gelegen. «Geldzinse dem lieben hailgen » Sant Bartlome zu Malinis » lasten auf Gütern zu Prätsch (unter den Churer-Alpen) laut Kaufbrief d. d. 27. Juli 1523[14]).

1) Brügger. — 2) Leonhardi, V. I. S. III. 2. p. 35, 36. — 3) Brügger. — 4) v. Mont, ex L. M. O. — 5) Reg. v. Schanfigg, No. 67 u. 71. — 6) v. Mont, ex L. M. O. — 7) Cat. Cur. — 8) Brügger. — 9) v. Mohr, die Regesten der Landschaft Schanfigg. Chur, 1850. No. 5. — 10) v. Mont, aus dem Archiv der Dompropstei Chur. — 11) v. Mohr, C. D. R. I. No. 24. — 12) v. Mont. — 13) v. Mohr, C. D. R. III. No. 21. — 14) Brügger.

In der Pfarrei Castiel:

Lüen (Lummines? 1222, Luwein? 1460)[1], am Bergabhang, südöstlich gegen St. Peter hin.

Calfreisen (Kafrais 1312, Gauarayssen 1367)[2], in nordwestlicher Richtung.

In der Pfarrei Tschiertschen:

Praden (Praden 1443, in Pratis), auf der linken Seite der Plessur nordwestlich von Tschiertschen, Kaplanei schon 1525[3]).

E. CHURWALDER-THAL

1. Pfarrkirchen.

a. Mutterkirchen.

Churwalden (Ecclesia Sanctae Mariae sita in silva augeria 1149, Curwalde 1191—96, romanisch Aschera)[4]). St. Maria und St. Michael[5]). Den 6. November 1149 bestätigt Papst Eugen III. die Kirche Churwalden als eine Besitzung des Klosters St. Lucius in Chur[6]). Die Einweihung aller Altäre derselben wurde laut Urkunde vom 22. April 1311 am Tage des h. Erzengels Michael gefeiert[7]).

Malix (Umbilicum 1149[8]), romanisch Umblich). St. Gallus[9]). Der Leutpriester Dietmar erscheint am 21. August 1231 bei der St. Laurenz-Kirche in Chur als Zeuge für einen Gütertausch zwischen Bischof Berthold I. von Chur und Propst Schwiker von Churwalden, welchem Kloster das Patronatsrecht gehörte[10]). — Bei Malix stand auch eine Kirche des h. Benedict[11]).

b. Tochterkirche.

Von Obervatz im Albulathale (siehe diesen Ort):

Parpan (Partipan 1208)[12]). St. Anna[13]). Die Kirche wird schon in einem Kaufbriefe von 1456 erwähnt[14]) und am 16. März 1517 von der Mutterkirche getrennt[15]). Leutpriester der neuen Pfarrei ist 1520 Herr Georg Sanganser[16]).

---

1) Reg. v. Schanfigg, No. 8 und 48. — 2) Ib. Nr. 12. — v. Mohr, C. D. R. III. No. 136. 3) Reg. v. Schanfigg, No. 38. — Cat. Cur. — Leonhardi, V. I. S. III. 1. p. 36. — 4) v. Mohr, C. D. R. I. No. 123 u. 159. — Campell, R. G. cap. 38. p. 146. — 5) Urk. v. 29. Sept. 1502. — 6) v. Mohr, C. D. R. I. No. 123. — 7) v. Mohr, C. D. R. II. No. 136. — 8) v. Mohr, C. D. R. I. No. 123. — 9) Brügger, aus d. Urbar Churwalden v. 1508. — 10) v. Mohr, C. D. R. I. No. 206. — 11) v. Mont. — 12) v. Mohr, C. D. R. I. Nr. 172. — 13) Cat. Cur. — 14) Füssli, schweizerisches Museum. Zürich, 1783—96. XIII. p. 82. — 15) Brügger, aus dem Archiv St. Lucius. — 16) v. Mont, ex L. M. O.

2. Kapellen.

In der Pfarrei Churwalden:

Churwalden. Die Kapelle des zum Kloster gehörigen Spitals, von dessen Mauern wallartige, den Grundriss eines länglichen Gebäudes (70 Schritte lang und 25 Schritte breit) bildende Erhöhungen des Bodens in einer Wiese oberhalb der Landstrasse, gleich weit von dem Klösterlein Serras und dem Frauenkloster Churwalden entfernt, herrühren dürften [1]), wurde aus einer vom 15. März 1210 datirten Schenkung Heinrichs von Sax und dessen Sohns Albert im Betrage von 5 Mark Silber erbaut, besass laut Urkunde vom 8. März 1280 Güter in Zizers und Igis und erhielt am 22. April 1311 einen Indulgenzbrief [2]). Ob diese Kapelle, deren Einweihung in der Osteroktav gefeiert wurde, mit der nächstfolgenden identisch ist, bleibt dahin gestellt.

Churwalden. U. L. Frau, St. Bartholomäus und St. Wolfgang, in der Wiese Prasutt neben dem einstigen Frauenkloster, im Churwalder-Urbar von 1508 erwähnt. Die noch 1798 vorhandenen Ruinen der Kapelle sind nun gänzlich verschwunden [3]). (Vergl. unten das Klösterlein Serras.)

In der Pfarrei Parpan:

Parpan. St. Peter und Paul, beim obern Thor, mit Wiesen und Zehnten von Papst Innocenz III. am 6. Mai 1208 dem Kloster Churwalden bestätigt [4]). Die Kapelle, noch im Churwalder-Urbar von 1508 erwähnt, war schon 1633 eine Ruine, deren Trümmer damals zum Baue des einzeln stehenden Kirchthurms von Parpan verwendet wurden [5]).

3. Klöster [6]).

Serras. Der daselbst in der Ehre der sel. Gottesmutter und Jungfrau Maria, sowie anderer Heiligen von dem Churer-Bischof Verendar errichteten kleinen Zelle vergabt am 7. October 841 Kaiser Lothar I. einen Theil seines Vermögens « in ualle Curualense », nämlich die in der Ehre unsers Herrn Jesu Christi erbaute Kirche in Sufers (im Rheinwald) und das in der Ehre des h. Eusebius erbaute Kirchlein in Schanfigg mit allen Zubehörden, ferner Besitzungen in Ouine (Duvein bei Mons), Wangs, Grabs, Ilanz, Flims und Ciarde [7])? — Dass dieses Klösterlein Serras im Thale Churwalden zu suchen sei, dafür spricht, abgesehen von dem verwandten romanischen Namen des letztern (Aschera)

---

1) Brügger. — 2) v. Mohr, C. D. R. I. Nr. 176. — II. No. 5 u. 136. — 3) Brügger. — 4) v. Mohr, C. D. R. I. No. 172. — 5) Brügger. — 6) Auszug aus einer grössern Arbeit desselben. — 7) v. Mohr, C. D. R. I. No. 24.

und des über dem Kloster gelegenen Weilers Pradaschier, ferner von den vielen Spuren älterer Ansiedlungen im Churwalder-Thale und von der zum Theil auf dieses hinweisenden Lage der Besitzungen des Klösterleins, sowie auch von dem muthmasslichen Zwecke seiner Stiftung, der in Errichtung eines klösterlichen Hospitiums an der Strasse von Chur nach dem Julier und Septimer unweit der rauhen Lenzerheide gefunden werden dürfte, hauptsächlich noch die Thatsache, dass in dem Churwalder-Urbar von 1508 die « Capell unser frowen, Sti. Bartholomaei « und Wolfgangi » das alte Kloster genannt und ihre Lage so bezeichnet wird: « in einer schönen Wiese Prasutt underm Closter und « under der stras gelegen, ist alles in einem sondern Infang; stosst der « infang heruf Closterhalb an die offene strass, pfönhalb und rabyushalb « an den Bach Rabyus »; sowie dass man beim Graben des Fundamentes eines Hauses an dieser Stelle (jetzt auf dem Tanzplatz genannt) auf Mauerschutt mit menschlichen Gebeinen und zwar vollständigen Skeletten stiess, woraus sich ergibt, dass daselbst ein kirchliches Gebäude mit Begräbnissplatz gestanden hat. Das im Jahre 1826 auf dem Tanzplatz neu erbaute Haus steht auf dem Grund und Boden der alten Kapelle, deren Ruinen damals noch ziemlich wohl erhalten waren. Das auf Felsen ruhende Fundament und die 4—5 Fuss dicken Mauern wurden in den Neubau des Hauses aufgenommen und reichen bis in den zweiten Stock desselben hinauf. Von dieser Kapelle soll ein unterirdischer Gang nach dem Nonnenkloster geführt haben, dessen Anfang beim Graben der Fundamente für den neben dem Hause liegenden Stall blossgelegt wurde.

Churwalden. Prämonstratenserkloster St. Maria und St. Michael.

Mit der Stiftung desselben soll es nach der Legende folgende Bewandtniss gehabt haben. Ein gewisser Rudolf (von Vatz?), ein wilder, kriegerischer, allen Lastern und Ausschweifungen ergebener Mann, kam auf einem seiner Streifzüge zur Kirche Remüs im Unterengadin und wurde daselbst durch den Anblick einer Teufelaustreibung am Grabe des h. Florin so erschüttert, dass er den Entschluss fasste, sich zu bessern. Er entsagte daher seinen Vergnügungen, schlug seine Wohnung in einem abgelegenen Walde auf und führte dort sieben Jahre lang ein strenges Einsiedlerleben. Im achten Jahre seiner Bekehrung begab er sich nach Palästina und besuchte alle h. Orte. Auf der Rückreise nach Brindisi im Neapolitanischen schloss er sich an drei andere Eremiten an und erzählte diesen den eines Tages gehabten sonderbaren Traum, wonach ihm ein Engel erschienen sei und ihn ermahnt habe, in eine Einöde zu gehen und sich ganz dem Dienste Gottes zu weihen. Zugleich erklärte er ihnen, dass er gesonnen sei, diesem Rufe zu folgen und forderte sie auf, sich mit ihm zum gleichen Zwecke zu vereinigen. Diess geschah, und alle vier wanderten nun in Rudolfs Heimat. Daselbst angelangt bat er seine Brüder, ihm sein Vermögen herauszugeben, und schlug, als sie seinem Wunsche entsprachen, mit den drei Gefährten in einem grossen, mit Räubern angefüllten Walde zwischen Chur und Obervatz die Wohnung auf. Sie bauten eine Kapelle und Einsiedlerhütte, reuteten das Gehölz aus, machten das Land urbar und dienten den Reisenden als Wegweiser und Beschützer. Nach Vollendung der Bauten legte er sein Klostergelübde in die Hände des Bischofs Adalgot von Chur (1150—1160) ab, welcher die Besorgung des Gottesdienstes in dem neuen, Churwalden genannten Kloster einem Mönche von St. Lucius bei Chur übertrug. Rudolf starb auf einer Reise nach Thüringen, wo er das seinem Kloster von einem dortigen Edelmanne zum Danke für die erhaltene Pflege vermachte Vermögen erheben wollte, zu Ellwangen in Schwaben. Neun Jahre nach dem Tode wurden seine Ueberreste auf Verlangen der Mönche von Churwalden in Folge kräftiger Fürsprache des Prämonstratenserklosters Roggenburg den ersteren ausgeliefert und in ihrer Kirche feierlich beigesetzt. — Der Convent in Churwalden wird zum ersten Male genannt in einer Urkunde, die zwischen 1191 und 1196 fällt, der Propst (Ulrich) am 7. Mai 1200. Der erste infulirte Abt ist Georg 1446 und der letzte Silvester Philipp Schroff, welcher 1599 starb. Das verarmte Gotteshaus wurde nun durch Administratoren aus Roggenburg verwaltet und nach der Auflösung des Stifts St. Lucius bei Chur (1807) dem bischöflichen Seminar daselbst einverleibt, welches dagegen die Provision für die katholische Pfarrei übernommen hat. Von den Gebäuden des Klosters ist nur noch die Kirche und das Abteigebäude übrig, das Conventgebäude aber schon längst zerfallen.

In Bezug auf die Bauart der Klostergebäude ist zu bemerken:

A. Die jetzige Kirche erhebt sich auf einer gegen Nord, Ost und Süd offenen Terrasse über dem zur Waldschlucht sich verengernden Ausgange des Rabiosathals und wurde nach dem Brande von 1472 unter Abt Ludwig von Lindau in den Jahren 1472—1477 neu erbaut, aber erst den 29. September 1502 unter Abt Gebhard Benz von dem Bischof zu Chur, Heinrich von Hewen, in der Ehre der h. Gottesmutter, des h. Erzengels Michael und aller h. Engel eingeweiht. Sie bildet ein längliches Viereck in der Richtung von West nach Ost. An den beiden Thürflügeln des von einem Rundbogen überwölbten Hauptportals auf der Abendseite haften zwei merkwürdige ringhaltende Löwenköpfe aus Erz, die nach dem Urtheile eines Sachverständigen nicht jünger als das 12. Jahrhundert sind. Rechts über dem Hauptportal ist ein aus grauem Sandstein gehauenes Doppelgesicht, offenbar der Rest eines alten Säulenkapitäls, zur Hälfte in die Giebelseite eingemauert. — Inwendig wird die Kirche durch eine sehr dicke Quermauer in zwei Abtheilungen geschieden. Die äussere, seit dem Jahre 1616 von den protestantischen

Einwohnern der Gemeinde Churwalden für ihren Gottesdienst benutzte Abtheilung, welche an der Südseite einen zweiten Eingang mit modernem hölzernem Vordache hat, besteht aus drei Schiffen. Jedes wird von der Westseite durch ein hohes Spitzbogenfenster erleuchtet, und enthielt noch vor circa 15 Jahren einige Glasgemälde. — An den nördlichen der beiden massiven Pfeiler, von denen die verschiedenen Stränge des spitzbogigen Rippengewölbes ausgehen, lehnte sich die jüngsthin durch ein Erzeugniss der Neuzeit ersetzte Kanzel aus dem 15. Jahrhundert, ein nicht uninteressantes Denkmal gothischer Kunst mit zierlichen, bunt bemalten Rosetten, Arabesken u. s. w. und der Inschrift: Anno dn̄i. M.CCCC.LXXV sub dn̄o. ludovico abbate. — Zuvorderst im südlichen Seitenschiffe steht der wohlerhaltene St. Lucius-Altar; er trägt die Jahrzahl 1511 und wird nebst dem umfangreichern Hochaltar in der innern Kirche hinsichtlich des Schnitzwerks und der Malerei von Kennern als eine der besten Arbeiten altdeutschen Styls in Bünden bezeichnet. Der reichvergoldete Schrein enthält drei schön geschnitzte Statuen, in der Mitte den h. Lucius mit den königlichen Attributen, rechts die h. Emerita, seine Schwester, und links die h. Barbara. Die beiden beweglichen Thürflügel des Schreins zeigen auf der innern Seite in halberhabener Arbeit links St. Johannes Täufer, rechts St. Petrus; auf der Aussenseite sind sie mit zwei Gemälden aus dem Leben des Heilands geschmückt, gleichwie das sogenannte Antipendium oder die Tafel, welche die Vorderseite des Altars bekleidet, mit einem das Abendmahl darstellenden Gemälde. An der Altarstufe sieht man rechts eine Dogge (das gräflich Toggenburgische Wappen) links einen Adler (das Wappen der Erzherzoge von Oestreich). — Im nördlichen Seitenschiffe befindet sich der Altar der h. Catharina, jedoch mit halb zerstörtem Schrein; er ist ebenfalls im gothischen Styl, aber nicht mit der gleichen Kunst erbaut wie der St. Lucius-Altar. Am Antipendium liest man in gothischer Schrift und alterthümlicher Sprache das Bruchstück eines Gebets, also lautend: « machtigā. got. din. hailige. martar. und « din. hailiges. biters. sterbā. dz. las. an. ..ndigan. menschā. nit. verlorā. « werdan. » Auch an der Stufe dieses Altars, sowie an den Schlusssteinen der Gewölberippen sind die schon erwähnten zwei Wappen (Dogge und Adler) zu erblicken. Ein dritter nicht mehr benutzter Altar zuvorderst an der feuchten Wand des nördlichen Seitenschiffs ist bis auf den nackten Tisch und einige unkenntliche Figuren des Schreins völlig ruinirt.

Der Eingang in die innere Kirchenabtheilung findet gegenwärtig durch ein verschliessbares Portal in der Mitte der Quermauer statt, während ehemals dort nur eine vergitterte Nische mit einem Altar darin vorhanden war, an deren Gewölbe das Rippenwerk noch sichtbar ist. Die beiden früher gebräuchlichen Portale auf der linken und rechten Seite sind bei einer vor circa 15 Jahren vorgenommenen Restauration zugemauert worden. Letztere hat leider auch die über den Portalen angebrachten, mit lateinischen Inschriften in gothischen Buchstaben versehenen alterthümlichen Frescomalereien an der dem Hochaltar zugekehrten innern Wand des Querbaues betroffen, sowie die zwei Reihen zierlich geschnitzter Chorstühle an den beiden Seiten derselben. Doch hat das katholische Kirchenbuch folgende, zwar mangelhafte Notizen und Copien jener Inschriften aufbewahrt:

Zwischen den beiden (ehemaligen) Chorthüren:

1) « Anno Domini 1ꝟ∧... (1472) die 3 Maji per ignis voraginem conflagratum est hoc monasterium, et sic restauratum per Ludovicum abbatem. »

2) « 1164 (ohne Zweifel richtiger 1154) fundatum est hoc monasterium. » Darunter das Bild der Geisselung Christi (imago flagellationis).

3) « 1120 exordium sumsit in dioecesi laudunensi ordo praemonstratensis per Divum Norbertum. Darunter das Bild der Krönung Mariä (imago coronationis).

Ueber der rechten Eingangsthüre (supra januam dextram intrantis): « Vigilate, ne intretis in tentationem. » Dazu das Bild des Oelbergs (imago montis Oliveti).

Ueber dem linken Eingange:

« Aruit tamquam testa virtus mea. »

Diese Inschriften und Malereien beweisen, dass die Scheidemauer, zwischen der äussern und innern Kirche schon im 15. Jahrhundert aufgeführt worden ist. Sie trägt nunmehr eine vor circa 13 Jahren errichtete Orgel und eine s. g. Emporkirche für die Sänger. Hinter ihr liegt in der Mitte der mit einem halben Viereck abschliessende Chor oder die Fortsetzung des Hauptschiffs der äussern Abtheilung mit hohen Spitzbogenfenstern an den Seiten und einer gothischen Rosette dazwischen, rechts oder südlich die Marienkapelle, links oder nördlich die Sakristei. Der Hochaltar, der h. Maria geweiht, ist laut Inschrift ein Werk des Jahres 1477 und von dem thätigen Abt Ludwig erbaut, hat aber durch die um das Jahr 1848 vorgenommene Restauration gelitten, indem damals der untere Theil des Schreins in der Mitte durch einen geschmacklosen Tabernakelbau verunstaltet und die schönen alten Malereien der Seitenflügel, rechts die Geburt des Heilands, links den Gruss der Engel darstellend, überfirnisst wurden. Das Centrum des Schreins bilden fünf aus Holz geschnitzte grössere Statuen, in der Mitte Maria mit dem Kinde, ihr zunächst zwei h. Jungfrauen: links St. Barbara?, rechts St. Emerita; zuäusserst zwei h. Bekenner, rechts an die Schwester sich anschliessend St. Lucius, links ein h. Bischof (St. Niklaus?). Das am Fusse des Schreins unmittelbar über der Altarplatte befindliche Abendmahl im Style desjenigen auf St. Lucius-Altar ist durch den Tabernakelbau jetzt zum Theil verdeckt. Ueber dem vorzüglich schön gearbeiteten und reich vergoldeten Schrein erhebt sich ein ganzer Bau von Fialen, Bogen, Nischen, in denen zahlreiche kleinere Heiligenstatuen stehen, kurz der ganze Reichthum gothischer Ornamentik bis an das Gewölbe hinauf, gipfelnd in einer Statuette des h. Erzengels Michael, als zweiten Patrons der Kirche. — Auch die Rückseite des Hochaltars ist mit verschiedenen, jedoch schlecht erhaltenen Malereien altdeutschen Styls versehen. Man sieht dort die vier h. Kirchenväter Augustinus, Gregorius, Hieronymus und Ambrosius, ferner den h. Märtyrer Laurentius, die Namen der h. Elisabeth und Maria, sowie unter einem den englischen Gruss darstellenden Gemälde links am Rande folgende Inschrift in schönen gothischen Buchstaben:

« O Mundi domina fratrem ludovicum de lindaia
« Respice benigna abbatem ei[usque] munēa digna.
« Chorum cum campana datum, hocque opus fac tibi gratum;
« Capita deaurata o Jesu cum cruce tibi donata
« Cum cruce argentea, ewangelii textum inspice pia.
« Anno Millēmo q̄dricentēo septuages. septimo. »

Die im vorigen Jahrhundert renovirte und 1769 eingeweihte Marienkapelle (die östliche Verlängerung des südlichen Seitenschiffs der äussern Kirche) enthält einen einzigen Altar mit zwei auf Holz gemalten Heiligenbildern in altdeutschem Styl, nämlich rechts St. Florinus, links St. Antonius Eremit, welche Bilder früher wahrscheinlich die Flügel eines kleinen Altarschreins gebildet haben.

Der Glockenthurm steht an der Nordseite der Kirche und zwar an derjenigen Stelle, wo der Querbau beginnt. Er hat oben vier grosse Schallöffnungen mit Rundbogen und ein wenig steiles pyramidales Dach, das in einen Knopf mit eisernem Kreuz und Hahn endigt. Unter dem Schallfenster der Westseite sind neben dem verblichenen Zifferblatte, bei welchem auch das Monogramm des Baumeisters H. X. S. C. W. angebracht ist, je ein wilder Mann (das Sinnbild des Zehngerichtenbundes) und zugleich rechts das Wappen des Abts Gebhard Benz, genannt Vitler, aus Werdenberg (1497—1536), links der toggenburgische Dogge und darüber der östreichische Adler in Fresco gemalt. Am Schallfenster der Südseite stehen links die Jahrzahl 1511 und die Wappen von Toggenburg und des Abts Benz. Von den Glocken sind die grösste und die zweitkleinste 1843 umgegossen worden; die beiden alten tragen folgende Inschriften in gothischen Lettern:

a) Die grössere (Mittagsglocke):

Oben: «Mit der hilf Gottes hat mich Martin Kisling und Hans Folmer zuo Bibrach gossen.» Unten: « Titulus triumphalis nostri Salvatoris Jes̄. Nazarenus rex Judaeorum. O rex gloriae Criste veni cum pace.

S. Lucas. S. Marcus. S. Johannes. S. Mattheus. Anno domini M.CCCCC.IX.»

b) Die kleinste: «Jes. Maria hilf uns. M.CCCCC.IX.»

B. Frühere Kirche. An der östlichen Mauer der Marienkapelle, wo der Schutt mindestens zehn Fuss hoch liegt, wie aus den dem Boden ebenen Fenstern des Chors und den Ansätzen der Gewölberippen hervorgeht, bemerkt man mehrere jetzt zugemauerte rundbogige Doppelfenster im Style der bündnerischen Kirchenbauten und Burgruinen des 12. bis 14. Jahrhunderts. Sie scheinen einer vor dem Brande von 1472 bestandenen Seitenkapelle angehört zu haben, welche sich an die nördliche Wand der älteren, zwischen 1149 und 1154 errichteten Klosterkirche anlehnte, aber auch theilweise in den Neubau von 1472 bis 1477 Aufnahme fand. Dieser wurde nämlich auf der Nordseite des abgebrannten Gotteshauses, fast unmittelbar an dasselbe anstossend, in grösserem Massstabe aufgeführt, wie die noch erhaltenen, wenige Schritte südöstlich vom Chor der jetzigen Kirche gelegenen und durch altes Gemäuer mit einer Ecke derselben zusammenhängenden Ruinen, bestehend aus einem vieleckigen Chor mit ursprünglich rundbogigem, später aber in den Spitzbogen veränderten Gewölbe, schliessen lassen. Da nun laut einer Schenkung der beiden Freien Walther von Vatz (Vater und Sohn) und Marquards von Vatz an das Kloster Churwalden vom 8. März 1237 ihre Vorfahren daselbst ruhten[1], und da zunächst vor der südlichen Kirchthüre, wo noch vor 20 Jahren ein Stück Gewölbe vom alten Kreuzgange stand, sich vor dem Jahre 1742 ein sehr grosser langer Stein befand, auch an jeder Seite der Kirchthüre zwei Löcher in der Mauer zu sehen waren, so liegt die Vermuthung nahe, dass jene Kapelle zwischen der alten und neuen Kirche die Begräbnissstätte der Freiherren von Vatz gewesen sei.

Die Siegel sowohl des Abts (S. Abbatis Monasterii Curwaldensis 1468) als des Convents (S. Conventus Sce. Marie in Kurwald 1463) zeigen die h. Jungfrau mit dem Jesuskinde sitzend[2].

Churwalden. Prämonstratenserinnenkloster St. Maria.

Einen kleinen Büchsenschuss südöstlich von dem Abteigebäude neben der Kirche, einem überaus festen thurmartigen Hause mit mehr als klafterdicken Mauern, jetzt Wohnung des katholischen Pfarrers, standen auf der gleichen Wiesenterrasse bis zum Ende der 1830r Jahre die Ruinen des angeblich vom Propste Swikerus (1208—1260) mit päpstlicher Erlaubniss erbauten und zwischen 1311 und 1318 erweiterten Nonnenklosters, wovon nur drei Urkunden Zeugniss geben, nämlich ein päpstlicher Bestätigungsbrief, datirt 6. Mai 1208, eine Jahrzeitstiftung

---

1) v. Mohr, C. D. R. I. No. 213. — 2) Sammlung d. antiq. Ges. in Zürich. —

vom 15. März 1210 und ein Indulgenzbrief, datirt 22. April 1311 [1]), die Volkssage dagegen um so mehr zu erzählen weiss. Nach dieser soll dasselbe durch einen unterirdischen Gang mit dem Männerkloster in Verbindung gestanden und durch Donat von Vatz (1285—1333) wegen grober Unsittlichkeiten der Nonnen verbrannt worden sein. Von den Ruinen, welche in einem Prospekte der Abtei Churwalden vom Jahre 1794 (im Klosterarchiv) als Rudera monasterii et ecclesiae monialium ad S. Nicolaum [2]) bezeichnet werden, waren, als man sie 1838 zerstörte, um Platz und Material für das neue Schulhaus des katholischen Theils der Gemeinde Churwalden zu gewinnen, noch zwei kleine Glockenthürme zu unterscheiden, wie solche auch die Abbildung zu Dr. Eblins Eröffnungsrede [2]) im Jahre 1821 zeigt. Aus diesen Thürmchen stammte ein altes Glöcklein, welches bis zur Umschmelzung vor circa 15 Jahren im Kirchthurme zu Churwalden hing. — Eine Stelle in der zunächst gelegenen Wiese Prasutt, wo gute Quellen entspringen, heisst jetzt noch das Nonnenbad. — In der Umgebung des Frauenklosters stand bis zum Anfang dieses Jahrhunderts auch eine uralte Linde, wovon die Fortsetzung der Wiesenterrasse bis zum Hofe « Furners- oder Furrershus » heute noch « auf der Linde » genannt wird.

F. HOCHGERICHT DER STADT CHUR (Curia 760 [3]) romanisch Cuera) [4]).

1. Pfarrkirchen.

a. Mutterkirchen.

Chur. Der Domkirche der h. Jungfrau Maria Himmelfahrt geschieht am frühesten Erwähnung in einer Urkunde vom 9. Juni 831, laut welcher sie von Kaiser Ludwig dem Frommen in Schutz genommen wird [5]). Später (am 15. Okt. 951) heisst sie « ecclesia sancte dei genitricis Marie beatique Lucii confessoris Christi [6]).

Altäre waren in der Domkirche, welche von Bischof Heinrich IV., Graf von Montfort, am 4. Juni 1265 neu geweiht und deren Kirchweih auf die Pfingstoktav festgesetzt wurde, laut einem Codex von 1636 (No. V) folgende:

A. Im Chore:

1) Hochaltar der h. Maria, geweiht mit dem Chore über der

1) v. Mohr, C. D. R. I. No. 172 u. 176; II. No. 136. — 2) Verfassung der Gesellschaft der Aerzte Graubündens. Chur 1821. (Das Titelbild hat die Unterschrift: « Ruinen der Klosterkirche zu Churwalden. ») — 3) v. Mohr, C. D. R. I. No. 9. — 4) Lutz, S. O. L. v. Sp. I. p. 179. — 5) v. Mohr, C. D. R. I. No. 20. — 6) Id. I. No. 48.

Krypta von dem Bischof Berno am 2. Juni 1178 und in seiner jetzigen Gestalt erbaut von Jakob Rösch 1491 (Siehe Seite 49).

2) Altar der h. Apostel.

3) Altar der 10,000 Ritter.

Diese zwei, an den beiden Seitenmauern des Chors auf und gegenüber der Stelle des jetzigen bischöflichen Throns gestandenen Altäre wurden nach der Reformation wegen Verlusts der Fundationen auf Geheiss des apostolischen Nuntius entfernt.

B. In der Krypta (Einweihung 9. September):

4) Muttergottes- oder Kapuziner-Altar, an der Endmauer des Chörleins, sehr alt.

5) Fronleichnams-Altar, in der Mitte der Krypta, welcher 1322 erscheint und dessen Collator die Familie von Juvalta war, eingegangen.

6) St. Andreas-Altar, sehr wahrscheinlich im Jahr 1306 von dem Decan Konrad von Montfort errichtet, weil Collator der Decan von Chur war.

7) St. Mauritius-Altar, anlehnend an die Scheidemauer der alten Sakristei, kömmt vor 1344 und 1381 und ist eingegangen.

C. Ausserhalb der Krypta (in den drei Schiffen des Langhauses):

8) Altar des h. Kreuzes, beim Eingange in die Krypta, fundirt und dotirt von Bischof Reinger 1208, eingeweiht 26. Mai, hatte ein altes schönes hohes Kreuz zuoberst, das jetzt an der Wand des Chors aufbewahrt ist. Dieser Altar, an dessen Rückseite die bemalte Holzfigur eines leidenden Christus unter einem kleinen gothischen Baldachin aufgestellt ist, heisst schon längst St. Johann von Nepomuks-Altar, weil er später auf den Namen desselben geweiht wurde.

9) Altar St. Jakob's Ap. oder Apostel-Altar, im nördlichen Seitenschiffe zunächst am Chore, mit einem Reliquienkasten des h. Lucius in romanischem Style. Er wird 1259 von dem Chorherrn Jakob von Neuenburg gestiftet und von Jakob von Castelmur († 1273) errichtet, das erste Mal (1259) durch Ludolf, Bischof von Alvirstat und wiederum 1611 durch Johann VI. Flugi von Aspermont, Bischof zu Chur, in der Ehre der h. Jakob, Mauritius und Carolus Borromäus geweiht. Collator ist der Domdecan. Einweihungen fanden statt 8. Februar und 9. September.

10) Altar der h. Placidus und Sigisbert M., am Ende des südlichen Seitenschiffs zunächst der Chortreppe mit einem gothischen Reliquienkasten. Er ward gestiftet 1247 von Abt Konrad I. von Lumerins in Disentis und eingeweiht 1271. Der Schatzmeister der Domkirche hat die Präsentation des Kaplans und soll sie dem Abte von Disentis machen. Dieser Altar wird auch St. Michaels-Altar genannt, weil er zu oberst eine geschnitzte Figur des Erzengels hat.

11) Altar des h. Laurentius M., in der gleichnamigen Kapelle des südlichen Seitenschiffs, gestiftet 1545 und errichet 1546 von Bischof Lucius Iter, auch geziert mit seinem Wappen, sowie mit einem Gemälde von Lucas Kranach, Hans Holbein dem jüngern und Hans Keller von Luzern, darstellend den Besuch der Weisen und rings umher die Lebens- und Leidensgeschichte des h. Laurenz.

12) Altar des h. Niklaus und der h. Katharina, in der Mitte des nördlichen Seitenschiffs, laut Urkunde vom 18. März 1287 von neuem errichtet[1]) und dotirt durch den Bischof Friedrich I. von Montfort. mit einem Gemälde von Albrecht Dürer, darstellend in der Mitte die Kreuztragung Christi, rings herum die Leidensgeschichte der h. Katharina, Johann und Alban, unten in der Ecke den Bischof Heinrich VI. von Höwen, knieend als Stifter (1491) mit dem Wappen. Collator: der Dompropst. Ein Kreuz auf demselben hat in schönen Uncialen an der Kugel über der Basis die Inschrift: Vir sapiens dominabitur astris. Ludovicus Dux Bari (Ludovico Moro, später Herzog von Mailand).

13) Altar des h. Paulus Ap., eingegangen, stand zunächst dem noch bestehenden St. Katharina-Altar im nördlichen Seitenschiff. Vor demselben ruht der Chorherr Ulrich Trisener, † 1302. Er ward geweiht 7. Juni 1305 von Bischof Sigfrid zu Chur. Collator war 1398 Heinrich von Sirgenstein.

14) Altar des h. Konrad B., in der Mitte des südlichen Seitenschiffs, gegründet und bewidmet durch Heinrich von Belmont, † 1307. Collator war der Graf von Sulz-Vaduz; jetzt wird die Collatur dieser und der nach der Reformation damit verschmolzenen Pfründe des St. Katharina-Altars abwechselnd ausgeübt vom Dompropst und vom Fürsten von Lichtenstein als Nachfolger der Herren von Vaduz. Die Einweihung feiert man am nächsten Sonntag nach der Octav von Maria Himmelfahrt.

15) Altar der h. Maria Magdalena, dem vorstehenden St. Konrads-Altar einverleibt und vereint, auch von demselben H. v. Belmont, welcher davor begraben ist, fundirt und dotirt.

16) Altar aller Heiligen, links vom Hauptportal, zunächst No. 17, erbaut vom Ritter Ulrich von Flums, † 1312, eingegangen.

17) Altar des h. Gaudentius M., beim Eingange des nördlichen Seitenschiffs an der Mauer, erscheint schon 1337, und Collator ist 1375 Dietegen von Marmels, 1483 aber Diepolt von Schlandersberg. Am 10. Februar 1665 ward er renovirt und neu eingeweiht zu Ehren der h. Mutter Gottes, Bernhardins und Gaudentius in Folge einer Stiftung des Dompropsts Bernardinus de Gaudentiis zu Gunsten eines Kaplans, dessen Collatur diese Familie hatte.

---

1) v. Mohr, C. D. R. II. No. 80 u. 166.

18) Altar St. Georgs und Sebastians M., gestiftet am 5. April 1288 von Heinrich von Räzüns dem ältern[1]), welches Geschlecht in der Nähe des St. Oswald-Altars seine Ruhestätte hat, noch 1356 genannt, seither eingegangen.

19) Altar St. Thomas Ap., errichtet von dem Bischof Thomas von Planta (1520–1548), dessen Grabmal nahe am St. Gaudenz-Altar steht, eingegangen.

Ausserdem werden in allen Codices weiter erwähnt:

20) Altar St. Oswalds, im südlichen Seitenschiffe zunächst dem Eingange an der Mauer, theilweise über der jetzigen bischöflichen Gruft, kömmt vor 1333 und ist eingegangen. An der Stelle desselben steht nun der Muttergottes- oder Rosenkranz-Altar mit einem Gemälde von Johann Stumm, darstellend die h. Familie, erbaut mit der darunter befindlichen Gruft von dem Bischof Johannes VI. Flugi von Aspermont (1636—1661). — Die alte bischöfliche Gruft, schon seit 1122 benutzt, befindet sich unter dem nördlichen Seitenschiffe, nicht weit von der Stelle, wo oben St. Katharina-Altar steht, bei dem zweiten Pfeiler, an welchem der alte Brunnen ist.

21) Altar St. Christophorus. Vor ihm ruht Swigher, genannt Tumbe, Subdiacon der Kirche Chur.

22) Altar St. Lucius, in der ehemaligen bischöflichen Privatkapelle gleichen Namens über dem nördlichen Seitenschiffe, an den Glockenthurm anstossend und an der linken Obermauer des Mittelschiffs auf Consolen hervortretend. Ihr Chörlein ward 1517 von Bischof Paul Ziegler erbaut und mit seinem Wappen, sowie einer Anbetung der h. 3 Könige al Fresco geschmückt; ihr Altar aber, den h. Lucius als König vorstellend, durch eine Feuersbrunst im Jahre 1811 fast ganz zerstört und seither nicht wieder hergestellt.

Ueber die Bauart ist folgendes zu bemerken: Das Gebäude der Domkirche, dessen Errichtung nach der ununterbrochenen Tradition dem Bischof Tello (758—773) zugeschrieben wird, stammt in seiner ursprünglichen Anlage nach dem Urtheile bewährter Kenner aus dem Ende des 8. oder Anfang des 9. Jahrhunderts, wofür auch als Beweis dienen mag, dass bei einer im Jahre 1854 vorgenommenen Veränderung des Chorbodens drei bisher verdeckte und unbekannte Altartritte links an der Epistelseite zum Vorschein gekommen sind, auf deren mittlerem an der Ecke die Jahrzahl 810 eingegraben war. Jedoch ist die Kirche im Jahre 1273 von dem Domcustos Jakob von Castelmur restaurirt worden. Der Chor ist viereckig abgeschlossen und besteht aus einem kleinern hintern und einem grössern vordern Quadrat. Unter demselben

---

1) v. Mohr, C. D. R. II. No. 42.

befindet sich eine Krypta mit zwei entsprechenden Räumen, einem engern, um eine Stufe erhöhten, dessen Rundbogengewölbe auf zwei festen Säulen ruhen und in dessen Fussboden Mosaikreste aus der ehemaligen St. Stephanskirche eingelassen worden sind, und einem weitern, von einem flachen Kreuzgewölbe, dem eine Säule als Stütze dient, überspannten Raume. An diesem Gewölbe waren früher drei vergitterte Oeffnungen angebracht, durch welche das Licht vom Chor hinab fiel; sie sind jedoch seit 1854 mit Marmorplatten zugedeckt. Die Gewölbebogen des Oberbau's sind primitive Spitzbogen, die sich zum Theil kaum merklich von Rundbogen unterscheiden. An den vier Capitälen der Wandpfeiler des hintern Chors sieht man Engel dargestellt, welche mit den Schultern hervortretende Steinstücke (s. g. Kämpfer) tragen. Die Fenster der Krypta und des Chors sind entweder kreisförmig oder rundbogig. Die je drei Räume der beiden Nebenschiffe sind ungleich unter sich und zum Theil rautenförmig verschoben; diejenigen des Hauptschiffs, das durch eine Brechung der Achse des Chors eine etwas veränderte Richtung erhielt, haben eine mehr quadratische als oblonge Form. Die vier Mittelpfeiler mit je sieben Halbsäulen sind von gewaltiger Dicke. Die obern Seitenfenster des Hauptschiffs, sowie das grosse Giebelfenster, welches der Ritter Ulrich von Flums († 1312) fertig machen liess, und das Hauptportal zeigen den Rundbogenstyl. Der nördlich an das Chor angelehnte Thurm ist in seinen Grundlagen uralt, oben dagegen 1829 neu erbaut, da er 1811 abgebrannt war. An das Ende des südlichen Nebenschiffs schliesst sich eine kleine gothische Kapelle aus dem 15. Jahrhundert, dem h. Lorenz gewidmet. Die uralte Domherren-Sakristei liegt unter der jetzigen an der Südseite des Chors rechts vom Eingange in die Krypta und enthält die Reste einer Wandmalerei des 14. Jahrhunderts, darstellend den Gekreuzigten zwischen Maria, Johannes, St. Lucius, St. Florinus und St. Christoph.

Von Steinsculpturen sind bemerkenswerth: 1) 17 Bruchstücke von Ornamenten und Gesimsen aus weissem Marmor, der karolingischen Zeit angehörend, welche früher in den Fussboden der Kirche eingelassen waren, jetzt aber im s. g. Feuerspritzengemach beim Thurm aufbewahrt werden. 2) Die vier an Säulen mit Löwen oben und unten sich lehnenden Heiligenfiguren (Petrus, zwei Propheten und ein Apostel oder Evangelist), welche je zwei aneinander gerückt zu beiden Seiten der Gitterthüre vor der Façade der Domkirche aufgestellt, vermuthlich aber Träger der ehemaligen Kanzel sind; 3) das 1484 verfertigte, an Uebersichtlichkeit und Harmonie kaum übertroffene Sakramentshäuschen, welches links beim Aufgange zum Chore über dem jetzigen untern Bischofsstuhle an der Mauer emporsteigt und woran das Wappen des Bischofs Ortlieb von Brandis (1458—91) angebracht ist. Ueber einer Nische mit einem Baumstamme als fingirtem Träger des

Ganzen erblickt man die eiserne, früher vergoldete Thür, welche ehemals die geweihten Species verschloss, umgeben von Hohlkehlen mit dem schönsten durchbrochenen Laubwerk. Oberhalb derselben beginnt das dreieckig vortretende Tabernakel, an dem drei Engel erscheinen. Zuletzt folgt ein durchsichtiger Bau von Giebeln und Fialen in drei Hauptabsätzen, wovon die beiden untern durch Statuetten der h. Jungfrau mit den h. Lucius und Florinus, sowie Petrus und Paulus belebt sind; 4) der Sarkophag des Bischofs Ortlieb mit der Statue desselben auf der Deckplatte von rothgeflecktem Marmor, der als Kopfkissen zwei Löwen, als Fussende zwei Hunde und Wappenschilde dienen, und mit der Inschrift: «ORTLEVE. L. B. DE BRANDIS. EPVS. CVR. OBIIT. 1491.» Unter den Holzsculpturen ist neben den geschnitzten Chorstühlen, die von verschiedenen Händen des 15. Jahrhunderts ausgeführt zu sein scheinen, und einem Schrein aussen an der Façade links vom Portal, welcher eine Gruppe der Schmerzensmutter mit dem Leichnam Christi enthält, als weitaus das wichtigste Denkmal der ganzen Kirche hervorzuheben, der von Jakob Rösch angefertigte und laut Urkunde 1491 noch unvollendete Hochaltar, dem in der Schweiz keiner gleichen dürfte. Ueber einer steinernen, von neun Säulchen umgebenen Mensa erhebt sich ein Schrein, dessen durchweg bemalte und vergoldete Bildwerke ein ganzes Heer von heiligen Gestalten enthalten, wovon wir nur die grössern erwähnen. Die geschnitzten Gruppen des Untersatzes sind der Passion gewidmet. Von den Fialen auf beiden Seiten des eigentlichen Schreins zeigen die zwei nähern die Figuren von Kriegsknechten. Auf der Aussenseite der Flügel ist eine Geburt Christi und eine Anbetung der Könige gemalt; an der Innenseite sind links St. Othmar und St. Gallus, rechts St. Sigisbert und St. Placidus in Relief abgebildet; zwischen den Flügeln stehen die Statuen der Maria, dem Jesuskinde eine Birne reichend; zu ihrer Rechten St. Emerita und St. Lucius, zu ihrer Linken St. Ursula und St. Florinus. Die Rückseite des Schreins stellt die Kreuzigung in vollständigen Figuren dar. Der reiche durchsichtige Tabernakel über demselben, welcher nur durch die Niedrigkeit des Chors an weiterer Entwicklung gehemmt wird, enthält im ersten Stockwerk drei Statuengruppen, nämlich die Krönung der Maria durch die Dreieinigkeit, rechts und links je drei Apostel; im zweiten Stockwerk nochmals die Dreieinigkeit und zu beiden Seiten knieend Maria und Johannes der Täufer [1]).

Die Siegel der Bischöfe zeigen von 1216 (S. Arnoldi Dei gr. Curiensis Episcopi) bis 1523 einen stehenden oder sitzenden Bischof mit Buch in der Linken und Stab in der Rechten. Der merkwürdige

1) v. Mont. — Mittheilungen der antiquarischen Gesellschaft in Zürich. Band XI. Heft 7. — Bergmann, B. z. k. G. V. p. 162—173.

elfenbeinerne Siegelstempel aus dem 11. Jahrhundert mit der Umschrift: «Stella maris» ist im Anzeiger für schweizerische Geschichte und Alterthumskunde näher beschrieben[1]).

Mit der halben Stadt Chur schenkt sodann König Otto I. am 16. Januar 958 dem Hochstifte Chur drei daselbst befindliche Kirchen[2]), nämlich:

Chur. St. Laurenz. Bei dieser Kirche, deren Einweihung man am 10. August feierte, wird noch 1220 eine Schenkung an das Kloster St. Lucius vollzogen; später ist nichts mehr von ihr bekannt[3]). Sie lag in der unmittelbaren Nähe des römischen Castells, ungefähr da, wo jetzt der Hofbrunnen steht[4]).

Chur. St. Hilarius. Den Grund zu dieser Kirche oberhalb der Stadt am Berge auf der linken Seite der Plessur soll der h. Fridolin zwischen 482 und 511 gelegt haben[5]).

Chur. St. Martin. Pfarrer derselben war der Dompropst, welcher dafür einen beständigen Vicar hatte[6]). 1525 werden auch ein Frühmesser und Helfer daselbst aufgezählt[7]). Das alte Gebäude hat einen festen Thurm, durch welchen einer der drei Eingänge in die Kirche führt[8]).

Fernere Kirchen sind:

Chur. St. Salvator. Sie soll eine der ersten Kirchen in Rhätien und von den Römern erbaut sein[9]), wird circa 998? von Papst Gregor V. dem Kloster Pfäfers bestätigt und nebst dem Hofe im 11. und 13. Jahrhundert unter den Besitzungen desselben aufgezählt. Es hatte daselbst seinen Meier und genoss besondere Rechte[10]). Am 8. Februar 1258 wird Ulrich als Leutpriester von St. Salvator genannt[11]) und am 2. März 1512 verleiht Abt Wilhelm von Pfäfers als Collator diese Pfarrkirche dem Johannes Gawa, Frühmesser bei St. Martin[12]). Die Kirche lag ausserhalb der Stadtmauer vor dem obern Thor, nach der Sage an der Stelle des einstigen Kauf- und Rathhauses[13]), kam vermöge Kaufbriefs vom Jahre 1559 von Abt Rudolf und Convent von Pfäfers an die Stadt Chur[14]) und stand noch zu Campells Zeiten (1570); auch heutzutage ist Gemäuer derselben und ein Theil des Glockenthurms erkennbar[15]).

Chur. St. Regula, einst ein Klösterlein[16]), beim untern Thor, kömmt erst in einem Spruchbriefe vom 25. Mai 1365 vor[17]) und wird

---

1) Jahrgang 1858. S. 60. — 2) v. Mohr, C. D. R. I. No. 53. — 3) Ib. I. No. 189. — 4) v. Mont. — 5) Campell, R. G. I. cap. 10. p. 36. — 6) v. Mont. Vgl. v. Mohr, C. D. R. I. No. 213. — 7) Cat. Cur. — 8) Sererhard, e. D. II. p. 5. — 9) Ib. II. p. 7. — 10) Eichhorn, E. C. No. 23. — v. Mohr, C. D. R. I. No. 193. p. 291 u. 301 n. 30.. — v. Arx, G. d. Kt. S. G. I. p. 465. n. *a*). — 11) v. Mohr, C. D. R. I. No. 232. — 12) Reg. v. Pfäfers No. 869. — 13) Campell, R. G. cap. 9. p. 37. — 14) Brügger. — 15) v. Mont. — 16) Id. — 17) v. Mohr, C. D. R. III. No. 124.

am Schlusse des 15. Jahrhunderts erweitert und verschönert. — Collator der drei 1525 bestehenden Pfründen (Pfarrer, Vicar und Cooperator war der Dompropst[1]).

Chur. St. Johann Baptist, an unbekannter Stätte, längst verschwunden[2]).

b. Tochterkirche.

Von St. Regula in Chur[3]):

Masans (Massans 1263)[4]). Hier war schon in frühen Zeiten ein Sondersiechen- oder Pesthaus, auch zur Aufnahme fremder Kranken gestiftet und mit Einkünften dotirt worden[5]). Davon heisst es in den Stadtordnungen von Chur zwischen 1368 und 1376[6]): « Uss Curwalder « müli sond allü iar werden den siechen zu Massanes ain wert swin « und XXIIII masse smaltzes zelassens. Und den aid swerer ain mal « am dienst, und uss aim aker von Massanes den nächsten 1 cäs geltz « und uss der Hoffstat ze Salas pruwinen II quartanen gersten geltz. » Noch am 13. Juli 1440 verpflichtet Antonius Tumb, Rector der Pfarrkirche in Schnüfis, das Domkapitel in Chur, aus einer gemachten Vergabung an seinem Jahrzeittage den Siechen in Masans ein Viertel Wein auszutheilen[7]).

2. Kapellen.

Chur. St. Antonius. Mit dieser an der Landstrasse nach Malix in südlicher Richtung gelegenen und von Papst Innocenz III. am 6. Mai 1209 als Besitzung des Klosters St. Lucius in Schutz genommenen Kapelle[8]) war ein Armen- und Siechenhaus unter Obsorge und Pflege jenes Klosters verbunden[9]), worauf sich folgende Stelle in der Stadtordnung von Chur (zwischen 1368 und 1376) bezieht: « In dem spital ze sant « Antönien sol man behalten waz siechen ze Cur burger sint, so sol « den siechen da werden von den drien maierhöfen ze Cur, von zwain « mins herren des bischoffs, und von den chorherren, von ir ieglichem « ein pfenning an werde an strowe. Es sol och in dem selben spital « geben werden von sant Lucien ieglichs zehent brot und ieglichü « zehent tavelle smaltzes und ieglich der zehent käs, und der zehent « zigerling die uss der alp Ramutz koment, und swas der herren von « sant Lucien sterbent, dez gewant sol dar geben werden daz sich die « siechen damit dekent[10]).

---

1) Cat. Cur. — v. Mont. — 2) v. Mont. — 3) Lutz, H. L. d. S. v. Sp. II. 14. — 4) v. Mohr, C. D. R. I. No. 247. — 5) Campell, cap. 9. p. 40. — 6) v. Mohr, C. D. R. III. p. 244. — 7) Bergmann, B. z. k. G. V. p. 166. — 8) v. Mohr, C. D. R. I. No. 174. — 9) v. Mont. — 10) v. Mohr, C. D. R. III. No. 138. p. 244.

Chur. St. Maria Magdalena, stand auf dem Hofe bei unser Frauen Münster zunächst vor der Kirchthüre und war schon im 13. Jahrhundert eine Besitzung des Klosters Pfäfers[1]). Ihr Kirchherr, Simon Mayrugg, Priester, verleiht am 20. September 1387 mit Gunst und Zuthun Gaudenzen von Plantayr, als Stifters und Lehenherrn der Kapelle, zwei ihr gehörige Juchart Ackerfeldes, ausserhalb der Stadt Chur vor dem niedern Thore gelegen, als Erbleben um 5 Scheffel Gerste jährlichen Zins. Für diese Pfründe wird der Priester Johannes Gawa von Rankwyl durch Abt Wilhelm von Pfäfers am 15. Dezember 1511 präsentirt und durch den Decan der Kathedralkirche am 26. Februar 1512 investirt[2]).

Chur. St. Stephan. Die Streitigkeiten zwischen dem Domkapitel und dem Kloster St. Lucius wegen des Zehntens von dem Weingarten dieser uralten, nach der Sage etwa aus dem 7. oder 8. Jahrhundert stammenden Kapelle, deren Einweihung man am 27. Juni feierte, werden am 18. Juni 1371 durch die bestellten Schiedsrichter gütlich beigelegt[3]). Sie gehörte zu dem nahen Kloster St. Lucius und lag hart hinter dem jetzigen Kantonsschulgebäude, aber auf einem höhern Terrain am Abhange des Mittenbergs. In Folge der seit der Reformation zwischen den beiden Confessionen geführten Kämpfe wurde sie dem Kloster entzogen, war 1618, als die Stadt Chur durch neue Verschanzungen und Mauern gegen die Oestreicher unter Baldiron gedeckt wurde, bereits eine Ruine, und ward 1622 vollends zerstört. Auf der Stelle derselben entdeckte man am 2. September 1851 einen römischen Mosaikfussboden, welcher dem Osttheile der Kapelle angehörte, und wovon der k. preussische Baurath, Hr. von Quast, eine Beschreibung lieferte[4]). Derselbe wird jetzt in der Krypta der Kathedralkirche aufbewahrt.

Chur. H. Geist, im Dreifaltigkeitsspital. Am 25. Juli 1386 bestimmt Bischof Johann I. von Chur mit Rath und Zustimmung seines Dompropsts, Grafen Rudolf; des Domdecans Heinrich Sätteli; des ganzen Kapitels; des Grafen Rudolf von Montfort-Feldkirch, Pflegers seines Gotteshauses und vorzüglichen Förderers alles Guten; endlich des Rathes und der Bürger der Stadt Chur das Rathhaus daselbst zu einem Hause des h. Geistes unter dem Namen «Dreifaltigkeitsspital» für Sieche, Arme und Elende mit eigener Hauskapelle und Friedhof, und unterstellt dasselbe in geistlicher Fürsorge der Pfarrgeistlichkeit von St. Martin. Später (1525) hatte er zwei eigene Kaplane. Behufs Gründung dieses Spitals schrieb der Bischof an alle Kirchen seiner Diöcese um eine öffentliche Collecte. Die erste Gabe (fl. 100) rührt von dem Edlen

---

1) v. Arx, G. d. Kt. S. G. I. p. 465. n. *a*). — 2) Reg. v. Pfäfers, No. 295, 867, 868. — 3) v. Mohr, C. D. R. III. No. 154 und 157. — 4) Allgem. Ausgb. Zeitung, Jahrgang 1851. No. 261. Beiblatt. — Bündnerisches Monatsblatt. 1851. No. 10. p. 213—217.

Rudolf von Schauenstein[1]). — Ein älterer Spital bei der St. Martinskirche in Chur wurde schon 1154 von Bischof Adalgot der Vorsorge des Klosters St. Lucius für den Unterhalt der Armen übergeben und ihm von den Päpsten Hadrian IV. am 27. November 1156 und Innocenz III. am 6. Mai 1209 bestätigt[2]).

Chur. St. Lucius, am Mittenberg, östlich von Chur, in einer Felsenhöhle, welche der Heilige eine Zeit lang bewohnte, Wallfahrtsort, St. Lucius-Löchlein genannt[3]).

Chur. St. Florinus, auf dem Hofe, wo jetzt das Kinderschulhaus steht, erwähnt 1326 im Necrologium der Domkirche zum 21. Mai[4]).

Chur. St. Afra. Einweihungsfest am 11. August?[5]).

Chur. St. Hieronymus, im Hause des Decans, gestiftet durch den Decan Donat Iter[6]).

Chur. Kapelle im Hause des Custos beim Kreuzgange, zerstört durch die Feuersbrunst von 1811[7]).

3. Klöster.

Chur. Männerkloster St. Lucius, nach der Tradition von dem Bischof Valentinianus 548 bei der Veste Marsöl erbaut. Desselben gedenkt unter dem Namen «monasterium S. Valentiniani prope castra Martiola» am frühesten die schon oben Seite 23 als wahrscheinlich unächt bezeichnete päpstliche Bulle von circa 998 und sodann erst 150 Jahre später eine Bestätigungs-Bulle des Papsts Eugen III. vom 6. November 1149[8]). Es war anfänglich mit Augustinern, sodann circa 998? mit Benedictinern aus der Abtei Pfäfers, endlich circa 1140 mit Prämonstratensern aus dem Kloster Roggenburg in Baiern besetzt und ist seit 1807 eingegangen[9]). — Das Conventssiegel (S. conventus Sci. Lucii) zeigt den h. König Lucius mit Krone auf dem Haupte, Scepter in der Linken und Apfel in der Rechten[10]).

Chur. St. Hilarius. Nonnen bei dieser Kirche (Seite 49) waren schon am 6. Mai 1209 eingeschlossen und lebten laut Urkunde vom 27. Juni 1278 unter Obsorge und Gehorsam des Propsts von St. Lucius[11]). Das Kloster wird fernerhin genannt am 6. März 1347, und die Gebäude desselben standen noch zur Zeit der Reformation[12]).

Chur. Das Predigerkloster St. Nicolaus, welches in Folge einer von Bischof Konrad II. zu Chur an das Provinzialkapitel des Predigerordens in Regensburg gestellten Bitte zwischen 1272 und 1275 errichtet wurde[13]), stand auf dem nach ihm benannten Klosterplatze; es

---

1) v. Mont. — 2) v. Mohr, C. D. R. I. No. 128, 133, 174. — 3) Tscharner, Kt. Graubünden p. 101. — 4) v. Mont. — Bergmann, k. B. z. G. V. p. 167. — 5)—7) v. Mont. — 8) Eichhorn, E. C. No. 29. — v. Mohr, C. D. R. I. No. 123. — 9) v. Mülinen, H. S. I. 209. — 10) Sammlung d. a. G. i. Z. — 11) v. Mohr, C. D. R. I. No. 174. II. No. 1. III. No. 7. — 12) Ib. II. No. 309. — v. Mont. — 13) v. Mohr, C. D. R. I. No. 267.

brannte in der kurzen Zeit von 14 Jahren zwei Male ab, wurde aber stets wieder hergestellt, so dass am 6. Dezember 1288 und 26. April 1299 Altäre darin eingeweiht werden konnten [1]). Im Jahre 1653 wurden die Klostergebäude gemäss Beschluss der fünf Zünfte der Stadt Chur abgebrochen [2]). — Das Siegel des Priors von 1367 (S. Prioris Fratrum Ordinis Predicatorum in Cur) enthält in der Mitte das Bild eines Bischofs unter einem Baldachin, neben ihm zwei betende Heilige, unten einen knieenden Mönch [3]).

Chur. St. Margaretha. Vor dem obern Thore in dem jetzigen von Tscharnerischen Hause, eine Statthalterei von Churwalden mit einem Kirchlein, das 1282 Berthold I., der vierte Propst des Klosters, als ein domus refugii erbaut haben soll, worin aber schon am 23. April 1279 Ambrosius von Cristas eine Jahrzeitstiftung errichtet [4]). Vielleicht bezieht sich darauf die Bulle des Papsts Honorius III. vom 24. Mai 1222, wodurch er die Besitzungen des Klosters Churwalden bestätigt, weil es darin heisst: « In civitate Curiensi grangia cum capella, molendinis, « vineis, casalibus et aliis pertinentiis suis » [5]) und hiermit übereinstimmend in dem « Zins, Geldeinkommen, Haabe und Gut des Klosters zu Churwalden anno 1522 » aufgeführt werden: « zu Chur zu St. Mar-« garethen die Kirchen, Torkel, 2 Weingärten, Haus, Hof und Stall, « dazu Aecker und Wiesen, dass sie ihr eigen Heu und Futter haben, « wormit sie da kommen, es seyn gleich Ross oder Ochsen » [6]). — Der Hof St. Margaretha wird in Urkunden vom 4. März 1320, 12. November und 10. Dezember 1321 erwähnt [7]).

Masans. Ein Kloster soll unweit von diesem Dorfe, bei der Landwehr, die sich vom Scalära-Tobel bis hinab an den Rhein zieht, auf einem Platze, genannt Münchenboden, gestanden, und schwache Spuren davon noch zu Campells Zeiten (1570) sichtbar gewesen sein [8]). Es wird nun von einer Seite vermuthet, dass hier die von dem Bischof Verendarius II. zu Chur (833—844) erbaute und von Kaiser Lothar I. den 7. October 841 mit dem Kirchlein St. Eusebius in Schanfigg beschenkte Zelle der h. Jungfrau Maria, genannt Serras, zu suchen sein dürfte, da « serra » Landwehr bedeute, und auch sonst in der Nähe von Schanzen oder Vorpostenlinien kirchliche Gebäude vorkommen [9]). Nach einer andern Muthmassung aber mag, wie wir oben Seite 37 nachgewiesen, das Klösterlein Serras eher der Ursprung des Klosters Churwalden gewesen sein.

---

1) Ib. II. No. 46, 50, 87. — 2) v. Mohr, Archiv für die Geschichte der Republik Graubünden. Chur, 1853. I. No. III. p. 16—25. — 3) Sammlung d. a. G. i. Z. — 4) v. Mohr, C. D. R. II. No. 4. — 5) Ib. I. No. 191. — 6) Brügger. — Nachrichten über St. Margreten aus dem v. Tscharnerischen Familienarchiv zu Chur. — 7) v. Mohr, C. D. R. II. No. 181, 190, 191. — 8) Campell, R. G. cap. 9. p. 40. — 9) Anzeiger f. sch. G. u. A.-K. 1859. p. 9.

G. HOCHGERICHT FLIMS (Gericht im Boden).

1. Pfarrkirchen.

a. *Mutterkirchen.*

Rhäzüns (Rhæzunnes 960)[1]). St. Georg[2]). Diese Kirche, welche auf einem isolirten, waldbekränzten Felsenhügel hoch über dem Rheine steht und nach der einstimmigen Volkssage das erste und einzige Gotteshaus jener Gegend gewesen sein soll[3]), wurde schon 960 von Kaiser Otto I. dem Hochstifte Chur tauschweise übergeben[4]). Sie war, wie sich aus den zum Theil vermauerten Rundbogenfenstern erkennen lässt, ursprünglich im romanischen Style angelegt. Das Schiff hat eine flache Holzdecke, an welcher das letzte Renovationsjahr 1731 angeschrieben ist. Die drei Wände desselben sind mit Frescomalereien aus dem 13. oder 14. Jahrhundert bedeckt, welche in fortlaufenden Reihen die h. Geschichten des alten und neuen Testaments durch die Erschaffung der Welt, das Paradies, den Sündenfall, die Sündfluth mit der Arche Noah u. s. w., sodann das Leiden des Heilands und schliesslich das jüngste Gericht zur Darstellung bringen. Beim Engelsgrusse stehen die Worte: « Ave Maria gratia plena dominus tecum » in gothischen Buchstaben, deren Charakter auf die angegebene Zeit hinweist, und in der Nähe der Kanzel (eines Werks des 17. Jahrhunderts) ein grosses Bild des drachenbekämpfenden Ritters St. Georg. Alle Gemälde zeigen eine höchst naive kindliche Auffassung des Gegenstands und die Personen im Costüm der damaligen Zeit. Der Chor, dessen Gewölbe in dem aus der Churer-Kathedrale bekannten, etwas gedrückten Spitzbogenstyl errichtet ist, muss später an das Schiff angebaut worden sein; er enthält ebenfalls Frescomalereien, insbesondere die vier Evangelisten und ihre Namen in der Schrift des 14. Jahrhunderts. Trotz der erlittenen spätern Uebermalung (1731?) blickt doch die frühere Anlage noch überall deutlich durch. Der Altar ist aus zweierlei Bestandtheilen zusammengesetzt. Zu den ältern gehören sowohl die fünf Statuetten, nämlich in der Mitte die h. Maria, neben ihr links zunächst St. Johannes und zuäusserst St. Martin, rechts ebenso St. Felix und St. Georg, als auch die beiden Flügel des Schreins, welche auf der Rückseite gute Malereien altdeutschen Styls tragen. Der Schrein selbst scheint moderner, an den Seiten desselben sind die h. Leonhard und Jodocus, sowie in der Fensternische hinter dem Altar die h. Oswald und Ulrich

---

1) v. Mohr, C. D. R. I. No. 56. — 2) Truog, neue Geographie von Graubünden. Chur, 1826. p. 81. — 3) Brügger. — 4) v. Mohr, C. D. R. I. No. 56. —

gemalt. Ein Chorstuhl trägt die Jahrzahl 1661 und den Namen des Johannes Planta von Wildenburg zu Rhäzüns. Das früher vorhandene, aus Holz geschnitzte Reiterbild des h. Georg wurde dem letztverstorbenen König von Preussen geschenkt mit Rücksicht darauf, dass seine Vorfahren, die Grafen von Zollern, in der zweiten Hälfte des 15. Jahrhunderts die Herrschaft Rhäzüns besassen. Von den beiden Glocken im Thurm hat die grössere die Inschrift: «O rex gloriæ Christe veni nobis cum pace. Anno domini MCCCCLVY»; die kleinere die Namen der 4 Evangelisten in der Schrift des 14. Jahrhunderts[1]). Das älteste Siegel der Gemeinden Rhäzüns und Bonaduz aus dem 15. Jahrhundert hat noch St. Georg im Schilde[2]). — St. Pauls Kirche über dem Dorfe Rhäzüns ist ebenfalls sehr alt, ward, nachdem die entfernte St. Georgs-Kirche in Abgang gekommen, die zweite Pfarrkirche, und dient nunmehr als Begräbnisskirche[3]). An der Aussenseite derselben bemerkt man Spuren eines früheren kleineren Chors, dem Styl nach aus dem 13. oder 14. Jahrhundert, der in den spätern grössern aus dem 15. Jahrhundert aufgenommen wurde. In diesem befinden sich viele Grabmäler der von Planta, als Herren von Rhäzüns im 16. Jahrhundert. Das Schiff zeigt auswendig ebenfalls Spuren einer schon in älterer Zeit vorgenommenen Vergrösserung und im Innern Frescogemälde aus dem 15. Jahrhundert. An der Nordseite der Kirche erhebt sich ein ziemlich hoher Thurm mit doppelten Rundbogenfenstern[4]). — Die jetzt im Gebrauch stehende Pfarrkirche, der h. Mariä Geburt geweiht, erbaute das Haus Oestreich am Ende des 17. Jahrhunderts. — Collator ist der Bischof von Chur[5]). Neben dem Pfarrer wirkten 1525 ein Frühmesser und Kaplan[6]).

Ems (Amedes 766, romanisch zu Campells Zeit 1570 «Amed», jetzt «d'Omat» oder «Domat»)[7]). St. Johannes Täufer[8]). Der durch Bischof Tello's Testament vom 15. Dezember 766 dem Kloster Disentis vermachte Mönchenhof in Ems mit allen Zubehörden, Kirchen u. s. w. wird am 4. Juli 976 von Kaiser Otto II. demselben bestätigt; ebenso am 22. September 1491 die Einverleibung der Kirche durch Papst Innocenz VIII.[9]). Sie liegt auf einem malerischen Hügel am Nordrande des Dorfs beim Rheinufer und wird dermalen als Wallfahrts- und Begräbnisskirche benutzt[10]). Ihr Baustyl ist mit Ausnahme des rundbogigen Hauptportals an der Westseite, wahrscheinlich des Rests von einem ältern Baue, der gothische. Die Rippen des Spitzbogengewölbes sind von gelblichem Tufstein. Der Schrein des Hochaltars mit Schnitzerei

---

1) Brügger. — 2) Id. — 3) v. Mont. — 4) Brügger. — 5) v. Mont u. Brügger. — 6) Cat. Cur. — 7) v. Mohr, C. D. R. I. No. 9. — Brügger. — 8) v. Mohr, die Regesten der Benedictinerabtei Disentis. No. 235. Chur, 1853. — 9) v. Mohr, C. D. R. I. No. 9 u. 66. — Reg. v. Disentis, No. 235. — 10) Brügger.

stammt aus guter Schule und trägt die Jahrzahl 1504, ist aber durch spätere Schnörkel verunstaltet worden. Am Gewölbe des Schiffs liest man die Jahrzahl 1515. Im Thurme hängt eine Glocke mit der Jahrzahl 1454 und der Inschrift: «O rex celestis gloriæ veni nobis cum «pace»[1]) und eine andere von 1494[2]). — Die zweite Kirche St. Maria Himmelfahrt, mitten im Dorfe, ein grossartiges, zu Anfang des 18. Jahrhunderts im Renaissance-Styl aufgeführtes Gebäude, gehört zu den schönsten in Bünden, und ist heutzutage die Hauptkirche der grossen Ortschaft[3]).

Felsberg, richtiger nach der Aussprache zu schreiben: Welschberg[4]) oder Velschberg (Fagonium XI, Veltsperch 1290—98[5]), romanisch Fagoign)[6]), St. Michael[7]). Das Patronatsrecht tauschen Propst und Convent des Klosters Churwalden am 26. Januar 1305 von Heinrich von Frauenberg ein und erhalten sodann nach dem Tode des Kirchherrn Ulrich von Martzschüls durch Bischof Ulrich V. die Investitur[8]). Die Kirche besitzt eine Glocke mit der Inschrift: «O rex celestis gloriæ «veni nobis cum pace. Anno Domini 1404»[9]).

b. Tochterkirchen.

Von Rhäzüns (St. Georg)[10]):

Trans (Trannes 1208)[11]). Hoch oben auf einem Berge im Domleschgerthal (siehe dieses Thal).

Von Rhäzüns (St. Paul):

Bonaduz (Beneduces 960)[12]). U. L. Frauen Kirche wird erwähnt in einem Erblehenbriefe des Freiherrn Georg zu Rhäzüns vom 21. April 1445 und in einem Zinsbriefe des Maritzy Marun vom 2. Februar 1559 u. s. w.[13]). Neben der h. Maria wird noch St. Anna als Patronin einer Bruderschaft verehrt. Die Collatur wechselt zwischen dem Bischof, welcher schon 1290—98 Einkünfte davon bezog, und der Gemeinde[14]). Die Trennung geschah 1667.

2. Kirchenfilialen und Kapellen.

In der Pfarrei Ems:

Ems. St. Maria Magdalena im obern Dorfe. Die Kapelle war im 11. und 13. Jahrhundert eine Filiale der dem Kloster Pfäfers ge-

1) Brügger. — 2) Id. — 3) Id. — 4) Campell, R. G. cap. 5. p. 21. — 5) v. Mohr, C. D. R. I. No. 193. p. 295. — II. No. 76 p. 110. — 6) Campell, l. c. — 7) Brügger. — 8) v. Mohr, C. D. R. II. No. 119 u. 273. — 9) Bündner-Zeitung 1858. No. 111. — 10) v. Mont. — 11) v. Mohr, C. D. R. I. No. 172. — 12) v. Mohr, C. D. R. I. Nr. 56. — 13) Brügger aus dem Archiv Bonaduz. — 14) v. Mohr, C. D. R. II. No. 76. p. 99. — v. Mont.

hörigen Pfarrkirche St. Salvator ausserhalb der Stadt Chur[1]), ist jetzt aber verschwunden.

Ems. St. Anton auf dem Hügel am Westrande des Dorfs, welcher auf seinem abgeplatteten Gipfel noch die Spuren einer alten Ringmauer vom verschollenen castrum Amedes zeigt[2]). Eine Zeichnung des letzern ist im Schlosse Hohenems (Amisium) bei Feldkirch zu sehen, welches Geschlecht aus Rhätien und zwar sehr glaubwürdig von Ems stammt[3]).

Ems. St. Peter am östlichen Fusse desselben Hügels[4]).

In der Pfarrei Bonaduz:

Bonaduz. St. Magnus, eine kleine, noch bestehende und benutzte Kapelle auf dem Felde (campagnia), nördlich zwischen Bonaduz und dem Vorderrhein[5]).

III. DECANAT OB DEM (FLIMSER) WALDE.

Zu diesem Decanate wurden zwischen 1320 und 1330 gezählt die 20 Pfarrkirchen in Urseren, Tavetsch (Sedrun), Gamp (Disentis), Somvix, Truns, Brigels, St. Georgenberg (Waltensburg), Uebersaxen, Medels (Platta), Ruschein, Fellers, Ilanz, Lugnez (Pleif), Igels, Cästris, Valendas, Sagens, Flims, Trins, Tamins.

In dem Katalog von 1525 werden ferner aufgeführt Schleuis? Tenna, Riein, Vrin, Vals, Ruis, Schlans, Lax.

Die Entstehung der sämmtlichen Pfarreien erhellt am anschaulichsten nach der frühern Eintheilung in Hochgerichte.

A. HOCHGERICHT FLIMS.

1. Pfarrkirchen.

a. Mutterkirchen.

Flims (Flemme 766[6]), romanisch Flem)[7]). St. Martinus und St. Antonius[8]). Die diesen Heiligen, deren erstern das Siegel der Gemeinde von den Jahren 1547 und 1660 zeigt[9]), gewidmete Kirche am obern Rande des Dorfs nimmt Papst Gregor V. circa 998? als eine

1) v. Mohr, C. D. R. I. No. 193. p. 291. — v. Arx, G. d. Kt. S. G. I. p. 165. n. *a).* — 2) Brügger. — Campell, R. G. cap. 5. p. 21. — 3) v. Mont. — Campell, l. c. — 4) Brügger. — 5) Id. — 6) v. Mohr, C. D. R. I. No. 9. — 7) Campell, R. G. c. 5. p. 15. — 8) Reg. v. Pfäfers, No. 851—52. — N. Sammler f. B. VII. p. 59. — v. Arx, G. v. S. G. I. 165. n. *a).* — 9) Brügger.

Besitzung des Klosters Pfäfers in seinen Schutz, welches im 11. Jahrhundert einen Hof und zwei Kirchen mit dem Zehnten des Dorfs als Eigen inne hatte und noch am 4. Mai 1508 an das durch Resignation des Cristan Strub erledigte Vicariat in Flims den Priester Christophorus von Rhäzüns dem Bischof Paul in Chur präsentirte [1]). Das jetzige Gotteshaus von gothischer Bauart besitzt eine Glocke aus dem Jahre 1404 mit der Inschrift: « O rex celestis gloriæ etc. » und eine zweite (grosse) von 1518 [2]) und stammt aus dem Jahre 1507 [3]). — Eine andere, nicht mehr existirende Kirche St. Elisabeth [4]), welche einen eigenen Mesmer beschäftigt hatte, wird in einer Zehntenauskaufsurkunde vom 29. September 1528 erwähnt [5]). — Den Kirchensatz (Pfarrei und Frühmesserei) überliess am 10. August 1526 das Kloster Pfäfers der Gemeinde [6]).

Hohentrins (romanisch Trin). Patron vermuthlich St. Johannes Täufer; denn auf ihn bezieht sich wohl der Wachszins St. Johannes des Täufers, welcher im Jahrzeitbuch der Filiale Tamins vom Jahr 1462 aufgezeichnet ist. Es darf diess ferner nach der frühern Uebung in der christlichen Kirche, bei der h. Taufe den Namen des oder der Schutzheiligen des Orts den männlichen oder den weiblichen Kindern zu ertheilen, daraus geschlossen werden, dass in Trins heute noch neben Pancratius (Bargäzzi) Johannes am zahlreichsten als Taufname sich findet, was übrigens laut Urkunden schon im 15. Jahrhundert der Fall war; z. B. kommen vor mehrere Hans von Hewen als Herren von Hohentrins. Auch wissen die Aufzeichnungen und Traditionen von Tamins nichts von einer dort gestandenen St. Johannes-Kirche [7]). — Die Herrschaft Hohentrins und damit vermuthlich auch die Collatur besassen im 14. Jahrhundert die Grafen von Werdenberg-Heiligenberg und im 15. die Freien von Hewen [8]). 1525 besorgten den Gottesdienst in Trins ein Pfarrer und ein Vicar [9]). — Gegenwärtig steht an der Stelle des ursprünglichen Gotteshauses auf einer Terrasse am südwestlichen Abfalle des Burghügels Poviesch (Bovix) ein schönes gothisches Gebäude aus dem Jahre 1493 mit drei alten Glocken, deren Inschriften also lauten:

1) Die kleinste: « Maria. Jerimanus. (ein Geschlechtsname in jener Gegend)..... » Das letzte Wort konnte nicht entziffert werden. Die gothischen Majuskeln weisen auf den Anfang des 15. Jahrhunderts hin.

2) Die mittlere: « us dem für (bin ich) geflosen mit der hilf gotes hat mich jacop escuop(?) gosen. Anno domini CCCC.VIII. »

3) Die grösste: « Si Deus pro nobis, quis contra nos. Anno domini 1500 » [10]).

---

1) Eichhorn, E. C. No. 29. — v. Mohr, C. D. R. I. No. 193. p. 291. — Reg. v. Pfäfers. No. 851—52. — 2) Bündner-Zeitung 1858. No. 111 u. 112. — 3) Brügger. — 4) N. Sammler f. B. VII. p. 66. — 5) Brügger aus dem Archiv Flims. — 6) Cat. Cur. — N. Sammler f. B. VII. p. 66. — 7) Brügger. — 8) Archiv f. G. d. R. G. B. Heft 31. p. 226—229. — 9) Cat. Cur. — 10) Brügger.

b. Tochterkirche.

Von Hohentrins sonderte sich als eigene Pfarrei:

Tamins (romanisch Tumein). St. Felix[1]), nach obiger Aufzählung schon zwischen 1320 und 1330; nach einer andern Nachricht aber war es bis 1810 in Trins eingepfarrt[2]). Für erstere Angabe spricht indessen, dass schon 1462 ein Jahrzeitbuch vorhanden war, im Katalog von 1525 ein Pfarrer und Vicar zu Tamins genannt werden, und dass am 1. Heumonat 1546 mit Wissen und Willen einer ganzen Gemeinde die Altäre in der Kirche abgebrochen worden sind[3]).

2. Kapellen.

In der Pfarrei Flims:

Flims. St. Placidus. }
„ St. Lucius. } Laut Urkunde vom 25. Juli 1488[4]).

Fidaz. St. Simplicius (vulgo St. Plici), schon im 13. Jahrhundert als Filiale von Flims unter den Besitzungen des Klosters Pfäfers genannt[5]), ein altes im Rundbogenstyl erbautes Kirchlein, das vielleicht mit obiger St. Placidus-Kapelle identisch ist[6]).

In der Pfarrei Hohentrins:

Hohentrins. St. Pancratius. Diese Kapelle stand auf dem merkwürdigen, von einer Burg gekrönten Felszahne, westlich vom Dorfe, und gab demselben den Namen « St. Pancratius-Stein »[7]).

B. HOCHGERICHT GRUOB (romanisch La Foppa).

1. Pfarrkirchen.

a. Mutterkirchen.

Um das Jahr 998? erscheinen gleichzeitig zwei Kirchen als Eigenthum des Klosters Pfäfers[8]), nämlich:

Ilanz (Iliande 766[9]), romanisch, nach Campell (1570) Ilg-Ant, jetzt Glion)[10]). St. Martin[11]). Diese Kirche, welche im 11. Jahrhundert Mathratus, im 13. und 14. aber die Herrschaft Belmont[12]), dann die Grafen von Sax und endlich in Folge Kaufs die Bischöfe von Chur besassen,

---

1) Truog, n. G. v. G. B. p. 80. — v. Mont. — Brügger. — 2) v. Sprecher in Lutz H. L. d. S. II. p. 340. — 3) Brügger. — 4) N. Sammler f. B. VII. p. 66. — 5) Ib. p. 59. — Brügger aus d. A. F. — v. Arx, G. d. Kt. S. G. I. p. 465. n. *a)*. — 6) Brügger. — 7) Id. und N. Sammler f. B VI. p. 244. — 8) Eichhorn, E. C. No. 29. — 9) v. Mohr, C. D. R. I. No. 9. — 10) Campell, c. 4. p. 10. — Lutz, H. L. d. S. v. Sp. I. p. 428. — 11) v. Mohr, C. D. R. II. No. 98. — 12) Ib. I. No. 193. p. 294. — v. Mont.

steht auf einer erhabenen, das Thal der Gruob beherrschenden Terrasse, südlich über dem Städtchen und hat drei Schiffe mit flacher Holzdecke, während der Chor gewölbt ist. Portal und Gewölbe zeigen wie St. Maria im Thale Safien den Uebergang vom Rund- in den Spitzbogenstyl. Im niedrigen Thurme hängen zwei alte Glöcklein, wovon das kleinere aus dem Jahre 1461 stammt[1]). St. Martin dient jetzt zu den Begräbnissfeierlichkeiten und Pfarrkirche ist die frühere Kapelle St. Maria und Margaretha im Städtchen geworden, welche schon unterm 21. März 1287 von 12 Bischöfen einen Indulgenzbrief erhielt, und an deren Stelle ein gothisches Gebäude aus dem Jahre 1518 trat[2]). Das Brustbild der h. Gottesmutter mit dem Jesuskindlein erscheint auch bis zur Reformation im Stadtsiegel[3]). Die grosse Glocke von Ilanz rührt aus dem Jahre 1518. Das Marienbild auf derselben ist fast ganz abgefeilt[4]).

Ruschein (Rucene 766, Ruschain 998?)[5]), St. Georg, von Papst Gregor circa 998? als Besitzung des Klosters Pfäfers bestätigt und noch im 11. Jahrhundert demselben eigen, wird von Papst Innocenz VIII. am 24. Mai 1491 dem Kloster Disentis incorporirt[6]). Im Kirchthurm hängt eine sehr interessante Glocke von einem Walliser-Giesser[7]).

Es folgen nun dem Alter nach:

Fellers (Falaria 766[8]), romanisch Faléra)[9]). St. Remigius[10]). Die laut Urkunde des römischen Königs Heinrichs III. vom 30. Januar 1045 dem Kloster Schännis gehörende Collatur[11]) ist im Laufe der Zeit an Disentis übergegangen und wird am 24. Mai 1491 diesem Kloster incorporirt[12]).

Cästris (Castrices 766[13]), romanisch Castrisch)[14]). St. Georg. An die Stelle dieser im Einkünfterodel des Bisthums Chur aus dem 11. Jahrhundert sammt Zehnten als Eigenthum desselben erwähnten, jetzt aber verschwundenen Kirche trat die gegenwärtige Hauptkirche der h. Jungfrau Maria[15]). Collatoren in Cästris, das 1525 auch einen Frühmesser des h. Sebastian und einen Kaplan U. L. Frau hatte[16]), waren (wohl nur lehensweise) im 13. und 14. Jahrhundert die Herren von Belmont und nach Aussterben derselben (circa 1390) die Grafen von Sax, welche ihr Begräbniss daselbst hatten (laut Grabstein mit der Inschrift: « Anno « Millesimo CCCCXXVII obiit Dns. Johannes comes de Saxo ultima feria « sexta Maji)[17]), und seit der Reformation die Gemeinde[18]). Die Mittags-

---

1) Brügger. — 2) v. Mohr, C. D. R. II. No. 38. — Brügger. — 3) Mitth. d. a. G. i. Z., Bd. XIII. p. 22. — 4) Bündner-Zeitung 1858. No. 112. — 5) v. Mohr, C. D. R. I. No. 9 u. 73. — 6) Eichhorn, E. C. No. 29. — v. Mohr, C. D. R. I No. 193. p 291. — Reg. v. Disentis. No. 232. — 7) Bündner-Zeitung 1858 No. 113. — 8) v. Mohr, C. D. R. I. No. 9. — 9) Brügger. — 10) Reg. v. Disentis. No. 232. — 11) Hergott, G. d. a. g. H. II. p. 117. — 12) Reg. v. Disentis. No. 232. — 13) v. Mohr, C. D. R. I. No. 9. — 14) Brügger. — 15) v. Mohr, C. D. R. I. No. 193. p 297. — v. Mont. — 16) Cat. Cur. — 17) N. Sammler f. B. VII. p. 72 u. 75. Note. — 18) v. Mont.

glocke auf dem dortigen Kirchthurme trägt folgende Inschrift in schönen gothischen Lettern: « O rex celestis gloriæ veni nobis cum pace. Anno « Domini 1367 »; die grosse Glocke scheint von den Bürgern der Stadt Lugano im Tessin dem Johann von Sax, Mitstifter des grauen Bundes, zum Taufgeschenk gegeben worden und bei diesem Anlass nach Cästris gekommen zu sein; wenigstens lautet so die lateinische Inschrift ebenfalls in gothischen Lettern mit dem Datum von Lugano anno Domini 1393[1]).

Sagens (Secanium 766, Sagamnum 1139, Sigannes 1160, Sigenis 1235[2]), romanisch Sagoign)[3]). St. Maria Himmelfahrt[4]). Das dortige Patronatsrecht vertauschte Bischof Konrad II. am 16. August 1282 gegen die Kirche in Prada (Müstail) an das Kloster St. Lucius[5]), welches 1525 einen Pfarrer, Frühmesser und Kaplan unterhielt[6]).

Valendas (Valendanum 766, Valendaus 1208[7]), romanisch Valendau)[8]). St. Blasius[9]). Collator der Kirche, die eine Glocke aus dem Jahre 1404 mit der Inschrift: « O rex celestis gloriæ etc. » besitzt[10]) und am 24. Mai 1491 von Papst Alexander VI. dem Kloster Disentis incorporirt wird, ist schon am 22. März 1473 der Abt desselben[11]), welcher 1525 einen Leutpriester und Frühmesser besoldete[12]).

b. Tochterkirchen.

Von Ilanz:

Luvis (Lobene 766, Luvene XI[13]), romanisch Luven[14]). St. Florinus[15]); erscheint als Filiale 1290—98 in dem Einkünfterodel des Bisthums Chur[16]).

Flond (romanisch Flonn).

Von Ruschein:

Seth (Sett 998?[17]) Septe)[18]). St. Florinus[19]), als Filiale schon 998? und im 11 Jahrhundert unter den Besitzungen des Klosters Pfäfers erwähnt[20]), als Pfarrkirche getrennt durch den Landrichter Johann Capaul am 26. Mai 1526[21]).

Ladir (Ladurs 998?[22]), Leitura)[23]). St. Zeno[24]), wie Seth 998? und XI. Eigenthum von Pfäfers[25]), als Pfarrei getrennt 1684[26]).

---

1) Bündner-Zeitung 1858. No 110. — 2) v. Mohr, C. D. R. I. No. 9, 117, 136, 212. — 3) Brügger. — 4) v. Mont. — 5) v. Mohr, C. D. R. II No 12. — 6) Cat. Cur. — 7) v. Mohr, C. D. R. I. No. 9 u. 172. — 8) Brügger. — 9) Reg. v. Disentis. No. 232. — 10) Bündner-Zeitung 1858. No 111. — 11) Reg. v. Disentis. No. 232 u. 213. — 12) Cat. Cur. — 13) v. Mohr, C. D. R. I No. 9 u. 193. p. 296. — 14) Brügger. — 15) v. Mont. — 16) v. Mohr, C. D. R. II. No 73. p. 99. — 17) Eichhorn, E. C. No. 29. — 18) v. Mohr, C. D. R. I. No. 193. p. 291. — 19) Reg. v. Disentis. No. 279. — 20) Eichhorn, E. C. No. 29. — v. Mohr, C. D. R. I. No. 198 p. 291. — 21) Reg v. Disentis. No. 279. — 22) Eichhorn, E. C. No. 29 — 23) v. Mohr, C D. R. I. No. 193. p. 291. — 24) Eichhorn, E. C. No. 29. — Reg. v. Disentis. No. 232. — 25) Eichhorn, l. c. — v. Mohr, l. c. 26) Schematismus der Geistlichkeit des Bisthums Chur. 1861. p. 28.

Von Cästris:

Sevis (Souiene XI[1]), romanisch Savgiein oder Sevgieun)[2]), als Kaplanei St. Sebastian; als Pfarrei, abgetrennt seit der Reformation, St. Thomas[3]). Die ursprüngliche kleine Kirche enthält ein auf Holzgrund vergoldetes Gemälde der h. Lucius und Emerita, und besitzt eine ganz alte Glocke. Das jetzige Gotteshaus ist ein schönes neues Gebäude[4]).

Von Sagens:

Riein (Renium 766, Raine 960, Rahene XI)[5]). St. Nazarius, genannt als Filiale schon 960[6]) und getrennt 1487, stand im 11. Jahrhundert unter dem Bisthum Chur, seit 16. August 1282 aber unter dem St. Lucius-Kloster[7]).

Pitasch (Pictasum 960, Pictaui XI)[8]). St. Martin[9]) war ursprünglich eine zum Kloster Katzis gehörende Kirche, sehr alt und klein, und wurde von 1487 an durch päpstliches Schreiben der Pfarre Riein mit geistlichen und zeitlichen Rechten incorporirt[10]).

Schleuis (Schlewis 1321[11]), romanisch Schluein[12]). St. Petrus (auch im Siegel der Gemeinde von 1689), getrennt 1847[13]).

Lax (Lages 1290—98)[14]). St. Othmar und Gallus, Pfarrei seit 1525[15]). Die Kirche besitzt eine Glocke aus dem Jahre 1404 mit der Inschrift: « O rex celestis etc. »[16]).

Von Valendas:

Tenna. St. Valentin[17]). Diese Pfarrei, welche 1525 von einem Pfarrer und Kaplan besorgt wurde[18]), ist jedenfalls alt, weil das ehemalige Gericht Tenna schon vor 1390 St. Valentin im Siegel führt, das gegenwärtige Gotteshaus mit gothischem Chor im Jahre 1504 erbaut worden ist und das Verzeichniss der reformirten Pfarrer bis 1570 zurückreicht[19]).

Versam[20]). Die jetzige Kirche wurde im Jahre 1634 erbaut[21]) und 1677 zu einer Pfarrei erhoben[22]).

---

1) v. Mohr, C. D. R. I. No. 193. p. 297. — 2) Brügger. — 3) Id. aus Storia delle missioni dei PP. Capuzini nella Rezia da P. Clemente da Brescia. Bergamo. 1702. — v. Mont. — 4) v. Mont. — 5) v. Mohr, C. D. R. I. No. 9, 56, 193. p. 297. — 6) Id. I. No. 56. — 7) v. Mont. — 8) v. Mohr, C. D. R. I No. 56, 193 p. 297. — 9) v. Mont. — 10) Id. — 11) v. Mohr, C. D. R. II. No. 187. — 12) Brügger. — 13) v. Mont. — 14) v. Mohr, C. D. R. II. No 73. p. 101. — 15) Schematismus d. G. d. B. Ch. p. 28. — 16) Bündner-Zeitung 1858. No. 111. — 17) v. Mont. — 18) Cat. Cur. — 19) Brügger. — 20) N. Sammler f. Bünden 1807. p. 300. — 21) Sererhard, e. D. I. 20. — 22) N. Sammler l. c.

2. Kapellen.

In der Pfarrei Ilanz:

Ilanz. St. Niklaus, in der darnach benannten Vorstadt oder dem kleineren, am linken Rheinufer gelegenen Theile von Ilanz, jetzt verschwunden. Hofzinse daselbst sind in einem Kaufbriefe vom 8. Juli 1516 um eine zu dem Unterthore in Ilanz gelegene Hofstatt erwähnt[1]).

Ilanz. St. Maria und Margaretha, siehe oben Seite 61.

An beiden Kapellen waren einst Kapläne angestellt[2]).

In der Pfarrei Ruschein:

Schnaus (Scanaves XI)[3]), wahrscheinlich einst eine Filiale von Ruschein, weil am Fusse dieses Berges gelegen[4]), nach dem bischöflichen Katalog von 1525 aber Kaplanei von Fellers. Das uralte Glöcklein der unscheinbaren kleinen Kirche von Schnaus, in dem gleichnamigen Orte und Gebiete stehend (nach der Sage eines Klösterleins frommer Einsiedler-Schwestern), ohne Jahrzahl, jedoch mit den Namen St. Katharina, Barbara u. s. w. in sehr schönen gothischen Lettern, zeichnet sich durch hellen gutklingenden Ton aus[5]). Die circa zehn Minuten von Schnaus entfernte Kapelle St. Maria Magdalena befindet sich auf dem Gebiete von Ruis.

In der Pfarrei Sagens:

Sagens. St. Columbanus. Diese im Testament des Bischofs Tello vom 15. Dezember 766 erwähnte und von Kaiser Ludwig dem Frommen, sowie König Ludwig dem Teutschen den Bischöfen Victor II. und Esso zu Chur durch Urkunden vom 25. Juli 825 und 12. Juni 849 restituirte Kirche ist nach den Grenzbestimmungen wohl eher hier zu suchen, als in dem urkundlich nicht vor 1283 erscheinenden Urserenthal[6]).

Sagens. St. Maximinus, verschollen.

Tuora oder **Tauura** (Tauwurr 1333). St. Peter. Man erinnert sich noch der Spuren einer Kapelle bei diesem ungefähr eine Stunde östlich von Sagens sehr einsam gelegenen Hofe.

Die Collatur der beiden letzten Kapellen wird am 1. April 1333 von dem Freiherrn Johann von Belmont dem Propst und Convent des Klosters zu St. Lucius geschenkt[7]).

In der Pfarrei Schleuis:

Leuenberg oder **Löwenberg** (Lebenwert? 1160, Lewenberc 1258)[8]), auf einem steilen Felsen nördlich über dem Dorfe, ehemals Burgkapelle, jetzt Kaplanei, zu einer neu eingerichteten Waisen- und Krankenanstalt gehörig.

---

1) Brügger aus dem Archiv Sumvix. — 2) v. Mont. — 3) v. Mohr, C. D. R. I. No. 193. p. 295. — 4) v. Mont. — 5) Bündner-Zeitung 1858. No. 142. — 6) v. Mohr, C. D. R. I. No. 9. p. 12 u. 13. No. 19 u. 28. — Vgl. Verbesserungen und Zusätze, p. I. u. II. — Kopp, G. d. e. B. II. p. 354. n. 1. — 7) v. Mohr, C. D. R. II. No. 240. — 8) Id. I. No. 136, 234.

C. HOCHGERICHT LUGNEZ (vallis Legunitia XI[1]), romanisch Lungnetza, jetzt Lumnezza)[2].

1. Pfarrkirchen.

a. Mutterkirchen.

Pleif. St. Vincenz[3]). Diese Hauptkirche des ganzen Thales, welches ursprünglich die einzige Pfarrei Lugnez bildete[4]), steht nebst dem Pfarrhofe (Pleif genannt) ganz einsam, umgeben von einer schönen Ahorn- und Eschen-Allee, welche von einem v. Mont, genannt Vogt Palasch, angelegt wurde, auf einer etwa 10 Minuten östlich von Villa gelegenen Wiesenterrasse. Dieselbe besass nebst dem Zehnten des Dorfs und des ganzen Thales schon im 11. Jahrhundert ein gewisser Constantius[5]), am 23. April 1311 aber die beiden Brüder Johann und Rudolf von Belmont[6]). Indulgenzbriefe für die Pfarrkirche des h. Vincenz in Lugnez sind ausgestellt worden zu Avignon am 20. Mai 1322 und 4. Januar 1345. In dem letztern werden als Filialkapellen genannt: St. Maria in Igels, St. Johannes (Täufer) in Vrin, St. Sigmund unterhalb Peiden, St. Mauritius in Cumbels, St. Jakob und Philipp in Morissen, St. Florinus in Vigens und St. Gaudentius ebendaselbst, St. Laurentius in Uebercastel, St. Apollinaris in Tersnaus, St. Martin in Vals und St. Martin in Lumbrein[7]). — In dem 1443 errichteten Urbar der Pfarrkirche zu Pleif sind zwei historische Notizen über das Treffen am Mundaun (12. Mai 1352) und die Schlacht an der Calven-Clause bei Glurns (23. Mai 1499) enthalten. — Im Thurm hängen vier Glocken aus den Jahren 1455, 1641 (grösste und kleinste) und 1735[8]).

b. Tochterkirchen.

Von Pleif, das 1525 einen Pfarrer, Vicar, Frühmesser und Kaplan hatte[9]), trennten sich als selbstständige Pfarreien:

Im 14. Jahrhundert:

Igels (Higena XI, romanisch Degien)[10]). Die Basilica St. Maria Himmelfahrt[11]) (zu Fraissen) wird schon im 11. Jahrhundert und 1345 erwähnt und war im 14. gleichsam eine Ausnahmskirche der Herrschaft Belmont-Sax mit pfarrlichen Rechten über eine kleine Dorfabtheilung. Eine Notiz im neuen Pfarrbuche sagt darüber: « Juxta communem

---

1) v. Mohr, C. D. R. I. No. 193. p. 296. — 2) Campell, Topogr. Msc. V. 1571. — Brügger. — 3) v. Mohr, C. D. R. I. No. 193. p. 294. — 4) Ib. III. No. 144. — 5) Ibid. I. No. 193. p. 294. — 6) Ib. II. No. 137. — 7) Brügger aus dem Archiv Pleif. — 8) Id. — 9) Cat. Cur. — 10) v. Mohr, C. D. R. I. No. 193. p. 294. — 11) Ib., Brügger u. Schematismus d. G. d. B. Ch. p. 26.

«et constantem traditionem originem traxit Parochia Trium Domuum «antiquitus et nunc Fraissen cognominata a comitibus de Sax, Dominis «Misauci olim etc.»[1]). Ihr Kirchherr Herbort erscheint am 17. August 1346 als Zeuge bei der Fertigung eines Vidimus der Schenkungsurkunde vom 30. Januar 1321 betreffend die Kapelle St. Valentin im Vinstgau[2]). — Das Gebäude der jetzigen Pfarrkirche in Igels wurde sammt dem Hochaltar am 29. November 1491 vom Bruder Balthasar Brennwald, Weihbischof und Generalvicar des Bischofs Heinrich von Chur, zu Ehren U. L. Frau, der h. Anna, Lucius, Florinus, Mauritius und seiner Gefährten eingeweiht. Portal und Fenster sind noch im Spitzbogenstyl erbaut, obwol im Innern des Chors oben am Gewölbe die Jahrzahl 1624 angebracht ist. Der Hochaltar, welcher die Jahrzahl 1520 trägt, ist ebenfalls ein Werk gothischer Kunst mit guter Holzsculptur und reicher Vergoldung. Die Kanzel dagegen zeigt Holzschnitzereien aus dem 17. Jahrhundert. Die drei Glocken im Thurm stammen aus den Jahren 1643, 1737, 1825[3]).

Im 15. Jahrhundert (wahrscheinlich):

Vals (Valles 1290—98)[4]). St. Martin 1345, später St. Peter und Paul, woher der Name «St. Peters-Thal» für Vals entsprungen ist[5]). Auch das ältere Siegel der Gemeinde Vals aus dem 14. Jahrhundert zeigt St. Peter mit dem Schlüssel. Zinsbriefe des h. Petrus in Vals vom Jahre 1520 finden sich im Gemeindsarchiv. — Das jetzige Kirchengebäude (am Platz) stammt aus dem Jahre 1650, welche Zahl am Glockenthurm bemerkbar ist; dagegen scheint die Seitenkapelle östlich im Kreuzschiffe jedenfalls dem 16. Jahrhundert anzugehören. Von den vier Glocken rührt die grösste aus dem Jahre 1662 und die zweite aus 1652; die dritte trägt keine Jahrzahl, aber in rohen gothischen Buchstaben aus dem 15. Jahrhundert die Inschrift: «O rex glorie Christe «veni nobis cum pace. St. Petre ora pro nobis.» Die vierte (kleinste) enthält in umgestürzter Stellung Lettern, welche den Uebergang vom romanischen zum gothischen Charakter zeigen. Die Inschrift dürfte folgendermassen gelesen werden: «Juso (jussu) pagi burchardi de Sul (Soglio im Bergell) M.CCC.V. fecit»[6]).

Im 16. Jahrhundert:

Uebercastel (Super castellum XI[7]), romanisch Surcasti). St. Laurentius[8]), ursprünglich (1345) eine Kapelle der alten Veste[9]), erhielt 1515 von Bischof Paulus einen Ablassbrief. Die Kirche, 1520

1) v. Mont. — 2) v. Mohr, C. D. R. II. 209. Note. — 3) Brügger. — 4) v. Mohr, C. D. R. II. No. 73. p. 114. — 5) Brügger. — 6) Id. — 7) v. Mohr, C. D. R. I. No. 193. p. 295. — 8) Brügger aus dem Archiv Uebercastel. — v. Mohr, C. D. R. III. No. 144, 193. — 9) v. Mont.

beim Thurme der Burg, der als Glockenthurm benutzt wird, neu erbaut, löste sich am 9. Juni 1528 als eigene Pfarrei von Pleif ab[1]). Von den drei Glocken ist die kleinste aus dem 14. Jahrhundert ohne Jahrzahl mit den Namen «S. Maria» und «S. Laurentius», die grösste von 1667 und die mittlere von 1796.

Duvin. St. Maria. 1525 noch Kaplanei[2]), getrennt bei der Reformation.

Lumbrein (Lamarine XI, Lumirins 1281, Almarins 1290—98)[3]). St. Martin[4]). Filialkapelle 1345 und noch im Jahre 1513 Kaplanei von Pleif. Der erste Pfarrer wird 1565 genannt; die jetzige Pfarrkirche ist 1647—49 gebaut und eingeweiht[5]).

Vrin (Varin 1200)[6]). St. Johannes 1345, jetzt St. Mariä Geburt und St. Johannes Täufer[7]).

Im 17. Jahrhundert:

Cumbels (Cumble XI). St. Mauritius[8]). Diese ausserhalb des Dorfs an der Landstrasse unweit Porclas gelegene und schon im 11. Jahrhundert, sowie 1345 erwähnte Kirche ist jetzt nur eine Filiale der neuern Kirche im Dorfe, St. Stephan[9]).

Neukirch (romanisch Surcuolm)[10]). St. Georg[11]), ward von Pleif getrennt 1642[12]).

Vigens (Vinnaus 1345[13]), romanisch Vignon)[14]). St. Florinus, Filialkapelle schon 1345, ward zwischen 1665 und 1697 zur Pfarrei erhoben.

Von Uebercastel schieden sich weiter als eigene Pfarreien aus:

Tersnaus (Terzenaus 1345). St. Apollinaris, in der Volkssprache Ballun[15]), Filialkapelle 1345, getrennt 1669[16]).

Camuns. St. Anton, Abt, getrennt 1691[17]).

2. Kirchenfilialen und Kapellen.

In der Pfarrei Pleif:

Morissen (Moraissens 1290—98, romanisch Murissen)[18]), nordöstlich von Villa, St. Jakobus und Anna[19]). 1345 Kaplanei.

Unterhalb **Peiden** (Pedens 1345)[20]). St. Lucius und Sigismund[21]), alte Kirche, östlich von Villa, 1345 nach letzterem, jetzt aber nach ersterem Heiligen genannt.

1) Brügger. — 2) Cat. Cur. — 3) v. Mohr, C. D. R. I. No. 193. p. 296. II. No. 79 u. 76. p. 113. — 4) Brügger. — v. Mont. — 5) Brügger. — 6) v. Mohr, C. D. R. I. No. 174. — 7) v. Mont. — Brügger. — 8) v. Mohr, C. D. R. I. No. 193. p. 295 u. 296. — 9) v. Mont. — 10) Lutz, H. L. d. S. v. Spr. II. p. 73. — 11) v. Mont. — Brügger. — 12) Brügger. — 13) v. Mont. — 14) Lutz, H. L. d. S. v. Spr. II. 389. — 15) Brügger. — 16) Id. — 17) v. Mont. — 18) v. Mohr, C. D. R. II. No. 73. p. 113—115. — 19) v. Mont. — 20) Brügger. — 21) v. Mont.

Peiden, h. Dreifaltigkeit, im Hofe daselbst mit einem Kaplan, erst im Anfang des 18. Jahrhunderts entstanden[1]).

Rumein (Ramnene XI)[2]). St. Anton von Padua, südwestlich von Villa[3]), erbaut 1670, Statthalterei des Klosters Disentis, welches die Verpflichtung hat, daselbst den Gottesdienst zu besorgen[4]).

Villa. St. Rochus, Stiftung des Landrichters Gallus von Mont[5]).

Mundaun. St. Karl Borromäus, am Fusse dieses Berges[6]). Hier fand am 12. Mai 1352 zwischen dem Grafen Rudolf von Montfort und dem Freiherrn Ulrich Walter von Belmont ein Treffen statt, in welchem der Letztere einen vollständigen Sieg erlangte und Erstern sammt vielen Andern gefangen nahm. Die zahlreichen Edlen, welche in der Schlacht den Tod fanden, liegen im Kreuzgange des Predigerklosters zu Chur in einem gemeinschaftlichen Grabe[7]).

Igels. St. Sebastian. Das Schiff der auf dem Felde am Wege nach Villa-Pleif stehenden Kapelle hat eine getäferte Holzdecke, welche ringsum mit 20 Wappen rhätischer Familien (darunter v. Belmont, v. Mont, v. Lumarins, v. Montalta, v. Planta, Capaul u. s. w.) bemalt und in der Mitte mit folgender Inschrift versehen ist: « Dis werk ist « gemacht da | man zalt von der geburt Christi M.CCCC.LXXXX. | im « mai. Meister Josephus Bal | dasar von Banitz (Panix?) hat es gemacht.» Eine im Chor angebrachte Nische hat die Jahrzahl 1494. — Der gothische Hochaltar (darstellend Christus am Oelberg) trägt auf der Rückseite des Schreins in gothischen Lettern nachstehende Inschrift: « Anno. Milleno. « quĩgent. ac. in. sup. 6 | cũ. spũs. almy. celebrat. ecclesia. festum. | huc. « me. locavit. yuo. mũo. strigel | civis. jam. dudum in. Memingẽ. im- « periali. » — Von den beiden Glocken hat die grössere die Namen St. Sebastian und Fabian und die Jahrzahl 1600; die kleinere die Namen der vier Evangelisten in gothischer Majuskelschrift aus dem Anfange des 14. Jahrhunderts. Laut der Sage ist sie das älteste Glöcklein der Gemeinde. — An die letzte grosse Pest erinnern zwei Inschriften, nämlich:

1) Auswendig an der Südseite der Kirche über dem Portal die Jahrzahl 1630 nebst den Frescobildern der h. Sebastian und Rochus:

H. G. M. A.
16 von Briuen 30.

2) Inwendig im Chor über einem Frescobilde der Madonna in der gothischen Nische links auf einem Holzfries: « Dissy dafel hat die Ersam « Nachperschaft zu Igls dem heiligen S. Sebastiano zu lob | undermalen « lasen, jn iren Kosten anno 1630. Jn der zit sin wier (Kirchen) vogt « gesin mit Namen alle beit | Gilly von Cappalzar und Joseb Denigi « von Jochberg »[8]).

---

1) v. Mont. — 2) v. Mohr, C. D. R. I. No. 193. p. 296. — 3) v. Mont. — Brügger. — 4) Id. — 5) v. Mont. — 6) Id. — 7) Campell, R. G. im Archiv f. d. G. d. R. G. B. II. p. 79. — 8) Brügger.

Vatiz. St. Niklaus und Valentin, westlich von Igels[1]).

In der Pfarrei Igels:

Igels. St. Victor[2]). Diese Kapelle auf einer Anhöhe nahe beim Dorfe wurde von den Freien von Sax, als Erben der Herren von Belmont, zum Andenken an einen über die Lugnezer, welche sich den neuen Herrschern mit gewaffneter Hand widersetzten, erfochtenen Sieg erbaut[3]). Einkünfte derselben, z. B. Schmalzzinse, werden schon um's Jahr 1355 in einem Urbar der Pfarrkirche Igels erwähnt. Stephan, Suffraganbischof Heinrichs von Hewen, Bischofs zu Chur, weihte die Kapelle St. Victor M. am 29. October 1504. Das jetzt vorhandene Gebäude stammt aus dem Jahre 1704 und ward am 27. Juni von dem Bischof Ulrich VII. von Federspihl consecrirt[4]).

In der Pfarrei Vals:

Vallé. St. Martin scheint der ursprüngliche Patron dieses nach der Tradition ältesten Kirchleins von Vals gewesen zu sein, das bei der Theilung des Hauptthals in die beiden Zweige Val Peil (südlich) und Val Zafreila (westlich) liegt, und wohl auch in dem oben erwähnten Ablassbriefe von 1345 unter der Benennung «Valles» verstanden ist. Die jetzige 1677 erbaute Kapelle ist dem h. Kreuz geweiht. Darin befindet sich jedoch ein aus dem früheren Gotteshause stammender Altarschrein, dessen Seitenflügel die Jahrzahl 1597, sowie die Bilder der h. Petrus, Servatius, St. Johannes Bapt. und St. Cyprianus, und dessen Holzsculpturen die h. Maria zwischen St. Antonius Er. (links) und St. Martin (rechts) zeigen[5]).

Leis. St. Jakob, westlich von Vals, mit einem Altarschrein von 1626[6]).

Camps. St. Maria, nördlich am Thaleingange, Wallfahrtsort[7]).

Kleinere Kapellen stehen in:

Zafreila. St. Maria, im gleichnamigen Thale westlich von Vals.

Peil, im südlichen Zweigthale von Vals.

Saladura und **Frunt**, zwei Berghöfen bei Camps, nördlich von Vals[8]).

In der Pfarrei Uebercastel:

Uebercastel. St. Joseph, oben im Dorf, errichtet 1689[9]).

Furth. St. Karl, Curatie[10]).

In der Pfarrei Lumbrein:

Lumbrein. St. Rochus, seit 1630[11]).

---

1) v. Mont. — Brügger. — 2) Brügger. — 3) N. Sammler f. B. VII. p. 69—70. — 4)—9) Brügger. — 10) Schematismus d G. d. B. Ch. 1863. p. 25. — 11) Brügger.

St. Andriû. St. Andreas, beim gleichnamigen Hofe unweit von Farlix, westlich von Lumbrein. Die Kapelle zeigt die Jahrzahl 1660 und Reste eines viel ältern Altarschreins im altdeutschen Styl[1]).

Surrhin. St. Niklaus und St. Anna, südwestlich von Lumbrein, 1689 gebaut, seit 1700 Kaplanei[2]).

In der Pfarrei Vrin:

Vanescha, südlich von Vrin, 1684 laut Inschrift an der Altarschwelle[3]).

Vrin. St. Joseph, westlich zwischen Cons und Buzatsch[4]).

Campliun. St. Valentin[5]).

In der Pfarrei Vigens:

Vigens. St. Gaudentius, ausserhalb des Dorfs. In dieser schon 1345 genannten Kapelle wurde 1525 ein Altar geweiht[6]).

In der Pfarrei Tersnaus:

Tersnaus. St. Sebastian. Ein Hof daselbst scheint zur Zeit, als das Dorf noch zu Uebercastel gehörte, eine Kapelle jenes Heiligen gehabt zu haben, da in dem bischöflichen Katalog von 1525 ein Kaplan derselben aufgeführt ist.

Tersnaus. St. Niklaus, bei der Brücke am Wege nach Vals[7]).

Surdaneia. St. Martin, südlich am Wege nach Vals, seit 1776 Kaplanei[8]).

Bucarischuna. St. Anna, am Thalwege[9]).

Munt und **Traversatsch**. In den Kapellen bei diesen Berghöfen südlich von Tersnaus hat der Pfarrer an gewissen Tagen des Jahres Gottesdienst zu halten[10]).

D. HOCHGERICHT WALTENSBURG.

1. Pfarrkirchen.

Mutterkirchen.

Obersaxen (Supra saxa 766[11]), romanisch Sursaissa[12]). St. Peter und Paul[13]), von denen ersterer im Siegel der Gemeinde vom Jahr 1393 erscheint. Die Kirche, welche bei Meierhof steht, wird am 3. August 966 von König Otto II. dem Bischof Hartpert zu Chur und seinem Hochstifte geschenkt, als dessen Eigenthum sie im 11. und 13. Jahrhundert erscheint[14]). Sie wurde sammt vier Glocken am 23. Juni

1)—4) Brügger. — 5) v. Mont. — 6)—10) Brügger. — 11) v. Mohr, C. D. R. I. No. 9. — 12) Brügger. — 13) v. Mohr, C. D. R. I. No. 193. p. 296. — v. Mont. — 14) v. Mohr, C. D. R. I. Nr. 62 u. 193. II. No. 76.

1740 durch eine Feuersbrunst in Asche gelegt[1]. Im Jahre 1533 und auch noch viel später gehörte der Kirchensatz der Herrschaft Rhäzüns[2].

Ruis (Ruane 766, Russis 998?[3]), romanisch Rueun). St Andreas[4]. Diese 998? von Papst Gregor V. als Besitzung des Klosters Pfäfers bestätigte Kirche[5]) (mit ganz alten Glocken) befindet sich am 26. März 1477 in den Händen des Klosters Disentis, welchem der Leutpriester in Ruis verschiedene Verpflichtungen beschwören musste[6].

Waltensburg (Vorce 766, Waltramsburc 1209, romanisch Vorz[7]). St. Leodegar[8]. Die Kirche daselbst (mit zwei Glocken aus dem Jahre 1404, die von der Veste St. Georgenberg hergekommen sein sollen)[9]) bezahlte 1290—98 der Kathedrale in Chur eine Gebühr von 10 sol. merc[10]. Im Jahre 1525 hatte sie einen Pfarrer, Vicar, Frühmesser und Kaplan[11].

b. Tochterkirchen.

Von Ruis:

Panix (romanisch Pignu)[12]. St. Valentin[13], getrennt 1667[14]. Dahin geschahen in Folge eines Wundergesichts seit 1. October 1559 bis noch 1617 grosse Wallfahrten[15].

Von Waltensburg:

Andest (Andeste 998?)[16]. St. Julitta[17], als Filiale schon 998? unter den Besitzungen des Klosters Pfäfers[18], getrennt vor 21. Dezember 1650[19].

2. Kapellen.

In der Pfarrei Obersaxen:

Meierhof, Kaplanei.

St Martin. St. Martin, westlich von Meierhof, Kaplanei schon seit 1406

Oestlich gegen Neukirch liegen:

Miraniga. St. Sebastian, « 1617

Misanenga. St. Jakob, « 1617

Plattenga. H. 3 Könige, « 1595

Valatta. St. Anna, « 1668

(St Martin bis Valatta:)[20]

1) Anniv. Brigels. — 2) Bergmann, B. z. k. G. V. p. 128. — 3) v. Mohr, C. D. R. I. No. 9. — Eichhorn, E. C. No. 29. — 4) Brügger, (st. d. m. d. PP. C. n. R.). — 5) Eichhorn, l. c. — 6) Reg. v. Disentis, No. 216. — 7) v. Mohr, C. D. R. I. No. 9 u. 174. — Campell, cap. 4. — 8) Brügger, (st. d. m. d. PP. C. n. R.). — 9) Bündner-Zeitung, 1858. No. 111. — 10) v. Mohr, C. D. R. II. No. 76. p. 99. — 11) Cat. Cur. — 12) Lutz, H. L. d. S. v. Sp. II. p. 103. — 13) v. Mont. — Brügger, (st. d. m. d. PP. C. n. R.). — 14) Schematismus d. G. d. B. C. 1861. p. 28. — 15) Leu, s. L. T. XVII. p. 374. — 16) Eichhorn, E. C. No. 29. — 17) v. Mont. — 18) Eichhorn, l. c. — 19) Reg. v. Disentis, No. 327. — 20) Brügger. — Schematismus d. G. d. B. C. 1861. p. 28.

In der Pfarrei Waltensburg:

St. Georgenberg (ecclesia St. Georgii in castello XI)[1]. St. Georg. Die Kapelle dieses Schlosses, dessen Ruinen sich auf einer steilen Felsenterrasse in der Nähe des Dorfes Waltensburg erheben, kömmt schon im Einkünfterodel des Bisthums Chur aus dem 11. Jahrhundert vor[2]. Die Veste wird als östreichisches Lehen von Herzog Albrecht zu Wien am 25. Januar 1342 dem Grafen Rudolf von Werdenberg-Sargans, seiner Gemalin und Söhnen verliehen[3], und ist sammt der dazu gehörigen Herrschaft am 28. Juni 1480 durch Kauf an den Abt von Disentis übergegangen, welcher sie im Mai 1539 tauschweise gegen das Maiensäss Valentin zu Disentis dem Mathias von Rungs von Waltensburg überliess, mit der Verpflichtung, die Kirche im Schlosse in Ehren zu halten[4].

In der Pfarrei Panix:

Panix. 7 Schläfer, welche von der Gemeinde Brigels auf einer am 24. August 1778 angeordneten Procession nach der Pfarrkirche St. Valentins besucht wurde[5].

E. HOCHGERICHT DISENTIS.

1. Pfarrkirchen.

a. Mutterkirche.

Disentis (Desertina 766[6], romanisch Mustèr)[7]. St. Maria. Dieses am linken Ufer des Vorderrheins unweit seiner Quellen in einer wilden Berggegend gelegene, nach der Tradition von dem h. Sigisbert, dem Schüler des h. Gallus, in den Jahren 613—621 vorzüglich mit Hülfe des h. Placidus errichtete Bethaus nebst Kloster ist das älteste Gotteshaus der Gegend[8]. Nachdem dasselbe circa 670 durch die Hunnen von Grund aus zerstört worden, ordnete Karl Martell 715 oder wahrscheinlicher 725 auf einem Feldzuge gegen den Herzog Luitfried von Alemannien die Wiederherstellung der in einen Pferdestall umgewandelten Muttergotteskirche an, welche innerhalb der Klostermauern fast unmittelbar an dem vor circa 8 Jahren abgetragenen Placidus-Thurm gelegen ist[9]. Der h. Ursinus vollendete 739 den Wiederaufbau der beiden, der h. Jungfrau Maria und dem h. Martin, Patron des Hochgerichts Disentis [romanisch La Cadi, Casa Dei, Casa de Diu] dessen Bild es seit 1489 im Siegel führt[10], geweihten Kirchen[11], von denen die letztere

1) v. Mohr, C. D. R. I. No. 193. p. 295. — 2) Ibid. — 3) Ibid. II. Nr. 319. — 4) Reg. v. Disentis, No. 220 u. 296. — 5) Anniv. Brigels. — 6) v. Mohr, C. D. R. I. No. 9. — 7) Campell, R. G. cap. 3. — 8) Reg. v. Disentis, No. 1. — 9) Eichhorn, E. C. p. 222. — v. Mont. — 10) Brügger. — Mitth. d. a. G. in Z. Bd. XIII. p. 25. — 11) Reg. v. Disentis No. 9.

schon 663 die Grabstätte der h. Placidus und Sigisbert und laut Urkunde vom 16. Mai 960 die nachmalige Klosterkirche ist[1]). Derselbe fügte ihnen noch eine dritte Kirche zur Ehre des h. Petrus bei[2]), welche aber gegenwärtig nicht mehr besteht, obwol noch ihr ehemaliger Standort gezeigt wird[3]). Alle drei Kirchen, welche im Testament des Bischofs Tello von Chur d. d. 15 Dezember 766 erscheinen, wurden sammt den Sacristeien und Glockenthürmen, der Bibliothek und vielen alten Schriftdenkmälern im Jahre 1387 durch eine schreckliche Feuersbrunst zerstört; nur die Reliquien und ein Theil des Archivs konnte gerettet werden. Die Marien- und Peterskirche wurden nicht sofort hergestellt, sondern erst später von Abt Peter von Pontaninga, und alsdann 1423 durch Wilhelm von Raron, Bischof von Sitten, eingeweiht; dagegen verkauft Abt Johannes IV. schon im Jahr 1388 Güter und Zinse in den Brigelser-Alpen, um die zerstörten Klostergebäude nebst der Hauptkirche des h. Martin wieder-aufbauen zu können[4]). — Ferner wurde unweit vom Kloster an der Stelle, wo am 11. Juli 630 der h. Placidus enthauptet worden, 801 von Abt Azo eine prächtige Kirche zu desselben Andenken errichtet[5]), die bis 1458 stand. Am 24. Januar dieses Jahres wurde sie durch eine ungeheure Lawine verschüttet, allein vom Abte Johannes V. Ussenport (1448—1466) sogleich wieder aufgebaut[6]). Es ist diess jedoch kaum die jetzige schöne hohe Kirche nahe ob Disla an der Strasse, vor der eine Steinplatte die Stelle bezeichnet, wo nach der Legende das Haupt des Märtyrers Placidus fiel[7]). — Endlich wird 1338 noch die Pfarrkirche St. Johannes Täufers auf dem Feld (in campo oder Gamp) genannt[8]), deren Collatur früher das Kloster besass, jetzt die Gemeinde.

Schlans (Selaunum 766)[9]). St. Georg[10]), 998? ebenfalls Eigenthum des Klosters Pfäfers[11]), war am 11. Januar 1184 zu einer Kapelle der Pfarrkirche Brigels (siehe unten) herabgesunken und wurde mit letzterer von Papst Lucius III. dem Kloster Disentis bestätigt[12]). Auf Schlans bezieht sich daher wahrscheinlich die Trennung einer den h. Georg und Scholastica geweihten Kirche von der Mutterkirche Brigels am 5. Juni 1518[13]). Neben dem Pfarrer findet man 1525 einen Kaplan[14]).

Brigels (Bregelum 766, Brigel 1184[15]), romanisch Breil[16]). St. Maria[17]). Die Kirche wird am 11. Januar 1184 von Papst Lucius III. dem Abt und Capitel des Klosters Disentis bestätigt[18]), welches 1525 den Gottes-

1) Reg. v. Disentis. No. 23. — 2) Ib. No. 9. — 3) v. Mohr, C. D. R. I. No. 9. note. p. 20. — 4) Reg. v. Disentis. No. 136 u. 138. — 5) Ib. No. 3. u. 16. — 6) Ib. No. 194. — 7) Theobald, B. O. p. 78. — 8) Reg. v. Disentis. No. 102. — 9) v. Mohr, C. D. R. I. No. 9. — 10) Brügger. — 11) Eichhorn, E. C. No. 29. — 12) Reg. v. Disentis No. 11. — 13) Ib. No. 271. — 14) Cat. Cur. — 15) v. Mohr, C. D. R. I. No. 9 u. 150. — 16) Brügger. — 17) Reg. v. Disentis. No. 228 — 18) v. Mohr, C. D. R. I. No. 150.

dienst durch einen Pfarrer, Frühmesser und zwei Kapläne besorgen liess[1]). Sie verbrannte zwei Male, nämlich 1392 um das Fest des h. Georg und am 25. Juli 1493. Von den ausser dem Hochaltar bestehenden Altären wurde derjenige der h. Maria rechts neben der Thüre 1619 durch eine Frau von Obersaxen errichtet und 1746 St. Catharina-Altar nebst Kanzel gemacht. Im Jahrzeitbuche werden überdiess noch folgende eingegangene Altäre erwähnt: Zu der linken Hand: Zwölfboten-, ferner St. Johannes- und Frühmess-Altar[2]). Die grosse Glocke ist im Jahre 1518 gegossen und zeigt das Muttergottesbild mit dem Kinde Jesu. Die Inschrift enthält mehrere Sätze der Lauretanischen Litanei[3]).

Sumvix (Summum vicum 1276[4]), romanisch Sumvitg). St. Benedictus Kirche oberhalb des Dorfs am Berge wird 1268 als schon längst erbaut genannt[5]); hatte aber am 1. März 1327 nur einen Kaplan[6]). Die Pfarrkirche des h. Johannes Täufers wird am 24. Mai 1491 von Papst Innocenz VIII. dem Kloster Disentis einverleibt[7]) und hatte 1525 auch einen Frühmesser[8]).

Truns oder **Trons** (Taurentum 766, Trunnes 1290/98[9]), romanisch Trun)[10]). St. Martin[11]). Collator der Kirche, von welcher der Bischof zu Chur 1290—98 gewisse Einkünfte bezog[12]) und die 1525 neben dem Pfarrer einen Frühmesser hatte[13]), war das Kloster Disentis, jetzt die Gemeinde.

Tavetsch (Tivez 1285[14]), romanisch Val Tujetsch[15]). St. Vigilius zu Sedrun[16]). Die Kirchweih daselbst wurde laut einer im pergamentenen Jahrzeitbuch enthaltenen Notiz mit der Jahrzahl M° CC° V° N° (1229?) stets am ersten Sonntag nach dem Feste des Schutzheiligen gefeiert; aus dieser Zeit mag auch der noch stehende Glockenthurm von romanischer Bauart stammen[17]). Papst Innocenz VIII. incorporirte die Kirche am 10. Januar 1490 dem Kloster Disentis[18]), welchem die Collatur schon von Alters her gehörte. Jetzt ist sie an die Gemeinde übergegangen[19]). 1525 waren ein Pfarrer, Vicar und Frühmesser in Tavetsch angestellt[20]). Von den Altären der Kirche wurde der untere am 11. Mai 1408 in der Ehre der h. Maria und des h. Kreuzes, der mittlere am 13. Juni 1630 zur Ehre der h. Brigida und ein dritter den h. Sebastian und Erhard geweiht. Auf dem Hochaltar sind neben dem h. Vigilius auch die h. Briccius, Florinus, Fabian und Sebastian Patrone[21]).

---

1) Cat. Cur. — 2) Anniv. Brigels. — 3) Bündner-Zeitung. 1858. No. 112. — 4) v. Mohr, C. D. R. I. Nr. 281. — 5) Reg. v. Disentis. No. 61. — 6) v. Mohr, C. D. R. II. No. 211. 7) Reg. v. Disentis. No. 232. — 8) Cat. Cur. — 9) v. Mohr, C. D. R. I. No 9. II. No 76. — 10) Campell, R. G. cap. 3. — 11) Brügger. — 12) v. Mohr, C. D. R. II. No. 76. — 13) Cat. Cur. — 14) v. Mohr, C. D. R. II. No. 28. — 15) Lutz, H. L. d. S. II. p. 313 — 16) Reg. v. Disentis. No. 228. — 17) Brügger. — 18) Reg. v. Disentis. No. 228. — 19) v. Mont. — 20) Cat. Cur. — 21) Anniv. Tavetsch.

b. Tochterkirchen.

Von St. Johann auf dem Felde in Disentis:

Medels. St. Martin[1]) zu Platta hatte zwar schon 1338 einen Kirchherrn, welcher, wie derjenige der Mutterkirche, mit seinen Unterthanen in einem schiedsgerichtlich beigelegten Streit über Kälberzehnten und Seelgeräthe erscheint[2]), ward aber erst am 20. September 1456 durch Abt Johannes V. von Disentis, als Collator, mit päpstlicher Zustimmung zu einer Pfarrkirche erhoben[3]), und am 28. Juli 1500 durch den Bischof Heinrich VI. vollständig von St. Johann im Feld getrennt[4]). Jetzt wählt die Gemeinde den Pfarrer. — Die Pfarrkirche mit drei Altären und dem Friedhof wurde am 30. October 1506 von dem Bruder Stephan, Generalvicar des Bischofs Paulus Ziegler in Chur, und nachdem sie bedeutend vergrössert worden, auch fünf Altäre erhalten, am 11. September 1744 durch den Bischof von Chur, Joseph Benedict Freiherrn von Rost, geweiht. Die beiden kleinern Glocken tragen die Jahrzahl 1512, die grosse aber 1687[5]).

Von Brigels:

Danis (Anives 766)[6]). H. Dreifaltigkeit[7]), erbaut 1582 von Abt Christian, geweiht am 14. Juli 1584[8]) und getrennt 1650[9]).

Dardin (Ardune? 766)[10]). St. Sebastian, als eigene Pfarrei abgetrennt 1670[11]). Nach einer andern Nachricht aber ist die Entstehung der Pfarrei schon 1655 geschehen[12]).

Von Sumvix:

Surrhein. St. Placidus, 1786[13]).

2. Kirchenfilialen und Kapellen.

In der Pfarrei Disentis[14]):

a. Auf der linken Seite des Vorderrheins in der Richtung von Sumvix aufwärts nach Sedrun:

Madernal. St. Sigisbert.

Disla. St. Lucius.

Disentis. St. Placidus, am Eingang des Dorfs, siehe oben S. 73.

Disentis. Muttergottes, die barmherzige, im Kloster.

Disentis. St. Agatha, am Wege nach Medels, nahe beim Zusammenflusse des Vorder- und Mittelrheins, erbaut 1420 von Abt Peter v. Pontaninga in Disentis[15]).

1) Reg. v. Disentis. No. 192 u. 193. — 2) Ib. No. 102. — 3) Ib. No. 192 u. 193. — 4) Ib. No. 253. — 5) Mitth. v. Hrn. Pfr. N. J. Huonder in Medels. — 6) v. Mohr, C. D. R. I. No. 9. — 7) Schematismus d. G. d. B. Ch. 1861. p. 24. — 8) Anniv. Brigels. — 9) Brügger. — 10) v. Mohr, l. c. — 11) Brügger. — 12) Schematismus, l. c. — 13) Ib. p. 25. — 14) Mitth. v. Hrn P. Basilius Carigiet, Pfarrer zu Disentis im Feld. — 15) Brügger.

Funs. St. Katharina.

Acletta. Muttergottes, die unbefleckte.

Zwischen Acletta und Segnas. St. Jakob, minor.

Segnas. St. Sebastian und St. Rochus, Kaplanei[1]).

Mompé-Tavetsch. St. Niklaus und St. Silvester.

b. Auf der rechten Seite des Rheins von Medels abwärts nach Surrin:

Mompé-Medels. St. Valentin und Brigitta.

Caverdiras. St. Antonius von Padua, Kaplanei[2]).

Perdomet. St. Antonius, Eremit.

In der Pfarrei Brigels:

Brigels. St. Eusebius. Dieses uralte Kirchlein, zu welchem nach der Sage die Obersaxer einst im Schiffe fuhren, am 11. Januar 1184 von Papst Lucius III. dem Kloster Disentis betätigt[3]), liegt malerisch auf einer felsigen Anhöhe ob dem Dorfe Brigels und birgt einige interessante Alterthümer, namentlich ein Frescobild aus der ersten Zeit des s. g. altdeutschen Styls, darstellend die Anbetung der h. drei Könige mit Reminiscenzen der Kreuzzüge, ferner ein Chorfenster mit dem in Glas gemalten Wappen der von Sax und der Jahrzahl 1619, auch einen schön geschnitzten, leider übertünchten Altarschein aus dem Jahre 1646, endlich ein altes Gemälde der h. Zwölfboten, vielleicht aus der Pfarrkirche stammend[4]).

Brigels. St. Jakob, westlich vom Dorfe auf einer Anhöhe am Wege nach dem Tobel Naul. Die Kapelle wird am 16. Juni 1515 eingeweiht[5]); ihr Altar stammt aus Waltensburg[6]).

Brigels. St. Martin. Der gothische Altarschrein der unten im Dorfe stehenden kleinern Kapelle trägt die Jahrzahl 1518[7]).

Brigels, a) St. Peter und Paul, b) St. Georg, am Fusse des Hügels von St. Eusebius[8]).

In der Pfarrei Sumvix[9]):

a. Auf der linken Seite des Vorderrheins in der Richtung von Disentis nach Truns:

Compadiels. St. Joseph.

Sumvix. St. Benedict, dem Kloster Disentis gehörend, siehe oben Seite 74.

Runs. St. Nicolaus.

Rabius. St. Maria Geburt, Kaplanei.

---

1) Schematismus d. G. d. B. C. 1861. p. 25. — 2) Ib. — 3) v. Mohr, C. D. R. I. No. 150. — 4) Brügger. — 5) Anniv. Brigels. — 6) Brügger. — 7) Id — 8) Brügger. — 9) Mittb. v. Hrn. Pfr. Carigiet.

b. Auf der rechten Seite des Vorderrheins:

Laus. St. Sebastian.

In der Pfarrei Truns:

Truns. St. Anna bei dem alten Ahorn, wo Mitte März 1424 der Bundesbrief des obern grauen Bundes errichtet und beschworen wurde[1]). Die alten, durch die lange Zeit verwischten und fast unkenntlich gewordenen, den Bundesschwur darstellenden Gemälde sind im Jahre 1836 erneuert worden[2]).

Truns. St. Maria zum Licht (della glisch), Kaplanei. Dieses vielfach und weither besuchte Wallfahrtskirchlein auf einem dominirenden Hügel ob dem Dorfe wurde im Jahre 1723 von einer bis ins Innere dringenden Lawine beschädigt, ohne dass sie das ewige Licht auslöschte, nachher aber wieder hergestellt. Die zahlreichen Votivtafeln gehen bis zum Jahre 1665 zurück[3]).

Rinkenberg (romanisch Signaü). St. Modestus, südöstlich von Truns im Val Zafragia, früher Curatie des Klosters Disentis, jetzt Kaplanei von Truns,

Nadils. St. Bricla, auf einer Alp über Rinkenberg.
Darvella. St. Joseph, östlich von Truns, alt.
Campliun. St. Katharina, westlich von Truns.
Cartatscha. St. Valentin. } [4]).

In der Pfarrei Tavetsch[5]):

a. Auf der linken Seite des Vorderrheins in der Richtung von der Oberalp abwärts:

Chiamut oder **Tschiamut.** St. Nicolaus, eine sehr alte Kapelle.

Crestas. Mariahilf.

Selva. St. Johannes, Paulus und Valentin, geweiht von Joseph Mohr, Bischof zu Chur, am 13. Juni 1630, Kaplanei[6]).

St. Brigitta, allein stehende Kapelle.

Giuv. St. Sebastian, ebenso.

Rueras. St. Jakob, Kaplanei.

Sarcuns. St. Maria zum Schnee, 1622 von Jon de Giuv erbaut, welcher dazu durch eine Erscheinung der h. Jungfrau veranlasst worden sein soll[6]). Der Altar dieser Kapelle wurde am 13. Juni 1630 von Joseph Mohr, Bischof zu Chur, in der Ehre der h. Maria, Maria Magdalena und Martha geweiht[7]).

---

1) Campell, R. G. im Archiv f. d. G. d. R. G. B. II. 98—103. — 2) Tscharner, Kt. Graubünden. 1842. — 3) Brügger. — 4) Mitth. v. Hrn. Pfarrer Decurtins in Ilanz. — 5) Mittheilungen von Hrn. Pfr. Carigiet in Disentis. — 6) Theobald, das Bündner-Oberland. Chur, 1861. — 7) Anniv. Tavetsch.

Camischolas. St. Anna.

Bugnei. St. Joseph.

b. Auf der rechten Seite des Vorderrheins:

Surrhein. St. Antonius.

Cavorgia. St. Lucius.

In der Pfarrei Medels[1]):

a. Auf der linken Seite des Mittelrheins vom Lukmanier abwärts

Lukmanier. St. Maria Himmelfahrt. Die Kirche und das Hospiz auf diesem gegen Süden gelegenen Berg wurden laut Urkunde, datirt 28. Januar 1374, von Abt Johannes III. zu Disentis errichtet, damit erschöpfte Reisende daselbst Stärkung und Obdach finden. Er widmete hiezu verschiedene Klostergüter auf dem genannten Berge und in der Vall Breunia (jetzt Blenio), und übertrug die Sorge für die Stiftung dem Bruder Thaddäus de Campiro und dessen Gehülfen Andreas[2]). Das frühere Hospiz, dessen Ruinen noch sichtbar sind, stand in einiger Entfernung von dem jetzigen östlich gegen den Mittelrhein, und wurde wegen Lawinengefahr versetzt. Die Kapelle hat die Jahrzahl 1577 und ihre Glocke 1802.

Medels. St. Gallus, circa eine Stunde von Pardatsch, und

» St. Johann Täufer, am rechten Ufer nicht weit vom Wasserfalle des Rheins ob der Mündung der Cristallina, sind ebenfalls zwei Hospize zum Schutze der Reisenden über den Lukmanier, von denen das erstere dem Kloster Disentis, das letztere der Gemeinde Medels gehört. Jenes hat eine Glocke von 1583, dieses eine solche von 1580 und einen der Sculptur nach sehr alten Altar. Christian, Abt zu Disentis, stellte die dem Boden gleich gemachten Hospize von St. Maria und St. Gallus im Jahre 1582 wieder her[3]).

Acla. St. Jakob. Die Kapelle bezahlte schon 1658 dem Pfarrer einen jährlichen Zins, hatte 1671 ein eigenes Urbar, und wurde 1850 neu erbaut. Ihre Glocke datirt von 1693.

Palli. St. Joseph. Der Stifter soll Martin de Palli gewesen sein. Die Glocke der Kapelle hat die Jahrzahl 1690. Ihr Urbar datirt von 1730.

Mutschnengia. St. Sebastian, laut der Tradition die älteste Kapelle des Thals. Die Consecrationsurkunde ging schon vor dem Jahre 1723 durch einen Brand zu Grunde. Die Glocken datiren von 1728 und 1756.

---

1) Mitth. v. Hrn. Pfr. Carigiet in Disentis und Hrn. Pfr. Huonder in Medels. — 2) Reg. v. Disentis. No. 133. — 3) Eichhorn, E. C. p. 255.

b. Auf der rechten Seite des Mittelrheins von der Einmündung der Cristallina abwärts:

Fuorns. Mutter Gottes. Die Kapelle bezahlte schon 1658 dem Pfarrer einen jährlichen Zins, hatte 1677 ein Urbar, und ward am 15. Mai 1683 durch den Bischof von Chur, Ulrich VI. von Mont, geweiht. Die Glocke stammt von 1734.

Pardi. St. Rochus, consecrirt am 7. August 1592 durch Peter II. Rascher, Bischof zu Chur.

Platta. In dem Beinhaus bei der Pfarrkirche befindet sich ein kleiner, der Sculptur nach sehr alter Altar.

Curaglia. St. Nicolaus, Kaplanei, gestiftet 1642 und approbirt 1644. Die Filialkirche wurde am 7. Juli 1672 durch Bischof Ulrich VI, von Mont geweiht. Von ihren drei Glocken datirt die kleinste von 1677.

c. Beim Eingange in's Medelserthal am Wege eine kleine, jetzt baufällige Kapelle ohne Altar, nach der Tradition von einer Jungfrau ex voto erbaut.

d. In einem östlich vom Hauptthale gelegenen Seitenthale:

Soliva. St. Petrus ad vincula. Die Glocke trägt die Jahrzahl 1609; die Kapelle bezahlt schon 1658 dem Pfarrer einen jährlichen Zins und hat ein Urbar von 1677.

Biscuolm. St. Barbara und St. Brigida, jetzt mehr unter dem letztern Namen bekannt. Die Kapelle hat eine Glocke von 1623, ein Urbar von 1677, und bezahlte schon 1658 dem Pfarrer einen jährlichen Zins.

In der Pfarrei Surrhein:

Reits. St. Nicolaus, westlich, auf der rechten Seite des Vorderrheins gelegen.

Sumvixerbad. Maria zum Schnee.

Run. St. Antonius.

Val. St. Brigitta.

Diese drei letztgenannten Kapellen liegen im Sumvixerthale.

3. Klöster.

Disentis. St. Martin. Die in den Klosterannalen enthaltenen Nachrichten über die Gründung dieser Benedictinerabtei sind schon oben (Seite 72) mitgetheilt worden. Die erste Urkunde, worin dieselbe genannt wird, ist das Testament des Bischofs Tello von Chur, datirt 15. Dezember 766, kraft dessen er mit Wissen seines Vaters dem Kloster und den daselbst der h. Jungfrau, dem h. Martin und dem h. Petrus geweihten Kirchen die ihm erbsweise zugefallenen Besitzungen vermacht[1]).

1) v. Mohr, C. D. R. I. No. 9.

Sumvix. In der Nähe der St. Benedictus-Kirche auf einem Hügel bei der Burg Castilium stiftete Heinrich von Werdenberg, Abt zu Disentis, 1268 ein nach dem Geschlechte abgesondertes Collegium der Andächtigen, die beisammenwohnten, all ihr zeitliches Gut in die Hände des Abts von Disentis übergaben und von demselben den nothwendigen Lebensunterhalt erhielten. Dieses Collegium bestand bis zur Mitte des 16. Jahrhunderts[1]).

F. URSERENTHAL.

(Kanton Uri.)

1. Pfarrkirchen.

a. Mutterkirche.

Andermatt. St. Columbanus. Diese alte Pfarrkirche, welcher am 30. Mai 1429 Heini Fürst von Uri den Nutzen der ererbten Aecker im Thale vergabte[2]), steht ungefähr fünf Minuten vom Dorfe am Fusse des Kilcherbergs und hatte 1525 einen Pfarrer, Frühmesser und zwei Kapläne in Hospital und Realp[3]). Da aber der dortige Schutzwald für den Unterhalt der langen stäubenden Brücke zu sehr gelichtet und später durch eine Lawine ganz weggerissen worden war, so wurde das Dorf an den Fuss des Gurschens oder St. Annabergs versetzt und daselbst in der Giessenmatt 1602 die gegenwärtige Hauptkirche St. Peter und Paul erbaut; indessen wird noch alljährlich in Urseren vom sämmtlichen Thale ein Gang mit Kreuz und Fahne zur alten Pfarrkirche gehalten[4]). — Das Collaturrecht in Andermatt wurde früher stets vom Kloster Disentis ausgeübt (so z. B. am 3. Februar 1473) und noch am 26. August 1649 beim Loskaufe der Thalleute von verschiedenen Verpflichtungen gegen dasselbe ausgenommen[5]). Auch heutzutage noch besteht das Recht des Abts in Disentis, den von den Thalleuten gewählten und ihm vorgestellten Seelsorger mit der Leutpriesterpfründe zu belehnen, in Kraft. Das Pfarrbuch enthält eine wohlgeordnete Chronik dieser Pfarrei, und ein Verzeichniss der Pfarrer beginnend mit dem h. Columban (612) und Sigisbert († 636). Nachher wurde die Pfarrei mehrere Jahrhunderte lang durch Mönche des Klosters Disentis oder andere von dem Abte desselben gesandte Priester versehen, deren Namen unbekannt sind. 1366 wird Jakob Keller von Buchhorn als Pfarrer genannt, und 1450 eröffnet Erhard von Constanz die fortlaufende Reihe derselben[6]).

---

1) Reg. v. Disentis. No. 61 und v. Mohr, C. D. R. II. No. 26, note. — 2) Gesch. Frd. VIII. p. 133. No. 25. — 3) Cat. Cur. — 4) Gesch. Frd. VIII. p. 140. n. 2. — 5) Reg. v. Disentis. No. 212 u. 326. — 6) Mitth. von Herrn P. Verecund, Pfarrer in Urseren.

2. Kirchenfilialen und Kapellen[1]).

In **Andermatt:**

St. Michael, Todtenkapelle, neben der Pfarrkirche, erbaut 1640, eingeweiht 28. August 1643[2]).

St. Peter, mitten im Dorfe, jetzt in ein Wohnhaus umgestaltet.

St. Anton von Padua in den Schöllenen.

St. Anton, Abt, am Wege gegen die Oberalp, aufgehoben und in eine Sennhütte umgewandelt.

St. Wendelin auf der Oberalp

St. Mariahilf auf einer Anhöhe ob dem Dorfe.

St. Johannes Täufer, an der Reuss vor dem Wirthshause zu den h. 3 Königen, seit bald 50 Jahren abgetragen.

St. Anna an der Strasse gegen Hospenthal.

In **Hospenthal:**

St. Maria Himmelfahrt. Bei dem Neubau dieser Filialkirche im Jahre 1707 wurden die Steine der festen Ringmauer um den dortigen Burgthurm zur Aufführung des Glockenthurms verwendet[3]).

St. Karl Borromäus.

In **Zumdorf:** St. Niklaus.

In **Realp:**

H. Kreuz, Filialkirche, zuerst erwähnt im Jahr 1491, am 12. Oct. 1500 reconcilirt und eingeweiht, durch schiedsrichterlichen Urtheilsspruch des Cardinals Mathäus Schinner, Bischofs in Sitten, und Felix Frey, Propsts in Zürich, am 15. November 1518 zu einer selbstständigen Kaplanei erhoben[4]).

St. Joseph, am Wege gegen das Dorf.

Von den vorbenannten Kapellen wurden im Juni 1630 durch Joseph Mohr, Bischof zu Chur, geweiht: Andermatt, St. Anna; Schöllenen, St. Antonius; Hospital, der Chor der Filialkirche; sowie der Friedhof der Pfarrkirche St. Peter und Paul[5]).

3. Klöster.

In **Andermatt** ein 1688 und in **Realp** ein 1735 gestiftetes Capuzinerhospiz[6]).

1) Mittheilung des Hrn. Pfarrer und Superior P. Verecund in Urseren. — 2) Gesch. Frd. VIII. p. 140. n. 2. — 3) Gesch. Frd. VIII. p. 133. note 1. — 4) Gesch. Frd. VIII. p. 143, 144. No. 40 u. 142. No. 43. — 5) Anniv. Tavetsch. — 6) Lusser, der Kt. Uri. p. 84. u. 104. St. Gallen und Bern. 1824.

IV. PROPSTEI DES THALES MISOX (MIT CALANCA).

Das Thal Misox (vallis Mesaucina 1026, romanisch Mesauc)[1] soll schon im 4. Jahrhundert unter Constantin dem Grossen in kirchlichen Dingen dem Bisthum Chur einverleibt worden sein. Später kam es einige Zeit unter den Bischof von Como, allein bald wurde es wieder mit dem Bisthum Chur vereinigt und zwar zur Zeit, als Egino von Ehrenfels demselben vorstand (1160—1170)[2].

A. THAL MISOX.

1. Pfarrkirchen.

a. Mutterkirchen.

Lostallo. St. Georg. Diese erste christliche Kirche wurde nach der Sage schon im 3. Jahrhundert erbaut und blieb lange Zeit die einzige des Thales[3].

In der Mitte des 6. Jahrhunderts entstanden sodann die zwei nächstfolgenden Kirchen:

Misox (Mesaucum XI)[4]. St. Maria, genannt Madonna del Castello, am Fusse des Schlosshügels, nun Begräbnisskirche, während St. Peter und Paul die Haupt- und Pfarrkirche der Ortschaft geworden ist[5].

St. Vittore. H. Kreuz[6]. Die Kirche St. Johannes und Victor daselbst kömmt erst im Einkünfterodel des Bisthums Chur aus dem 11. Jahrhundert vor[7].

Roveredo. St. Georg erscheint um das Jahr 774 und im 13. Jahrhundert; noch bevor das Kapitel von St. Vittore entstanden war, wird dort eine zweite Kirche St. Giulio errichtet, welche jetzt die Pfarrkirche ist[8]. Fernere Kirchen in und bei Roveredo sind: St. Anton, Abt[9], und St. Anna mit einem vielbesuchten Altar der h. Dorothea, als Spenderin von fruchtbarem Sommerregen[10].

Grono. St. Clemens, bestand im Anfange des 16. Jahrh. (1525)[11]. Alle übrigen jetzigen Kirchgemeinden des Misoxerthals waren damals noch blosse Kuratkaplaneien. Erst im Jahre 1611 bewilligte denselben

---

1) Lusser, der Kanton Uri. p. 104. St. Gallen und Bern, 1834. — 2) Gesch. Frd. XVI. p. 100. n. 1. — 3) v. Mohr, C. D. R. I. No. 86. — 4) a Marca compendio storico della valle Mesolcino. p. 39 u. 74. Lugano 1838. — 5) Id. p. 38. Lugano, 1838. — 6) v. Mohr, C. D. R. I. No. 193. p. 295. — 7) a Marca, l. c. p. 53. — Brügger. — v. Mont. — 8) a Marca, l. c. p. 53. — 9) v. Mohr, C. D. R. I. No. 193. p. 295. — 10) a Marca. l. c. p. 62 u. 84. — v. Mont. — 11) Id.

Bischof Johann von Aspermont bei einem Besuche des Misoxerthals die Errichtung selbtständiger Pfarreien, jedoch unter Vorbehalt der Rechte des Kapitels von St. Vittore[1]).

In Folge dessen entstanden:

b. Tochterkirchen[2]).

Cama. St. Mauritius, wovon sich ablöste:

Leggia. St. Bernhard.

Gabbiolo. St. Niklaus, getrennt von Lostallo 1640.

Soazza. St Martin, 1525 Kuratkaplanei mit zwei Kaplanen[3]).

Verdabbio. St. Peter.

2. Kirchenfilialen und Kapellen.

In der Pfarrei Lostallo:

Lostallo. St. Carlo, soll wie die obenerwähnte Kirche St. Croce im Thal von St. Vittore an der Stelle eines heidnischen Tempels erbaut sein[4]).

In der Pfarrei Misox:

Misox. Von der Kapelle im Innern des Schlosses sind noch Spuren vorhanden; der Patron ist unbekannt[5]).

Misox. St. Joseph[6]).

In der Pfarrei Roveredo:

Auf dem **Vogelberg,** südlich von der Höhe des Passes nach dem Rheinwald, bei einem vortrefflichen Sauerbrunnen, wurde 1451 ein Kirchlein zu Ehren des h. Bernhardin von Siena, jetzt Kaplanei von Misox, erbaut und der Berg seit dieser Zeit Bernhardin genannt[7]).

Auf dem **St Jakobsboden** (Piano Giacomo). St. Jakob, an der Poststrasse von Misox nach dem Bernhardin[8]).

Traversegna. Mutter-Gottes-Kirche am Eingange dieses kleinen Seitenthals.
Carasal. St. Rochus. } [9]).

Roveredo. U. L. Frau.
» St. Rochus.
» St. Fidelis. } [10]).

In der Pfarrei Grono:

Florentina. Burgkapelle mit sehr alten Wandgemälden[11]).

---

1) a Marca, l c. p. 145. — 2) Cat. Cur. — v. Mont. — 3) Cat. Cur. — 4) a Marca, l. c. p. 26 u. 29. — 5) Brügger. — 6) a Marca, l. c. p. 144. — 7) Tschudi, B. G. C. p. 328. — Röder u. Tscharner, der Kanton Graubünden. p. 136. St. Gallen und Bern, 1838. — a Marca, l. c. p. 94. — 8) Brügger. — 9) Tscharner, d. K. G. B. p. 356. — 10) v. Mont. — 11) Lutz, H. L. d. S. v. Sp. I. 368.

3. Klöster.

In **St Vittore** gründete Graf Heinrich von Sax 1219 ein Collegiatstift von sechs Chorherren unter dem Namen St. Johann und St. Victor mit dem Rechte des Pfarrsatzes im ganzen Misoxer- und Calancathal [1]).

In **Misox** befindet sich ein grosses Kapuzinerhospiz mit eigener Kirche, genannt St. Rochus [2]).

In **Cama** ebenfalls ein Kapuzinerkloster [3]).

B. THAL CALANCA.

1. Pfarrkirchen [4]).

a. Mutterkirchen.

St. Maria (Maria Himmelfahrt) war die erste und älteste Pfarrei in diesem Thale, noch bevor das Kapitel von St. Vittore entstanden war; sie soll ungefähr in der Mitte des 6. Jahrhunderts erbaut worden sein. Der Hauptaltar enthält ein sehr altes ausgezeichnetes Holzschnitzwerk, welches verschiedene Scenen aus dem Leben Christi darstellt.

Die übrigen jetzt vorhandenen Pfarreien sind ihre

b. Tochterkirchen.

St. Domenica. Die Kirche St. Dominica ward circa 1024 gebaut; die Gemeinde trennte sich aber erst 1547 von St. Maria [5]). Nach dem bischöflichen Katalog hatte sie indessen schon 1525 einen Pfarrer.

Von St. Domenica wurden hinwieder abgelöst:

Cauco. St. Antonius, Abt; 1600.

Rossa. Madonna del Carmine; 1679.

Augio. St. Joseph und Anton von Padua; 1780.

Von St. Maria rissen sich ferner unmittelbar los:

Buseno. St. Peter. Die Pfarrei bestand schon im Anfange des 16. Jahrhunderts (1525) [6]) und die Kirche wurde um 1600 erbaut.

---

1) v. Mont. — v. Mülinen, H. S. I. p. 63. — 2) v. Mont. — 3) Lutz, H. L. d. S. v. Sp. I. 455. — 4) Mittheilung von Dr. U. A. Bühler in Arvigo. — 5) a Marca, l. c. p. 123. — 6) Cat. Cur.

Selma. St. Jakob. Die Pfarrei entstand am 21. März 1603, und der Grundstein zur jetzigen Kirche ward am 20. April 1662 gelegt.

Braggio. St. Bartholomäus und St. Margaritha, hatte ursprünglich nur eine Kapelle, an welche sodann im Jahre 1633 eine Kirche rechtwinklig angebaut wurde, so dass nun erstere ein Seitenschiff der letzern bildet.

Arvigo. St. Laurenz. Die Gründung der Kirche fällt vor das Jahr 1640. Darin befindet sich ein von vorzüglich geschickter Künstlerhand ausgeführtes Holzschnitzwerk ungefähr aus dem Jahre 1420, das bis 1861 in einer ganz in Zerfall gerathenen kleinen Kapelle auf dem Gottesacker stand, und die Mutter Gottes nebst verschiedenen Aposteln und Heiligen darstellt.

Von Arvigo trennte sich:

Landarenca. St. Bernhard. 1680.

Castanetta. St. Stephan. Die Kirche dieser erst 1848 zur Pfarrei erhobenen früheren Abtheilung von St. Maria wurde circa 1590—1600 erbaut.

Die Collatur aller Pfarreien des Calanca-Thales hatte früher, wie schon erwähnt, das Chorherrenstift St. Vittore kraft seiner Gründung; später ging sie an die Gemeinden über.

2. Kapellen[1]).

In der Pfarrei St. Domenica:

St. Domenica, Mutter Gottes, die schmerzhafte, thalaufwärts unterhalb der Strasse.

In der Pfarrei Cauco:

Masciadone. St. Joseph und St. Anna.

L'Asciallo. St. Antonius von Padua.

Baddio. Mutter Gottes von Loretto.

In der Pfarrei Rossa:

Pighé. St. Karl Borromäus. An der Stelle dieser durch eine Lawine zerstörten Kapelle steht nun U. L. Frau der Gnaden, erbaut 1680, und daneben der einzige, ausgezeichnet schöne Lindenbaum des Thales Calanca.

Al Sabbione (auf dem Sande). St. Karl.

Valle bella. Maria Heimsuchung. Dieses Dorf soll vor allen andern in Calanca bewohnt gewesen sein, ist jetzt aber in Abgang gekommen und wird nur noch während des Sommers bewohnt.

---

1) Mittheilungen von Dr. U. A. Bühler in Arvigo.

In der Pfarrei Augio:

Altarco. Der gekreuzigte Christus.

In der Pfarrei Buseno:

St. Carlo. St. Karl Borromäus, auf einem Berge oberhalb Buseno. Dieser Ort wird nur noch im Sommer bewohnt, früher aber das ganze Jahr hindurch.

Buseno. St. Antonius von Padua, weiter unten am Berge.

„ St. Franciscus, « « « «

Dem ersteren Heiligen pflegen die Leute Wolle zu weihen, so dass ein Drittheil des Bodens der Kapelle damit überdeckt ist.

In der Pfarrei Selma:

Selma. St. Rochus am Thalwasser soll das erste Gotteshaus nach St. Maria gewesen und an der Stelle eines Heidentempels erbaut sein; es wurde von der Gründung der Pfarrei bis zur Erbauung der Pfarrkirche (1603—1662) benutzt.

In der Pfarrei Braggio:

Bolade. St. Antonius von Padua. Die Entstehung dieser ältesten Kapelle fällt in die Zeit, wo die Pest im Calancathale hauste.

Braggio, all'orlo (am Saum). U. L. Frau der Engel, entstand in Folge von Streitigkeiten über den Platz der Pfarrkirche 1633.

Cammarcuno (Kammer der Wiege). Maria Heimsuchung. am Fusswege nach St. Maria.

Braggio. Mutter Gottes, die schmerzhafte, an's Pfarrhaus angebaut 1822.

In der Pfarrei Arvigo:

Arvigo. Mutter Gottes, die schmerzhafte, unterhalb der Pfarrkirche, erbaut circa 1722.

Arvigo. Christus der gekreuzigte, zu unterst im Dorfe an der Calancasca.

In der Pfarrei Castanetta:

Castanetta. Mutter Gottes, die schmerzhafte, unterhalb des Dorfs gegen Grono.

IV. DECANAT OB CHURWALDEN.

Dasselbe umfasste zwischen 1320 und 1330 die 17 Pfarrkirchen in Vicosoprano, Tinzen, Reams, Salux, Tiefenkastel, Mons, Bergün, Alveneu, Oberlenz, Schams, Realt, Kazis, Sils, Scharans, Almens, Tumils, Obervatz.

Im bischöflichen Katalog von 1525 erscheinen 11 weitere Pfarreien: Filisur, Schwainingen, Stalla, Portein, Tschappina, Thusis, Präz, Safien (am Platz), Splügen, Casaccia, Castelmur (Porta).

Die beste Uebersicht der sämmtlichen Pfarrkirchen liefert die Eintheilung nach den Thälern.

A. RHEINWALD, Vallis Rheni (1277)[1], romanisch Val-Rhein[2].

1. Pfarrkirchen.

a. *Mutterkirchen.*

Rheinwald. St. Peter. Dieses Thal bildete bis 1517 eine einzige Pfarrei, deren Patron die Gemeinde schon 1477 im Siegel führte[3]. Ihr Pfarrer (1503 Johannes Giger), plebanus vallis Rheni genannt, hatte seinen Sitz ohne Zweifel bei der allein stehenden alten Kirche auf einer höhern Anlage ungefähr mitten im Thal zwischen Splügen und Hinterrhein, nahe Medels und Nufenen[4]. Im bischöflichen Katalog von 1525 wird bei Rheinwwald ein Kaplan aufgezählt und bei Splügen, das damals nur eine Curatie war, ein Pfarrer, ein Frühmesser, ein Kaplan von St. Vincenz und ein anderer Kaplan[5]. Es bezieht sich daher wohl letztere Angabe auch auf die Mutterkirche Rheinwald.

b. *Tochterkirchen.*

Von Rheinwald:

Splügen (Speluca? XI[6]; romanisch Splügia)[7]. St. Vincenz. Die Kirche war im Jahre 1505 noch Filiale, da Othmar als Kaplan daselbst genannt wird[8]. Am 15. Juni 1517 aber erhalten Petrus Wolf, Landschreiber im Rheinwald (Silva Rheni), und die Pfleger (sindici) der

---

1) v. Mohr, C. D. R. I. No. 286. — 2) Campell, R. G. p. 25. — 3) Brügger. — 4) v. Mont, ex L. M. O. — 5) Cat. Cur. — 6) v. Mohr, C. D. R. I. No. 193. p. 291. vgl. Campell, R. G. p. 24. u. N. Sammler f. B. 1809. p. 117. — 7) Campell, l. c. — 8) v. Mont, ex L. M. O.

Filialkirche in Splügen auf ihr dringendes Ansuchen vom Bischof die Erlaubniss, zu besserer Bequemlichkeit anstatt des dortigen alten, nunmehr abgebrochenen Kirchleins St. Rochus[1]) eine neue Kirche zu bauen und zugleich die Befugniss, von nun an ein eigenes Baptisterium anzubringen und durch den Geistlichen die Funktionen einer Kuratie ausüben zu lassen, d. h. die Sakramente zu administriren, doch so, dass die Mutter- oder Stammkirche des Thales sammt Friedhof nichts desto weniger für Kirchenfeste, Abhaltung von Messen und zu Begräbnissen erhalten bleibe. 1690 entstand die gegenwärtige Kirche[2])

Von Splügen trennte sich hinwieder 1726[3]):

Medels, das 1708 eine eigene Kirche baute[4]).

Von Zillis im Schamserthale (siehe Seite 90 und 91):

Suvers (Sobre 841, Subere XI)[5]), wo schon am 7. October 841 eine in der Ehre unsers Herrn Jesu Christi errichtete Kirche von Kaiser Lothar I. dem Bischof Verendarius zu Chur für das von ihm gegründete Klösterlein Serras vergabt und auch im Einkünfterodel des Bisthums aus dem 11. Jahrhundert erwähnt wird[6]). 1517 findet man einen Kaplan in Suvers[7]).

Von St. Vittore in Misox:

Hinterrhein. Dieses Dorf war vor der Reformation (circa 1530) kaum eine Pfarrei, sondern gehörte, da es als eine der drei Kirchen des Thales Misox bezeichnet wird[8]), zum Chorherrenstift St. Vittore, welches die Collatur daselbst besass[9]).

Von Hinterrhein schied sich später aus:

Nufenen (romanisch Noveina), das noch 1642 mit Hinterrhein als eine Pfarrei vereinigt ist, schon 1697 aber seine besondern Kirchenlisten führt[10]).

2. Kapellen.

Hinterrhein. St. Peter, in der Nähe der Quellen des Hinterrheins, wo noch im Jahre 1489 Ueberbleibsel verfallener Wohnungen gesehen wurden[11]). Für die Wiedererwerbung dieser jetzt nicht mehr existirenden Kapelle (vermuthlich der ursprünglichen, erst später in das jetzige Dorf verlegten Tochterkirche) verschreiben am 29. Juli 1286 Propst und Kapitel zu St. Vittore in Misox den Gebrüdern Ulrich und Simon von Rietberg (im Domleschg), welche dieselbe von den Freien

1) Truog, n. G. v. G. p. 91. — 2) N. Sammler f. B. 1809. p. 145. — 3) u 4) N. Sammler f. B 1809. p. 129 note *). — 5) v. Mohr, C. D. R. I. No. 24 u. No. 193. p. 293. — 6) Ib. — 7) v. Mont, ex L. M. O. — 8) a Marca, l. c. p. 51. — 9) v. Mont. — 10) N. Sammler f. B. VI. p. 187—88. — 11) v. Mohr, Salis-Sewis Schriften. Chur, 1858. p. 265.

von Clanxis (Sax?) zu Lehen besassen, jährlich 5 Saum des bessern Weins und verpfänden sodann am 5. März 1287 die nämliche Kapelle dem Bischof Friedrich I. von Chur und dem Ulrich von Rietberg für 100 ℔[1]. Noch erzählt man sich, es haben zur Zeit der Reformation die Einwohner des Misoxerthales wie diejenigen des Rheinwalds auf die kleine Glocke in jener Kapelle so grossen Werth gelegt, dass erstere dieselbe erfolglos mit Silbermünzen füllen wollten, wenn sie ihnen überlassen werde[2]. Das Glöcklein soll nun im Thurme der Pfarrkirche Hinterrhein hängen[3].

3. Klöster.

Splügen. Zum Kloster heisst ein sehr altes, meistens aus schönen Quadersteinan erbautes Haus jenseits des Rheins[4]. Auf dieses und kaum auf Disentis, das in den Urkunden nie anders als Desertina oder monasterium Desertinense genannt wird, bezieht sich vielleicht die im Einkünfterodel des Bisthums Chur aus dem 11. Jahrhundert unter den eigenthümlichen Besitzungen des Klosters Pfäfers aufgezählte Cella in Speluca[5], in welchem Falle alsdann, da gleich nachher der Titulus S. Gaudentii, d. h. die Kirche zu Casaccia im Bergell folgt, eine in der Richtung von Nord nach Süd fortschreitende Aufzählung der Besitzungen von Pfäfers in Graubünden vorhanden wäre[6].

Hinterrhein. Bei der oben genannten St. Peters-Kapelle stand einst ein Klösterlein oder Hospitium für die Reisenden über den Bernhardin; es wurde später in eine Einsiedelei verwandelt, in welcher vor der Reformation zwei Waldbrüder ihren Aufenthalt hatten, und von der noch einige Einkünfte der Pfarrkirche zu Hinterrhein herrühren[7].

B. SAFIEN (Stussavis 1338[8]), romanisch Stussavia).

1. Pfarrkirchen.

a. *Mutterkirchen.*

Safien, am Platz. St. Johannes Täufer. Die Gegend der Kirche, deren Patron die Landschaft Safien von Alters her in ihrem Siegel führte mit der Umschrift: S. Communitatis de Stussavia, heisst Salerna und liegt am rechten Ufer des Thalwassers (Rabiusa), etwas

---

1) v. Mohr, C. D. R. II. No. 36 u. 37. — 2) Ib. II. 36. note 1. — 3) Sererhard, e D. I. p. 80 — 4) N Sammler f. B. 1809. p. 145. — 5) v. Mohr, C. D R. I. No. 193. p. 291. — 6) Brügger. — 7) v. Mont. — Sererhard, e. D. I. p. 80. — 8) v. Mohr, C. D. R. II. No. 255.

erhöht. Die noch vorhandenen älteren bischöflichen Briefe betreffend diese Pfarrei datiren von 1448 und 1460 und ein Pfrundbuch derselben von 1481. Am 30. October 1500 wird ihr mit Einschluss der Kapelle U. L. Frau von dem Churer Bischof Paulus ein Indulgenzbrief ausgestellt[1]). 1525 besorgen den Gottesdienst im Thale Safien ein Pfarrer, Frühmesser und Kaplan U. L. Frau[2]). Das gegenwärtige gothische Kirchengebäude ist im Jahre 1510 aufgeführt worden[3]).

b. Tochterkirche.

Safien, im Thal. St. Maria. Diese Kirche, ganz hinten im Thale, mit drei Altären und Gottesacker wird am 1. August 1441 eingeweiht zu Ehren der h. Maria, drei Könige, Andreas, Sebastian, Anton, Maria Magdalena und Theodul und das Kirchweihfest auf Maria Himmelfahrt festgesetzt, bei der zweiten Consecration aber (am 15. October 1503) auf den ersten Sonntag vor diesem Feste verlegt, an welchem Tage noch heute die s. g. Kilbi gefeiert wird. Die zwei kleinen Glocken im Thurme dieses Kirchleins, welches in seiner einfachen alterthümlichen Bauart den Uebergang vom Rund- in den Spitzbogenstyl zeigt, tragen die Jahrzahlen 1454 und 1477[4]). Kaplan der Kirche U. L. Frau ist 1506 Johannes Bischoff[5]).

2. Kapellen.

Safien, im Thal. Innerhalb der Marienkirche stand in der Gegend der Rosenburg eine kleine Kapelle, deren Gemäuer jetzt als Remise dient[6]).

3. Klöster.

Safien, am Platz. Eine Hofstatt daselbst heisst «im Klösterli» oder «das Klösterli». Es war diess eine Dependenz des Frauenklosters St. Peter in Katzis, welches laut dem Urbar von 1512 eine grosse Anzahl von Alpen, Höfen und Gefällen im innern und äussern Safien besass, und laut dem Landschaftsarchiv schon 1479 Güter im Thal u. s. w. an Particularen verkaufte. In diesem Archive finden sich auch Zinsrödel jenes Klosters von 1494 und 1502[7]).

---

1) Brügger. — 2) Cat. Cur. — 3) Brügger. — 4) Id — 5) v. Mont, ex L. M. O. — 6) Brügger. — 7) Brügger.

C. SCHAMS UND FERRERA (vallis Sexamnes 940[1]), romanisch Schons)[2].

1. Pfarrkirchen.

a. Mutterkirchen.

Schams oder **Zillis** (Ciranes XI, romanisch Ciraun)[3]. Die im Schamserthale zu Ehren St. Martins, welchen die Gemeinde Schams (das ganze Thal sammt dem Berge umfassend) im 16. Jahrhundert im Siegel führte, erbaute Kirche (ecclesia parochialis in Schams genannt) wird von König Otto I. am 8. April 940 dem Bischof Waldo zu Chur unter der Bedingung geschenkt, dass sie nach seinem Tode dem Frauenkloster Katzis zufalle. Im Einkünfterodel des Bisthums Chur aus dem 11. Jahrhundert erscheint aber die Leutkirche von Zillis mit dem Zehnten wieder als Eigenthum desselben, und wird sodann mit allen Rechten und Zubehörden als Ersatz für den Nachlass einer Schuld von 600 Gulden und 44 Mark, sowie zur Verbesserung der geschwächten Einkünfte durch zwei Urkunden, datirt 31. Mai 1357, von Bischof Peter I. dem Tische des Domkapitels in Chur einverleibt, welches einen beständigen Vicar unterhielt[4]. 1525 waren laut Verzeichniss in Schams ein Pfarrer, ein Frühmesser und fünf Kapläne, nämlich je einer in Andeer, Lon, Mes (Mathon), St. Niklaus und Pigneu[5]. — Das uralte Gotteshaus ist durch seine Bauart aus grossen Quadersteinen merkwürdig und erinnert lebhaft an die Kirche von Müstail bei Tiefenkastel, welche aus derselben Zeit stammt. Die hölzerne Decke ist mit Bildern aus der Bibel bemalt und neben der Kanzel sieht man den grossen Christoph[6].

b. Tochterkirchen.

Von Schams (Zillis):

Andeer. St. Michael. Die dortige Gemeinde stiftet mit Gunst und Willen des Dompropsts, Decans und Kapitels der Stift zu Chur, als Lehenherren der Pfarrkirche zu Schams, am 6. April 1480 eine Pfründe und ewige Messe auf St. Michaels-Altar in der Kapelle zu Andair und verzichtet auf die Lehenschaft derselben zu Gunsten des Domstifts,

---

1) v. Mohr, C. D. R. I. No. 44. — 2) Brügger. — 3) v. Mohr, C. D. R. I. No. 193. p. 293. n. 42. — 4) Ib. I. No. 44 u. 193. II. No. 341 u. 342. — 5) Cat. Cur. — 6) Brügger.

welches solche am 11. April 1481 dem Johannes Ferragut von Heinzenberg verleiht[1]). Andeer trennte sich nebst den beiden Ferrera 1601 von der Hauptkirche[2]).

Suvers. Jesus Christus, siehe Seite 87.

Von Andeer lösten sich hinwieder ab:

Farrera oder **Ferrera**. Dieses Thal errichtete 1707 eine eigene Pfarrpfründe in Canicül, wozu es Steuern aus der Schweiz, Preussen, England u. s. w. bekam[3]).

Von Schams (Zillis):

Pigneu (Pynniv 1354)[4]). St. Valentin. Pfleger dieser Kapelle kommen schon 1518 vor[5]). Die Gründung einer eigenen Pfarrei erfolgte auf ähnliche Art wie bei Ferrera erst 1782[6]).

Lon. Mutter Gottes. Die Gründung einer Kaplanei geschah laut einer Urkunde vom 1. April 1460 durch mehrere Familien des Orts[7]).

Donat. St. Georg.

Mathon.

Der Zeitpunkt der Erhebung dieser drei letztgenannten Kaplaneien zu selbstständigen Pfarreien konnte nicht ermittelt werden.

2. Kapellen.

In der Pfarrei Schams (Zillis):

Zillis oder vielleicht **Mathon?** St. Niklaus. Pfleger dieser Kapelle werden 1517 erwähnt[8]).

St. Ambriesch. St. Ambrosius. Gegen die Viamala. } [9]).
Reischen, nordöstlich. }

In der Pfarrei Ferrera:

Cresta, östlich, auf einer hohen aussichtsreichen Bergstrasse.

In der Pfarrei Donat:

Clugien, südlich.

Casti, westlich.

Fardün, nördlich.

In der Pfarrei Mathon:

Wergenstein.

---

1) Archiv d. bisch. Domcap. in Chur. — 2) N. Sammler f. B. 1808. p. 150. — 3) Ibid. — 4) v. Mohr, C. D. R. III. No. 59. — 5) v. Mont, ex L. M. O. — 6) N. Sammler f. B, 1808. p. 150. — 7) v. Mont. — 8) v. Mont, ex L. M. O. — 9) Brügger.

3. Klöster.

Andeer. Frauenkloster St. Margaretha. Ueberbleibsel desselben und eines dabei gewesenen Fischweihers standen unweit der Brücke[1]). Die Rheinverheerungen von 1834 scheinen diese Ruinen vertilgt zu haben. Uebrigens besass das Kloster Katzis viele Güter und Gefälle in Schams; auch wird im Urbar desselben von 1512 ein St. Anna und St. Margaretha Gut genannt[2]), so dass St. Margaretha bei Andeer vielleicht als eine Filiale von St. Peter und Paul in Katzis anzusehen sein dürfte.

D. HEINZENBERG UND DOMLESCHG.

Hohenrealta (Rialt 1210)[3]). St. Johannes Täufer war die Hauptkirche des ganzen Thals des Hinterrheins von Tusis bis Rhäzüns, dessen rechte Seite von dem Dorfe Tumils das Domleschg (richtiger Tumleschg) und dessen linke Seite von der gleichnamigen Burg den Namen « Heinzenberg » erhielt. Von jener Kirche heisst heutzutage noch der die Thalsohle um 800 Fuss überragende, höchst malerische Schlossfelsen mit herrlicher Aussicht St. Johannsen-Stein oder Johannisberg[4]). Einkünfte in dieser Pfarrei besass schon zwischen 1290 und 1298 das Bisthum Chur[5]), von welchem die Aebtissin Guta und der Convent in Katzis am 1. Juni 1359 das Patronatsrecht gegen Ueberlassung von Gütern und Besitzungen im Vinstgau eintauschten[6]). Im Urbar dieses Frauenklosters von 1512 werden St. Johannes von Realt Güter oft genannt[7]). Noch im Anfange des 16. Jahrhunderts, kurz vor der Reformation, begrub man daselbst sehr viele Todte aus den benachbarten Gemeinden[8]) und die Sage meldet, dass das Volk einst in Prozession dahin ging. Die Ruinen des Kirchleins nebst Thürmchen stehen noch wohl erhalten am nordöstlichen Rande des kleinen Felsplateau's, das ausserdem noch ansehnliche Reste der ehemals durch vier Thürme beschützten, gewaltigen Veste trägt[9]).

---

1) N. Sammler f. B. 1808. p. 110. — 2) Brügger. — 3) v. Mohr, C. D. R. I. No. 177. vgl. II. No. 73. p. 99. u. 100. — 4) Lehmann, patriot. Magazin von und für Bünden. Bern, 1790. p. 22. — Lutz, H. L. d. S. v. Sp. II. 438. — Brügger. — 5) v. Mohr, C. D. R. II. No. 73. p. 99 u. 100. — 6) Ib. III. No. 83. — 7) Brügger. — 8) Lehmann, patriot. Magazin von und für Bünden. Bern, 1790. p. 7. — 9) Brügger.

a. HEINZENBERG (romanisch Muntogna).

1. Pfarrkirchen.

a. Mutterkirche.

Hohenrealta. St. Johannes Täufer (siehe Seite 92).

b. Tochterkirchen.

Purtein (Portennis 1146, Purtins. Purtinum 1290/98)[1]. St. Gallus[2]) war die erste und Hauptpfarrei des ganzen Heinzenbergs (1525 mit einem Pfarrer und zwei Kaplanen)[3], deren Collatur das Kloster Katzis besass. Von der ursprünglichen Kirche, die auch einen Altar St. Anna und Barbara hatte[4], sind jetzt kaum noch Spuren auf einer mit drei Linden bewachsenen Anhöhe beim Dorfe Purtein vorhanden, da der grösste Theil der Ruinen schon im 18. Jahrhundert in den Abgrund des tiefen, durch seine Erdschlipfe für das Domleschg so verhängnissvollen Purteinertobels stürzte[5].

Von Purtein lösten sich ab:

Präz (Paretz oder Parez 1290—98)[6]. St. Paulus, laut einer alten Inschrift 1488 erbaut, trennte sich mit Alın nach langwierigen Processen und unter Verwahrung des damaligen Pfarrers von Purtein, Johannes Brunold, am 6. Juli 1519. Der erste Pfarrer der Kirchgemeinde Präz war 1521 Johannes Laurentius. 1522 erhielt dieselbe eine neue Pfarrkirche und die bischöfliche Erlaubniss, den Taufstein dorthin zu versetzen, einen neuen Altar zu errichten u. s. w.[7]. 1525 hatte Präz bereits einen Pfarrer und Kaplan[8].

Tschappina. St. Joder = St. Theodor[9]. 1525 mit einem Pfarrer und Kaplan St. Theodor[10]. Die ehemalige Kapelle stand auf dem Gottesacker; die jetzige Pfarrkirche ward erst nach der Reformation erbaut.

Flerden (Flirden 1156)[11] hatte 1520 als Kapelle St. Katharina[12], dagegen als Pfarrkirche St. Leonhard[13] zum Patron.

Sarn (Sarn 1156[14]).

Von Hohenrealta:

Katzis (Cacias 926, Chazzes 940)[15]. St. Martin am Rhein, laut Tradition eine uralte Kirche, auf welche die Capella sancti Martini in

---

1) v. Mohr, C. D. R. I. No. 111. II. No. 73. p. 100. — 2) Cat. Cur. — v. Mont — Brügger. — 3) Cat. Cur. — 4) v. Mont, ex L. M. O. — 5) Brügger. — 6) v. Mohr, C. D. R. II. No. 76. p. 100 u. 115. — 7) Brügger. — v. Mont, ex L. M. O. — 8) Cat. Cur. — 9) Truog, n G. v. G. B. p. 86. — 10) Cat. Cur. — 11) v. Mohr, C. D. R. I No. 132. — 12) v. Mont, ex L. M. O. — 13) Truog, n. G. v. G. B. p. 85. — 14) v. Mohr, C. D. R. I. No. 132 — 15) Ib. I. No. 41 u 44.

der Schenkungsurkunde des Bischofs Algotus zu Chur vom Jahre 1156 für's Kloster Katzis eher zu beziehen sein dürfte, als auf Andeer[1]), da man von einer Kirche an letzterm Orte aus so früher Zeit nichts weiss, vielmehr dieselbe und zwar mit St. Michael als Patron erst 1480 als blosse Kaplanei von Zillis aufgeführt wird, und die Gemeinde Katzis anstatt ihres bisher inne gehabten, abgelegenen und schlechten Kirchleins, das 1525 von einem Pfarrer (1509 Lucius Kräzer), Frühmesser und Kaplan besorgt wurde[2]), sich 1550 die Klosterkirche St. Peter und Paul als Pfarrkirche vorbehielt[3]), auch noch im 18. Jahrhundert St. Martin im Siegel führte[4]).

Tusis (Tosana 1156, romanisch Tuseun)[5]). St. Maria[6]), wurde nicht lange vor der Reformation, die 1526 daselbst Eingang fand[7]), **Pfarrei**, indem 1510—1516 Rulandus Marcus als Pfarrer erscheint[8]). 1525 hatte es einen Pfarrer, Frühmesser und drei Kaplane[9]).

Von Tusis:

Masein (Medezena 1156, Mizins 1200)[10]). St. Florinus[11]), schon 1391 Filiale[12]), seit 1726 aber Pfarrei[13]).

Urmein (Ormen 1156, Urminum oder Urmenum 1290—98)[14]). Kaplan war 1515 Mathias Heini[15]).

2. Kirchenfilialen und Kapellen.

In der Pfarrei Präz:

Alin oder **Dalin.** St. Anna, 1519 mit einem Kaplan[16]).

In der Pfarrei Sarn:

Tartar (Tartere 1290—98). St. Stephan, 1519[17]).

In der Pfarrei Katzis:

Katzis, im Dorf, St. Wendelin[18]).

In der Pfarrei Tusis:

Ronggella, an der Viamala[19]).

---

1) v. Mohr, C. D. R. I. No. 131. note 3. — Brügger. — 2) Cat. Cur. — 3) Leu, sch. L. T. XI. p. 56. — 4) Mitth. des Hrn. A. H. v. Sprecher in Chur. — 5) v. Mohr, C. D. R I. No. 132. — 6) Truog, n. G. v. G. B. p. 84. — v. Mont. — N. Sammler f. Bünden 1806. p. 142. — 7) Ibid. — 8) v. Mont, ex L. M. O. — 9) Cat. Cur. — 10) v. Mohr, C. D. R. I. No. 132, 165. II. p. 100. — 11) Brügger, lt. Urbar v. Katzis, 1512. — 12) Id. lt. Urk. — 13) Truog, n. G. v. G. B. p. 83. — 14) v. Mohr, C. D. R. I. No. 132, II. No. 76 p. 100 u. 115. — 15) v. Mont, ex L. M. O. — 16) Id. — 17) v. Mohr, C. D. R. II. p. 100. — v. Mont, ex L. M. O. — 18) Truog, n. G. v. G. B. p. 84. — 19) Brügger.

3. Klöster.

Katzis. Das Dominicanerinnenkloster St. Peter und Paul wurde nach einer längst verschwundenen Inschrift im Chor der Kirche daselbst gegen das Ende des 7. oder im Anfange des 8. Jahrhunderts von Bischof Victor I. zu Chur gestiftet[1]). Urkundlich wird es zum ersten Male in einer vom 3. November 926 datirten Schenkung des Königs Heinrich I. an den Bischof Waldo zu Chur betreffend den Ort Almens genannt[2]). Die frühere grosse schöne Stiftskirche ward am 1. Juni 1496 zu bauen angefangen und zwei Jahre nachher am gleichen Tage vollendet, am 14. Juli 1768 aber sammt dem Kloster durch Blitzeinschlag in Asche gelegt[3]).

b. DOMLESCHG (Tumilasca 1116[4]), roman. Domliaschga).

1. Pfarrkirchen.

a. *Mutterkirche.*

Hohenrealta. St. Johannes Täufer (siehe Seite 92).

b. *Tochterkirchen.*

Sils (Silles 1228[5]), romanisch Sallgias). St. Cassian[6]). Die Kirche, im Rundbogenstyl erbaut, steht ob dem Dorfe auf einem freien Hügel in der Mitte zwischen Sils und den Schlössern Baldenstein und Campell, und dient seit Verlegung des Gottesdienstes in's Dorf zur Begräbnissfeier[7]). Sie hatte 1525 einen Pfarrer (1514 Kaspar Leonhard)[8]), Frühmesser und Kaplan[9]).

Scharans (Schraunis 1200, Zirannes vel Schrans 1290—98 [10]), rom. Scharön). Alle Heiligen[11]). An der jetzigen Kirche, einem ehrwürdigen Gebäude mit Spitzbogen und Rippengewölbe, ist die Jahrzahl 1490 und das Monogramm des Meisters zu lesen. Der Thurm zeigt eine viel ältere Bauart (Quadersteine und Schallöcher mit doppelten Rundbogen), ist aber durch einen hölzernen Aufsatz aus späterer Zeit, wahrscheinlich in Folge Vergrösserung der Kirche, verunstaltet worden[12]). Neben letzterer, die 1525 einen Pfarrer (1514 Johannes Buchli) und Kap-

---

1) v. Mohr, C. D. R. I. No. 5. — 2) Ib. I. No. 41. — 3) Leu, schw. L. T. XI. p. 56. — Anniv. Brigels. — 4) v. Mohr, C. D. R. I. No. 111. — 5) Ib. I. No. 200. — 6) Lehmann, P. M. p. 51. — 7) Brügger. — Lehmann, P. M. p. 51. — 8) v. Mont, ex L. M. O. — 9) Cat. Cur. — 10) v. Mohr, C. D. R. I. No. 165. II. p 115. — 11) Lehmann, P. M. p. 41. — 12) Brügger.

lan hatte[1]), und deren vorzüglichste Zierde das Grabmal Ulrichs von Marmels, Magisters der freien Künste und evangelischen Predigers daselbst († 6. Juni 1531) ist, steht eine riesige, höchst merkwürdige Linde, deren Alter auf 600 Jahre berechnet wird. Unter ihrem Schatten wurden laut einem vorhandenen Pergament-Briefe schon 1403 vom Dorfmeister (cavig) und den Nachbaren zu Scharans die gemeinsamen Angelegenheiten berathen und finden auch heutzutage noch die Dorfversammlungen statt[2]).

Tomils (Tumil 1156, Tumillis 1200, romanisch Tumigl)[3]). Die alte zu Ehren St. Mauritius auf Surbigl errichtete Kirche[4]), deren Patron das Gericht Ortenstein im Berg in sein Siegel aufgenommen hat[5]), ist eingegangen. Die gegenwärtige Pfarrkirche Unser L. Frauen Himmelfahrt (1525 mit einem Pfarrer und Vicar) steht auf dem das Thal beherrschenden, einst ganz und jetzt wieder zum Theil mit Weinreben umkränzten Hügel, von welchem das Domleschg (vallis Tumilasca oder Tomiliasca)[6]) seinen Namen erhalten haben soll und ist ein gothisches Gebäude aus der zweiten Hälfte des 15. Jahrhunderts. Der reich vergoldete Schrein des im altdeutschen Styl aufgeführten Hochaltars, die Krönung Mariä und die vier Geheimnisse des englischen Grusses in halb erhabener Arbeit vorstellend, trägt die Inschrift: « Completum « et perfectum est hoc opus in vigilia pentecostes 1490. Veni de libano « sponsa mea, veni, coronaberis. » Die Jahrzahl der Erbauung der Kirche, welche nebst dem Hauszeichen des Meisters üblicher Weise im Gewölbe angebracht war, ist bei einer kürzlich vorgenommenen Restauration übertüncht worden. Im hohen schlanken Kirchthurm hängen drei Glocken, wovon zwei aus dem Jahre 1563 stammen und die Umschrift tragen: « Franciscus Sermundus Burmiensis Vallis Telline me « fecit. — Celum et terra transeunt, verbum domini manet in eternum »[7]). Der Kirchensatz zu Tomils fiel durch den Tod des Freien Donat von Vatz laut Urkunde, datirt 8. Dezember 1338, dem Bischof von Chur anheim, welcher schon zwischen 1290 und 1298 Einkünfte davon besass, und wurde alsdann der Tochter des Verstorbenen, Ursula, vermählt mit Graf Rudolf von Sargans-Werdenberg, verliehen[8]).

Von Tomils trennte sich:

Scheid (Scheide 1290—98)[9]). St. Simeon[10]). Kaplan ist 1515 Christoph Battaglia. Die Pfarrkirche steht zu Purz[11]).

---

1) Cat. Cur. — v. Mont, ex L. M. O. — 2) Lehmann, P. M. p. 42. — Brügger. — 3) v. Mohr, C. D. R. I. No. 133 u. 165. — 4) Lehmann, P. M. p. 146. — 5) Ib. u. Brügger. — 6) v. Mont. — v. Mohr, C. D. R. I. No. 141. — 7) Brügger. — 8) v. Mohr, C. D. R. II. No. 76. p. 99. No. 256—257. — 9) Ibid. II. p. 116. — 10) v. Mont u. Brügger laut Angabe des Hrn. Pfarrers von Tomils. — 11) Id.

Von Scheid ward hinwieder 1678[1]) abgelöst:

Feldis (Filectu? 1156, Velden 1290—98, romanisch Viulda)[2]). St. Hippolytus und Gallus[3]). Im Archiv dieses Pfarrdorfs sind folgende Documente vorhanden:

1) Indulgenzbrief für die Kirche in Veldis um 1401—1414. (Die Jahrzahl ist vernichtet.)

2) Zinsrodel der Kirche St. Hippolytus und Gallus vom Jahre 1466.

3) Consecration der Kapelle in Veldis als Filiale der Pfarrkirche in Tomils zu Ehren des h. Märtyrers Hippolyt und seiner Gefährten, des h. Kreuzes und des h. Gallus, Abts und Bekenners, d. d. 16. Oct. 1502.

Dieselbe war im Jahre 1497 erbaut worden, wie eine frühere, im Pfarrbuch aufbewahrte Inschrift am Eingange bewies, und muss 1508 wenigstens theilweise von einem Brandunglück betroffen worden sein, da eine Urkunde vom 14. September jenes Jahres die Aufforderung zu Steuern für die abgebrannte Kirche St. Gallus und Hippolyts zu Veldis in der Pfarrei Tomils enthält. Wahrscheinlich wurde bei dieser Gelegenheit zu dem ältern rundbogigen Schiff und Portal der neuere spitzbogige Chor hinzugefügt. Gegenwärtig liest man die Jahrzahlen 1496 und 1674 (renov.) am Gewölbe. Beim Brande des Dorfs Veldis am 15. März 1774 litt auch die Kirche und es schmolzen die zwei kleinen Glocken im Thurme, wurden aber von der Stadt Chur wieder ersetzt. Das Verzeichniss der reformirten Prediger reicht bis 1585 hinauf[4]).

Von Tomils sonderte sich ferner ab:

Paspels (Pascuals 1237, romanisch Pasqual)[5]). St. Lorenz. Diese uralte Kirche steht auf einem bewaldeten Hügel gegen das Schloss Ortenstein hin[6]) und zeigt noch Spuren eines Friedhofs, sowie einer Hofstatt, wo einst glaubwürdig der Pfarrer wohnte; es ist daher gar nicht unwahrscheinlich, dass sie ursprünglich die Hauptkirche des Hofes Tomils gewesen und diese erst später, jedoch schon sehr frühe in das Dorf verlegt worden sei. Jedenfalls war sie eine uralte Begräbnisskirche. Ihre Collatur wird am 8. März 1237 von den Freien von Vatz dem Kloster Churwalden geschenkt und am 21. April 1464 von Papst Pius II. demselben bestätigt[7]). Die Kirche im Dorfe ist St. Johannes Täufer gewidmet[8]). Im Jahre 1851 wurde Paspels zu einer Curatie erhoben, die seither nur zum Theile von der Mutterkirche abhängt[9]).

Von Realta:

Almens (Luminins 926, Lumins 1156, Luminnis 1200, romanisch Almen)[10]). St. Andreas[11]); Leutpriester derselben ist 1510 Ulrich

1) Brügger. — Leonhardi, V. I S III. 3. p. 76. — 2) v. Mohr, C. D. R. I. No. 132. II. p. 110. — 3) Brügger. — 4) Id. — 5) v. Mohr, C. D. R. I. No. 213. — 6) Lehmann, P. M. p. 144. — 7) v. Mohr, C. D. R. I. No. 213. — Bergmann, k. B. p. 65. — 8) Lehmann, P. M. p. 139. — 9) v. Mont. — 10) v. Mohr, C. D. R. I. No. 41, 132, 165. — 11) Lehmann, P. M. p. 36.

Reschli[1]). Die reformirte Kirche ist 1690 in Folge einer Uebereinkunft, wonach die bisherige Kirche sammt Friedhof um 100 Philippiker den Katholischen abgetreten wurde, von Bischof Ulrich VI. von Mont auf eigene Kosten neu erbaut worden[2]).

Von Rhäzüns, St. Georg (siehe Seite 57):

Trans (Trannes 1208, Traunnes 1222)[3]). St. Peter und Paul[4]). Güter dieser Kirche werden im Churwalder-Urbar von 1508 genannt[5]).

2. Kirchenfilialen und Kapellen.

In der Pfarrei Sils:

Garschenna. St. Alban. Diese Kapelle bei den Silser-Maiensässen, circa 600 Fuss östlich über Hohenrealta, wurde im Jahre 1156 von Bischof Adalgotus zu Chur mit Zustimmung des ganzen Clerus und Volks dem Kloster Katzis geschenkt[6]). Gemäuer derselben sieht man noch heutzutage an dem bezeichneten Orte, welcher aber vom Volke nunmehr St. Albin genannt wird[7]).

Ehrenfels (Herinuels 1257[8]). St. Remigi. So heisst, wahrscheinlich von einer verschwundenen St. Remigius-Kapelle, eine Feldgegend nahe bei jenem Schlosse. Es sind auch mehrere Herren von Ehrenfels mit dem Taufnamen Remigius urkundlich bekannt, sogar bis in's 17. Jahrhundert herab[9]).

In der Pfarrei Scharans:

Scharans. St. Jakob[10]).

Fürstenau (Fürstenowe 1282)[11]). H. drei Könige, 1525 mit einem Kaplan[12]).

Baldenstein. St. Agatha. Diesen Namen trägt von einer verfallenen Kapelle eine unterhalb des Schlosses beim Einflusse der Albula in den Hinterrhein westlich von Scharans gelegene Häusergruppe[13]).

In der Pfarrei Tomils:

Dusch (Usces 1208, Vsse 1260, Ushe 1285)[14]). St. Maria Magdalena, auf waldigem Hügel, 1508[15]). Von dem Hofe nennt sich in Urkunden vom 8. April 1260, 2. April und 1. Juni 1285 ein Leutpriester oder Vicar Heinrich[16]).

---

1) v. Mont, ex L. M. O. — 2) Eichhorn, E. C. p. 200. — 3) v. Mohr, C. D. R. I. No. 172, 191. — 4) Lehmann, P. M. p. 148. — 5) Brügger. — 6) v. Mohr, C. D. R. I. No. 131. n. 3. — 7) Brügger. — 8) v. Mohr, C. D. R. I. No 231. — 9) Brügger. — 10) Truog, n. G. v. G. p. 102. note. — 11) v. Mohr, C. D. R. II. No. 9. — 12) Cat. Cur. — 13) Lehmann, P. M. p. 49. — Brügger — 14) v. Mohr, C. D. R. I. No 172 u. 237. II. No. 29. — 15) Brügger aus dem Urbar Churwalden. — 16) v. Mohr, C. D. R. I. No. 237. I. No. 29 u. 31.

Pardisla. St. Michael[1]), westwärts ganz in der Tiefe, am Hinterrhein.

Ortenstein. St. Valentin[2]), Schlosskapelle, die 1525 einen Kaplan hatte[3]).

Ortenstein. St. Victor[4]), unterhalb des Schlosses.

In der Pfarrei Almens:

Rotels oder **Rodels** (Rautens 1354)[5]). St. Christophorus und St. Jakobus, der ältere[6]). Ein Kaplan dieser Kapelle wird in dem bischöflichen Verzeichnisse von 1525[7]) und ein Wachszins derselben in einer Urkunde von 1587 erwähnt[8]).

In **Rothenbrunnen** (nördlich) wurde 1741 ein Filialkirchlein erbaut[9]).

La Tumba. St. Johannes von Nepomuk. Diese auf einem Hügel am Ufer des Hinterrheins zwischen 1780 und 1790 errichtete Kapelle ist sammt dem Hügel verschwunden; denn das serpentinartige Gestein, welches die Grundlage desselben bildete, wurde nach und nach zu den grossen Wuhren und Dämmen des Rheins verwendet[10])

E. FLUSSGEBIET DER ALBULA.

Wapitines 926, **Impedinis** XI, heutzutage **Müstail** (monasterium). Die dem h. Petrus geweihte Kirche dieses Frauenklosters[11]), welche einsam zwischen Prada und Alvaschein auf dem rechten Felsufer der in schauerlicher Schlucht tosenden Albula in einer von allen Verkehrswegen abgelegenen, rings von Felswänden und düsterm Nadelholz eingeschlossenen Wiesenbucht steht[12]), ist die älteste des ganzen Flussgebiets der Albula; denn bis zur Zeit der Reformation wurden selbst von Filisur und Bergün (im Albula-Thale) Todte zum Begräbniss nach Müstail gebracht[13]). Ohne Zweifel umfasste der Sprengel der St. Peters-Kirche in Müstail ursprünglich auch das ganze Oberhalbstein. Dafür sprechen folgende Gründe. Erstlich werden in dem Einkünfterodel des Bisthums Chur aus dem 11. Jahrhundert unter dem Ministerium in Impedinis neben Lenz, Brienz und Obervatz auch die Kirchen Stürvis, Tiefenkastel, Reams und Tinzen aufgezählt[14]). Sodann wird in dem Tauschvertrage zwischen dem Hochstifte Chur und dem Kloster St. Lucius

1) Lehmann, P. M. p. 140. — 2) Ib p. 145. — Storia d. m d. PP. C. n. B. p. 251. — 3) Cat. Cur. — 4) Lehmann, P. M. p. 145. — 5) v. Mohr, C. D. R. II. No. 331. — 6) Lehmann, P. M. p. 37 u. 137. — 7) Cat. Cur. — 8) Brügger. — 9) Lehmann, P. M. p 146. — 10) Brügger — 11) v. Mohr, C. D R. I. No. 41. note, No. 128 note 1 und No 193. p. 298. — 12) Brügger — 13) v. Mohr, C D. R. I. No. 128. n. 1. — 14) v. Mohr, C. D. R I. No. 193. p. 299 u. 300.

vom 16. August 1282 ein Hof in Schwainingen mit allen Zubehörden als zur Kirche in Prada (Müstail) und in dem im Archiv der Gemeinde Alvaschein aufbewahrten und mit einem uralten, auf Pergament geschriebenen Missale (der Schrift nach aus dem 10. bis 12. Jahrhundert) zusammengebundenen Urbar jener Kirche (mit Eintragungen aus dem 13. bis 15. Jahrhundert) die Gemeinde der Kolonen oder Zinsbauern von Schwainingen als in den Hof des h. Petrus zu Müstail gehörig bezeichnet[1]). Ferner wurde noch bis in das 17. Jahrhundert herab für die in der Schlacht an der Calven-Klause bei Glurns gefallenen Bündnerhelden, Ritter Benedict von Fontana von Salux (Hauptmann und gewesenen Landvogt von Oberhalbstein) und seine Waffengefährten aus diesem Hochgerichte auch in der St. Peters-Kirche von Müstail, wohl als der gemeinsamen Mutterkirche des Oberhalbsteins, eine besondere Gedächtnissfeier abgehalten[2]). Endlich bildeten die drei Pfarreien Alvaschein mit Müstail, Tiefenkastel und Mons zusammen eine Pleif (plebania, Kirchhöre) des Hochgerichts Oberhalbstein[3]). — Das Kloster Impedinis kömmt übrigens nur in einer einzigen Urkunde vor. Am 3. November 926 schenkt nämlich König Heinrich I. dem Bischof Waldo zu Chur den ihm eigenthümlich gehörenden Ort Almens, mit der Bestimmung, dass dieser nach des Bischofs Tode unter die beiden zu Ehren St. Peters errichteten Klöster Katzis und Impedinis gleich vertheilt werde[4]). Schon 1154 wurde der zunächst dem Kloster gelegene Hof und die Kirche von St. Peter in Prada (Prades 1154, Pradis 1157) nebst fast allen Zubehörden durch Bischof Adalgot II. von Chur auf allgemeines Geschrei dem Kloster St. Lucius übergeben, nachdem seine drei Vorgänger (Ulrich II., Guido und Konrad I. 1095—1150) die Nonnen verjagt und die Besitzungen des Klosters theils sich selbst angemasst, theils ihren Rittern zugewiesen hatten, weil der Ort Prada sowohl seiner Lage als seines durch Ritterhand zerrissenen Bestandes wegen für Religionsübungen wenig tauglich sei[5]). Das Patronatsrecht der Kirche Prada sammt den beiden Höfen Schwainingen und Prada kam dann am 16. August 1282 durch Austausch gegen die Kirche in Sagens an den Bischof[6]). — Das uralte Gotteshaus existirt gegenwärtig noch als Dependenz von Alvaschein und hat auf der Ostseite statt des Chors drei runde, neben einander gereihte, mit Platten gedeckte und im Innern zum Theil mit merkwürdigen Frescomalereien aus dem 14. Jahrhundert versehene Nischen, in denen die Altäre stehen. Portal und Fenster sind in den schönsten Rundbogen gewölbt; auf der Nordseite werden die deutlichsten Spuren eines früher vorhandenen Anbaues, ohne Zweifel des ver-

1) v. Mohr, C. D. R. II. No. 12. — Brügger — v. Mont. — 2) Brügger. — 3) Truog, n. G. v. G. B. p. 107. — 4) v. Mohr, C. D. R. I. No. 41. — 5) Ib. I. No. 128. — 6) Ib. II. No. 12.

schollenen Klosters Impedinis wahrgenommen, welches mit der Kirche zu ebener Erde durch einen gewölbten Gang, sowie durch ein jetzt vermauertes Portal und in der Höhe durch eine zweite Eingangsthüre verbunden war[1]).

a. RECHTES UFER DER ALBULA.

(Hochgerichte Belfort [ohne Churwalden], Obervatz und Greifenstein.)

1. Pfarrkirchen.

a. Mutterkirche.

Müstail. St. Peter. (Siehe Seite 100.)

b. Tochterkirchen.

Lenz (Lanzes XI, romanisch Lantsch). St. Maria. Diese schon im Einkünfterodel des Bisthums Chur aus dem 11. Jahrhundert genannte Kirche[2]) steht auf einem Vorsprunge westlich vom Dorfe, wo man das Albula-Thal von Filisur bis Obervatz überblickt, und dient jetzt zur Begräbnissfeier. Der einfache gothische Bau ward im Jahre 1505 von Meister Petrus von Bamberg aufgeführt, wie sich aus einer hinter dem Hochaltar zu oberst am Rande des Gewölbes befindlichen, wegen neulicher Uebertünchung schwer lesbarer Inschrift ergibt, die also lauten dürfte:

Anno M.CCCCC.V.
Bartoloms Maier
Plebans dum regit
Magister Petrus de
Bamberga opus hoc erexit.

Auch am westlichen Ende des Chorgewölbes steht die Jahrzahl 1505; dagegen ist an der Nordseite des gleich den Leisten und Rippen des Gewölbes aus Tufstein erbauten Sacramentshäuschens die Jahrzahl 1504 eingegraben. Die Consecration der Kirche nebst Kirchhof und vier Altären geschah laut einer im Pfarrarchiv aufbewahrten Urkunde am 7. October 1509 durch den Weihbischof Stephan.

Aelteren Ursprunges sind:

1) Drei Glocken, welche früher im Thurme der Marienkirche hingen, allein bei Erbauung der jetzigen Pfarrkirche St. Antons von Padua im Dorf 1662[3]) dahin übertragen wurden, nämlich:

a) Die kleinste mit der Jahrzahl 1417 und dem Namen Sanctus Cirillus;

---

1) Brügger. — 2) v. Mohr, C. D. R. I. No. 193. p. 298 u. 299. — 3) Brügger.

b) die zweite von 1444 mit der Inschrift: «O rex gloriae celestis veni cum pace»;

c) die dritte von 1483, enthaltend den englischen Gruss: «Ave Maria gratia plena etc.».

Die vierte (grösste) stammt aus dem Jahr 1663 und trägt die Namen des damaligen Pfarrers und der Kirchenvögte von Lenz.

2) Der in der Ehre der h. Maria, Katharina, Barbara und Dorothea errichtete Hochaltar, ein schönes, altdeutsches Schnitzwerk, dessen Farben und Vergoldung aber sehr gelitten haben. Auf der Vorderseite des Schreins liest man zu unterst die Inschrift: «Completum et per«fectum est hoc opus in vigilia annuntiationis Mariæ (24. Mærz) 1479.» Von den drei übrigen Altären ist derjenige auf der rechten Seite zu Ehren der h. Apostel, St. Anna und St. Fides, der nicht mehr vorhandene in der Mitte der Kirche den h. 10,000 Märtyrern, Sebastianus, Rochus und Christophorus und der linkseitige den h. 11,000 Jungfrauen, St. Ursula und ihren Gefährtinnen, Franciscus und Agnes geweiht.

Beim Volke war die Kirche durch dreierlei Dinge berühmt: Erstlich durch die ehemals fast die ganze innere Wand über dem Eingange auf der Westseite bedeckenden, jetzt aber übertünchten Frescomalereien, welche entsetzliche Scenen aus dem jüngsten Gerichte darstellten; sodann durch die merkwürdige, fallbrückenartige Treppe der Kanzel, welche aufgezogen als Thüre letztere zuschloss, herabgelassen aber den Boden der Kirche nicht erreichte, so dass zur Besteigung derselben der Prediger des unterstützenden Rückens des Messmers bedurfte; endlich durch folgende an der Wand der Sakristei befindliche Worte: «Petrus Rascherus Canonicus Curiensis, Plebanus a Berginj anno 1580,» welche der letzte katholische Pfarrer von Bergün und nachmalige Bischof von Chur (1581—1601) zur Erinnerung an eine nach Lenz unternommene Procession eigenhändig mit Rothstift geschrieben haben soll [1]).

Obervatz (Vazzes XI, Watzes superius 1222) [2]). St. Donatus. Vor die Thüre dieser auf einer freien Terrasse über der untersten Dorfabtheilung Zurten (Zurtane XI) und dem Weiler il Menn (Lemmene XI) [3]) stehenden Kirche, welche schon im 11. Jahrhundert den Zehnten des Dorfs besass, wurden 1218 der Propst und die Brüder des Klosters Churwalden zur Beweisleistung für eine angefochtene Schenkung citirt, wobei auch der Leutpriester Helias, Decan in Vatz, als Zeuge anwesend war [4]). Die Pfarrkirche mit vier Altären, am 6. Juni 1507 von dem oft genannten Predigerbruder Stephan, Bischof von Belley, eingeweiht, hatte 1525 neben dem Pfarrer auch einen Frühmesser [5]). Der Glockenthurm trägt die Jahrzahl 1667 [6]).

---

1) Brügger. — 2) v. Mohr, C. D. R. I. No. 191 u. 193. p. 299. — 3) Brügger. — 4) v. Mohr, C. D. R. I. No. 237. — 5) Cat. Cur. — 6) Brügger.

Alveneu (Aluanude 1244, Aluinv 1290—98, romanisch Alvagni)[1]) St. Mauritius. Der Kirchherr (Jakob) dieser schon 1290—98 erwähnten Pfarrkirche siegelt am 11. November 1353 einen Erblehenbrief um das ihr gehörige Gut Campadels daselbst[2]). Der Kirchensatz, ein Vatzisches Erbe seit 1335, wurde am 2. Januar 1394 von Graf Donat von Toggenburg seinem Neffen Friedrich VI. abgetreten[3]), und gehörte seit 1464 dem Kloster Churwalden[4]). 1694 wurde an der Stelle der alten eine neue Pfarrkirche zu Ehren der h. Maria Geburt erbaut[5]). Von jener ersten haben sich nur noch die Reste des gothischen Hochaltars erhalten, welche zu den vorzüglichsten Arbeiten dieser Art in Bünden gehören. Obwohl durch eine geschmacklose Einfassung von reich vergoldetem Schnörkelwerk im Rococcostyl verunstaltet, bildet der fast ganz in den jetzigen Hochaltar aufgenommene Schrein des frühern eine Hauptzierde der Kirche. Von wundervollem Ausdruck sind die fünf aus Holz geschnitzten Hauptfiguren, nämlich in der Mitte Maria, ihr zur Seite zwei h. Jungfrauen, zu äusserst links St. Johannes Täufer, und rechts St. Mauritius in Kriegsrüstung. Ueber diesen Statuen sieht man in halb erhabener Arbeit geschnitzt rechts die Geburt des Heilands und die Anbetung der h. 3 Könige, links Mariä Himmelfahrt. Auch Statuen der 12 Apostel erscheinen in der erwähnten modernen Einfassung. Die interessanten altdeutschen Malereien auf der Rückseite des Altarschreins sind stark beschädigt[6]).

Bergün (Burginne 1290/98, romanisch Bargoin)[7]). St. Peter und Florin[8]). Rudolf der Leutpriester von Purgünne ist am 2. October 1309 Zeuge zu Chur beim Verkaufe des Hofes Wolfrats an das Kloster Churwalden[9]). — Glasmalereien im Chore der gothischen Kirche[10]), welche 1525 einen Pfarrer, Vicar, Frühmesser und zwei Kaplane in Stuls und Latsch hatte[11]), stellen die beiden Apostelfürsten Peter und Paul dar.

Von den vorstehenden vier Kirchen lösten sich ab:

Von Lenz:

Brienz (Brienzola XI, Brienzols 1222)[12]). St. Calixtus. Diese Kirche erscheint schon im 11. Jahrhundert und ihr Kaplan ist 1518 Andreas Burka[13]); sie wird nebst dem Gottesacker und vier Altären nämlich dem Hochaltar des h. Calixtus, Florinus und U. L. Frau, dem Altar des h. Kreuzes und Lucius auf der rechten Seite des Eingangs, dem nicht mehr existirenden des h. Sebastianus und der 10,000 Märtyrer in der Mitte und demjenigen des h. Niklaus und der h. 3 Könige

1) v. Mohr, C. D. R. I. No. 220. II. p. 99. — 2) Ib. III. No. 55. — 3) v. Arx, G. d Kt. S. G. II. p. 43. — 4) Bergmann, K. B. p. 65. — 5) Brügger. — 6) Id. — 7) v. Mohr, C. D. R. II. p. 99. — 8) Brügger, aus dem Archiv Bergün. — 9) v. Mohr, C. D. R. II. No. 133. — 10) Leonhardi, V. I. S. III. 4. p. 121. — 11) Cat. Cur. — 12) v. Mohr, C. D. R. I. No. 191 u. 193. p. 299. — 13) v. Mont, ex L. M. O.

auf der linken Seite am 25. September 1519 vom Bruder Stephanus, Predigerordens, Bischof von Belley, eingeweiht[1]). Das gothische Kirchengebäude stammt aus dem Anfange des 16. Jahrhunderts und der Hochaltar zeichnet sich durch reiche Vergoldung, gute Holzschnitzereien (Statuen) und hochanstrebende Giebelverzierung aus. — Laut zwei gleichlautenden Originalurkunden in den beiden Gemeindsarchiven wurden die Kirchen Lenz und Brienz am 26. Mai 1526 durch den Bischof in Chur, Paul Ziegler, von einander getrennt, was auch eine Notiz im Pfarrbuch von Brienz aus dem Jahr 1758 bezeugt[2]).

Von Brienz schied sich weiter aus:

Surava. St. Georg. Dieses Dorf wird durch einen vom geistlichen Consistorium in Chur am 23. Mai 1639 erlassenen Urtheilsspruch theilweise von der Mutterkirche getrennt und zu einer Curatie erhoben, welches Verhältniss bis in das laufende Jahrhundert fortdauerte und zu öfteren Zwistigkeiten zwichen den beiden Gemeinden in Betreff der Seelsorge Veranlassung gab[3]).

Von Obervatz:

Parpan. St. Anna, im Churwalder-Thale; siehe Seite 36.

Von Alveneu:

Schmitten (romanisch Farrera). St. Lucius. Das alte Kirchlein, von der Bauart der Kirchen in Müstail und Mons, steht noch an der Ostseite der neuern grössern, um 1690 erbauten und erst durch einen bischöflichen Brief vom 9. November 1719 zur Pfarrei erhobenen Kirche Allerheiligen. Im Thurme der letztern hängen drei Glocken, wovon die kleinste die Jahrzahl 1470 zeigt und noch zur St. Luciuskirche gehört haben, eine andere ebenfalls alte aber nach Wiesen abgetreten worden sein soll[4]).

Wiesen (romanisch Tain). St. Sebastian[5]), trennte sich mit Schmitten laut Urkunde, datirt 8. Februar 1490, von der kirchlichen Verwaltung der Pfarrei Alveneu; beide Gemeinden blieben aber unter sich wahrscheinlich vereinigt bis zur Reformation von Wiesen, dessen erster protestantischer Pfarrer (Gritti) im Jahre 1555 bekannt ist[6]).

Von Bergün:

Filisur (Fallisour 1262)[7]). Leutpriester ist 1520 Johannes von Fall[8]).

Stuls (Stol? 1270)[9]).

Latsch (Lacis 1154, Latis 1157, Lasc 1209)[10]). St. Niklaus[11]).

Die Sache der Trennung dieser beiden letztern Kapellen (Kirchen wurde 1522—23 verhandelt, als Mstr. Thomas Majer Leutpriester der Mutterkirche war[12]).

1) Brügger aus dem Archiv Brienz. — 2) Brügger. — 3)—6) Id. — 7) v. Mohr' C. D. R. I. No. 246. — 8) v. Mont, ex L. M. O. — 9) v. Mohr, C. D. R. I. No. 258. — 10) Id. I. No. 128, 134, 174. — 11) Brügger. — 12) v. Mont, ex L. M. O.

Von Tiefenkastel in Oberhalbstein (siehe Seite 107):

Alvaschein (Aluisinis 1154)[1]. St. Joseph, als Filialkirche 1506—1519 mit einem Kaplan[2], als Pfarrkirche eingeweiht 1663. Jedoch wurden die Todten noch bis zum 1. November 1679 auf dem Gottesacker von St. Peter in Müstail begraben[3]).

2. Kapellen.

In der Pfarrei Lenz:

Lenzerheide (romanisch Planüra). St. Cassian. Güter dieser mit einem Lehenhofe verbundenen Kapelle sind in einer Urkunde vom Jahre 1405 (im Archiv der Gemeinde Lenz) erwähnt. Im dortigen Pfarrarchiv ist auch die Consecrationsurkunde des bischöflichen Generalvicars Stephanus, Predigerordens, d. d. 25. October 1513, aufbewahrt, welche besagt, dass er « unam capellam St. Cassiani uff Lentzerhaid, « Parochiae Lentz, et unum altare in honore SS. Cassiani et Stephani » eingeweiht habe. Es war dies ohne Zweifel die jetzt noch stehende Kapelle, deren Bauart indess auf eine frühere Zeit zurückweist. — Ueber den Ursprung der offenbar mit dem Strassenzuge über die Lenzerheide im Zusammenhange stehenden Stiftung erzählt ein Urbar von 1697, es sei einmal vor Zeiten bei schlechtem Wetter im Winter ein Mann über die Heide gekommen; bei St. Cassian habe er einkehren und Quartier nehmen wollen, dort aber keinen Meier, sondern alles verschlossen gefunden, und da er des Wetters halb nicht habe nach Lenz kommen mögen, so sei er erfroren. Seither habe nun eine E. Gemeinde verordnet, es solle der Meier allezeit dort wohnen und hausen und die Pflicht haben, des Morgens, Mittags und Abends das Glöcklein der Kapelle zum Gebet zu läuten, diese selbst in Ordnung zu halten, und wann Schmalz geopfert werde, alle Samstage die Nacht hindurch Licht in der Ampel zu unterhalten[4]).

In der Pfarrei Obervatz:

Lein (Line XI)[5]). St. Lucius. Güter dieser Kapelle zu Obervatz werden im Churwalder-Urbar von 1508 häufig genannt[6]). In dem jetzigen 1678 von den Kapuzinern an der Stelle eines ältern erbauten Kirchlein sind noch Theile zweier kleinen einfachen, aber vorzüglichen Altarschreine gothischen Styls erhalten und zu beiden Seiten des Haupteingangs an die Mauer gelehnt. Auch liest man dort folgende Inschrift: « Anno Dni. 1678 d. 12 Juni templum hoc P.P. Capucini Miss^rii. in« choare curarunt, quia aliud vetus quod extabat, nimis parvum et in-

---

1) v. Mohr, C. D. R. I. No. 128. — 2) v. Mont, ex L. M. O. — 3) — 4) Brügger. — 5) v. Mohr, C. D. R. I. No. 193. p. 299. — 6) Brügger.

« decens erat ac tandem ipsorum solicitudine populique Vatiensis de« votione ad perfectionem redactum die 10 Decemb. anno 1680 et anno « 1685 d. 5 Juni consecratum ab Episc. Udalrico de Monte »[1]).

Muldein (Muldaue XI, Muldenis 1237)[2]). St. Johannes. Die Kapelle besitzt, wie die vorhergehende, 1508 Güter zu Obervatz, und ist im gleichen Style von den Kapuzinern erbaut. Der Glockenthurm trägt die Jahrzahl 1667[3]).

Solas. St. Maria Heimsuchung und St. Felix. Das Wallfahrtskirchlein auf dem linken Ufer der Albula, hoch auf dem Abhange eines Bergs unterhalb Mutten gelegen, wurde im Jahr 1697 eingeweiht laut Urkunde im Pfarrarchiv[4]).

In der Pfarrei Alveneu:

Bad Alveneu. Il. Dreieinigkeit. Diese Filialkirche wurde im Jahr 1630 zum Danke für die Befreiung von der damals ganz Bünden verheerenden Pest erbaut und 1634 eingeweiht, wie nachstehende, früher im Chor angebrachte, 1854 aber bei der Restauration und Erweiterung der Kapelle übertünchte Inschrift beurkundet: « Anno 1630 « grassante peste voto et labore vicinorum omnium in Balneo propriis« que expensis nec non auxilio aliorum Alvaniensium templum hoc in-, « ceptum et anno 1634 consecratum sub R. D. Philippo de Philippinis « parocho tunc temporis. » Ein regelmässiger wöchentlicher Gottesdienst wurde erst in Folge bischöflicher Verordnung vom 29. November 1644 eingeführt[5]).

Alveneu. St. Anton auf einer Anhöhe südlich vom Dorfe mit herrlicher Aussicht[6]).

In der Pfarrei Wiesen:

Ienisberg. Das Kirchlein auf der linken Seite des Landwassers wurde erst gegen das Ende des 17. Jahrhunderts erbaut laut einer Urkunde im Archiv Wiesen vom 4. September 1707, wonach der Pfarrer ab den Wiesen den Einwohnern von Ienisberg « vor vielen Jahren hero « alda, auch noch ehe und zuvor sy ihr Kilchli gehabt, das Wort Gottes « gepredigt »[7]).

3. Klöster.

Müstail. Frauenkloster St. Peter, siehe oben S. 100.

---

1) Brügger. — 2) v. Mohr, C. D. R. I. No. 193. p. 299 u. No. 213. — 3)—7) Brügger.

b. OBERHALBSTEIN (Supra Saxum 1258[1]), romanisch Sursees).

1. Pfarrkirchen.

a. *Mutterkirche.*

Müstail. St. Peter. (Siehe Seite 100.)

b. *Tochterkirchen.*

Reams (Riamio XI, Riamis 1258[2]), romanisch Riom). St. Laurenz[3]). Ein vom 20. Juni 1667 datirtes Rescript des Bischofs zu Chur, Ulrichs VI. von Mont, bezeugt, dass laut Inhalt alter Documente im bischöflichen Archiv und althergebrachter Tradition diese Pfarrkirche die älteste und vor sechs und mehr Jahrhunderten die einzige, somit die Mutterkirche aller übrigen in diesem Thale d. h. vom Conterser-Stein bis zum Septimer gewesen sei[4]). Sie erscheint schon im Einkünfterodel des Bisthums Chur aus dem 11. Jahrhundert[5]). Das Schloss und den Hof zu Reams, die Besitzungen in Oberhalbstein und in der Stadt Chur sammt allen Zubehörden der Kirchen Reams und Tinzen verkauft der Freie Berall von Wangen am 8. Februar 1258 seinem Blutsverwandten Bischof Heinrich IV. und der Mutterkirche zu Chur[6]). Ein Nachfolger auf dem bischöflichen Stuhl daselbst vertauscht sodann laut Urkunde vom 12. November 1308 das Patronatsrecht der Kirche Reams an sein Kapitel gegen Zehnten und Rechte in der Pfarrei Ardez[7]). Im Jahre 1525 wurde der Gottesdienst zu Reams von einem Pfarrer und Frühmesser besorgt[8]). — Von der früheren Kirche hat sich noch eine Glocke mit der Jahrzahl 1414 und den Namen der vier Evangelisten in gothischer Schrift, sowie theilweise ein im Beinhause befindlicher Altarschrein aus dem Jahre 1501 erhalten, welcher für die neue katholische Kirche in Winterthur erworben wurde. Das jetzige Gotteshaus in Reams ist 1665 erbaut und erhebt sich am untern Ende des Dorfs gerade über dem alten, im Verfall begriffenen Schlosse, welches seit 1258 der Sitz bischöflicher, später aber vom Volke erwählter Vögte war[9]).

Tiefenkastel (Titulus S. Ambrosii, Castellum Impitinis XI, Castellum 1156, Ymum Castellum 1311, romanisch Casti). St. Ambrosius[10]). Diese alte, schon im 11. Jahrhundert erwähnte, nunmehr aber ver-

---

1) v. Mohr, C. D R. I. No. 232. — 2) Ib. I. No. 193. p. 299 u. No. 233. — 3) Brügger. — v. Mont. — 4) Brügger, aus dem Archiv Reams. — 5) v. Mohr, C. D. R. I. p. 299. — 6) Id. I. No. 232. — 7) Ib. II. No. 127. — 8) Cat. Cur. — 9) Brügger. — 10) v. Mohr, C. D. R. I. No. 193. p. 299 u. No. 132. II. 145.

schwundene Kirche lag über dem Dorfe[1]). Noch am 6. Juli 1343 werden unter den Gütern in Tiefenkastel, welche das Domkapitel zu Chur dem Johann von Stürvis als Erblehen gibt, zwei Juchart Acker unterhalb St. Ambrosius aufgezählt[2]). In der nämlichen Urkunde ist die Rede von dem Hügel St. Stephans, worauf ehemals eine Römerves'e stand, später aber eine Kirche zu Ehren jenes Heiligen erbaut ward[3]). Dieselbe hatte 1525 einen Pfarrer und Kaplan[4]) und wurde laut den Pfarrbüchern, die mit 1631 beginnen, jedenfalls schon in diesem Jahre bis 1663 als Pfarrkirche benutzt[5]). Der Bau des jetzigen Kirchengebäudes von Kreuzesform im Rococo-Styl geschah im Jahre 1653 durch die Kapuziner und die Einweihung am 28. Juni 1660 durch den Bischof Ulrich VI. von Mont. Im schön gebauten Thurme hängen eine kleine alte Glocke ohne Jahrzahl, zwei weitere aus dem Jahre 1537, eine vierte (grösste) von 1674 und eine fünfte von 1844[6]).

Tinzen (Tinnetone III, Tinnazune XI, Tingezun 1160, Digisen 1177, Tigiazonum 1219, romanisch Tinizun)[7]). St. Florinus. Diese alte Kirche, mit Reams am 8. Februar 1258 von dem Freien Berall von Wangen dem Hochstifte Chur verkauft, erhält am 25. October 1360 von 20 zu Avignon versammelten Bischöfen einen Indulgenzbrief[8]). 1525 besorgen den Gottesdienst in Tinzen ein Pfarrer, Vicar, Frühmesser und Kaplan U. L. Frau[9]). Die gegenwärtige Pfarrkirche St. Blasius ist 1647 erbaut oder erweitert und enthält einen Hochaltar in gothischem Style mit reicher Holzsculptur und Ornamentik, welcher angeblich zur Zeit der Reformation aus Schams nach Tinzen gekommen sein soll[10]).

Salux (Salugum 1160)[11]). St. Georg[12]) bezahlte der Kirche Chur zwischen 1290 und 1298 an bischöflichen Gebühren 20 sol. m.[13]) und hatte 1525 einen Pfarrer, Vicar und Kaplan[14]). Die auf einer Anhöhe nördlich vom Dorfe am Wege nach Dehl freistehende Kirche ist im gothischen Style erbaut. Die spitzbogigen Chorfenster enthalten auf der Südostseite Reste von Glasmalereien, darstellend die h Gottesmutter, einen geharnischten Ritter mit dem Wappen (Lilie) der von Fontana auf dem Brustharnisch und auf der Nordostseite ein Wappen mit dem Greife in einer Rosette. Aus jenem Saluxer-Geschlechte stammt Benedict, Vogt zu Reams, welcher als Hauptmann der Gotteshaustruppen im Schwabenkriege an der Calvenklause im Jahre 1499 den Heldentod starb. — Auch auswendig an der Giebelseite der Kirche über dem Portale war das Wappen der von Fontana und de Wannes und darunter vier knieende Rittergestalten mit den Namen « Dusch, Benedict, Hein-

1) Brügger. — 2) v. Mohr, C. D. R II. No 291. — 3) Campell, R. G. cap. 13. p. 48. — 4) Cat. Cur. — 5) Brügger. — 6) Id. — 7) N. Sammler I. B. I. p. 100. — v. Mohr, C D. R. I. No 136, 144, 186 u. 193. p 300. — 8) Id. I. No. 232 u. III. No. 93. — 9) Cat. Cur. — 10) Brügger. — 11) v. Mohr, C. D. R. I. No. 136. — 12) Brügger. — v. Mont, ex L. M. O. — 13) v. Mohr, C. D. R. II. No. 76. p. 99. — 14) Cat. Cur.

rich, Rudolf», sowie das Wappen der Familie de Wannes (eine Gemse) in Fresco gemalt zu sehen, bis vor einigen Jahren ein italienischer Kapuziner (Pfarrer in Salux) alles übertünchen liess. — Der Hochaltar, welcher als fast zu breit ursprünglich nicht für diese Kirche bestimmt gewesen zu sein scheint und aus Bergün stammen soll, enthält Holzschnitzereien und Malereien im gothischen Style. Auf der Rückseite sind die h. 12 Apostel, das jüngste Gericht, die Geburt des Heilands, die Anbetung der h. 3 Könige, St. Nicolaus, St. Lucius, St. Magdalena und St. Ursula gemalt. Ebendaselbst findet man wiederholt links und rechts verschiedene Jahrzahlen, worunter 1501, 1504, 1510, 1521 u. s. w., welche nebst dem Wappen des Geschlechts von Fontana, das im Mannsstamm mit Benedict erlosch, bei dem Mangel anderer Daten die Erbauung der Kirche und des Altars vor Ablauf des 15. Jahrhunderts beweisen. — Im Thurme hängt eine Glocke (die kleinste) von 1584[1]).

Stalla (Stabulum Bivium XI[2]), romanisch Bevi). St. Gallus. Der Pfarrer wird bereits erwähnt in einer Jahrzeitstiftung Hansen von Luwin sel. vom 9. März 1393 und die Kirche eingeweiht 1418[3]). Dazu gehörten 1525 noch zwei Kaplane in Marmels und im Spital St. Peters auf dem Septimer[4]). Die reformirte Kirche muss vor dem Jahre 1644 gegründet worden sein, da um diese Zeit Stalla die Religionsfreiheit wieder erhielt[5]).

Von den vorgenannten fünf Kirchen trennten sich weiter:

Von Reams:

Schwainingen (Suanneng 1156[6]), romanisch Savognin). St. Martin auf einer Anhöhe jenseits des Thalbachs war nach der Tradition die frühere Pfarrkirche, wurde 1487 von Reams getrennt[7]) und 1525 besorgt von einem Pfarrer, einem Vicar und drei Kaplanen, genannt St. Rosa's, St. Sebastian's und St. Michael's[8]). Den ersten derselben bestellten die Herren von Scarpatett, welche das Amt eines bischöflichen Vogts zu Reams bekleideten[9]). Die jetzige von den Kapuzinern benutzte Pfarrkirche am Thalbache ist St. Mariä Empfängniss[10]); daneben besteht noch eine dritte Kirche St. Michaels (an der Strasse mit Begräbnissplatz).

Conters. Die älteste Kirche daselbst ist den 10,000 Rittern, eine neuere (1603) St. Dominica und die jetzige am 29. September 1677 in der Ehre der h. Dreieinigkeit, Maria und insbesondere Karl Borromäus geweiht[11]). Zur selbstständigen Pfarrei ward der Ort 1725 erhoben[12]).

---

1) Brügger. — 2) v. Mohr, C. D. R. I. Nr. 193. p. 298. — 3) Brügger. — v. Mont. — 4) Cat. Cur. — 5) Leonhardi, V. I. S. III. 2. p. 54. — 6) v. Mohr, C. D. R. I. No. 132. — 7) Brügger. — 8) Cat. Cur. — 9) Campell, R. G. cap. 13. p. 56. — 10) v. Mont. Brügger. — 11) Brügger aus dem Archiv Conters. — 12) Id.

Von Tiefenkastel:

Mons (Mans 1290—98)[1]. St. Cosmus und Damianus[2]. Auf diese uralte kleine Kirche unter dem nach der Volkssage früher dabei gestandenen Dorfe, welche der Bauart nach mit St. Peter in Müstail übereinstimmt, beziehen sich sehr wahrscheinlich die Worte in der Schenkungsurkunde vom 7. October 841 für das Klösterlein Serras: « In Ouine cum folio roncale aliquantum ex rebus sancti Damiani »[3], zumal da Ouine in den bischöflichen Stiftsgütern « inn die Dhawein » (19. Dezember 1508), ferner in einem Stück Acker genannt Düwen (Mitte Mai 1535), endlich in Wiesen und Aeckern zu Düwain oder Düeins (April 1579 und 1601 und Mai 1614), einer sonnigen Terrasse bei Mons, und roncale (Reute), in einem Acker bei St. Cosmus und Damianus-Kirche daselbst, genannt Runckalatsch (Mai 1517) urkundlich sich findet, auch eine zweite Kirche jener Heiligen in Bünden bis jetzt nicht bekannt ist[4]. Wachszinse St. Damians zu Mons kommen vor in einem Lehenbriefe, datirt 6. Juni 1478[5]. Den Kirchmeiern und Kirchgenossen daselbst bewilligt am 17. März 1469 das Gotteshaus Pfäfers, einen beständigen Pfarrer und Priester zu halten[6]. Patron der neuen Pfarrkirche im Dorf ist St. Franciscus von Assisi[7].

Alvaschein (Aluisinis 1154) im Albulathal (siehe Seite 105).

Von Tinzen:

Mühlen (zur Mühle, romanisch als Mulins), ursprünglich als Kapelle mit Kaplan 1517—24, St. Gaudentius, seit der Kapuzinerherrschaft aber St. Franciscus von Assisi[8]; trennte sich mit Sur und Flix (siehe Kapellen) am 13. Dezember 1663 von Tinzen; beide ehemaligen Filialen, Mühlen und Sur, behielten indess bei der Separation die Verpflichtung einer alljährlichen Procession nach der Mutterkirche am St. Blasiustage[9]. Aus einem Urtheilbriefe vom 2. Dezember 1529 betreffend Anstände wegen Wunn und Weide zwischen den Nachbarschaften Tinzen und im Tinznerwald, welch letztere innerhalb Rofna bis an die Campsurerbrücke gesessen ist, geht jedoch hervor, dass jene Filialen kurz vorher in kirchlichen Sachen von einander geschieden und nunmehr die Zinse, Renten und Güter der Mutterkirche so unter sie getheilt worden sind, dass das Wasser, das rinnt ab Nascherinas, die Grenze zwischen den beiden Pfarrgemeinden bildet[10].

Von Mühlen sonderte sich ferner ab:

Sur. St. Katharina[11], als Kapelle mit Kaplan 1515—1524[12], zur Pfarrkirche erhoben vor 2. Dezember 1529[13].

---

1) v. Mohr, C. D. R. II. No. 73. p. 99. — 2) Reg. v. Pfäfers No. 890. — 3) v. Mohr, C. D. R. I. No. 24. — 4) Brügger aus dem Archiv Mons. — 5) Brügger. — 6) Reg. v. Pfäfers. No. 659. — 7) v. Mont. — 8) Brügger — 9) Brügger aus dem Archiv Tinzen. — 10) Id. — 11) Brügger (st. d. m. d. PP. C. n. R.). p. 218. — 12) v. Mont, ex L. M. O. — 13) Brügger l. c.

Von Salux:

Stürvis (Seturuium XI)[1]. St. Maria Magdalena[2]) wird als Kirche (ecclesia) mit dem Zehnten von zwei Dörfern im Einkünfterodel des Bisthums Chur aus dem 11. Jahrhundert aufgezählt[3]). Sindici (Pfleger) der neuen Kapelle, die 1525 einen Kuratkaplan hatte[4]), werden schon 1522 genannt[5]). Die jetzige geräumige Pfarrkirche ist ein gothischer Bau, welcher leider durch verschiedene geschmacklose Renovationen, namentlich einen hässlichen Anstrich im Jahre 1814 verunstaltet wurde. Am Gewölbe über dem ebenfalls gothischen Hochaltar mit zierlichem Schnitzwerk erblickt man die Jahrzahl 1321 (NB. in arabischen Ziffern) nebst dem Beisatz: « fui aedificata anno ». Die Spitzbogen des Gewolbes und auch des Portals sind sehr stumpf; jedoch zeigt das Gewölbe im Uebrigen die gothische Rippenconstruction. Die älteste Glocke in dem zwei Male erhöhten Thurm hat die Jahrzahl 1492 und die Umschrift: « Mater Christi ora pro nobis ». Hieraus, sowie aus dem Baustyl, verbunden mit obiger Angabe, darf geschlossen werden, es möchte jene Jahrzahl **1321** bei der Renovation von 1814 fehlerhaft kopirt worden sein und ursprünglich **1521** geheissen haben[6]).

Von Stürvis löste sich in Folge der Reformation ab:

Mutten. St. Georg[7]). Die reformirte Kirche wurde 1583 gebaut[8]).

Von Salux:

Presanz (Presan 1156, Prisannes 1290—98, romanisch Parsons)[9]). St. Joseph[10]). Daselbst ist Thomas Silvester 1515—1525 Kaplan[11]). Die Trennung von Salux geschah 1726[12]).

Von Stalla:

Marmels (Marmoraria XI[13]), Marmorea 1160, romanisch Marmorera). St. Florinus[14]).

2. Kirchenfilialen und Kapellen.

In der Pfarrei Reams:

Reams. Beinhaus auf dem Kirchhofe. Ein ohne Zweifel aus der früheren Kirche stammender Altarschrein, der mit Bezug auf Holzschnitzereien, Malerei und Vergoldung als ein Kunstwerk altdeutscher Schule bewundert wird, zeigt die Statuen der h. Maria, Laurentius und Nicolaus und auf der innern Seite der Flügel vier Gemälde, darstellend

---

1) v. Mohr, C. D. R. I. No. 193. p. 299. — 2) v. Mont. ex L. M. O. — 3) v. Mohr, l. c. — 4) Cat. Cur. — 5) v. Mont, l. c. — 6) Brügger. — 7) Id. — 8) Leonhardi, V. I. S. III. 4. p. 51. — 9) v. Mohr, C. D. R. I. No. 132. II. No. 73. p. 112. — 10) v. Mont und Brügger. — 11) v. Mont. ex L. M. O. — 12) Brügger. — 13) v. Mohr, C. D. R. I. No. 136 u. No. 193. p. 298. — 14) Brügger (st. d. m. d. PP. C. n. R.). — v. Mont. ex L. M. O.

die h. Lucius, Florinus, Magdalena und Barbara; am Fusse des Schreins liest man in gothischen Buchstaben die Inschrift: «Anno millesimo quincentesimo me fecit yiso dictus strigeler. Memigen iperiali»[1]).

In der Pfarrei Tinzen:

Rofna. St. Leonhard und Anton, Abt[2]). Die Kapelle, südlich an der Strasse nach Mühlen, wurde im Jahre 1663 zugleich mit der Pfarrkirche in Tinzen consecrirt[3]).

Tinzen. St. Innocenz. Auf dem Berge[4]).

In der Pfarrei Salux:

Salux. Im Beinhause an der Kirche, sowie in der kleinen Kapelle am Kapuzinerhospiz (Pfarrhof) im Dorfe sind einige Reste schöner Malereien und Holzschnitzereien im gothischen Style vorhanden[5]).

Zitail. U. L. Frau. Diese Wallfahrtskapelle, hoch oben auf einer Alp gegen Westen, wurde 1580 erbaut[6]).

Dehl. St. Rochus[7]). Der nördlich vom Dorfe gelegene Weiler soll nach der Sage früher stark bevölkert, während der grossen Pest aber (1629—1635) die Einwohnerschaft bis auf einen Mann ausgestorben sein. — Im Kirchthurme hängen zwei kleine Glocken mit den Jahrzahlen 1631 (Pestjahr) und 1688; an der Aussenseite desselben liest man die Jahrzahl 1673 und im Chore des Kirchleins 1638 neben dem Namen des Landvogts Major Caspar Frisch[8]).

In der Pfarrei Stalla:

Julier. St. Sebastian, auf der Berghöhe beim Wirthshause[9]). Damit war vermuthlich in älterer Zeit ein Hospitium verbunden[10]).

Septimer (Septimus mons 913)[11]). St. Peter. Hierauf dürfte sich wohl das xenodochium S. Petri beziehen, welches am 25. Juli 825 von Kaiser Ludwig, dem Frommen, dem Bischof Victor II. zu Chur wiedergegeben und von seinem Sohne, König Ludwig II. dem Deutschen, am 12. Juni 849 dem Bischof Esso bestätigt wird[12]). Bischof Guido erbaute um das Jahr 1120 zur Bequemlichkeit und Sicherheit der Reisenden das Hospiz auf dem Septimerberg von neuem oder stellte es wieder her und dotirte es reichlich[13]). Die Könige Otto IV. und Friedrich II. befreiten durch Urkunden vom 13. Januar 1209 und (April?) 1213 das Haus und Vermögen des St. Peter-Hospitals von jeder Steuer[14]). Laut einem im Jahre 1390 aus alten Schriften zusammengetragenen und 1460

---

1) Brügger — 2) v. Mont u. Brügger. — 3) Brügger. — 4) v. Mont, ex L. M. O. — 5) Brügger. — 6) N. Sammler f. B. 1806. p. 449. — 7) Id. p. 450. — 8) Brügger. — 9) v. Mont. — 10) N. Sammler f. B. 1807. p. 251. — 11) v. Mohr, C. D. R. I. No. 39. — 12) Ib. I. No. 19 u. 28. — 13) Eichhorn, E. C. p. 73. — 14) v. Mohr, C. D. R. I. No 173 u. 179.

erneuerten Urbar im Archiv Stalla[1]) ist die Kirche St. Peter auf dem Berge Septimer unter dem Namen eines Spitals gestiftet und einer Verwandtschaft in Tinzen geschenkt worden, unter der Bedingung, dass sie ihren persönlichen Aufenthalt daselbst nehme. War niemand von ihr dort gesessen, so sollte die Gemeinde Stalla des Gotteshauses Vitzthum entbieten, damit er die Gotteshausleute, wovon Andreas Monig und Klaus Gisel erwähnt werden, rechtlich zwinge, im Mai in den Pfingstfeiertagen gen Stalla zu kommen und eidlich zu erkennen, wer sie dem Gotteshause und Spital am füglichsten zu sein dünke. Der Erwählte, welcher den Titel eines Rectors oder Mönchs führte und ausgedehnte Weidrechte und Liegenschaften, sowie Frucht- und Wachszinse, hauptsächlich im Oberhalbstein, Bergell und Domleschg, besass, musste alsdann schwören, Arme und Reiche in Nöthen aufzunehmen und zu fördern, d. h. jeglichen Menschen, der auf den Septimer kömmt und wegen einfallenden Ungewitters nicht weiter kann, bei sich im Hause zu haben, ihm Essen und Trinken zu geben, wie er es hat und ihn bleiben zu lassen, bis derselbe allein oder mit Hülfe vorwärts kommen mag. Hat solcher Geld, so soll er dafür bezahlen, hat er keines, desshalb nicht geschmäht werden. Für den Transport der Reisenden und seiner eigenen Bedürfnisse musste der Mönch 1 bis 2 Ochsen halten. Die Gemeinde Stalla und der Vitzthum des Gotteshauses waren verpflichtet, den Mönch bei allen Rechten zu schirmen. Dafür musste dieser jenem alle fünf Jahre «ain kursinen» oder 5 ℔ Mailändisch geben. Der Vitzthum, als welcher in einer Urkunde von Mitte October 1477 Jkr. Aegidius von Marmels genannt wird, hatte das Recht, dass ihm alle Gotteshausleute St. Peters mit Schild und Speer dienen mussten, wann er dessen bedurfte, ausgenommen gegen das Gotteshaus (Domstift) in Chur; hinwieder musste er sie schirmen. Im Jahre 1271 (oder nach dem Urbar 1280) erkauft Otto, genannt Racudrus (oder Racadrus), Sohn des sel. Andreas Racudrus, Rectors oder Mönchs der Kirche oder des Spitals St. Peter auf dem Berge Septimer, zu dessen Nutzen zwei Frauenspersonen mit allem, was sie an liegender und fahrender Habe besitzen, von dem Ritter Egino von Caminada von Tinzen und seinen zwei Söhnen Johann und Niklaus um 15 ℔[2]) und in den Jahren 1289 und 1337 erhalten Spital und Kirche Schenkungen von Jakob von Porta von Castelmur (im Bergell), Ulrich von Juvalta (im Domleschg), Ritter Wilhelm von Bivio (Stalla) und Simon von Marmels (im Oberhalbstein); letzterer gab in Folge eines Traums «unum sextarum butiri» zum Brennen eines Lichts vor dem Altar St. Peters an allen Sonntagsnächten[3]). Der Spital sammt Kirchlein und Zubehörde, welcher noch 1525 einen Kaplan hatte, ist dermalen eine Ruine.

---

1) Brügger. — 2) v. Mohr, C. D. R. I. No. 260. — 3) Ib. II. No. 51, 52 u. 251.

In der Pfarrei Conters:

Conters. St. Anna. Die Kapelle stand am Südende des Dorfs, wo noch eine Wiese «il santieri vigl» (der alte Kirchhof) heisst und öfter Menschengebeine zu Tage gefördert werden. Von ihr stammt ein schlecht erhaltener gothischer Altarschrein im Beinhause daselbst [1]).

Burvein. St. Valentin, nördlich von Conters an der Strasse nach Tiefencastel, eingeweiht laut Urkunde vom 24. Juni 1663 [2]).

In der Pfarrei Mühlen:

Faller. St. Mariä Heimsuchung [3]), im gleichnamigen westlichen Seitenthale des Oberhalbsteins.

Flix. St. Placidus [4]), auf der gleichnamigen östlichen Alpterrasse des Oberhalbsteins.

In der Pfarrei Mutten:

Ober-Mutten (westlich), mit einem hölzernen Kirchlein [5]).

In der Pfarrei Presanz:

Salaschings. St. Bartholomäus, Kapelle auf einer nordwestlich gelegenen Berghalde mit einem dem h. Anton von Padua geweihten Altar [6]).

F. AVERS (Vallis Averi 1372) [7]).

1. Pfarrkirche.

Mutterkirche.

Cresta. Die Kirche soll dem h. Theodul gewidmet gewesen sein [8]); noch heute ist der häufigste Taufname in Avers «Dettli». — Im Thurm hängen vier alte Glocken mit Inschriften in gothischen Buchstaben [9]). Eine davon trägt ein Marienbild. — Die Hoheitsrechte des Thals hatten einst die Freien von Vatz, dann die Grafen von Werdenberg, endlich bis zur Reformation das Bisthum Chur inne, welches vermuthlich auch die Collatur besass [10]). Leutpriester war 1518 Mstr. Ulrich Gering von Feldkirch [11]).

---

1) u. 2) Brügger aus dem Archiv Conters. — 3) Id. — 4) Id. (st. d. m. d. PP. C. n. R.) p. 216. — 5) Sererhard, E. D. II. p. 53. — 6) Brügger (st. d. m. d. PP. C. n. R. p. 221.). — N. Sammler f. B. II. p. 450. — 7) v. Mohr, C. D. R. III. Nr. 163. — 8) Lutz, H. L. d. S. v. Spr. I. p. 80. — 9) N. Sammler f. B. 1812. p. 195. — Brügger. — 10) v. Mont. — 11) v. Mont, ex L. M. O.

2. Kirchenfilialen und Kapellen.

Avers. Im Unterlande, d. h. demjenigen Theile des Hauptthales, welches von Cresta abwärts liegt, steht bei Crott eine Kapelle[1]).

Madris (Madrixium 1372). In diesem Seitenthale befindet sich eine 1415 erbaute Marienkapelle[2]).

G. BERGELL (Vallis Pergallia 913[3]), roman. Bregaglia).

1. Pfarrkirchen.

a. Mutterkirche.

Bergell. St. Maria. Dieses Thal, welches nebst an ern Besitzungen Bischof Hartpert zu Chur schon 960 von Kaiser Otto I. gegen Kirchheim im Neckargau eintauschte, und seine Nachfolger Hiltebold, Ulrich, Hartmann und Dietmar von den Kaisern und Königen Otto II. und III., Heinrich III., Konrad II., Heinrich IV. bestätigt erhielten[4]), bildete bis zur Reformation eine einzige Pfarrei, deren Kirche (decimalis ecclesia), zum ersten Male in einer Urkunde vom 28. Mai 1005 erwähnt[5]), und der h. Maria geweiht zu **Porta** (Porta Bergalliae XI)[6]) auf einem bis an die Maira vorspringenden Felsenhügel beim Schlosse Castelmur (Castellum 1005, Castelmurum 1285)[7]) über der Ortschaft Promontogno zwischen Bondo und Stampa stand. Von ihr rührt die Eintheilung des Bergells in Ober-Porta und Unter-Porta. Der Pfarrer dieser Hauptkirche des ganzen Thales (so Thomas Planta am 16. August 1471 bei der Einweihung der Kirche in Soglio) nannte sich Plebanus (oder auch Archipresbyter) vallis Pregalliae apud ecclesiam sanctae Virginis Mariae de Castromuro. Von ihm hingen ab die Kapläne der übrigen Thalkirchen in Soglio, Bondo, Casaccia, Vicosoprano und Castasegna und der Kaplan U. L. Frau in Castelmur selbst[8]). Collator war der Bischof von Chur[9]). — Am 31. März 1492 wurde mit dem Glockengiesser, Meister Ulrich von Chur, die Verfertigung zweier Glocken accordirt, wovon die eine (grosse) für die Kirche der h. Maria von Castelmur bestimmt war. Diese Glocke, welche

---

1) v. Mohr, C. D. R. III. No. 167. — N. Sammler f. B. 1812. p. 195. — 2) Ib. p. 196. — 3) v. Mohr, C. D. R. I. No. 39. — 4) Ib. I. No. 56, 65, 69, 74, 83 u. 95. — 5) Ib. I. No. 74. — 6) Ib. I. No. 193. p. 298. — 7) Ib. I. No. 74. II. No. 27. — 8) v. Mont, ex L. M. O. — 9) v. Mont.

man durch's ganze Bergell vom Bache Lovero bis zum Septimer hörte, pflegte man zu läuten, wenn ein Podestat oder ein Mitglied der Familie von Salis begraben wurde, weil seiner Zeit ein Johannes von Salis für sich und seine Erben besonders viel zur Anschaffung beigetragen hatte[1]). Der letzte katholische Leutpriester, genannt Propst zu St. Maria oder Proposto della valle di Bregalia, war Albert de Andrianis. Mit ihm schloss das Thal 1530 einen Pfrundvertrag auf Lebenszeit um fl. 100 rh., die er selbst einziehen musste. — Das Hauptbild der h. Jungfrau Maria in der Kirche zu Castelmur wurde bei der Reformation nach Santa Croce oberhalb Cleven abgetreten, wo es noch sein soll. Auf der Stelle der alten Kirche, von der 1812 nur noch Ruinen vorhanden waren, errichtete der Baron von Castelmur 1842 eine schöne neue[2]).

b. Tochterkirchen.

Von Porta:

Casaccia (Cassache 1160, Casenascé 1221)[3]). St. Gaudenz. Die Kirche, schon 998? und 1116 von den Päpsten Gregor V. und Paschalis II. dem Kloster Pfäfers bestätigt, auch im Einkünfterodel des Bisthums Chur aus dem 11. Jahrhundert unter dem Namen « Titulus S. Gaudentii » als dessen Eigenthum erwähnt[4]), war ehemals ein berühmter Wallfahrtsort. Sie steht am Wege nach dem Maloja, etwa 10 Minuten oberhalb des Dorfs auf einer Terrasse am Fusse des Septimer, ist umfangreich, bis an's Gewölbe ziemlich gut erhalten, und lässt auf einen schönen gothischen Bau schliessen, an welchen sich auf der Westseite vor dem Haupteingange ein kleinerer, wahrscheinlich älterer Bau (Kapelle?) im Rundbogenstyl anschloss, wovon die Ruinen ebenfalls noch vorhanden sind[5]). Die Kirche wurde am 14. April 1359 von dem Churer-Suffraganbischof Burchard in der Ehre der h. Märtyrer Gaudentius, Florinus und Antonius, sowie der h. Maria Magdalena neu geweiht und damit eine Ablassertheilung verbunden[6]). 1525 und 1546 kömmt ein Pfarrer derselben vor[7]). Sie war laut Spruchbrief von 1533 mit einem Hospital verbunden, und ihre Güter sollen nach Einführung der Reformation im Jahre 1552 gemäss einem Spruche des Gotteshausbundes vom 20. Juni gl. J. unter die Gemeinden des Bergells vertheilt worden sein[8]). — Der Gottesdienst ward 1556 in die 1522 erbaute St. Johannes-Kirche im Dorf verlegt[9]).

---

1) N. Sammler f. B. 1812. p. 244. — 2) v. Mont. — 3) v. Mohr, C. D. R. I. No. 136 u. 191. — 4) Eichhorn, E. C. No. 29 u. 40. — v. Mohr, C. D. R. I. No. 193. p. 292. — 5) Brügger. — 6) v. Mohr, C. D. R. III. No. 82. — 7) Cat. Cur. — N. Sammler f. B. 1812. p. 236. — 8) Ib. — 9) v. Mont, ex L. M. O. — Leonhardi, V. I. S. II. p. 39.

Vicosoprano oder **Vespran** (Visibrane 1160, Vicosuprano 1170)[1]. St. Cassian. Diese alte Kirche liegt auf einer Anhöhe am rechten Ufer der Maira in dem kleinern Theile des Dorfs, Sanct Chiaschauna genannt[2]; sie bezahlte laut Einkünfterodel des Bisthums Chur zwischen 1290 und 1298 20 s. Gebühren[3], wurde am 8. November 1491 neu geweiht und hatte 1525 einen Pfarrer, einen Frühmesser des h. Georg und einen andern Kaplan[4]. Jetzt dient sie zur Begräbnissfeier. Die neuere schöne Kirche auf der linken Seite der Maira in dem grösseren Theile des Dorfs, welcher Piazza heisst, ward 1761 eingeweiht[5].

Von Vicosoprano:

Stampa, St. Georg. Es hatte sein Kirchlein nahe an der Hauptstrasse des Thales mit Borgonovo gemein und bildete bis 1784 mit der Mutterkirche eine Pfarrei[6].

Soglio (Solglio 1219)[7]. St. Laurenz. Dem Altar St. Lucius wird von Jan Girard am 31. Januar 1354 eine Schenkung gemacht[8] und die Kirche am 16. August 1471 eingeweiht[9]. 1525 hatte sie nur einen Curatkaplan[10].

Von Soglio:

Castasegna. St. Johannes. Diese alte kleine Kirche steht mitten im langgestreckten Dörfchen, etwas vom Strassenlärm entfernt; dagegen ward die neue grosse Kirche 1662 an der Landstrasse erbaut[11].

Von Porta:

Bondo. St. Martin[12]. 1525 Kaplanei[13].

2. Kirchenfilialen und Kapellen.

In der Pfarrei Casaccia:

Zwischen Casaccia und Vicosoprano. St. Gaudenz. Gemäuer der alten Kapelle, wo der Heilige gemartert wurde, war an einem Baume bei der ehemaligen Landstrasse noch unlängst zu sehen[14].

In der Pfarrei Stampa:

Coltura, Montaccio und **Caccior.** St. Peter[15]. Diese Kapelle auf einem luftigen, weithin sichtbaren Hügel hatten die drei genannten, am rechten Ufer der Maira gelegenen Höfe gemeinsam; und es wird ebendaselbt auch eine Kapelle St. Antonio oder St. Antonin erwähnt, von welcher aber keine Spur mehr vorhanden ist[16].

---

1) v. Mohr, C. D. R. I. No. 136 u. 147. — 2) N. Sammler f. B. 1812. p. 236. — Campell, R. G. c. 31. p. 120. — 3) v. Mohr, C. D. R. II. No. 73. p. 99. — 4) v. Mont. — Cat. Cur. — 5) Leonhardi, V. I. S. II. 2. p. 38. — 6) v. Mont. — 7) v. Mohr, C. D. R. I. No. 186. p. 260. — 8) Ib. III. No. 57. — 9) N. Sammler f. B. 1812. p. 238 — 10) Cat. Cur. — 11) Leonhardi, V. I. S. II. 2. p. 34. — 12) Ib. p. 36. — 13) Cat. Cur. — 14) v. Mont. — 15) u. 16) Id.

3. Klöster.

Casaccia. Ein Kloster im Dorfe ist noch leicht erkennbar und wird von zwei Familien bewohnt. Es war ohne Zweifel einst Filiale von Pfäfers, wie das Hospiz auf dem Septimer, und wurde von 2 bis 3 Mönchen, später aber bis zur Reformation von einem Kaplan oder Priester versehen [1]). Nach einer Beschreibung des Thales Bergell dagegen war das Kloster in Casaccia, dessen Gebäude noch besteht, von Nonnen bewohnt und soll zu demselben von dem über dem Dorfe stehenden Thurme ein unterirdischer Gang geführt haben [2]).

Vicosoprano. Bei der Pfarrkirche St. Cassian stand ebenfalls ein Kloster, dessen Rudera noch sichtbar sind. Näheres ist jedoch nichts darüber bekannt [3]).

VI. DECANAT DES THALES ENGADIN.

Dieses Decanat enthielt im Jahre 1330 die Pfarrkirchen zu Schleins, Remüs, Sins, Schuls, Ardetz, Süss, Zernetz, Zutz, Samaden, St. Moritz.

1525 bestanden fernere Pfarrkirchen zu Fettan, Guarda, Luvin, Scanfs, Camogask, Pontresina und Sils.

A. HOCHGERICHT OBERENGADIN.

Patron desselben war der h. Lucius, dessen Brustbild schon auf einem Siegel aus der Mitte des 14. Jahrhunderts erscheint [4]).

1. Pfarrkirchen.

a. *Mutterkirchen.*

In einer Urkunde vom 22. Januar 1139 über den Verkauf ihrer Besitzungen im Oberengadin durch die Grafen Dedalrich und Adelbert von Gamertingen an den Bischof Konrad und die Domkirche in Chur [5]) werden gleichzeitig genannt:

---

1) v. Mont. — 2) N. Sammler f. B. 1812. p. 240. — 3) v. Mont. — 4) Mitth. d. a. G. Z. XIII. 1. p. 25. — 5) v. Mohr, C. D. R. I. No. 117.

Zutz (Zuze 1139, Zuzes XI[1]), romanisch Zuoz). St. Lucius, in spätern Urkunden vom 29. März 1482 und 19. Januar 1528 St. Lucius und Florinus[2]), ohne Zweifel die älteste und Hauptpfarrei der Gegend, wesshalb das Oberengadin auch von Alters her (Mitte XIV, sowie 1414 u. 1530) St. Lucius im Siegel führte. Die Collatur gehörte in Folge Einverleibung der Kirche durch den Bischof Peter I. am 31. Mai 1357 dem Domcapitel in Chur[3]), welches sie 1525 mit einem Pfarrer und einem Kaplan U. L. Frauen-Altars bestellte[4]). Ausser diesem befanden sich in der Kirche von Zutz, deren jetziges Gebäude aus dem Jahre 1507 stammt, auch die Altäre St. Florinus und St. Andreas, letzerer eine Familienstiftung der von Planta, für welchen laut Jahrzeitbuch im 15. Jahrhundert viele Legate verschrieben wurden[5]).

Samaden (Samadene 1139, romanisch Samedan). St. Peter[6]). Die Kirche, auf einer anmuthigen Berghalde über dem Dorfe gelegen und jetzt zur Begräbnissfeier dienend, trägt an ihrem Gewölbe die Jahrzahl 1491; damals wurde sie aber wohl nur erneuert. Der Thurm ist ohne Zweifel viel älter[7]). Im Jahre 1525 versahen den Gottesdienst ein Pfarrer, ein Frühmesser und zwei Kapläne[8]). Neben St. Peter besitzt Samaden noch eine zweite sehr alte, dem h. Sebastian geweihte Kirche[9]). — Das neue Gotteshaus im Dorfe wurde 1772 erbaut[10]).

St. Moritz (ad sanctum Mauritium 1139[11]), roman. San Murezzan). St. Mauritius. Laut einer Urkunde vom 12. Juni 1356 bildeten St. Moritz, Sils und Silvaplana zusammen damals nur eine Kirchhöre (pleif), und es wurde diese grosse Pfarrgemeinde trotz ihrer Ausdehnung von etwa drei Stunden in die Länge durch einen einzigen Geistlichen versehen, wesshalb man es nach eingetretenen Zwistigkeiten für nöthig fand, durch ein unparteiisches Gericht eine Rangordnung festsetzen zu lassen, nach welcher künftighin die Messe abwechselnd bald in diesem, bald in jenem der drei Dörfer gelesen werden musste und zugleich für die höchsten Festtage des Jahres zu bestimmen, an welchem der drei Orte die erste, dann die zweite und zu Weihnachten sogar die dritte Messe gehalten werden solle. Dabei erscheint die Kirche von St. Moritz, wohl als Mutterkirche, immer am meisten begünstigt, obgleich an ihre Pfarrpfründe Sils mit Fex (Fedes) und Gravesalvas (Capris albis) 10 ℔, Silvaplana 8 ℔ und St. Moritz nur 7 ℔ jährlich auf Martini zu entrichten hatten. Daher kam es, dass diese drei Gemeinden auch in gerichtlicher Beziehung noch bis in die neueste Zeit eine besondere Pleif des Hochgerichts Oberengadin ausmachten[12]). — Im 15. und 16. Jahrhundert war

---

1) v. Mohr, C. D. R. I. No. 117 u. 193. p. 298. — 2) Brügger. — 3) v. Mont. — 4) Cat. Cur. — 5) Brügger. — 6) v. Mohr, C. D. R. I. No. 117. — 7) Lechner, Piz Languard. p. 45. Leipzig 1858. — 8) Cat. Cur. — 9) Brügger aus dem Archiv Samaden. — 10) Leonhardi, V. I. S. III. 2. p. 72. — 11) v. Mohr, C. D. R. I. No. 117. — 12) Brügger.

St. Moritz ein berühmter Wallfahrtsort (1525 mit einem Pfarrer, Vicar, Frühmesser und Kaplan)[1]). zu dem namentlich Italiener in grosser Anzahl pilgerten; denn Papst Lèo X. (1513—1521) hatte die Kirche mit Ablass begünstigt. Sie liegt zu oberst im Dorfe (an ihrem schief stehenden Thurme liest man die Jahrzahl 1573) und wurde vor kurzer Zeit, weil sie dem Einsturz drohte, zur Hälfte (d. h. der ganze Chor) niedergerissen. Bei ihr befindet sich der Friedhof der Gemeinde. Im Jahre 1786 erfolgte der Bau einer neuen Kirche ungefähr in der Mitte des Dorfs; aus Mangel an Geld konnte aber kein Thurm aufgeführt werden, wesshalb man zum Gottesdienst die Glocken im Thurme der alten Kirche zu läuten pflegt[2]). Das älteste Glöcklein daselbst stammt aus dem Jahre 1486, wie nachstehende Inschrift desselben in römischen Majuskeln zeigt:

Oben: Ave + Maria + gratia + plena + Dn̄s + tecum + Christus + rex + veni + In pace et Deus homo factus est • Mbrosius (Ambrosius) me fecit • Deo dante. Ihs. MCCCC.LXXXVI +

Darunter *a)* in der Mitte: Vier Reliefs: 1) Madonna mit dem Kinde 2) Jesus am Kreuze. 3) Zwei h. Frauen. 4) Ein Heiliger. Dann noch ein ganz kleines Medaillon mit obigem Namen des Heilands, einem Kreuze und einer unlesbaren Rundschrift.

b) Am Rande: Hoc opus fecit fieri Dn̄s. Johannes de Pōtrexina (Pontresina) istam campanam in honore Sti. Spiritus[3]).

b. Tochterkirchen.

Von Zutz:

Camogask oder **Campovast** (Campolovasco 1139)[4]). St. Andreas-Kirche wird schon in einer Urkunde vom 3. October 1476 erwähnt; das jetzige Kirchengebäude datirt aus dem Jahre 1505[5]). Den Gottesdienst besorgen 1525 ein Pfarrer, Frühmesser und Kaplan[6]).

Von Camogask:

Ponte oder **zur Bruck,** so genannt, weil hier eine Brücke über den Inn führt[7]) Die Kirchweih wird noch heutzutage am 8. September (Mariä Geburt) gefeiert[8]).

Von Zutz:

Scanfs (Scaneues 1139)[9]). St. Maria. Die Kirche kömmt 1477, der Altar St. Jakob 1500 urkundlich vor; der Ort ward 1518 als eigene Pfarrei getrennt[10]).

---

1) Cat. Cur. — 2) Leonhardi, V. I. S. III. 2. p. 70. — 3) Brügger. — 4) v. Mohr, C. D. R. I. No. 117. — 5) Brügger aus den Archiven Oberengadin und Camogask. — 6) Cat. Cur. — 7) Campell, R. G. c. 19. p. 70. — 8) Brügger. — 9) v. Mohr, C. D. R. I. No. 117. — 10) Brügger aus den Archiven Zutz und Scanfs.

Madulein (Madulene 1139)[1]. St. Bartholomäus[2]). Die dortige Kapelle erscheint in einer Urkunde von 1441 und hatte ihre eigenen Güter und Kirchenvögte. Laut dem Jahrzeitbuche von Zutz aus dem Anfang des 16. Jahrhunderts fiel ihre Kirchweih auf den dritten Sonntag des Monats Juli. Erst 1533 erlangte Madulein von der Mutterkirche laut Uebereinkunft d. d. 14. Mai 1540 das Begräbnissrecht nebst grossen Kerzenrechten und zwar in Folge einer Seuche, la glanda genannt, welche damals zu Madulein und Camogask, nicht aber in Zutz herrschte[3]).

Von Samaden:

Celerina (romanisch Schlarina). St. Johannes Täufer[4]). Im Jahre 1474 versprechen die beiden Nachbarschaften Celerina und Cresta, sowie auch die von Bevers, der St. Peters-Kirche in Samaden an die Lichter jährlich auf Michaeli ½ ℔ Butter von jeder Kuh zu entrichten[5]). — Ueber dem Portal der Kirche, welche an der Strasse nach Pontresina auf einem sonnigen, mit Lärchen und Arven bewachsenen Hügel steht und vom Gottesacker der Gemeinde umgeben ist, liest man die Inschrift:

«M.CCCC.LXXVIII. Magister Guilielmus de Plurio fecit.»

Der Baustyl des daran stossenden kleineren und älteren Glockenthurms mit einem einzigen Glöcklein aus dem Jahre 1632 lässt aber entschieden auf eine frühere Erbauungszeit und mehrere Merkmale an der Kirche, an der sich wiederholt das Wappen der Familie von Brandis findet, auf eine 1478 vermuthlich von dem Churer-Bischof Ortlieb von Brandis (1458—1491) vorgenommene Vergrösserung schliessen, womit auch die Erbauung des zweiten viel grössern östlichen Thurms mit Satteldach verbunden sein mochte, welcher, den 10. Juni 1682 vom Blitzstrahl getroffen, halb zerstört und seither nicht mehr hergestellt wurde. Damals schmolz auch die grosse Glocke, welche einst durch das ganze Oberengadin gehört wurde und das Material zu den 7 neuen Glocken des Thurms der jetzigen schönen Pfarrkirche im Dorfe, erbaut 1669, lieferte[6]). — Celerina erlangte übrigens die Trennung von Samaden erst nach 1515, da man in bischöflichen Verzeichnissen aus der Zeit von 1500 und 1515 die Kapelle St. Johannes, Täufers noch als Filiale von Samaden mit einem Kaplan aufgeführt findet[7]).

Bevers (Bevero 1139)[8]). St. Jakob. Die Kirche kömmt als Filiale von Samaden schon 1489 urkundlich vor und wird am 7. October 1501 in der Ehre der beiden Apostel St. Jakob, sowie der h. Märtyrer Christophorus und Sebastian neu erbaut, dotirt und von Bischof Hein-

1) v. Mohr, C. D. R. I. No. 117. — 2) Brügger a. d. A. Zutz und Madulein. — 3) Id. — 4) N. Sammler f. B. 1805. p. 301. — 5) Brügger aus dem Urbar d. St. Peterskirche in Samaden. — 6) Brügger. — 7) v. Mont. — 8) v. Mohr, C. D. R. I. No. 117.

rich in Chur zu einer Pfarrei erhoben[1]). 1525 findet man auch einen Kaplan der Brüderschaft des h. Jakob[2]).

Pontresina (ad pontem Sarisinam 1139)[3]). St. Maria, oberhalb des Dorfs, jetzt Begräbnisskirche. Ihr kleiner Kirchthurm, zum Theil aus Tufstein gebaut, ist sehr alt, sie selbst erst später angefügt. Ueber dem Eingang in den Kirchhof befindet sich die Jahrzahl 1477 (das Jahr der Renovation?) und in der Kirche oben ein Bild des Steinbocks (das Wappen des Gotteshausbunds, zu dem das Engadin gehörte) mit der Umschrift: « In nomine domini. Amen. 1497 »[4]). — Pontresina war laut Documenten im bischöflichen Archiv im Jahre 152 .? noch nach Samaden eingepfarrt[5]), 1525 werden aber bereits ein Pfarrer, ein Frühmesser der h. Maria Magdalena und ein Kaplan des h. Geists aufgezählt[6]).

Von St. Moritz:

Sils (Stabulum Silles XI[7]), romanisch Segl). St. Michaels-Kirche steht im kleinern Theile der Gemeinde (Sils-Baselgia d. h. Kirchdorf) am Inn und wird erst 1496 in einer dortigen Urkunde genannt; die älteste Glocke aber, welche noch jetzt im Thurme mit kegelförmig gemauerten Dach hängt, trägt die Jahrzahl 1446[8]). Der grössere, am Ausgange des Fex-Thales zu beiden Seiten des Fedacla-Bachs liegende Theil des Dorfs (Maria) hat den Namen keineswegs, wie man gewöhnlich annimmt, von einer Marienkirche erhalten; vielmehr wird derselbe in älteren Urkunden stets Mayria d. i. Meierei geschrieben[9]). — Das schon oft citirte grosse Chartular im bischöflichen Archiv, betitelt: Liber magnus officiorum von 1494—1524. erwähnt auch einer ecclesia S. Laurentii zu Sils[10]); diese mag wohl im Quartier Maria gestanden haben, vielleicht an der Stelle der jetzigen neuen Pfarrkirche daselbst und der Hauptkirche St. Michael in Baselgia untergeordnet gewesen sein[11]). Den Gottesdienst der letztern besorgten 1525 ein Pfarrer und zwei Kaplane[12]).

Silvaplana. St. Maria. Die Kirche wurde 1491 in gothischem Styl erbaut[13]) und hatte 1525 nur einen Kaplan[14]). Ihre beiden Glocken stammen aus dem Jahr 1652.

Wann Sils und Silvaplana (als Kapellen schon 1356 erwähnt) sich von St. Moritz trennten, ist nicht mit Bestimmtheit zu ermitteln, vermuthlich in der ersten Hälfte des 16. Jahrhunderts; denn beim Beginn der Reformation daselbst (1550) erscheinen sie bereits als eigene Pfarreien. Doch reichen die Verzeichnisse der evangelischen Pfarrer laut den Kirchenbüchern nicht über das Ende des 16. und den Anfang des 17. Jahrhunderts zurück, in Sils bis 1626 und in Silvaplana bis um 1580[15]).

---

1) Brügger aus dem Archiv Bevers. — 2) Cat. Cur. — 3) v. Mohr, C. D. R. I. No. 117. — 4) Lechner, d. P. L. p. 14. — Brügger. — 5) v. Mont. — 6) Cat. Cur. — 7) v. Mohr, C. D. R. I. No. 193, p. 298. — 8) Brügger. — 9) Brügger. — 10) v. Mont u. Brügger. — 11) Brügger. — 12) Cat. Cur. — 13) Brügger. — 14) Cat. Cur. — 15) Brügger.

2. Kirchenfilialen und Kapellen.

In der Pfarrei Zutz:

Zutz. St. Sebastian, im südwestlichen Theile des Dorfs, jetzt eine Remise. In einer Urkunde vom 6. November 1472 heisst vorstehende Kapelle »ecclesia S. Sebastiani« und im Jahrzeitbuche der Pfarrkirche Zutz, welches Eintragungen vom 14. bis 16. Jahrhundert enthält, ist ihr Patrocinium auf den 20. Januar (Fabian, Sebastian M.) vorgemerkt[1]).

Zutz. St. Katharina und Barbara, im nordwestlichen Theile des Dorfs. Auch diese Kapelle wird in einer Urkunde vom 6. October 1484 betreffend die Stiftung eines ewigen Lichts ecclesia genannt. Sie zeigt den Spitzbogenstyl; der Thurm aber hat eine altere Bauart. Laut einer Notiz im Archiv Zutz wurde die Kirche nach der Zerstörung durch die Tyroler im Jahre 1499 von den Gemeinden Zutz und Madulein wieder aufgebaut[2]).

In der Pfarrei Scanfs:

Scanfs. St. Georg. Die Kapelle lag am Inn unterhalb der schon zu Campells Zeit (1570) halb zusammengestürzten, jetzt aber ganz verschwundenen Landwehr (la Serra), welche sich auf eine Länge von circa 500 Fuss gegen Mitternacht zog. Dazu gehörte ein ziemlich weitläufiges Gut und ein früher von dem Geistlichen und seinen Leuten bewohntes Haus. Eine hohe Tanne daselbst war dem nämlichen Heiligen geweiht und wie sein in der Kapelle befindliches Bildniss ein Gegenstand grosser Verehrung, vorzüglich bei den Processionen, die jährlich 3 Male und zwar am Tage des Schutzpatrons unter ungeheurem Zudrange stattfanden[3]). Vögte der Kapelle und des Hauses St. Georg, das im Anfange des 16. Jahrhunderts einen eigenen Kaplan hatte, werden in einer Urkunde vom 14. Mai 1540 erwähnt[4]). Nach der Reformation (1570) wurden die Güter der Kapelle unter das Volk vertheilt, die Wohnhäuser niedergerissen, die Tanne umgehauen, die Bilder entfernt und jährlich drei Male durch den Pfarrer von Zutz evangelischer Gottesdienst gehalten.

Cinuskel (rom. Sinuoschel). Die Filialkirche an der Strasse nach dem Untergadin unweit von der die Grenze desselben gegen das Oberengadin bildenden hohen Brücke (Pons altus 1139, roman. Puntauta)[5]), wurde 1615 erbaut; laut Urkunde im Archive Scanfs d. d. 4. Juli gl. I.[6]).

In der Pfarrei Celerina:

Cresta. St. Maria. Das Portal dieser südwestlich an der Strasse nach St. Moritz gelegenen Filialkirche zeigt den spitzbogigen Baustyl[7]).

---

1) Brügger. — 2) Id. — 3) Campell, R. G. c. 19. p. 74. — 4) Brügger aus dem Archiv Madulein. — 5) Campell, R. G. c. 20. p. 75. — 6) Brügger. — 7) N. Sammler f. B. 1806. p. 344.

Der Thurm enthält nur im untern Theile spitzbogige, im obern aber rundbogige Verzierungen und Schalllöcher.

Celerina. H. Dreieinigkeit. Vor der jetzt in ein Haus umgewandelten »baselgia della Trinita« versammelte sich noch den 20. September 1657 die ganze Bürgergemeinde von Celerina, um einige wichtige Beschlüsse betreffend die Nichtannahme von Bürgern zu fassen[1]).

In der Pfarrei Bevers:

Bevers. Beim Eingange des Beverser-Seitenthales, 1/2 Stunde hinter dem Dorfe, standen an einer Stelle, welche heutzutage noch «Curtins» (d. h. Höfe) heisst, in früheren Zeiten mehrere bewohnte Häuser, welche eine eigene Abtheilung (chiantun) der Nachbarchaft oder Gemeinde Bevers ausmachten. Dabei scheint auch eine der h. Maria geweihte Kapelle gewesen zu sein, indem auf solche eine Stelle in der ältesten Urkunde des Beverser-Archivs (einem Lehenbriefe vom Jahre 1327) zu beziehen sein dürfte, worin von einer insula (rom. isla = Au oder am Thalbache gelegene Wiese) Sanctae Mariae, im Beverserthale gelegen, die Rede ist[2]).

In der Pfarrei Pontresina:

Pontresina. H. Geist. Diese Kapelle im Oberdorf, welche 1525 einen Kaplan hatte, existirt zwar heutzutage nicht mehr, aber das Quartier (chiantun) des obern Dorfs, in welchem dieselbe gelegen war, heisst davon in Urkunden des 16. und 17. Jahrhunderts wie auch jetzt noch S. Spiert = S. Spiritus[3]).

Pontresina. St. Nicolaus. Die in einen modernen Bau umgewandelte ehemalige Kapelle im Unterdorf (Laret) wird jetzt ausschliesslich als Pfarrkirche benutzt; dieselbe wurde im Jahre 1640 nach dem Plane eines Gaudenz Planta erbaut[4]).

In der Pfarrei Sils:

Cresta. St. Margaretha, Filialkirche auf einer kleinen Anhöhe in dem südlichen Seitenthale des Inns, genannt Fex, mit einem Glöcklein aus dem Jahre 1763[5]).

In der Pfarrei Silvaplana:

Surleg (Supra lacum, romanisch Surlej). St. Niklaus[6]). Dieses Dörfchen jenseits des Inns, über den schon 1435 eine Brücke führte, soll in alten Zeiten so gross als Silvaplana gewesen sein und gleichviele Einwohner gehabt haben, ist aber in Folge von Verwüstungen des mitten durch dasselbe fliessenden Bachs, namentlich durch das Hervorbrechen eines ungeheuren Steinschutts aus dem darüber lie-

---

1) Brügger. — N. Sammler f. B. 1806. p. 301. — v. Mohr, C. D. R. I. No. 117. — 2) — 6) Brügger.

genden Gletscher im Jahre 1793 nunmehr verödet, und die 1757 neu erbaute Kirche, gegenwärtig ohne Dach und Fenster, dient zu einem Holzmagazin[1]).

Campfer. St. Rochus[2]). Die Filialkirche an der Strasse nach St. Moritz stand unter bischöflichem Patronate und besass wahrscheinlich eigene Einkünfte; wenigstens hat sich der Name der Pfarrwohnung (Chesa del Segner) noch erhalten[3]).

3. Klöster.

Silvaplana. Männerkloster der h. Maria. Davon wird versichert, dass seine Geistlichen die Befugniss gehabt haben, einen tauglichen Priester zum Prälaten zu ernennen, und dass 1233 ein Johannes zum Abt gewählt worden sei[4]).

Capella bei Scanfs. Benedictinerkloster St. Niklaus an der Strasse nach dem Unterengadin[5]). Ueber die Stiftung desselben findet sich nichts vor. Dabei bestand schon zwischen 1290 und 1298 ein Spital des h. Ulrich (Siechen- und Armenhaus) mit gewissen Einkünften[6]). Zur Verwaltung desselben wurden im Anfange des 16. Jahrhunderts sindici oder Pfleger in Zutz und zu Campells Zeit (1570) jährlich von den Gemeinden Scanfs, Zutz und Campovast ein Schaffner und eine Schaffnerin (cellerarius et celleraria, romanisch tschlarer et tschlarera) gewählt und mittelst Eidesabnahme zur gewissenhaften Erfüllung ihrer Obliegenheiten verpflichtet[7]). Schon am 15. Mai 1543 treffen die vier Gemeinden des Gerichts unter Fontana-merla ein Uebereinkommen wegen der Verwaltung und Rechte des Spitals der h. Nicolaus und Ulrich von Capella, ferner am 26. September gl. J. über die Weid- und Holzrechte desselben, am 22. Juli 1546 und 8. October 1551 über die Immunitaten des Spitals der Armen im Hause Capella; endlich am 29. Jan. 1574 wurde ein Schiedsspruch wegen der Brücke über den Wildbach Valember zwischen dem Hause des Spitals des Klosters Capella (St. Nicolaus) und der Nachbarschaft Scanfs erlassen. Das Siechenhaus bestand noch 100 Jahre später. — Die ehemalige Kirche steht noch, allein ohne Dach und mit eingestürztem Gewölbe; an der Innen- uud Aussenseite derselben bemerkt man Reste von Frescomalereien. Der Thurm ist noch bedacht und enthält zwei kleine alte Glöcklein, die in Ermanglung von Treppen unzugänglich sind; er zeigt gleichwie das Portal, bei welchem ein Malteserkreuz in Stein gehauen ist, den rundbogigen Baustyl[8]).

---

1) N. Sammler f. B. 1807 p. 231/2. — Leonhardi, V. I. S. II. 3. p. 67. — 2) de Porta, historia reformationis ecclesiarum rhaeticarum. I. p. 247. Curiae, 1774. — 3) N. Sammler f. B. 1807. p. 234. — 4) Relatione summaria e stato anticho del vescovato di Coira concernendo il Spirituali. (Manuscript aus der 1. Hälfte des 17. Jahrhunderts im bischöflichen Archiv.) — 5) Ib. — 6) v. Mohr, C. D. R. II. No. 73. p. 130. — 7) Campell, R. G. c. 19. p. 74. — 8) Brügger,

B. HOCHGERICHT UNTERENGADIN.

1. Pfarrkirchen.

a. Mutterkirchen.

Remüs (Remuscia 930, romanisch Remuosch). St. Florinus. Der Basilica daselbst schenkt König Heinrich I. am 9. April 930 diejenige zu Sins mit Zehnten und allen Zubehörden und beide dem Priester Hartpert[1]). Sie war ursprünglich St. Peter geweiht[2]), später eine Chorherrenkirche, laut Urkunde vom 27. Juni 1070 dem Domkapitel in Chur gehörig, und wegen des Grabes des h. Florin, der einst durch Einsetzung des Grafen Victor II. von Chur (820—833) Priester daselbst gewesen, ein berühmter Wallfahrtsort[3]). — Das jetzige Gotteshaus, ein schöner, grosser, etwas düsterer Bau im gothischen Style, stammt aus dem Ende des 15. oder Anfang des 16. Jahrhunderts und hatte 1525 einen Pfarrer und Kaplan[4]).

Sins (Sindes, romanisch Sent). St. Valentin. Diese schon vorhin erwähnte Kirche lag auf den sogenannten St. Valentinsfeldern (plauns da St. Valentin) jenseits des dem Inn zufliessenden Bachs, der die Grenze zwischen den Gemeinden Schuls und Sins bildet, war schon zu Campells Zeit (1570) halb zerstört und ist nun ganz vernichtet[5]). 1521 wird Mathäus de Porta als Leutpriester und ein Kaplan St. Peters genannt[6]). Im Dorfe Sins selbst erhoben sich auf einer Anhöhe in verschiedenen Zwischenräumen drei Kirchen[7]).

Schuls (Schulle 1150, Schulles 1160, Scullis 1161, rom. Scuol). St. Georg[8]). Die Taufkirche (ecclesia baptismalis) wird nebst andern von Ulrich II. von Tarasp, dessen Neffen Gebhard und seinen Schwestern 1161 geschenkten Besitzungen dem Kloster Mariaberg von Papst Alexander III. am 18. October 1178 bestätigt[9]). Durch eine Uebereinkunft vom Jahre 1186 verzichtet indessen der Abt auf jene Kirche zu Gunsten des Bischofs Egino von Chur, der durch viele Beweismittel dargethan hatte, dass dieselbe stets sein und seiner Vorfahren Eigenthum gewesen sei[10]). 1525 wird sie von einem Pfarrer, einem Kaplan St. Michaels und einem zweiten Kaplan besorgt[11]).

Zernetz (Zarnez 1161)[12]). St. Sebastian[13]). Die Kirche und der Herr von Wildenberg bezahlten zwischen 1290 und 1298 dem Bischof

---

1) v. Mohr, C. D. R. I. No. 42. — 2) Lang, h. th. G. R. I. p. 673. — 3) v. Mohr, C. D. R. I. No. 97. — Ib. I. No. 42 note. — 4) Cat. Cur. — 5) Campell, R. G. c. 27. p. 402. — N. Sammler f. B. 1808. p. 95. — 6) v. Mont, ex L. M. O. — 7) Campell, R. G. c. 27. p. 403. — 8) v. Mohr, C. D. R I. No. 124, 136, 137 u. 145. — 9) Id. No. 145. — 10) Ib. I. No. 151. — 11) Cat. Cur. — 12) v. Mohr, C. D. R. I. No. 138. — 13) Brügger aus st. d. m. d. P. C. u. R. p. 291.

80 siliquas casei[1]). Sie steht noch an der Kirchhofmauer in Dach und Fach, wird aber nicht mehr benutzt. Anstatt derselben wurde 1623 von dem Ritter Rudolf von Planta die gegenwärtige schöne Pfarrkirche erbaut[2]). Zur Zeit der Reformation (1553) war noch eine dritte Kirche in Zernetz vorhanden[3]); es wird diess wohl die St. Antonius-Kirche gewesen sein, deren Pfleger 1521 erwähnt werden[4]) und die muthmasslich an der Stelle der 1623 neu erbauten Kirche stand.

Ardetz oder **Steinsberg** (Ardezis XI, Ardetia, Ardezo 1161[5]). St Maria Himmelfahrt[6]). Ihr Leutpriester hat 1290/98 dem Bischof 60 sil. Käse zu entrichten[8]). Die Zehnten und Rechte, welche das Domkapitel in der Pfarrei Ardetz besass, tauschte Bischof Sifrid am 12. November 1308 gegen Ueberlassung des Patronatsrechts in Reams ein[7]). Die Kirche (1525 mit einem Pfarrer und Kaplan)[9]), der Bauart nach sehr alt, liegt am nördlichen Ende des Dorfs. Auf die Wände waren eine grosse Anzahl Wappen der Adelsgeschlechter des Engadins gemalt, welche aber 1576 bei der Wiederherstellung der Kirche in Folge von Baufälligkeit zu Grunde gingen. Der Thurm ist neueren Ursprungs und zwar wahrscheinlich von 1445[10]).

Fettan (Vetane 1161, Vetans 1167, rom. Fetaun)[11]). St. Peter. Die Kirche, 1525 besorgt von einem Pfarrer und Kaplan[12]), steht auf dem kleinen Hügel Craista[13]).

Schleins (romanisch Schlin oder Celin). St. Johannes Täufer ist die eigentliche Pfarrkirche. Eine zweite ist dem h. Blasius geweiht[14]).

b. Tochterkirchen.

Von Remüs:

Manas.

Samnaun (romanisch Samagnun). St. Jakob[15]), war ursprünglich nach Remüs kirchgenössig, kam später an Nauders im Tyrol und wurde endlich eigene Pfarrei, deren Collator immer der Bischof war[16]). Die Kirche steht in Compatsch, dem untersten Dörfchen des Thales.

Von Schuls:

Tarasp (Traspes 1160)[17]). H. Dreieinigkeit[18]). Die kirchliche Verbindung zwischen den beiden Gemeinden wurde, nachdem dieselben 1530 gemeinschaftlich die evangelische Lehre angenommen, in Folge eines wenige Jahre vor 1570 entstandenen Streits über Wald und Weide

---

1) v. Mohr, C. D. R. II. No. 73. p. 103. — 2) Leu, schw. L. V. p. 185. — 3) Leonhardi, V. I. S. II.4. p. 98. — 4) v. Mont, ex L. M. O. — 5) v. Mohr, C. D. R. I. No. 137·8 u. 193. p. 298. — 6) Campell, R. G. c. 25. p. 96. — v. Mont. — 7) v. Mohr, C. D. R. II. No. 73. p. 103. — 8) Id. II. No. 127. — 9) Cat. Cur. — 10) Campell, R. G. c. 25. p. 96 u. 97. — 11) v. Mohr, C. D. R. I. No. 137 u. 140. — 12) Cat. Cur. — 13) N. Sammler f. B. 1807. p. 32. — 14) Campell, c. 28. p. 109. — 15) Schematismus d. G. d. B. Chur. 1862. p. 36. — 16) v. Mont. — 17) v. Mohr, C. D. R. I. No. 136. — 18) Brügger ex st. d. m. d. PP. C. p. 312.

und über den Antheil der Tarasper an der Kirche in Schuls aufgelöst, und alsdann jene von der Herrschaft Oestreich genöthigt, Behufs Wiedereinführung des katholischen Gottesdiensts eine Kirche mit Thurm zu bauen, welche am Fusse des Schlosshügels in der sogenannten Nachbarschaft Fontannas liegt und womit ein Kapuzinerhospiz verbunden ist[1]).

Scharlthal (Scharles vor 1095)[2]). St. Karl, 1525 Curatkaplanei[3]).

Von Zernetz:

Brail. St. Thomas[4]), 1521 Kaplanei[5]), 1743 Pfarrei[6]). Kirchlein sammt Thurm zeigen romanische Bauart.

Von Ardetz:

Süs (Susis 1161[7]), romanisch Susch). St. Johannes Täufer[8]), getrennt laut Urkunde, datirt Vig. Virg. Sanct. 1325, ausgestellt und besiegelt von Marquard, Domherr zu Chur und Leutpriester zu Ardetz[9]).

Von Süs:

Lavin, getrennt 1422[10]) und 1525 mit einem Pfarrer, Frühmesser und Kaplan St. Bartholomäus und Florinus[11]).

Von Ardetz:

Guarda (Warda 1160)[12]). Leutpriester ist 1521 Succard Scheck[13]).

Von Schleins:

Strada[14]).

2. Kirchenfilialen und Kapellen.

In der Pfarrei Remüs:

Retzfella (romanisch Raschvella). St. Niklaus, auf der rechten Seite des Inns gegen Strada[15]).

In der Pfarrei Sins:

St. Petersburg. Die Schlosskapelle St. Peter wird von Papst Alexander III. nebst andern, von Ulrich und Gebhard von Tarasp und dessen Schwestern geschenkten Besitzungen dem Kloster Marienberg am 8. October 1178 bestätigt[16]), hat 1525 einen Kaplan[17]) und steht sammt Thurm auch jetzt noch, wiewohl ohne Dach und Gewölb[18]).

In der Pfarrei Schuls:

Schuls. Auf dem Hügel des südlichen Theils von Schuls bei der Kirche stand eine Kapelle[19]).

---

1) Campell, R. G. c. 27. p. 105. — 2) v. Mohr, C. D. R. I. No. 102. — 3) Cat. Cur. — 4) Campell, R. G. c. 21. p. 77. — 5) v. Mont, ex L. M. O. — 6) Leonhardi, V. I. S. II. 4. p. 97. — 7) v. Mohr, C. D. R. I. No. 137. — 8) Cat. Cur. — 9) Campell, R. G. c. 23. p. 91. — 10) Ibid. — 11) Cat. Cur. — 12) v. Mohr, C. D. R. I. No. 136. — 13) v. Mont, ex L. M. O. — 14) Leonhardi, V. I. S. II. 4. p. 111. — 15) Campell, R. G. c. 28. p. 109. — 16) v. Mohr, C. D. R. I. No. 145. — 17) v. Mont, ex L. M. O. — 18) N. Sammler f. B. 1808. p. 95. — 19) Campell, R. G. c. 26. p. 100.

Schuls. St. Johannes Täufer. Die Kapelle und zwei Wohnhäuser lagen auf der rechten Innseite, dem Dorfe gegenüber in ziemlicher Höhe in einem 1570 der Familie Wieland gehörigen Gute[1]).

In der Pfarrei Ardetz:

Ardetz. St. Lucius, unterhalb des Schlosses Steinsberg am Abhange gegen die Dorfseite[2]), 1525 Kaplanei[3]), jetzt ohne Gewölb und Dach[4]).

Ardetz. St. Rochus. Von dieser zu Campells Zeit (1550—1570) durch einen reichen Gemeindsbürger auf einem nackten Felsen am westlichen Ende des Dorfs erbauten Kapelle sieht man noch Mauerstücke[5]).

Bosca. St. Stephan, ebenfalls westlich zwischen Ardetz und Guarda, hatte noch 1525 einen Kaplan, wurde aber vor 1570 theilweise abgebrochen und in ein Haus verwandelt[6]).

Suroen, jenseits des Inns[7]).

Chianova am Eingange des Tasnathals, eines nördlichen Seitenthals des Innthals. Hier stand einst eine Kapelle[8]).

Coltura (Galtür) in der Grafschaft Tirol, war laut Campell noch 1536 eine Kaplanei von Ardetz, wohin auch die Leichen gebracht werden mussten, und trennte sich erst 1538, als dieses zur neuen Lehre übertrat[9]). Nach Bergmann aber weihte Bischof Johann von Chur schon 1383 die Kirche U. L. F. Geburt in der Pfarrei Galtür, womit auch das bischöfliche Verzeichniss von 1525 übereinstimmt, indem es daselbst einen Pfarrer und Frühmesser aufzählt.

In der Pfarrei Schleins:

Martinsbruck (Pons Martini 1239[10]), romanisch Pommartina), am linken Ufer des Inns zwischen Schleins und Nauders.

In der Pfarrei Samnaun:

Samagnun. St. Magnus. Diese erste und älteste Kapelle des Thales, von der dasselbe wahrscheinlich den romanischen Namen Samagnun trägt[11]), steht im hintersten Weiler.

Laret und **Ravaisch**[12]), zwischen der vorerwähnten Kapelle und der Pfarrkirche in Compatsch.

In der Pfarrei Tarasp:

Schloss Tarasp. St. Johann Baptist. Die Kapelle steht noch innerhalb der Mauern des Schlosses an der Ostseite, ist aber im Verfalle und nicht mehr im Gebrauche. Dafür besteht in

Vulpera eine dem h. Johann Baptist geweihte Kapelle[13]).

---

1) Campell, R. G. c. 26. p. 102. — 2) Ib. c. 25. p. 97. — 3) Cat. Cur. — 4) N. Sammler I. B. 1808. p. 94. — 5) Ib. u. Campell, R. G. c. 25. p. 96. — 6)—9) Ib. p. 95 u. 98. — 10) v. Mohr, C. D. R. I. No. 217. — 11)—13) Brügger.

In der Pfarrei Lavin:

Gonda hatte früher eine Kapelle [1]).

In der Pfarrei Guarda:

Giarsun (Garzun 1327), am linken Ufer des Inns und auf beiden Seiten des Cluozzabachs [2]).

Im Unterengadin, an unbekannter Stelle, lag:

Salina oder **Saliva**. St. Jakob. Der Hof wird von Gebhard von Tarasp und dessen Schwestern 1161 dem Kloster Marienberg geschenkt und letzterem sammt der Kapelle von Papst Alexander III. am 18. October 1178 bestätigt [3]).

3. Klöster.

Schuls. Das Benedictinerkloster wurde von Eberhard von Tarasp vor dem Jahre 1095 gestiftet [4]) und die ersten Mönche aus dem berühmten Kloster Ottobeuren in Baiern dahin berufen [5]); allein schon vor dem 8. Februar 1125 war dasselbe nach Mariaberg im Vinstgau übergesiedelt [6]). Noch will man in Schuls Spuren des ehemaligen Klostergebäudes und der Kirche erkennen [7]).

IIV. DECANAT DES VINSTGAUS.

Von den Gotteshäusern dieses Decanats lag im 14. Jahrhundert einzig das Frauenkloster Münster und neben diesem im 16. die Pfarrkirche Santa Maria, beide im Münsterthale, innerhalb der Grenzen der Schweiz.

MÜNSTERTHAL.

1. Pfarrkirchen.

a. Mutterkirche.

Münster (Monasterium 1157) [8]). St. Johannes Täufer [9]). Die Kirche des Benedictinerinnenklosters (1525 mit einem Pfarrer, Vicar, Frühmesser und zwei Kaplänen [10]), war die Hauptkirche des ganzen Thales und ihr Collator die Aebtissin [11]).

1) Campell, R. G. c. 23. p. 90. — 2) v. Mohr, C. D. R. II. No. 216. — Campell, R. G. c. 24. p. 95. — 3) v. Mohr, C. C. R. I. No. 138 u. 145. — 4) Id. No. 102. note. — 5) v. Mont. — 6) v. Mohr, l. c. I. No. 113. n. 2. — 7) v. Mont. — 8) v. Mohr, C. D. R. I. No. 134. — 9) Ib. No. 151. — 10) Cat. Cur. — 11) v. Mont.

b. Tochterkirchen.

Von Münster:

Taufers (Touuers 1256, Tufirs 1290/98)[1]) im Tyrol hatte schon 1525 einen Pfarrer, Frühmesser und Kaplan des Spitals vom Orden des h. Johannes zu Jerusalem[2]).

Santa Maria (St. Maria Magdalena)[3]). Die Kirche verdankt ihren Ursprung im 9. Jahrhundert einem Gelübde der Gemalin (oder Schwester?) des Kaisers Karl des Grossen (siehe Kloster Münster S. 133). Das frühere kleine Gotteshaus stand an der Stelle des Chors der jetzi- Kirche, an welchen diese 1492 angebaut wurde[4]). Pfarrer ist 1516 Jakob Albert von Bergün[5]). 1525 kömmt neben dem Pfarrer auch ein Frühmesser vor[6]). — Die ursprünglich im byzantinischen Styl angelegte Kirche erlitt mit der Zeit verschiedene Veränderungen und weist gothische Bauansätze auf. Als im Jahre 1838 nach dem Aussterben der katholischen Bürger laut früherem auf dem Bundestage zu Davos getroffenem Verkommnisse zwischen den zwei Confessionen das Madonnenbild nach Münster transportirt wurde, fand man hinter dem Altar auf der Mauer Frescogemälde[7]).

Von Santa Maria:

Cierfs. St. Sebastian[8]). Filialkaplanei 1525[9]). Die Kirche stammt noch aus der katholischen Zeit und hat jetzt einen eigenen Pfarrer[10]).

Fuldera (Vallder 1347)[11]). St. Rochus[12]). Die neue Kirche mit nur einer Glocke ward 1714 erbaut[13]).

Lü besitzt erst seit der Reformation eine Kirche und gehört zum Pfarramt Fuldera und Cierfs[14]).

Valcava, St. Martin, hatte schon 1418 eine Kirche und wurde bis zur Reformation durch einen Geistlichen aus dem Kloster Mariaberg besorgt. 1783 hat sich die Gemeinde von St. Maria abgelöst und einen eigenen Pfarrer angestellt[15]).

2. Kapellen.

Münster. H. Kreuz, am Eingange des grossen Gottesackers, einige Schritte südlich von der Klosterkirche. Diese Todtenkapelle enthält drei Chornischen, welche in Kreuzesform angebracht sind, und

---

1) v. Mohr, C. D. R. I. No. 229. II. No. 176. p. 124. — 2) Cat. Cur. — 3) Campell, R. G. c 34. p. 129. — 4) v. Mont. — 5) v. Mont, ex L. M. O. — 6) Cat. Cur. — 7) Bündnerisches Monatsblatt 1859. No. 7. p. 128. — 8) v. Mont. — 9) Cat. Cur. — 10) v. Mont. — 11) v. Mohr, C. D. R. II. No. 308. — 12)—15) v. Mont.

zwei gottesdienstliche Räume übereinander, einen untern halb unterirdischen mit schauerlichen Frescomalereien und einen obern, an dessen Holzdecke die Jahrzahl: « Millesimo quingentesimo vigesimo » in gothischen Buchstaben geschrieben ist [1]).

Münster. St. Sebastian, ist eine neuere Kirche der Kapuziner und an ihr Pfarrhaus angebaut [2]).

3. Klöster.

Münster. Das Benedictinerinnenkloster St. Johannes Täufer kömmt zum ersten Male in einer Urkunde vom Jahre 1157, mit dem vollständigen Namen « claustrum S. Joannis in monasterio » aber erst 1186 vor [3]); es soll laut einer alten Sage, welche in einem Manuscript der Bibliothek des unweit der Klosterkirche gelegenen Kapuziner-Hospitiums enthalten ist, von Kaiser Karl dem Grossen gestiftet worden sein. Die Legende erzählt nämlich, Kaiser Karl habe, nachdem er in Mailand sich die lombardische Königskrone aufs Haupt hatte setzen lassen, begleitet von seiner Gemalin Hildegarde (oder nach Andern von seiner Schwester?), den Rückweg durch das Veltlin eingeschlagen und sei auf der Wormser-Seite des Umbrail- oder Wormser-Jochs in grosse Lebensgefahr gerathen. In der Angst haben er und die Kaiserin das Gelübde gethan, wenn sie gesund und unverletzt aus den Schluchten und Abgründen des Gebirgs kommen würden, in der ersten bewohnbaren Gegend ein Kloster und nicht weit davon eine Kirche zu Ehren der h. Jungfrau zu errichten. Als sie nun vom Umbrail glücklich in's Thal heruntergestiegen, habe er sogleich zum Kloster Münster und sie zu der Kirche St. Maria den Grund gelegt. — Zum Gedächtnisse des Kaisers wird jährlich der 28. Januar gefeiert [4]). In Münster wird auch noch ein altes Bild gezeigt, das die Begegnung Karls des Grossen mit seiner Schwester, die ihm Blumensträusse entgegenwirft, vorstellt [5]). — Die Klosterkirche, wie auch der massive Glockenthurm mit spitzbogigen Schallöffnungen und der Jahrzahl 1725, lässt verschiedene Reparaturen aus älterer und neuerer Zeit erkennen; sie besteht aus drei Schiffen und zeigt namentlich im Gewölbe des Hauptschiffs den gothischen Styl; nur das kryptenähnliche Gewölbe unter der Emporkirche der Nonnen macht eine Ausnahme, indem seine gedrückten Spitzbogen und die kurzen starken Säulen der Periode des Uebergangs aus dem romanischen Styl angehören. Ohne Zweifel das älteste Monument der Kirche ist

---

1) Brügger. — 2) v. Mont. — 3) v. Mohr, C. D. R. I Nö. 134 u. 151. — 4) Bündnerisches Monatsblatt. 1859. No. 7. p. 130. — 5) v. Mont.

ein Steinrelief, welches über der in die Sacristei führenden Thüre im linken Seitenschiff in die Mauer eingefügt ist, und dessen Figuren an die Statuen vor der Domkirche in Chur erinnern. Es stellt die Taufe Christi dar mit St. Johannes, dem Täufer, und einem Engel, über denen der h. Geist als Taube schwebt. Eine ebenfalls sehr alte, circa fünf Fuss hohe Statue aus Gips mit Krone, Scepter und Reichsapfel steht rechts vom Hochaltar in einer Nische und über derselben an der Mauer die Inschrift (allerdings nur in einer Copie aus dem 18. Jahrhundert): « Divus Carolus magnus, hujus monasterii fundator, anno 801 ». Die drei Altäre befinden sich, wie bei Müstail, in drei neben einander liegenden Chornischen, welche an der Aussenseite auffallend stark hervortreten [1]).

Münster. Einsiedelei. Rechts an der Berghalde zwischen Münster und Taufers steht die Kapelle des Eremiten, eine Stiftung der 1163 im heiligen Lande auf der Pilgerreise gestorbenen Uta, Frau des Grafen Ulrich II. von Tarasp, welche in der Nähe des Frauenklosters Münster ihr Grab einsetzen wollte. Es entstand daher diese Einsiedelei, wo in der Folge ihr Körper beigesetzt wurde, und zuerst ihr Reisegefährte, sowie später andere Eremiten wachten und beteten. Längst aber sind keine mehr dort [2]).

Taufers. Am Ostende des Dorfs steht eine im Verfall begriffene Kirche nebst Thurm im romanischen Styl, welche gegenwärtig als Magazin dient. Darin bemerkt man nicht nur überall das Johanniterkreuz, sondern auch in der Mitte des ehemaligen Chors einen Grabstein mit dem wohlerhaltenen Schild desselben Ordens. An die Kirche stösst als Fortsetzung ein gothischer Anbau und im rechten Winkel ein grosses gemauertes Haus. Nach der Tradition ist die St. Johannes, Täufer, geweihte und erst 1790 ausser Gebrauch gekommene Kirche einst die Hauptkirche des Dorfs und das anstossende Gebäude ein Kloster (Johanniterhaus) gewesen.

1) Brügger. — 2) v. Mont.

ERGEBNISSE.

Aus den vorstehenden Forschungen geht hervor:

I. Mit Bezug auf die h. Schutzpatrone.

a. Häufigkeit.

Von den 556 Gotteshäusern in dem schweizerischen Theile des Bisthums Chur, deren Patrone ausgemittelt wurden, waren oder sind noch geweiht:

Der h. **Maria**, Jungfrau:

Ragatz, Wesen, Mels, Dills, Pfäfers, Wildhaus, Gassenzen, Solavers, Luzein, Davos (Frauenkirch), Langwies, Churwalden (Kirche, Kapelle [Serras] und Frauenkloster), Chur, Rhäzüns, Ems, Bonaduz, Ilanz, Cästris, Sagens, Igels, Duvin, Vrin, Camps, Zafreila, Disentis, Brigels, Acletta, Rabius, Truns, Crestas, Sarcuns, Lukmanier, Fuorns, Sumvixerbad, Andermatt, Hospental, Misox, Traversegna, Roveredo, St. Maria (in Calanca), Rossa, St. Domenica, Baddio, Pighé, Valle bella, Braggio (2), Cammarcuno, Arvigo, Castanetta, Safien (im Thal), Lon, Tusis, Tomils, Lenz, Alveneu, Solas, Schwainingen, Zitail, Faller, Madris, Bergell, Scanfs, Pontresina, Silvaplana (Kirche und Kloster), Cresta bei Celerina, Bevers, Ardetz 71.

Dem h. **Johannes**, Täufer:

Weisstannen, Murg, Bärschis, Sevelen, Schiersch, Davos (am Platz), Chur, Ems, Hohentrins? Vrin, Disentis (im Feld), Sumvix, Medels, Selva, Andermatt, Safien (am Platz), Hohenrealta, Paspels, Muldein, Casaccia, Castasegna, Celerina, Schleins, Süs, Schuls, Schloss Tarasp, Vulpera, Münster 27.

Dem h. **Martin**, Bischof:

Wesen, Grätschins, St. Martin (bei Mels), Calfeuserthal, Buchs, Chur, Flims, Ilanz, Pitasch, Lumbrein, Vals, Vallè, Surdaneia, St. Martin (bei Obersaxen), Disentis, Truns, Medels, Brigels, Soazza, Schams (Zillis), Katzis, Schwainingen, Bondo, Valcava 24.

Dem h. **Petrus**, Apostel:

Mels, Flums, Bärschis, St. Peter (in Schanfigg), Ems, Schleuis, Tuora, Disentis, Soliva, Andermatt, Verdabbio, Buseno, Rheinwald, Hinterrhein, Müstail, Bergün, Septimer, Coltura (im Bergell), Samaden, Fettan, Remüs, St. Petersburg 22.

Uebertrag 144.

Uebertrag 144.

Dem h. **Niklaus,** Bischof:

Ragatz (Kirche und Kapelle), Atzmoos, Küblis, Stürvis bei Maienfeld, Glaris, Chur, Ilanz, Vatiz, Surrhin (bei Lumbrein), Tersnaus, Mompé-Tavetsch, Chiamut, Giuv, Curaglia, Reits, Zumdorf, Gabbiolo, Zillis, Latsch, Runs, Pontresina, Surlej, Capella (Kloster), Retzfella 25.

Dem h. **Georg,** Ritter:

Wartenstein, Bärschis, Buchs, Furna, Castiel, Rhäzüns, Ruschein, Cästris, Neukirch, St. Georgenberg, Schlans, Brigels, Lostallo, Roveredo, Donat, Surava, Salux, Mutten, Stampa, Scanfs, Schuls 21.

Dem h. **Sebastian,** Märtyrer:

Schännis, Eichen, Splee, Grabserberg, Gams, Sevis (in der Gruob), Igels, Tersnaus? Miraniga, Dardin, Segnas, Laus, Giuv, Mutschnengia, Wiesen, Julier, Samaden, Zutz, Zernetz, Cierfs, Münster 20.

Dem h. **Jacobus,** Apostel:

Gommiswald, Flums, Klosters, Tschiertschen, Morissen, Leis, Misanenga, Acletta-Segnas, Brigels, Acla, Rueras, St. Jacobsboden, Selma, Scharans, Bevers, Samnaun, Saliva 17.

Dem h. **Joseph,** Nährvater Christi:

Tschervingen, Buschär, Ueberkastel, Vrin, Compadiels, Darvella, Bugnei, Palli, Realp, Misox, Augio, Masciadone, Alvaschein, Presanz 14.

Dem h. **Antonius,** Abt und Eremit:

Grüsch? St. Antonien (im Prättigau), Chur, Ems, Camuns, Perdomet, Surrhein (bei Tavetsch), Run, Andermatt, Roveredo, Cauco, Alveneu, Coltura (im Bergell), Zernetz 13.

Dem h. **Lucius,** Märtyrer:

Wallenstatt, Wangs, Luciensteig, Chur (Kapelle und Kloster), Flims, Peiden, Disla, Cavorgia, Schmitten, Lein, Zutz, Ardetz 13.

Der h. **Anna,** Mutter der h. Jungfrau:

Benken, Amden, Salez, Parpan, Bucarischuna, Valata, Truns, Camischolas, Andermatt, Roveredo, Alin, Conters 12.

Dem h. **Laurentius,** Märtyrer:

Flums, Malans (bei Atzmoos), Untervatz, Saas, Seevis (im Prättigau), Chur, Ueberkastel, Arvigo, Paspels, Reams, Soglio, Sils (im Engadin) 12.

Dem h. **Rochus,** Bekenner:

Villa, Lumbrein, Pardi, Carasal, Roveredo, Misox, Selma, Splügen, Dehl, Campfer, Ardetz, Fuldera 12.

Den h. **Peter und Paul,** Aposteln:

Mels, Zizers, Jenatz, Parpan, Vals, Obersaxen, Brigels, Andermatt, Misox, Katzis, Trans 11.

Dem h. **Valentin,** Märtyrer:

Rüthi, Jenins, Tenna, Campliun (bei Vrin), Panix, Cartascha, Mompé-Medels, Pigneu, Ortenstein, Burvein, Sins 11.

Den h. **Carl,** Kaiser und **Carl Borromäus,** Cardinal:

Ernetschwyl, Mundaun, Furth, Hospental, Lostallo, Pighé, Al-Sabbione, St. Carlo, Conters, Scharlthal 10.

Uebertrag 335.

Uebertrag 335.

Dem h. **Antonius von Padua,** Franciscaner:
Mols, Mastrils, Rumein, Caverdiras, Andermatt, L'Asciallo, Buseno, Bolade, Lenz 9.

Dem h. **Florinus,** Priester:
Luzein, Chur, Luvis, Seth, Vigens, Masein, Tinzen, Marmels, Remüs 9.

Der h. **Katharina,** Märtyrerin:
Unter-Bilten, Vermol, Bärschis, Räfis, Funs, Campliun (bei Truns), Flerden, Sur, Zutz 9.

Dem h. **Gallus,** Abt:
Amden, Schännis, Quarten, Fideris, Malix, Medels, Purtein, Stalla 8.

Dem h. **Michael,** Erzengel;
Mädris, Gams, Felsberg, Andermatt, Andeer, Pardisla, Schwainingen, Sils (im Engadin) 8.

Der h. **Maria Magdalena,** Büsserin:
Pfäfers, Chur, Ems, Schnaus, Dusch, Stürvis (bei Salux), St. Maria im Münsterthal 7.

Dem h. **Kreuz:**
Wesen, Tschervingen, Vallé, Realp, St. Vittore, Münster 6.

Dem h. **Mauritius,** Märtyrer:
Sax, Cumbels, Cama, Tomils, Alveneu (Dorf), St. Moritz (im Engadin) 6.

Dem h. **Stephanus,** Protomärtyrer:
Chur, Cumbels, Castanetta, Tartar, Tiefenkastel, Bosca 6.

Dem h. **Andreas,** Apostel:
Zizers, St. Andriü, Ruis, Almens, Camogask 5.

Dem h. **Bartholomäus,** Apostel:
Grabs, Malinis, Braggio, Salaschings, Madulein 5.

Der h. **Dreieinigkeit:**
Peiden, Danis, Alveneu (Bad), Celerina, Tarasp 5.

Der h. **Margaretha,** Märtyrerin:
Margarethenberg, Luzein, Chur, Andeer, Cresta (im Fexthal) 5.

Dem h. **Cassian,** Bischof:
Malans (in d. Herrschaft), Sils (im Domleschg), Lenzerheide, Vicosoprano 4

Dem h. **Christus,** als Erlöser oder Gekreuzigter:
Chur, Altarco, Arvigo, Suvers 4.

Dem h. **Gaudentius,** Märtyrer:
Vigens, Mühlen, Casaccia (Kirche und Kapelle) 4.

Dem h. **Leonhard,** Eremit:
Rufi, Buschär, Flerden, Rofna 4.

Dem h. **Placidus,** Märtyrer:
Flims, Disentis, Surrhein (bei Sumvix), Flix 4.

Dem h. **Bernhard,** Abt:
Quinten, Leggia, Landarenca 3.

Dem h. **Blasius,** Bischof und Märtyrer:
Valendas, Tinzen, Schleins 3.

Uebertrag 449.

Uebertrag 449.

Dem h. **Eusebius,** Priester und Märtyrer:
Bärschis, Maladers, Brigels 3.

Dem h. **Franciscus von Assisi,** Ordensstifter:
Buseno, Mons, Mühlen 3.

Dem h. **Oswald,** König:
Sargans, Wallenstatt, Oberschan 3.

Dem h. **Thomas,** Apostel:
Igis, Sevis (im Oberland), Brail 3.

Dem h. **Victor,** Märtyrer:
Igels, St. Vittore, Ortenstein 3.

Dem h. **Wolfgang,** Bischof:
Jenins, Maienfeld, Oberlaret (in Davos) 3.

Der h. **Agatha,** Märtyrerin:
Disentis, Baldenstein 2.

Allen Heiligen:
Scharans, Schmitten 2.

Dem h. **Ambrosius,** Bischof:
St. Ambriesch, Tiefenkastel 2.

Dem h. **Benedictus,** Ordensstifter:
Malix, Sumvix 2.

Der h. **Brigitta,** Wittwe:
St. Brigitta (im Tavetsch), Val 2.

Dem h. **Christophorus,** Märtyrer:
Pfäfers, Rottels 2.

Der h. **Domenica,** Märtyrerin:
St. Domenica (in Calanca), Conters 2.

Dem h. **Geist:**
Chur, Pontresina 2.

Dem h. **Jodocus,** Priester:
Davos (zwischen den Seen), Erosa 2.

Dem h. **Johannes von Nepomuk,** Märtyrer:
Maseltrangen, la Tumba 2.

Den h. **3 Königen:**
Plattenga, Fürstenau 2.

Dem h. **Magnus,** Abt:
Bonaduz, Samagnun 2.

Dem h. **Paulus,** Apostel:
Rhäzüns, Präz 2.

Dem h. **Remigius,** Bischof:
Fellers, Ehrenfels 2.

Dem h. **Theodor,** Bischof (von Wallis):
Davos (Dörfli), Tschappina, Cresta (in Avers)? 2.

Dem h. **Ulrich,** Bischof:
St. Ulrich (bei Sevelen), Capella (Spital) 2.

Uebertrag 499.

Uebertrag 499.

Der h. **Verena**, Jungfrau:		
Niederurnen, Wesen		2.
Dem h. **Vincenz**, Märtyrer:		
Pleif, Splügen		2.
Dem h. **Wendelin**, Abt:		
Oberalp, Katzis		2.
Der h.	**Afra**, Märtyrerin: Chur	1.
Dem h.	**Albanus**, Märtyrer: Garschena	1.
» »	**Amandus**, Bischof: Maienfeld	1.
» »	**Anianus**: Vättis	1.
» »	**Apollinaris**, Bischof: Tersnaus	1.
» »	**Aprus**, Bischof: Schiersch	1.
Der »	**Barbara**: Biscuolm	1.
Dem »	**Bernhardin von Siena**: Vogelberg	1.
Der »	**Bricla** (Brida, Brigida?), Jungfrau: Nadils	1.
Dem »	**Calixtus**, Papst: Brienz	1.
» »	**Carpophorus**, Märtyrer: Trimmis	1.
» »	**Clemens**, Papst und Märtyrer: Grono	1.
» »	**Columbanus**, Abt: Sagens? Andermatt	1.
Den »	**Cosmus und Damianus**, Märtyrern: Mons	1.
Dem »	**Desiderius**: Maladers	1.
» »	**Donatus**, Märtyrer: Obervatz	1.
Der »	**Elisabeth**, Wittwe: Flims	1.
» »	**Emerita**, Märtyrerin: Trimmis	1.
Dem »	**Erasmus**, Bischof und Märtyrer: Fontenas	1.
» »	**Evordius**: Pfäfers	1.
» »	**Felix**, Papst und Märtyrer: Tamins	1.
» »	**Fidelis**, Märtyrer: Roveredo	1.
» »	**Gereon**, Märtyrer: Haldenstein	1.
» »	**Hieronymus**, Priester: Chur	1.
» »	**Hilarius**, Bischof: Chur	1.
» »	**Hippolytus**, Märtyrer: Feldis	1.
» »	**Innocenz**, Papst: Tinzen	1.
Der »	**Julitta**, Märtyrerin: Andest	1.
Dem »	**Julius**, Märtyrer: Roveredo	1.
» »	**Justus**, Bischof und Märtyrer: Flums	1.
» »	**Leodegarius**, Bischof und Märtyrer: Waltensburg	1.
» »	**Mathäus**, Apostel und Evangelist: Kerenzen	1.
» »	**Maximinus**, Bischof: Sagens	1.
» »	**Medardus**, Bischof: Vilters	1.
» »	**Modestus**, Märtyrer: Rinkenberg	1.
» »	**Nazarius**, Märtyrer: Riein	1.
» »	**Nicolaus von der Flüe**, Eremit: Ragnatsch	1.
» »	**Othmar**, Abt: Lax	1.
» »	**Pancratius**, Märtyrer: Hohentrins	1.
		541.

		Uebertrag	541.
Dem	h.	**Pantaleon,** Märtyrer: Jenins	1.
Den	»	**Philippus und Jacobus,** Aposteln: Valens	1.
Der	»	**Regula,** Märtyrerin: Chur	1.
Den	»	**10,000 Rittern,** Märtyrern: Conters	1.
»	»	**7 Schläfern:** Panix	1.
Dem	»	**Sigisbert,** Abt: Madernal	1.
»	»	**Sigismund,** König: Peiden	1.
»	»	**Simeon,** Bischof: Scheid	1.
»	»	**Simplicius,** Papst: Fidaz	1.
»	»	**Sisinnius,** Märtyrer: Seyes oder Igis?	1.
»	»	**Vigilius,** Bischof: Tavetsch	1.
»	»	**Zeno,** Märtyrer: Ladir	1.
			556.

b. Unterscheidung.

Fassen wir die häufigsten der vorstehenden Schutzheiligen näher in's Auge, so können wir dieselben füglich in drei Klassen einreihen, nämlich:

1. *Biblische Personen und Gegenstände.*

Der h. Johannes, Täufer; die h. Anna, Mutter der h. Jungfrau; der h. Joseph, Nährvater Christi; die h. Maria, Jungfrau; der h. Christus als Gekreuzigter und Erlöser; die h. Petrus, Paulus, Jacobus, Bartholomäus, Andreas und Thomas, Apostel; die h. Maria Magdalena, Büsserin; der h. Stephanus, Protomärtyer; der h. Michael, Erzengel; das h. Kreuz; die h. Dreieinigkeit und der h. Geist.

2. *Heilige von mehr oder minder allgemeiner Verehrung.*

Der Ritter Georg, der Cardinal Carolus Borromäus, die Bischöfe Martin, Niklaus und Cassianus, der Abt Gallus, der Franciscaner Antonius von Padua, die Einsiedler Antonius und Leonhardus, der Bekenner Rochus, die Märtyrer Laurentius, Sebastianus, Valentinus, Mauritius, Catharina und Margaretha.

3. *Heilige von lokaler Verehrung,*

die zu dem Bisthum Chur in einer besondern Beziehung stehen:

Die Märtyrer Lucius, Gaudentius und Placidus, welche um die Jahre 176, 368 und 630 zu Chur, Casaccia und Disentis den Tod erlitten, und der Priester Florinus, welcher zur Zeit des Bischofs Victor II. (820—833) der Kirche Remüs vorstand.

c. Wechsel.

Mitunter, und zwar nicht gar selten, wechselten die Gotteshäuser ihre Schutzheiligen; so hatte Tschervingen zuvor h. Kreuz, nachher St. Joseph; Gams anfänglich den h. Sebastian, später die h. Michael und Johannes,

Täufer; Luzein im Prättigau als Filialkapelle St. Margaretha, als Pfarrkirche dagegen St Florinus; Sevis in der Gruob als Kaplanei St. Sebastian, als Pfarrei St. Thomas; Vrin im Lugnez als Filialkapelle St. Johannes Täufer, als Pfarrkirche Mariä Geburt und St. Johannes; Pighé, früher St. Carl Borromäus, jetzt U. L. Frau; Splügen ehemals St. Rochus, nun St. Vincenz; Flerden am Heinzenberg als Kapelle St. Catharina, als Pfarrkirche St. Leonhard; Vallé ursprünglich den h. Martin, jetzt das h. Kreuz; Alveneu, alte Kirche St. Mauritius, neue an der gleichen Stelle St. Mariä Geburt; Schmitten, altes Kirchlein St. Lucius, angefügte neue Kirche alle Heiligen; Tinzen, alt St Florinus, neu St. Blasius; Mühlen, alt St. Gaudentius, neu St. Franciscus; Remüs im Engadin zuerst St. Petrus, dann St. Florinus. Oder dem alten Heiligen wurde ein neuer vorangestellt, z. B. in Peiden dem h. Sigismund der h. Lucius; in andern Fällen dagegen beschränkte man sich darauf, dem ersten Patron noch einen zweiten an die Seite zu geben, z. B. dem h. Petrus den h. Paulus (Mels), dem h. Lucius den h. Florinus (Zutz) u. s. w.

d. Alter.

Vergleicht man, um die mehr oder minder frühe Verehrung einzelner Schutzheiligen im Bisthum Chur zu bestimmen, das in Uebersicht II der Zeitfolge nach geordnete urkundliche Vorkommen der betreffenden Gotteshäuser, so erscheinen vom Anfange des 7. bis Ende des 11. Jahrhunderts:

614. St. Bartholomäus in Grabs.
766. St. Maria, St. Martin und St. Peter in Disentis.
St. Columbanus bei Sagens?
825. St. Sisinnius in dem Hochgericht der 4 Dörfer.
834. St. Michael in Gams.
841. St. Eusebius in Schanfigg, St. Maria in Serras, St. Salvator in Suvers, St. Cosmus und Damianus in Mons.
881. St. Laurentius in Flums.
926. St. Peter und Paul in Katzis.
930. St. Florinus in Remüs, St. Valentinus in Sins.
958. St. Carpophorus in Trimmis, St. Hilarius in Chur.
960. St. Georg in Rhäzüns, St. Nazarius in Riein.
972. St. Sebastian in Schännis.
976. St Johannes, Täufer, in Ems.
998? St. Cassianus in Malans, St. Thomas in Igis, St. Lucius in Chur, St. Andreas in Ruis, St. Julitta in Andest, St. Gaudentius in Casaccia.
1045. St. Remigius in Fellers.
1089. St. Amandus in Maienfeld.
XI. H. Kreuz in Wesen, St. Oswald in Sargans, St. Mauritius in Sax, St. Zeno in Ladir, St. Vincentius in Pleif, St. Donatus in Obervatz, St. Calixtus in Brienz, St. Ambrosius in Tiefenkastel.

Mit vorstehenden Angaben stimmen die in Piper's Kalendarium und Ostertafel Karls des Grossen, Augusti's und Binterim's Denkwürdigkeiten der christlichen Kirche enthaltenen Nachrichten in folgender Weise überein:

Das Fest der h. Apostel **Petrus und Paulus** ist das älteste, und ihnen geweihte Kirchen kommen **vom 3. Jahrhundert an** vor.

Eine **Michaelskirche** wurde in Köln um das Jahr **310** eingeweiht.

Dem h. **Laurentius** gewidmete Kirchen hatte Rom **im 4. Jahrhundert.**

Eine Stuhlfeier und Kettenfeier des h. Apostels **Petrus** gab es mindestens **seit dem 5. Jahrhundert,** wenn nicht schon früher; im Anfange des 8. errichteten die h. Bonifacius und Rupertus Kirchen in seiner Ehre.

Das Dasein des Fests des h. **Johannes Täufers im Anfang des 5. Jahrhunderts** beweisen noch vorhandene Homilien.

Die Verehrung der h. Jungfrau **Maria** beginnt ebenfalls **im 5. Jahrhundert;** im Jahre 431 wird eine Marienkirche zu Ephesus gefunden.

Der Feiertag des h. **Vincentius** ist im Kalendarium des Polemius Sylvius vom Jahre **448** genannt und 558 von König Childebert eine Kirche desselben zu Paris gebaut.

Des Fests des h. **Martinus** wird von dem ersten Concilium zu Tours im Jahre **461** gedacht und demselben von dem h. Ilimerius im 7. Jahrhundert eine Kirche errichtet.

Der h. **Hilarius** erscheint in einer Verordnung des Bischofs Perpetuus von Tours **(461—491)**; ihm zu Ehren gründete der h. Fridolin Klöster und Kirchen.

Den h. **Remigius** nennt Nicetius, Bischof von Trier, zwischen **541 u. 548.**

Das Fest des h. Apostels **Andreas** ist in den Verzeichnissen des Conciliums in Rheims vom Jahre **625** enthalten.

Das Fest der **Kreuzerhöhung** wurde von Kaiser Heraclius im Jahre **631** gestiftet.

Der h. **Mauritius** wird in der Legende Dagoberts I. († **638**) als einer der Heiligen genannt, dessen Kirchen er vorzugsweise bereichert habe.

Dem h. **Ambrosius** ordnete der h. Bonifacius († **755**) ein besonderes Gedächtnissfest an.

Eine Kirche des h. **Nazarius** zu Eutingen in Würtemberg ist **780** urkundlich bekannt.

Ebenso eine Kirche des h. **Erlösers** zu Baumerlenbach **788.**

Auf das Fest des h. Apostels **Bartholomäus** hat man in der orientalischen Kirche Reden **aus dem 8. und 9. Jahrhundert;** im Abendland aber war vor dem 11. Jahrhundert die Feier noch nicht gesetzlich befohlen.

II. Mit Bezug auf die Gotteshäuser.

a. Alter.

Die angeführten Urkunden nennen:

Im 7. Jahrhundert: (1 Pfk.) 614 Grabs 1.

„ **8.** „ (3 Fk., 2 Kl.) 741 Benken (Kloster), 766 Disentis (St. Maria, St. Martin und St. Peter), Sagens (St. Columbanus) 5.

Uebertrag 6.

Uebertrag 6.

Im 9. Jahrhundert: (4 Pfk., 5 Fk., 2 Kl.)
825 Septimer, St. Sisinnius; 831 Chur (St. Maria); 834 Gams; 840 Pfäfers (St. Maria); 841 Maladers (St. Eusebius), Serras, Suvers, Mons; 881 Flums, Rankweil 11.

Im 10. Jahrhundert (18 Pfk., 9 Fk., 4 Kl.):
926 Katzis (St. Peter und Paul); Müstail; 930 Remüs, Sins (St. Valentin); 940 Schams; 955 Zizers; 958 Trimmis, Chur (St. Laurentius, St. Hilarius [Kirche], St. Martin); 960 Rhäzüns, Riein und Pitasch; 966 Obersaxen; 972 Schännis (St. Sebastian); 976 Ems; 998? Malans, Igis, Untervatz, Chur (St. Lucius und St. Salvator), Schanfigg (St. Peter), Flims (St. Martin), Ilanz (St. Martin), Ruschein, Seth, Ladir, Ruis, Andest, Schlans, Casaccia 31.

Im 11. Jahrhundert (16 Pfk., 9 Fk., 2 Kl.):
1005 Bergell (Porta); 1045 Murg, Wallenstatt (Kirche), Fellers; 1089 Maienfeld (Kirche); 1095 Schuls (Kloster); XI. Wesen (Kirche in Wyden), Mels, Sargans (Kirche), Ragatz (St. Niklaus), Buchs, Sax, Quarten, Luciensteig, Castris, Pleif, Igels (St. Maria), Cumbels, St. Georgenberg, St. Vittore, Splügen (Kloster), Lenz, Obervatz, Brienz, Reams, Tiefenkastel, Stürvis 27.

Im 12. Jahrhundert (9 Pfk., 6 Fk., 2 Kl.):
1139 Zutz (St. Lucius), Samaden, St. Moritz; 1149 Churwalden (Kirche); 1154 Chur (Spital bei St. Martin); 1156 Katzis (St. Martin), Garschenna; 1157 Münster (Kloster); 1178 Benken (Kirche), Schännis (St. Gallus), Sins, St. Petersburg, Schuls (Kirche), Saliva; 1181 Brigels; 1191/96 Churwalden (Männerkloster); 1194 Bendern 17.

Im 13. Jahrhundert (21 Pfk., 15 Fk., 8 Kl.):
1201 St. Margarethenberg; 1208 Churwalden (Frauenkloster), Parpan (St. Peter und Paul); 1209 Jenins, Chur (St. Antonien), Chur (St. Hilarius [Kloster]); 1219 St. Vittore (Kloster); 1222 Klosters, Luzein, Chur (St. Margaretha); 1229 Tavetsch; 1231 Malix; 1233 Silvaplana (Kloster); 1235 Sevelen; 1237 Paspels; 1253 Bärschis (St Eusebius); 1258 Wesen (Kloster), Tinzen; 1260 Dusch; 1268 Sumvix (Kloster); 1272/75 Chur (St. Niklaus); 1273 Grätschins; 1274 Vättis; 1282 Sagens (St. Maria); 1286 Hinterrhein; 1287 Ilanz (St. Maria); 1290/98 Schiers, Saas, Jenatz, Bonaduz, Waltensburg, Luvis, Truns (St. Martin), Hohenrealta, Tomils, Alveneu, Bergün, Salux, Vicosoprano, Zernetz, Capella (St Ulrich), Ardetz; XIII. Chur (St. Maria Magdalena), Fidaz 44.

Im 14. Jahrhundert (8 Pfk., 31 Fk., 2 Kl.):
1303/11 Wesen (Otis); 1305 Felsberg; 1319 Wallenstatt (Schw. Hs.); 1325 Süs; 1326 Chur (St. Florinus); 1327 Valens, 1333 Sagens, Tuora; 1335 Davos (am Platz, Frauenkirch und Glaris); 1338 Disentis (St. Johannes), Medels; 1342 Sargans (Schw. Hs.); 1345 Vrin, Peiden, Morissen, Vigens, Uebercastel, Tersnaus, Vallé, Lumbrein; 1349 Unter-Bilten; 1354 Soglio; 1355 Igels (St. Victor); 1356 Sils (im Engadin), Silvaplana (Kirche); 1359 Pfäfers (St. Maria Magd.); 1361 St. Ulrich (bei Sevelen);

Uebertrag 136.

Uebertrag 136.

1364 Vilters; 1365 Chur (St. Regula); 1371 St. Martin (bei Mels), Chur (St. Stephan); 1374 Lukmanier; 1376 Wangs; 1381 Wildhaus; 1386 Pfäfers (St. Evordius), Chur (Spital h Geist); 1391 Masein; 1393 Stalla; 1399 Buschär 41.

Im 15. Jahrhundert (14 Pfk., 38 Fk.):

1401 Feldis; 1405 Lenzerheide; 1406 St. Martin (bei Obersaxen); 1415 Madris, 1418 Valcava; 1420 Disentis; 1422 Lavin; 1424 Haldenstein, Truns (St. Anna); 1429 Andermatt; 1430 Wartenstein; 1441 Safien (Thal), Madulein; 1444 Kerenzen; 1448 Safien (Platz); 1451 Vogelberg; 1456 Parpan (St. Anna); 1458 Räfis; 1460 Lon; 1461 Fideris; 1462 Tamins; 1465 Maienfeld (Schloss); 1472 Zutz (St. Sebastian), Küblis; 1473 Valendas; 1475 Langwies; 1476 Camogask; 1477 Kalfeuserthal, Erosa, Pontresina und Scanfs; 1478 Peist und Celerina; 1480 Fläsch und Andeer; 1484 Zutz (St. Catharina); 1487 Fanas, Maladers (St Desiderius), Schwainingen; 1488 Flims (St. Placidus und St. Lucius), Präz; 1489 Bevers; 1490 Wiesen, Scharans; 1491 Bärschis (St. Georg), Sumvix, Realp; 1493 St. Antonien; 1494 Igels (St Sebastian); 1499 Sennwald, Valzeina 52.

229,

nämlich 91 Pfarrkirchen (worunter 15 durch Trennung enstandene), 116 Filialen und Kapellen, 22 Klöster.

b. Mutter- und Tochterkirchen.

Eine Zusammenstellung nach den Decanaten zeigt:

Decanate.	Mutterkirchen.	Tochterkirchen.	Summe.
Unter der Landquart	22	20	42
Chur	21	26	47
Ob dem (Flimser) Walde	19	29	48
Misox (und Calanca)	6	15	21
Ob Churwalden	7	61	68
Engadin	10	18	28
Vinstgau	1	6	7
	86	175	261.
Davon fallen auf			
den Kanton Glarus	—	4	4
» » St. Gallen	17	15	32
das Fürstenthum Lichtenstein	1	—	1
» Kaiserthum Oestreich	1	—	1
den Kanton Graubünden	66	156	222
» » Uri	1	—	1
	86	175	261.

Hieraus ist ersichtlich, einerseits dass nach Abzug der beiden auswärtigen Pfarrkirchen Rankweil und Bendern im schweizerischen Gebiete des ehemaligen Bisthums Chur bis Ende des 15. Jahrhunderts oder bis kurz vor der Reformation erst 89 oder ungefähr ⅓ der jetzigen Pfarreien vorhanden waren, anderseits dass bis zu jenem Zeitpunkte verhältnissmässig nur wenige Filialen (15) abgelöst und zu selbstständigen Pfarreien erhoben wurden, nämlich Tinzen 1258, Tomils und Salux 1290/8, Süs 1325, Igels XIV, Lavin 1422, Medels 1456, Mons 1469, Wildhaus 1484, Vilters, Fanas, Riein, Schwainingen 1487, Wiesen mit Schmitten 1490, St Antonien 1493, sondern dass diess grösstentheils nach und zwar an vielen Orten vermöge der Reformation geschah. Die Folge davon war, dass in Graubünden eine sehr grosse Zahl ganz kleiner Pfarreien entstand, was bei Mangel an Geistlichen durch Vermehrung der Erhaltungskosten und wegen Verminderung des Ansehens derselben bedeutende Nachtheile hat.

c. Kollatoren.

A. Geistliche.

1. Dem **Bischof und Domkapitel in Chur** gehörten laut den citirten Urkunden folgende über das ganze Bisthum verbreitete, besonders aber in den Decanaten unter der Landquart, ob dem Flimserwald, ob Churwalden und im Engadin befindliche Pfarrsätze:

Im 9. Jahrhundert:	Chur (Dom 831), Flums und Rankweil (881)	3	
» 10. »	Schams (940), Zizers (955), Trimmis und Chur, St. Martin (958), Rhäzüns (960), Obersaxen (966)	6	
» 11. »	Porta (1005), Remüs (1070), Sargans, Grabs, Buchs, Sax, Maienfeld (v. 1089), Ilanz, Cästris, Pleif, St. Vittore, Lenz, Obervatz, Reams, Tiefenkastel XI	15	
» 12. »	Zutz, Samaden und St. Moritz (nach 1139), Schuls (vor 1186)	4	
» 13. »	Tinzen (nach 1258), Sagens (vor 1282), Prada [Müstail] (nach 1282), Grätschins, Gams, Waltensburg, Hohenrealta, Tomils, Alveneu, Bergün, Ardetz (1200—98)	11	
» 14. »	Chur, St. Regula (1365)	1	
» 15. »	Maladers (1487), Solavers XV	2	
			42.

Die Hauptcollaturen des Bischofs und Kapitels bestanden im Wallgau und Vinstgau.

2. Das **Kloster Pfäfers** besass vorzüglich Pfarrsätze in den Decanaten unter der Landquart, ob dem (Flimser) Wald und Chur.

Im 10. Jahrhundert (998?):	Malans, Schanfigg (St. Peter und Castiel), Igis, Trimmis, Untervatz, Flims, Ilanz, Ruschein, Ruis, Schlans	11	
» 11. »	Mels und Ragatz (XI), Wallenstatt (nach 1045)	3	
» 13. »	Vättis (1274)	1	
	Uebertrag	15	42.

	Uebertrag	15	42.
Im 14. Jahrhundert	Pfäfers (1386)	1	
» 15. »	Gams (1401), Mons (1469), Maienfeld (1479), Vilters (1487)	4	
			20.

3. Dem **Kloster Disentis** standen beinahe ausschliesslich nur Pfarrsätze im Decanate ob dem (Flimser) Walde zu:

Im 10. Jahrhundert:	Ems (976)	1	
» 12. »	Brigels (1184)	1	
» 14. »	Disentis (1338)	1	
» 15. »	Medels (1456), Valendas und Andermatt (1473), Ruis (1477), Tavetsch (1490), Ruschein, Fellers und Sumvix (1491), Truns (vor XVI)	9	
			12.

4. Das **Kloster St. Lucius in Chur** war im Besitze der Pfarrsätze:

Im 12. Jahrhundert	zu Churwalden (1149), Prada (Müstail) (1154), Bendern (1194)	3	
» 13. »	» Sevelen (1235), Sagens (vor 1282)	2	
» 15. »	» Haldenstein (1424), Maladers (vor 1487) und Riein (1487)	3	
			8.

5. Das **Kloster Churwalden** hatte Pfarrsätze:

Im 13. Jahrhundert	zu Klosters (1222), Malix (1231), Paspels (1237)	3	
» 14. »	» Felsberg (1305)	1	
» 15. »	» Alveneu (1464)	1	
			5.

6. Dem **Collegiatstift St. Vittore** kam gemäss seiner Gründung der Kirchensatz in sämmtlichen Pfarreien des Misoxer- und Calanca-Thals zu. Solche bestanden:

Im 13. Jahrhundert	zu Lostallo, Misox, St. Vittore, Roveredo, St. Maria	5.

7. Dem **Kloster Schännis** wurden bestätigt die Pfarrsätze:

Im 11. Jahrhundert	(1045) zu Wallenstatt und Fellers	2	
» 12. »	(1178) » Benken	1	
			3.

Ferner besassen:

8.	Das **Kloster St. Gallen:** Gams (834) und Wildhaus (1484)	2.
9.	» » **Katzis:** Hohenrealta (1359) u. Purtein (vor XVI)	2.
10.	» » **Einsiedeln:** Grabs (948)	1.
11.	» » **Zwiefalten:** Maienfeld (1089)	1.
12.	» » **Allerheiligen:** Maienfeld (1148)	1.
13.	» » **Mariaberg:** Schuls (1178)	1.
14.	» » **Mehrerau:** Sargans (1394)	1.
15.	» » **Münster:** Münster (vor XVI)	1.
		105.

Uebertrag 105.

B. Weltliche.

Die Freien von Vatz:			
Im 13. Jahrhundert:	Paspels 1237, Davos? 1289, Saas 1290/8	3	
» 14. »	Schiers, Tomils und Alveneu 1330/5	3	
			6.
Die Grafen von Toggenburg:			
Im 14. Jahrhundert:	Davos? 1335, Schiers, Saas u. Alveneu 1394		4.
Die Herrschaft Oestreich:			
Im 14. Jahrhundert:	Wesen 1303/11, Gams nach 1393	2	
» 15. »	Davos 1477	1	
			3.
Die Ritter von Belmont:			
Im 13. Jahrhundert:	Ilanz und Cästris	2	
» 14. »	Pleif 1311	1	
			3.
Die Grafen von Gamertingen:			
Im 12. Jahrhundert:	Zutz, Samaden und St. Moritz vor 1139		3.
Die Grafen von Sax:			
Im 14. Jahrhundert:	Cästris circa 1390, Gams vor 1393		2.
Die Freien von Wangen:			
Im 13. Jahrhundert:	Reams und Tinzen vor 1258		2.
Die Grafen von Werdenberg-Heiligenberg:			
Im 14. Jahrhundert:	Hohentrins		1.
			24.
		Total	129.

Die Gesammtzahl der in geistlichen Händen bis zum Ende des 15. Jahrhunderts befindlichen Pfarrsätze beträgt nach Abrechnung der 20 wegen Wechsels der Collatoren mehrfach zum Vorschein kommenden 85. Davon fallen auf Sec. IX 4, X 18, XI 17, XII 9, XIII 18, XIV 4 und XV 15. Weltliche Herren besassen dagegen (die 7 mehrfach erscheinenden abgezogen) nur 17 Kirchensätze und zwar im Sec. XII 3, XIII 7 und XIV 7. Stifte und Klöster hatten daher ⅚ (die Hälfte schon im 9., 10 und 11. Jahrhundert); die Laien aber nur ⅙ erst im 13. und 14. Jahrhundert inne. Es rührt dieses Verhältniss zunächst daher, dass die Stifte und Klöster als Grundherren auf ihren Höfen für die Zinsleute und Leibeigenen Bethäuser, die sich mit der Zeit zu Pfarrkirchen erhoben, errichteten oder solche eintauschten und dadurch das Collaturrecht erwarben; sodann dass die weltlichen Besitzer von Höfen, mit denen Pfarrsätze verbunden waren, die betreffenden Kirchen, sei es nun auf die Empfehlung der Reichsgesetze oder zu ihrem Seelenheile für die Aufrechthaltung des Gottesdienstes einem Kloster oder Stifte übergaben; endlich dass letztere zu Wiederherstellung ihrer in Folge von Kriegen und Schulden zerrütteten Oeconomie Pfarrpfründen zu erwerben und durch den Papst einverleiben liessen, alsdann das Beneficium d. h. alle Einkünfte derselben aus Liegenschaften (Widumhöfen), Zehnten, Grundzinsen, Seelgeräthen, Jahrzeiten, Opfern, Stolgebühren u. s. w. bezogen, ihrem Expositus oder beständigen Vicar (Leutpriester) aber nur eine angemessene Sustentation (Competenz, Corpus) aussetzten, welche natürlich geringer war als das Pfrundeinkommen. Auch wenn eine Filiale sich von der Mutterkirche ablöste, musste sie dem Collator der letztern das Patronatsrecht zusichern.

d. Bauart.

1. Im **Rundbogen- (byzantinischen oder romanischen) Style** sind erbaut:

Die alte Pfarrkirche St. Cosmus und Damianus in Mons, urkundlich 841,
Die Klosterkirche St. Peter bei Praden (Müstail), urkundlich 926.
Die Pfarrkirche St. Martin in Schams (Zillis), urkundlich 940.
Der Thurm der abgebrannten Kapelle St. Gallus in Schännis, urkundlich 1178.
Die Kirche zum h. Kreuz in Wesen, Ende XII oder Anfang XIII.
Die Kapelle St. Simplicius in Fidaz bei Flims, urkundlich XIII.
Die Pfarrkirche St. Cassian in Sils im Domleschg.
Die Klosterkirche von Capella im Oberengadin.
Die alte Pfarrkirche St. Lucius in Schmitten.
Die Pfarrkirche St. Thomas in Brail im Unterengadin.
Die Klosterkirche St. Johannes Täufer in Taufers.

2. Den **Uebergang vom Rund- zum Spitzbogenstyl** (Gothik) zeigen:

Die beiden Kirchen St. Maria in Safien (Thal), urkundlich 1441, und St. Martin in Ilanz.

3. **Gemischte Bestandtheile** enthalten:

Die Klosterkirche St. Sebastian in Schännis, wo Westportal, südliches Querschiff und Krypta dem Rundbogen-, der Chor dagegen dem Spitzbogenstyl angehört.
Die Pfarrkirche St. Jakob in Klosters, Thurm romanisch 1222?, Chor gothisch 1465.
Die Domkirche in Chur, ursprüngliche Anlage VIII oder IX, Restauration 1273.
Die alte Pfarrkirche St. Georg in Rhäzüns, Schiff rundbogig, Chor gedrückt spitzbogig.
Die Pfarrkirche St. Johannes Täufer in Ems, Hauptportal rundbogig, übrige Kirche spitzbogig 1515.
Die Pfarrkirche Allerheiligen in Scharans, Thurm romanisch, Kirche gothisch 1490.
Die Pfarrkirche St. Hippolytus und Gallus in Feldis, Schiff rundbogig, Chor spitzbogig 1496.
Die Pfarrkirche St. Gaudentius in Casaccia, Anbau romanisch 998? Hauptgebäude gothisch.
Die alte Pfarrkirche in Celerina, kleiner Glockenthurm rundbogig, Kirche 1478 vergrössert.

Die alte Pfarrkirche St. Peter in Samaden, Thurm romanisch, Kirche gothisch 1491.

Die alte Pfarrkirche St. Maria in Pontresina, Thurm romanisch, Kirche gothisch 1497.

Die Kapelle St. Katharina und Barbara in Zutz, Thurm romanisch, Kirche gothisch 1499.

Die Pfarrkirche St. Lucius und Florinus in Zutz, Thurm romanisch, Kirche gothisch 1507.

Die Filialkirche St. Maria in Cresta im Oberengadin, Thurm theilweise rundbogig, Portal spitzbogig.

Die Klosterkirche St. Johannes Täufer in Münster, Gewölbe theils im Uebergangs-, theils im Spitzbogenstyl.

Die Pfarrkirche St. Maria im Münsterthale, ursprünglich byzantinisch mit spätern gothischen Zusätzen.

4. Den **Spitzbogen- (gothischen) Styl** tragen:

Die Klosterkirche St. Maria und St. Michael in Churwalden, 1472—1477.
Die Pfarrkirche St. Maria Himmelfahrt in Igels, 1491.
» » St. Maria in Silvaplana, 1491.
» » St. Johannes Täufer? in Hohentrins, 1493.
» » U. L. Frau in Tomils, zweite Hälfte XV.
» » St. Georg in Salux, vor Ende XV.
» » St. Florinus in Remüs, Ende XV oder Anfang XVI.
» » St. Valentin in Tenna, 1504.
» » St. Maria in Lenz, 1505.
» » St. Andreas in Camogask, 1505.
» » St. Martin und Anton in Flims, 1507.
» » St. Johannes Täufer in Saflen am Platz, 1510.
» » St. Maria und Margaretha in Ilanz, 1518.
» » St. Calixtus in Brienz. 1519.
» » St. Maria Magdalena in Stürvis, 1521?

Indem wir uns für einmal auf diese Ergebnisse beschränken, behalten wir uns vor, am Schlusse unserer auf die übrigen Bisthümer der Schweiz auszudehnenden Forschungen in einer vergleichenden Gesammtübersicht darauf zurückzukommen.

Zusätze und Berichtigungen.

S. 2 oben. Wildenhaus gehörte zum Bisthum Chur laut Urk. vom 31. October 1515 und 18. Februar 1517. (Stiftsarchiv St. Gallen.)

S. 7 oben und Mitte. Niederurnen und Bilten wurden laut Urk. vom 27. März 1029 nach Schännis eingepfarrt. (Neugart, Ep. Const I. 441.)

S. 8 unten. In dem Männerkloster Benken wurde am 19. November 741 von dem Abt Arnefridus und dem Mönch Hirinchus ein Vertrag unterzeichnet. (St. A. S. G.)

S. 13 unten. Die Kapellen zum h. Kreuz und zur h. Katharina in Mels, sowie

S. 14 oben. zu Portels am Flumserberg, zu denen früher grosse Kreuzgänge stattfanden, waren 1570 in Abgang gekommen. (A. S. d. ä. e. A. IV. 1079.)

S. 17 unten. Das Schwesternhaus zu Mels, welches Weingärten, Güter und Einkünfte besass, brannte schon 1556 durch Unvorsichtigkeit ab. Die letzte Schwester starb 1577. (A. S. d. ä. e. A. IV. 1079, 1086.)

S. 22 Mitte. Der Kaplan zu St. Vältin im Rheinthal kömmt schon am 2. October 1497 urkundlich vor. (Amtl. Sammlg d. ält. eidg. Abschiede. III. 550.)

S. 82 unten. Zu Note 4): v. Mohr, C. D. R. I. No. 293. p. 295. — Die Noten 6) und 7) sind umzukehren.

INHALTSVERZEICHNISS.

Die

Gotteshäuser der Schweiz.

Historisch-antiquarische Forschungen

von

Arnold Nüscheler

Zweites Heft.

BISTHUM CONSTANZ.

Erste Abtheilung.
Archidiaconate Breisgau, Klettgau, vor dem Schwarzwald und Thurgau.

Zürich,

1867.

Bisthum Constanz.

a. Entstehung[1]).

Es wird allgemein angenommen, dass der frühere Sitz des Bisthums Constanz in Vindonissa (Windisch) gewesen und dass der dortige bischöfliche Stuhl in der zweiten Hälfte des sechsten Jahrhunderts nach Constanz verlegt worden sei. Diese Annahme stützt sich darauf, dass 517 Bubulcus sich als Bischof der Stadt Windisch auf dem Concilium zu Epaona unterzeichnete und dass noch in den Jahren 541 und 549 ein Bischof Grammatius von Windisch auf dem vierten und fünften Concilium zu Orleans anwesend war, dass aber im Jahre 613 Gaudentius, Bischof von Constanz, starb. Die Gründe für die Verlegung des Bischofssitzes dürften einerseits in der Verwüstung von Windisch durch die verheerenden Völkerzüge, anderseits in der Nothwendigkeit zu suchen sein, den durch die fortschreitende Bekehrung der Alemannen erweiterten bischöflichen Sprengel mehr gegen die Mitte desselben zu rücken, wofür sich Constanz seiner Lage nach vortrefflich eignete. Bei Errichtung der grossen Provinz Mainz durch Bonifacius im Jahre 745 wurde das Bisthum Constanz dem dortigen erzbischöflichen Stuhle untergeordnet.

b. Grenzen[2]).

Eine Urkunde des Kaisers Friedrich I vom 27. November 1155 bestätigt die Grenzen des Bisthums Constanz, wie sie sein Vorgänger König Dagobert zur Zeit des Bischofs Marcianus (ca. 632) bestimmt haben soll. Darnach waren dieselben, soweit sie den zur jetzigen Schweiz gehörenden Theil des Bisthums betreffen, folgende:

1) Gegen das Bisthum Strassburg die Bleich.

2) » » » Basel der Rhein von der Mündung der Bleich bis zu derjenigen der Aare bei Coblenz, Kanton Aargau, hierauf letzterer Fluss bis Flumenthal, Kanton Solothurn.

---

1) Rettberg, Kirchengeschichte Deutschlands II. 44, 99–106 — Stælin, wirtembergische Geschichte I. 164, 186. — Gelpke, Kirchengeschichte der Schweiz 1856–61, I. p 195–197, II. p. 249–254 – 2) Neugart, C D. A. II. p. 86, 87.

3) Gegen das Bisthum Lausanne die Aare von Flumenthal, Kanton Solothurn, bis zu ihrem Einflusse in den Brienzersee; oberhalb dieses See's die Hochgebirge, welche das Aarethal oder die Landschaft Hasle auf der westlichen Seite einschliessen, bis zum Ursprunge des Flusses an der Grimsel.

4) Gegen das Bisthum Sitten die Hochgebirge zwischen den Kantonen Bern und Wallis von der Grimsel bis zur Grenze des Kantons Uri beim Galenstock.

5) Gegen das Bisthum Chur die Gebirge zwischen der Goschener-Alp und dem Urserenthal bis zum Urnerloch und von dort an die Hochgebirge, welche die Kantone Uri und Glarus von dem graubündnerischen Vorderrheinthal trennen, bis zur Grenze des Kantons St. Gallen beim Sardonagletscher, dann die Gebirge zwischen den Kantonen Glarus und St. Gallen bis zum Kerenzerberg; weiter die March- oder Bannlinie der glarnerischen Gemeinden Mollis und Näfels gegen die zu demselben Kanton gehörenden Gemeinden Niederurnen und Bilten auf dem linken Ufer der Linth bis an die Grenze des Kantons Schwyz bei Reichenburg, von hier die Linth abwärts bis nach Benken und zur steinernen Brücke oberhalb Kaltbrunn (Kt. St. Gallen); endlich die Gebirge, welche die rechte Seite des Linththales und des Wallenstattersee's vom Thurthale oder Obertoggenburg und dieses, sowie den Kanton Appenzell Innerrhoden vom St. Gallischen Rheinthale scheiden; in diesem selbst bildet die Pfarrei Montlingen den Schlusspunkt, denn von hier aus stösst grösstentheils längs dem Rheine und dem Bodensee der schweizerische an den deutschen Theil des Bisthums Constanz bis zur Mündung der Aare.

c. Umfang.

Innerhalb der vorbeschriebenen Grenzen umfasste das Bisthum Constanz von der jetzigen Schweiz die ganzen Kantone Schaffhausen, Thurgau, Appenzell, Zürich, Schwyz, Zug, Unterwalden und Luzern, sowie den grössten Theil der Kantone St. Gallen, Glarus, Uri und Aargau, ferner ungefähr die Hälfte des deutschen Theils des Kantons Bern, endlich ein kleines Stück der Kantone Solothurn und Baselstadt.

d. Eintheilung.

Die Eintheilung des Bisthums Constanz in Archidiaconate und Decanate geschah vermuthlich schon im 8. Jahrhundert und dauerte bis zur Reformation im 16. Jahrhundert unverändert fort. Dagegen wechselte der Name der Decanate je nach dem Pfarr- und Wohnorte des Decans. Erst seit dem 15. Jahrhundert beginnen die Decanate feste Namen zu tragen. Das älteste bekannte Verzeichniss derselben enthält der im erzbischöflichen Ordinariatsarchiv zu Freiburg im Breisgau befindliche liber decimationis cleri Constantiensis pro papa de anno 1275. Es war nämlich auf der zweiten allgemeinen Synode zu Lyon im Jahre 1274 unter Papst Gregor X ein neuer Kreuzzug beschlossen und zur Bestreitung der Unkosten desselben festgesetzt worden, dass jeder Inhaber einer kirchlichen Pfründe sechs Jahre lang, nämlich vom Fest des h. Johannes Täufers 1274 bis dahin 1280, den zehnten Theil seiner Einkünfte zu steuren verpflichtet sein solle. Von dieser Abgabe, welche bei den in Stifte und Klöster einverleibten Pfründen der betreffende Propst oder Abt bezahlte, waren befreit die Kreuzfahrer selbst, also auch die Johanniter und Deutschherren, die Cistercienser, welche gerne als Feldprediger auftraten und mitpilgerten, die Dominicaner und Franciscaner, die in Städten und auf dem Lande den Kreuzzug predigten, ferner die Spitalkirchen, endlich diejenigen Geistlichen, deren Einkommen unter 6 Mark Silbers oder 10 Pfund Pfenninge war, wenn sie an dem Orte ihrer Pfründe wohnten und keine andere besassen. — Nach dem erwähnten Verzeichniss war das Bisthum Constanz in 10 Archidiaconate uud 64 Decanate eingetheilt, von denen 7 Archidiaconate und 23 Decanate ganz oder zum Theil schweizerische Kirchen, Kapellen und Klöster, die übrigen 3 Archidiaconate und 41 Decanate vorzüglich badische, sowie auch hohenzollerische, würtembergische, baierische und österreichische Gotteshäuser enthielten [1]).

Wir lassen nachstehend eine Uebersicht der gesammten ursprünglichen Eintheilung folgen, indem wir die Decanate, welche schweizerische Gotteshäuser umfassen, mit gesperrter Schrift bezeichnen und zugleich die spätern Namen aller Decanate aus einem Verzeichniss vom Ende des 15., oder Anfang des 16. Jahrhunderts, jedenfalls vor der Reformation, beifügen:

I. ARCHIDIACONATUS DOMINI PRÆPOSITI MAIORIS ECCLESIÆ (ANTE NEMUS SIVE NIGRÆ SILVÆ).

1) Decanatus Rameshain, Ramsen, später Stein.
2) » Rieteschingen, Riedöschingen, später Engen.
3) » Laitze, Laitz, später Messkirch.
4) » Kilchhain, Kirchen, später Wurmlingen.
5) » Phörron, Pfohren, später Villingen.
6) » Kürnbach od. Sultz. später Rottweil, Oberndorf, Triberg.
7) » Schönenberg, Schömberg, später Ebingen, Speichingen.
8) » Emphingen, Empfingen, später Haigerloch.
9) » Crespach, Kressbach, später Dornstetten.
10) » Taluingen, Thailfingen, später Herrenberg.
11) » Offtertingen, Ofterdingen, später Hechingen.
12) » Súlchen, Sülchen, später Rottenburg.
13) » Schoennaich, Schöneich, später Böblingen
14) » Grünbach, Grünbach, später Kanstatt.

---

1) Freiburger Diöcesan-Archiv. 1865 p. 3. ff.

II. ARCHIDIACONATUS DOMINI DE RÚTELINGEN (CIRCA ALPES)

15. Decanatus Owen, Owen, später Kirchheim
16. « Húningen, Heiningen, später Göppingen.
17. « Vra, Urach, später Reutlingen.
18. « Esselingen, Esslingen, später Esslingen.
19. « Ringingen, Ringingen, später Trochtelfingen.
20. « Ehingen, Ehingen, später Ehingen.
21. « Haigingen, Hayingen, spät. Munderkingen od. Zwiefalten
22. « Gvnmendingen, Gummendingen, später Münsingen.
23. « Blaburron, Blaubeuren, später Blaubeuren
24. « Sitzen, Süssen, später Geisslingen oder Eybach
25. « Binswangen, Binswangen, später Riedlingen.
26 « Diengen, Hohenthengen, (O. A. Saulgau), später Mengen
27. « Buochaugen, Buchau, später Saulgau.

III. ARCHIDIACONATUS DOMINI DE TANNENUELS (ALBGOVIA).

28. Decanatus Egebrechtshoven, Ebrazhofen, später Lindau.
29. « uf der Haide Lutra, Lautrach, später Issny, Leutkirch, Wangen.
30. « Ailingen, Ailingen, später Theuringen.
31. « Rauenspurg, Ravenspurg, später Ravenspurg.
32. « Lúkilch, Leutkirch, später Linzgau.

IV. ARCHIDIACONATUS DOMINI BERTOLDI THESAURARII ECCLESIÆ CONSTANTIENSIS (ILLERGOUIA), Illergau.

33. Decanatus Tütenhain, Dietenheim, später Laupheim
34. « Swendin, Schwendi, später Laupheim.
35. « Svmmutingen, Sulmetingen, später Biberach
36. « Walse, Waldsee, später Wurzach.
37. « Thudewanch, Deutwang, später Stockach.

V. ARCHIDIACONATUS BURGUNDIA, Burgund.

38. Decanatus Rote, (Dürren) Roth, später Wynau.
39. « Lútzelfluo, Lützelflüh, später Burgdorf.
40. « Langenowe, Langnau, später Münsingen.
41. « Wengen, Wengi, später Büren oder Aarberg.

VI. ARCHIDIACONATUS CLEGGOUIA, Klettgau.

42. Decanatus Swaningen, Schwaningen, später Stühlingen.
43. « Tengen, Hohenthengen (B. A. Iestetten), später Neunkirch.
44. « Wile, Wyl, später Waldshut.

VII. ARCHIDIACONATUS BRISCAUGIA, Breisgau.

45. Decanatus Wisental, Wiesenthal, später Wiesenthal.
46. « Gloter, Glotterthal, später Freiburg.
47. « Endingen, Endingen, später Endingen.
48. « Wasenwiler, Wasenwyl, später Breisach.
49. « Fiurbach, Feuerbach, später Neuenburg.

VIII. ARCHIDIACONATUS THURGOYA, Thurgau.

50. Decanatus Arbona, Arbon, später St. Gallen
51. « Lutmaricon, Leutmerken, später Wyl.
52. « Tinhart, Dinhart, später Winterthur.
53. « Wisendangen, Wiesendangen, später Frauenfeld.
54. « Diessenhouen, Diessenhofen, später Steckborn.

IX. ARCHIDIACONATUS ZÚRICHGOUIA, Zürichgau.

55. Decanatus Raprehswile, Rapperschwyl, später Zürich.
56. « Ilnowe, Illnau, später Wetzikon.
57. « Cloten, Kloten, später Regensperg.

X. ARCHIDIACONATUS ERGOYA, Aargau.

58. Decanatus Lucern, Luzern, später Luzern.
59. « Chame, Cham, später Bremgarten.
60. « Aesche, Aesch, später Hochdorf.
61. « Woloswile, Wohlenschwyl später Mellingen.
62 « Raitenowe, Raitnau, später Aarau.
63. « Altelishouen, Altishofen, später Willisau.
64. « Oberunkilch, Oberkirch, später Sursee.

Hiebei ist zu bemerken, dass die Gotteshäuser der Stadt Constanz und ihrer Umgegend in der vorstehenden Eintheilung nicht enthalten sind, sondern, wie es scheint, ein eigenes Decanat unter dem Leutpriester von St. Stephan in Constanz als Archidiacon bildeten (Archidiaconatus oder Officium domini plebani Sancti Stephani)[1]). Wir schieben demnach die dazu gehörigen schweizerischen Gotteshäuser am geeigneten Orte ein, beginnen nun mit den nördlichen Decanaten, wenden uns alsdann zu den östlichen, von diesen zu den südlichen, und schliessen mit den westlichen, wobei wir die jetzige politische Eintheilung in Kantone möglichst zu berücksichtigen trachten.

I. ARCHIDIACONAT BREISGAU.

1. DECANAT WIESENTHAL (BASEL).

Der liber decimationis pro papa vom Jahre 1275 zeigt eine einzige schweizerische Kirche, nämlich: Riehen, im jetzigen Kanton Baselstadt. Das Bisthumsverzeichniss von Ende XV. oder Anfang XVI. fügt derselben noch bei: Kleinbasel. — Klöster sind keine aufgezählt.

1) Freiburger Diöcesan-Archiv. I. p. 158, 162, 213.

1. Pfarrkirchen.

a. Mutterkirchen

Kleinbasel (Basilea ulterior 1158). St. Theodor, Andreas und Katharina. Das Patronatsrecht dieser Kirche stand ursprünglich dem Bischof von Basel zu, kam alsdann 1083 durch Schenkung des Bischofs Burkard von Hasenburg an das Cluniacenser-Kloster St. Alban in Grossbasel, und ging endlich durch Vertrag vom 15. Mai 1259 an das Domkapitel über; das Kloster aber behielt das Präsentationsrecht. Sie war laut Urkunde von 1270 geweiht den h. Theodorus (Theodulus), Andreas und Katharina und wurde 1335 mit ihren damals auf 20 Mark Silber ansteigenden Einkünften dem Domkapitel einverleibt. Im Jahre 1420 erlaubte der Bischof von Constanz, für den Neubau derselben im ganzen Bisthum Steuern einzusammeln. In der Kirche standen ausser dem Hochaltar die Altäre der h. Theodulus, (Theodorus); Katharina; Johannes Ev.?; Valentin und Gregor (geweiht 1477); Cosmas und Damianus; h. Kreuz, Niklaus und Pantaleon. — Der Rath hatte die Pflicht, zu Weihnachten 8 Pfund und am Charfreitag 4 Pfund Wachs für die festliche Beleuchtung der Kirche zu steuern, in welcher auch jährlich am Tage des h. Matthäus das Andenken an die in der Schlacht bei Sempach (9. Juli 1386) Gefallenen gefeiert wurde [1]. Der erste bekannte Kirchherr von St. Theodor in Kleinbasel, Wilhelm, ist am 16. März 1288 Zeuge zu St Urban [2])

Riehen (Rihein 1157) [3]. St. Martin [4]. Den Kirchensatz tauschte am 31. Mai 1248 das Kloster Wettingen gegen Abtretung von Inzelingen und Höllenstein vom Kloster St. Blasien ein, behielt sich auch beim Verkaufe des Hofes Riehen am 25. Dezember 1267 das Patronatsrecht der Kirche St. Martin vor [5]; verkaufte aber dasselbe am 15. Juli 1540 an die Stadt Basel [6]. 1275 beschwor der Pfarrer Petrus ein Einkommen von 10 Mark Silber [7]. 1354 schenkt der Vikar Walther alle seine Güter der Kirche Riehen, damit sie durch einen Pfarrer und nebst dem vornehmsten, der Mutter Gottes geweihten Altar durch einen Kaplan versehen werde [8]. 1462 stifteten Heini Scherer und seine Hausfrau eine Frühmesse, und 1488 vergabte die Gemeinde Einkünfte zu dem neu erbauten Altar St. Christoffels, wobei sie sich die Erwählung eines Kaplans vorbehielt [9].

---

1) Basel im 14. Jahrhundert. 1856. p. 132, 139, 140, 102 n. 3. — Mitth. v. Hrn. Dr. Fechter in Basel. — 2) Staatsarchiv Luzern. — 3) Neugart, C. D. A. II, p. 90. — 4) Bruckners Merkwürdigkeiten der Landschaft Basel. 1748/63. VII. 749. — 5) Mone, Z. S. f. d. G. d. O. R. IV. 234. — 6) Bruckner, l. c. VII. 762. — 7) Freiburger D.-A. I. p. 199. — 8) Bruckner, l. c. VII. 752. — 9) Bruckner, l. c. VII. 751.

b Tochterkirchen

Von Kleinbasel:

Kleinhüningen (Huninga 826)[1]. St. Margaretha. Den Kirchensatz schenkte am 4. Februar 1273 Irmintrud, Wittwe des Ritters Hildebrand von Tegerfelden dem Dominikanerinnen-Kloster Klingenthal in Kleinbasel[2]). Später kam derselbe an die Edlen Vorgassen und von diesen an die Edlen von Mörsperg und Renken. Den 10. März 1385 verkaufen die Vettern Walther und Wetzel von Mörsperg, Edelknechte, ihren Antheil, welchen sie von Frau Clara Vorgassen, ihrer Muhme, und Diebold von Mörsperg, Walthers Bruder, ererbt hatten, der mindern Stadt Basel. Die andere Hälfte des Kirchensatzes dagegen, welche die Renken noch 1404 besassen, gelangte vor 1488 an das fürstliche Haus Hochberg und von demselben an das markgräfliche Haus Durlach. Friedrich, Markgraf zu Baden und Hochberg, verkaufte dieselbe den 23. November 1640 an Bürgermeister und Rath der Stadt Basel. — Erst in den Jahren 1709 und 1710 wurde die nunmehrige Kirche erbaut und ein beständiger Pfarrgottesdienst eingerichtet[3]).

2. Kirchenfilialen und Kapellen.

In der Pfarrei Kleinbasel:

Kleinbasel. St. Anna vor dem Blasienthor[4]).

Kleinbasel. Elendes oder heiliges Kreuz vor dem obern oder St. Theodors-, jetzt Riehenthor. Schon 1401 werden Pfleger dieser Kapelle genannt; 1402 übernimmt der Rath den Fond derselben und 1403 gibt der Papst Bonifacius IX die Erlaubniss zur neuen Erbauung dieses Gotteshauses, das 1404 geweiht wurde. Aus dem Jahre 1418 (vom 7. April) ist noch ein Vertrag des Raths mit dem Maler Hans Tieffenthal von Schlettstadt über die Ausmalung der Kapelle mit blauer Farbe und Vergoldung um 300 rhein. Gulden vorhanden. 1460 wurde die bisher vom Rath vergebene Pfründe derselben der Universität einverleibt, und Stadtschreiber Konrad Küenlin, der 1466 lebte und an der Gründung der letztern grossen Antheil hatte, war später Kaplan der h. Kreuz-Kapelle[5]).

Kleinbasel. St. Niklaus beim Richthause an der Rheingasse, 1250 mit Einwilligung des Bischofs von Constanz und des Klosters St. Alban, als Patronatsherren von St. Theodor, gebaut und 1303 vom Bischof Ywan in der Ehre der h. Dreieinigkeit, Maria, Peter und Paul, Niklaus, Martin, Aegidius, Erhard, Christophorus, Laurentius, 10,000 Ritter, 11,000 Jungfrauen und aller Heiligen geweiht. Mit dieser Kapelle, von der es in einem Briefe von 1255 heisst: «Capella Scti. Nicolai prope

1) Neugart, C. D. A. I. p. 198. — 2) Mitth. d. antiq. Ges. in Basel. 1860. p. 7. — 3) Bruckner, l. c. VI. 608—618. 637/8. — 4) Basel. XIV. p. 134. — 5) Ib. p. 135. — Streuber, Basler Taschenbuch v. 1856. p. 174 ff. — Dr. Fechter.

pontem Reni, quæ est filia et omnino subjecta ecclesiæ Scti. Theodori», war das Almosen oder die Spend in Kleinbasel verbunden [1]).

Kleinbasel. St. Margaretha, unten im Graben der Stadt, einst zum Bischofshofe an der Gebreite gehörig. 1401 behufs Erbauung der Kirche des Karthäuserklosters abgetragen [2]).

In der Pfarrei Riehen:

St. Chrischona's Kapelle auf dem obersten Grathe des gleichnamigen Berges, wo nach der Sage die zu den 11,000 Jungfrauen gezählte und auf der Rückkehr von Rom in Basel gestorbene Heilige begraben und wohin vor der Reformation stark gewallfahrtet wurde, erhielt 1516 eine Erneuerung oder Vergrösserung. [3])

3. Klöster.

Kleinbasel. Das Kloster der Brüder der Busse Jesu Christi oder der Sackbrüder, zu dessen Erweiterung Hedwig, Frau Heinrich's von Ravensburg, 1268 einen Garten abtrat, wurde in Folge der durch Papst Gregor X. auf dem Concil zu Lyon angeordneten Unterdrückung derjenigen Orden, welche sich bloss von Almosen ernährten, 1278 dem mit den Franciskanern verwandten Orden der h. Clara übergeben [4]).

Kleinbasel. Clarissinnen-Kloster St. Clara. Behufs Erbauung desselben verkaufen Aebtissin und Convent 1280 ein Haus in der Krämergasse; im gleichen Jahr erwarben sie Lehenrechte auf die schöne (Blauesel) Mühle am mindern Teich (Frauenteich), der durch ihren Garten floss, und 1285 schenkt ihnen Agnesa, Tochter Heinrich Schribers von Kleinbasel, 6 Jcht. Mattland (Claramatte), unmittelbar ausserhalb der Stadtmauer, durch die ihnen später einen Ausgang (Clara-Thürlein) zu brechen erlaubt wurde. In Folge weiterer Vergabungen erhielt das Kloster immer mehr Besitzungen und wurde nach und nach der Aufenthaltsort von Töchtern aus den vornehmsten Geschlechtern, bis es bei der Reformation 1529 der Aufhebung unterlag. Seine Kirche ist jetzt den Katholiken in Basel für ihren Gottesdienst eingeräumt [5])

Kleinbasel. Dominikanerinnen-Kloster U. L. Frau im Klingenthal. Der Convent der ursprünglich nach der Regel des h. Augustin lebenden, seit 11. Juli 1246 aber dem Predigerorden unterstellten Schwestern befand sich bis 1253 bei der St. Leonhardskirche zu Hüsern unweit Ensisheim im obern Elsass, Bisthums Basel, und siedelte in Folge eines Geschenks des Freien Walther von Klingen, seiner Frau und Kinder, sowie seines Bruders dd. 2. Sept. 1256, und eines Verkaufs

---

1) Basel. XIV. p. 138. – Dr. Fechter. — 2) Jb. p. 139. – 3) Bruckner, l. c. VII. 834. – 4) Basel. XIV. p. 140. — 5) Ib. p. 141. – v. Mülinen, H. S. II. 208. –

vom 27. März 1257 auf die Güter desselben im Werrathale des Schwarzwalds, Bisthums Constanz, über, wo er den Namen der Schwestern von Klingenthal annahm. Am 9. Januar 1273 erhielten letztere die Erlaubniss, sich ausserhalb der Burgmauer von Kleinbasel am Ufer des Rheins bei dem Orte »zen Schiffen« niederzulassen. Dahin begaben sich nun um die Mitte August 1274 12 oder 13 Schwestern aus Wehr; nach 13 Wochen war der Schlafsaal unter Dach gebracht, und 1277 konnte das neue Kloster bereits Gäste beherbergen. Die Kirche ward von Bonifaz, Weihbischof von Basel, sammt dem Chor, welcher den Charakter der frühen gothischen Periode trägt, und dem Hauptaltar den 17. Mai 1293 zu Ehren der h. Jungfrau Maria geweiht. Im Schiff der Kirche befanden sich drei fernere Altäre, der erste gegen Mittag zu Ehren des h. Dominikus, Peter M., Augustin, Nikolaus und Jakob des ältern; der zweite zu Ehren der h. Petrus und Paulus, Johannes Tfr. und Ev. und Maria Magdalena; der dritte gegen Norden zu Ehren der h. Margaretha, Martin, Aegidius, Othmar und Martha. Eine Kapelle an der Südseite, in welcher 1301 ein ewiges Licht gestiftet wurde, enthielt einen Altar der h. Katharina, Agnes, Cäcilia, Verena und Elisabeth. In der Kirche befanden sich noch 1768 mehrere jetzt verschwundene Grabmäler, nämlich: 1) das der Gräfin Adelheid von Thierstein, geb. von Hohenklingen mit den Wappen dieser beiden Geschlechter und der Umschrift: HIE. LIT. DES. GESLEHTES. VON. TYERSTEIN. UNDE. VON. KLINGEN; 2) das eines Bischofs mit dem Wappen der von Maggenberg; 3) das einer Frau von Rötheln; 4) das des Ritters Joh. Puliant von Eptingen. Der einzige theilweise bis heute erhaltene Grabstein der Clara von Klingen, Markgräfin von Baden, liegt im Innern der Kirche an der nördlichen Mauer vor einer gothischen Nische, und trägt die Wappen von Baden und von Klingen, so wie die Umschrift:

VON. BADIN. MARGRAVINNE.
VROWA. CLARA. ROWIT. HINNE
VON. KLINGEN. IST IR. VATER. GINANT.
NU. BRECHE. GOT. IHR. SELIN. BANT.
O. XII. KL. APRILIS.

An den Wänden des Kreuzgangs war 1312 ein Todtentanz von 31 Figuren gemalt, wovon nur noch einige Reste vorhanden sind. — Das schöne Conventsiegel von Klingenthal, welches seit dem Jahre 1265 an Urkunden vorkömmt, und dessen Stempel noch existirt, stellt die Verkündung Mariä dar, rechts Maria, links Gabriel unter einem Portal von drei Thürmen, dazwischen ist ein Zettel mit dem englischen Grusse: Ave. Gra. Ple. Es führt die Umschrift · S Conventus. sce. Marie in Chlingental. Das Siegel der Priorin, seit 1288 vorkommend, enthält die Darstellung im Tempel, darunter eine betende Figur, und hat die Umschrift: S. Priorisse in Chlingental. — Die Gebäude des zur Zeit der Reformation (1524) aufgehobenen Klosters dienen jetzt als Kaserne [1]).

Kleinbasel. Das Karthäuser-Kloster St. Margaretha wurde von dem reichen Oberzunftmeister Jakob Zibol durch Ankauf des ehemaligen Bischofshofs nebst Garten hart am Rhein den 21. September 1401 gegründet, und für Erbauung desselben 1404 zwischen Propst und Kapitel des Hochstifts Basel, als Patron der Kirche St. Theodor, und dem Pfarrer daselbst einerseits und den Brüdern Hermann von Köln und Winardus von Strassburg, als Kommissarien des General-Priors Stephanus anderseits ein Vertrag abgeschlossen. Die Kirche wurde 1408 von dem Baumeister Johann von Ungarn begonnen, 1415 vollendet und am 26. April 1416 von dem konstanzischen Weihbischof Konrad in der Ehre der h. Margaretha geweiht, nachdem die frühere Kapelle derselben an diesem Orte abgetragen und ihre Steine zum Bau des Chors verwendet worden. Der Thurm ward erst 1418 errichtet. Von den während des grossen Conciliums (1431—1443) in Basel versammelten Geistlichen liessen einige auf ihre Kosten Zellen bauen, andere schenkten gemalte Scheiben, und solche, die an der Pest starben, wurden im Kloster begraben. Sophia von Rotberg († 24. Februar 1478) vergabte 3500 Gulden und schmückte Altäre der Klosterkirche mit Gemälden. 1507 erhielt die Karthause die Erlaubniss, ein Refectorium an der Stadtmauer zu bauen, und zu diesem Zwecke einen Thurm abzutragen. In derselben standen folgende Altäre: 1) der Hochaltar der h. Margaretha; 2) der Altar des h. Kreuzes im Chor gegen Mittag; 3) der Altar der h. Jgfr. Maria im Chor; 4) der Altar des h. Michael und aller Engel in der Mitte über dem Lectionarium und unterhalb des der h. Dreieinigkeit geweihten Bogens; 5) der Altar der h. Jungfrauen, dem Kapitel gegenüber; 6) der Altar der h. Märtyrer im kleinen Galiläa, d. h. im Kreuzgang.

Bei der Reformation (1529) wurde das Kloster aufgehoben; seine Gebäude blieben 140 Jahre lang unter der Aufsicht obrigkeitlicher Pfleger unbenutzt stehen, bis 1669 das Waisenhaus aus dem ehemaligen Frauenkloster zu den Steinen in Grossbasel nach der Karthause verlegt wurde, wo es noch ist [2]).

II. ARCHIDIACONAT KLETTGAU.

2. Decanat Tengen (Neunkirch).

Nach dem liber decimationis enthielt dasselbe im Jahre 1275 folgende Kirchen:

A. Im jetzigen Kanton Aargau:

Kaiserstuhl.

---

1) Basel XIV. p. 141—144. — v. Mülinen, H. S. II. 167/8. — Burkhard u. Riggenbach, die Klosterkirche Klingenthal in Basel. 1860. — 2) Basel XIV. p. 139. — v. Mülinen. H. S. II. 227. — Dr. Fechter.

B. Im jetzigen Kanton Schaffhausen:
Beringen, Löhningen, Buchberg.

Dazu kommen laut dem späteren Bisthumsverzeichnisse:

A. Im jetzigen Kanton Zürich:
Eglisau, Glattfelden, Wyl.

B. Im jetzigen Kanton Schaffhausen:
Neunkirch.

A. Kanton Aargau.

1. Pfarrkirchen.

a. Mutterkirche.

Hohenthengen (Grossherzogthum Baden). (Tengen 1251)[1]. St. Laurentius[2]).

b. Tochterkirchen.

Kaiserstuhl (Kaiserstuol 1275)[3]). 1779 U. L. Frauen Himmelfahrt und Kreuzerhöhung[4]), jetzt St. Katharina[5]). Daselbst wird 1275 ein Decan erwähnt. Der Hof und Kirchensatz wurde mit der Stadt und dem Burgstall Kaiserstuhl von Lütold, dem alten, Freien von Regensberg, den 1. Mai 1294 an Bischof Heinrich von Constanz um 800 Mark Silber verkauft[6]) und 1331 die Mutterkirche zu Thengen von Papst Johannes XXII. dem Tische des Bischofs einverleibt[7]). In der Tochterkirche Kaiserstuhl, die erst im Sommer 1842 zur selbstständigen Pfarrkirche erhoben ward[8]), befinden sich vier Kaplaneipfründen, nämlich:

a) St. Peter u. Paul; Kollator der Bischof, jetzt der Stadtrath.
b) H. Dreieinigkeit; « die Familie Felber, jetzt der Stadtrath.
c) H. 3 Könige; « der Stadtrath.
d) St. Anton Er. oder von Padua? Kollator der Stadtrath[9]).

Das Kollaturrecht dieser vier Kaplaneipfründen beruht auf Konzessionen von 1625, 1629, 1684 und 1690[10]). Es wird auch statt der ersten eine Kaplaneipfründe U. L. Frau erwähnt. An diese Pfrund kaufen Schultheiss und Rath zu Kaiserstuhl im Jahre 1378 von den Gebrüdern Johannes und Heinrich Escher daselbst einen Zins von 2 Mütt Kernen, Hühnern und Eiern ab einem Gute zu Tengen bei der hohen Kirche, und Bischof Heinrich schenkt auf Bitte der Verkäufer die Lehensgerechtigkeit desselben an U. L. Frauen Kaplanei zu Kaiserstuhl[11]).

2. Kapellen.

In der Pfarrei Kaiserstuhl:

Fisibach[12]).

---

1) Kopp, G. d. e. B. II. p. 720. – 2) Cat. dioc. Const. v. 1779. p. 62. – 3) Freiburger Diöc.-Archiv I. p. 176 – 4) Cat. D. C. p. 115. – 5) Mitth. v. Hrn. Pfr. Keller in Schneisingen. – 6) Tschudi, Ch. H. I. 212. – 7) Holzhalb, S. z. L. sch. L. III. 327. – 8) Bronner, d. Ct. Aargau. 1844 I. 203. II. 334. – 9) Cat. D. C. p. 115. – Holzhalb l. c. p. 328. – 10) Bronner, d. Ct. A. II. 240. – 11) Doc. der Fam. Luchs-Escher in Zürich. – 12) Cat. D. C. p. 115.

d Klöster.

Wislikofen (Wislichon). Der Propst dieser Benedictiner-Zelle wird in dem auf Seite 3 erwähnten liber decimationis unter den Prälaten des Archidiaconats Klettgau aufgeführt. Der Ort liegt in der Nähe von Kaiserstuhl und muss desshalb zum Decanat Tengen gehört haben. Da jedoch das spätere Bisthumsverzeichniss Wislikofen unter dem Decanat Regensperg (Archidiaconat Zürichgau) einreiht, so werden wir Pfarrkirche und Propstei mit andern aargauischen Gotteshäusern dort behandeln.

B. Kanton Zürich.

1. Pfarrkirchen.

a. Mutterkirchen.

Eglisau (Ouwa 892)[1]) U. L. Frau[2]). Der Leutpriester C. von Griessheim ist am 21. Februar 1254 Zeuge auf beiden Seiten des Rheines und der Stadt Eglisau ausserhalb ihrer Befestigungswerke und Thore, als der Freie Rudolf von Kaiserstuhl und seine Gemahlin Adelheid, Tochter des verstorbenen Freien Heinrich von Tengen, alle ihre liegenden Güter an das Gotteshaus Wettingen vergabten[3]). Laut einem Kaufbriefe vom 13. September 1378 für das Schwesternhaus in Eglisau war die dortige, schon 1337 von Papst Benedict XII. gefreite und begabte Kirche ein Lehen der Freien von Tengen, das sammt der Herrschaft im Herbst 1455 durch Eroberung an die Stadt Zürich überging und von dieser 1460 an die Freien Bernhard und Vigilius Gradner aus Grätz in Steiermark veräussert, am 14. Juni 1496 aber von Hans Gradner zurückgekauft ward[4]). — In der Kirche waren folgende Altäre und Pfründen:

a) Am 14 Februar 1463 begabte Bernhard Gradner, Ritter, Herr zu Eglisau, mit bischoflicher Genehmigung vom 5. Mai die daselbst gestiftete Frühmesspfründe St. Fabian und Sebastian, deren erster Kaplan Heinrich Aerni am 8. November 1465 dem Lehenherrn einen Revers desshalb ausstellt[5]).

b) Für denselben Kaplan und denjenigen der zweiten alten Pfründe St Katharina (Othmar Widemann von Stocken, welcher 1490 resignirte[6]), macht Johannes Gradner unterm 14. September 1490 eine Verordnung[7]). Dieser Freie meldet zugleich dem Bischof Otto von Constanz, dass sein Vetter Bernhard Gradner († 13. August 1487) und dessen Hausfrau Veronika geb. von Starkenberg († 28 Juli 1488) zwei neue Pfründen und ewige Messen in der Pfarrkirche Eglisau haben stiften wollen, jedoch vorher mit Tod abgegangen seien, und dass nun er, als ihr Erbe und Testamentsvollstrecker, jede mit 50 Stück Gelds jährlicher ewiger Gült dotire, nämlich:

---

1) Neugart C. D. A. I. p. 489. — 2) Anniv. Eglisau im Staatsarchiv Zürich. — 3) Kopp G. d. e. B. II. p. 723. — 4) Stumpf eidg. Chronik 1548 II p. 129a und 130. — 5) Staatsarchiv Z. U. d. St. u. L. — 6) Anniv. Egl. — 7) Staatsarchiv Z. U d. St. L.

c) die Pründe der h. Maria und Anna und

d) » » » h. drei Könige und Erhards[1]).

Diese beiden Altäre waren am 25. November 1485 von dem Constanzischen Weihbischof Daniel geweiht und ihre Kirchweih auf Montag und Dienstag nach Katharina festgesetzt worden[2]). Der bischöfliche Generalvikar befiehlt hierauf am 24. Oktober 1490 dem Decan von Neunkirch, den ihm von Johs. Gradner präsentirten Alexius Schiterberg von Constanz als Kaplan der h. 3 Könige einzusetzen; und am 4. Dezember 1497 gibt Niklaus Wiss, Priester, dem Bürgermeister und Räthen der Stadt Zürich einen Revers für die ihm geliehene Pfründe Unser Frauen[3]).

e) Noch wird ein fünfter Altar St. Ursula erwähnt, dessen Kirchweih am Sonntag nach Maria Himmelfahrt war. Derselbe scheint erst später errichtet worden zu sein und hatte keinen Kaplan.

Im Chore der 1716 neuerbauten Kirche, welcher bedeutend schmäler ist, als das Schiff, und zwei Spitzbogenfenster mit Füllungen hat, befindet sich ein zierlicher Grabstein mit dem Bildnisse eines Ritters in voller Rüstung nebst Fahne und Wappen und mit der Inschrift: «Hie lit begraben der edl her bernhard gradner fryher zv eglisaow vnd die edel «frow veronica von starkenberg, sein ehegemahel 1489[4]).» An dem Gewölbe über dem Grabstein waren folgende Inschriften und Gemälde:

1) «Anno Dni. 1489. Jahr am Sontag vor Liechtmess starb der Edel «Herr, Her Bernhart Gradner Fryherr zu Eglesaw, hy unden begraben «lyt.» Darunter sein Bild in einem langen Mantel mit einem grauen Bart.

2) «Anno Dni. 1489. Mon Vr Panthaleon Tag starb die Edel Frow «Feronica geborne v. Starkenberg Her Bernhartz Gradner Gemahl hie «unden begraben.»

3) «Anno Dni. 1490 Hat der Edel Her Johannes Gradner Herr zu «Eglesow dis gmäl lassen malen.» Darunter sein Bild als junger Herr ohne Bart in einem langen schwarzen Mantel und neben ihm das Wappen, zu Füssen desselben wieder zwei Wappen mit der Inschrift: «Dise Wappen «sind Her Johansen Gradners Herren zu Eglesow syner beder Gemahel.»[5])

Von den vier Glocken ist die erste 1576 gegossen; die zweite 1663 umgegossene trug die Inschrift: «O rex glorie XPE veni nobis cum pace. M.CCCC.XXXXIII»; die dritte hat die nämlichen Worte, jedoch ohne Jahrzahl; die vierte ist ganz glatt[6]).

Wyl (Wile 1223). Der Leutpriester Hartlieb erscheint am 13. Januar 1223 in der Kirche Zollikon als Zeuge bei der Entscheidung eines Zehntenstreites zwischen der Propstei Zürich und dem Kloster

1) Staatsarchiv Z. l. c. — 2) Anniv. Eglisau. — 3) Staatsarchiv Z. l. c. — 4) Müllers schweiz. Alterthümer 1773–1783 Thl. I. Nro. 13. — Vögeli, das alte Zürich 1829. Note 338. — 5) v. Moos, Thvricum sepultum. 1780. V. 96 u. 97. — 6) Vögeli, Glockenbuch Msc. auf der Stadt-Bibliothek Zürich.

Zürichberg[1]). Den Kirchensatz behielt der Freie Konrad, der alte, von Tengen beim Verkaufe seines Hofs zu Wyl an das Kloster St. Katharinenthal bei Diessenhofen sich und seinen Brüdern Konrad, Chorherr in Strassburg, und Heinrich unterm 24. August 1279 vor[2]). Derselbe gelangte aber später an die Grafen von Sulz; denn am 17. November 1477 verkaufen Ursula, Gräfin von Sulz, geb. von Habsburg, und ihre Söhne Allwig und Rudolf dem Konrad Hauenschild, Landschreiber im Klettgau, einen jährlichen Zins von fl. 5 rh. ab ihrem Kirchensatz zu Wyl auf dem Rafzerfeld bei Eglisau[3]). Von den Grafen von Sulz erkaufte die Stadt Zürich das Kollaturrecht am 17. Juli 1651[4]). — Da der Chor sich im Thurme befand, so lässt dieses auf ein hohes Alter der im Jahr 1860 abgetragenen Kirche schliessen, deren Neubau schon am 20. Oktober 1859 eingeweiht wurde[5]).

Zu diesen beiden zürcherischen Mutterkirchen kommen noch eben so viele im jetzigen Grossherzogthum Baden, nämlich:

Hohenthengen (Tengen 1251)[6]) St. Laurentius[7]) (Siehe S. 11).

Lotstetten (Lotstat 827)[8]) St. Valentin und Silvester[9]). Die dortige Volkskirche mit ihren Zehnten ward am 13. Januar 965 dem Chorherrenstifte St. Peter und Paul und Hippolyt in Oeningen geschenkt[10]).

b. Tochterkirchen.

Von Hohenthengen, resp. Kaiserstuhl:

Glattfelden (Glatevelden 1130)[11]). Am 1. Dezember 1355 vermacht Gottfried von Lägern seinen Hof zu Glattfelden bei der Kirche seiner Frau Katharina als Leibding und seinen Kindern als Eigen[12]). Laut einer Schenkungsurkunde Eyli's von Wyl, Jakobs sel. Tochter, zu Gunsten von Prior und Convent U. L. Frauen Zelle auf dem Beerenberg bei Wülflingen d. d. 1400 mussten der Leutpriester zu Kaiserstuhl und sein Geselle gegen Empfang von je 1 Viertel Kernen die Kirche und das Gotteshaus zu Glattfelden in geistlichen Rechten besingen und besorgen helfen und die Jahrzeit der Eltern der Geberin halten[13]). Es finden sich auch in dem Jahrzeitbuche von Hohenthengen (ohne Zweifel als der Mutterkirche) Stiftungen von Glattfeldern; und jetzt noch geht ein Feldweg, welcher den Namen «Thengener-Kirchweg» trägt, über das Rütifeld in der Richtung nach Thengen, wohin zudem nach der Volkssage ein Steg über den Rhein führte[14]). Am 30. Oktober 1421 aber setzt Bischof Otto von Constanz fest, dass von nun an auf ewige Zeiten in der Kirchgemeinde

1) Urbar des Kl. Zch. Bg. (Msc. auf d. St. B Z.) p. XI. — 2) Spitalarchiv Zürich. — 3) Archiv Rheinau. Bülach. — 4) Memorial d. Gem. Verw. v. Zch. 1801. p 123. — 5) Mitth. v. Hrn. Dr. Graf in Rafz. — 6) Kopp, G. d. e. B II. p. 720. — 7) Cat. D. C. p. 62. — 8) Neugart, C. D A. I. p. 195. — 9) Cat. D. C. p. 116. — 10) Neugart, C. D. A. I. p. 610. — 11) Hergott, g. d. H. II. p. 154. — 12) Scheuchzer dipl. helv. Nro. 1325. (Msc. St. B. Z). — 13) Staatsarchiv Z. — 14) Näf, Gesch. d Kirchgem Glattfelden 1863. p. 96 u. 97. —

Glattfelden ein beständiger, daselbst in eigner Person wohnhafter Vikar gehalten werde, dessen Wahl er sich und seinen Nachfolgern vorbehält, und dessen Einkommen er bestimmt[1]). Dem ersten bekannten Leutpriester, Hans Wolwiser, vermacht am 4. November 1480 Dorothea, Schultheissin, Stephan's sel. Wittwe, 100 lb als Eigen gegen ein lebenslängliches Leibding von 10 ß. 3 Pfg. auf alle Fronfasten[2]. — Erst im Jahre 1804 kam durch Vertrag mit Churbaden die Collatur an den Stand Zürich. — Der viereckige Chor der Kirche befindet sich im Thurm. Von den drei 1863 umgegossenen Glocken in letzterm hatte die kleinste die Inschrift: »MINNE . GOT . FOR . ALLEN . DINGEN.«; sie stammt vermuthlich aus dem 13. Jahrhundert. Die mittlere war ganz glatt und die grosse 1619 gegossen[3]).

Weiach (Wiach 1281)[4]) war bis zur Reformation nach Hohenthengen-Kaiserstuhl kirchgenössig und wurde nachher bis 1591 als Filiale von Zürich aus versehen, in letzterm Jahre aber auf Bitte der Einwohner zu einer Pfarrei erhoben[5]). Im Thurm der 1707 neu erbauten und auf einen andern Platz versetzten Kirche hingen zwei seither umgegossene Glocken, wovon die eine aus dem Jahre 1682 stammte, und die andere die Inschrift trug: »O . Rex . glorie . Christe . veni . cum . pace«[6]).

Von Lotstetten:

Rafz (Raffo 870),[7]) St. Niklaus[8]). Der Kirche, welche laut Erkenntniss der Rechenherren vom 21. August 1534 im Papstthum als Filiale nach Lotstetten gehörte, verkauft Heinrich Löninger, der ältere, ½ Mütt Kernen ewiger Gült[9]). Sie wurde wahrscheinlich bei der Reformation abgetrennt, da 1520 Valentin Forthmüller als erster Pfarrer genannt wird[10]), und durch Rathsbeschluss vom 24. Juli 1585 ein Neubau derselben angeordnet[11]). Der vieleckige Chor hat wie das Schiff Spitzbogenfenster mit Füllungen und eine hölzerne Decke. Von den drei Glocken im Thurm hat die erste die Jahrzahl 1655 und die zweite 1788, die dritte ist ganz glatt.[12]).

2. Kirchenfilialen und Kapellen.

In der Pfarrei Wyl:

Wasterkingen (Wachstachingin 1254)[13]). Die alte Kapelle, welche vor der Reformation eine Filiale von Hohenthengen war[14]), ward in den Jahren 1605 und 1684 erneuert, 1852 von Grund aus umgebaut und

1) Näf, l. c. p. 97. — 2) Staatsarchiv Z. Kf. u. Gmcht. Brfe. — 3) Vögeli, G. B. — Näf, l. c. p. 124. — 4) Staatsarchiv Z. — 5) Vogel, die alten Chroniken der Stadt und Landschaft Zürich. 1845 p. 818. — 6) Vögeli, G. B. — 7) Neugart, C. D. A. I. p. 375. — 8) u. 9) Dr. Graf, aus dem Gem.-Archiv Rafz. — 10) Bluntschli, M. T. p. 330. — 11) Meierisches Promptuar im Staatsarchiv Z. — 12) Vögeli, G. B. — 13) Kopp, G. d. e. B. II. p. 723. — 14) Dr. Graf.

am 28. November gleichen Jahres eingeweiht. In derselben muss der Pfarrer von Wyl je am dritten Sonntag eine Kinderlehre und zuweilen Wochenpredigten halten[1]).

In der Pfarrei Eglisau:

Schloss Eglisau. Die Kapläne der von Bernhard Gradner, Herren zu Eglisau, und seiner Frau Veronica von Starkenberg gestifteten zwei neuen Pfründen in der dortigen Pfarrkirche waren laut Urkunde vom 14. September 1490 verpflichtet, wann einer von ihnen durch den Lehenherrn in das Schloss berufen wurde, daselbst Messe zu lesen; die hiebei fallenden Opfer mussten sie mit einander theilen[2]).

In der Pfarrei Glattfelden:

Rheinsfelden (Rinsveld 1310)[3]) St. Niklaus. Im Jahre 1401 geben Abt Kurestel (Konrad III) und Convent von Rheinau dem Rudolf von Blumenegg, als Besitzer der Veste Rheinsfelden, ihre Widum und Kapelle daselbst zu Eigen[4]). Letzterer soll nach einem Berichte des Obervogts von Eglisau d. d. 14. August 1539 die Stiftung der Kaplaneipfründe begonnen, jedoch nicht zu Ende gebracht haben, sondern erst seine Erben, nämlich Margaretha von Blumenegg, Tochter Heinrichs und Gemahlin Pfaff Hermanns von Landenberg von Greifensee, und ihr Sohn Ital Hermann, Ritter[5]). Dieser kaufte 1402 vom Kloster Paradies um fl. 60 ein Gut zu Eglisau an St. Niklausen Altar zu Rheinsfelden[6]), welchem am 22. Nov. gleichen Jahres Rudolf Hupher um fl. 200 einen Zehnten und eine Hube zu Balterschwyl so veräusserte, dass Hr Konrad Schwarber, derzeit Kaplan, und wer je den Altar besitzt und besingt, das Kaufsobjekt mit allen Zubehörden innehaben und niessen soll[7]). Der Ritter von Landenberg veräusserte mit seiner Mutter am 27. August 1405 die Veste Rheinsfelden mit Ausnahme der Lehenschaft der Kapelle und Pfründe vor der Burg[8]), deren Einkünfte und Lasten in zwei Urbarien von 1443 und 1500 verzeichnet sind[9]). Darin heisst es: «Item es «soll auch ein jeder Herr, welcher dennzumal auf der Burg zu Rins«felden behuset ist, einem Custos von Rinow und sinen Gesellen geben «einen guten Hasen über ihren Tisch zu der Kilwi der Kapellen zu «Rinsfelden». Im Jahre 1488 sagte der Leutpriester von Rheinsfelden eine Steuer von fl. 6 an den Bau der Thürme beim Grossmünster in Zürich zu[10]). Von Kaplanen daselbst, welche, wann es die Nothdurft erforderte, dem Pfarrer von Glattfelden mit Bezug auf die Sakramente dienstbar sein mussten, ist 1500—1515 Ulrich Stehili und noch 1535 Wolfgang Muntprat von Spiegelberg bekannt; schon 1539 aber wurden

1) Werdmüller, Memorabilia Tigurina 1780-90. II. p. 204. — Vogel, a. Ch. p. 809. 2) Staatsarchiv Z. Schloss Eglisau. — 3) Kopp, Gesch. Bl. II. p. 146. — 4) Näf, G. d. K. G. G. p. 146. — 5) Staatsarchiv Z. — 6) Näf, l. c. p. 147. — 7) Archiv Rheinau. Bülach. — 8) Staatsarchiv Z. U. d. St. u. L. — 9) Näf, l. c. p. 149 u. 150. — 10) Staatsarchiv Z. —

von Dorothea und 1559 von Hs. Jakob von Landenberg von Greifensee in Schaffhausen Haus und Güter zu Rheinfelden an einen Bauer verliehen, und laut einem Verzeichnisse des Hofs von 1574 war vor etlichen Jahren aus dem alten Kirchlein ein Speicher und eine Fruchtschütte gemacht worden [1]).

3. Klöster.

Eglisau. Schwesternhaus an der Halden. Frau Margaretha, geb. Gräfin von Nellenburg, vergabte am 13. Dezember 1371 eine von ihrem Gemahl, dem Freien Johannes von Tengen, erkaufte Hofstatt beim Rhein in der Halden armen Menschen, die ein Haus darauf gebaut haben, wo sie Gott dienen, mit der Bedingung, dass sie einander erben, Weg durch der Kirche Baumgarten zum Brunnen und zu ihrem Hause von dem Burgwege her haben sollen, und dass die Geberin, sowie ihr Kaplan, Johannes Härdli, nach ihrem Tode aber derjenige, welchem der Kaufbrief von einem der beiden gegeben worden ist, Gewalt haben, das Haus zu besetzen und zu entsetzen [2]). Ferner veräusserten unterm 13. September 1378 der genannte Freie, Herr zu Eglisau, und Heinrich, Kirchherr und Leutpriester daselbst, den Baumgarten mit obiger Hofstatt der Schwester Anna von Ravenspurg und allen andern willigen armen Schwestern, die jetzt oder künftig in dem darauf stehenden Hause wohnen, um 19 ℔ Zch. Pfg., die Frau Adelheid Steinerin von Zürich bezahlt hat, damit die Schwestern Gott für sie bitten [3]). Diese erhielten endlich noch laut Urkunde vom 7. Mai 1498 durch letztwillige Verordnung von Ulrich Bey sel., Kirchherren zu Eglisau (1480—1489), einen Theil des Pfrundbaumgartens [4]) und am 20. März 1521 durch Kauf einen jährlichen Zins von 5 Behemsch ab ½ Juch. Reben unter dem Hungerberg. Pfleger war damals Hans Kleinbrot [5]). Nach der Reformation (1528) wurde das Schwesternhaus, in dem noch zwei Schwestern waren, aufgehoben [6]); seine Baustelle oberhalb der Stadt vor dem Wylerthor an der Halde gegen den Rhein kann, da durch die im 30jährigen Kriege errichteten Befestigungswerke die Gestalt des Bodens in jener Gegend ganz verändert worden ist, schwerlich mehr ermittelt werden [7]).

Glattfelden. Frauenkloster. In einem Tagsatzungsabschiede vom 4. Juni 1470 heisst es: «Der fl. 1800 wegen, die zu Kasierstuhl «liegen, soll man den Boten, die nach Baden kommen, Gewalt geben, «dieselben zu der Eidgenossen Handen zu ziehen, die Ansprüche des «Bischofs von Constanz, des Abts von Wettingen und derer von Kaiser«stuhl desshalb abzuweisen, mit den Frauen von Glattfelden «dagegen einen bescheidenen Vergleich zu treffen und dem Verstorbenen «einen Dreissigsten halten zu lassen, wie er das geordnet hat.»

1) Näf, l. c. p. 149 u. 150. — 2)–5) Staatsarchiv Z; Schloss Eglisau — 6) Vogel, a. Ch. p. 158. — 7) Mitth. v. Hrn. Pfr. Ziegler in Eglisau. — 8) Amtl. Sammlg. d. alt. eidg. Absch. 1861 II. 411.

C. Kanton Schaffhausen.

1. Pfarrkirchen.

a. *Mutterkirchen.*

Beringen (Peringen. 956)[1]. Die Kirche ward laut einer darin befindlichen Jahrzahl schon 1061 erbaut[2]). Ihr Kirchherr Mathias ist am 27. Juni 1261 Zeuge im Kloster Reichenau bei einem Gütertausche desselben mit demjenigen von St. Katharinenthal[3]) und Eberhard von Beringen beschwor 1275 ein Einkommen von 12 M. S. aus dieser Kirche.[4]) Sie wurde auf Befehl des Papsts Martin V. von 1418 im Jahr 1419 dem Kloster Allerheiligen in Schaffhausen einverleibt[5]).

Neunkirch (Nuichilchun) 861)[6]) U. L. Frau. In die dortige auf einem Berge unweit von der Stadt liegende Kirche sollen vor Zeiten neun Gemeinden pfarrgenössig gewesen sein[7]). Der Kirchensatz gehörte laut Urkunde vom 27. November 1155 dem Bischof von Constanz.[8]) und wurde von ihm am 20. Juni 1295 dem Domkapitel übergeben[9]). Walther, der Leutpriester von Neunkirch, ist am 13. September 1294 Zeuge im Kloster Rheinau beim Verkaufe der Burg Balb durch Lütold von Regensberg an den Grafen Rudolf von Habsburg[10]). In der Pfarrkirche befanden sich ausser dem Hauptaltar noch zwei Seitenaltäre, nämlich St. Katharina und h. Kreuz, letzterer mit einer Kaplanei verbunden, mit welcher 1421 ein Priester investirt wurde und deren Präsentation 1483 die Stadt Neunkirch hatte[11]).

Zu diesen beiden schaffhausischen Mutterkirchen kommen noch:

Rheinau St. Niklaus, im Kt. Zürich. (Siehe Dec. Diessenhofen).

Erzingen (Arcingen 870)[12]) St. Georg[13]) im Grossherzogthum Baden. Die Basilica daselbst mit Zehnten und allen Zubehörden tauscht Abt Wolvenus I. zu Rheinau im August 876 von dem Grafen Gozpert ein[14]).

b. *Tochterkirchen.*

Von Beringen:

Löhningen (Loningen 1087)[15]). Die Kirche, deren Einkommen Konrad von Löhningen 1275 eidlich auf 12 M. S. angab,[16]) wurde 1326 von Bischof Rudolf in Constanz dem Tische der Armen im Spital zu Schaffhausen geschenkt und einverleibt[17]), aber erst im August 1637 zur Pfarrei erhoben[18]).

---

1) Neugart C. D. A. I. p. 610. — Rüeger, Beschreibung von Schaffhausen (Msc St. B. Z). — 3) Hergott, II. p. 368. — 4) Freib. D. A. I. 194. — 5) Kantonsarchiv Schaffhausen — Chronik der Stadt Schaffhausen 1844. III. 7. — 6) Neugart, C. D. A. I. p. 323. — 7) Rüeger l. c. — 8) Neugart C. D. A. II. p. 88. — 9) Mone, Zeitschrift für die Geschichte des Oberrheins 1850. VII. 327. — 10) Hergott g. d. H. III. pag. 556. — 11) Beitr. z. vaterl. Gesch. Schaffhausen 1866. II. 75. — Kt. Arch. Sch. — 12) Neugart, C. D. A. I. p. 375. — 13) Cat. D. C. p. 115. — 14) Neugart, C. D. A. I. p. 407. — 15) Archiv f. schw. G. VII. 242. — 16) Freib. D. A. I. 194. — 17) Chronik d. St. Sch. I. 28 — Spitalarchiv Schaffh. — 18) Chr. d. St. Sch. IV. 323.

Von Neunkirch:

Ober- und Unterhallau (Hallaugia 1087)[1]. Hier bestand von 1429 an eine Kapelle St. Moritz auf dem Berge und seit unbekannter Zeit eine zweite Kapelle St. Ulrich im Dorfe. Auf Ansuchen von »Rath und Gemeine« zu Hallau bewilligte nun das Domkapitel von Constanz, mit Bestätigung des Bischofs d. d. 13. März 1508, dass die Kapelle auf dem Berge mit Leichlege, Taufstein, Sacraments- und Glockenhaus zu versehen sei, und dass die bisherige Kaplanei eine besondere Pfarrei sein und heissen solle[2]. Beide Ortschaften bildeten bis 1713 eine einzige Pfarrei; in diesem Jahre aber kaufte sich Oberhallau, dessen Kaplanei St. Peter 1499 dotirt worden war[3], mit fl. 1200 von Unterhallau los, und erhielt eine eigene Pfarrei[4]. Seine Kirche wurde behufs Verhütung des zu besorgenden Einsturzes 1751 niedergerissen und neu aufgeführt[5].

Siblingen (Sibelingen 870)[6]. St Michael. Die Kapelle war schon 1155 eine Besitzung der Domkirche in Constanz[7]. Die Pfarrei wurde 1640 errichtet und der bisherige Helfer in Neunkirch zum Pfarrer in Siblingen ernannt[8].

Von Siblingen löste sich hinwieder ab:

Gächlingen (Gahtelingen 870)[8]. Die Kapelle wird von Bischof Ulrich I. zu Constanz 1126 in der Ehre der h. Dreifaltigkeit, Jakob, Lorenz, Christoph, Sebastian, Konrad, Moritz und Verena geweiht[9], 1640 der Pfarrei Siblingen als Filiale zugetheilt, 1806 zu einer Pfarrkirche erhoben und 1807 der erste Pfarrer von Gächlingen gewählt[10].

Von Neunkirch trennte sich ferner:

Osterfingen (Ostrolvingen 912)[11]. Es übernahm nach der Verlegung der Helferei zu Neunkirch gen Siblingen (1640) freiwillig den grössten Theil der Bezahlung eines neuen Helfers, wofür er jeden Sonntag in Osterfingen Gottesdienst zu halten versprach[12]. Die Absonderung als Pfarrei wird in das Jahr 1659 gesetzt[13]. Um der Gemeinde den Bau einer neuen Kirche zu erleichtern, sammelte man am 7. November 1760 in den Kirchen der Stadt Schaffhausen eine Steuer, welche gegen fl. 1000 abwarf[14].

Von Rheinau:

Buchberg, St. Margaretha. In dem Dorfe **Rüdlingen** (Ruodiningun 827)[15] das zu Buchberg gehört, erbaute Abt Diethmar in Rheinau eine Kirche, welche den 9. Mai 1130 von Ulrich II., Bischof zu Constanz, der genannten Heiligen geweiht und deren Kirchweihfest am Sonntag nach Jakobi begangen wurde[16]. Der Kirchensatz kam später

---

1) Archiv f. schw. Gesch. VII. 236. — 2) Beitr. z. v. G. II. 78. — 3) Kt.-Archiv Sch. — 4) Chronik d. St. Sch. V. 98. — 5) Ib. V. 127. — 6) Neugart, C. D. A. I. p. 375. — 7) Neugart, C. D. A. II. p. 88. — 8) Neugart, C. D. A. I. p. 375. — 9) Rüeger. — 10) Beitr. z. v. G. II. 82, 86, 87. — 11) Neugart, C. D. A. I. p. 563. — 12) Chronik d. St. Sch. IV. 332. — 13) Leu, s. L. XIV. 119. — 14) Chronik d. St. Sch. V. 134. — 15) Neugart C. D. A. I. p. 195. — 16) Zapf, monumenta anecdota 1785. p. 362. — Archiv Rheinau.

an die Propstei Oehningen, welche laut einem Vertrage vom 4. Juli 1506 schuldig war, den Fronbogen und das Glockenhaus zu Buchberg in Ehren zu halten, auch die Kirche mit einem Leutpriester zu versehen [1]. Als solcher beschwört Bernold von Buchberg 4 M. S. Einkommen [2].

Von Erzingen:

Wilchingen (Wilchingen 870) [3], St. Othmar, und **Trasadingen** (Trasmundingen 878) [4]. Die beiden Dörfer, von denen ersteres schon 1498 eine Kirche hatte [5], wurden im Jahre 1515 durch eine päpstliche Bulle abgetrennt und zu einem eignen Kirchspiele erhoben, die Pfarrkirche zu Wilchingen errichtet und 1676 neu erbaut [6].

2. Kirchenfilialen und Kapellen.

In der Pfarrei Neunkirch:

Neunkirch, St. Johannes oder St. Jakob? in der Stadt. Diese in einem Urbar von 1303 erwähnte Kapelle hatte zwei Altäre, St. Sebastian und St. Niklaus [7].

3. DECANAT SWANINGEN (STUEHLINGEN).

1. Pfarrkirchen.

a. Mutterkirchen.

Schleitheim (Schlaithain 1275). Der Leutpriester beschwor 1275 ein Einkommen von 17 Pfund Z. W. aus seiner Kirche und der Pfründe des h. Grabs [8], und hatte schon im Anfang des 14. Jahrhunderts eine Wohnung in der Stadt Schaffhausen [9]. Den Kirchensatz besass 1467 der Abt in der Reichenau [10].

b. Tochterkirchen.

Von Schleitheim:

Beggingen. St. Sylvester. Die dortige Kapelle, 1377 erbaut und geweiht, sonderte sich 1635 von der Mutterkirche ab [11].

III. ARCHIDIACONAT VOR DEM (SCHWARZ) WALD.

4. DECANAT RAMSEN (STEIN).

Der liber decimationis vom Jahre 1275 nennt: [12]

Im Kanton Schaffhausen:

1. Kirchen:

Stein, Schaffhausen, Mörishusen, Bargen, Lone, Tagingen, Rameshain. Es fehlt Hemmenthal (Besitzung des Kl. Allerheiligen), urk. 1148.

2. Klöster:

Stein, Benedictiner; Schaffhausen, Benedictiner; Schaffhausen, St. Agnes (Benedictinerinnen). Es fehlt Schaffhausen, Baarfüsser, 1256/9.

---

1) Kt. Archiv Sch. — Zapf, mon. an. p. 444. — 2) Freib. D. A. I. 194. — 3) Neugart, C. D. A., I. p. 375. — 4) Zapf, m. a. p. 444. — 5) Amtl. Sammlg. d. æ. e. A. III. 563. — 6) Archiv Rh. — Chronik d. St. Sch. III. 109. V. 45. — 7) Beitr. z. v. G. II. 76, 77. — 8) Freib. D. A. I. 188. — 9) Neujahrsgeschenke der Stadt Sch. VIII. p. 7. — 10) Ib. XIX. p. 7. — 11) Rueger. — 12) Freib. D. A. I. 47—49. 188—189.

1. Pfarrkirchen.

a. Mutterkirchen.

Merishausen (Morinishusun 846). Graf Luitolt übergibt den ihm gehörigen Theil dieser Kirche am 14. Oktober 846 dem Kloster St. Gallen [1]). Ihr Leutpriester C. ist 1208 Zeuge bei Verpfändung eines Hofs daselbst an den Leutpriester B. in Schaffhausen [2]). Abt Wilhelm und Convent zu St. Gallen verkaufen am 6. Februar 1297 ihren Kelnhof zu Merishusen mit dem Kirchensatz an Heinrich von Urzach, Kirchherrn daselbst, Ulrich seinen Bruder und Heinrich seines Bruders sel. Kind [3]). Von dem ersten dieser drei Brüder, ihrem Vetter, erben 1316 Rüger und Wilhelm Im Thurn jenen Kirchensatz, und behaupten ihn gegen die Ansprüche der Abtei St. Gallen [4]). Endlich schenkt Bischof Rudolf von Constanz 1326 das Patronatsrecht über die Kirche zu Merishausen dem Spital in Schaffhausen [5]), welchem dieselbe 1329 einverleibt wird [6]).

Hemmenthal (Hemmintal 1148), St. Niklaus Den Besitz der Kirche bestätigt Papst Eugen III. am 20. Januar 1148 dem Kloster Allerheiligen in Schaffhausen [7]), welchem das Dorf schon 1092 vom Grafen Burkhardt von Nellenburg übergeben worden [8]). Sie wird den 20. August 1492 vom Weihbischof in Constanz wiederum in St. Niklaus Ehre geweiht [9]).

Thaingen (Toginga 995) [10]) wird in einer Bulle des Gegenpapsts Calixtus III. vom 26. April 1173 unter den Besitzungen des Klosters St. Blasien aufgezählt [11]), welches am 30. Juni 1243 das Patronatsrecht der dortigen Kirche dem Domkapitel in Constanz schenkte [12]). Die Dotation der Frühmesserei wird 1473 von letzterm bestätigt [13]).

Stein (Steine 1005) [14]), St. Niklaus [15]). Diese Leutkirche war schon lange vor der Verlegung des Klosters von Hohentwiel nach Stein erbaut worden, und wurde alsdann von einem Conventualen desselben versehen, später aber einem Weltgeistlichen übergeben. Der daraus entstandene Kollaturstreit wird 1222 von den durch Papst Honorius II. als Richtern delegirten drei Aebten von Schaffhausen, Rheinau und Wagenhausen dahin entschieden, dass der Fehler einer Person der Kirche nicht zum Nachtheil gereichen könne und desshalb dem Kloster die frühern Rechte auf den Pfarrsatz wieder eingeräumt [16]). Der erste bekannte Leutpriester ist 1362 Konrad an der Brugg von Schaffhausen [17]). Nach der Reformation wurde in einem Streite zwischen der Stadt und

---

1) Neugart, C. D. A. I. p. 258. — 2) Neugart, C. D. A. II. p. 127. — 3) Spital-Archiv Sch. — 4) Neujahrsgesch. v. Sch. VIII. 9. — 5) Chronik d. St. Sch. I. 28. — 6) Spital-Archiv Sch. — 7) Kt.-Archiv Sch. — 8) Rüeger. — 9) Archiv Allerheiligen in Sch. — 10) Neugart, C. D. A. I. p. 646. — 11) Ib. II. p. 104. — 12) Mone, Z. S. VII. 325. 395. — 13) Kt.-Archiv Sch. — 14) Neugart, C. D. A. II. p. 20 — 15) Chronik v. Stein (Mskpt. auf der St.-B. Zürich). — 16) Neujahrsgesch. v. Sch. V. 3. — Hohenbaum van der Meer, Geschichte des Gotteshauses Rheinau. 1778. p. 85. — 17) Staatsarch. Z.

dem Kloster betreffend die alte Pfarrkirche St. Niklaus von Bürgermeister und Rath der Stadt Zürich am 10. November 1523 erkannt, die Gemeinde Stein solle einen Leutpriester erwählen, und der Abt demselben eine von vier Rathsverordneten auszumittelnde jährliche Besoldung geben [1]. Bald nachher (24. November 1536) «habind Burgermeister «und Rath der Stadt Stein angesehen und ist ein Mehr worden, dass «man solle den Toffstein stellen in's Münster oben im Kor hinuf, und «soll man die Lütkilchen abbrechen und hinwegthun». — Sie lag an dem Kirchhof des Klosters da, wo jetzt der Helfereigarten ist [2].

Lohn (Lone 1275) [3], St. Martin. Das Dorf mit dem Kirchensatze kam im Jahre 1259 durch Schenkung des Grafen Hartmann von Kiburg an das Kloster Paradies [4] und 1574 durch Vergleich an den Stand Schaffhausen [5]. Der dortige Vikar gab 1275 ausser der Leutpriesterei ein Einkommen von 10 Mark Silber aus seiner Pfründe an [6].

Ramsen (Rammesheim 846) [7] besitzt zwei Kirchen. Die eine St. Niklaus geweiht [8], deren Leutpriester 1275 ein Gesammteinkommen von 50 Cstzr. Pfund beschwor [9], wurde am 29. Oktober 1351 von Bischof Ulrich zu Constanz dem Kloster St. Georg in Stein, welchem das Kollaturrecht gehörte, einverleibt [10] und demzufolge von Abt Johannes III. am 2. November 1499 Heinrich Ziger dem Bischof als Leutpriester präsentirt [11]. Sie kam allmälig in Zerfall, so dass im 18. Jahrhundert ein neues Bethaus für die Reformirten gebaut und 1770 eingeweiht wurde [12]. Die andere Kirche für den katholischen Gottesdienst hat St. Peter und Paul als Patrone [13].

Ober- und Unter-Bargen (Bargen 1275) [14] bildeten zusammen eine Pfarrei. Der beeidigte Kirchherr gab im Jahre 1275 vier und ein halbes Schaff. Pfund als sein Einkommen an [15]. Das Dorf Unter-Bargen sammt dem Hofe Ober-Bargen und dem Kirchensatze etc., welches Her Egbrecht der Rot, genannt von Grafenhusen, inne hatte, veräusserte Konrad von Krenkingen von Weissenburg am 30. September 1378 dem Spital in Schaffhausen; die eigentliche Kaufshandlung zwischen dem Ritter Rot und den Spitalpflegern, in Folge deren das Dorf sammt Zubehörden um 100 Goldgulden an den Spital als Eigenthum überging, fand erst am 15. Oktober statt. Das Patronatsrecht der Kirche zu Bargen aber war mit Bewilligung des Bischofs Heinrich III. von Constanz schon am 18. September 1378 vom Verkäufer dem Spital übertragen worden [16]. Seither ist Bargen zu einer Filiale von Merishausen herabgesunken.

1) Staats-Archiv Z. — 2) Mitth. des sel. Hrn. Antistes Kirchhofer in Stein. — 3) Freib. D. A. I. 18. — 4) Neujahrsgesch. v. Sch VI. 7. — 5) Rüeger. — 6) Freib. D. A. I. 18. — 7) Neugart, C D. A. I. p. 258. — 8) Mitth. v. Hrn. Prof. Metzger in Sch. — 9) Freib. D. A. I 19. — 10) u. 11) Staats-Archiv Z. — 12) Metzger. — 13) Cat. D. C v. 1779. p. 172. — 14) u. 15) Freib. D. A I. 18. — 16) Chronik d. St. Sch. II. 76.

Diesen im Kanton Schaffhausen gelegenen Mutterkirchen reihen sich noch folgende im jetzigen Grossherzogthum Baden an:

Jestetten (Hiedestatt oder Jedesteten 870)[1], St. Maria Himmelfahrt[2]. Das Eigenthum, welches Vodilloz in diesem Orte hatte, vergabt mit der Kirche König Ludwig der Deutsche am 17. Februar 870 dem Kloster Rheinau, welches im August 876 auch den Zehnten von dem Grafen Gozbert tauschweise erwarb[3].

Kirchberg (Chirirberch 1087)[4] bei Büsingen. St. Michaels[5] Kirche, schon 1087 erwähnt, wird 1090 von Kaiser Heinrich V. dem Kloster Allerheiligen in Schaffhausen vergabt, letzterem von Papst Urban II. am 8. Oktober 1095 bestätigt und von Bischof Eberhard II. in Constanz gemäss Vollmacht des Papsts Innocenz IV. d. d. 8. Febr. 1248 durch Urkunde vom 27. Febr. 1253 einverleibt[6].

Gailingen, St. Dionysius[7]. Dem Kirchherrn Arnold von Rormoos wird durch einen Compromiss vom 13. Oktober 1328 aufgelegt, gemäss einem frühern Spruche des Bischofs von Constanz und des Königs Albert, dem Kaplan der Kapellen in Randegg und Gottmadingen, die Töchter der Kirche Gailingen sind, eine jährliche Pfründe von 3 Mark Silber und 3 Saum Wein zu geben[8].

b. Tochterkirchen.

Von Kirchberg bei Büsingen:

Schaffhausen (Scafhusen 1045)[9]. St. Johannes, Tfr. u. Ev.[10]. Der Kirche wird zum ersten Male in dem zweiten Freiheitsbriefe des Kaisers Heinrich V. vom Jahre 1122 gedacht[11]. Ihr Leutpriester Werner ist am 17. Februar 1170 Zeuge zu Schaffhausen in einer Urkunde des Klosters St. Blasien[12]. Sie wird mit der Mutterkirche am 27. Februar 1253 von Bischof Eberhard II. dem Kloster Allerheiligen als Ersatz für die Schädigung seiner Besitzungen durch Kaiser Konrad IV. einverleibt[13] und die Einverleibung beider Kirchen dem Convent am 8. Mai 1254 von Papst Innocenz IV. bestätigt[14]. In der Absicht, die Kirche St. Johannes, des Täufers und Evangelisten, zu grösserm Ansehen zu bringen, verleiht ihr Bischof Heinrich II. von Constanz 40 Tage Ablass[15]. In derselben sind folgende Altäre und Pfründen bekannt:

1. und 2. Behufs Gründung zweier unbenannter Altarpfründen in der Leutkirche St. Johann widmen am 11. April 1331 die Gebrüder Wilhelm und Rüdger im Thurn zu den Fischbänken in Schaffhausen 20 Pfund jährliche Gefälle[16].

---

1) Zapf, m. a. p. 436. — Neugart C. D. A. I. 375. — 2) Cat. D. C. p. 115. — 3) Neugart, C. D. A. I' p. 374 u. 407. — 4) Archiv f. sch. G. VII. 237. — 5) Lang h. th. G. R. I. 1013. — 6) Fickler, Quellen und Forschungen zur Geschichte Schwabens und der Ostschweiz. 1859. p. 27, 84. — 7) Cat. D. C. p. 171. — 8) Archiv AH. in Sch. — 9) Fickler Q. u F. p. 12. — 10) Urk. v. 1295 im Archiv AH. in Sch. — 11) Chronik d. St. Sch. I. 14. — 12) Gerbert, historia nigræ silvæ 1783. III. p. 100. — 13) Ib. I. 17. — 14) Kt-Archiv Sch. — 15) u. 16) Harderische Urk.-Sammlg.

3. Derselbe Rüdger im Thurn kauft den 7. Juli 1348 jährliche Zinse ab einem Hause zu Gunsten der St. Michaels-Kapelle[1], deren Kaplan und Altar 1371 und 1423 weiter begabt wird[2].

4. St. Niklaus-Altar war eine Stiftung der Katharina von Balb, welche 1373 auch den Minderbrüdern 2 Mütt Kernen schenkte, und ihres Bruders Ulrich. Die Kollatur hatte der Rath[3].

5. Den h. Kreuz-Altar bedenkt 1389 Niklaus Stadtlikofer mit 1 Schlg Pfg. Constanzer-Münze ewigen Gelds[4].

6. Einen neuen Altar in der Ehre der h. Blasius, Leodegar und 10,000 Ritter stiftet 1413 Rüdger im Thurn am Riedermarkt, und vergabt zum Unterhalt des Kaplans das Dorf und einen Hof zu Aazheim nebst andern Gütern[5].

7. St. Katharina-Altar dotiren Wilhelm und Rüdger im Thurn an den Fischbänken 1423 mit ansehnlichen Geld- und Grundzinsen; demselben schenkt Brida Tüchelin 1429 einen grösseren silbernen Knopf sammt ihrem Hause[6]

8. Den h. Dreifaltigkeits-Altar begabt der Kaplan desselben Hans Turner um die Mitte des 15. Jahrhunderts[7]. Mit demselben war laut Jahrzeitbuch von 1479 die Frühmesserei verbunden.

9. Den St. Barbara-Altar stiftet zur gleichen Zeit Hans Fridbolt (1445?) mit ziemlichem Einkommen[8].

Noch werden genannt:

10. Der Altar der h. 3 Könige in oder bei dem Glockenthurm, 1479.

11. Ein Kaplan des ersten Altars der h. Maria 1479.

12. Die Lewen-Kapelle.

13. St. Ursula-Altar[9].

Bei der Reformation waren neben dem Leutpriester 14 Kapläne zu St. Johann.

Dörflingen (Dorf? 1083)[10] wurde 1651 von Büsingen abgetrennt[11] und am 2. Mai 1688 der Bau einer neuen Kirche daselbst verdungen[12].

Buchthalen (Böchtella 1121)[13], St. Michael. Hier fand der Kirchenbau 1705 und die Absonderung erst nach 1724 statt[14].

Von Lohn:

Herblingen. Bezüglich auf die Kapelle im dortigen Schlosse findet sich schon vom Jahre 1281 ein Revers Konrads von Herblingen, ge-

---

1) Harder, U. S. — 2) Chronik d. St. Sch. II. 61. — Neujahrsgeschenk v. Sch XIV. 8. — 3) Ib. XX. 9 — Chronik d. St. Sch. II 63. — 4) Ib. II. p. 90. — 5) Neujahrsgeschenke v. Sch. XIV. p. 8. — 6) Ib. XIV. p. 8. — Chronik d. St. Sch. III. 14. — 7) Neujahrsgeschenke v. Sch. XX. p. 9. — 8) Ib. XX. 9. Vgl. Chronik d. St. Sch. III. 26. — 9) Anniv. S. J. i. Sch. — Rueger. — 10) Fickler, Q. u. F. p. 22. — 11) Chronik d. St. Sch. V. 11. — 12) Staatsarchiv Z. M. P. — 13) Fickler Q. u. F. p. 11. — 14) Chronik d. St. Sch. V. 93. — Metzger.

wesenen Notars des Königs Rudolf und Domherrn in Chur; den 23. Juli 1295 aber vergabte derselbe an die neu errichtete Kapelle unbeschadet der Rechte der Mutterkirche Haus und Güter für einen Kaplan, und der Weihbischof Albert weihte die Kapelle im Namen des Bischofs von Constanz ein [1]. Indess mussten die Einwohner von Herblingen noch am Ende des 16. Jahrhunders an Festtagen nach Lohn in die Kirche gehen. 1751 wurde die Niederreissung der den Einsturz drohenden, sowie die Erbauung einer neuen Kirche beschlossen, und da die Bestreitung der dazu erforderlichen namhaften Kosten weder der dortigen Gemeinde noch den Kirchengütern möglich war, am 21. Februar in den drei Stadtkirchen von Schaffhausen eine nicht unbedeutende Steuer eingesammelt [2].

Von Jestetten:

Neuhausen (Nivenhusan) [3]. St. Johannes? Das Patronatsrecht dieser schon 1179 erwähnten und bis in's 14. Jahrhundert dem Kirchsprengel Jestetten zugetheilten Kapelle wurde im Jahre 1343 vom Kloster Allerheiligen erworben, welches dieselbe der Pfarrkirche St. Johannes in Schaffhausen als Filiale unterstellte und von da aus versehen liess [4]; denn am 15. Juli jenes Jahres bekennt der Abt Jakob I. vor dem Official in Constanz, dass er schuldig sei, in der Kapelle zu Neuhausen wöchentlich drei Messen lesen zu lassen [5], und am 5. März 1349 erklärt der Leutpriester von St Johannes, Ulrich von Mandach, bei seiner Einsetzung, diese Verpflichtung erfüllen zu wollen [6]. Erst 1638 ward die Filiale zur Pfarrei erhoben [7]. — Die alte Kapelle stand auf dem äussersten Rande des Abhangs gegen den Rhein oberhalb der Mühle und herwärts der jetzigen Waggonfabrik; sie wurde 1550 theilweise und 1596 von Grund aus erneuert, 1720 als baufällig von den Inhabern des Eisenwerks erworben und zur Behausung für Arbeiterfamilien eingerichtet, am 13. Juli 1793 aber wieder verkauft. Gegenwärtig trägt das Gebäude ausser einem Theile der Umfangmauer und einem niedrigen Spitzbogenfenster an der südöstlichen Fronte keine Spur mehr von seiner ehemaligen Bestimmung. — Die neue im Jahre 1720 auf der entgegengesetzten Seite des Dorfs errichtete Kirche mit Begräbnissplatz, deren Bau die Regierung im ganzen Lande zur Unterstützung empfohlen hatte, wurde am 1. September 1720 eingeweiht [8].

Von Geilingen:

Buch. Hier lasen auch nach Einführung der Reformation die Priester von Randegg und Geilingen fortwährend Messe; sie wurden desshalb vom Rathe in Schaffhausen am 5. August 1538 zur Rede gestellt, 1539 aber nach Kreuzerhöhung (14. September) Konrad Syfrid zum Prädikanten in Buch ernannt und ihm dafür jährlich 20 Gulden zugesagt [9].

---

1) Ct.-Archiv Sch. — Neujahrsgesch. Sch VI. 9. — 2) Chronik d. St. Sch. V. 127, 128. — 3) Arch. f. s. G. VII. 237. — 4) Harder, d. Rheinfall. 1864. p. 35. — 5) u. 6) Arch. A.-H. in Sch. — 7) u. 8) Harder, d. Rh. F. p. 37, 38. — Chronik d. St. Sch. V. 407. — 9) Ib. IV. 168, 169.

2. Kirchenfilialen und Kapellen.

In der Pfarrei Merishausen:

Berslingen (Bersiningun 846)[1]. In diesem abgegangenen Dorfe ist auf einem Rain an der Ecke einer Wiese eine alte Kapelle zu sehen[2].

In der Pfarrei Stein:

Stein, St. Peter auf dem Kirchhofe der Pfarrkirche. Dieser Kapelle, welche zunächst beim Kloster stand und der Kollatur des Abts unterworfen war, vergabt am 24. Dezember 1344 Dietrich, Abt zu Wagenhausen, einen selbst angelegten Weinberg mit Trotte unterhalb der Stadtmauern zu Begehung seiner Jahrzeit, Austheilung von Brod an die Armen und Unterhaltung eines ewigen Lichts. Ferner vermacht ihr unterm 23. August 1398 der Kaplan derselben, Bruder Wernher von Betmaringen, ebenfalls zwei Weingärten für Anzündung eines ewigen Lichts vor dem Bild Unser Frauen Verkündung. Endlich vertauscht den 6. April 1492 ihr Frühmesser Hermann Köchli seine Pfründe mit Heinrich Koch, Kirchherrn in Rötfeld[3].

Stein. h. Dreifaltigkeit im h. Geist-Spital. Derselbe erhielt schon 1362 einen päpstlichen Ablassbrief und 1469 ein Glöcklein, das 1556 umgegossen wurde. Bürgermeister und Rath der Stadt aber stifteten laut Schreiben an Mstr. Hans Sattler, Prokurator zu Rom, dd. 16. November 1470, in einer zu erbauenden Kapelle mit Erlaubniss des Papsts eine ewige Messe, deren Patronat sie sich vorbehielten, und suchten um Einweihung derselben durch den Bischof von Constanz nach[4]. Betreffend diese Kaplaneipfründe der h. Dreifaltigkeit wurden am 10. März 1490 Bestimmungen getroffen, auch im gleichen Jahre eine Investitur vorgenommen[5]. Ferner errichtete die Stadt in Folge Vergleichs mit Abt Jos und Convent, dd. 4. Januar 1490, eine zweite Kaplaneipfründe im Spital, deren Priester von ihr erwählt und dem Abt zur Belehnung präsentirt werden sollte. Den Altar, worauf dieselbe gestiftet worden, weihte der bischöflich konstanzische Generalvikar am 17. Januar 1490 zu Ehren St. Jakobs ein, und setzte das jährliche Einweihungsfest auf den Sonntag nach Hilarius fest[6]. — Die Spitalkapelle stand da, wo später der Hafer in den Standen aufbewahrt wurde[7].

Stein. St. Agatha im Beinhaus. Letzteres wurde 1521 unter der Leitung des Felix Schmid von der Bürgerschaft neu erbaut, die Reliquien der Schutzpatronin dahin verordnet, ihr Bildniss auf den Altar gestellt und dieser in ihrer Ehre unter dem konstanzischen Bischof Hugo von Hohenlandenberg († 1532) geweiht. Die Kapelle umfasste den unteren Stock des jetzigen Hauses zum Steinbock am Schwibbogen[8].

---

1) Neugart, C. D. A. I. p. 258. — 2) Rueger. — 3) u. 4) Staats-Archiv Z. U. v. St. — 5) Ct.-Archiv Sch. — 6) Staatsarchiv Z. U. v. St. — 7) u. 8) Mitth. v. Hrn. Kirchenrath Vögeli sel.

Stein. Das Siechenkirchlein war an die Klosterkirche zwischen der Empore und der obern Kirchthüre angebaut, nur ein Stockwerk hoch, und hatte ein niedriges, aber breites Fenster in die Kirche hinein. Am 10 Oktober 1730 ward das Kirchlein abgebrochen, das Fenster zugemauert und dagegen das über dem Dächlein befindliche Fenster abwärts vergrössert [1]).

Stein. Die Kapelle auf der Breite in der Ecke der Reben an der Strasse gegen Schynen war noch 1690 vorhanden, und wurde erst 1730 abgebrochen.

Stein. Im Niederfeld herwärts der Ryffengasse, ferner in
Hemmishofen, ausserhalb der Brücke, und zu
Hohenklingen im Schloss standen ebenfalls Kapellen, aus denen nach der Reformation (1524) die Bilder beseitigt wurden [2]).

In der Pfarre Lohn:

Opfertshofen. Die Kollatur dieser Filialkirche mit Begräbnissplatz stand schon 1507 dem Clarissinnen-Kloster Paradies im Kanton Thurgau zu [3]), wurde auch von diesem 1529 beim Verkaufe der Gerichtsbarkeit daselbst vorbehalten [4]) und kam erst 1574 bei der Theilung des Klostervermögens an Schaffhausen [5]).

In der Pfarrei Schaffhausen:

Schaffhausen. Im h. Geist-Spital errichtet der Schultheiss Egbrecht von Randenburg eine Kaplaneipfründe, deren Patron seine Familie blieb. Bischof Heinrich II. von Constanz genehmigte am 26. November 1295 diese Stiftung, und bestimmte das Verhältniss des Kaplans zum Leutpriester der Pfarrkirche [6]). Dem St. Katharinen-Altar vergabt Brida Tüchelin 1429 11 Gulden jährlich nebst einem silbernen Knopf mit Kelch, und 1447 stiften die Spitalpfleger eine neue Pfründe und Altar zu Ehren der h. Katharina [7]), auch die alte Pfründe ward verbessert.

Schaffhausen. h. 3 Könige auf der Steig. In der dem dortigen Sondersiechenhause schon vor 1323 beigefügten Kapelle stiftet Fridbolt, Hermann's Sohn, in Schaffhausen am 29. April 1336 mit Gütern zu Griessheim und Ergoltingen eine Pfründe für einen Weltgeistlichen, und behält sich und seinen Erben die Kollatur vor; nach ihrem Absterben aber soll dieselbe an den Abt des Klosters Allerheiligen übergehen. In Folge dessen wurde die Kapelle 1336 in der Ehre Gottes, der h. Maria, drei Könige, deren Namen sie trägt, Johannes Evangelist, Jakob jünger, Niklaus, Jost und 11,000 Jungfrauen neu geweiht [8]).

Schaffhausen. Im Hause zur Haselstaude, erkauft 1340 von Jakob

---

1) Mitth. v. Hrn. Kirchenrath Vögeli sel. — 2) K. R. Vögeli. — 3) Metzger. — 4) Id. — Chronik d. St. Sch. IV. 117. — 5) Metzger. — Vgl. Chronik d St. Sch. IV. 247. — 6) Harderische Urk. Sammlg. — 7) Chronik d. St. Sch. III. 14, 28. — 8) Harderische Urk.-Sammlg. in Sch. — Spitalarchiv Sch. — Chronik d. St. Sch. II. 37.

dem Juden, baute Johannes Windelok, Domherr zu Constanz und Bürger zu Schaffhausen, eine Kapelle, deren Spuren noch im 18. Jahrhundert zu sehen waren[1].

Schaffhausen. Der h. Maria und Elisabetha zu Ehren errichtete Rudolf Steigbär, Chorherr in Münster und Kaplan im Spital zu Schaffhausen, 1475 auf dem Herrenacker an der Stelle, wo jetzt das Haus zum Luchs befindlich ist, eine Kapelle, die später (vermuthlich nach einer darin befindlichen Bruderschaft) den Namen St. Anna trug, und stiftete aus seinen Mitteln dazu eine Pfründe und Kaplanei, welche unmittelbar vom Bischof von Constanz abhing[2].

Schaffhausen. St. Wolfgang. Auf dem Oelberg liessen Heinrich und Hans Brümsi 1477 das Gebüsch um die daselbst schon früher errichteten drei Kreuze ausreuten; der Rebmann Heinrich Dorrer machte mit seinen Gesellen den Weg dazu, und Ulrich Keck, Chorherr zu Beromünster und Kaplan zu St. Johann in Schaffhausen, liess eine kleine Kapelle daselbst bauen, welche, da sich bald ein grosser Zulauf von Wallfahrern eingefunden hatte, 1485 bedeutend vergrössert wurde, worauf sie trotz der Einsprache des Abts von Allerheiligen durch den Weihbischof von Constanz zu Ehren des h. Wolfgang feierlich eingeweiht, der Pfarrkirche St. Johann einverleibt, 1513 von zehn Kardinälen mit reichlichem Ablass, auch von Andächtigen mit vielen Heiligthümern aus Zurzach und andern Orten begabt wurde[3], so dass drei Altäre entstanden[4].

Schaffhausen. St. Eulogius Kapelle stand auf der grossen Bachbrücke am äussersten Ende des steinernen Jochs; sie wurde jährlich wenigstens einmal am 25. Juni besucht, allein bald nach der Reformation zu fremdartigen Zwecken verwendet[5].

Schaffhausen. Im uralten Hause der Trüllerey am Herrenberg, genannt Oberfels, wird eine Kapelle erwähnt[6].

Schaffhausen, im Bruderhöfli. Zu dieser Kapelle wurde aus der Stadt am Sonntag vor Pfingsten in Prozession gezogen, Messe gehalten und dabei ein Fest gefeiert[7].

Griesbach. Auf dem dortigen Meierhofe des Klosters Allerheiligen befand sich eine Kapelle[8].

In der Pfarrei Buchthalen:

Buchthalen. St. Lucia. Die Kapelle stand auf der rechten Seite der Landstrasse nach dem Reiche[9].

---

1) Chronik d. St. Sch. II. 38. — 2) Chronik d. St. Sch. III. 66. — 3) Ib. III. 73, 74. — Lang, h. th. G. R. I. 1004. — 4) Chronik d. St. Sch. III. 74. — 5) Ib. IV. 173. — Lang, l. c. p. 1003. — 6) Rüeger. — 7) Lang, h. th. G. R. I. 1003, 1004. — 8) Rüeger. — 9) Ib.

In der Pfarrei Neuhausen:

Hofstetten (Houestetin 870)[1]). Eine Kapelle in diesem Dorfe wurde vom Kloster Rheinau versehen[2]).

3. Klöster.

Stein. Das Benediktinerkloster St. Georg und Cyrillus wurde von Herzog Burkard II. von Schwaben und seiner Gemalin Hedwig von Baiern um das Jahr 966 auf dem Berge Hohentwiel gestiftet, auf Bitte der Mönche aber wegen der beschwerlichen Besteigung am 1. Oktober 1005 durch Kaiser Heinrich II. nach dem benachbarten Orte Stein am Rhein verlegt und dem von ihm damals gestifteten Bisthum Bamberg unterworfen, 1526 aber bei der Reformation säcularisirt[3]). — Die Klosterkirche hatte laut einem alten, bei der Reformation übertünchten und erst bei der Reparatur von 1735, jedoch verstümmelt wieder zum Vorschein gekommenen Wandgemälde mit Inschrift, welches im Chore rechts sich befand und das Modell der Klosterkirche, gehalten an beiden Enden von zwei knieenden Personen (Kaiser Heinrich II. und seiner Gemahlin Kunigunde), sowie von je einem Engel, darstellte, ursprünglich zwei einander gegenüber stehende Thürme am Eingange gegen Abend, wovon der eine, näher beim Kloster gelegene, einen niedrigern Helm trug und wahrscheinlich beim Neubau des andern 1596 beseitigt wurde. Die Inschrift des Gemäldes, soweit sie noch gelesen werden konnte, lautete:

Hainricus Imperator. dotator
huius mon̄. p. . . . . . . ano
mōte dtwiello hic . . . . . presentē
tain anno dn̄i . . . . . S.
Kiunigundis. Vxor hainrici.
imperatoris. pientīma.

Im Jahre 1583 ward die im byzantinischen Style erbaute Kirche sehr verändert; sie hatte damals nur vier runde Säulen und fünf halbkreisförmige Bogen auf jeder Seite. Die Längenwände bildeten je eine ganze Mauer, mit zwei Nebenkapellen, worin nur wenig Leute sitzen mochten. Man brach desshalb diese Mauern ab und machte auf beiden Seiten noch drei Säulen und drei Bogen. Der viereckige Chor mit kleinen Rundbogenfenstern wurde 1823 durch eine Mauer vom Schiffe getrennt und die alten, sehr merkwürdigen Chorstühle der Mönche daraus entfernt und verkauft Bei diesem Anlasse fand man einige alte Grabsteine mit Inschriften, nämlich:

---

1) Neugart, C. D. A. I. p. 375. — 2) Metzger. — 3) Neugart, C. D. A. II. p. 20. — v. Mülinen H. S. I. 123.

1) An der Mauer gegen den Amthausgarten:

anno dni. M.CCCC.XLI . . . .
abbas. huius. monasterii. V. Kalenda
s. Marcii cuius aia requiescat in pace.

Dieser Grabstein betrifft den Abt Johannes I. (1404 bis 25. Febr. 1444).

2) Unweit davon am Boden war auf einem andern Grabstein eine Abtsfigur mit Mütze und Stab abgebildet; rund um dieselbe standen die Worte:

Johannes Martin abbas
huius m'sterii, renovator
altaris Marie, Mense Octobris
obiit calend. . . anno dni.
MCCCC . . . . .

Bezeichnet ohne Zweifel Johannes III. (1490—1499), da Johannes II. (1444—1460) den Geschlechtsnamen «Send» führt, und derjenige Johannes I. unbekannt ist. —

Als das Fundament der Mauer zwischen Schiff und Chor gegraben wurde, kamen viele Todtengebeine und einige sehr grosse Sandsteinplatten zum Vorschein, auf denen aber nichts eingehauen war. Vielleicht mögen die Aebte daselbst begraben worden sein. — An der Wand hinter den Chorstühlen gegen den Keller des Helfers scheint ein Altar (U. L. Frau?) gewesen zu sein. Unter demselben standen die Worte:

Anno dni. M.CCCC.XXXVII.
in mense junio[1]).

Zu bemerken ist, dass der Altar in Unser Frauen Kapelle schon am 16. März 1372 in einer Jahrzeitstiftung Ulrichs von Hohenklingen, Freien und Ritters, erwähnt wird, und dass neben demselben auch St. Mangen Altar (14. Oktober 1361) und der h. Kreuz Altar (24. Dezember 1398) urkundlich vorkommt[2]).

Das Sanctuarium war in die Mauer gehauen und der Pfosten, an welchem das Thürlein hing, ist noch vorhanden. Daneben befanden sich zwei Gemälde. Auf der einen Seite kniete eine männliche Figur mit einem Abtsstabe in der Hand und mit der Inschrift: «Ostende nobis «dne misericordiam». Auf der andern Seite stand eine Madonna und hinter ihr noch eine weibliche, sowie neben dieser auch eine männliche Figur mit Geissel und Ruthe (ein Ecce homo?). Die Farben dieses Gemäldes waren ziemlich gut erhalten. Von mehreren verschlungenen Worten konnten nur folgende gelesen werden: «de coelo descendi».

In der Klosterkirche zu Stein waren endlich bis zu ihrer Erneuerung (1823) verschiedene Glasgemälde mit der Jahrzahl 1679, nämlich:

a. im Chor die Wappen 1) des Standes Zürich, in der Mitte; 2) Hr. Hans Kaspar Hirzels, Bürgermeisters, rechts, und 3) Hr. Heinrich Eschers, Bürgermeisters, links;

1) Notizen des sel. Hrn. Kirchenrath Vögeli in Zürich — 2) Staatsarchiv.

b. im Schiff in den obern Fenstern links und rechts von der Kanzel die Wappen der zürcherischen Geschlechter, 1) und 2) Keller, 3) Kambli, 4) Schwerzenbach, 5) Holzhalb, 6) Maag, 7) Waser, 8) Oberkan, 9) Bräm, 10) Escher, 11) Rahn, 12) und 13) Wolf, 14) Ulrich;

c. hinten über der Emporkirche die von Glasmaler Wolf verfertigten und von der Stadt Stein geschenkten Wappen 1) der Stadt Stein, in der Mitte, 2) Joh. Schmidts, Bürgermeisters, rechts, 3) Bonaventura Tanners, Stadtvogts, links.

Im Kirchthurme hingen bis 1597 nur zwei Glocken. Damals anerbot Zürich, die schadhafte grösste Glocke umgiessen zu lassen und noch eine neue zu geben, wenn Stein ebenfalls eine solche (die zweitgrösste) verfertigen lasse. Diess geschah. Von den vier Glocken tragen nunmehr drei die Jahrzahl 1599; die kleinste dagegen, von Peter Füssli gegossen, hat nur die Umschrift:

«Ich lvt also sere In Gotes vnd St. Jergen ere; Maria Gottes Zell, «du hab in diner hvot, was ich überschell.»

In der Conventstube liess Abt Johannes II. Send eine steinerne Nische zu einem Giessfasse verfertigen und über derselben sein eigenes und des Klosters Wappen anbringen mit der Inschrift in gothischen Buchstaben: «Anno Domini M.CCCC.XLIIII Johannes Send abbas me fieri «fecit.» Eben daselbst befindet sich an der Decke in der Mitte des Querbalkens das Wappen des Klosters und eines andern Abts[1]).

Im Siegel des Abtes Eberhard vom Jahre 1267 ist ein Abt mit Stab und Buch, in demjenigen des Abtes Konrad I. aber von 1296 ein stehender St. Georg mit Fahne abgebildet. Das Siegel des Convents vom Jahre 1267 zeigt den h. Georg stehend mit Lanze und Schild und hat die Umschrift: «S. Georius. Sigillvm capitvli Steinen. ecce. In einem spätern Siegel von 1360 (S. Conventvs Mon. i. Stain. S. Georivs.) erscheint der Heilige sitzend zu Pferd mit Lanze und Drachen[2]).

Stein. Sammlung. Im Juni 1283 übergibt Heinrich, Kirchherr in Schwenningen und Conventual in Stein, das Haus im Fronhof nebst der Breitwiese in Hemmishofen zu einer Sammlung für geistliche Schwestern. Das Gebäude, jetzt das Frauenhaus genannt, ward nach der Reformation verkauft und 1691 neu erbaut[3])

Schaffhausen. Benedictinerkloster Allerheiligen. Graf Eberhard III. von Nellenburg und seine Gemahlin Ida, geb. Gräfin von Kirchberg, errichteten in Folge eines Traumgesichts zuerst eine Kapelle, welche Papst Leo IX. am 22. November 1052 der Auferstehung unsers Herrn widmete[4]). Der Bau des damit verbundenen Benedictiner-

---

1) Vögeli. — 2) Sammlung d. antiquar. Gesellsch. in Zürich. — 3) Vögeli. — 4) Fickler, Q. u. F. XXXVII.

Klosters wurde nach dem Entwurfe eines Geistlichen des Grafen, Namens Liutbolt, ausgeführt und in 12 Jahren vollendet. Bischof Rumold von Constanz weihte dasselbe am 3. November 1064 in der Ehre des Erlösers, der seligen, ewigen und unbefleckten Maria, des h. Erzengels Michael, derjenigen Heiligen, deren Reliquien daselbst eingeschlossen sind und überdiess allen Heiligen [1]). Die Kloster-, oder wie sie jetzt genannt wird, Münsterkirche, ist im reinsten byzantinischen Style gebaut. Das Langhaus wird durch je acht Bogen in das Hauptschiff und zwei Seitenschiffe getheilt. In der Vierung, welche das wenig ausladende Querschiff mit dem Langhause bildet, stehen vier massive Pfeiler. Der Chor ist viereckig abgeschlossen [2]). In derselben werden folgende Kapellen und Altäre erwähnt: St. Erhards Kapelle mit dem Altar der Auferstehung wurde von Papst Leo IX. am 23. August 1052 geweiht [3]) und in der daneben gelegenen Marienkapelle (1116?) Werner von Kilchheim beigesetzt [4]). An das Licht der St. Oswalds-Kapelle erkauft Gertrud, Ulrichs Zuhsing Wittwe, am 12. März 1300 Geldzinse von Heinrich Eberze [5]). Eine Stiftung derselben an die St. Niklaus-Kapelle geben Abt Konrad und der Convent am 25 März 1301 den Conventualen Konrad und Jakob von Henkart, Gebrüdern, als Leibgeding unter der Bedingung, dass sie wöchentlich vier Messen lesen und das Licht unterhalten [6]). In der St. Johann-Kapelle steht der Sarkophag des Abts Berthold von Sissach mit der Inschrift: «Anno Domini «M.CCCC.XXV pridie nonas Aprilis obiit dominus Bertholdus de Sissach «Abbas monasterii hujus». Er stiftete 1412 zuerst allein für das Seelenheil seines Bruders Thüring, welcher in dieser Kapelle beigesetzt worden war, eine Pfründe, und vergabte dazu zwei Höfe in Biberach und Büslingen nebst Einkünften zu Niederhallau, sodann in Verbindung mit zwei andern noch eine zweite Pfründe [7]). Die St. Anna-Kapelle (jetzige katholische Kirche) am Gottesacker wurde von dem Abte Michael von Eggenstorf (1501—1552) erbaut [8]). Endlich wird auch eine St. Michaels-Kapelle rechts neben dem Chor genannt [9]). An das Licht vor dem Fronaltar stiftet Hermann, der Marschall von Liebenfels, am 1. Mai 1308 einen jährlichen Zins [10]). Dem Conventualen, welcher die Altäre St Peter und St. Stephan zu bedienen hatte, fiel laut Urk. vom 16. Februar 1323 nach dem Ableben zweier Söhne des Konrad Läri, die im Kloster Allerheiligen waren, die Nutzung eines ihnen vom Vater als Leibding vergabten Hausantheils zu [11]) An den von ihm auf der linken Seite des Münsters erbauten Fronleichnamsaltar

1) Fickler Q. u. F. p. XXXVIII. — 2) Beschreibung von Hrn. Rud Rahn in Zürich — 3) Chronik d St Sch. I. 9. — 4) Neujahrsgeschenke V. Sch. III 7 — 5) u 6) Harders U. S. — 7) Neujahrsgeschenke v. Sch. XII. — Chronik d St Sch III. 10. — 8) Chronik d. St. Sch. IV. 209. — 9) Rueger. — 10) u. 11) Harderische U. S. —

und den Altar St. Gregor vergabte der Conventual Johannes von Neunkirch Einkünfte aus seinen Gütern in Ergoltingen, Oberhallau und Schaffhausen[1]).

Den 30. Juli 1447 wurde im Münster ein 22 Fuss hohes Crucifix aufgestellt, welches den Namen «der grosse Gott von Schaffhausen» erhielt und bald in wunderthätigen Ruf kam[2]).

1486 goss man die grosse, 84 Zentner schwere Glocke, die beinahe 29 Fuss im Umfange hat und folgende Inschriften trägt:

Um den Helm: vivos . voco . mortuos . plango . fvlgvra . frango . miserere . domine . populi . quem . redimisti . sanguine . tuo . anno . domini . M.CCCC.LXXXVI . + .

Um den Kranz: + Osanna . heis . ich . in . dem . namen . gots . ward . ich . in . . . . . . (st)iftet . man . mich . der . hochwirdig . her her . cvonrat . detikoffer . apt . vō . schafhvsen . macht . mich . lvdwig . peiger . von . basel . gos . mich . maria . reini . mvoter . bit . fvir . vins.

Die Lücke in dieser Inschrift rührt daher, dass einst während eines sehr kalten Winters ein beträchtliches Stück Metall aus dem Kranze sprang, was den Ton nur unbedeutend schwächte.

Die sogen. Halbeglocke ward 1604 gegossen und am 3. Mai 1605 in den Thurm gehängt.

Die Betzeitglocke hat die Inschrift: BENEDICTVS . QVI . VENIT . IN . NOMINE . DOMINI . OSANNA . IN . EXCELSIS . JESVS . NAZARENVS . REX . JVDEORAM . AVE . +

Auf dem Hochzeitglöcklein, welches unter dem letzten Abt, Michael von Eggenstorf, gegossen und worauf er abgebildet ist, wie er vor dem Kreuze Christi kniet, stehen die Worte: O rex . glorie . veni . nobis . cvm . pace . et . tempestive . XVC.XVI (1516) . iar . + [3])

Der Kreuzgang ist an die südliche Seite des Langhauses angebaut. Die eine Hälfte desselben hat sich beinahe noch ganz im ursprünglichen romanischen Style erhalten; von den beiden übrigen Seiten dagegen ist die eine im gothischen Styl erbaut und stammt aus dem Ende des 15. Jahrhunderts; die andere, im spätesten Renaissance-Styl, besteht aus einer langen Reihe von Flachbogen ohne Füllungen. An den Wänden des Kreuzgangs sind eine Menge wohlerhaltener Grabsteine aus dem 16. Jahrhundert eingemauert und in reichster Bildhauerarbeit mit den Wappen der Schaffhauser Patriziergeschlechter geschmückt[4]). Von einer überaus zierlichen byzantinischen Gallerie, welche um einen viereckigen Hof hinter dem Kreuzgange lief, ist nur noch ein kleiner Theil an einer Hausfaçade im nördlichen Theil der Klostergebäude übrig[5]).

---

1) Archiv, A. H. in Sch. — 2) Chronik d. St. Sch. III. 28. — 3) Harder Ms. — Chronik d. St. Sch. III. 84. — 4) Beschr. v. R. Rahn. — 5) Gemälde d. Kt. Sch. p. 12.

Von den Klostersiegeln zeigt dasjenige der Aebte 1256 einen sitzenden und 1358 einen stehenden Abt mit Stab und Buch, das des Convents von 1495 stellt den Erlöser dar, sitzend auf einem Throne mit erhobenen Händen; daneben steht die Umschrift: S. Covt'. Monasterii sci. Salvatoris in Scafvsa[1]).

Das Kloster Allerheiligen wurde 1524 noch vor Einführung der Reformation von dem Abte Michael Eggenstorfer dem Rathe der Stadt Schaffhausen übergeben.[2])

Schaffhausen. Benedictinerinnenkloster St. Agnes. Ida, die Wittwe Eberhards III. von Nellenburg, entsagte nach dem Vorbilde ihres Gemahls der Welt, und bezog ein abgelegenes Haus am Emmersberg, hart an der Durach. Abt Sigfrid von Allerheiligen (1083—1096) verwandelte dasselbe in eine Zelle der h. Agnes, woraus das gleichnamige, auf der Stelle des jetzigen Spitals gelegene Benedictiner-Nonnenkloster entstand, das zum ersten Male in einer Urkunde des Papstes Urban II. d. d. 26. Januar 1092 erwähnt wird[3]). Den Hochaltar in der Kirche desselben weihte am 6. Juli 1306 Bischof Sigfrid von Chur aus Auftrag des Bischofs Heinrich II. von Constanz[4]). Auf dem noch vorhandenen Stempel des Klostersiegels mit der Umschrift: «S. Covet' «mon. sce. Angnet'. in Scafusa. ordis. sci. Bndci.» ist die h. Agnes mit dem Lamm in der rechten und mit der Märtyrer-Palme in der linken Hand dargestellt[5]). — Nach Austritt und Verehlichung der Nonnen (1524—1529) wurden 1542 die Klostergebäude zum Spital eingerichtet[6]).

Schaffhausen. Des Baarfüsserklosters an der jetzigen Krummgasse wird am frühesten in einem Grundzinsrodel des Klosters Allerheiligen aus der Mitte des 13. Jahrhunderts (zwischen 1256 und 1259) gedacht[7]). In der Kirche desselben stiftet und dotirt Heinrich von Mandach 1446 einen Marienaltar[8]). Bei der Schliessung des Klosters 1532 wurde das einzige Glöcklein auf das kurz zuvor errichtete Dach des Thurmes der St. Johannes-Kirche gehängt; es trägt die Inschrift: «ICH «LVT . ALSO . SERE . IN . SANT . FRANCISCVS . ERE . MARIA . «GOTES . ZELL . DV . HAB . IN . DINER . HVT . ALLES . DAS . ICH . «VIBERSCHELL»[9]). Das Siegel des Guardians (Sigillm. Gardiani Schafvs) zeigt Christus, zwei neben ihm stehende Gerechte segnend; unter ihm zappeln drei Verdammte[10]). Das Conventsiegel dagegen enthält das Schaffhauser Wappen mit der Umschrift: «S. convent'. frm. minor. dom'. in Scafvsa»[11]). — Die Baarfüsserkirche wurde 1729 bis auf einen kleinen Rest, der noch 1838 stand, abgebrochen, der obere Theil derselben zur

1) Samml. d. a. G. i. Z. — 2) Chronik d. St. Sch. III 53 — 3) Fickler, Q. u. F. p. 25. Note 2. — Chronik d. St. Sch. I. 12. — 4) Harder U. S. — 5) Sammlung d. a. G. i Z. — 6) Chronik d. St. Sch. IV. 184/5. — 7) Ib. I. 18. — 8) Ib III. 27 — 9) Ib. V. 155. — 10) Sammlung d. a. G. i. Z. — 11) Meyer, löbl. St. Sch. Reformation 1656 p. 37.

Erweiterung der Krummgasse benutzt und auf dem übrigen Theile das Haus zur Freudenquelle erbaut.[1])

Schaffhausen. Willige arme Schwestern in der Sammlung beim h. Kreuz. Die Töchter einiger reichen Stadtbürger errichteten daselbst 1291 auf ihre Kosten und aus ihren Gütern ein Kloster, indem sie die dritte Regel von der Pönitenz ergriffen. Ihnen vergabte am 26. Dezember 1358 Heggenzi sein Haus und Hofstatt zu unterst an der Repfengasse bei St. Agnesen Thor. Sie waren den Benedictinerinnen bei St. Agnes unterworfen und hatten eine eigene Kirche, welche am 11. Dezember 1553 um fl. 60 verkauft und zu andern Zwecken verwendet wurde, nachdem das Kloster schon 1529 aufgehoben worden war[2]).

Schaffhausen. Im Fronhaus innerhalb der Grenzen des Klosters Allerheiligen hatte sich eine Anzahl Schwestern niedergelassen, hinsichtlich deren wegen eingeschlichener Unordnungen 1310 vom Rath beschlossen wurde, sie aussterben zu lassen.[3])

IV. ARCHIDIACONAT THURGAU.

5. DECANAT DIESSENHOFEN (STECKBORN).

Im liber decimationis cleri constantiensis pro papa vom Jahre 1275 sind aufgezählt:[4])

1) Kirchen:

A. Im jetzigen Kanton Zürich:
Rinowe, Loffen, Husen, Stamhain.

B. Im jetzigen Kanton Thurgau:
Diessenhouen, Ninufron, Hiutwile, Burch, Winfelden, Schlattingen, Basindingen, Herdern, Liuprehtswile, Stekborren, Mvlhain, Manbvrron, Swarza, Eschenze, Honberg, Uselingen, Wagenhusen.

Das spätere Verzeichniss des Bisthums Constanz erwähnt ferner:
Berlang oder Berlingen (Kaplanei seit 1359).
Paradies (trat nach 1310 an die Stelle von Schwarzach).
Märstetten (Pfarrei seit 1487).

Es mangeln die vor 1275 vorhandenen Kirchen: Ermatingen, Pfyn, Wigoldingen, wovon die erste Besitzung des Klosters Reichenau war und letztere zwei dem Domstifte Constanz gehörten.

2) Klöster.

A. Im jetzigen Kanton Zürich:
Rheinau, Benedictiner.

---

1) Chronik d. St. Sch. V. 114. — 2) Chronik d. St. Sch. II. 47. — Mone, Ztschr. f. d. G. d. O. R. XV. 171. — 3) Neujahrsgeschenke v. Sch. VII. 3. — 4) Freiburger D. A. I. 220. 221. 167. —

B. Im jetzigen Kanton Thurgau:

Ittingen, Augustiner; Wagenhausen, Benedictiner

Es mangeln die schon 1275 bestehenden Klöster: Paradies 1029 und St. Katharinenthal 1242 (Dominikanerinnen); Kalchrain circa 1230 und Feldbach 1252 (Cistercienserinnen), deren Orden, wie es scheint, von dem päpstlichen Zehnten befreit war.

Später kam hinzu: Klingenzell, Benedictiner, 1336.

A. Kanton Zürich.

1. Pfarrkirchen.

a. *Mutterkirchen.*

Stammheim (Stamhaim 761)[1]). Otarat übergibt ihr Eigenthum in Stammheim und Schlattingen am 23. April 897 dem Kloster St. Gallen, unter der Bedingung, dass sie dasselbe um den jährlichen Zins von 1 Pfg. an die Kapelle Stammheim auf Lebenszeit besitze[2]). Der Kirchensatz, welchen jenes Kloster wahrscheinlich schon mit dem Hofe und Zubehörden von König Karl dem Dicken am 23. November 880 erhalten hatte[3]), wurde öfter verpfändet; so am 29. Oktober 1303 dem Ritter Albert von Klingenberg um 200 M. S.[4]) und am 20 Februar 1315 dem Grafen Kraft von Toggenburg, Propst in Zürich und Domherrn in Constanz, um 100 M. S. für geleistete Dienste[5]). Am 14. Oktober 1420 hatte Hans von Homburg, sesshaft zu Stoffen, die Pfandschaft inne[6]); endlich geben am 17 März 1447 Anna, Aebtissin und der Convent zu Paradies einen Revers betreffend den ihnen Tags zuvor um fl. 3800 an Gold verkauften Kelnhof und Güter sammt Zubehörde zu Ober- und Niederstammheim und dort herum mit der Kirche, dem Kirchensatz, dem Weinzehnten, der Widum, der Rechtung, Leut und Gut, Fäll und Geläss, und räumen freiwillig dem Abt Kaspar in St. Gallen das beliebige Wiederkaufsrecht um die gleiche Summe ein[7]), wovon auch Gebrauch gemacht wurde; denn durch Kaufsconvention d. d. 10. Juni 1808 gelangte das Kollaturrecht nebst Liegenschaften, Grundzinsen und Zehnten vom Stande St. Gallen an den Stand Zürich[8]). Ein ungenannter Leutpriester ist am 16 Dezember 1215 Zeuge in einem Compromissspruche zwischen den Klöstern St. Johann im Thurthale und Bubikon[9]). Der erste bekannte Leutpriester ist 1275 Andreas von Wildberg, welcher noch sechs andere geistliche Pfründen besass[10]). — Die Kirche wurde im Jahre 1517 aus den Steinen des 917 zerstörten Schlosses auf dem Berge daselbst neu erbaut[11]). In dem Chore befinden sich einige schön aus Holz geschnitzte

---

1) Wartmann, Urkundenbuch der Abtei St. Gallen 1864. I. p. 34. — 2) Ib. II. p. 312. — 3) Neugart, C. D. A. I. p. 422–423. — 4)–7) Staatsarchiv Z. — Urk. v. Stammheim. — 8) Zürch. Finanzprotokoll. — 9) Staatsarchiv Z Bub. Urk. — 10) Freib. D. A I. 221. — 11) Stumpf, Ch. II 75. —

Stühle[1]) und im Thurme vier Glocken, wovon die grösste 1676 gegossen ist und die drei kleinern die Inschrift tragen: «O rex Glorie Christe veni nobis cum pace», und zwar die zweite ohne Jahrzahl, die dritte aber mit der Jahrzahl 1497 und die vierte mit dem Zusatze: «Ave Maria gracia plena»[2]).

Rheinau (Rinaugia 844)[3]). Hier bestanden im Jahre 1167 zwei Pfarrkirchen, nämlich:

1) St. Nicolaus auf dem Berge, und
2) St. Felix und Regula auf der Insel.

Ad. 1. Diejenigen Einwohner, welche sich in der von den Grafen von Lenzburg, als Schutzherren, 1126 erbauten und befestigten Stadt Rheinau aufhielten, hatten ihre dem h. Nicolaus geweihte Pfarrkirche auf dem Berge, deren erster bekannter Pfarrer, Wilhelm, 1243 Zeuge ist[4]) und von welcher 1275 der Constanzische Chorherr. Mstr. Heinrich von Zurzach, 11 M. S. eidlich als Einkommen angab[5]). Sie wurde von Bischof Heinrich II. zu Constanz am 27. April 1296 dem Benedictinerkloster in Rheinau, welchem das Patronatsrecht gehörte, einverleibt und demselben als Ersatz für den in Folge Verödung der zweiten Pfarrkirche St. Felix und Regula auf der Insel erlittenen Schaden unterm 28 Juli 1298 gestattet, die Bergkirche nach dem Abgange des bisherigen Weltpriesters durch einen Ordenspriester versehen zu lassen[6]). Den Altar zur linken Seite weihte Bischof Johannes III von Constanz am 28. Dezember 1355 in der Ehre der göttlichen Mutter, des h. Johannes Baptist und der unschuldigen Kinder[7]). — Das uralte Gotteshaus stürzte im Jahr 1578 ein, wurde aber von Abt Theobald, dessen in Stein gehauenes Wappen mit der Jahrzahl MDLXXIII sich über der Thüre befindet, von Grund aus neu aufgeführt[8]) und der Chor mit drei Altären von Bischof Johannes VI in Constanz am 3. April 1636 geweiht, nämlich der Hochaltar den h. Nicolaus, Silvester, Gregor, Konrad, Ulrich, Eberhard und Karl Borromäus; der Altar links gegen das Städtchen den h. Maria, Benedictus, Fintanus, Dominicus, Scholastica, Elisabetha und Ursula; der Altar rechts gegen die Reben St. Felix und Regula, Mauritius und Ursus.[9])

Ad. 2. Für die nicht weit vom Kloster wohnenden Rheinauer wurde die am Ende der Insel gegen Sonnenuntergang gelegene und bisher nur von den Klosterfrauen benutzte Kirche St. Regula zur Pfarrkirche bestimmt, von Bischof Otto II. zu Constanz am 29. Juni 1167 in der Ehre der h. Felix und Regula eingeweiht[10]) und vom Custos des Klosters versehen. Allein schon im Jahr 1298 hatten die meisten Angehörigen derselben

1) Zeichnung des sel Hrn. Ingenieur L. Schulthess in Zürich. — 2) Vögeli, G. B. — 3) Neugart. C. D. A. I. p. 253. — 4) Hohenbaum v. d. M. G. d. G. H. Rh. p. 80 u. 91. — 5) Freib. D. A. I. 244. — 6) Zapf, m. a. 490—492. 7) Archiv Rh. — 8) Hohenbaum v. d. M. G. d. G. H. Rh. p. 148. — Schulthess Zchng. — 9) Archiv Rh. — 10) Gesch. Frd. III. 213.

wegen ungenügenden Schutzes ihren Wohnort verlassen und sich in die Pfarrei St Nicolaus auf dem Berge begeben, so dass die Inselkirche St Regula fast verödet war. Ihr Gebäude liess Abt Bernhard II. 1752 niederreissen und neu erbauen[1]; jedoch 1864 wurde es bei Anlass der Umwandlung des aufgehobenen Klosters in einen Spital abgetragen.

Die beiden genannten Pfarrkirchen wurden im Jahre 1586 vereinigt und seitdem vom Kloster bis zu seiner Aufhebung 1863 durch zwei Conventualen als Ober- und Unterpfarrer besorgt[2], durch das Gesetz vom 1. Heumonat 1863 aber die Klosterkirche St. Maria auf der Ostseite der Insel für den katholischen und die St. Niklauskirche auf dem Berg für den Gottesdienst beider Konfessionen angewiesen[3].

Hausen (Husen 1275). Der dortige Leutpriester beschwor im Jahr 1275 ein Gesammteinkommen von 27 ℔ Sch. W.[4]. Die Kirche, welche über den Pfaffen wohl 12 Mark Silbers galt, verlieh zwischen 1303 und 1311 die Herrschaft Oesterreich[5]. Nachdem dieselbe durch den Tod des Priesters Heinrich von Schwandeck erledigt war, präsentirt dafür Herzog Albrecht II. von Oesterreich zu Wien am 11. März 1335 dem Bischof Niklaus von Constanz den Geistlichen Albert von Schwandeck[6]. Am 8. Oktober 1360 schenkt zu Brugg Herzog Rudolf IV. von Oesterreich in seinem und seiner Brüder Friedrich, Albrecht und Leopold Namen das Patronatsrecht der Pfarrkirche zu Hausen dem Propste, Dekan und Kapitel der Domkirche St. Maria zu Constanz[7]. In Folge dessen geben letztere am 4. August 1486 eine Beisteuer von fl. 150 an den von der ganzen Gemeinde zu Ossingen (Ocingen 1223) ausgeführten beschwerlichen und merklichen Bau des Chors und Glockenhauses der Kirche in Hausen, wofür sie aller weitern Baupflicht ganz und gar quitt, ledig und los erklärt werden[8]. Im Jahr 1518 war Hans Kubler Kaplan und 1524 Thomas von Gachnang beständiger Vikar daselbst[9]. Der Kirchensatz nebst dem Zehnten kam 1649 pfandweise von dem Domstift zu Constanz an die Stadt Winterthur und ward 1675 vom Stand Zürich an sich gezogen[10]. — Die Kirche von Hausen, welche Spitzbogenfenster und eine flache Holzdecke hat und deren auf der Südseite angebaute Sakristei 1844 abgetragen wurde, dient seit der allmäligen Verlegung des Gottesdienstes nach Ossingen für die Feierlichkeiten bei Begräbnissen auf dem anstossenden Friedhof. Es wurde nämlich schon am 20. April 1531 der Bitte der Einwohner von Ossingen, dass, weil ihre Pfarrkirche (Hausen) allzuweit vom Dorf entfernt sei, sie in der Kapelle bleiben und sich daselbst predigen lassen mögen, vom Rathe in

1) Hohenbaum, v. d. M. l. c. p. 79 u. 186. — Zapf M. A. p. 491. — 2) Eingabe der Gem. Rheinau v. 2. Sept. 1862. — 3) Amtsblatt des Kantons Zürich 1863, Abth. Gesetze Nr. 15. — 4) Freib. D. A. I. 221. — 5) Pfeifer, H. Ö. U. B. p. 232. — 6) Mone, Z. S. f. d. G. d. O. R. XI. 420. — 7)—9) Staatsarchiv Z. Amt Constanz. — 10) Werdmüller M. T. II. p. 17. —

Zürich willfahrt; doch sollen sie in der rechten Pfarrkirche taufen lassen und auch darin zu Tisch gehen [1]. — Die Kirche in Ossingen wurde 1652 neu errichtet [2] und am 1. März 1662 vom Rathe die Erbauung eines Kirchthurms bewilligt [3]. Die Glocken in letzterm trugen folgende Inschriften:

1) Ihs. Maria. O rex glorie veni nobis cum pace et tempestive. MCCCCXIIII Jahr. Umgegossen wie Nr. 2 im Jahr 1797.
2) O + Rex + Glorie + Criste + veni + nobis + MCCCCLXXXVII Jar.
3) + O . REX . GLORIE . CHRISTE . VENI . CVM . PACE (in gothischen Buchstaben).
4) ist 1808 gegossen [4].

b. Tochterkirchen.

Von Stammheim:

Nussbaumen (Nuzbouma 858) St. Leonhard.

Schlatt (Slate 866) St. Margaretha.

Schlattingen (Slatingarromarcha 897) St. Georg.

Siehe Kanton Thurgau, Seite 59.

Von Rheinau, St. Niklaus:

Martalen (Martella 858) [5] St. Gallus und Antoninus. Die Kirche, welche grosse Ablässe hatte, wird von Bischof Ulrich in Constanz am 16. Mai 1126 zur Ehre der genannten Heiligen, sowie der ungetheilten Dreieinigkeit, des siegreichsten Kreuzes, der h. Gottesmutter Maria, Stephanus, Cyriacus, Ypolitus, Silvester, Remadus, Magnus, Cäcilia und Natalia, deren Reliquien darin enthalten sind, eingeweiht [6] und laut Jahrzeitbuch der Mutterkirche (1. Mai 1400) das Gedächtniss der Einweihung alljährlich am Sonntag nach Philipp und Jakob begangen, später aber auf den Sonntag nach Margaretha verlegt. Der Kirchensatz ging, nachdem Martalen mit Benken laut Verträgen vom 6. Oktober 1525 und 10. Mai 1529 als Pfarrei abgesondert worden [7], 1754 vom Kloster Rheinau durch Verkauf an die Gemeinde [8] und 1756 durch freiwillige Abtretung an den Stand Zürich über [9]. Von den fünf Glocken im Kirchthurme sind die erste und zweite im 17. Jahrhundert umgegossen worden, die übrigen tragen folgende Inschriften:

3) O rex glorie veni nopis cum pace. VXIIII (1504).
4) Yehsus . Maria . Paulus . Antonius . beschirment unser Gotzhus.
Diese Glocke soll im Zwölferkrieg aus dem Kloster Rheinau weggenommen worden sein.
5) Soli Deo honor et gloria. Dominus tecum.
Zwischen den Worten stehen Bilder [10].

1) Staatsarchiv Z. M. P. — 2) Werdmüller, M. T. I. 307. — 3) Staatsarchiv Z. M. P. — 4) Vögeli, G. B. — 5) Archiv Rh. — 6) Gesch. Frd. III. 217. — 7) Hohenbaum, v. d. — M. G. d. G. H. Rh. p. 135 und 136. — 8) Werdmüller M. T. I. 369. — 9) Geistliches Pfrundenbuch v. 1746. — Fäsi St. u. E. B. d. h. E. I. 369. — 10) Vögeli, G. B. —

Von Martalen (theilweise auch von Laufen) trennte sich hinwieder;

Benken (Pecchinhova 858)[1]) St. Martin? Die Kirche, ebenfalls eine Filiale von St. Niklaus in Rheinau, wurde um das Jahr 1165 in der Ehre eines Apostels? geweiht[2]); Patrocinien in derselben waren an den Tagen der h. Afra, Martin und Silvester, an welch letzterm es der Leutpriester von Rheinau beging. Die Kirchweih ward am nächsten Sonntag vor dem Feste des h. Johannes Täufers gefeiert[3]). Da in Güterverzeichnissen von den Jahren 1606 und 1638 der Name »St. Martinshag« vorkömmt, so scheint daraus hervorzugehen, dass dieser h. Bischof der Hauptpatron der Kirche gewesen sei. — Die Pfarrgenössigkeit des Dorfs bezeichnet eine Urkunde von 1457 also: «Alle Hüser, die gen Louffen «mit dem Kilchgang gehören, gand in den grossen Zehnden; welche «Hüser zu Benken gelegen sind und mit dem Kilchgang gen Rinow «hören, gand in Gotzhus Rinow Zehnden.»

Nach der Reformation musste der Abt von Rheinau gemäss Vertrag vom 6. Oktober 1525 Kirchendiener bestellen, welche das Wort Gottes nach Anordnung des Raths den Einwohnern von Martalen und Benken verkünden sollten. Durch einen späteren Vertrag vom 10. Mai 1529 erhielt aber derselbe die Vergünstigung, anstatt zweier Kirchendiener nur einen zu bestellen, wobei die von Benken, als der mindere Theil, denen von Martalen, als dem mehrern Theil, im Kirchgang nachfolgen, der Leutpriester des letztern Orts dagegen an ersterm alle Feiertage eine Predigt halten sollte[4]). Als jedoch am 4. April 1555 die Kirchensynode der Gemeinde Benken einen Helfer bewilligt hatte, so anerbot sich diese, demselben in ihren Kosten eine geziemende Behausung zu bauen, auch Holz, Geld und Land an eine Pfründe zu entrichten[5]), und wurde hierdurch wenn auch nicht dem Namen, doch der That nach zu einer Pfarrei, da in der dortigen Kirche schon am 5. Juli 1555 die erste Ehe eingesegnet und am 4. August das erste Kind getauft wurde[6]). In der Folge kam auch der Kirchensatz vom Kloster Rheinau an den Stand Zürich[7]) und 1617 (von Fassnacht bis 4. August) ward statt der alten eine neue Kirche erbaut[8]). Der Taufstein trägt die Jahrzahl 1618 und die Inschrift:

O HER GOT VND VATER MEIN
HELFE DAS WIR DVRCH DEN TAVFE DEIN
ING'HN MOGEN INS HIMMELRICH
VND DASELB B'SITZEN EWIGKLICH[9]).

Die vier Glocken im Thurme derselben stammen aus den Jahren 1635, 1686, 1566 und 1750[10]). Die älteste, zweitkleinste hat die Inschrift: IHESVS. NAZERENVS. REX. IVDEORVM. MISERERE. NOBIS. ANNO. DOMINI. 1566.

1) Archiv Rh. — 2) Hohenbaum v. d. M. G. v. Rh. p. 80. — 3) Anniv. S. N. in Rheinau. — 4) Hohenbaum, l. c. p. 135-136. — St.-A. Z. M. P. — 5) St.-A. Z. — 6) Zur Erinnerung an die 1555 gestiftete Kirchgemeinde Benken. Zürich 1855. p. 11. — 7) Pfrundenbuch v. 1746. — 8) und 9) Siehe Note 6). — 10) Vögeli, G. B. —

Von Rheinau, St. Niklaus, löste sich weiter ab:

Laufen (Laufin 858)[1]. St. Susanna? oder St. Hilarius? Nach dem Jahrzeitbuche der Mutterkirche war am Tage der h. Tiburtius und Susanna (11. August) Patrocinium in Laufen; nach dem Berichte des Pfarramts Laufen aber ist der h. Hilarius Schutzpatron der dortigen Kirche, und es wird jetzt noch am 13. Januar (Gläritag) die Kirchweih gefeiert[2]. Der Hof mit der Kirche erscheint in der Urkunde des Kaisers Friedrich I. vom 27. November 1155 betreffend die Grenzen des Bisthums Constanz unter den Besitzungen des Domstifts[3]. Ihr Leutpriester beschwor 1275 14 M. S. als Einkommen seiner Kirche und schuldete überdiess den päpstlichen Zehnteneinsammlern 7 Schill. von einer Pfründe in Zürich[4]. Ein späterer Kirchherr, Rudolf von Tengen, ertheilte am 1. Juli 1349 seine Einwilligung zu Stiftung einer Pfründe in der Schlosskapelle von Laufen zunächst unter der Pfarrkirche[5]. In dem Streite zwischen den Unterthanen der letztern (die Lehen des Gotteshauses Constanz war, und erst 1806 an den Stand Zürich kam) und dem Leutpriester Konrad betreffend das Messmeramt fällte Bischof Heinrich III. am 10. September 1365 zu Klingnau einen Spruch, gemäss welchem dieser Konrad Kaplan des schon genannten Kirchherrn Rudolf und zugleich Messmer gewesen zu sein scheint, da ihm geboten wird, sich des Messmer- und Gottesdienstes so lange zu enthalten, bis er sich um die begangenen Frevel mit dem Bischof verträgt, und da dieser ihm als Strafe dafür zwei zum Messmeramte gehörende Grundstücke wegnimmt[6]. Ein Kaplan Andreas steuerte auch 1488 3 Pfund an den Bau der beiden Thürme beim Grossmünster in Zürich, der Leutpriester Hermann dagegen fl. 6.[7]. — Laut einem Erkenntniss des Raths in Zürich vom 17. Juli 1516 wurde zur Erweiterung der Kirche durch Anbau des jetzt noch vorhandenen Chors mit künstlichem Spitzbogengewölbe und zierlichen Fensterfüllungen ein Anleihen von 200 Gulden aufgenommen[8].

In der Kirche befindet sich ein Grabstein mit folgender Inschrift:

»Anno Domini M.(CCCC)XXIIII.

(Wappen.)

»Starb Cunrat von Fulach

»Dem gott gnedig sei«[9].

Dieser Konrad v. Fulach war von 1386 bis 1429 Besitzer des Schlosses Laufen[10].

Von den beiden Glocken hat die kleinere und ältere die Inschrift in gothischen Buchstaben: +++ O. REX. GLORIE. CRISTE. VENI.

1) Archiv Rh. — 2) Mitth. v. Hrn. Pfr. Pfenninger in Laufen. — 3) Neugart. C. D. A. II. p. 88. — 4) Freib. D. A. I. 221. — 5) Staats-Archiv Z., Constanzeramt. — 6) Urbar des Messmeramts Laufen. — 7) Staats-Archiv Z. — 8) Urk. in der Gemeindslade Uhwiesen. — 9) v. Moos, Th. S. V. 197. — 10) Harder, der Rheinfall. 1864. p. 59.

CVM. PACE; die andere in römischen Buchstaben: GOT ALEIN DEI. ER. ANNO DOMINI. 1561 [1]).

Von Laufen schieden sich ferner aus:

Trüllikon (Trullinchoua 858) [2]), h. Kreuz. Dieser Kapelle gab man 1492 drei Viertel Kernen von einer Wiese zu Truttikon [3]). Die dortigen, in die Pfarrei Laufen gehörigen Einwohner hatten zur Erweiterung der Mutterkirche eingewilligt, auch Fuhren und Handreichungen gethan. Als aber dafür ein Anleihen von 200 Gulden aufgenommen werden und zur Ablösung desselben jeder Mensch auf Frohnfasten einen Kreuzer geben musste, so weigerten sie sich dessen, ungeachtet sie den Schuldbrief mitbesiegelt hatten, unter dem Vorwande, sie seien von der Kirche zu Laufen, wiewohl diese ihre rechte Mutterkirche wäre, vor langen Zeiten (1489?) [4]) gesondert worden, hätten in ihren Kosten ihre eigene Kapelle und Begräbniss, auch einen besondern Kaplan, und müsste der Leutpriester zu Laufen (damals Alexius Schiterberg) nur zu den vier Hochzeiten bei ihnen die Opfer lassen reichen, dessgleichen alle Wochen zwei Messen haben; daher wären sie nicht weiter schuldig. gen Laufen zur Kirche zu kommen, als einmal im Jahre, so sie mit dem Kreuz dahin gingen u. s. w. Der Rath von Zürich sprach aber. da der Streit nicht gütlich beigelegt werden konnte, unterm 17. Juli 1516 zu Recht, die von Trüllikon sollten des Baues halb das gleiche thun, wie andere Kirchgenossen [5]). Erst im Jahre 1529 nahmen die Dorfleute zu Trüllikon aus Gunst und Nachlassen des Raths einen eigenen Prädicanten an; in Folge dessen erkannte der Rath am 9. März 1529, weil der Prädicant zu Laufen ihnen nichts mehr thue, sie sollen fürderhin alles das, so sie gen Laufen gegeben, ihrem Prädicanten werden und verabfolgen lassen [6]), und am 5. Oktober setzten die Eherichter das Einkommen der neuen Pfarrpfründe fest [7]). — Von den drei Glocken ist die erste 1657 gegossen; die zweite hat die Inschrift: «Lucas, Marcus, Matheus, S. Johannes», und die dritte: IHS. NAZARENVS. REX. IVDEORVM (in gothischen Buchstaben) [8]).

Feuerthalen (Fürtal 1436) [9]). St. Leonhard. Die Obsorge dieser der St. Johannes Kirche in Schaffhausen einverleibten Kapelle, in welcher die gestifteten Messen durch Kapläne derselben abgehalten wurden, war zwei Mitgliedern des Raths von Schaffhausen anvertraut, von denen der Verwalter ihres Vermögens »Oberpfleger« hiess. Im Jahre 1390 bekleidete dieses Amt Johannes im Laufen, 1457 Hans Ulrich Oening, genannt Jünteler; und von 1493 bis 1526 sind die Namen, sowie die Rechnungen der Oberpfleger ziemlich vollständig vorhanden. Seit der

1) Vögeli, G. B. — 2) Archiv Rh. — 3) Archiv Rh. Kyb. Pfr. I. 25 — 4) Vogel, a. Ch. p. 772. — 5) Urk. in der G. L. Uhwiesen. — 6) Staats-Archiv Z. M. P. — 7) Staats-Archiv Z. — 8) Vögeli, G. B. — 9) Mitth. d. a. G. i. Z. VI. p. 155.

Reformation hörte der Gottesdienst zu Feuerthalen gänzlich auf, und es waren, wie früher, die dortigen Einwohner an ihre Pfarrkirche in Laufen gewiesen. Die Kapelle stand leer und wurde hauptsächlich von der Spitalverwaltung in Schaffhausen, als Grundeigenthümerin, zur Aufbewahrung verschiedener Gegenstände benutzt. Laut Revers vom 4. Januar 1628 aber wurde von der Stadt Schaffhausen der Gemeinde Feuerthalen bewilligt, dass sie »die St Leonhards-Kapelle (welliche der Stift »St. Johannes von Alters her inkorporirt und zugehörig) in ihren Kosten »wiederum äufnen, mit einer Mauer umfangen und zur Bestattung ihrer »Leichname einmauern, auch einen Taufstein in die Kapelle (die Kinder »darin durch einen schaffhausenschen Expektanten taufen zu lassen) »setzen möge«. Mit Hülfe der ebenfalls nach Laufen kirchgenössigen Gemeinde Langwiesen wurde nun 1628 der Kirchenbau begonnen und 1629 vom Rathe zu Schaffhausen eine gemalte Fensterscheibe mit der Stadt Ehrenwappen geschenkt. Eine zweite widmete alt Stadtschreiber Hegner in Winterthur. Nach Vollendung der Renovation wurde am 8. Juni 1630 die Kirche eingeweiht, bald darauf der Gemeinde, da es an einem Geläute gebrach, vom Rathe in Zürich eine seit der Reformation unbenutzte Glocke des aufgehobenen Augustinerklosters daselbst (wahrscheinlich die jetzt noch vorhandene ganz glatte) verabfolgt und dieser 1638 durch freiwillige Beiträge eine zweite grössere beigefügt, welche 1785 umgegossen wurde. Endlich erhob am 3. November 1675 in Folge allmäliger Gründung eines hinreichenden Kirchenfonds hauptsächlich durch die Gemeindsgenossen die Regierung von Zürich die Filiale Feuerthalen zu einer Pfarrei.

Ehemals stand an der Wand des Kirchenchors der Grabstein des bereits erwähnten Oberpflegers Johannes im Laufen. Sein darauf befindliches Wappen stellt einen Adler im Fluge dar; links daneben ist ein Ruder abgebildet, das die ganze Länge des Grabsteins einnimmt, und auf dessen oberem breiten Theile drei auf den Spitzen stehende Dreiecke eingehauen sind, die über dem Wappen nochmals vorkommen. Die schon zu Rüegers († 1606) Zeit nicht mehr vollständige Inschrift in gothischen Buchstaben lautet: SEPVLTVRA. IOHANNIS. DCI. IM LOAFEN. PRIMI...... NO. DNI. M° CCC° LXXXX° OBIIT. Dieser Stein wurde bei der Reparatur der Kirche im Jahr 1630 weggeschafft und (die Bildwerke nach unten) vor den westlichen Eingang gelegt, daselbst aber am 4. September 1861 wieder entdeckt [1]).

2. Kirchenfilialen und Kapellen.

In der Pfarrei Stammheim:

Oberstammheim. St. Anna. Der älteste bekannte Gültbrief dieser Kapelle datirt vom 29. Oktober 1498 [2]). Sie war (seit 1507?)

---

1) Tagblatt d. Kt. Schaffhausen. 1861. Nr. 269—272. — 2) Staats-Archiv Z. A. St.

ein ziemlich besuchter Wallfahrtsort, wodurch ihr viele Opfer zuflossen, und hatte desshalb laut Kaufbrief vom 14. Mai 1509 eigene Pfleger [1]. Am 21 Januar 1510 errichten und dotiren mit Bewilligung des Abts Franz und Konvents in St. Gallen, als Lehenherren der Pfarrkirche, sowie mit Zustimmung des Leutpriesters Adam Moser der Vogt und die Kirchgenossen zu Stammheim eine ewige Kaplanei und Pfründe in der neulich zu Ehren St. Anna's gebauten Kapelle zu Oberstammheim, sowie am 24. November 1512 eine zweite Kaplanei und Pfrund auf den Altar U. L. Frau zu der rechten Seite vor dem Chor [2]. Für den erstern Altar (St. Anna) wird Johannes Wirth vom Bischof am 21. Februar 1510 als Kaplan investirt [3]. — Es befand sich auch in der Kapelle eine Altartafel, welche U. L. Frauen Ende oder Entschlafung darstellte und nach der Reformation in das Beinhaus zu Oberkirch bei Frauenfeld kam [4]. (Siehe Decanat Wiesendangen.)

Waltalingen (Vvaltiningum 831) [5]. St. Maria? Daselbst hängen drei Glocken, welche folgende Inschriften tragen:

1) O rex glorie Christe veni nobis cum pace. Anno domini 1476.

2) Anno domini 1485.

3) Sancta Maria ora pro nobis [6].

Mit einer dieser Glocken wurde laut einer Petition des Untervogts und der ganzen Gemeinde zu Waltalingen und Guntalingen, datirt 13. April 1540, im Schwabenkriege (1495—1499) mehr als einmal gestürmt [7].

Stammheim, St. Niklausen Bildhaus wird in einer Urkunde von 1504 betreffend die Landmarch und Anstösse zwischen Meinen Herren von Zürich und den umliegenden Gerichten zu Ober- und Unterstammheim erwähnt und ist noch auf der grossen Gygerschen Karte des Kantons Zürich vom Jahr 1664 bezeichnet, auch in der dazu gehörigen Marchenbeschreibung bei Nr. 13 mit folgenden Worten erwähnt: »Fürter zwüschen dem Sarnhoff (so gen Ober-Stammheim gehört) und der Artzinger Holz, auf das Bächli ausert St. Niclausen Bildheussli«.

Stammheim. Beinhaus, laut Rathserkenntniss vom 5. Mai 1563 abgetragen [8].

In der Pfarrei Rheinau:

Rheinau, St. Konrad und Ulrich, ausserhalb der Klosterbrücke dem Eingehenden zur rechten Seite. Von dieser durch den Constanzischen Bischof Konrad am 28. Juni 1210 eingeweihten Kapelle [9] hat schon das 16. Jahrhundert keine Spur hinterlassen [10].

Rheinau, St. Maria Magdalena, erbaut 1587 von Abt Theobald, dessen Schild die Kapelle trägt, an der untern (östlichen) Spitze

1) Pfarrarchiv Stammheim. — 2) Staats-Archiv Z. A. St. — 3) Lang, h. th. G. I. 1058. — 4) Neugart, C. D. A. I. p. 208. — 5) Vögeli, G. B. — 6) u. 7) Staats-Archiv Z. A. St. — 8) Ib M. P. — 9) Gesch. Frd. III. 220. — 10) Hohenbaum v. d. M. G. v. Rh. p. 84.

der Klosterinsel und desshalb gewöhnlich »Spitzkirche« genannt [1]). Von ihren zwei Glocken hat die eine die Jahrzahl 1550, die andere ist ganz glatt [2]).

In der Pfarrei Hausen-Ossingen:

Wyden, Schlosskapelle im Erdgeschosse neben dem Eingange mit zwei gothischen Fenstern.

In der Pfarrei Marthalen:

Marthalen. Auf dem Kilchbühl, einem Weinberge an der Strasse nach Rheinau, soll in den ältesten Zeiten eine Kapelle gestanden sein [3]).

In der Pfarrei Benken:

Benken. In den Bildäckern am Wege gen Schaffhausen und Dachsen stand ein Bild der h. Afra, nach der Sage mit einer Kapelle, aus der eine Glocke an die Kirche übergegangen sein soll. [4])

In der Pfarrei Laufen:

Schloss Laufen, St. Konrad und Ulrich. Mit vorhergehender Bewilligung des Kirchherrn Rudolf von Tengen und nachfolgender bischöflicher Genehmigung stiftet der Schlossherr, Heinrich von Urzach, Ritter, am 1. Juli 1349 eine Kapelle, bestimmt dem Priester, der dieselbe versieht, ein jährliches Einkommen von 22⅗ Stücken, und verordnet, dass sie zu Ehren der h. Konrad und Ulrich geweiht und die Pfründe nach dem Tode des Stifters jeweilen durch den ältesten seiner Erben vergeben werden solle. Am 2. Juli 1352 schenkt derselbe noch weitere Güter, die 10½ Stück ertragen, an die Kapelle zu Laufen in der Burg, von deren Kaplänen zuerst Felix Schiterberg in einer Urkunde vom 31. August 1479 genannt wird [5]).

Dachsen (Tachsheim 876) [6]). Ueber der Eingangsthüre der viereckigen Kapelle, welche an der westlichen Ecke einen starken Strebepfeiler hat, steht die in Stein gehauene, leider theilweise beschädigte Jahrzahl + 1 + 4 + . + 4, und im Thürmchen derselben hängt eine Glocke mit der Inschrift: «Pax Dei cum omnibus nobis. M. CCCCC. XXXXXIII. iar» [7]).

Uhwiesen (Uowison) [8]). Der Kapelle oben im Dorfe, welche schon am 9. April 1491 als Anstoss eines Weingartens erwähnt wird [9]), übergibt am 23. Februar 1497 Agnesa von Mörlen, Lorenzen Baslers sel. Wittwe, ½ Juchart Weingarten, genannt das Baumgärtlein, und ½ Juchart Acker zu Zimlo, vornehmlich für eine ewige Wochenmesse, deren Lesung und Abhaltung die Pfleger und die Gemeinde aus dieser und anderer andächtiger Menschen Gottesgabe und aus der Kapelle Nutzen besorgen sollen [10]).

---

1) Hohenbaum v. d. M. G. v. Rh. p. 148. — Mitth. v. Hrn. Prior F. Waltenspül in Rheinau. — 2) Vögeli, G. B. — 3) Mitth. v. Hrn. Pfr. Oschwald in M. — 4) Mitth. v. Hrn. Pfr. Walder in B. — 5) Staats-Archiv Z. Amt Const. — 6) Zapf, m. a. p. 438. — 7) Vögeli, G. B. p. 226. — 8) Urbar v. Rh. — 9) Staats-Archiv Z. Töss. Urk. — 10) Urk. in d. G. L. Uhwiesen.

Flurlingen (Flurlingin 876)[1]. Auf dem Gemeindehause hängt ein ehemaliges Kapellglöcklein, mit der Inschrift: «O rex glorie veni nobis cum pace im M. CV. vnd XIII. iar» (1513)[2].

Flurlingen. Unterhalb des Siechenhölzleins an der neuen Schaffhauserstrasse lag das Haus der armen Sondersiechen im Geissthal, dessen ältester Zinsbrief die Jahrzahl 1418 trug, und dem Anna Keller, Bürgerin zu Schaffhausen, Hansen Bugglers sel. von Dachsen Wittwe, am 22. Juli 1448 die erste bekannte Vergabung machte. Es hatte zwei Pfleger, und bestand noch am Ende des 16. Jahrhunderts. Laut Beschluss vom 21. August 1798 aber wurde sein Vermögen unter die Gemeinden des ehemaligen Amts Uhwiesen vertheilt[3].

In der Pfarrei Trüllikon:

Truttikon (Truttaninchoua 858)[4]. St. Oswald. Das Patrocinium ward am 5. August und die Kirchweih am 16. Oktober gefeiert[5]. Die Widum der Kapelle bezahlte im Jahre 1300 als Zehnten 2 Mütt Kernen und 6½ Schill. Pfenning[6]. — Von den beiden Glocken ist die eine ganz glatt, die andere 1591 gegossen[7].

3. Klöster.

Rheinau. Das Benedictiner-Kloster, 855 St. Maria und St. Peter und seit 995 auch St. Blasius, jetzt aber Maria Himmelfahrt geweiht, auf einer Insel des Rheins, wurde von dem alemannischen Herzog Wolfhart, Sohn Rutards, aus welfischem Stamme um das Jahr 778 gegründet, um 820 von seinem Sohn erhalten und 851 von Wolf, seinem Enkel, vollendet, von den Königen Karl dem Grossen 780, Ludwig I dem Frommen 820 und Ludwig II. 852 bestätigt und von letzterem Gotzbert als erster Abt eingesetzt[8].

Das Gotteshaus wurde schon 833 von den Feinden der Welfen und 925 abermals von den Hunnen zerstört[9], beide Male aber wieder aufgebaut und die Kirche desselben am 15. November 1114 von Rudolf, Bischof zu Basel, der h. Maria, Petrus, Alexander, Blasius, Moritz und Fintan geweiht, auch zur Ehre des letztern eine eigene Kapelle auf der Stelle, wo er lange Zeit als Klausner gelebt hatte, an die Kirche angebaut, den andern Heiligen aber eigene Altäre gewidmet, gleichwie dem h. Kreuze, St. Benedict, St Michael und St. Niklaus[10]. — In der Mitte der alten Kirche befand sich das Grabmal der Stifter erhaben und eingeschlossen, in der jetzigen steht es an der Mauer beim Altar des h. Kreuzes[11]. Nachdem sodann Abt Heinrich VIII. die zwei grösseren Glocken

1) Zapf, m. a. p. 438. — 2) Vögeli, G. B. — 3) Urbar u. Urk. in d. G. L. Uhwiesen. — 4) Archiv Rh. — 5) Anniversar. Rh. — 6) Archiv Rh. Trüll. Trutt. I. 3. — 7) Vögeli, G. B. — 8) Hohenbaum v. d. M. G. v. Rh. p. 10—19. — Archiv f. sch. G. I. p. 70. — 9) Hohenbaum l. c. p. 13 u. 43. — 10) Ib. p. 22, 52, 68, 69, 130. — 11) Ib. p. 11 u. 36.

mit seinem Schilde hatte giessen lassen, denen er später noch drei andere beifügte und Abt Theobald in den Jahren 1566—73 den einen Kirchthurm erbaut hatte, wurde von Abt Gerold am 3. Juni 1705 an der Seite dieses Thurms der Grundstein zu einer neuen Kirche gelegt, auf der andern Seite ein zweiter gleichförmiger Thurm errichtet und die neuerbaute Kirche mit 11 Altären am 5. Oktober 1710 von dem Weihbischof zu Constanz zur Ehre der in den Himmel aufgenommenen Mutter Gottes und Jungfrau Maria, des h. Petrus, Blasius, Fintan u. a. eingeweiht [1]).

Von den in den beiden Thürmen der Klosterkirchen hängenden sieben Glocken sind die Inschriften folgender fünf älterer bemerkenswerth:

1) Mariæ clangor nuncupor, ad dei laudem christianos voco, nuntians mortem fidelium, aërem nocivum repellens. 1500.
2) In omnem terram sonuit sonus Appostolorum,
Obsequio quorum appostolus vocor eorum.
3) O rex glorie veni cum pace; nam te filius nighil negans honorat.
4) Hainrich de Mandach. Abbas in Rinow, anno 1516.
5) Osanna hais ich. Niclaus Oberacker zu Costenz goss mich. 1514.
6) und 7) sind neueren Ursprungs [2]).

Die Siegel der Aebte zeigen von 1210 an einen Abt mit Stab und Buch; dasjenige des Convents vom Jahr 1317 (S. Capli. Rinaugen. Monasterii) die h. Maria mit dem Jesuskinde [3]).

Rheinau. Am obern (westlichen) Ende der Insel bei der Kirche der h. Felix und Regula wurde im 11. Jahrhundert ein besonderes Kloster für geistliche Jungfrauen unter der Regel des h. Benedict erbaut; das Jahrzeitbuch bezeichnet mit der Schrift des 13. Jahrhunderts den 9. Februar als Todestag von Mechtilt monialis ad. S. Felicem et Regulam. Später kam dieses Kloster durch widrige Zufälle in Abgang [4]); doch hat sich noch die Sage davon und der Name »im Frauenwag« erhalten. [5])

Flurlingen, Klause am Stein. Laut einer bei dem grossen Brande in Schaffhausen am 14. Mai 1371 zu Grunde gegangenen und auf Ansuchen des Testaments-Vollstreckers, Konrad Hün, am 9. Juli 1378 von Vogt und Rath daselbst erneuerten Urkunde verordnete Frau Agnes sel., Heinrichs des Hafners sel. Wittwe, die Klause am Stein jenseits des Rheins an der sogenannten Constanzerhalde, einer Klausnerin zur Wohnung, mit der Bestimmung, dass der jeweilige Rath zu Schaffhausen die Vollmacht haben solle, die Klause, so oft sie ledig wird, einem ehrbaren Menschen zu leihen [6]). Zu dieser Klause in einer Felsenhöhle

1) Hohenbaum v. d. M. G. v. Rh. p. 148, 178, 179. — 2) Vögeli, G. B. — 3) Sammlung d. a. G. i. Z. — 4) Hohenbaum v. d. M. G v. Rh. p. 61. — 5) Lokalnamenverzeichniss v. Rh. — 6) Chronik d. St. Sch. II. 75.

unten an den Lächen, genannt U. Frauen-Stein, worin eine uralte Kapelle mit einem grossen Marienbilde stand, führte nach der Sage ein Steg von Schaffhausen über den Rhein; sie wird in Kaufbriefen um die dortigen Fischenzen von 1375 bis 1438 erwähnt [1]). Jetzt ist dieselbe behufs des Kanals zu der Fabrik Rheinfels bei Flurlingen durchbrochen.

B. Kanton Thurgau.

1. Pfarrkirchen.

a. Mutterkirchen.

Diessenhofen (Deozinchova 757) [2]). Die den h. Dionysius, Blasius und Pankratius geweihte Kirche, deren Einweihung vor alten Zeiten jährlich am ersten Sonntag nach St. Heinrich gefeiert, am Ende des 17. Jahrhunderts aber auf den ersten Sonntag im Mai verlegt wurde [3]), schenkt mit allen Zubehörden der Priester Lazarus am 24. März 757 dem Kloster des h Gallus [4]). Als Patrone derselben nennen sich am 1. Juli 1242 die beiden Grafen Hartmann von Kyburg, der ältere und der jüngere, deren Vorfahren 1178 die Stadt erbaut haben [5]). Nach ihrem Absterben gelangte 1284 das Patronatsrecht an Albert, Graf von Habsburg-Kyburg, Erstgebornen des römischen Königs Rudolf [6]), und von diesem an die Herrschaft Oesterreich, welche im Anfang des 14. Jahrhunderts die über den Pfaffen 14 Mark Silbers geltende Kirche verlieh [7]). Schon vor der Reformation aber war das Recht zur Präsentation des Leutpriesters im Besitz von Schultheiss und Rath der Stadt Diessenhofen; das Bestätigungsrecht hatte der Bischof von Constanz [8]). Neben der Pfarrpfründe, deren erster bekannter Inhaber 1242 der Leutpriester Hugo ist [9]), bestanden noch sechs Kaplaneipfründen, nämlich:

a) die Truchsässenpfrund, gestiftet 1383,
b) die Traberpfrund 1407,
c) die Möstlipfrund 1468,
d) die St. Anna-Pfrund 1474,
e) die Vögelipfrund,
f) die Frühmesspfrund.

Die Stiftungsjahre der beiden letztern sind unbekannt.

Bei der Reformation (1529) wurden die fünf ersten Pfründen aufgehoben, und es blieb nur die Frühmesspfrund [10]). — Ferner wurde laut Satzungen vom Jahr 1478 durch den Kirchherrn und die Kaplane eine Bruderschaft gestiftet.

---

1) Meyer, l. St. Sch. R. 1656. p. 37 u. 38. — 2) Neugart, C. D. A. I. p. 26. — 3) Lang, h. th. G. R. I. p. 1063. — 4) Note 2. — 5) Herrgott g. d. H. II. p. 266. — 6) Ib. III. p. 516. — 7) Pfeiffer, H. Œ. U. B. p. 230. — 8) Mitth. v. Hrn. Oberrichter Brunner in Diessenhofen. — 9) Sulzberger, biograph. Verz. d. Geistl. aller ev. Gem d Kt. Thurgau. 1863. p. 42. — 10) Brunner.

Das Jahrzeitbuch enthält viele Stiftungen der Truchsässen von Diessenhofen, auch eine in 25 Pfund Heller bestehende, undatirte Vergabung des Hans Stör, genannt Langenhart, gewesenen Kaplans des St. Anna-Altars zu Diessenhofen (also nach 1478), des Meister Stäffen Stör, Leutpriesters zu Liestal, und ihrer Mutter, Margaretha von Schupfen, für ihre Geschwister [1]).

Mit Bezug auf die Bauart der im dritten Dezennium des 19. Jahrhunderts umgebauten Kirche ist zu bemerken, dass dieselbe ähnlich derjenigen in Bischofszell den byzantinischen Styl zeigte. Beim Umbau liess man die alten Säulen und Bogen des Mittelschiffs stehen [2]). Im Chore befinden sich Grabmäler der adelichen Familien von Hornstein, Greuth, Schellenberg, Landenberg und Waldkirch, meistens aus der ersten Hälfte des 17 Jahrhunderts. Im Kirchthurme hängen vier Glocken, wovon die beiden ältern folgende Inschriften tragen:

1) Die Betglocke: »O Rex Gloriæ Christe veni cum pace. Anno Dom. M. CCCC.XXIIII«.

2) Die grosse Glocke: »O Herr Jesu Christe, ein König der Ehren, erhalte uns in Frieden. 1631. Hæc campana facta est in honorem Dei et divæ Mariæ, sanctorum patronorum Dionisii, Pancratii et Blasii. A°. Dom. M. DCXXXI.

Zwei kleinere, in Schaffhausen gegossene Glocken haben die Jahrzahlen 1721 und 1723 [3]).

Burg (Ganodurum? castrum Exsientia 799 [4]), Burch 1256) [5]). St. Johannes [6]) Einen Theil der Kirche auf der Burg Eschenz, die auf römischen Ruinen stand, schenkt am 13. März 799 Vurmher dem Kloster St. Gallen [7]). Ihr ungenannter Viceleutpriester ist am 7. September 1256 Zeuge zu Stein [8]); als erster bekannter Kirchherr wird 1423 erwähnt Hans Stephan [9]). Das Patronatsrecht vergabt Herzog Sigmund von Oesterreich am 14 Februar 1468 dem Abt Gerold und Convent zu Einsiedeln, dessen Tisch die Kirche nach der Resignation des Mstr. Johannes Hochdorf von Bischof Hermann in Constanz am 30. Juni 1469 einverleibt wurde [10]); 1836 aber kam dasselbe an den Stand Schaffhausen. — In dem Fussboden der Kirche, deren Schiff 1671 abgebrochen und in erweitertem Umfang aufgeführt wurde, befanden sich beim Eintritte in den Chor bis auf die neueste Zeit, in welcher eine Versetzung nach dem Schlosse Steinegg stattfand, zwei ursprünglich zusammen gehörende Stücke einer weissen Marmortafel mit einer römischen Inschrift, von der aber, da sie seit langer Zeit mit Füssen getreten wurde, nur noch wenige Buchstaben gelesen werden können [11]).

---

1) u. 2) Mitth. v. Hrn. Pfr. Sulzberger in Sitterdorf. — 3) Brunner. — 4) Mitth. d. a. G. i. Z. XII. 276. — Wartmann, U B. d A. S. G. I. p. 147. — 5) K. v. R. Reg. v. Feldbach. 1852. Nr. 6. — 6) Morel, Reg. v. Einsiedeln. 1848. Nr. 758. — 7) Note 4). — 8) Note 5. — 9) Sulzberger b. V. d. G. p. 125. — 10) Morel, R v. E. Nr. 942 u. 955. — 11) Stumpf, Chr. II. p. 72. — Mitth. d. a. G. i. Z. Bd. X. p. 56. Nr. 272. —

Eschenz (Aschinza 876)[1]), XI—1503 St. Veit, (Kirchweih im 11. Jahrhundert am 1. Juni)[2]), jetzt U. L. Frauen Himmelfahrt[3]). Am 6. Januar 959 wird die Kirche mit dem Eigenthum, welches Graf Gundram im Dorfe Eschenz inne hatte, von König Otto I. dem Kloster Einsiedeln geschenkt[4]) und von dem Constanzischen Bischof Heinrich III. am 15. September 1362 einverleibt[5]). Als Einkommen von derselben beschwor im Jahr 1275 der Constanzische Chorherr, Mstr. Heinrich von Zurzach, 21 Const.-℔[6]). — 1737 fand die Erbauung einer neuen Kirche statt[7]).

Wagenhausen (Waginhusin ca. 1122)[8]). Die Zelle der h. Maria wurde als Benedictinerkloster gemäss einer im Jahre 1083 gemachten Schenkung Tuto's von Wagenhausen durch Siegfried, Abt zu Allerheiligen in Schaffhausen, gestiftet und 1090—1092 vollendet[9]). Am 26. Januar des letztern Jahres verbietet Papst Urban II., dieselbe vom Kloster Allerheiligen zu trennen[10]). Sie sank aber so in Armuth, dass sie 1417 durch Bischof Otto III. von Constanz jener Abtei einverleibt wurde, welche einen Propst als Pfarrer hinsetzte. Der erste ist Ulrich Peyer, genannt Ruch, 1444[11]). Bei der Reformation (1529) ward die Propstei aufgehoben und die Seelsorge der Kirchgemeinde von der Regierung des Kantons Schaffhausen, als Rechtsnachfolger des Klosters Allerheiligen, einem evangelischen Geistlichen unter dem Titel eines Propsts übertragen[12]). Seit 1862 ist die Kollatur der Propstei (Pfarrei) Wagenhausen an die dortige Kirchgemeinde übergegangen[13]). — Von den Gebäuden derselben sind noch vorhanden die flachgedeckte Kirche im romanischen Styl, deren nördliches Nebenschiff jedoch abgebrochen ist, und zwei Seiten des Kreuzgangs, worin je zwei oder drei rundbogige Fensterchen mit einfacher Säulenstellung durch eine kleine Wandfläche getrennt sind[14]).

Pfyn (ad fines, Phina 1155)[15]) St. Bartholomäus[16]) und

Wigoltingen (Wigoltinga 889)[17]).

Die zwei vorstehenden Kirchen sollen vom Abt und Bischof Salomo III. (890—920) dem Domstifte Constanz einverleibt worden sein[18]), und erscheinen demzufolge in der Urkunde des Kaisers Friedrich I. vom 27. November 1155 über die Grenzen dieses Bisthums als Besitzungen desselben[19]). Laut Statut vom 1. Mai 1294 besetzte der Dompropst beide Pfarreien[20]).

---

1) Neugart, C. D. A. I. p. 407. — 2) Cod. Ms. Nr. 29 in d. Stiftsbibl. Einsiedeln. — Morel, R. v. E. Nr. 1147. — 3) Cat. D. C. 1779 p. 65. — 4) Morel, R. v. E. Nr. 5. — 5) Ib. Nr. 385 u. 453. — 6) Freib. D.-A. I. 167, 245. — 7) Staatsarchiv Z. M. P. — 8) Neugart, C. D. A. II. p. 52. — 9) Fickler Q. u. F. Urk. 11 u. 12 n. 3. — 10) Kts. Archiv Sch. — 11) v. Mülinen H. S. I. p. 127. — Amtl. Smlg. d. æ. e. A. IV. 480. — 12) Pupikofer, d.Kt. Th. p. 343. — 13) Sulzberger, b. V. d. G. p. 125. — 14) Mitth. v. Hrn. R. Rahn. — 15) Mitth. d. a. G. i. Z XII. 291. — Neugart, C. D. A. II. p. 88. — 16) Lang, h. th. G. R. I. 1054. — 17) Dümge, Reg. Bad. Urk. 17. — 18) Pupikofer, d. Kt. Th. p. 247. — 19) Anm. 15). — 20) Mone, Zeitschr. f. d. G. d. O. R. VII. 343. —

Mstr. Albert, der Leutpriester von Pfyn, ist am 13. Jan. 1223 Zeuge in der Kirche Zollikon bei der Entscheidung des Zehntenstreites zwischen der Propstei Zürich und dem Kloster Zürichberg[1]). — Die leichten schlanken Verhältnisse des Gemäuers, der Bedachung und des Spitzthürmchens der Kirche zu Pfyn führen in die ältere Zeit[2]).

Hans Konrad ist 1220 Pfarrer in Wigoltingen[3]). — Der gothische Chor der Kirche ist bemerkenswerth. Die sogen. Betglocke im Thurm derselben trägt in gothischen Majuskeln die Inschrift: «O REX GLORIE XRE VENI CVM PACE[4]).

Uesslingen (Voselingen 1162)[5]) St. Peter und Paul[6]) wird unter den Zubehörden des 1162 von Herzog Welfo von Ravensburg dem Abt und Convent in St. Gallen übergebenen Klosters des h. Laurenz in Ittingen namentlich hervorgehoben[7]). Die dem Augustinerorden angehörenden Mönche des letztern versahen bis 1461 den Gottesdienst in Uesslingen; nachdem aber in diesem Jahre das Kloster an den Karthäuserorden übergegangen war, wurde in der Person des Ulrich Schreiber ein eigener (Welt)Geistlicher angestellt, 1517 ein Pfarrhaus und 1740 an den Chor der Kirche eine Kapelle gebaut[8]).

Steckborn (Stecheboron 843)[9]) St. Jakob älter[10]). Werner, der erste bekannte Leutpriester, ist Zeuge 1213[11]). Die Kirche wurde 1359 dem Kloster Reichenau einverleibt[12]). Ausser dem Pfarrer waren noch vier Kapläne angestellt, nämlich:

a) für die Kaplanei U. L. Frau;
b) « « von Ulrich Häring von Steckborn 1469 gestiftete Pfründe;
c) « « « der Gemeinde am 23. Juni 1597 gestiftete Frühmesspfründe.
d) Der Name der vierten Kaplanei ist nicht ermittelt worden.

Die Kirche wurde 1766, der Thurm im dritten Dezennium des 19. Jahrhunderts neu gebaut. In letzterm hing noch 1711 eine Glocke mit folgender Inschrift:

«Colo verum deum, plebem voco, et congrego clerum, Divos adoro, «festa decoro, defunctos ploro, Pestem Dæmonesque fugo» [13]).

Ermatingen (Ermatinga 724, Ermuotingen 1215)[14]) St. Albinus und Sebastian[15]). Das Patronatsrecht über diese Kirche übte das Kloster Reichenau aus[16]). Dass sie im achten Jahrhundert gegründet worden sei, lässt sich desshalb muthmassen, weil der Name des könig‑

---

1) Urbar d. Kl. Z. B. in d. St. B. Z. — 2) Mörikofer, Weihnachtsgabe 1842. p. 190. — 3) Sulzberger, b. V. d. G. p. 84. — 4) Mitth. des Pfarramts Wigoltingen. — 5) Neugart, C. D. A. II. p. 95. — 6) Lang, h. th. G. R. I. p. 1054. — 7) Note 5. — 8) Sulzberger. — 9) Dümge R. B. Urk. 5. — 10) Lang, h. th. G. R. I. p. 1054. — 11) Pupikofer, Reg. v. Kreuzlingen. 1853. Nr. 27. — 12) Pupikofer, d. Kt. Th. p. 333. 13) Sulzberger. — 14) G. Ohem Chr. von Reichenau. Msc. St.-B. Z. — Staatsarchiv Z. Bubikon. — 15) Lang, h. th. G. R. I. p. 1054. — 16) Pupikofer, d. Kt. Th. p. 261. —

lichen Dorfs Ermatingen schon in der Stiftungsurkunde des Klosters Reichenau vom 25. April 724 genannt wird[1]). Der ungenannte Leutpriester der Kirche ist am 16. Dezember 1215 Zeuge in dem Compromissspruche des Bischofs Konrad II. von Constanz betreffend das streitige Eigenthum an dem Grund und Boden des Johanniterhauses Bubikon[2]). Mit Namen ist zuerst E. 1221 bekannt[3]). Am 6. Juni 1359 wird die Pfarrkirche Ermatingen von Bischof Heinrich II. zu Constanz dem Kloster Reichenau inkorporirt[4]). In derselben errichtet Amalie, Tochter Otto's von Hard (einem Schlosse ausserhalb Ermatingen) am 16. November 1387 die Frühmess- oder St. Katharinen-Pfründe. Die Stiftungsurkunde nennt auch einen St. Verena-Altar; ausser diesem standen noch drei weitere Altäre, nämlich: a) der h. Maria Reinigung unter dem Thurm; b) des h. Blasius gegen Mittag und c) des h. Antonius gegen Mitternacht[5]). — Der im Spitzbogenstyl erbaute Chor zeichnet sich durch schöne Verhältnisse aus. Die Glocken im Kirchthurm wurden 1845 umgegossen[6]).

Schwarzach (Swarza 1253)[7]) St. Peter[8]). Das Patronatsrecht dieser Kirche, welche wohl mit der von dem Adel des Thurgau's nach einem Siege über die gegen ihn aufgestandenen freien Landleute (am 26. August 992)[9]) zu Ehren des h. Petrus erbauten Kapelle identisch ist, schenkt Graf Hartmann der ältere von Kiburg am 6. Dezember 1253 und wiederholt 1258 mit dem Eigenthum des Dorfes der Aebtissin und Convent von Paradies bei Constanz[10]), welche am 26. November 1258 in Folge Verzichts des Pfarrers jener Kirche, Konrads von Herblingen, (gegen eine Geldentschädigung) das Kollaturrecht der Leutpriesterei übernahmen[11]). Im Jahre 1278 befahl Papst Nicolaus IV. dem Bischof von Basel, die Kirche St. Peter in Schwarzach dem Kloster Paradies einzuverleiben; in Vollziehung dessen wurde letzteres von dem Leutpriester Gebhard zu Schaffhausen 1310 in den Besitz der Kirche eingeführt[12]). Dieselbe stand noch bis zum Jahre 1588, in welchem ihre Steine zum Bau des abgebrannten Klosters Paradies verwendet wurden[13]). Die Klosterkirche trat nun an die Stelle der Kirche Schwarzach, und nach Aufhebung des Klosters im Jahre 1836 wurde aus dem Vermögen desselben eine eigene Pfarrei in Paradies gegründet.

Hüttwilen (Huttinvillare 817)[14]) St. Michael, Pancratius und Margaretha[15]). Der Leutpriester daselbst (1509 Hans Ernst) ist Zeuge am 7. September 1256 zu Stein[16]). Die Kollatur gehörte

1) Gallus Ohem Chronik von Reichenau (Msc. St.-B. Z.) — 2) Staatsarchiv Z. Bubikon. — 3) Mone, Z. S. f. d. G. d. O R. III. 487. — 4) Ib. XI. 442. — 5) Lang, h. th. G. R. I. 1054 — 6) Sulzberger. — 7) Hergott, g. d. H. II. p. 309. — 8) Harder's U. S. in Sch — 9) v. Mülinen H. S. II p. 218. — 10) Hergott, g. d. H. II. p. 309, 343. — 11) Harder's U. S. — 12) Sulzberger. — 13) Hohenbaum, v. d. M. G. v. Rh. p. 50. — 14) Neugart, C. D. A. I. p. 164. — 15) Sulzberger. — 16) Id. b. V. d. G. p. 100. — Reg. v. Feldbach Nr. 6.

früher dem Bischof von Augsburg, welcher das Patronatsrecht der Kirche thurgauischen Adelichen in der Umgegend derselben verlieh, so im 15. Jahrhundert den Edlen von Münchwyl. Jkr. Klaus von M. verkaufte um 1466 für fl. 1070 rh. die Gerichtsherrlichkeit nebst dem Kelnhof und Kirchensatz zu Hüttwylen als Leben an den ersten Prior der Karthäuser zu Ittingen. Nachdem dasselbe 1550 an den Edlen Jerg Gys von Gysberg übergegangen war, übergab solches 1555 auf Verwendung der eidgenössischen Gesandten der Kollator (Bischof von Augsburg) wieder dem erwähnten Kloster und 1599 dem Ulrich von Breitenlandenberg im Schloss Herdern, welcher das Leben als Eigenthum an Ittingen schenkte, unter der Bedingung, dass daselbst auf ewige Zeiten seine Jahrzeit feierlich begangen werde. Das Kloster behielt die Kollatur bis 1843, wo sie an die Kirchgemeinde abgetreten wurde[1]).

Basadingen (Pasnandingas 761[2]), Bazmundinga 1083)[3]) St. Martin[4]). Die Kollatur besass bis 1260 das Kloster Reichenau[5]), am 1. April 1264 aber wurde dieselbe auf Bitte der Aebtissin und Convent dem Tische des Klosters St. Katharinenthal von Bischof Eberhard II. zu Constanz einverleibt[6]) und 1831 ging sie an die Gemeinde über. Der erste bekannte Leutpriester ist Thomas Frey, welcher 1478 resignirte. — Kirche und Thurm wurden im dritten Dezennium des 19. Jahrhunderts neu gebaut und die Glocken 1841 umgegossen[7]).

Mammern (Manburron 909)[8]) St. Blasius[9]). Der Leutpriester Arnold ist am 9. Dezember 1264 Zeuge beim Kloster St. Blasien in einem Vergleiche desselben mit dem Freien Heinrich von Krenkingen[10]). Den Kirchensatz nebst der Neuenburg bei Steckborn leiht Hiltpolt von Wehrstein, Abt des Klosters St. Gallen, an welches diese Besitzungen vermuthlich schon in der Mitte des 12. Jahrhunderts gekommen, am 5. Oktober 1319 dem Albrecht von Castel, Propst zu St. Stephan, und dessen gleichnamigem Bruder, Domherren zu Constanz[11]). 1690 kam das Kollaturrecht von Mammern mit der Herrschaft Neuenburg, nachdem diese seit 1451 zehn Male den Eigenthümer gewechselt hatte[12]), an das Kloster Rheinau und am 15. März 1843 durch Vertrag mit dem Stande Thurgau an die Gemeinde[13]).

Neunforn (Nivvora 962)[14]) Das Patronatsrecht, welches an Mechtild, Freie von Wart und Gemalin Diethelms, des Meiers von Windegg, von ihrem verstorbenen Bruder, Jakob von Wart, erbsweise gefallen war, schenkt dieselbe mit Zustimmung ihres Gatten und ihres Sohnes

---

1) Sulzberger. — 2) Wartmann U. B. d. A. S. G. I. p. 34. — 3) Fickler, Q. u. F. Urk. p 11. — 4) Cat. D. C. 1779. p 64. — 5) Pupikofer. — 6) v. Mülinen H. S. II. 176. — 7) Sulzberger. — 8) Wartmann U. B. d. A. S. G. II. p 358. — 9) Lang, h. th. G. R. I. p. 1086. — 10) Hergott, g. d. H. II. p. 387. — 11) Kopp, G. d. e. B. IV. 2. p. 285. n. 4. -- 12) Leu, Sch. L. XII. p. 473/4. — 13) Prot. d. Z. F. R. — 14) Neugart, C. D. A. I p. 604.

Bartholomäus am 13. November 1265 dem Convent der Augustinerinnen zu Töss[1]. Ihre Verwandten bestätigen 1268 diese Schenkung[2] und Bischof Rudolf II. von Constanz inkorporirt am 20. Februar 1291 die Einkünfte der Kirche, deren erster bekannter Leutpriester Volmar ab dem Heiligenberg bei Winterthur den 17. Juli 1273 am Graben vor der Burg Teufen Zeuge eines Gutsverkaufs ist[3], als Tafelgüter dem Kloster Töss[4]. Bei der Aufhebung des letztern in Folge der Reformation kam 1525 die Kollatur an den Stand Zürich, und von diesem durch Vertrag d. d. 15. März 1843 an den Stand Thurgau, beziehungsweise an die Gemeinde[5]. — Die Kirche ward 1695 in grösserm Umfang neu erbaut[6] und hat einen nennenswerthen Chor[7]. Das Siegel des Pfarrers (S. Nicolai incurati in Nuvoron 1328) stellt einen Bischof mit Buch vor[8].

Herdern (Haerdern 1275)[9] St. Sebastian[10]. Der Kirchensatz der im päpstlichen Steuerrodel von 1275 aufgezählten Pfarrei wurde von Rudolf III., Bischof zu Constanz und Abt zu St. Gallen, am 21. Dezember 1331 in Folge der ihm von Konrad, Bischof zu Freisingen, durch Verpfändung der Höfe, Leute und Güter, sowie des Kirchensatzes Stammheim erzeigten Freundschaft dem Frauenkloster Kalchrain geschenkt[11]. Als Leutpriester der Kirche, die in den Jahren 1716 und 1717 neu gebaut wurde[12], erscheint 1486 Hr. Sebastian[13].

Homburg (Honberg 1275)[14] St. Peter und Paul[15]. Kollatoren dieser 1275 den päpstlichen Zehnten bezahlenden Kirche[16] waren zur Zeit der Reformation die Herren von Klingenberg[17] und Pfarrer derselben seit 1523 Hans Füllemann von Berlingen, Kaplan im Schlosse Klingenberg[18]. Sie wurde im 18. Jahrhundert neu gebaut und von einem auf jenem Schlosse wohnenden Kapitularen des Klosters Muri versehen[19], an welches 1651 der Kirchensatz gekommen war[20]. Seit der Aufhebung dieses Klosters im Jahre 1841 wird die Kirche von einem Weltgeistlichen besorgt.

Klingenzell (Clingenzelle 1336)[21] U. L. Frauen Schmerzen[22]. Walther von Hohenklingen, der älteste, Ritter, übergibt unterm 6. Juli 1336 die von ihm an dem Orte, wo er auf der Jagd von einem wilden Schwein in Lebensgefahr gesetzt wurde, zur Ehre Maria Hilf, des h. Georg und Theodul gestiftete und bewidmete, auch laut Brief d. d. Avignon 20. Oktober 1333 mit Ablass versehene Kapelle[23] sammt den zugehörigen

---

1) Staatsarchiv Z. — Kopp, G. d. e. B. II. p. 292. n. 6. — 2) Ib. II. p. 456. n. 1. — 3) Staatsarchiv Z. Urk. v. Töss. — 4) Prot. d. Z. F. C. T. XV. p. 141. — 5) Prot. d. Z. F. R. — 6) Leu, Sch. L. T. XIV. p. 119. — 7) Mörikofer W. G. p. 193. — 8) Sammlung d. a. G. i. Z. — 9) Freib. D. A. I. 220. — 10) Lang, h. th. G. R. I. 1054. — 11) Gesch. Frd. IV. 188. — 12) Sulzberger. — 13) Id. b. V. d. G. p. 105. — 14) Freib. D. A. I. 167. — 15) Cat. D. C. 1779. p. 65. — 16) Note 14. — 17) Pupikofer, d. Kt. Th. p. 283. — 18) Sulzberger b. V. d. G. p. 87. — 19) Note 17. — 20) Leu, Sch. L. XI. p. 126. — 21) Pupikofer, Geschichte des Thurgau 1828—30. Urk. Nr. 36 u. 37. — 22) Cat. D. C. 1779. p. 65. — 23) Burgener, die Wallfahrtsorte der kathol. Schweiz. 1863. I. p. 249.

Gütern, welche er schon am 19. März 1336 von der Abtei St. Gallen tauschweise erworben haben soll, am 6. Juli 1336 dem Abt und Convent des Gotteshauses St. Georg zu Stein, unter der Bedingung, dass sie darauf zwei Priester setzen, welche nach der Regel des Benedictiner-Ordens den Gottesdienst halten[1]. Am 10. August 1350 ist Bruder Konrad Propst des neuen Klosters[2]. Nach der Reformation wurde die Propstei Klingenzell mit der Abtei Stein von Papst Gregor XIII. im Jahre 1583 dem Benedictinerstifte Petershausen bei Constanz einverleibt. Dieses unterhielt daselbst fortan nur noch einen Geistlichen unter dem Namen eines Propsts und liess statt der baufälligen Wohnung und Kirche neue Gebäude weiter oben auf dem Berge errichten, welche der Weihbischof von Constanz am 26. Juli 1705 einweihte. Auf dem frühern Platze derselben ward eine Kapelle gebaut[3]. Gegenwärtig gehört die Kollatur der dortigen Pfarrpfründe dem Stande Thurgau[4].

b. Tochterkirchen.

Von Pfyn:

Mühlheim (Muelhain 1261)[5] S t. V e r e n a[6]. Als Kirchherr der Pfarrkirche, die eine Filiale von Pfyn war und deren Leutpriester 1275 ein Einkommen von 12 ₶ 8 ß. C. W. beschwor[7], erscheint 1311 der Priester Johannes[8]. Am 20. September 1489 weiht der Generalvikar des Bischofs von Constanz in der zu Ehren der h. Verena gegründeten Kirche in Mühlheim drei neue Altäre nebst einem Theile des Friedhofs, und zwar: a) den Hochaltar im Chore zur Ehre der h. Verena, Maria, des h. Kreuzes, Mauritius und seiner Gefährten, b) den Altar auf der rechten Seite den h. Sebastian, Martin, Elisabeth und Agatha, c) den Altar auf der linken Seite den h. Petrus und Paulus, allen Aposteln, Antonius, Ursula und ihren Gefährtinnen, Brigida und Franciscus. Die Einweihung der Kirche soll jährlich am Montag nach dem Pfingstfeste gefeiert werden; denjenigen, welche alsdann dieselbe besuchen oder an ihren Bau steuern, gibt er 40 Tage Ablass[9].

Von Mühlheim löste sich weiter ab:

Hüttlingen (Hütlingen 1337)[10] St. A n d r e a s[11]. Der Kirche, welche um das Jahr 1300 von den Edlen von Buchschoren gestiftet zu sein scheint[12], ertheilen am 15. März 1337 zwölf Bischöfe zu Avignon einen Ablass von vierzig Tagen[13]. Die Gerichte und den Kirchensatz zu Hüttlingen verkauft Kaspar von Thor mit der Herrschaft Wellenberg 1465 an Hugo von Hohenlandenberg, von welchem derselbe im Anfange

---

1) Pupikofer, G. d. Th. U. Nr. 36 u. 37. — 2) Ib. U. Nr. 46. — 3) Leu, Sch. L. XI. p. 127. — 4) Pupikofer d. Kt. Th. p. 292. — 5) Hergott, G. d. H. II. p. 368. — 6) Lang, h. th. G. R. I. p. 1054. — 7) Pupikofer, d. Kt. Th. p. 249. — Sulzberger. — Freib. D. A. I. 167. — 8) Sulzberger b. V. d. G. p. 92. — 9) Id. — 10) Pupikofer, U. Nr. 42. — 11) Note 10 — Lang, h. th. G. R. I. p. 1054. — 12) Pupikofer, d. Kt. Th. p. 285.

des 16. Jahrhunderts an die von Rappenstein, hernach an die von Ulm, unterm 10. Juni 1674 an die Erben Kaspar Eschers sel., des Raths und Statthalters in Zürich, und den 9 Februar 1694 an die dortige Regierung kam[1], bis er endlich durch Vertrag vom 15. März 1843 an den Stand Thurgau, resp. die Gemeinde Hüttlingen überging[2]. Schon am 4 Juli 1484 hatte übrigens der Generalvikar des Bischofs von Constanz mit Bewilligung des Kollators (Kloster Reichenau) und des Leutpriesters von Mühlheim wegen der weiten Entfernung und der dazwischen liegenden Thur die Lostrennung des Dorfes Hüttlingen und die Erhebung der Kirche desselben zu einer Pfarrkirche gestattet; demzufolge ward Dienstag nach Marcus (26. April) 1485 zwischen Hrn. Johannes Bridler, Leutpriester zu Mühlheim, und den Einwohnern von Hüttlingen ein Vertrag hierüber abgeschlossen, und laut einem weitern Vertrage vom 11. März 1505 musste der jeweilige Pfarrer von Hüttlingen demjenigen von Mühlheim für den erlittenen Abgang an pfärrlichen Rechten jährlich fl. 3 geben. An die neue Pfarrei schlossen sich dann mehrere zur Mutterkirche Pfyn gehörige Dörfer auf dem linken Ufer der Thur an, welche lange Zeit nur als Gäste von Hüttlingen betrachtet und erst in neuerer Zeit Kirchbürger daselbst wurden[3]. — Die Glocken liess die Gemeinde 1839 umgiessen.

Von Pfyn trennten sich unmittelbar:

Felwen. U. L. Frau und Allerheiligen. In der Kapelle dieses Dorfs, die schon im 9. Jahrhundert eine Filiale von Pfyn war[4], stiftete und bewidmete Margaretha von Hohenlandenberg, Rudolf's von Hünenberg, Ritters sel. Wittwe, wohnhaft im Schlosse Wellenberg, laut Bestätigung des Bischofs Heinrich IV. von Constanz d. d. 15. Dezember 1450 eine ewige Pfründe auf den Altar U. L. Frau und aller Heiligen, und behält das Präsentationsrecht des Kaplans auf Lebenszeit sich selbst, nach erfolgtem Tod aber ihren beiden Brüdern und alsdann je dem ältesten des Geschlechts von Hohenlandenberg vor[5]. Durch einen gütlichen Spruch des Bischofs Hugo in Constanz vom 23. November 1500 erhielt die Gemeinde Felwen die Erlaubniss, den Ertrag der Widum für die Besoldung eines Priesters zu verwenden, den sie mit Wissen und Willen eines Leutpriesters zu Pfyn anstellen dürfe, damit er sie, falls ihre Bewohner wegen Grösse der Thur die ordentliche Pfarrkirche nicht erreichen können, mit den Sakramenten versehe. Die Anstellung eines Kaplans geschah aber erst 1525. Seit dieser Zeit (1526) war fast immer ein Geistlicher in Felwen, und es wurde dieser Ort allmälig eine selbstständige Pfarrei, ohne dass eine förmliche Lostrennung von der Mutterkirche stattfand[6]. Im Jahre 1702 fiel die Kollatur an

1) Zürch. F. P — 2) Id. — 3) Sulzberger. — 4) Pupikofer, d. Kt Th. p. 263. — 5) Staatsarchiv Z. U. v. Wellenberg. — 6) Sulzberger, b. V. d. G p. 22. —

den Stand Zürich und die Stadt Frauenfeld, welche dieselbe wechselsweise ausübten[1]), bis durch Vertrag vom 15. März 1843 ersterer seine Hälfte des Kollaturrechtes an den Stand Thurgau zu Handen der Gemeinde abtrat[2]). — Von den drei Glocken sind zwei neuern Ursprungs. Die Inschrift der kleinsten kann wegen ihrer Stellung nicht wohl gelesen werden.

Gündelhart. St. Mauritius.[3]) Ein vor 1523 entstandener Streit zwischen dem Vogtherrn der Pfarrkirche zu Gündelhart, Heinrich von Liebenfels, mit den Kirchgenossen derselben einerseits und dem Pfarrer von Pfyn anderseits, des Inhalts, dass erstere behaupteten, der Pfarrer von Pfyn habe die Pflicht, alle Sonntage in Gündelhart eine Messe zu lesen oder im Falle der Verhinderung während der nächsten Woche zwei, wurde von Abt Peter I. in Kreuzlingen am 21. Mai 1523[4]) auf gütlichem Wege dahin entschieden, dass der Pfarrer von Pfyn nicht schuldig sei, in Gündelhart Messen zu lesen, dagegen jährlich auf Weihnacht dem Priester in Gündelhart acht Mütt Kernen Constanzer-Maass zu geben[5]). Die Schlosskapelle, deren Kollatoren 1523 die Herren von Liebenfels, 1578 die von Gemmingen und 1622 die von Beroldingen waren[6]), wurde schon vor 1523 als Pfarrkirche betrachtet[7]).

Von Wigoltingen:

Lipperswilen (Luimprechtswiläer 1252)[8]). Konrad, der Leutpriester dieser Kirche, ist am 16. Juli 1252 Zeuge im Schlosse Altenklingen bei der Stiftung des Klosters Feldbach[9]). Das Dorf und den Kirchensatz verkaufen am 14. Mai 1284 Eberhard und Arnold von Bürglen an das Stift St. Johann in Constanz[10]). 1359 war Kirchherr in Lipperswеilen Hans Thös und wohnte daselbst; die Kirche wird daher in einer Urkunde von 1423 Pfarrkirche genannt.[11])

Märstetten (Marsteten 1155)[12]) St. Jakob[13]). Der Hof mit der Kirche wird unter den Besitzungen des Bisthums Constanz in der Urkunde des Kaisers Friedrich vom 27. November 1155 aufgezählt[14]). Am 25. Juli 1465 weihte der Generalvikar Thomas von Constanz die Kirche zu Märstetten als Filiale derjenigen von Wigoltingen und von den drei Altären 1) den h. Gallus, Martin, Georius, Verena; 2) den h. Wendelin, Maria, Nicolaus und Barbara; 3) den h. Lucia, Ottilia, Sebastian und Jodocus. Auf den zweiten Altar stiftete die Wittwe Kunigunde von Schwarzenberg in Griessenberg, geb. Gräfin von Nellenburg, den 17. August 1465 eine ewige Frühmesse mit Kaplaneipfründe[15]) welche bei der Reformation einging, und bis 1593 in den Händen der spätern Besitzer von Griessen-

1) u. 2) Zürch. F. P. — 3) Cat. D C. 1779. p. 68. — 4) v. Mülinen H. S. L. 156. — 5) Sulzberger. — 6) Leu Sch. L. IX. 308. — 7) Sulzberger. — 8) u. 9) Reg. v. Feldbach Nr. 2. — 10) Pupikofer, G. d. Th. U. 17. — 11) Sulzberger. — 12) Neugart, C. D. A. II. p. 88. — 13) Sulzberger. — 14) Note 12. — 15) Pupikofer, Reg. v. Kreuzlingen. Nr. 357.

berg blieb. Diese übergaben mit Bewilligung der im Thurgau regierenden Orte die Pfründe dem Kloster Kreuzlingen zur Versehung, das bis in die neuere Zeit dann und wann im Jahre eine Messe lesen liess, 1810 aber den Fond der Kirchgemeinde Märstetten abtrat, und die Entfernung des damals noch vorhandenen Altars bewilligte.

Der Papst ernannte am 31. Oktober 1482 als Priester nach Märstetten Johann Hagenwiler mit einem Einkommen von 4 M. S. Sodann erhob Bischof Otto IV. von Constanz die Filiale am 19. Juni 1487 zur Pfarrkirche, und die Herrschaft Altenklingen überliess der Gemeinde die Pfarrwahl, behielt sich jedoch die Bestätigung und Investitur des Gewählten vor. — Der Chor der Kirche ist in den Thurm hinein gebaut. In letzterm hängen vier Glocken; die grosse, von 1523 datirend, hatte die nämliche Inschrift, wie diejenige zu Steckborn (s. Seite 51); sie sprang 1637 und wurde in Schaffhausen umgegossen. Eine zweite, aus dem Jahre 1506 stammende Glocke trägt die Inschrift:

«Beatrix heiss ich, Niklaus Oberacher goss mich.»

Eine dritte ist von demselben Oberacher 1514 verfertigt und eine vierte 1683 umgegossen worden [1]).

Von Uesslingen:

Warth. St. Martin [2]). Aus Auftrag gemeiner Eidgenossen Boten vergleichen fünf Abgeordnete am 4. Dezember 1471 einen Streit zwischen den Karthäusern zu Ittingen und ihren Gotteshausleuten zu Warth und anderswo, deren Frauen nach Verweigerung des Eintritts in die Klosterkirche einmal stürmisch Gottesdienst verlangt hatten, dahin: Die Karthäuserherren bauen zwischen ihrem Kloster und Warth eine Kapelle, 35 Fuss lang und 20 Fuss breit, und erhalten sie in ihren Kosten, lassen sie weihen und suchen in Rom und Constanz Ablass nach. Der Leutpriester der Pfarrkirche in Uesslingen ist schuldig, wöchentlich eine Messe daselbst zu halten, und die Karthäuser sollen ihm desselben Tags den Imbis geben. Diese Kapelle mögen die von Warth, Weiber und Männer, zu allen Zeiten des Tages besuchen. Wenn dieselben eine Pfrund dazu stiften wollen, so mögen sie das thun, vom Kloster ungehindert, dieses aber soll keine Pflicht haben, etwas daran zu steuern; auch soll es ohne Schaden der rechten Leutkirche geschehen. Die Karthäuser sind schuldig, die Kapelle zu Warth innerhalb $2^1/_2$ Jahren vom Datum des Vergleichs an zu vollenden. Ueber Entschuldigung wegen einfallender Hindernisse entscheiden Schultheiss und Rath zu Frauenfeld. Fürderhin soll keine Frau mehr in die Klosterkirche gehen, die Männer von Warth und Umgegend nicht weiter als in den auf jetzt, St. Thomastag, abgeschlossenen Raum [3]). — Seit der Entstehung der marianischen Bruderschaft

1) Sulzberger. — 2) Cat. D. C. v. 1779. p. 65. — 3) Amtl. Sammlg. d. ä. e. A. II. p. 426/7.

im Jahre 1665 musste von Uesslingen aus jeden Monat, sowie an allen Marienfesten durch die benachbarten katholischen Gemeinden eine Prozession nach der Filiale Warth stattfinden[1]). Am Ende des 17. Jahrhunderts wurden daselbst von dem Constanzischen Weihbischof Georg Sigmund verschiedene Altäre geweiht[2]), 1709 die Kapelle vergrössert und 1833 zur Pfarrkirche mit eignem Seelsorger erhoben, endlich 1859 die Glocken umgegossen[3]).

Von Steckborn:

Berlingen (Birninga 883)[4]) St. Michael[5]). Die Kapelle wird von Kaiser Karl, dem Dicken, dem Bischof und Erzkanzler Luitward und durch diesen am 9. Oktober 883 der Abtei Reichenau geschenkt[6]). Nachdem sodann die Gemeinde am 23. Juni 1359 mit Zustimmung von Abt und Convent in Reichenau eine Kaplanei gestiftet und dotirt hatte[7]), wurde aus dieser im Jahre 1551 eine selbsständige Pfarrei gemacht, deren Kollatur der Gemeinde gehört[8]). — Kirche und Thurm wurden im Jahre 1842 in gothischem Styl neu gebaut.

Von Stammheim, Kt. Zürich:

Schlattingen (Slatingarromarcho 897)[9]), St. Georg[10]). Der Kirchherr dieser schon 1275 aufgezählten Pfarrei, Rudolf Göberg, ertheilt Mitte März 1331 dem Verkaufe eines Leibeigenen zu Lohn, Kt. Schaffhausen, durch seinen Bruder Johannes an die Klosterfrauen in Paradies seine Zustimmung[11]). 1438 vergabten die Junker von Winkelheim auf Girsperg bei Stammheim der Kirche Schlattingen Ackerfeld[12]). Im Jahre 1500 stiftete Anna von Göberg, geb. von Reischach, sesshaft zu Lipferdingen, eine Jahrzeit in dieser Kapelle[13]). Nach geschehener Lostrennung von Stammheim im Jahre 1828 wurde Schlattingen 1829 als Filiale mit Basadingen vereinigt[14]).

Nussbaumen (Nuzbouma 858)[15]) St. Leonhard[16]) und

Schlatt (Slate 866)[17]) St. Margaretha[18]).

Diese beiden von ihrer Mutterkirche abgelösten Kapellen übergibt im Jahre 1162 Herzog Welfo von Ravensburg unter Bestätigung des Bischofs Hermann von Constanz dem Augustinerkloster in Ittingen[19]).

Die Kirche des erstern Orts (Nussbaumen) ward 1825 von Stammheim abgelöst und 1829 zur Pfarrei erhoben[20]); diejenige des letztern steht in Unterschlatt und wurde 1714 auf dem Platze der frühern Kapelle erbaut. In derselben musste laut einem Berichte aus der Mitte des

---

1) Sulzberger. — 2) Lang, h. th. G. R. I. p. 1063. — 3) Sulzberger. — 4) Pupikofer, G. d. Th. U. 1. — 5) Ib. U. 108. — 6) Note 4. — 7) Note 5. — 8) Leu Sch. L. III. p. 241. — 9) Neugart, C. D. A. I. p. 518. — 10) Brunner. — 11) Harder's U. S. — 12)—13) Sulzberger. — 14) Id. b. V. d. G. p. 122. — 15) Archiv Rh. — 16) Pupikofer. — 17) Neugart, C. D. A. I. p. 355. — 18) Brunner. — 19) Neugart, C. D. A. II. p. 96. — 20) Sulzberger b. V. d. G. p. 122.

18. Jahrhunderts das nur ½ Stunde von Schlatt entfernte Kloster Paradies, als Zehnten- und Grundzinsherr, vor der Reformation auf die h. Feste eine Messe lesen lassen. Nachher hatte Schlatt eine Zeitlang einen eigenen Pfarrer, wurde aber vom Ende des 16. Jahrhunderts bis 1769, wo es wieder eine selbsständige Pfarrei erhielt, als Filiale von Basadingen durch den dortigen evangelischen Pfarrer versehen[1]).

Von Bussnang im Dekanat Leutmerken, später Wyl:

Weinfelden (Quivelda 838)[2]) St. Johannes Täufer[3]). Im Jahre 1251 wurde ein Widumhof gestiftet und 1255 ein Pfarrhelfer (Leutpriester) angestellt[4]), welcher 1275 ein Einkommen von 36 ℔ C. W. beschwor[5]). Ul. der Leutpriester von Weinfelden bestätigt am 16. Mai 1293 als Dekan die von den Schwestern des Dominikanerinnenklosters Töss im Kanton Zürrch bestimmte Pfründe des Priesters der ihrem Tische einverleibten Kirche in Neunforn[6]). Am 20. Dezember 1354 verkaufen Graf Konrad von Fürstenberg und Adelheid, Lütolds sel. von Griessenberg Tochter, seine eheliche Frau, die Widum zu Weinfelden, in welche der Kirchensatz der dortigen Kirche, ein Lehen der Herzoge von Oesterreich, gehört, dem Ritter Hermann von Breitenlandenberg um 580 ℔ Constanzer Pfenninge. Dieser Kauf wird am 23. April 1355 auf dem Landtage zu Wigoltingen gefertigt[7]) und der Kirchensatz zu Weinfelden von Herzog Albrecht von Oesterreich am 12. August 1355 dem Hermann von Breitenlandenberg und seinen Erben verliehen[8]). Fast 100 Jahre später war derselbe im Besitz des minderjährigen Jakob Peyer zu Hagenwyl, dessen Vogt, Hs. Ulrich Truchsäss von Diessenhofen, am 25. November 1453 die Widum zu Weinfelden dem Hans Schowinger als ein immerwährendes Erbzinslehen verleiht. Mit Jakobs, der inzwischen volljährig und Ritter geworden, Wissen und Willen stiften und dotiren am 20. Dezember 1463 Heinrich Sattelberger, Leutpriester, die Pfleger und Mitglieder der Bruderschaft zu Weinfelden auf dem in der Ehre U. L. Frau geweihten Altar in der Mitte der Kirche vor dem Chor eine ewige Frühmesse, setzen die Pflichten und Rechte des Kaplans fest und behalten sich dessen Erwählung vor. Diese Stiftung wird Tags darauf von dem bischöflich Constanzischen Generalvikar bestätigt[9]). Jakob Peyer's Töchter, Beatrix und Ursula, und ihre Gemahle, Jkr. Jakob von Rinach und Wilhelm von Bernhausen, verkaufen am 15. Mai 1505 dem Jkr. Jakob von Rappenstein, genannt Mötteli, zu Winterthur um fl. 5250 an Gold den grossen und kleinen Zehnten zu Weinfelden am Otenberg, die Widum, die Gerechtigkeit des Kirchensatzes und das Präsentationsrecht des von der Bruderschaft auf die Kaplanei der Frühmesse erwählten

---

1) Sulzberger b. V. d G. p. 110. — 2) Neugart, C. D. A. I. p. 234. — 3) Lang, h. th. G. R. I. p. 1054. — 4) Sulzberger. — 5) Freib. D A. I. 220. — 6) Staatsarchiv Z. U. v. T. — 7) Ib. Urk. v. Weinfelden. — 8) Prot d Z. F. C. XV. p. 142. — 9) Staatsarchiv Z. U. v. Wf.

Priesters[1]). Von Mötteli kam 1530 die Kollatur an das Augustiner-Chorherrenstift Kreuzlingen und zuletzt an das Benedictinerkloster St. Gallen, welches neben andern Gerechtsamen das Recht der Lehenschaft der Pfarrpfründe zu Weinfelden am 1. Juli 1575 dem Arbogast von Schellenberg verkaufte. Endlich gelangten durch die Hand der von Gemmingen die sämmtlichen Weinfeldischen Besitzungen den 6. Juni 1614 an den Stand Zürich und von diesem die Kollatur am 15. März 1843 an den Stand Thurgau.[2]) — 1726 ward die Kirche mit Ausnahme des Chors abgebrochen und neu gebaut. Darin befanden sich im 18. Jahrhundert vier (jetzt nur noch drei) Altäre, einer im bemerkenswerthen gothischen Chore und drei ausserhalb desselben. Auf dem Hauptaltar steht ein silbernes Crucifix, das 1636 Kaspar Seitz machen liess, als seine Tochter mit einem Geissbocke vom obersten Stocke des Rathhauses auf die Gasse herunterstürzte, ohne Schaden zu nehmen[3]). — Das Siegel des Dekans in Weinfelden vom Jahre 1293 (S. Hainrici decani in Winveldē 1293) zeigt einen Bischof mit Stab und Buch[4]).

2. Kirchenfilialen und Kapellen.

In der Pfarrei Diessenhofen:

Diessenhofen St. Michael[5]), bei dem Siechenhause jenseits des Rheins (Hus der armen lüt ennet Rins), dessen Stiftung unbekannt ist, das aber laut Zinsrodel vom Jahre 1415 schon damals ein ziemliches Vermögen besass. 1799 wurde das Siechenhaus sammt Kirchlein durch die Russen zerstört. Die Ruinen blieben bis 1817 stehen, wo sie gänzlich abgetragen wurden[6]).

In der Pfarrei Eschenz:

Werd. St. Othmar[7]). Der Kerker auf dieser Rheininsel, in welchem der St. Gallische Abt Othmar nach zehnjähriger Gefangenschaft 759 eine Zeitlang seine Ruhestätte fand[8]), gab in Folge öfteren Besuchs Anlass zur Umwandlung in eine Kapelle, deren Kirchweih man im 11. Jahrhundert am 1. Juni feierte[9]). Sie wurde 1496 in der Ehre der h. Dreifaltigkeit, Maria und Othmar neu geweiht[10]), und noch jetzt geschehen Wallfahrten dahin[11]).

Schloss Freudenfels, abgegangen[12]).

In der Pfarrei Ermatingen:

Mannenbach (Manabach 1155)[13]) h. Kreuz[14]), schon im April 1155 von Adalgot, Bischof zu Chur, geweiht in der Ehre der h. Dreifaltigkeit, Nicolaus und Dionysius, Georg und anderer Heiligen, deren

1) Staatsarchiv Z. U. v. W. — 2) Prot d. Z. F. C. XV. p. 142 — 3) Pupikofer, d. Kt. Th. p. 348. — 4) Sammlung d. a. G. i. Z. — 5) Cat. Const. v. 1779. p. 64. — 6) Brunner. — 7) Codex Nr. 29. i. d. St. B. Einsiedeln. — 8) Pupikofer, d Kt. Th. p 350. — v. Arx, G. d. Kt. St. G. I. 29, 30 n. c). — 9) Note 7. — 10) Leu, sch L. XIX. p. 293. — 11) Burgener, d. W. O. d. k. S. I. p. 247. — 12) Cat. D. C 1779. p. 65. - 13) u. 14(Lang, h. th. G. R. I. p. 1054. —

Reliquien nebst Splittern des h. Kreuzes unsers Herren Jesu Christi, wovon die Kapelle den Namen hat, darin niedergelegt wurden [1]). Im Jahre 1221 kaufen die Brüder Konrad und Heinrich, Priester in Mannenbach, von Abt Heinrich in Reichenau den kleinen Zehnten des Dörfchens um 10 ℔ [2]). Kollator der Kapelle war noch 1559 das Kloster Reichenau [3]). Im Anfang des 17. Jahrhunderts las der katholische Pfarrer von Ermatingen wöchentlich eine Messe darin. 1695 wurde die Kirche restaurirt und ein Priester angestellt [4]).

Triboltingen (Triboldenga 1155) [5]), St. Niklaus [6]), seit 1679 unbenutzt und jetzt ein Spritzenhaus [7]).

In der Pfarrei Pfyn:

Weiningen. St. Niklaus. Das Vermögen der Kapelle, als einer Filiale von Pfyn seit alten Zeiten, gehörte den Claustralherren des Domstifts Constanz. Die zwei Glocken derselben wurden 1858 umgegossen [8]).

In der Pfarrei Wigoltingen:

Rapperswilen, St. Niklaus, seit 1550 vom Pfarrer in Wigoltingen versehen; die drei Glocken 1860 umgegossen [9]).

Schloss Altenklingen, St. Wiborada. Die Kapelle wurde 1585 beim Umbau des Schlosses auf der daneben liegenden Hofstatt neu erbaut und bis in's 18. Jahrhundert benutzt [10]).

In der Pfarrei Uesslingen:

Buch (Buoch 1158) [11]), St. Sebastian [12]), alte Filiale, deren Kollator das Kloster Ittingen war [13]).

In der Pfarrei Steckborn:

Feldbach (Veltpach 1252) [14]), St. Niklaus [15]). Das Patronatsrecht der angeblich von dem Constanzischen Bischof Konrad I. (935 bis 976) eingeweihten Kapelle bei der Burg [16]) wird sammt dieser von dem Ritter Cuno von Feldbach am 16. Juli 1252 dem daselbst von ihm gestifteten Cistercienserinnen-Kloster verkauft und letzterem am 27. August 1259 von Bischof Eberhard in Constanz unter der Bedingung überlassen, dass dem Gottesdienste kein Abbruch geschehe [17]).

Steckborn. St. Jodocus, auf dem Friedhofe westlich von der Kirche, in der Nähe des Pfarrhauses. Von dieser Kapelle waren 1711 nur noch alte Mauern übrig, das Dach hingegen eingefallen [18]).

In der Pfarrei Basadingen:

Willistorf (Wilihdorf 846, Willichisdorf 882) [19]), St. Sebastian [20]).

---

1) Lang, h. th. G. R. I. p. 1054. — 2) Mone, Z. S. f. d. G. d. O. Rh. III. 186. — 3) Pupikofer. — 4) Sulzberger. — 5) Neugart, C. D. A. II. 87. — 6) Lang, h. th. G. R. I. p. 1054. — 7) Pupikofer, d. Ct. Th. p. 340. — 8—10) Sulzberger. — 11) Neugart, C. D. A. II. p. 92. — 12) u. 13) Lang, h. th. G. R. I. p. 1054. — 14) K. v. R. Reg. v. Feldbach, Nr. 1. — 15) Lang, h. th. G. R. I. p. 1077. — 16) Ib. I. 547. — 17) K. v. R. Reg. v. Feldbach, Nr. 2 u. 8. — 18) Pupikofer. — 19) Wartmann U. B. d. A. S. G. II. p. 19 u. 228. — 20) Lang, h. th. G. R. I. p. 1063.

In der Pfarrei Neunforn:

Nieder-Neunforn [1]).

In der Pfarrei Mammern:

Schloss Liebenfels. Die an die Hausflur stossende Kapelle wird in einem Verzeichnisse von 1627 erwähnt. In derselben ist vermittelst einer schmalen, niedrigen Thüre der Eingang zu den merkwürdigen unterirdischen Gewölben [2]).

In der Pfarrei Herdern:

Schloss Herdern [3]).

In der Pfarrei Homburg:

Kappel, St. Sebastian [4]).

Schloss Klingenberg. Kapellen a) im Innern und b) in der Nähe desselben [5]).

In der Pfarrei Mühlheim:

Kehlhof, abgegangen 1694 [6]).

In der Pfarrei Felwen:

Schloss Wellenberg. Daselbst hatte, sobald ein Altar oder Stein geweiht ist, der Kaplan zu Felwen laut Stiftung der Margaretha von Hohenlandenberg vom 15. Dezember 1450 wöchentlich vier Messen zu halten [7]). Am 19. Oktober 1495 leiht sodann Kaspar von Hohenlandenberg zu Wellenberg seinen Altar oder Kaplanei in diesem Schlosse dem Priester Ulrich Füesing von Herten [8]). 1520 bewilligte der päpstliche Nuntius dem damaligen Besitzer von Wellenberg, Joachim von Rappenstein, genannt Mötteli, und seiner Frau, Veronica von Ulm, wegen der Entfernung von der Pfarrkirche Pfyn in ihrer Kapelle einen tragbaren Altar zu haben und darauf in Nothfällen, mit Ausnahme der hohen Feste, und zwar sogar zur Zeit eines Interdikts, sofern sie nicht daran Schuld tragen, frühe vor Tag Messe lesen zu lassen [9]). Noch zur Zeit der Reformation erscheint neben dem Pfarrer zu Felwen ein Kaplan in Wellhausen, wo er ohne Zweifel seinen Wohnsitz desshalb hatte, um die Schlosskapelle in Wellenberg zu bedienen [10]).

In der Pfarrei Gündelhart:

St. Joseph [11]).

In der Pfarrei Lippersweilen:

Wäldi, früher nach Ermatingen, jetzt nach Lippersweilen kirchgenössig. Die Kirche sammt Friedhof in Wäldi wurde 1723 errichtet und den 25. März 1724 eingeweiht; sie wird alle 14 Tage vom Pfarrer in Lippersweilen versehen [12]).

---

1) Leu, sch. L. XIV. p. 119. — 2) Lutz, H. L. d. S. von Sprecher, I. 496. — 3) Mitth. v. Hrn. Præs. A. Næf in St. Gallen. — 4) u. 5) Cat. D. C. v. 1779. p. 65. — Sulzberger. — 6) Pupikofer. — 7—9) St. A. Zürich. Urk. v. Wellenberg. — 10) Sulzberger. — 11) Cat. D. C. v. 1774. p. 64. — Holzhalb, S. z. L. s. L. II. p. 650. — 12) Sulzberger.

In der Pfarrei Schlatt:

Unterschlatt, St. Margaretha, kömmt in Urkunden von 1402, 1452 und 1492 vor. Ein Zinsrodel der Kapelle dürfte sogar aus dem 14. Jahrhundert datiren [1]).

Metschlatt, St. Niklaus. Von dieser Kapelle, deren ein Zinsrodel aus dem 15. Jahrhundert erwähnt, sind noch Spuren vorhanden [2]).

In der Pfarrei Weinfelden:

Schloss Weinfelden (castrum Winuelden 1180)[3]). Die Kapelle steht noch links neben dem Eingange.

Weinfelden. Vor Errichtung einer eigenen Pfarrkirche sollen daselbst drei Kapellen, nämlich:

1) oberhalb der Sonne zu Gontershofen,

2) an der Stelle der jetzigen Pfarrkirche,

3) auf der Höhe des Eigenhofs,

gestanden und der Pfarrer oder ein Kaplan der Mutterkirche Bussnang darin Frühmesse gelesen haben. Noch 1436 waren von der ersten Kapelle Ruinen vorhanden. An ihrer Stelle ist jetzt ein Weinberg, genannt »der Kappeler« [4]).

3. Klöster.

Paradies (Paradisus 1253), Clarissinnen, St. Petrus [5]). Bei der in Schwarzach nach dem 26. August 992 zu Ehren des h. Petrus erbauten Kapelle (siehe Seite 52) sollen sich schon 1029 Nonnen niedergelassen, um das Jahr 1200 aber, nachdem ihre Wohnung durch Blitzeinschlag zerstört worden, nach Constanz begeben und daselbst vor dem Thore im Paradies aufgehalten, endlich 1214 nach Herstellung der Klostergebäude wieder ersteren Ort bezogen und ihm den Namen Paradies verliehen haben [6]). Urkundlich jedoch ist nur soviel gewiss, dass Hermann von Sulgen, Bürger zu Constanz, 1250 dem Beguinenkloster im Paradies daselbst (einer Vorstadt), St. Damian-Ordens, ein Landgut in Altnau [7]) und Graf Hartmann, der ältere, von Kiburg am 6. Dezember 1253 und wiederholt 1258 der Aebtissin und Convent von Paradies bei Constanz den Ort Schwarzach bei Schaffhausen mit dem Patronatsrechte der Kirche und allen Zubehörden geschenkt hat [8]). Als erste Aebtissin wird am 26. November 1258 Gertrud genannt [9]). Am 21. November 1587 verbrannten Kloster und Kirche; letztere wurde, nachdem sie 1591 wieder aufgebaut war, den 21. Oktober 1602 neu geweiht [10]). Im Jahre 1837 wurden die Gebäude des Klosters (mit Ausnahme der Kirche und einer Pfarrwohnung) in Folge Aufhebung desselben durch das Gesetz vom Juni 1836 verkauft [11]). — Das Siegel der Aebtissin vom Jahre 1484

1) u. 2) Brunner. — Leu, sch. L. XVI. 350. — 3) Gesch. Frd. IX. 198. — 4) Sulzberger. — 5) v. Mülinen, H. S. II. 218. — 6) Pupikofer, d. Ct. Th. p. 314/5. — 7) Marmor, gesch. Topogr. d. Stadt Constanz. 1860. p. 140. — 8) Hergott, g. d. H. II. 309, 342. — 9) v. Mülinen, H. S. II. 219. — 10) Sulzberger. — 11) Pupikofer, d. Ct. Th. p. 191, 193.

(Sigillvm Abbatisse in Paradiso) zeigt die h. Clara, dasjenige des Convents von 1580 (S. Cōventvs de Paradiso ordinis sancte Clare) einen Heiligen, neben welchem jemand kniet [1]).

Wagenhausen. Die Stiftung der Benedictiner-Propstei St. Maria durch den Ritter Tuto daselbst im Jahre 1083 ist schon schon oben (Seite 50) erwähnt worden. — Im Siegel des Abts Ulrich Blarer vom Jahre 1387 erscheint ein sitzender Bischof mit der Umschrift: S. Vlrici Blarrer abbatis monasterii in Wagenhvsen [2]).

Ittingen (Itingen 1155) [3]). Die Burg dieses Namens bei Warth gegenüber dem Einflusse der Murg in die Thur wurde 1128 von den Brüdern Adalbert, Berthold, Ulrich und Gelphrand, Truchsässen von Ittingen, mit Bewilligung ihrer Lehensherren, der Grafen von Kiburg, und des Abts von St. Gallen, in ein regulirtes Chorherrenstift Augustiner-Ordens St. Laurenz umgewandelt [4]), dessen Stiftung Papst Eugen III. 1151 bestätigt [5]). Dasselbe erscheint zuerst 1155 in einer Urkunde des Herzogs Heinrich von Baiern und Sachsen [6]), und ging sodann in Folge Zerrüttung seiner Oekonomie zwischen dem 16. Juli und 26. August 1462 kaufsweise an den Karthäuser-Orden über, nachdem Papst Pius II., Bischof Heinrich II. von Constanz und die katholischen im Thurgau regierenden Orte ihre Einwilligung dazu gegeben. Das von jenem Orden eingerichtete Kloster wurde am 18. Juni 1848 aufgehoben [7]). — Das Siegel des Propsts vom Jahre 1249 (S. Bertoldi P'positi in Ittingen) zeigt den h. Laurenz stehend mit Buch und Palme, 1376 und 1428 auch mit dem Roste; das Conventsiegel von 1376 (S. Conventvs Ecclesie in Ittingen) denselben liegend auf dem Roste [8]).

St. Katharinathal bei Diessenhofen (Vallis Sanctæ Katharinæ 1242) [9]). Das dortige Dominikanerinnen-Kloster St. Katharina wurde von Williburgis von Hünikon, Vorsteherin eines Vereins von Beghinen zu Winterthur, mit Begünstigung des Pfarrers Hugo und der Truchsässen von Diessenhofen anfänglich in dem untern Hof zunächst der Burg errichtet [10]), nachher aber mit Erlaubniss des Bischofs Heinrich I. zu Constanz vom 3. März 1242 und Bestätigung der beiden Grafen Hartmann von Kiburg, d. d. 1. Juli 1242, an einen Platz ausserhalb der Stadtmauern nahe beim Rhein verlegt [11]), wo es noch besteht. — Im Siegel des Convents vom Jahre 1324 (S. Covent'. sor. vallis sce. Caterine ppe Diezenhoven) ist die h. Maria mit einem Bischof rechts und einer h. Jungfrau links, in demjenigen der Priorin von 1347

1) u. 2) Sammlung d. a. G. in Z. — 3) Hergott, G. d. H. II. p. 180. — 4) Pupikofer, d. Ct. Th. p. 287. — 5) v. Arx, Collectanea in Baraks Handschriften zu Donaueschingen. 1865. p. 369. — 6) Note 3. — 7) v. Mülinen, H. S. I. p. 163 u. 229. — 8) Sammlung d. a. G. i. Z. — 9) Herrgott, G. d. H. II. p. 266. — 10) Lang, h. th. G. R. I. 1080. — Pupikofer, d. Ct. Th. p. 289. — 11) Note 9.

(S. Priorisse in Diezenhoven) Maria mit einer knienden Pephon abgebildet [1]).

Kalchrain bei Hüttweilen (Kalchrain? 1328, Kalcharn 1331, Kalkarren 1346) [2]). Das Cistercienserinnen-Kloster Mariazell soll schon um das Jahr 1230 durch die Freiherren Ulrich und Walther von Hohenklingen und dem benachbarten Adel gestiftet, um 1290 aber durch eine Feuersbrunst zerstört worden sein; jedoch sind von dieser ersten Stiftung keine urkundlichen Nachrichten bekannt [3]). Dagegen heisst es in der oben (Seite 54) bei Herdern angeführten Schenkung vom 21. Dezember 1331 ausdrücklich, dass Conrad von Klingenberg, Bischof von Freising, das Kloster gestiftet habe [4]). Urkundlich wird dasselbe zum ersten Male am 19. Mai 1328 genannt [5]). Es verbrannte im Jahr 1422 und am 15. August 1521 abermals, ward erst 1563 wieder hergestellt (und die neue Kirche 1571 eingeweiht), am 27. Juni 1848 aber aufgehoben, und dient jetzt als Kantons-Zwangsarbeitsanstalt [6]). — Das Conventsiegel vom Jahre 1539 (S. covet'. mon. celle S. Marie in Kalcherron) stellt die h. Maria mit dem Jesuskinde dar [7]).

Feldbach, unterhalb Steckborn. Das Cistercienserinnen-Kloster U. L. Frau verdankt seine Entstehung dem dortigen Ritter Cuno, welcher mit Einwilligung seiner Lehenherren Walther und Ulrich, Freiherren von Hohenklingen, am 16. Juli 1252 seine Burg und das Patronatsrecht der Kapelle Veltpach sammt Zubehörden um 100 Mark Silber den Schwestern von Constanz, genannt auf der Brücke, verkaufte [8]). Diese (ursprünglich Beghinen, dann Benediktinerinnen) gründeten hierauf mit Erlaubniss des Bischofs Eberhard II. von Constanz, d. d. 15. April 1253, ein Kloster, und nahmen auf sein Geheiss den Orden von Cisterz an; Aebtissin und Convent desselben erscheinen zum ersten Male in einer Urkunde vom 1. März 1254 [9]). — Das Siegel der Aebtissin vom Jahre 1309 (Sigillvm Abbisse de Velpach) zeigt die h. Maria mit dem Kinde als Brustbild. — An der nördlichen Mauer der Klosterkirche stand aufrecht der Grabstein eines Edlen von Klingen, auf welchem sein mehr als lebensgrosses Bildniss in vollem Ritterschmucke, leider ohne Umschrift, kunstreich ausgehauen war. Nach der Aufhebung des Klosters am 18. Juni 1848 gelangte dieser Grabstein in den Besitz der antiquarischen Gesellschaft in Zürich, und ist gegenwärtig im untern Raume der Stadtbibliothek aufgestellt [10]).

Klingenzell. Der von dem Ritter Walther von Hohenklingen bei Stein, dem ältesten, am 6. Juli 1336 auf der Höhe oberhalb Mammern

1) Sammlung d. a. G. i. Z. — 2) K. v. R. Reg. von Feldbach. Nr. 67, 76, 117. — 3) Lang, h. th. G. R. I. 1079. — Pupikofer, d. Ct. Th. p. 287/8. — 4) Pupikofer, G. d. Th. U.Nr. 105. — 5) K. v. R. Reg. v. Feldbach. Nr. 67. — 6) v. Mülinen, H. S. II. p. 115. — 7) Sammlung d. a. G. i. Z. — 8) K. v. R. Reg. v. Feldbach. Nr. 2. — 9) Ib. Nr. 3 u. 4. — 10) Anzeiger f. sch. G. u. A. K. 1859 p. 63.

gestifteten Benediktiner-Propstei U. L. Frauen Schmerzen ist schon auf Seite 54 gedacht worden.

Aegerstenbach, in der Gemeinde Ermatingen. Das 1524 vorkommende Bruderhaus St. Margaretha[1]) gehörte zuerst den Mönchen in Reichenau; diese veräusserten es dem Kloster Petershausen, welches ein Landgut daraus machte, 1644 aber unter Abt Wilhelm das Haus sammt der Kapelle um 1200 Gulden den Jesuiten in Constanz verkaufte. Das Kollegium der letztern liess im 18. Jahrhundert ein Vacanzhaus erbauen, welches nach der Aufhebung des Ordens gegenwärtig verschiedene Haushaltungen bewohnen. In der Kapelle wird bis in die neuesten Zeiten dann und wann Wochengottesdienst gehalten[2]).

DECANAT CONSTANZ ?
Kanton Thurgau.

1. Pfarrkirchen.

a. Mutterkirchen (ausserhalb der Schweiz):

Constanz, Domkirche St. Maria.

Constanz, St. Stephan.

b. Tochterkirchen

Von Constanz St. Maria:

Tägerwilen (Tegerwilare 1155)[3]). Ein kleines Kloster auf dem Kirchenhügel, welches um das Jahr 900 in die Stadt Constanz verlegt wurde, soll die Veranlassung zur Errichtung einer Pfarrei gewesen sein[4]). Der Hof mit der Kirche in Tägerwilen wird am 27. November 1155 unter den Besitzungen des Bisthums Constanz aufgezählt[5]). Als erster bekannter Pfarrer erscheint 1295 Hermann[6]). — Die Festigkeit und der Umfang des Kirchthurms, in welchen der Chor hinein gebaut ist[7]), führen auf die Vermuthung, dass derselbe ursprünglich ein Schlossthurm gewesen sei[8]).

Von Tägerwilen löste sich hinwieder ab:

Gottlieben (Gotteliebun 1255)[9]). Die Abtrennung fand, nachdem 1735 eine Kirche erbaut und 1736 bis nach Anwachs des Pfrundfonds ein Pfarrvikar angestellt worden, im Jahre 1760 statt[10]). Der völlige Loskauf erfolgte jedoch erst 1769[11]).

Von Constanz. St. Maria, trennten sich ferner unmittelbar:

Alterswilen (Alterswile 1350)[12]). Das Patronatsrecht der Pfarrkirche, deren Leutpriester laut dem päpstlichen Zehntenbuche im Jahre 1275 ein Einkommen von 14 ℔ C. W. beschwor, wurde am 28. Sep-

1) Pupikofer. — 2) Pupikofer, d. Ct. Th. p. 230. — Sulzberger. — 3) Neugart, C. D. A. II. p. 87. — 4) Pupikofer, d. Ct. Th. p. 218 u. 336. — 5) Note 3. — 6) Sulzberger, b. V. d. G. p. 147. — 7) Mörikofer W. G. p. 193. — 8) Pupikofer d. Ct. Th. p. 336. — 9) Neugart. C. D. A. II. p. 210. — 10) Pupikofer, d. Ct. Th. p. 272 u. 336. — 11) Holzhalb, S. z. L. sch L. II. p. 571. — 12) Pupikofer, G. d. Ct. Th. Urk. Nr 45.

tember 1350 von Diethelm von Steineck, Dompropst in Constanz, und Heinrich von Klingenberg, Ritter, der Domkirche behufs Errichtung einer Kaplaneipfründe geschenkt und letzterer von Bischof Ulrich III. einverleibt [1]). Pfarrer ist 1494 Hermann Sulge [2]). — Eine Glocke im Kirchthurm trägt die Inschrift: Lucas. Marcus. Matthæus. et Scs. Johannes. anno dni. M. CCC. LXII [3]).

Hugolshofen (Hugeltzhofen) war vor 1494 eine Pfarrkirche, sank jedoch wegen Abnahme der Bevölkerung zu einer Filiale von Alterswilen herab, welches Verhältniss vom Domdekan und Kapitel zu Constanz am 6. November 1494 unter gewissen Bedingungen neu bestätigt wurde) [4]).

Von Constanz, St. Stephan:

Kreuzlingen (Crucelin 1125) St. Ulrich und Afra, jetzt **Egolshofen** (Eigolteshoven 1125[5]). Der eigentliche Pfarrer des zum gleichnamigen Kloster gehörigen, die Orte Kreuzlingen, Kurzrikenbach und Egolshofen umfassenden Kirchsprengels war der Abt von Kreuzlingen, welcher die Seelsorge in der Klosterkirche durch einen Conventualen ausüben liess. Desshalb klagen die von Rikenbach, nachdem mit dem Kloster Kreuzlingen ihre rechte Pfarrkirche verbrannt war, am 6. Dezember 1499 bei den eidgenössischen Boten in Frauenfeld, dass der dortige Abt bis zur Wiedererbauung der Klosterkirche sie zwingen wolle, nach Constanz zur Kirche St. Joseph zu gehen [6]). — In Folge der Reformation wurde der evangelischen Kirchgemeinde Kreuzlingen nach vorübergehender Benutzung der dortigen Klosterkirche (bis 1532) und der Kirche in Stadelhofen bei Constanz 1549 gemäss Beschluss der Tagsatzung vom Abte zu Kreuzlingen die Kapelle in Kurzrikenbach abgetreten und als Filiale bis 1709 von Scherzingen aus versehen, in diesem Jahre aber mit Hülfe der Regierungen von Zürich und St. Gallen, welche das Kollaturrecht erhielten, ein eigener Pfarrer in Egolshofen angestellt und 1724 daselbst eine neue Kirche gebaut, an welche sich auch die Evangelischen in Emmishofen anschlossen [7]).

Münsterlingen (Monasteriolum 1155) [8]), St. Remigius und Walburga [9]), jetzt **Scherzingen.** Zur Klosterkirche, die zugleich Pfarrkirche war, gehörten Scherzingen und Illighausen. Nach der Reformation wurde sie von beiden Confessionen benutzt. Nachdem aber die päpstliche Nuntiatur schon 1584 bei den katholischen Orten darauf gedrungen hatte, dass der evangelische Gottesdienst in der Klosterkirche abgestellt werde, kam den 31. März 1593 ein Vertrag zu Stande, wo-

1) Pupikofer, G. d. Ct. Th. Nr. 15. — 2) Sulzberger b. V. d. G p. 242. — 3) Pupikofer. — 4) Id. G. d. Th U. Nr. 93. — 5) Pupikofer, R. v. K. Nr. 1. — 6) Amtl. Sammlg. d æ. e. A. III 653. — 7) Sulzberger, b V. d. G. p 238 ff. — 8) Neugart, C. D. A. II. 87. — 9) Lang, h. th G. R. I. p. 1076. - Cat. D. C. v. 1779. p. 231.

durch sich das Kloster als Kollator verpflichtete, der evangelischen, nach Münsterlingen pfarrgenössigen Gemeinde Scherzingen eine Kirche zu errichten, deren Bau aber erst 1616 ausgeführt ward [1]). — Die Klosterkirche diente hierauf nur noch den Katholiken, seit 1860 aber auch wieder den evangelischen Kranken und Angestellten in dem zum Spital umgewandelten Kloster [2]).

Bernrain (Bernrain 1470) [3]), h. Kreuz [4]). Zum Gedächtnisse eines Wunders, das sich am 31. Januar 1384 mit einem hölzernen Crucifix daselbst begab, wurde von Johann Kräntzlein, Bürger und Leineweber in Constanz, eine Kapelle zu Ehren des gekreuzigten Heilands erbaut, welche aus den Almosen der vielen dahin wallfahrtenden Christgläubigen nicht allein unterhalten, sondern auch nach und nach mit Einkünften versehen ward [5]). Schon 1451 erlaubt Papst Niklaus V., in der Kapelle Bernrain eine Altarpfründe zu dotiren, deren Kollatur und Präsentationsrecht den Bürgern zu Constanz, jedoch mit Vorbehalt der Pfarreirechte verliehen wird. Dieselbe wurde alsdann dem Pfarrer Hammerer zu St. Stephan übergeben, unter der Bedingung, dass er auch Stadelhofen und Paradies, zwei Vorstädte von Constanz, versehe [6]). Bis 1630 hatte die Kapelle Bernrain noch keinen eigenen Geistlichen; hingegen wohnte am Ende des 17. Jahrhunderts ein Priester daselbst, welcher täglich Messe darin las. Jetzt ist sie die Pfarrkirche der seit dem Jahre 1828 von St. Stephan in Constanz abgelösten katholischen Gemeinde Emmishofen [7]). — Das Gotteshaus steht auf einsamer Bergeshöhe an der Strasse nach Schwaderloch.

2. Kirchenfilialen und Kapellen.

In der Pfarrei Tägerwilen:

Schloss Unter-Castel.
„ Unter-Girsperg.
„ Ober-Girsperg. [8])
„ Hertler.

In den beiden letztern wurde durch die Kapuziner in Constanz zuweilen Messe gelesen.

In der Pfarrei Gottlieben:

Gottlieben, am Thorhause des Fleckens, St. Michael, Raphael und Gabriel, eine wahrscheinlich bei der Gründung Gottliebens um 1250 erbaute Kapelle, welche, nachdem sie durch die Einwohner ihrer Zierrathen beraubt war, 1533 von Bischof Johannes IV. in Constanz, als Eigenthümer des Schlosses Gottlieben, verlangt wurde [9]).

---

1) Sulzberger. b. V. d. G. p. 233 ff. — 2) Idem. — 3) Pupikofer. R. v. K. Nr. 375. — 4) Cat. D. C. v. 1779. p. 227. — 5) Lang, h. th. G. R. I. 1058 9. — 6) Marmor, g. T. d. St. C. p. 68 u. 69. — 7) Pupikofer, d. Ct. Th. p. 243 u. 259. — 8) Pupikofer. — 9) Pupikofer. — Sulzberger.

Schloss Gottlieben. In dieser noch vorhandenen, ehemals dem Bischof von Constanz gehörigen Hauskapelle wurde noch am Ende des 17. Jahrhunderts von einem Baarfüssermönche aus Constanz zwei Male wöchentlich Messe gelesen [1]).

In der Pfarrei Alterswilen:

Altishausen (Altinshusen 1158) [2]). Die Kirchweih der 1857 abgetragenen Kapelle, eines frühern Wallfahrtsorts, war am 1. August (Petri Kettenfeier) [3]).

Alterswilen auf dem Kirchhof [4]).

Alterswilen. Der Bischof von Constanz wird von den eidgenössischen Boten zu St Gallen am 18. November 1499 gebeten, die zu Alterschwilen bei dem daselbst aufgestellten Sakramentshäuschen und der Sigristenwahl bleiben zu lassen, wozu sie 1493 das Recht erhalten hatten [5]).

Hugolshofen. Als Filialkapelle 1494 mit der Pfarrei Alterswilen vereinigt [6]) (Siehe Seite 68).

In der Pfarrei Kreuzlingen (Egolshofen):

Constanz, St. Jodocus. Diese Kapelle, welche in Stadelhofen, nunmehr einer Vorstadt von Constanz, stand, ist die älteste Filiale von Kreuzlingen. Die dortigen Einwohner waren schon im 12. Jahrhundert in die Klosterkirche pfarrgenössig, mussten auch an Sonn- und Festtagen dieselbe besuchen und darin taufen lassen, wogegen an den Wochentagen der Pfarrer von Kreuzlingen Gottesdienst in der erwähnten Kapelle hielt [7]).

Kreuzlingen. Dem jetzt aufgehobenen Kloster gegenüber stand an der Landstrasse das Haus und die Kapelle der Sondersiechen am Feld, das genannt ist »Hiurling«. Es wird zuerst erwähnt im Jahre 1250 bei Anlass eines Geschenks an dasselbe und sodann 1269 mit obiger Bezeichnung. Seine weltliche Verwaltung hatte der Rath in Constanz, welcher sie unter dem Namen »Hofstattamt der armen Lüte am Felde ennet Krützlingen« durch eigene Pfleger besorgen liess [8]). Die geistliche Verwaltung dagegen besass das Kloster Kreuzlingen, dessen Pfarrer den Gottesdienst in der Siechenkapelle verrichtete und dessen Abt Friedrich im Jahr 1495 den Pflegern der Sondersiechen unter Vorbehalt der Rechte der Pfarrkirche gestattete, dass für die armen Leute bei ihrem Kirchlein ein kleiner Gottesacker eingerichtet und geweiht werde, damit sie wegen Ungeschmacks und vieler Unruh dahin begraben werden können und nicht nach Kreuzlingen getragen werden müssen [9]). Nach der zwischen 1810 und 1812 erfolgten Vereini-

---

1) Leu, sch. L. IX. p. 54. — 2) Neugart, C. D. A. II. p. 92. — 3) Sulzberger. — 4) Pupikofer. — 5) Amtl. Sammlg. d. æ. e. A. III. 646. — 6) Pupikofer, G. d. Th. U. Nr. 93. — 7) Marmor, g. T. d. St. C. p. 83 u. 84. — 8) Ib, p. 65—67. — 9) Pupikofer, R. v. K., zwischen Nr. 431 u. 432.

gung des Hofstattamtes mit dem grossen Bürgerspital in Constanz wurden die Gebäulichkeiten des Siechenhauses nach und nach verkauft und im Jahr 1851 auch das Kirchlein, welches vier sehr alte, in seine Aussenwände eingemauerte Steinbilder, darstellend Christus und Maria, sowie den Apostel Petrus und (wahrscheinlich) Paulus enthielt. Diese roh gearbeiteten, gegenwärtig im Keller des Spitals zu Constanz aufbewahrten Statuen sollen grosse Aehnlichkeit mit denjenigen des Klosters Hirschau bei Calw in Würtemberg haben und daher in das 9. oder 10. Jahrhundert zu setzen sein [1]).

Oberhofen. Der erste bekannte Lehenbrief um die Widum der Kapelle (10 Juchart Acker und Wiesen) ist datirt 9. Mai 1477. Ein Kaplan der Kirche St. Stephan in Constanz besorgte den Gottesdienst in der Filiale Oberhofen bis 1818. Damals wurden die katholischen Angehörigen derselben provisorisch vom Kloster Kreuzlingen übernommen, erst 1844 aber definitiv dem Kirchen- und Schulverbande der katholischen Pfarrei Kreuzlingen einverleibt [2]).

Kurzrikenbach, Siehe Seite 68

Schloss Geissberg. Nach dem Brande des Klosters Kreuzlingen im Jahr 1633 versetzte der damalige Abt (Jakob I.) die Ueberreste seiner Vorfahren in die dem Kloster zuständige Kapelle auf dem Schlosse Geissberg, welche in der Mitte des 18. Jahrhunderts neu erbaut ward, allein jetzt abgegangen ist [3]).

In der Pfarrei Münsterlingen (Scherzingen):

Scherzingen. Den dortigen Einwohnern wird am 6. Dezember 1499 von den eidgenössischen Boten zu Frauenfeld befohlen, den im vergangenen Kriege für die Abhaltung der Messe bestellten Priestern von Steckborn die versprochenen fl. 14 Lohn zu zahlen, jedoch ihr Recht vorbehalten gegen die Frauen von Münsterlingen, welche sie, wie es heisst, mit einem Priester hätten versorgen sollen [4]).

Schloss Liebburg, St. Stephan. 1590. Noch im 18. Jahrhundert musste ein Kaplan von St. Stephan in Constanz an Sonn- und Festtagen und alle Wochen Gottesdienst abhalten [5]).

3. Klöster.

Tägerwilen, Klösterlein auf dem Kirchenhügel, um 900 nach Constanz verlegt. (Siehe Seite 67).

Tägerwilen, Schwesternhaus. Laut einer Urkunde vom Jahr 1374 schlichtet Bischof Heinrich III. in Constanz einen Streit zwischen den geistlichen Schwestern in dem Wald ob Kasteln bei Tägerwilen und den Gebrüdern Senn betreffend Benutzung einer Wiese beim Schwaderloch zu Gunsten der erstern [6]).

---

1) Marmor, g. T. d. St. C. p. 66 u. 67. — Pupikofer d. Ct. Th. p. 293. — 2) Sulzberger. — 3) Pupikofer, d. Ct. Th. p. 293. — Leu, sch. L. VIII. p. 269. — 4) Amtl. Smlg. d. æ. e. A. III. 653. — 5) Pupikofer. — Sulzberger. — 6) Sulzberger aus dem ehemal. Meersburger-, jetzt thurgauischen Staatsarchiv.

Kreuzlingen, St. Ulrich und Afra[1]), regulirte Augustiner-Chorherren. Ausserhalb der Stadt Constanz wurde von Konrad I., Bischof daselbst 935—968, ein Spital zur Verpflegung der Armen und Kranken, sowie vermuthlich auch ein Männer- und ein Frauenkloster gestiftet und mit einem Theile des Kreuzes Christi, das er selbst von Jerusalem mitgebracht hatte und wovon das Kloster nachher den Namen erhielt, beschenkt. Um das Jahr 1084 errichtete Gebhard III., Bischof von Constanz, den grössten Theils zerstörten Spital von neuem und zwar eine Stunde von der Stadt am Bodensee da, wo das alte Kloster Münsterlingen lag. Allein den 7. Januar 1125 verlegte Bischof Ulrich I. den Spital wieder an seinen frühern Ort nach Kreuzlingen, und dotirte ihn aus den Einkünften seines Tisches. Wahrscheinlich stellte er gleichzeitig auch das in Abgang gekommene Kloster wieder her; denn am 7. Dezember 1125 bestätigt Papst Honorius II. die Gründung des Kollegiatstifts Kreuzlingen[2]). — Das Kloster wurde im Schwabenkriege 1499 und im dreissigjährigen Kriege 1633 verbrannt, jedoch das erste Mal am frühern Orte (beim heutigen Wirthshause zum Schäpfli) in der Nähe der Stadt Constanz, das zweite Mal dagegen fern von derselben an der jetzigen Stelle aufgebaut. Das umfangreiche, 1665 vollendete Conventgebäude ward nach der Aufhebung des Klosters am 18. Juni 1848 zum Schullehrerseminar des Kantons Thurgau eingerichtet. Sehenswerth sind in der am 26. Oktober 1653 eingeweihten Kirche die Holzschnitzereien, darstellend die Leidensgeschichte des Heilands in fast tausend Figuren und in dem Zeitraume von 18 Jahren durch einen Tiroler verfertigt[3]).

Münsterlingen, St. Remigius und Waldburga[4]). Dieses Frauenkloster, anfänglich Augustiner-, dann (1373) Dominikaner- und endlich (1549) Benedictiner-Ordens verdankt nach der gewöhnlichen Tradition seinen Ursprung einem Gelübde der Prinzessin Angela, Tochter des Königs Eduard I., von England, welche auf einer Reise zu ihrem Bruder, dem Abt Gregor von Einsiedeln (961—996), von einem lebensgefährlichen Sturm auf dem Bodensee überfallen, in ihrer Noth die Stiftung eines Klosters an der Stelle gelobte, wo sie zuerst wieder das feste Land betrete. Dasselbe wurde hart am Ufer auf einer Halbinsel, wo jetzt noch das sogenannte alte Kloster (Kapelle und Gasthaus) steht, erbaut, wegen Feuchtigkeit aber in den Jahren 1709 bis 1716 auf einen Hügel an der Landstrasse versetzt und 1716 von den Frauen bezogen[5]). Nach einer andern Version wurde Münsterlingen von Gebhard II. oder III., Bischof zu Constanz

1) Pupikofer. R. v. K. Nr. 1. — 2) Lang, h. th. G. R. I. p. 1068. — Pupikofer, R. v. K Nr. 1 u. 2. — 3) Pupikofer, d. Ct. Th. p. 293. — Lutz H. L. d. Sch. v. Sp. I. 462. — 4) Pag. 68. Note .9 — 5) Pupikofer, d. Ct. Th. p. 307.

(980—996 oder 1084—1110) gestiftet, indem er die Schwestern in Kreuzlingen, welche bei der Krankenpflege den Dienst von Wärterinnen versahen, sammt dem Spital nach Münsterlingen versetzte, und einen Theil der für Kreuzlingen bestimmten Einkünfte dahin übertrug [1]). Immerhin geht aus einer Uebereinkunft vom 9. November 1373 betreffend den zwischen den Klöstern Kreuzlingen und Münsterlingen geführten Streit über Zehnten von Aeckern und Wiesen hervor, dass diese gemeinsames Eigenthum waren. Auch wird darin beiläufig erwähnt, dass die Frauen zu Münsterlingen anfänglich der Regel des h. Augustin (wie Kreuzlingen), nachher aber (1373) derjenigen des Prediger-Ordens gefolgt seien [2]). Urkundlich wird das Kloster (cœnobium in Monasteriolo) erst am 27. November 1155 und zwar als eine Besitzung der Domkirche Constanz aufgezählt [3]). Theilweise schon vor der Aufhebung im Jahre 1848 wurden die Klostergebäude in ein Kantonal-Irren- und Krankenhaus verwandelt [4]).

6. DECANAT ARBON, später ST. GALLEN.

Im Verzeichnisse des päpstlichen Zehntens in der Diözese Constanz vom Jahre 1275 sind genannt: [5])

1) Kirchen:

A. Im jetzigen Kanton Thurgau:
Arbon, Salmsach, Romanshorn, Hagenwil, Güttingen, Sommeri, Birbichon (vermuthlich Birrwinken), Sitterdorf, Bischofzell, Sulgen, (Lang)Rikenbach.

Es fehlt Altnau, ohne Zweifel desshalb, weil es dem Domstifte Constanz einverleibt war.

B. Im jetzigen Kanton St. Gallen:
Steinach, (Ober)Glatt, Berg, Goldach, Montlingen, Rorschach, Niederbüren, St. Fiden, Oberbüren, Waldkirch, Gossau, St. Leonhard (bei St. Gallen), Andwil, St. Magnus (in St. Gallen), Jonschwil, Thal, Bernang, Marbach, Altstätten, St. Laurenz (in St. Gallen), Magdenau, Henau.

C. Im jetzigen Kanton Appenzell:
Herisau, Appenzell.

D. Im jetzigen Kaiserthum Oesterreich:
Höchst. Lustnau.

2) Kapellen:
St. Oswald, St. Jakob und St. Johannes (in St. Gallen).

3) Klöster:

A. Im jetzigen Kanton Thurgau:
Bischofzell, weltliche Chorherren.

1) Pupikofer, R. v. K. Nr. 4. — Vgl. Lang, h. th. G. R. I. 1075. — v. Mülinen, H. S. II. p. 83. — 2) Pupikofer, R. v. K. Nr. 235. — 3) Neugart, C. D. A. II. p. 87. — 4) v. Mülinen, H. S. II. 83. — 5) Freiburger D. A. I. 165, 213, 214, 243.

B. Im jetzigen Kanton St. Gallen:

St Gallen, Benedictiner.

Es fehlen:

St Gallen, weltliche Chorherren, ca 890; Augustinerinnen, 1266.

Das Verzeichniss aus Ende XV. erwähnt noch:

Im jetzigen Kanton St. Callen:

Niederglatt, Pfarrkirche seit 1467.

Im jetzigen Kanton Appenzell:

a. Urnäschen, b. Hundweil, c. Gais, d. Teufen, welche zu Pfarrkirchen erhoben wurden: a. 1417, b. nach 1443, c. vor 1446. d. 1480.

A. Kanton Thurgau.

1. Pfarrkirchen.

a. *Mutterkirchen.*

Arbon (Arbonense castrum 745)[1]) St Martin[2]). Schon um das Jahr 614 trafen Gallus und Columbanus den Pfarrer Willimar und den Pfarrhelfer Hiltbolt in Arbon[3]). Der Hof mit der Pfarrkirche daselbst wird in einer Urkunde des Kaisers Friedrich I. über die Grenzen des Bisthums Constanz als eine Besitzung dieses Domstiftes aufgezählt[4]), welchem die Kollatur noch bis in die Mitte des 18 Jahrhunderts gehörte[5]) Daselbe erwarb am 9 Mai 1285 auch die Vogtei über die Kirche von zwei Gebrüdern von Bodmen, Ulrich, Kirchherr zu Feldkirch, und Ulrich, Ritter[6]). Am 14 Januar 1436 stifteten Ammann, Rath und Gemeinde von Arbon in der Pfarrkirche zu Lob dem h. Geist, der h. Dreifaltigkeit, U. L. Frau und allen Heiligen die Mittelmess-Kaplanei (Vgl. Seite 83)[7]). — Der Kirchthurm, welcher in seinem Unterbau römischen Ursprungs ist, steht, wie in Tobel, getrennt von der Kirche, und ist im obern Theil gegen das Schloss nur mit Brettern geschlossen. Das Langhaus wurde 1788 und 1789 neu gebaut, der alte interessante Chor aber blieb unverändert. Auf dem Gottesacker, östlich von der Kirche, wurde im Jahr 1863 der Rest einer römischen Mauer ausgegraben[8]).

Romanshorn (Rumanishorn 779)[9]) U. L. Frau bis 1473[10]), dann St. Johannes Täufer[11]). Den Ort mit der daselbst der h. Maria den h. Petrus und Gallus geweihten Kirche übergibt Waldrata durch Urkunde vom 2. Februar 779 der Abtei St. Gallen[12]), bei welcher dieselbe mehr als tausend Jahre blieb. Ihr Leutpriester Ulrich, dessen Siegel noch vorhanden ist (S. Vlrici plebani ī. Rumanshorn 1221) wird am 24. April 1221 genannt[13]) und sein Einkommen 1275 eidlich auf

1) Wartmann U. B. d. A. S. G. I. p. 14. — 2) Cat. D. C. 1779. p. 165. — 3) Pupikofer G. d. Kt. Th. p 41. — 4) Neugart, C. D. A. II. p 87. — 5) Leu Sch. L. I. 324. — 6) Pupikofer, G. d. Kt. Th. U. Nr. 18. — 7) u. 8) Sulzberger. — 9) Wartmann U. B. d. A S. G. I. p. 81. — 10) Anniv. Romanshorn im Stiftsarchiv St. Gallen. — Sammlung d. a. G. i. Z. — 11) Cat. D. C. 1779. p. 168. — 12) Note 9. — 13) Neugart E. C. II. p. 424. u. 523. —

16 ℔ angegeben[1]). Noch am 27. Juni 1473 erhielt U. L. Frauen Kirche zu Romanshorn eine Stiftung, nahm aber später den h. Johannes Täufer als Schutzpatron an. Der von den Kirchgenossen gestifteten Frühmesspfründe gedenkt ein vom Jahr 1468 datirter Gültbrief um einen ewigen Zins von 2 Eimer Wein[2]). Auf Bitte des Klosters St. Gallen, als Kollators, erlaubte Papst Julius IV. am 24. Oktober 1480 die Inkorporation der Pfarrpfründe, welche damals 37 Mark Silbers ertrug, behufs Errichtung des Predigeramts in der Klosterkirche[3]).

Um die Jahre 890—920[4]) erscheinen nun gleichzeitig sechs von Bischof Salomo III dem Domstift Constanz geschenkte Kirchen, nämlich:

a) **Altnau** (Altenowa 889)[5]) St. Martin[6]). Die Kirche mit dem Hofe wird als Besitzung des Domstifts Constanz in der schon mehrfach citirten Urkunde vom 27. November 1155 aufgezählt[7]). Ulrich, der Viceleutpriester von Altnau, ist am 16. Juli 1252 Zeuge im Schlosse Altenklingen[8]). Die Besetzung der Pfarrei stand laut Statut vom 1. Mai 1294 dem Dompropste zu[9]). — Statt der baufälligen alten Kirche wurden im Jahre 1811 zwei neue gebaut, nämlich eine grössere evangelische und eine kleinere katholische[10]).

b) **Bischofzell** (Bischoffescella 1155[11]), Episcopalis cella 1240)[12]) St. Pelagius[13]). Daselbst soll von einem der beiden Constanzischen Bischöfe Salomo, entweder dem ersten, (839—871) um das Jahr 851, oder dem dritten (890—920) im Jahr 894 oder 896 ein kleines Benedictinerkloster in der Ehre der unbefleckten Mutter Gottes errichtet, später aber St. Theodor und zuletzt St. Pelagius geweiht, von Bischof Konrad I. (935—976) erweitert und alsdann in ein regulirtes Chorherrenstift umgewandelt worden sein[14]). Am 27. November 1155 erscheint die Propstei Bischofzell als eine Besitzung des Domstifts Constanz[15]). Der dortige Leutpriester beschwor 1275 ein Einkommen von 16 ℔ C. W.; als erster bekannter wird 1276 Friedrich genannt[16]). Seine Pfründe hiess die Pfarrpfründe oder die Pfründe U. L. Frau. Daneben wurden auf nachbenannten Altären folgende Kaplaneipfründen gestiftet:

1) Auf den Altar St. Johannes Ev. von Konrad Thalacker, Rektor der Kirche Munolfingen und seiner Mutter Adelheid 1385. In

---

1) Freib. D. A. I. 165. — 2) Sulzberger. — 3) Stiftsarchiv St. G. — 4) Pupikofer d. Kt. Th. p. 217 u. 233. — 5) Neugart, C. D. A. I. p. 479. — 6) Cat. D. C. 1779 p. 164. — 7) Neugart, C. D. A. II. p. 88. — 8) K. v. R. Reg. v. Feldbach Nr. 2. — 9) Mone, Ztschr. f. d. G. d. ORh. VII. 313. — 10) Pupikofer, d. Kt. Th. p. 233. — 11) Neugart, C. D. A. II. p. 87. — 12) Hergott G. d. H. II. p. 257. — 13) Cat. D. C. 1779. p. 13. — 14) Lang, h. th. G. R. I. 539. — 15) Neugart, C. D. A. II. p. 87. — 16) Sulzberger b. V. d. G. p. 150.

einem Lehenreverse vom 18. März 1609 heisst diese Kaplanei die Frühmesspfründe[1]).

2) Auf den Altar St. Agnes von Ulrich Ryf, genannt Walter von Blidegg, seiner Frau Verena von Bonstetten und Andern 1464.

3) Auf den Altar der neben der Stifts- und Pfarrkirche liegenden St. Michaels-Kapelle von Rath und Bürgern 1469.

4) Auf den Altar in der an den Chor angebauten Allerheiligen-Kapelle von Johannes Häring 1469.

Ausserdem werden noch erwähnt die Pfründen St. Erasmus 1568[2]), St. Waldburga, St. Josen und des Rosenkranzes[3]).

Der Baustil der Kirche ist ein gemischter; denn die ursprünglichen Rundbogen des Schiffs sind theilweise durch neuere Formen ersetzt. Die Säulen in dem Langhause sollen ein Geschenk des Bischofs Konrad I. von Constanz aus dem 10. Jahrhundert sein. Ein Lettner trennt das Schiff vom Chore. Derselbe trägt im obern Theile die Orgel und enthält im untern Theile gegenwärtig nachbenannte fünf Altäre:

Unter dem Chorbogen den sogen. Pfarraltar.
Links neben dem Chorbogen den Altar St. Niklaus von der Flüe.
» » » » » » St. Anna?
Rechts » » » » » St. Katharina.
» » » » » » St. Johannes Ev. und Bapt.

Im Chore befindet sich der Hochaltar des h. Pelagius mit zwei kleinen Seitenaltären, nämlich links h. Kreuz, rechts St. Theodor. An der Rückseite des Hochaltars hängen zwei guterhaltene Gemälde auf Holz, die jedenfalls aus der Zeit vor der Reformation stammen. Das eine stellt einen Bischof mit Inful und Heiligenschein dar, welcher ein Knabenskelett einem adelichen Herrn vorführt; das andere zeigt einen Mann und eine Frau, ebenfalls mit Heiligenscheinen und letztere mit einem Gebetbuche. In der Ecke neben ihr steht ein Gebäude, aus dem Feuerflammen hervorlodern, welche auch unter den Füssen der beiden Personen sichtbar sind. An den Chor sind angebaut: a) auf der rechten südlichen Seite die neue Sakristei und die Allerheiligen-Kapelle, in der früher die Kapläne des Stifts beerdigt wurden; b) auf der linken Seite die alte Sakristei und neben derselben die Marien- oder Muttergotteskapelle, in der bis 1860 die Chorherren ihre Grabstätte fanden. In beiden Kapellen wird wöchentlich Messe gelesen. — Der Thurm wurde nach einer in seinem Knopfe enthaltenen Notiz im Jahre 1100 auf der Vorder-(Ost)seite des Chors gebaut. Die Fenster im untersten Theile desselben bis und mit dem Glockenhause sind rundbogig. An der östlichen Ecke steht ein steinernes Bild des h. Pelagius in Lebensgrösse auf einem

1) u. 2) Gedruckte Documente des Stiftsarchivs St. Gallen im Staatsarchiv Z. — 3) Sulzberger. —

Sockel und mit einer Platte über dem Haupte. — Die fünf Glocken stammen aus neuerer Zeit[1]).

c) **Langrikenbach** (Richenbach longus 1155)[2]). St. Niklaus[3]). Die Kirche findet sich im Verzeichnisse der Besitzungen des Domstifts Constanz vom 27. November 1155[4]), und wurde laut Statut vom 1. Mai 1294 vom Dompropst besetzt[5]). Wahrscheinlich ist es desshalb dieses Rikenbach, wovon der Constanzische Chorherr Mstr. Heinrich von Zurzach 1275 ein Einkommen von 12½ M. S. beschwor[6]). Kirchherr ist am 8. November 1328 Heinrich von Steinegg, Chorherr zu Constanz[7]). Bischof Heinrich III. inkorporirt 1362 die Pfarrkirche Langrikenbach dem Domstifte[8]). In derselben befanden sich schon vor 1520 ausser dem Hochaltar noch drei Altäre, nämlich der mittlere St. Maria, der linke den h. Sebastian, Johannes und Paulus, Margaretha, Barbara, Verena, Marcus und den 11,000 Jungfrauen, der rechte dem h. Kreuz, den h. 14 Nothhelfern, Helena, Ottilia und Jodocus geweiht. Die Kirchweih ward am Sonntag nach Peter und Paul gefeiert. Das Jahrzeitbuch, welches viele Stiftungen aus dem 15. und 16. Jahrhundert enthält, ist noch vorhanden. — 1732 wurde die Kirche neu gebaut[9]).

d) **Sommeri** (Sumbrinarus marchus 905)[10]) St. Mauritius[11]). Der Leutpriester beschwor 1275 ein Einkommen von 15 M. S.[12]). Den ursprünglich ebenfalls dem Domstifte Constanz gehörenden Kirchensatz besass im 13. Jahrhundert das Kloster St. Gallen[13]), dessen Abt Hermann denselben 1349 seinem Oheim, Graf Friedrich VI. von Toggenburg, um 100 M. S. verkaufte[14]). Der Letztere übergibt sodann am 3. August 1400, in welchem Jahre der erste bekannte Pfarrer, Walter Widmer, erwähnt wird[15]), den Kelnhof im Dorfe Sumbri nebst dem damit verbundenen Patronatsrecht der dortigen Kirche dem Domstift Constanz, das diese Kollatur 1748 wieder an St. Gallen abtrat. Am 14. März 1439 wurde der Hochaltar in der Ehre des h. Mauritius, sowie ein Seitenaltar der h. Maria Magdalena geweiht, am 5. Mai 1473 von sechs Kardinälen ein hunderttägiger Ablass und am 8. Februar 1474 von einem Bischof Philipp die Bewilligung ertheilt, dass während der Fasten die Gesunden Butter (Butyram), die Armen und Kranken aber Milch und Zieger (lacticinia deemto caseo) geniessen dürfen[16]). — Die Kirche hat einen nennenswerthen Chor[17]). Im Thurme derselben hängen zwei ältere Glocken mit folgenden Inschriften:

1) Ave Maria. O rex glorie Christe veni cum pace.

2) Sanc. + Johannes + Sanc. Marc. + S. Lux + S. Matheus +++[18]).

---

1) Sulzberger. — 2) Neugart, C. D. A. II. p. 88. — 3) Sulzberger, ex. Anniv. — 4) Note 2. — 5) Mone Z.-S. f. d. G. d. OR. VII. 313. — 6) Freib. D. A. I. 245. — 7) K. v. R. Reg. v. Feldbach Nr. 68. — 8) u. 9) Sulzberger. — 10) Wartmann U. B. d. A. S. G. II. p. 346 — 11) Cat. S. G. v. 1769. — 12) Freib. D. A. I p. 165. u. 214. — 13) v. Arx, G. d. Kt. St. G. I. p. 464. n. a). — 14) Sulzberger, aus dem thurgauisch. Staatsarchiv. — 15) Id. b. V. d. G. p. 191. — 16) Sulzberger. — 17) Mörikofer W. G. p. 193. — 18) Pupikofer. —

e) **Sulgen** (Sulaga 806)[1] U. L. Frau[2]). Der ungenannte Leutpriester daselbst kommt am 16. Dezember 1215 als Zeuge vor[3]). Im Jahre 1275 bezahlte Mstr. Azzo, Chorherr in Bischofzell, von seiner Kirche in Sulgen und andern Pfründen 26 ß C. W. als päpstlichen Zehnten[4]). Dieselbe wird am 8. Juli 1359 dem Chorherrenstifte Bischofzell neu bestätigt. Es befanden sich darin laut dem Jahrzeitbuche folgende Altäre: 1) der Hochaltar, welcher nebst dem Chore von Heinrich II. von Klingenberg, Bischof zu Constanz, am 29 Juni 1305 in der Ehre der h. Maria, Michael, Engel und des h. Kreuzes geweiht und dessen mit Ablass verbundenes Einweihungsfest jährlich am Sonntag nach Peter und Paul begangen ward; ferner ausserhalb des Chors, 2) ein kleinerer Altar, dessen Patrocinium auf den St. Jakobs Tag fiel; 3) ein Altar in der Ecke, am 18. August 1448 durch den Bruder Johannes, Generalvikar des Bischofs Heinrich IV. von Hewen, zu Ehren der h. Maria, Johannes Täufer, Jakob kleiner, Nicolaus, Pirminius und Katharina geweiht. Auf diesem St. Katharina-Altar stiftete die 1495 entstandene Bruderschaft ein ewiges Licht; 4) ein Altar in der Mitte, ebenfalls am 18. August 1448 geweiht den h. Maria, Margaretha, Gallus, 11,000 Jungfrauen, Theodorus und Georg. Das Einweihungsfest der beiden letzten Altäre (3 und 4) ward stets am Sonntag nach Maria Himmelfahrt gefeiert[5]).

Im August 1455 wurden Reliquien des h. Theodul in die grosse Glocke eingelöthet und dessen Tag gegen Hagel und Ungewitter zu feiern verordnet. 1478 giesst Pälter in Schaffhausen eine Glocke für Sulgen, die fl. 1000 kostete. Das Langhaus der Kirche, deren Chor im Spitzbogenstyl sich durch schöne Verhältnisse auszeichnet, wurde 1751 neu erbaut[6]).

f) **Sitterdorf** (Sidruna? 877, Sitiruntorf[7]) [St. Martin[8]). Aus der Hand der Propstei St. Magnus in St. Gallen, welcher die Kirche Sitterdorf von Bischof Salomo III. zu Constanz (890—920) einverleibt worden, ging der Pfarrsatz ca. 1200 an die Grafen von Toggenburg und von diesen im 15. Jahrhundert an die Besitzer der in der jetzigen Kirchgemeinde Sitterdorf liegenden Burg Blidegg über, welche denselben am 8. März 1734 um fl. 9000 dem Kloster St. Gallen verkauften[9]). Der Pfarrer von Sitterdorf war schon am 16. Dezember 1215 Zeuge in einem Compromissspruche[10]) und wurde im Jahre 1275 als Einzieher der päpstlichen Steuer im Bisthum Chur verwendet[11]). Der erste bekannte ist 1462—1479 Johann Sifrid[12]). — 1515 wurde die Kirche «grosser merk-

1) Wartmann U B. d. A. St. G. I. p. 182. – 2) Pupikofer, G. d. Th. U. Nr. 54 u. 84 – 3) Staatsarchiv Z. Urk. v. Bubikon – 4) Freib. D. A. I. p. 243. – 5) Pupikofer, G. d. Th U. Nr. 53. u. 54. – 6) Sulzberger. – Mörikofer W. G. 1842. p. 193. – 7) Wartmann U. B d. A S. G. I. p. 106. Nr. 2. – 8) Cat. S. G. v. 1769. – 9) Sulzberger. – 10) Staatsarchiv Z. U. v. B. – 11) Freib. D A. I. p. 165. – 12) Sulzberger b. V. d. G. p. 165.

licher Ursachen halb» abgebrochen und neu aufgebaut, wobei jedoch der gothische Chor stehen blieb [1]).

Güttingen (Cutaningin 799)[2]) St. Stephan[3]). Der Hof mit der Kirche wird am 27. November 1155 unter den Besitzungen des Domstifts Constanz aufgezählt[4]). Als Pfarrer erscheint Albert 1258[5]). Für den Leutpriester gab 1275 dessen Vikar das Einkommen auf 8½ M. S. an[6]). In den Jahren 1381, 1425 und 1464 wurde denen, die an den Bau der Kirche beitrugen, Ablass bewilligt[7]). Am 13. Januar 1463 sprechen Heinrich und Gebhard Tettikofer die Pfarrpfründe als von ihrer Familie gestiftet an[8]). Letztere war von 1417 bis 1551 Kollator in Güttingen; dann erhielt das Augustinerstift Kreuzlingen den Kirchensatz[9]). 1493 wurde die Kirche, deren Chor erwähnenswerth ist, neu geweiht. Das jährliche Kirchweihfest fand am nächsten Sonntag nach St. Philipp und Jakob statt[10]).

Salmsach (Salmasach 1158)[11]). Das Patronatsrecht dieser Kirche gehörte im Jahr 1201 dem Propst und den Brüdern des Chorherrenstifts St. Stephan in der Stadt Constanz gemeinsam mit den Brüdern Ulrich, Rudolf und Werner, Söhnen des verstorbenen Ritters Ulrich vom Kirchhof in Arbon. Damals beschlossen die Eigenthümer, nachdem die Pfründe durch den Hinschied des rechtmässigen Pfarrers, nämlich des Leutpriesters Uto in Arbon, erledigt war, die Verleihung derselben wechselsweise vorzunehmen, und zwar überliess das Stift St. Stephan die erstmalige Präsentation des Leutpriesters den genannten Brüdern[12]). Im Jahr 1275 bezahlte Johelarius, Chorherr von St. Stephan, von 4 ℔ 2 ß. den päpstlichen Zehnten[13]). Der Lehensantheil der vom Kirchhof war am 21. Februar 1382 im Besitze Konrads von Esterischwil, Bürgers zu Arbon, und gelangte dann an Hans von Rappenstein, genannt Mötteli, zu Roggwil. Dieser verkaufte am 17. Juni 1471 Zinse und Gülten, Vogtei über Leute und Gut, Gerichte, Zwinge und Bänne und den Kirchensatz sammt der Lehenschaft der Kirche Salmsach, die Wechsellehen ist, um fl. 520 rh. dem Abt Ulrich VIII. von St. Gallen, welcher schon vorher am 16. April 1471 den Antheil des Stifts St. Stephan um 320 ℔ Pfg. erworben hatte. Das Kloster St. Gallen blieb hierauf bis zur Aufhebung am 8. Mai 1805 Gerichtsherr und Kollator zu Salmsach[14]).

Birrwinken (Wirinchova? 822)[15]) scheint eine Pfarrei gewesen zu sein; denn in dem Steuerrodel von 1275 wird Birbichon unter den Pfarreien aufgezählt, welche den päpstlichen Zehnten entrichteten. Später

---

1) Sulzberger. — Mörikofer W. G. 1842. p. 193. — 2) Wartmann U. B. d. A. S. G. I. p. 149. — 3) Pupikofer, d. Kt. Th. p. 223. — 4) Neugart, C. D. A. II. p. 88. — 5) Sulzberger b. V. d. G. p. 217. — 6) Freib. D. A. I. p. 165 u. 214. — 7) Sulzberger. — 8) Pupikofer, R. v. K. Nr. 351. — 9) Pupikofer, Mitth. u. d. Kt. Th. p. 293. — 10) Sulzberger. — 11) Neugart, C. D. A. II. p. 92. — 12) Mone, Z. S. f. d. G. d. O.-Rh. XI. 203 ff. — 13) Freib. D. A. I. 213 u. 243. — 14) Gedr. Doc. v. St. G. — 15) Wartmann U. B. d. A. S. G. I. p. 257. —

und zwar bis 1436 wurde es von den Augustinern in Constanz jeden zweiten Sonntag und an Festtagen mit Gottesdienst versehen, wofür die Gemeinde denselben 60 ℔ Pfg. gab. Wahrscheinlich desshalb heisst noch jetzt ein Weg in Birrwinken der Pfaffenweg. Von der Reformation an (1529) bis zum Ende des 16. Jahrhunderts hatte die Kirche Birrwinken eigene Prädikanten; seit Anfang des 17. Jahrhunderts aber wurde sie vom Pfarrer in Langrikenbach als Filiale übernommen[1]).

b. Tochterkirchen.

1. Von Arbon.

A. Im Kanton St. Gallen: (Siehe daselbst).

Steinach (Steinaha 782) St. Jakob.

Berg (Perge 827) St. Michael.

Mörschwil (Moriniswilare 831) St. Johannes Täufer.

Untereggen St. Maria Magdalena.

Häggenschwil (Hergentswil 1427) St. Notker.

B. Im Kanton Thurgau:

Neukirch im **Egnach** (Egena 1155)[2]). Die Stiftung einer Pfarrei und Erbauung einer Kirche kam 1727 zu Stande[3]). Der erste Gottesdienst ward Martini 1727 gehalten[4]).

Roggwil wurde zwar 1746 nach Erbauung eines eignen Gotteshauses von der Mutterkirche abgesondert, blieb indessen noch verpflichtet, $^1/_8$ der Baukosten derselben zu tragen[5]).

Neukirch und Roggwil lösten die Baupflicht an die Mutterkirche, Arbon, welche sie nach der Abtrennung von derselben noch beibehielten, erst 1837 ab.

2. Von Münsterlingen, Romanshorn und Altnau:

Kesswil (Chezzinvilare 817)[6]) St. Adelheid?[7]). Die dortige Kapelle wurde 1429 auf dem Boden des Klosters Münsterlingen gebaut und mit Bewilligung desselben zu Ende 1450 oder Anfang 1451 von den Bewohnern des Dorfs eine Messpfründe gestiftet, wogegen sie am 2. April 1451 einen Revers ausstellten, dass diese Messpfründe, Kirche und Altar dem Kloster an seinen Rechten unschädlich sein solle. Die Einwohner von Kesswil waren nämlich bisher Kirchgenossen von Münsterlingen, Romanshorn und Altnau. Desshalb verlangte auch der Kollator der letztern Kirche (das Domstift Constanz) eine Erklärung, dass die neue Kaplanei weder dem Pfarrer von Altnau noch denjenigen von Romanshorn und Münsterlingen an ihren Rechten Abbruch thun solle, und dass der von Kesswil gewählte Priester dem Domstift präsentirt und bestätigt werde, was durch Vertrag vom 28. Februar 1496 eingeräumt wurde. An Kesswil schloss sich schon vor 1547 das Dorf Dozwil an, das

1) Sulzberger. — 2) Neugart, C. D. A. II. p. 88. — 3) Leu Sch. L. VI. 235. — 4) Sulzberger. — 5) Leu, Sch. L. I. 324. XV. 355. — Pupikofer, d. Kt. Th. p. 238 u. 319. — 6) Wartmann U. B. d. A. S. G. I. p. 217. — 7) Pupikofer, d. Kt. Th. p. 290.

vorher nach Sommeri und wahrscheinlich auch nach Altnau pfarrgenössig war[1]). — Die Kirche Kesswil rühmt sich, das Glöcklein zu besitzen, mit welchem dem Märtyrer Huss zum Tode geläutet wurde[2]).

3. Von Sommeri:

Hagenwil, St. Johannes Täufer[3]). Schon im Jahre 1095 wurde daselbst eine neue Kirche zu Ehren der h. Maria, Johannes Täufers und Evangelisten, des h. Kreuzes. der h. Sebastian, Ulrich, Anton, Barbara, Katharina, Margaretha und Apollonia geweiht[4]), deren Kollator das Kloster St. Gallen vom 13. Jahrhundert bis zur Aufhebung (1805) war[5]). Der Leutpriester wurde 1275 für 9 ℔ Einkommen beeidigt[6]).

Dem Kirchherrn Rudolf von Rorschach vermacht 1379 sein Bruder Eglolf Leute, Güter und Geld als Lehen des Gotteshauses St. Gallen, und am 25. Mai 1420 verleiht Abt Heinrich den von Rudolf von Rosenberg von Zuckenriet für den Bau der Leutkirche zu Hagenwil erkauften Zehnten des Guts in der Ow dem Rudolf German. — Am 29. April 1505 wurde ein Akkord mit Engelhard, Tischmacher zu St. Gallen, betreffend die Tafel zum Fronaltar um fl. 120 gemacht[7]).

Von Hagenwil trennte sich hinwieder:

Muolen (Muola 1155) Kt. St. Gallen, St. Joseph. S. Kt. St. Gallen.

4. Von Sulgen:

Neukirch bei Bischofzell (vor der Reformation Seeliswil)[8]). Die h. Maria, Jakob, Anton und Martin waren 1486 die Patrone der dortigen Kapelle[9]), wohin vor der Reformation grosse Wallfahrt war. Dieselbe wurde im Anfang des 16. Jahrhunderts neu gebaut und sammt einem Friedhof zu Ehren der genannten Heiligen geweiht. Beim Baue halfen auch die Nachbarn im Schönenberger-Amt. Mit Erlaubniss des Kollators der Pfarre Sulgen (Stift Bischofzell), welche der damalige Obervogt in Bischofzell, Fritz Jakob von Anwyl, auswirkte, wurde nach Vollendung der Kapelle eine Kaplanei gestiftet. Der Kaplan, aus einem Vorschlag der Gemeinde vom Kollator gewählt, darf, wenn grosses Wasser der Thur den Kirchgang nach Sulgen hindert, auch am Sonntag in der Kapelle Gottesdienst halten. 1566 fiel durch einen Spruch der Eidgenossen der Pfrundfond von Neukirch dem Stifte Bischofzell zu, damit es daraus Messe lesen lassen könne, was bis vor 10 Jahren dann und wann geschah[10]). 1604 wurde hauptsächlich durch Vermittlung und Unterstützung des Standes Zürich eine evangelische Pfarrpfründe errichtet und demselben von der Gemeinde das Kollaturrecht überlassen[11]).

1) Sulzberger. — 2) Pupikofer d. Kt. Th. p. 290. — 3) Cat. S. G. v. 1769. — 4) Pupikofer aus d. St. A. St. G. — 5) v. Arx. G. d. Kt. St. G. I. 464. — Gedr Doc. v. St. G. — 6) Freib. D. A. I. 165, 213. — 7) Gedr. Doc v. St. G. — 8) Sulzberger. — 9) Pupikofer. — 10) Sulzberger b. V. d. G. p. 169. — 11) Zürch. Fin. Prot. Bd. XV. p. 144. — Leu, Sch. L XIV. 115.

Bürglen, St. Leonhard. Am 13. Juli 1346 gibt Eberhard von Bürglen zwei Mütt Kernen jährlich dem Kaplan an dem vordern Altar in der Schlosskapelle zu Bürglen, deren Einweihung am Tage des h. Pankratius gefeiert ward, zu Jahrzeiten für seinen Vater. Arnold[1]. Schon zu Lebzeiten des Eberhard von Bürglen und des Bischofs Heinrich von Brandis (1357—1383) musste, wie in Berg, der Pfarrer in Sulgen zwei Sonntage hinter einander und in der darauf folgenden Woche am Montag die Schlosskapelle zu Bürglen versehen und ebenso vier Messen wöchentlich lesen lassen. Im 15. Jahrhundert wurden darin folgende drei Kaplaneien gestiftet:

a) Am 22. April 1401 vom Freiherrn Albrecht von Bürglen auf dem Fronaltar, damit ein Priester täglich darauf Messe lese;
b) 1468 vom Freiherrn Ulrich von Hohensax, als damaligem Schlossbesitzer, auf den Altar der h. Maria, Anna und Sebastian;
c) am Ende des 15. Jahrhunderts von Frau Ursula von Sax, geb. von Rappenstein, die Kaplanei U. L. Frau[2].

1494 wurde der Altar der h. Maria, Anna und Sebastian geweiht. Nach dem Uebergang des Schlosses Bürglen an die Stadt St. Gallen (1579) verkaufte das schuldenbedrängte Stift Bischofzell, das bisher noch einen Kaplan in Bürglen erhalten hatte, das Einkommen dieser Kaplanei und die Kollatur an den neuen Besitzer um fl. 9150, welchen Verkauf die sieben regierenden Orte im Thurgau im Juli 1585 genehmigten. Bald nachher wurde statt des katholischen der evangelische Gottesdienst in der Schlosskirche eingeführt, anfangs nur vorübergehend, seit 1617 aber regelmässig. 1740 erlangte die evangelische Gemeinde Bürglen die Erlaubniss, einen Friedhof zu errichten; gleichzeitig findet sich ein Erkenntniss des Raths in Zürich vom 5. Oktober 1740, wie die Gemeinde Bürglen von der Gemeinde Sulgen abgesondert worden. Die förmliche Lostrennung von der Mutterkirche Sulgen fand erst 1809 statt[3].

Berg (Berga 796? 1155)[4], St. Mauritius und Pelagius[5]. Den Kirchensatz besitzt das Chorherrenstift Bischofzell schon seit 896[6]. Bei der Einverleibung der Mutterkirche Sulgen in das Stift am 8. Juli 1359 wurde der beständige Vikar der letztern verpflichtet, in jedem Jahre, in welchem ihm von den Bewohnern des Weilers zu Berg oder anderswoher sechs Scheffel Weizen Constanzer-Maass abgereicht werden, einen Gehülfen zu halten, welcher in der Kirche zu Berg, einer Tochter von Sulgen, an allen Sonn- und Feiertagen, auch in jeder Woche des Jahrs am Montag, Mittwoch und Samstag oder an andern drei Tagen für die Einwohner des Weilers Messe zu halten, und weiteres zum

1) Bürgler Archiv in St. G. — Anniv. Sulgen. — 2) Sulzberger. — 3) Id. b. V. d. G. p. 187. — Staatsarchiv Z. M. P. B. p. 301. — 4) Wartmann U. B. d. A. St. G. I. p. 132. — Neugart C. D. A. II. p. 87. — 5) Cat. D. C. 1779. p. 197. — 6) Leu Sch. L. IV. p. 140.

Gottesdienst und zur Seelsorge gehöriges verrichten soll[1]). Im Jahre 1386 wurde durch einen Vertrag zwischen dem Stifte Bischofzell, dem Pfarrer in Sulgen und der Gemeinde Berg festgesetzt, dass der Helfer des Pfarrers zu Sulgen in Berg zwei Sonntage hinter einander und dann am Montag nach dem dritten Sonntag, ferner an einem andern Werktage, endlich an Festtagen Gottesdienst halten solle. Dagegen erhielt der Pfarrer von Sulgen vom Kollator für den Unterhalt des Helfers jährlich auf Martini 4 Mütt Kernen. 1506 stifteten Hans von Landenberg von Altenklingen, Vogt zu Geienhofen und Berg, und die Kirchgenossen von Berg auf den St. Moritzen-Altar daselbst eine Kaplanei. Der Kollator (Stift Bischofzell) erhielt die Wahl des Kaplans aus einem Dreiervorschlage der Gemeinde. Das jährliche Einkommen desselben betrug 20 Mütt und ½ Viertel Kernen, 2 Malter 3 Mütt und 3 halbe Viertel Hafer, 9 ℔ 1 ß. Pfg. Cstzr. Mss. u. W., 8 Hühner und 100 Eier. Noch vor der Reformation entstand eine St. Moritz-Bruderschaft. Die Kirche blieb bis 1851 eine Filiale von Sulgen, indem es der Gemeinde Berg erst damals gelang, einen eigenen Pfarrer zu erhalten[2]). — Das Jahrzeitbuch, worin schon eine Stiftung von 1368 vorkommt, wird im thurgauischen Staatsarchiv zu Frauenfeld aufbewahrt[3]).

2. Kapellen.

In der Pfarrei Arbon:

Arbon, auf dem Kirchhofe, St. Gallus[4]).

Arbon, in der Stadt, St. Johannes. Die ursprüngliche Bestimmung dieser Kapelle, welche jetzt zur Aufbewahrung von Löschgeräthschaften dient, ist unbekannt[5]).

Die beiden vorstehenden Kapellen standen schon vor Errichtung der nachfolgenden[6]).

Arbon, beim Siechenhause ausserhalb der Stadt gegen Steinach, h. Geist. Bei Stiftung der Mittelmesskaplanei in der Pfarrkirche am 14. Januar 1436 (Seite 74) versprachen Ammann, Rath und Gemeinde, dafür eine besondere Kapelle im Spital (Siechenhaus) zu bauen. Der Kaplan, vom Rathe gewählt, musste wöchentlich 4 Messen darin lesen. Dieselbe wurde noch am Ende des 17. Jahrhunderts dazu benutzt, um katholischen Verbrechern vor ihrer Hinrichtung die Beichte abzuhören[7]).

In der Pfarrei Altnau:

Altnau, an der Strasse nach Ruberbaum, h. Kreuz. Diese ehemalige Kapelle war nach der Sage die frühere Pfarrkirche von Altnau und ein besuchter Wallfahrtsort; sie ward im dreissigjährigen Kriege von den Schweden zerstört[8]).

---

1) Pupikofer, G. d. Kt. Th. U. Nr. 51. — 2) Sulzberger b. V. d. G. p. 187. — 3) Id — 4) u. 5) Pupikofer, d. Kt. Th. p. 237. — 6) u. 7) Sulzberger. — 8) Pupikofer, d. Kt. Th p. 233.

Illighausen (Illikhusen 1364)[1]. Die Kollatur der Kapelle stand schon 1312 dem Frauenkloster Münsterlingen zu[2]. In derselben hielt der Leutpriester der Klosterkirche zuweilen Messe. Am 10. Februar 1520 erlaubte das Kloster unter Vorbehalt seiner Pfarrrechte der Gemeinde Illighausen, alle 14 Tage an Sonntagen auf ihre Kosten Gottesdienst halten zu lassen, und im Jahr 1535 ertheilte die Tagsatzung dem Schaffner des Klosters die Vollmacht, entweder einen Pfarrer in Illighausen zu besolden oder der Gemeinde dafür fl. 15 zu verabfolgen. Seit Anfang des 17. Jahrhunderts übernahm der Pfarrer in Altnau diese Filiale, in welcher 1863 und 1864 eine neue Kirche erbaut wurde[3].

Landschlacht (Lanchasalachi 817)[4], St. Leonhard, wurde von einem Constanzischen Bürger gestiftet. Kollator war das Domstift[5].

In der Pfarrei Bischofzell:

Bischofzell, Pelagiberg. St. Pelagius. Wallfahrtsort auf einem Hügel vor der Stadt, dem Chorherrenstift zustehend und durch ein wunderthätiges Marienbild bekannt[6]. 1487 weiht Daniel, Generalvikar des Bischofs Otto von Constanz, den linken Altar der Kapelle, und verleiht auf die Festtage ihrer Patrone, sowie auf Sonntag vor Matthäus 40 Tage Ablass. Seit dem Anfang des 18. Jahrhunderts wurden fast täglich eine oder mehrere Messen darin gelesen, 1726 die Kapelle mit Bewilligung des Bischofs Franz von Constanz dem Stifte Bischofzell einverleibt, das gemäss übernommener Verpflichtung dann und wann durch einen seiner Kapläne an Werktagen Gottesdienst und seit Anfang dieses Jahrhunderts auch etwa Kinderlehre daselbst halten lässt. Bei Auflösung des Stifts im Jahre 1849 erhielten die von der Mutterkirche entfernten Katholiken der Gemeinde Bischofzell aus dem Vermögen desselben so viel, dass sie ein Pfarrhaus bauen und einen Hülfspriester anstellen konnten, der an Sonn- und Werktagen mit Ausnahme der Feste in der noch jetzt von vielen Wallfahrern besuchten und nunmehr auch mit einem Friedhof versehenen Kapelle den Gottesdienst besorgt[7].

Bischofzell, auf dem Kirchhof, Beinhaus, St. Michael 1568[8].
» beim Siechenhause das neben der ehemaligen und in der Nähe der jetzigen Sitterbrücke steht[9].
» auf der Thurbrücke, abgegangen[10].

Schloss Oetlishausen (Otlehusen 1288)[11]. St. Michael[12]. Bei der Theilung der Erbschaft Herrmanns von Breitenlandenberg sel. wurde von dessen drei Söhnen am 19. Februar 1377 festgesetzt, dass je der älteste des Geschlechts von Breitenlandenberg die St. Paulinus-Pfründe

1) Pupikofer R. v. Kr. Nr. 197. — 2) Pupikofer, d. Kt. Th. p. 286 u. 307. — 3) Sulzberger, b. V. d. G p. 226 u. 227. — 4) Wartmann, U.-B. d. A. S. G. I p. 217. — 5) Pupikofer. — 6) Id. d. Kt. Th. p. 345. — 7) Sulzberger. — 8) — 11) Pupikofer. — 12) Id. G. d. Th. U. Nr. 21.

in Oetlishausen einem Priester leihen solle, der darauf haushäblich sitze[1]). Noch 1758 ward in der Schlosskapelle Gottesdienst gehalten[2]).

Schloss Hauptwil.[3]).

In der Pfarrei Langrikenbach;

Langrikenbach, Beinhaus, geweiht in der Ehre der h. Fridolin, Michael, Maternus, Cosmas, Damianus, Onuphrius, Elisabeth[4]).

In der Pfarrei Sommeri:

Amriswil (Amalgeriswilare 799[5]), Amergaschwil 1455). Den längst geweihten Altar der laut Kaufsurkunden schon 1408 und 1451 vorhandenen Kapelle der h. Maria, Simon und Judas, einer Tochter der Pfarre Sommeri, dotirt am 1. Dezember 1455 Jakob von Helmstorf von Eppishausen mit Zustimmung des Dekans und Kapitels der Kirche Constanz, als Kollatoren in Sommeri, mit Gütern, Zinsen und Früchten im Betrage von 40 lb behufs Errichtung einer Pfründe, deren Besetzung er auf Lebenszeit sich selbst und nachher je dem ältesten seines Geschlechts vorbehält. Am 6. Februar 1531 tritt alsdann Heinrich von Helmstorf in Buwil für sich und seine Verwandten die Kapelle in Amriswil mit ihren Nutzungen und Gerechtigkeiten, jedoch ohne den Kaplaneihof und einen Weingarten, der Gemeinde Sommeri als Eigenthum ab. Dieselbe ward nun von den Evangelischen benutzt, zuerst nur für Wochenpredigten, seit 1678 aber für den Sonntagsgottesdienst, auch ein Friedhof dabei angelegt[6]).

Biessenhofen (Büsenhoven 1347)[7]). In dieser der h. Maria, Jakob, Leonhard und Oswald geweihten Kapelle stiften Ludwig von Helmstorf, Ritter, Vogt zu Bischofzell, und Verena von Klingenberg, seine Gemahlin, am 11. Oktober 1497 eine ewige Messe, und ersterer behält sich, sowie jeweilen dem ältesten seines Stamms die Befugniss vor, einen tauglichen Priester dem Dekan und Kapitel in Constanz zu präsentiren. Nach der Reformation wurde längere Zeit kein Gottesdienst mehr in der Kapelle gehalten; erst seit der Mitte des 17. Jahrhunderts wohnt wieder ein Kaplan daselbst[8]).

In der Pfarrei Sulgen:

Schloss Eppishausen, (Epishusen)[9]), St. Albanus[10]). Auf Verlangen der Besitzer des Schlosses musste der Kaplan von Amriswil eine der vier Messen, zu denen er laut Stiftbrief vom 1. Dezember 1450 verpflichtet war, in der Schlosskapelle lesen[11]). Die Kirchweih wurde stets am Sonntag vor dem Feste Johannes des Täufers gefeiert[12]).

---

1) Breitenlandenbergisches Lagerbuch (St. B. Z. Msc. G. Nro. 34). — Leu Sch. L. XIV. 283. — 2) Fupikofer, d Kt. Th. p. 344. — 3) Ib. p. 278. — 4) Sulzberger. — 5) Wartmann, U. B. d. A. S. G. I. p. 149. — 6) Sulzberger aus d. St. A. St. G. — 7) Archiv Münsterlingen — 8) Pupikofer, d. Kt. Th. U. Nro. 94, 222 u. 245? — Sulzberger. — 9) Pupikofer, G. d. Kt. Th. U. Nro. 54. p. 99. — 10) Id. — 11) Sulzberger. — 12) Note 9.

Heldswil (Heidolviswilare 759)[1], St. Katharina, 1489 wahrscheinlich durch freiwillige Beiträge errichtet. Kollator das Stift Bischofzell[2].

Sulgen, auf dem Kirchhof, St. Regula 1509[3].

Zwischen Sulgen und Bürglen, St. Katharina[4].

Niederriet 1509[5].

Die drei letztgenannten Kapellen sind abgegangen.

Erlen. Filialkirche, 1763 erbaut[6].

In der Pfarrei Sitterdorf:

Zihlschlacht (Zilleslata 817)[7], St. Afra[8]. Die Kapelle hatte laut einem Urbar von 1352 schon damals eine Widum, die Eigenthum des Kirchherrn war[9]. Die zwischen dem Pfarrer Meier in Sitterdorf und dem Gerichtsherrn zu Zihlschlacht, Erasmus Rif von Blidegg, und der Gemeinde streitige Verwaltung des Stiftungsguts der Kapelle regelt der als Schiedsrichter angerufene Vogt zu Bischofzell am 7. Dezember 1510 in dem Sinne, dass die zwei von der Gemeinde ernannten Pfleger jeweilen am Afratage dem Pfarrer und dem Gerichtsherrn Rechnung geben, für ihre Bemühung nicht mehr als 2 Vrlg. Kernen und 5 Schillinge beziehen und die übrigen Erträgnisse zur Aeufnung des Kapellenguts verwenden sollen, bis es zum Unterhalt eines eigenen Priesters hinreiche[10]. Kollatoren waren die Besitzer des Schlosses Blidegg, von denen Walter von Hallwil am 7. Oktober 1606 eine Verordnung betreffend das Einkommen der Kapelle erliess[11]. Seit 1606 wurden Wochenpredigten und von 1715 an der Sonntagsgottesdienst darin eingeführt, damals auch die Kapelle erweitert und der bisher noch stehen gebliebene Altarstock entfernt, endlich 1823 ein neuer Thurm neben und nicht mehr, wie früher, auf der Kirche gebaut, auch statt der zwei alten drei neue Glocken gegossen[12].

Degenau (Tegerunouva 898)[13], früher St. Niklaus, seit Ende des 16. Jahrhunderts aber St. Maria Magdalena. Diese Kapelle am Fusse der Burg Blidegg hatte, wie Zihlschlacht, laut Urbar von 1352 eine Widum, die Eigenthum des Kirchherrn war. Schon vor der Reformation wurde für den Schlossbesitzer von Blidegg und seine Unterthanen wöchentlich Gottesdienst darin gehalten und seither fast ununterbrochen fortgesetzt[14].

In der Pfarrei Güttingen:

Schloss Güttingen[15].

In der Pfarrei Neukirch im Egnach:

Erdhausen. In der dem h. Jakob geweihten Kapelle wurde am 3. August 1515 von Ammann, Rath und ganzer Gemeinde in Arbon,

---

1) Wartmann U. B. d. A. St. G. I. p. 27. II. p. 242 n. 1. — 2) Pupikofer. — 3)–5) Id. — 6) Id. d. Kt. Th. p. 260. — 7) Wartmann, U.-B. v. S. G. I. p. 217. — 8) Leu Sch. L. XX. 107. — 9) Sulzberger. — 10) Gedr. Doc. v. St. G. — 11) u. 12) Sulzberger. — 13) Wartmann U. B. d. A. St. G. II. p. 318. — 14) Sulzberger. — 15) Pupikofer, d. Kt. Th. p. 153. — Leu Sch. L. IX. 314.

sowie von Hauptmann, Zwölfern und ganzer Gemeinde in Egnach eine Kaplanei gestiftet, schon 1537 aber die Kapelle sammt ihrem Fond den Evangelischen der Kirchgemeinde Arbon abgetreten, welche dafür den Pfarrfond den Katholiken überlassen mussten. Bis vor circa 30 Jahren fand noch Gottesdienst darin statt; alsdann wurde die Kapelle verkauft und in eine Privatwohnung umgewandelt[1]).

Steinebrunn, St. Gallus[2]) mit einer Kaplanei. Nach der Reformation ward diese Kapelle nicht mehr benutzt. Im Laufe des 16. Jahrhunderts liess der Bischof von Constanz, als Gerichtsherr, dieselbe wieder herstellen, und seit Juni 1674 hielt der Kaplan in Arbon zuerst alle 14 Tage, seit Anfang des 18. Jahrhunderts aber wöchentlich an Werktagen und Sonntag Nachmittags Gottesdienst für die Katholiken, welche an Festtagen die Kirche in Arbon besuchen müssen, da sie sich von der Mutterkirche noch nicht förmlich losgetrennt haben. Doch wohnt nun ein eigener Geistlicher in Steinebrunn[3]).

In der Pfarrei Roggwil:

Schloss Mammertshofen (Maynbretzhofen oder Mambertzhofen 1244—1272)[4]). Die Kapelle ist in einen Holzschopf verwandelt.

Schloss Roggwil. Mit dem Glöcklein der spurlos verschwundenen Kapelle, das die Bilder der h. Gallus, Othmar und Notker trägt, wird jetzt im Heinrichsbad bei Herisau zum Molkentrinken geläutet[5]).

In der Pfarrei Kesswil:

Uttwil (Uttenwilare 836)[6]), St. Anna[7]). Das Dorf war theils nach Münsterlingen, theils nach Sommeri kirchgenössig, und wurde von jenem Frauenkloster alle 14 Tage mit Gottesdienst versehen. Dasselbe verlangte aber die Anstellung eines eigenen Geistlichen, welche mit Hülfe der Eidgenossen nach der Mitte des 15. Jahrhunderts dadurch erreicht ward, dass die Ortsbewohner den grössten Theil des Einkommens lieferten. Das Kloster Münsterlingen gab einen jährlichen Beitrag von fl. 8, welcher auch nach der Reformation fortdauerte. 1490 wird Niklaus Amstein als Priester in Uttwil erwähnt. Seit Anfang des 17. Jahrhunderts wurde die Gemeinde als Filiale von Kesswil aus besorgt, 1641 aber beim Verkaufe der Gerichtsbarkeit des Dorfes Uttwil durch den Constanzischen Stadtammann Ehinger, als Herrn von Güttingen, an das Kloster Münsterlingen der Pfarrsatz von letzterm angesprochen, indess der Gemeinde zugestanden. 1644 verwendete man die alte St. Adelheids-Kapelle in Uttwil (Seite 88) zum Baue der jetzigen Filialkirche. Im Thurme der letztern hängen drei Glocken; die kleinste von 1452 hat die Inschrift: «Ave Maria, dominus tecum.» Die mittlere ist 1745, die grösste 1795 in Lindau gegossen[8]).

1) Sulzberger. — 2) Pupikofer. — 3) Sulzberger. — 4) Mittheilungen zur vaterländischen Geschichte. St. Gallen 1862. I. p. 9. — 5) Sulzberger. — 6) Wartmann U.-B. d. A. S. G. I. p. 331. — 7) Pupikofer. — 8) Sulzberger. b. V. d. G. p. 216. — Pupikofer, d. Kt. Th. p. 342 u. 343.

Uttwil, St. Adelheid. Diese Kapelle, welche eine starke Wallfahrt hatte, stand nach der Behauptung der Aebtissin von Münsterlingen 400 Jahre, als sie 1614 behufs Erbauung der Filialkirche abgetragen ward. Das genannte Kloster wollte mit Hülfe der fünf den Thurgau regierenden katholischen Kantone dieselbe 1681 wieder aufbauen, stand aber in Folge von Opposition der Gemeinde und des Standes Zürich davon ab [1]).

In der Pfarrei Hagenwil:

Schloss Hagenwil, St. Michael. Im obersten Stockwerke dieses Gebäudes, welches eine der wenigen noch gut erhaltenen Burgen des Kantons Thurgau ist, befindet sich eine restaurirte Kapelle, worin nur einmal im Jahre (um Michaelis) Gottesdienst gehalten wird und zuweilen Trauungen statt haben [2]).

In der Pfarrei Bürglen:

Andwil (Anniwilare 1183) [3]). Die dortige Kirche war eine Filiale des Chorherrenstifts St. Stephan in Constanz. 1448 kam ein Vertrag zu Stande, der das Stift verpflichtete, die Kirche Andwil für alle Zukunft versehen zu lassen und zwar an allen Festtagen, ferner an Maria Lichtmess und Himmelfahrt, sowie an den drei Kirchweihen, von denen die erste auf St. Sebastian, die zweite auf St Alban und die dritte auf St. Urban? fiel. Noch 1616 versprach in Folge eines Vergleichs das Stift als Kollator fl. 35 Beisteuer für die Pastoration und bewilligte, dass fl. 15 aus dem Kirchenfond genommen werden dürfen; das Mangelnde soll die Gemeinde bezahlen. Seit jener Zeit ward Andwil zuerst durch den Pfarrer von Sommeri und von 1677 an durch den Schlossprediger in Bürglen besorgt, mit welcher Pfarrei es jetzt als Filiale verbunden ist [4]).

3. Klöster.

Bischofzell. Des Chorherrenstifts St. Pelagius ist schon oben (Seite 75) Erwähnung gethan worden. Die Propstei ging 1804 in Folge der Revolution von 1798 ein; das Stift aber dauerte noch bis 1849 fort, wo es zu Gunsten des katholischen Administrationsfonds des Kantons Thurgau aufgelöst ward [5]). — Ein Kapitelssiegel ohne Jahrzahl hat die Umschrift: «S. Capli et eccl'. epal. celle» und zeigt das Bild des h. Pelagius zwischen zwei Sternen [6]).

Salmsach, St. Stephan. Hier gründete Bischof Salomo I. von Constanz (839–871) ein Chorherrenstift, das zu Kaiser Arnulphs Zeiten (887–899) blühte und von Bischof Salomo III. wegen der Einfälle der Ungarn nach St. Niklaus Kirche in Constanz, (jetzt St. Stephan genannt) verlegt ward [7]).

---

1) Sulzberger. — Pupikofer, d. Kt. Th. p. 290. — 2) Sulzberger. — 3) Gerbert h. s. n. III. p. 109. — 4) Sulzberger, b. V. d. G. p. 190. — Pupikofer, d. Kt. Th. p. 234. — 5) v. Mülinen H. S. I. p. 38. — 6) Sulzberger. — 7) Lang, h. th. G. R. I. 545 u. 1053. — Stumpf Chr. II. p. 55a.

B. Kanton St. Gallen.

1. Pfarrkirchen.

a. Mutterkirchen.

St. Gallen (Ecclesia Sancti Galluni oder Galloni circa 700)[1], St. Gallus und Othmar, ehemals Wallfahrtskirche. Der irländische Priester Gallus, welcher mit seinem Lehrer Columbanus und eilf andern Gefährten sein Vaterland verlassen hatte, um unter heidnischen Völkern das Christenthum zu verbreiten, fasste, nachdem er durch Krankheit verhindert worden, seine Genossen von Bregenz nach Italien zu begleiten, bei dem ihn verpflegenden Priester Willimar zu Arbon den Entschluss, sich in die Einsamkeit zurückzuziehen und eine christliche Bildungsanstalt zu gründen. Derselbe errichtete daher nach seiner Genesung in einem hochgelegenen Thale des vom Bodensee bis zum Alpstein sich ausdehnenden Waldes an der Stelle, wo die Steinach über Felsen hinabstürzt und wo er sich im Gestrüppe niederfallend einen Dorn in den Fuss trat, mit Beihülfe von Jüngern, deren Zahl sich von zwei (Magnus und Theodor) allmälig bis auf zwölf vermehrte, insbesondere aber des Herzogs Gunzo in Ueberlingen, dessen Tochter er durch Gebet geheilt hatte, im Jahre 614 ein Wohngebäude für die Brüder und ein Bethaus, beide ganz oder grössten Theils aus Holz. Letzteres ursprünglich dem h. Paulus geweiht, erhielt, als der h. Gallus († 640), dessen Leichnam darin beigesetzt war, vor 666 heilig gesprochen wurde, den Namen Galluszelle und vor Ablauf eines Jahrhunderts seit der Stiftung einen eigenen Pfarrsprengel. Abt Othmar (720—759) führte eine geräumigere steinerne Kirche von solcher Dauerhaftigkeit auf, dass deren Wände beim Niederreissen im Jahre 820 mit Mauerbrechern eingestossen werden mussten. Das flach gedeckte Mittelschiff war über vierzig Fuss hoch, woraus sich eine Länge der Kirche von wenigstens hundert und eine Breite von sechszig Fuss folgern lässt. Sie enthielt unter dem Chore eine Krypta, war durchgehends mit Fenstern versehen und mit gläsernen Leuchtern geschmückt. Der steinerne Sarg des h. Gallus stand zwischen dem Hauptaltar und der Mauer der Apsis. (In der jetzigen Kirche befindet sich die Gruft des h. Gallus unter dem Hochaltar, und hatte bis zur Aufhebung des Klosters (1805) einen eigenen Altar). Zunächst dem Altar des h. Johannes Täufers ward später das Grab des h. Othmar († 760) angebracht, allein bei Errichtung der Orgel im Jahr 1812 zerstört. Abt Gozbert (816—836) begann 820 eine neue schönere Kirche zu erbauen, die 829 vollendet und 830 oder 832 eingeweiht wurde. Der noch vorhandene, auf Pergament gezeichnete, jedoch bei der Ausführung mehrfach ver-

1) Wartmann, U. B. d. A. St. G. I. p. 1.

änderte Bauriss dieser Kirche und des nachher ihr angefügten Klosters ist von Herrn Dr. Ferd. Keller in Zürich im Facsimile herausgegeben und erläutert worden. Darnach bildete die ganze klösterliche Anlage ein Viereck von ungefähr vierhundertunddreissig Fuss Länge und dreihundert Fuss Breite, und umfasste:

a) die Kirche in Basilikenform mit drei durch zwei Säulenreihen getrennten Schiffen, zwei Chören, zwei Thürmen, Sakristei, Krypta dem h. Gallus geweiht und mit folgenden Altären:
 1) Hochaltar der h. Maria und des h. Gallus im Presbyterium,
 2) Altar des h. Paulus in der Mitte der Apsis,
 3) » » » Petrus in der westlichen Tribüne,
 4) » » » Erlösers in der Mitte der Kirche,
 5) » » » Johannes Bapt. und Ev. vor dem Taufsteine,
 6) » » » Stephan,
 7) » » » Laurentius,
 8) » » » Martin,
 9) » » » Mauritius,
 10) » der unschuldigen Kindlein,
 11) » des h. Sebastian,
 12) » der h. Cäcilia,
 13) » ? und Agnes,
 (6–13: in den Nebenschiffen,)
 14) » des h. Benedict
 15) » des h. Columban,
 (14–15: auf den Stufen, die vom Chor zum Presbyterium führten,)
 16) » der h. Philipp und Jakob in der nördlichen Kapelle des Querschiffs,
 17) » des h. Andreas in der südlichen Kapelle des Querschiffs,
 18) » des h. Michael auf dem nördlichen Thurm,
 19) » des h. Gabriel auf dem südlichen Thurm;

b) Bibliothek und Schreibzimmer, Klausur, Sprechzimmer, innere und äussere Schule;

c) Gasthäuser für vornehme Fremde, für arme Reisende und Pilger, sowie für fremde Klostergeistliche;

d) Wohnung des Pförtners, Armenpflegers und der Aerzte, Häuser für die Kranken zum Aderlassen, für die Handwerker, Gärtner und Wärter der Hausthiere;

e) Werkhaus, Speicher, Fruchtdarre, Kornstampfe, Mühle;

f) Ställe für die Hausthiere und das Federvieh;

g) Gärten für Arzneikräuter und Gemüse;

h) Hof und Begräbnissplatz [1].

Im Jahre 937 verbrannte mit dem Kloster auch die Kirche, ebenso bei dem grossen Brande von 1314, wurde aber jedes Mal hergestellt.

---

1) Keller, Bauriss des Klosters St. Gallen vom Jahre 820. Zürich 1844.

Inzwischen hatte 1206 Abt Ulrich mit Beihülfe der Bürger der Stadt St. Gallen den Bau eines hohen Thurms unternommen und den Grundstein desselben, ein gewaltiges Felsstück, von achtzig Ochsen und fünfhundert Mann gezogen, mit grosser Feierlichkeit eingesenkt. Statt des baufälligen Chors wurde 1436 ein neuer, aus grossen Quadern mit Strebepfeilern im gothischen Style begonnen und 1479 vollendet. In demselben und dem 1314 hergestellten Langhause kommen laut Ablassbrief von zwölf Kardinälen, datirt zu Avignon am 20. Mai 1333, 16 Altäre nachstehender Heiliger vor: 1. zwölf Apostel, 2. Stephan, 3. Benedict, 4. eilftausend Jungfrauen, 5. Johannes Täufer, 6. Nicolaus, 7. Maria, 8. Felix und Regula, 9. Othmar, 10. Blasius, 11. Martin, 12. Oswald, 13. Pelagius, 14. Afra, 15. Columban, 16. aller Heiligen. Später werden genannt die Altäre der h. Katharina 1507, der h. Anna 1607, bei einer Reparatur zerstört vor 1624, und des h. Kreuzes 1624 [1]) — Im Jahre 1750 beschloss das Kapitel den Bau des gegenwärtigen Langhauses im modernen Styl; demzufolge wurde 1755 die alte Kirche abgetragen und am 29. August 1756 der Grundstein zur neuen gelegt; 1761 begann die Abtragung des Chors sammt Thurm; die Vollendung des neuen Chors und der beiden Thürme erfolgte 1765 [2]). An Altären sind ausser dem Hochaltar vorhanden die Seitenaltäre der h. Notker (rechts) und Johannes Ev. (links) im Chor, der unbefleckten Empfängniss Mariä, des h. Eusebius (rechts), des h. Kreuzes, St. Othmar (links) beim Gitter. In der alten Kirche hatten neben diesen zuletzt noch bestanden die Altäre der h. Valentin, Constantius, Schutzengel, Allerheiligen und Columban [3]).

Jonschwil (Johannesvilare 796) [4]), St. Martin. Ysinbold und seine Gattin Prunnihilt übergeben am 11. November 817 oder 834? ihr Eigenthum in Jonschwil der Kirche des h. Martin daselbst, welcher der Weltpriester Otherius vorsteht [5]). Ihr Patronat befand sich im Jahre 896 in den Händen des Centgrafen Othar, welcher zufolge seiner Aeufnung des Kirchenguts durch Uebertragung des Besitzes in Bettenau am 4. Okt. 903 oder 908? als Hauptstifter der Kirche betrachtet wird [6]). Nach seinem und seiner Erbin Kerhilt Hinschied wurden die über die Verlassenschaft entstandenen Streitigkeiten durch einen um das Jahr 950 ergangenen Schiedsspruch dahin erledigt, dass ein Anverwandter, Namens Notger, auf Lebenszeit im Besitze derselben belassen wurde, solche hingegen nach seinem Absterben von der Abtei St. Gallen bezogen werden konnte, wesshalb diese von da an das Kollaturrecht der Kirche zu Jonschwil ausübte [7]). Der dortige Leutpriester bezahlte 1275 als päpstlichen

1) Gedr. Doc. v. St. G. — 2) Näf, Chronik der Stadt und Landschaft St. Gallen 1850. p. 402—409. — 3) Tafel in der Klosterkirche St. G. — 4) Wartmann U.B. d. A. St. G. I. p. 134. — 5) Ib. I. p. 218. — 6) Ib. II. p. 330. — 7) Näf, Ch. v. St. G. p. 478.

Zehnten 43 Constanzer-Schillinge[1]. Am 15. Dezember 1442 vereinigten sich die dortigen Einwohner nach eingeholter Bewilligung des Abts Kaspar von St. Gallen und mit Vorwissen ihres Kirchherren, Johannes Bäri, zur Stiftung einer besondern Frühmesse auf St. Blasien-Altar, und trafen die Anordnung, dass ein jeweiliger, diese Pfründe innehabender Priester im Dorfe Jonschwil haushäblich wohnen und den Unterthanen der dortigen Kirche an fünf ihm beliebigen Wochentagen die Messe zudienen solle[2]. Bischof Hermann von Constanz inkorporirt am 17. Juli 1474 auf den Zeitpunkt des Abgangs des damaligen Kirchherrn, Johannes Thalmann, die Pfarrkirche Jonschwil dem Tische des Abts und Convents in St. Gallen, und Papst Julius II. bestätigt 1505 diese Einverleibung[3]. 1520 verleiht die Gemeinde die St. Bernarduspfründe[4]. — Das Kirchengebäude ist alt.

Henau (Aninauva 754, Heninouvo 787, Henauwa 819)[5]. U. L. Frauen Himmelfahrt[6]. In der Basilika zu Henau übergibt am 19. September 904 Bischof und Abt Salomo verschiedene dem Kloster St. Gallen geschenkte Besitzungen dem Wolfher auf Lebenszeit[7]. Um das Jahr 1287 überweist Abt Wilhelm dem Heinrich von Griessenberg für geleistete Hülfe in dem Kriege wider König Rudolf den Kirchensatz und Zehnten zu Henau, wo am 25. Februar 1313 Wernher Kirchherr ist[8], sammt den umliegenden Vogteien, und Abt Hiltpolt bestätigt 1324 diese Ueberlassung zu Gunsten der Nichte des Besitzers Adelheid von Griessenberg, Gemahlin des Grafen Diethelm von Toggenburg[9]. Am 23. Juli 1353 war die Kirche zu Henau, als Lehen der Abtei St. Gallen, in den Händen Ulrichs in der Bündt, früher Stadtvogts in Constanz, welcher als Patron mit seinem Sohne Johann, Pfarrherrn daselbst, auf alle Rechte und Ansprachen an die Zehnten von 7 Jcht. in Utzwil verzichtete[10]. Schon 1374 aber sind die Edlen von Rosenberg-Zuckenried im Besitze der Kirche[11]. Am 22. Juli dieses Jahres vergabt Adelheid Singenberg, Leibeigene Rudolfs von Rosenberg, 20 ℔ Constanzermünze Unser Frauen Kirche in Henau für Oblaten zu der Messe und für die Kerzen vor U. F. Bild, sowie dem Leutpriester für ihre Jahrzeit[12], und am 23. Juni 1437 übergibt ein anderer Rudolf von Rosenberg auf Zuckenried, Ritter, mit Einwilligung des Abts Eglolf zu St. Gallen, als Lehenherrn, der Marien-Kirche zu Henau die grossen und kleinen Zehnten zu Durstudlen[13]. Durch Lehenheimfall gelangte der Kirchensatz wieder an das Kloster St. Gallen, dessen Aebten Gotthard und Franz

1) Freib. D. A. I. p. 214. — 2) Wegeli, G. d. L. T. I. p. 261. — Stiftsarchiv St. G. — 3) Gedr. Doc. v. St. G. — 4) v. Arx, G. d. Kt. St. G. III. p. 50. n. b). — 5) Wartmann, U. B. d. A. St. G. I. p. 22, 107 u. 235. — 6) Gedr. Doc. v. St. G. — 7) Wartmann. U B. d. A. St. G. II. p. 342. — 8) Gedr. Doc. v. S. G. — 9) Näf, Chr. v. St. G. p 463. — 10) Stiftsarchiv St. G. — 11) Wegelin, G. d. L. T. I. p. 169–170. — 12) u. 13) Gedr. Doc. v. St. G.

am 22. April 1502 und 22. Dezember 1506 die Leutpriester Johannes Schindeli und Jakob Stäbiner für die verliehene Pfarrpfründe den Eid leisten [1]. — Im Jahre 1740 wurde statt der baufällig und zu klein gewordenen Kirche eine grössere an derselben Stelle erbaut, am 18. Sept. 1746 durch den päpstlichen Nuntius in Luzern, Philippus, zu Ehren der h. Maria Himmelfahrt eingeweiht und das jährliche Kirchweihfest auf den Sonntag nach St. Jakob festgesetzt [2]. Von den vier Glocken im Kirchthurm ist die kleinste ganz glatt; die zweite hat in gothischen Buchstaben die Inschrift: MARIA . GOTES . ZELLE . HAB . IN . DINER . HVTE . SWAS . ICH . VBER . SCHELLE. Die dritte ebenso: MATHEVS . JOHANNES . LVCAS . MARCVS. Die Umschrift der grössten lautet: «Anno Domini M.DC.XVIIII. In principio erat verbum et verbum erat apud Deum». Auf der Vorderseite befinden sich die Bildnisse Jesu am Kreuz, neben ihm Johannes und Maria und die Jahrzahl 1619; an den beiden Seiten die Bildnisse der h. Sebastian und Rochus; auf der Rückseite das Bildniss der h. Maria, darunter die Inschrift:

Us Hitz und Für bin ich geflossen,
Peter Füsli vō Zürich hat mich gossen [3].

Oberbüren (Purias 817, Puirron 827) [4], St. Ulrich [5]. An die dortige Basilika mit ausgedehntem Kirchspiel und bedeutenden Einkünften, wovon aber der Leutpriester 1275 nur 8 ℔ erhielt [6], bezahlte Kerine am 14. Februar 905 einen jährlichen Zins von 2 Pfg. [7]. Das Patronatsrecht der Kirche vergabt am 28. Januar 1296 der Ritter Konrad Schenk von Landegg dem Abt Wilhelm und Convent in St. Gallen. Von der Abtei gelangte dasselbe lehensweise an die von Münchwil und von Hohenlandenberg, indem am 29. Oktober 1462 die Präsentation des Johannes Bischof für die Pfarrkirche Oberbüren durch den Edelknecht Jakob von Landenberg vom bischöflichen Generalvikar in Constanz als kanonisch erklärt und am 1. Mai 1492 die Pfarrpfründe von Abt Gotthart zu St. Gallen den Gebrüdern Beringer, Balthasar und Sigmund von Hohenlandenberg verliehen wird [8]. Zur Zeit der Reformation befand sich der Kirchensatz von Oberbüren in den Händen der Familie von Breitenlandenberg, aus welcher damals Christoph Pfarrer daselbst war. 1570 besass denselben Margaretha von Breitenlandenberg, Wittwe Jakob Christophs Schenk von Castell; durch Heirath ihrer Tochter Apollonia gelangte er an den Gatten der letztern, Kaspar Schmid von Zürich, dem 1584 Abt Joachim von

1) Gedr. Doc. v. St. G. — 2) Stiftsarchiv St. G. — 3) Hofmann, Henau im Toggenburg. 1854. p. 6. — 4) Wartmann U. B. d. A. St G. I. p. 222 u. 282. — 5) Wegelin, Mscr. — Cat. eccl. S G. v. 1769. — 6) Freib. D. A. I. p. 244. — 7) Wartmann, U. B. d A. St, G. II. p. 346. — 8) Gedr. Doc. v. St. G. — Stiftsarchiv S. G.

St. Gallen das Lehen ertheilte, und am 2. April 1598 an den Bruder derselben, Albrecht Schenk von Castell, in dessen Familie der Kirchensatz mit der Gerichtsherrschaft Oberbüren verblieb, bis er mit dieser durch Verkauf des Grafen Marquard Willibald Schenk von Castell 1736 definitiv an die Abtei St. Gallen kam. — In neuester Zeit ist die alte Kirche nebst der davor befindlichen, längst verödeten Kapelle abgebrochen und, anstatt wie früher von Ost nach West, nunmehr in der Richtung von Nord nach Süd neu und grösser erbaut worden, jedoch mit Belassung des Thurms, dessen äusserst fester Mauerstock bis an das im vorigen Jahrhundert aufgesetzte Glockenhaus zu dem daneben gestandenen, 1732 abgebrannten Schlosse gehörte[1]).

Gossau (Cozesouva 824)[2]), St. Andreas und Jakob[3]). Dem Kloster St. Gallen vergabt 971 Richbold sein Eigenthum in Durraha und Wolfram 976 dasjenige in Ottenegg unter Vorbehalt der Nutzniessung gegen Entrichtung von 1 Pfg. Zins an die Kirche in Gossau[4]). Leutpriester derselben ist 1222 Ulrich[5]); als Zehnten schuldet sie 1275 dem Papst 46 ß.[6]). Bei Verleihung des dortigen Hofs mit Zubehörden an Egloff von Rosenberg, den alten, am 20. Februar 1299 nahm, Abt Wilhelm von St Gallen den Kirchensatz aus[7]). Dem St. Katharinen-Altar in Gossau, auf welchem der Kirchherr Mstr. Ulrich Burgower eine ewige Frühmesse stiften und dotiren will, leiht Abt Kuno am 26. November 1395 Zehnten zu Waldkirch und des Meigers Wiese zu Gossau und bestimmt die Rechte und Pflichten des Kaplans. Bischof Burkard von Constanz bestätigt sodann im folgenden Jahre die geschehene Stiftung[8]). Am 1. März 1486 wird auf Bitte des Abts Ulrich VIII. die Pfarrkirche Gossau der Schulmeisterei des Klosters St. Gallen einverleibt[9]). — Das Gottteshaus wurde am 31. Mai 1638 theilweise und 17. Juli 1731 ganz durch Brand zerstört, in Folge dessen am 21 April 1732 der Grundstein zu einer neuen grössern Kirche gelegt[10]) und letztere am 24. Oktober 1737 in der Ehre der h. Andreas und Jakob, der Altar auf der Evangelienseite der h. Maria und derjenige auf der Epistelseite dem h. Joseph u. s. w. geweiht[11]).

Thal. U. L. Frau[12]). Das Patronat dieser Kirche, deren Pfarrer 1163 als Zeuge vorkommt[13]) und deren Pfründe 1275 der Constanzische Chorherr Rudolf von Sulzberg inne hatte[14]), war Reichslehen; denn am 18. Februar 1341 verpfändet Kaiser Ludwig den Brüdern Heinrich, Walther und Eberhard von Sulzberg und ihren Vettern Hermann und Johannes um 200 Mark Silber den Reichskelnhof Thal sammt dem Kirchensatze

1) Näf, schriftl. Mitth. — 2) Wartmann U. B. d. A. St. G. I. p. 265. — 3) Cat. abb. St. G. v. 1769. — 4) Neugart C. D. A. I. p. 616 u. 622. — 5) Gedr. Doc. v. St. G. — 6) Freib. D. A. I. 214. — 7)—9) Gedr. Doc. v. St. G. — 10) Wegeli's Ms. St. B. St. G. — Näf, Chr. v. St. G. p. 425 u. 426. — 11) Stiftsarchiv St. G. — 12) Zellweger Urk. z. G. d. A. V. II. Nro 236 u. 278. — 13) Näf, Chr. v. S. G. p. 848. — 14) Freib D. A. I. 244.

daselbst, und überlässt 1343 im Einverständniss mit ihnen dieses auf 300 Mark erhöhte Pfand dem Grafen Albrecht von Werdenberg, Inhaber der Herrschaft Rheineck[1]. Das Patronat der Kirche gelangte später durch Wiederlösung an die Herrschaft Rheineck und mit dieser im Jahre 1490 an die sieben alten eidgenössischen Orte[2], welche am 26. Juli 1494 beschlossen, dass zu Förderung des Kirchenbaues U. L. Frauen im Thal jedes Ort einen Saum Wein geben solle[3]. Bis zur Reformation ging alljährlich am St. Ulrichstage eine Prozession um Abwendung der Pest aus der Stadt St. Gallen nach Thal[4]. — Der dortige Wendelstein, welcher am 6. August 1420 auf den Chor hernieder gefallen war und grossen Schaden angerichtet hatte, ist durch seine Bauart interessant[5].

Rorschach (Rorscachun 850)[6], St. Columbanus und Constantius[7]. Die Kirche mit ihrer Widum, woraus der Leutpriester 1275 jährlich 9 ℔ und 2 M. S. bezog[8], kommt schon frühe als Eigenthum des Klosters St. Gallen vor. Das Patronat derselben besassen als ein Lehen des letztern die Edlen von Rorschach vom Jahre 1206 an, wo Rudolf Kirchherr war[9], bis 1449, in welchem Jahre sie durch ökonomischen Ruin genöthigt waren, die Burg ihrer Ahnen sammt Zubehörden der Abtei St. Gallen um fl. 2700 zu verkaufen[10]. Am 12. Mai 1461 wurde die Pfarrkirche mit drei andern Kirchen von Papst Pius II. dem Kloster St. Gallen einverleibt. Es kommen darin folgende Pfründen urkundlich vor: Am 11. Oktober 1397 wird Egli von Rorschach, jgr., von dem Kirchherrn Rudolf von Rorschach für den Altar St. Peter und Paul präsentirt; am 12. Dezember 1465 von dem Kirchherrn Johannes Spräter aus Constanz auf den durch ihn errichteten Altar der h. Maria Magdalena eine Frühmesse gestiftet, welche der Abt von St. Gallen verlieh; ebenso am 21. September 1468 von Hans Bertschi, dem alten, in Rorschach auf dem Altar der h. drei Könige in der rechten Abseite die Mittelmesspfründe; ferner am 4. November 1665 von Paul Franz Hofmann daselbst der Altar des h. Antonius von Padua sammt Kaplanei als Beipfrund zur Frühmesserei; endlich am 29. Januar 1676 von Ammann, Richtern und Bürgerschaft des Reichshofs Rorschach noch eine Pfründe St. Constantius[11], deren Kaplan die Bürger mit dem Pfarrer erwählten und dem Abte von St. Gallen zur Bestätignng präsentirten. Einen St. Sebastians-Altar hatten die Blarer von Wartensee schon 1625 errichtet[12]. — Die Glocken wurden 1856 umgegossen. Das Siegel des Kirchherrn vom Jahre 1322 (S. Rodolfi rectoris ecce in Rorschach) zeigt den Reichsadler, ein anderes

1) Näf, Chr. v. St. G. p. 818. — 2) Id. p. 818 u. 739. — 3) Amtl. Sammlg. d. ä. e. A. III. p. 462. — 4) Wegelin, d. Pf. K. St. L. p. 19. — 5) Zellweger, U. z. G. d. A. II. V. Nro. 236. — 6) Wartmann, U. B. d. A. St. G. II p. 30. — 7) Näf, Chr. v. St. G. p. 761. — 8) Freib. D. A. p. 214. — 9) v. Arx G. d. Kt. St. G. I p. 501. n. c. — 10) Näf, Chr. v. St. G. p. 760. — 11) Gedr. Doc. v. St. G. — 12) Näf, Chr. v. S. G. p. 761. - Wegeli's Ms.

ohne Datum (S. Rvd. de Rorschach . rect . ecce . in . Rorsch.) eine Taube mit dem Oelzweig (St. Columbanus?).

Bernang oder **Bernegg** (Berenanc 892)[1]. U. L. Frau[2]. Der Leutpriester Heinrich ist 1220 Zeuge bei der Kirche St. Lorenz in der Stadt Chur, als Dedalricus und seine Frau Judcata ihr Gut sammt Leibeigenen dem Kloster St. Lucius daselbst schenkten[3]. Am 9. Juli 1248 erlaubt Petrus, Kardinaldiakon und apostolischer Legat, dem Abt und Convent von St. Gallen, nach dem Abgang des Kirchherrn von Bernang, wo dieselben das Patronatsrecht haben, die Kirche zum eignen Nutzen zurückzubehalten, jedoch durch einen tauglichen Vikar bedienen zu lassen[4]. Auf Bitte Mstr. Hansen von Gundelfingen, Vikars und Leutpriesters der Pfarrkirche U. L. Frau zu Bernang, welche am 12. Mai 1461 von Papst Pius II. dem Kloster St. Gallen inkorporirt wurde[5], bestätigt Abt Egloff von St. Gallen unterm 9. August 1435 die von der dortigen Bauersame gestiftete und dotirte Frühmesse auf dem in der Ehre St. Maria Magdalena, Martha und Margaretha geweihten Altar. Ausser diesem war auch eine Kapelle St. Fabians und Sebastians in der Kirche vorhanden, welcher am 20. März 1513 vier römische Kardinäle Ablass ertheilen; und laut einer Urkunde aus dem 13. Jahrhundert übergibt Agalwart der Kirche ihren Weinberg in Zozenriet unter der Bedingung, dass der Pfarrer ein ewiges Licht beim Altar der h. Katharina bediene[6]. Am 15. September 1767 suchten sodann die Kirchgenossen um die Erlaubniss nach, dieses ewige Licht in die 1759 an die Kirche angebaute Kapelle zu versetzen, welche am 21. Juli 1777 in der Ehre des h. Kreuzes und der h. Katharina eingeweiht wurde[7]. Für den Bau des Chors verkaufen am 13. Juli 1449 die beiden Baumeister und die drei Kirchenpfleger des Gotteshauses U. L. Frau zu Bernang mit einhelligem Rath der ganzen Nachbarschaft 1 ℔ Pfg. Cstzr. Mz. jährlichen Zins ab einer Wiese, genannt die Ysel, um 24 ℔[8]. — Der Kirchhof war im Mittelalter mit Mauern und Thoren befestigt[9].

Marbach (Marahbach? 831, Marhpach 886)[10]. St. Georg[11]. Der Leutpriester H. ist am 23. September 1225 Zeuge in St. Gallen bei der Schenkung des Allodialgutes Brunau, Gemeinde Hemberg, durch Adelheid von Metendorf an's Kloster St. Gallen[12]. Dem Abte desselben (Berchtold) verleiht unterm 7. April 1255 der Kardinaldiakon und apostolische Legat Petrus die Befugniss, dass er als beidseitiger Patronatsherr anstatt der Kirche Wil die Kirche Marbach, sobald sie ledig wird,

1) Näf, Chr. v. St. G. p. 34. — 2) Gedr. Doc. v. St. G. — 3) v. Mohr, C. D. R. I. p. 271. — 4) Note 2. — 5) u. 6) Note 2. — 7) Stiftsarchiv St. G. — 8) Note 2. — 9) Anzeiger f. schw. G. u. A. K. 1863. Nro. 4. p. 66. — 10) Wartmann U. B. d. A. St. G. I. p. 311. II. p. 254. — 11)—12) Note 2.

zu seinem eigenen Nutzen verwenden könne[1]); und auf Bitte eines spätern Abts (Hermann) und seines Convents inkorporirt Bischof Heinrich III. von Constanz am 18 Juni 1359 die Pfarrkirche Marbach sammt ihrer Tochter in Altstätten, deren jährliche Einkünfte 30 Mark Silbers nicht überschreiten, dem Tische des Klosters[2]) Mit Vergünstigung des Abts Ulrich VIII. in St Gallen und des Leutpriesters, Hansen Herre zu Marbach, stiftet und dotirt Rudolf Achmüller von Balgach den 5. Mai 1466 auf St. Sebastians-Altar in der Leutkirche St. Georg eine ewige Mittelmesse und bestimmt die Verpflichtungen des Kaplans[3]). — Im Jahre 1852 wurde ein neuer Kirchenbau vorgenommen[4]). Der Thurm ist auf römischem Gemäuer errichtet[5]).

Waldkirch (Waldchirichun 879)[6]). St. Blasius[7]). Der dortige Leutpriester Egilolf ist im Jahre 1208 Zeuge bei Verpfändung des Hofs in Merishausen an den Leutpriester B. in Schaffhausen[8]) Von der Pfründe desselben wurden 1275 dem Papste 8 ℔ 12 β. als Zehnten bezahlt. Am 8. August 1277 verleihen Abt Rumo und Convent in St. Gallen auf der Burg zu Rorschach dem Ulrich von Ramschwag, Dienstmann ihres Gotteshauses, und seinen Leibeigenen die Burg zu Blatten und den Hof zu Waldkirch mit dem Kirchensatze[9]), welches Lehen bis zum Jahr 1439 in den Händen jenes Geschlechts blieb[10]). Christian Bötscher, Pfarrer in Waldkirch, trifft den 30. Januar 1487 mit der Gemeinde ein Verkommniss über die von ihm an eine ewige Frühmesse gegebenen fl. 100[11]). — Das Kirchengebäude ist alt.

Magdenau (Magginowe 1244)[12]). St. Verena[13]). Diese Kirche ist eine der ältesten im Lande und von dem uralten Geschlechte der edlen Giele von Gielsberg und Glattburg gestiftet. Unweit von seiner Stammburg und oberhalb jener Kirche erbaute der Ritter Rudolf Giel von Glattburg mit seiner Gemahlin Gertrud für die Schwestern am Brühl bei St. Gallen ein Frauenkloster und schenkte demselben am 3. April 1244 das Patronatsrecht der Pfarrkirche nebst beträchtlichem Grundbesitz[14]).

Oberglatt (Clata 731 oder 736)[15]). St. Laurentius[16]). Der Leutpriester von Glatte (Heinrich) ist am 9. Juni 1257 Zeuge bei der Verleihung eines Gutes in Gutenschweil durch das Kloster St. Gallen an dasjenige von Rüti und beschwört 1275 ein Gesammteinkommen von 15 ℔ Constanzer-Münze[17]). Am 19. April 1316 präsentirt der Ritter Hartmann von Baldegg zu Elgg für die Kirche Oberglatt, deren Patronatsrecht ihm zustand, nach der Resignation Hartmanns von Gachnang den

1)–3) Gedr. Doc. v. St. G. — 4) Näf, Chr. v. St G. p. 594. — 5) Anzeiger f. sch. G. u. A.-K. 1863. Nro. 4. p. 66. — 6) Wartmann U. B d. A. S. G. II. p. 121 — 7) Cat. eccl. St. G. v. 1769. — 8) Neugart, C. D. A. II. p. 227. — 9) Kopp, G d e. B. II. p. 672. n 1. — 10) u. 11) Note 1. — 12) Neugart, C. D. A. II. p. 178. — 13) Cat. eccl. St. G. v. 1769. — 14) Neugart, C. D. A. II. p. 178. — 15) Wartmann, U.-B. d. A. St. G. I. p. 6. — 16) Cat. eccl. St.-G. v. 1769. — 17) Staatsarchiv Z. Amt Rüti. — Freib. D A. I. p. 213.

Rudolf Wetzel, Sohn des Schultheissen in Winterthur, dem Generalvikar des Bischofs Gerhard von Constanz als Leutpriester [1]. 47 Jahre später (23 März 1363) verkaufen vor dem Landgerichte zu der Loben die drei Brüder Hermann, Beringer und Hermann von Landenberg von Greifensee und ihr Vetter Ulrich den Hof zu Kalchofen oberhalb des Klosters Magdenau, in welchen der Kirchensatz zu Oberglatt von Alters her gehört hat, mit allen Rechten und Zubehörden der Aebtissin und Convent jenes Klosters um 443 ℔ 15 ß. Constanzer-Münze [2]. In Folge Befehls des Papstes Urban VI. vom 14. Februar 1389 inkorporirte sodann Eberhard Siegler, Sänger der Kirche Constanz, die Pfarrkirche Oberglatt, deren Einkünfte 20 Mark Silbers nicht überstiegen, am 31. Juli gleichen Jahres dem Kloster Magdenau [3]. Dieselbe blieb in den Händen des letztern bis 19. April 1597, an welchem Tage Aebtissin Margaretha und der Convent freiwillig das Patronatsrecht dem Abt Bernhard von St. Gallen übergaben [4]. — Die bisher von beiden Confessionen gemeinschaftlich benutzte Kirche wurde 1771 mittelst Abkurung den Evangelischen allein überlassen und in Folge von Baufälligkeit 1784 neu errichtet, der Gottesdienst der Katholiken aber in die etwas erweiterte Kapelle zu Flawil verlegt [5].

Montlingen (Monticulus XI, Montigels 1155)[6]. St. Michael[7], jetzt St. Johann Baptist[8]. Die Kirche soll dem Kloster Pfäfers unter Abt Gebenus (814—826) von einem Grafen Roderich mit Gewalt weggenommen, allein auf Klage des nächsten Abts Johannes I. 826 zurückerstattet worden sein, und wird daher in der Bulle des Papstes Gregor V. vom Jahr 998? unter den Besitzungen desselben aufgezählt [9]. Der Leutpriester von Montlingen beschwört 1275 ein Gesammteinkommen von 35 ℔ Constanzer-Münze [10], und der Kirchherr Rudolf Schmid erscheint am 28. Sept. 1419 als Zeuge in einem Kaufbriefe um den Bregenzerhof in Kobelwald [11]. 1469 verkauft der Ritter Hans von Embs den Zehnten in der Pfarre Montlingen. Der Kirchensatz aber, den er wahrscheinlich mit dem Reichshofe Lustnau von den Grafen von Werdenberg am 30. April 1395 pfandweise erhalten hatte, blieb bei seinem Hause, das 1526 diese Besitzung als volles Eigenthum an sich brachte [12]. Erst 1774 wurde nach längern Anständen das Patronatsrecht zu Montlingen von den Grafen von Hohenembs gegen Auslösung an die Kirchgemeinde abgetreten [13].

Goldach, (Goldaha 789, Coldaun 847)[14], St. Mauritius[15]. Der Leutpriester daselbst beschwört 1275 ein Gesammteinkommen von 9 ℔ Constanzer-Gewicht [16]. Am 13. Juni 1321 schliessen die Söhne Hein-

1)—4) Gedr. Doc. v. St. G. — 5) Näf, Ch. v. St. G. p. 640. — 6) v. Mohr, C. D. R. I. p. 283. — Neugart C. D. A. II. p. 87. — 7) Cat. E. St. G. v. 1769. — 8) Näf. — 9) Leu sch. L. XIV. 486. 488. — Eichhorn E. C. U. 29. — 10) Freib. D. A. I. p. 213. — 11) Note 1. — 12) Bergmann, die Edlen von Embs zu Hohenembs im Vorarlberg, in den Denkschriften der k. Akademie der Wissenschaften zu Wien. — Philos. hist. Cl. 1860. X. 114. — 13) Näf, Chr. v. St. G. p. 643. — 14) Wartmann U. B. d. A. St. G. I. p. 114. II. p. 23. — 15) Note 7. — 16) Freib. D. A. I. p. 464.

richs sel. in dem Kilchhof mit den Rittern von Sulzberg einen Vertrag über wechselnde Besetzung der Pfarrei [1]). Der Kirchensatz blieb hierauf in den Händen der letzteren, bis er 1419 durch die Heirath der Elisabeth von Sulzberg an ihren Gemahl, Hermann von Adlikon, gelangte [2]). Nach dem Erlöschen seines Mannsstammes übergab Hans von Adlikon den 12. August 1473 den Kirchensatz zu Goldach dem Abt Ulrich VIII. von St. Gallen [3]). Die Kirche wurde am 30. August 1588 in der Ehre der h. Dreifaltigkeit, drei Könige und Mauritius, der Altar auf der rechten Seite den h. Philipp und Jakob, der mittlere U. L. Frau, und der linke dem h. Niklaus geweiht und das Kirchweihfest auf Sonntag vor St. Gallus festgesetzt [4]). Am 20. Nov. 1653 erbietet sich Abt Pius, die Frühmesserei in der Pfarrkirhe Goldach, welche er wegen nicht genügender Vergabungen viele Jahre durch seine Conventualen von Rorschach hatte besorgen lassen, aus den inzwischen durch die Zinse angewachsenen Stiftungsgeldern mit einem tauglichen Priester zu versehen [5]).

Zu diesen inländischen Mutterkirchen kommen noch:

Im jetzigen Kanton Thurgau:

Arbon, St. Martin, (siehe Seite 74).

Hagenwil, St. Johannes Täufer, (siehe Seite 81).

Im jetzigen Kaiserthum Oesterreich (Provinz Vorarlberg):

St. Johann Höchst, (Hostadio 808) [6]), St. Johannes Täufer.

Lustnau, (Lustenouva 887) [7]), St. Peter und Paul [8]).

b. Tochterkirchen.

Von St. Gallen, St. Gallus und Othmar:

St. Gallen. St. Peter stand schon im 8. Jahrhundert [9]) und zwar laut Urkunde vom 9. Januar 1415 innerhalb der Einfriedigung des Klosters und an dasselbe anstossend auf dem alten Kirchhofe, der sich auf der Ostseite des Münsters bis an die Steinach erstreckte [10]). Laut einer am Ende des 15. Jahrhunderts bestehenden Tradition wurde beim Anwachsen der Bevölkerung der Pfarrgottesdienst von St. Othmars- nach St. Peters-Kirche und um die Mitte des 13. Jahrhunderts aus dieser in die St. Laurenz-Kirche verlegt [11]). Nach spätern glaubwürdigen Autoren dagegen war St. Peter die älteste Pfarrkirche, bis wegen Beschränktheit des Raums um 830 St. Othmars und Mitte XIII. St. Laurenzen Kirche dazu erhoben ward [12]). Am 20. Mai 1333 erhielt dieselbe, wie die andern Kapellen des Klosters, von zwölf Bischöfen zu Avignon vierzig Tage Ablass [13]) und wurde, nachdem sie zur Kriegszeit anderweitig benutzt worden, 1407

---

1) Gedr. Doc. v. St. G. — 2) Näf, Chr. v. St. G. p. 424. — 3) Note 1. — 4) Stiftsarchiv St. G. — 5) Note 1. — 6) Wartmann U.B. d. A. St. G. I. p. 188. — 7) Id. II. p. 265. — 8) Cat. D. C. v. 1779. p. 165. — 9) Keller, B. R. d. Kl. S. G. p. 9. — 10) Note 1. — v. Arx G. d. Kt. St. G. I. p. 327. n. b) — 11) Wegelin G. d. P. K. S. L. p. 2. n. — Vgl. Mitth. d. hist. Ver. f. St. Gallen. 1862. ff. II. p. VII. — 12) Stumpf Chr. II p. 12. — Lang, h. th. G. R. I. p. 1048. — 13) Note 1.

wieder eingeweiht[1]). Für die von Heinrich Baumann, Kaplan U. L. Frauen Altars im Münster am 24. April 1516 vergabten fl. 60 und für die von andern Personen geschenkten fl. 40 verspricht Abt Franz am 16. Juli 1519 ein ewiges Licht in St. Peters Kirche ob St. Notkers Grab auf Kosten des Gotteshauses zünden und brennen zu lassen[2]). Dieselbe erscheint auch noch im Jahr 1566 in dem gegenseitigen Auskaufe zwischen Stadt und Abtei St. Gallen[3]), sowie ihre Pfründe 1571 und 1637, bis sie am Ende des 17. Jahrhunderts abgetragen ward[4]).

St. Gallen. St. Othmar. Diese 822 bis 829 von Abt Gozbert errichtete Kirche[5]) wurde im Jahr 867 von Abt Grimald neu erbaut und in dieselbe die Gebeine des h. Othmar, welche seit ihrer Enthebung von der Insel Werd bei Stein am Rhein zunächst dem Altar des h. Johannes Täufers in der Klosterkirche zu St. Gallen ruhten[6]), versetzt[7]). Zu Besorgung des Gottesdienstes in derselben übergibt König Karl der Dicke auf Bitte des Abts Hartmot am 23. November 880 den Hof Stammheim[8]). Ueber ihre Benutzung als Pfarrkirche ist das vorhin bei St. Peters Kirche Gesagte zu vergleichen. — Sie war an die Westseite der Klosterkirche angebaut und wurde beim Neubau derselben im Jahr 1755 abgetragen[9]). Gleiches Schicksal erlitt alsdann die von Abt Cölestin neu errichtete St. Othmarskapelle, welche 1806 beim Abbrechen der Klostermauer beseitigt und an deren Stelle beim westlichen Ende des Münsters, auf dessen Dach das St. Othmars Thürmchen steht, gegen die Gasse ein Eingang in den Klosterhof erstellt ward. Auf der Nordseite der St. Othmars Kirche befand sich ein Friedhof für die Angestellten des Klosters.

St. Gallen, St. Magnus. Salomo III., Bischof von Constanz und Abt von St. Gallen, errichtet ca. 890 mit Zustimmung und Beihülfe der an letzterm Orte Gott dienenden Brüder auf dem Hügel, oberhalb des Flusses, genannt Schwarzwasser (oder Ira), eine Basilica zu Ehren des h. Magnus, und übergibt derselben als Dotation etliche Güter der Abtei, insbesondere die Höfe Sitterdorf, Degenau und Goldach, ferner Bernhardzell und die Taufkirche in Höngg, unter der Bedingung, dass hieraus der Propst der St. Mangen-Zelle daselbst stets drei Mönche und drei Weltpriester zur Besorgung des Gottesdienstes unterhalte, jährlich am Feste des Heiligen dem Convent des Klosters eine Mahlzeit gebe und dem Abt, wenn er in den Krieg ziehe, ein Saumross mit einem Knechte stelle. Diese Stiftung wurde von Kaiser Arnulf zu Regensburg am 13. Oktober 898 bestätigt[10]); ihr folgte schon 899 die Vergabung von Eigenthum in Zihlschlacht durch Cinzo[11]). Der Leutpriester dieses

1) Näf Ch. v. S. G. p. 405. — 2)—4) Gedr. Doc. v. S. G. — 5) Stumpf Chr. II. p. 14. — Keller B. R. d. Kl. S. G. p. 11. — 6) Keller l. c. p. 9. — 7) Näf, Ch. v. S. G. p. 142. — 8) Neugart, C. D. A. I. p. 422. — 9) Näf, l. c. p. 408. — 10) Wartmann U. B. d. A. S. G. II p. 317. — v. Arx G. d. Kt. S. G. I. p. 108. — 11) Wartmann l. c. II. p. 319.

Chorherrenstifts, für welchen am 27. April 1235 ein Statut erlassen wurde, musste gleich denjenigen der übrigen Kirchen von St. Gallen laut Urkunde des Abts Konrad I. vom 23. Mai 1227 den hohen Festen im Chore der Klosterkirche beiwohnen[1]). Der Vikar von St. Magnus, Rudolf, erscheint am 3. April 1244 als Zeuge bei der Gründung des Cistercienserinnen-Klosters Magdenau[2]), und bezahlte 1275 von seinem in 11 lb und 11 ß. bestehenden Einkommen 20 ß. als päpstlichen Zehnten[3]). Im Jahre 1480 stiftete die Gesellschaft der Büchsenschützen eine Bruderschaft an den Altar der h. Agatha zu St. Magnus als ihrer Schutzpatronin. 1518 war das Chorherrenstift so in Abgang gerathen, dass die Besorgung der kirchlichen Funktionen desselben pfründelosen jungen Geistlichen übertragen werden musste[4]). Nach der Reformation wurden durch gütlichen Vertrag vom 21. September 1566 dem Abte für das Lehen eines Leutpriesters zu St. Mang von der Stadt fl. 100 bezahlt[5]). — Die Kirche war in Gestalt eines griechischen Kreuzes erbaut und lag noch 1441 ausserhalb der Stadt. Im August 1482 zersprengte ein Blitzschlag das auf der Mitte des Kirchendachs stehende Glockenhaus. Die unbeschädigt gebliebenen Glocken wurden nun in einem Glockenstuhle auf dem Kirchhofe aufgehängt, bis 1505 die Kirchgenossen mit Beihülfe der Obrigkeit, welche Steine und Holz schenkte, den Bau eines steinernen Thurms begannen, der 1508 vollendet wurde, so dass im Herbst jenes Jahres die bischöfliche Consecration erfolgen konnte[6]). Durch einen Blitzstrahl wurde im Mai 1731 der Helm des Thurms entzündet, so dass er bis auf den Mauerstock abbrannte und die Glocken, von denen die grösste 1599 gegossen worden, zerschmolzen[7]). Das Siegel des Kirchherrn (S. Thome rect. eccle. sci. Mangen) zeigt 1330 den h. Magnus stehend[8]).

Von St. Gallen, St. Magnus, löste sich weiter ab:

Bernhardzell (Pernhartescella 898)[9]), St. Johannes Täufer[10]). Der Name dieses Ortes stammt wohl daher, dass in dem grossen Walde, welcher die dortige Gegend bedeckte, schon frühe eine Klause mit einer Kapelle errichtet wurde. Laut der Bestätigungsurkunde des Kaisers Arnulph vom 13. Oktober 898 übergab Bischof Salomo III. dem von ihm gegründeten Chorherrenstifte St. Magnus in St. Gallen unter anderem auch Bernhardzell mit allen Zubehörden[11]). Demzufolge war ein jeweiliger Propst von St. Magnus zugleich Kirch- und Gerichtsherr daselbst, und hatte laut Offnung vom 15. Juni 1393 in ersterer Eigenschaft alle 14 Tage, sowie an den Festen den Gottesdienst entweder

1) Gedr. Doc v. S. G. — 2) Neugart, C. D. A. II p. 179. — 3) Freib. D. A. I. p. 244. — 4) Näf, Ch. v. S. G. p. 576. — 5) Note 4. — 6) Näf, Chr. v. St. G. p. 576. — 7) Leusch. L. VIII. p. 433 — Haltmeier hist. Beschreibung der Stadt St. Gallen. 1683 p. 556. — 8) Sammlg. d. a. G. i. Z. — 9) Wartmann U.-B. d. A. S. G. II. p. 318. — 10) Note 4. — 11) Wartmann l. c.

selbst zu versehen oder an seiner Stelle durch einen andern Priester besorgen zu lassen; in der zweiten Eigenschaft aber gemeinsam mit dem Vogte des Klosters St. Gallen die Gerichtsbarkeit auszuüben; auch fiel ihm die Erbschaft von Hagenstolzen, die keine eigene Hofstatt in der Gemeinde besassen, und das beste Stück Vieh, das ein Verstorbener hinterliess, anheim[1]). 1529 ward der reformirte, schon 1532 aber wieder der kathol. Gottesdienst in Bernhardzell eingeführt und um das Jahr 1543 eine Pfarrpfründe errichtet, deren erster Inhaber Bernhard Sailer war[2]) Der Stiftungsbrief der Pfarrei datirt aber erst vom 6. Dezember 1604[3]). — Am 29. August 1776 wurde der Grundstein zu einer neuen Kirche gelegt und der Bau 1778 vollendet, die Glocken aber 1835 umgegossen[4]). — Das Siegel des Propstes (S. fevdale parochiæ in Bernhartzell renovatum anno MDLXXI) zeigt das Bild eines Abtes mit Hellbarte und Buch[5]).

Von St. Gallen, St. Gallus und Othmar, trennte sich ferner:

St. Gallen, St. Laurentius. Als Erbauer dieser Kirche nennt das aus dem Anfange des 14. Jahrhunderts stammende und bis zur Reformation fortgesetzte Jahrzeitbuch einen Priester Burkard; die Zeit ihrer Erbauung wird von einigen ältern Klosterscribenten in die Mitte des 12. Jahrhunderts verlegt. Urkundlich geschieht derselben zum ersten Male 1225 Erwähnung[6]). Ihr Leutpriester, für den am 27. April 1235 ein Statut erlassen wurde, musste laut einer Bestimmung betreffend den Gottesdienst in der St. Oswald-Kapelle, datirt 23. Mai 1227, wie die Priester der übrigen Kirchen von St. Gallen den hohen Festen im Chore der Klosterkirche beiwohnen[7]). Nachdem die St. Laurenzen Kirche, deren Vikare Lütold und Egilolf am 3. April 1244 als Zeugen erscheinen[8]), mit beinahe der ganzen übrigen Stadt im Jahre 1314 durch eine schreckliche Feuersbrunst eingeäschert worden war, wurde sie nach der Wiederaufbauung am 20. Mai 1333 von zwölf Bischöfen zu Avignon und 1350 von fünfzehn Bischöfen mit einem vierzigtägigen Ablass begabt[9]) und sodann in Folge einer Bulle des Papstes Innocenz VI. am 18. Juni 1359 durch Bischof Heinrich III. von Constanz der Abtei St. Gallen einverleibt[10]). — Am 15. Juni 1413 fand die Grundsteinlegung zu einer neuen Kirche statt, wofür Abt Heinrich III. den erforderlichen Boden vom Klosterhofe schenkte und womit der Bau eines steinernen Thurms statt des bisherigen hölzernen Glockenhauses auf dem Kirchhofe verbunden wurde[11]). — Am 10. November 1436 gestattet das Concilium von Basel dem Abt und Convent in St. Gallen, die volle Jurisdiction und Correction gegen die zwei beständigen Vikare (Leutpriester und Helfer) der Pfarrkirche St. Laurenz daselbst auszuüben, wozu sie aber

1) Gedr. Doc. v. St. G. — Näf, Chr. v. St. G. p. 35. — 2) Ib. — 3) u. 4) Stiftsarchiv St. G. — 5) Smlg. d. a. G. i. Z. — 6) Wegelin, d. Pf.-K. St. L. in S. G. 1832. p. 1. u. 2. — 7) Note 1. — 8) Neugart, C. D. A. II. p. 179. — 9) Wegelin l. c. p. 3 u. 34. — 10) Id. p. 40. — 11) Id. p 3–5. — Näf Chr. v. S. G. p. 560. —

nur taugliche, von den Städtern genannte Personen dem Diöcesanbischof präsentiren sollen[1]). Im Jahr 1480 erhielt sodann die Stadt St. Gallen von Papst Sixtus IV. das Patronat über die St. Laurenz-Kirche und 1506 von Papst Julius II. das Recht, dass die von ihr gewählten Geistlichen von der Abtei anerkannt werden sollen, ohne letzterer einen Lehenseid ablegen zu müssen. 1566 endlich wurden die noch übrigen Rechte der Abtei auf die St Laurenz-Kirche von der Stadt gänzlich ausgelöst[2]). — In derselben bestanden vor der Reformation folgende Pfründen und Altäre[3]):

1) Die Frühmesspfründe, gestiftet und 1435 neu dotirt von der Obrigkeit auf dem zu Ehren der h. Maria und Martin geweihten Altar.

2) Die Nachmesserpfründe, deren Stiftung von Bilgeri Scherer, des Raths, im Anfange des 15. Jahrhunderts ausgegangen zu sein scheint und 1462 dadurch erneuert wurde, dass der Magistrat auf St. Josen-Altar (an der Wand des Thurms im Winkel gegen die Fischbänke hin) eine zweite Frühmesse gründete. Auf diesem Altar wurde von der Schuhmacherzunft eine Tafel aufgestellt, worauf die Bildnisse ihrer Handwerks-Patrone St. Crispin und Crispinian, sowie der h. Helena und Michael schön gemalt und vergoldet waren[4]).

3) Die Mittelmess- oder Göslerpfründe auf St. Barbara-Altar, welche der Stifter, Ulrich Gösler, Bürgermeister, mit sehr beträchtlichen Einkünften ausstattete und sich dafür im Jahr 1410 eine päpstliche Bestätigung ertheilen liess. Der Priester derselben erscheint später gewöhnlich unter dem Namen eines Kaplans an St. Sebastians-Altar, welcher 1422 neu errichtete Seitenaltar sowol zur Ehre der h. Sebastian und Fabian als auch der h. Barbara geweiht wurde[5]).

4) Die Kaplaneipfründe bei St. Jakobs-Altar, (am vordersten Pfeiler), gegründet 1465 von Othmar Bomer, Leutpriester zu Altstätten, der den Altar neu erbauen und weihen liess[6]).

Ausser diesen vier Seitenaltären sind noch zu erwähnen:

5) Der Hoch- oder Fronaltar im Chor, von dem Reformator Johannes Kessler also beschrieben: «Vff dem obersten, so man nennet «den Fronaltar, im Chor, stund an schöne hoche Taffel mit geschnitztem «Blumwerckh bis an die Himmels erhöcht; darum stundend fürnemlich «fünff kostliche vbergülte Bilder zimlicher Mannengrösse: St. Gall, «St. Othmar, St Laurentz, St. Gregorius, vnnd da mitten an schön «Maria-Bild, wie Sy jr Kind vff dem Armen tragt; vff dem Corpus in «dem Blumwerk war die Biltnus Christi, wie Er zu Gricht sitz, vnder «sinen Füssen an Kugel, Himel vnd Erden, nebet ihm zu bayden siten «vff einer: Marie, vff der andern Joannis Baptiste Bildnus, zu den Orten «stunden zwen Engel mit Busanen, und sunst vnden vnd oben vnzailich «bildli. Die Flügel damitt die fünff genannten Bilder bedeckt wurden,

1) Gedr. Doc. v. S G. — 2) Näf Chr. v. S. G. p. 561. — 3) Wegelin d. Pf.-K. S. L. p. 29—31. — 4) Ib. p. 33. — 5) Ib. p. 30—31. — 6) Ib. p. 31—32.

«warend gantz kunstreich gemalet, an einem Ort der Passion Christi, «am andern St. Laurentzien, alles kostlicher vnnd scherpfer, dan ich «das mit der Feder mög vnd kön abcontrafiren.» Die erwähnte hohe Tafel war von Meister Michael, einem Bürger von St. Gallen, gegen Ausgang des 15. Jahrhunderts gemalt worden. — Ueber dem in der Mitte vor dem Fronaltar stehenden kleineren (Kreuz)altar hing das Bild des gekreuzigten Christus, gewöhnlich nur «der grosse Herrgott» genannt [1]).

6) Der von der Leinwandgewerbsgesellschaft der Gebrüder Sebastian und Ludwig Zollikofer und Leonhard Keller nicht lange vor der Reformation aufgestellte Altar mit einer Tafel von dem ausgesuchtesten Bild- und Schnitzwerk [2]). —

Der Bau einer Orgel wurde im Jahr 1517 dem Meister Ruprecht um fl. 400 verdungen, dieselbe aber bald nach der Reformation aus der Kirche entfernt. Erst 1761 ward wieder eine Orgel mit einem Kostenaufwande von fl. 30,000 angefertigt und 1762 aufgestellt [3]).

Der von dem Werkmeister Johannes Murer aus St. Gallen im Juni 1413 begonnene und während 2½ Jahren geleitete, alsdann wegen Unzufriedenheit mit seinen Leistungen von dem Sohne des Baumeisters Michael Safoy aus dem schwäbischen Kloster Salmansweiler fortgesetzte, allein wegen Abweichungen von dem verabredeten Plane aufgegebene und um der Kostenersparniss willen mangelhaft ausgefallene Bau des Kirchengebäudes zeigte den gothischen Styl [4]). Die grosse Hauptpforte, welche die Jahrzal 1415 trug, und die vier kleinern Thüren wurden 1624 durch neue ersetzt [5]). Bei der im Jahr 1577 vorgenommenen Bedeckung der Thurmspitze (des Helms) mit Kupfer anstatt der bisherigen Schindeln wurden im Thurmknopfe zwei bleierne Tafeln und eine Pergamentrolle gefunden. Der Inhalt der erstern, welche im Stadtarchive aufbewahrt werden, ist folgender:

Tafel 1. «Oberbumaister des turms das ist mangus hetzer, vnder«bumaister lienhartt ränftler vnd werchmaister zimorman lucas falck vnd «werchmaister der murer hainrich kessler von lindow, vnd maister «hans dietzig hett den turn geteckt. M.CCCCC.iiii jar 1504. der wur «am rechen ward och desselben jars . . . . . tt, bittend gott vber vns.»

Tafel 2. DIE . 6 . KNOPF . SIND . ER . NVWERT . WORDEN . IM . 1579 . IAR . WIN . MONT . WAS . BVW . MASTER . HANS . WETTER . VBER . BVW . MASTER . HANS . NAARTIN . FVRER . VND . WARD . DAS . WORT . GOTES . TRVLICH . GEOFEN . BARET . GOT . GEB . VNS . SIN . GNAD . DAS . ES . IN . EWIKAIT . LEB . VND . WERE.

Die am 19. September 1577 wieder auf die Thurmspitze versorgte Pergamentrolle enthält laut einer Kopie im Stadtarchiv eine lange theils lateinische, theils deutsche Inschrift mit den Namen des Kupfer- und Goldschmieds, sowie der regierenden kleinen und grossen Räthe, geschrieben durch den Gerichtsschreiber zu St. Gallen 1577.

---

1) Wegelin, d. Pf.-K. S. L. p. 36. — 2)—5) Ib. p. 36, 37, 4 u. 120. — Naf Ch. v. S. G. p. 562

In dem Thurme hingen fünf Glocken, nämlich:

1) Die grösste, welche von Hans Schnabelburger in St. Gallen gegossen und St Gallus getauft wurde[1]). Sie trug am obern Rande in gothischen Lettern die Aufschrift: + rector bone, nos exaudi, tu dignare nos salvare. Ω et alpha tu nos salva, sancte laurenti ora pro nobis deum. anno domini M.CCCC.XXXII. + Rings herum waren die vier Attribute der Apostel vertheilt; ferner der Heiland am Kreuze.

2) die Männerglocke mit der Umschrift in gothischen Lettern· + o rex glorie, criste veni nobis cum pace. Sanctvs Lovrence, omnes sanctos orate pro nobis. anno domini MCCCC LXXII. Unten war das Krucifix wie oben, und auf der andern Seite der h. Lorenz auf dem Scheiterhaufen, den Rost mit der linken Hand haltend.

3) Die Weiberglocke mit der Umschrift in römischen Versalien:

«O Herr regiere disen Gloken Clang,
«Dass dein Volk gern zum Wort Gottes gang. 1731.»

4) Das Kinderglöckchen mit der Umschrift in halb gothischen, halb römischen Versal-Lettern:

«ann. dn. M.CCCC.XVIII in die Marie. v. c.»

darunter ein kleines Wappen (vielleicht des Glockengiessers Ulrich Schnabelburger, Vater des obbenannten Hans) und ein h. Lorenz wie bei Nr 2.

5) Kleinstes Glöckchen mit der Umschrift in Lettern wie bei Nr. 4:

«o maria kom mir tzv hulv.» Ohne Jahrzahl[2]).

1851 wurde die St. Laurenz-Kirche bis an die Säulen und Bogen, und der Thurm bis unter das Glockenhaus abgebrochen und beide bis 1854 im gothischen Style neu erbaut, 1852 auch die Glocken umgegossen und 1856 ein neues Orgelwerk aufgestellt[3]).

Das Siegel des Kirchherrn zeigt 1330 (S. Hairici ecclie ..... sci. Lavretii) den Arm des h. Laurentius mit dem Rost in der Hand und 1380 (S. Jonis. Bvrgow' rcoris eccie S. Lavrencii) die ganze Figur des Heiligen stehend, im Jahr 1351 aber (S. Conradi de Ramswag rectoris eccl. Laur.) die Helmzierde seines Geschlechts[4]).

Von St. Gallen, St. Laurenz, lösten sich hinwieder ab:

Im Kanton Appenzell: (siehe daselbst).

Hundwil (incl. Stein) St. Peter und Paul, nach 1443.

Gais, U. L. Frau vor 1446.

Trogen (incl. Wald) U. L. Frau 1460/1.

Teufen (incl. Bühler) St. Johannes Täufer 1479.

Speicher 1613/4.

Im Kanton St. Gallen:

Linsebühl, St. Maria Magdalena. Der Kapelle dieses ausserhalb der Speiservorstadt östlich von St. Gallen gelegenen Siechenhauses,

---

1) Näf Chr. v. S. G. p. 560. — 2) Erinnerungsblatt an die alten Kirchenglocken zu St. Laurenz in St. Gallen. — 3) Näf, Ch. v. S. G. p. 563/4. — 4) Smlg. d. a. G. i. Z.

welches schon im 12. Jahrhundert erbaut und aus milden Spenden nothdürftig unterhalten worden sein soll, dessen Fortbestand aber 1219 von dem Ritter Ulrich von Singenberg, Truchsess der Abtei St. Gallen, durch eine eigene Stiftung gesichert wurde, übertragen am 16. August 1326 Eglof Blaarer, Johannes am Markt und Hermann von Hundwil verschiedene Gotteshauslehen[1]. Abt Hermann und Convent schenken hierauf unterm 25. April 1346 dem Siechenhause verschiedene Besitzungen, mit der Verpflichtung, eine Leutpriesterpfründe zu dotiren, als deren Inhaber im folgenden Jahre Johannes Voeli erscheint[2]. Nachdem in Folge weiterer Vergabungen die Kapelle am Linsebühl in eine Filialkirche von St. Laurenz umgewandelt und mit kirchlichen Rechten ausgestattet worden, so ertheilt Bischof Konrad? von Constanz 1393 die Bestätigung[3]. Später (vielleicht beim Neubau der Kirche im Jahre 1463) wurde dieselbe von dem Verbande mit St. Laurenz gänzlich abgelöst[4]. — Das Siegel des Siechenhauses vom Jahre 1387 führt die Umschrift: «S. Leprosorum S. Galli» und enthält das Brustbild eines Siechen mit einer Klapper in der Hand.

St. Georgen, St. Georg. Die Erbauung einer Kapelle im Zirrenthal an der Steinach oberhalb St. Gallen wird dem Abte Salomo III. (889—920) zugeschrieben und desswegen dieselbe auch Salomonszelle genannt[5]. Ihr ertheilen am 20. Mai 1333 zwölf Bischöfe zu Avignon vierzig Tage Ablass[6]. In dem Einkünfterodel der Kirche St. Laurenz aus dem 14. Jahrhundert heisst es, dass diese mit der Kapelle St. Georg vom Abte verliehen werde[7]. Letztere wurde auch vom Leutpriester oder Helfer der erstern besorgt, bis am 12. November 1451 die Bewohner der Gegend von St. Jörgen mit einem Theile der Kirchgenossen aus der Gemeinde Teufen eine besondere Kaplaneipfründe daselbst stifteten, als deren Inhaber am 30. Juni 1505 Jakob Vorster erscheint, und durch Vertrag vom 11. August 1569 die Stadt St. Gallen von der Verpflichtung des Pfarrers zu St. Laurenz, je am andern Sonntag in St. Georg Messe zu halten und zu predigen, gänzlich entlastet wurde[8].

Von St. Gallen, St. Gallus und Othmar wurden endlich noch unmittelbar getrennt:

St. Fiden, St. Fides. Um das Jahr 1085 liess Abt Ulrich III. aus dem herzoglichen Hause Kärnthen und Aquiteio nordöstlich von St. Gallen (ausserhalb der Stadtmauern) auf einem Platze, welcher damals das Eichbol, in spätern Urkunden aber Farna genannt wurde, eine Kirche zu Ehren der h. Fides erbauen, beschenkte sie mit den aus Aquitanien gebrachten Reliquien dieser Heiligen und mit Vergabungen.

1) u. 2) Spitalarchiv St. G. — 3) Näf, Ch. v. St. G. p. 569. — 4) Wegelin d. P. K. S. L. p. 11. — Haltmeier h. B. d. St. S. G. p. 150. — 5) Näf, Ch. v. S. G. p. 416. — 6) Gedr. Doc. v. St. G. — 7) Zellweger G. d. a. V. I. p. 216 n. 52. — 8) Näf Ch. v. S. G. p. 416. — Gedr. Doc. v. St. G. — Stiftsarchiv S. G. —

versah sie auch mit zwei Chorherren [1]). Statt der letztern finden wir am 25. Mai 1227 einen Priester, welcher den hohen Festen im Chore der Klosterkirche beiwohnen musste [2]) und für den am 27. April 1235 von Abt Konrad I. ein Statut erlassen wurde [3]). Dieser Pfründer, Walther Lesti, Chorherr in Bischofzell und Constanz, beschwor 1275 als Einkommen 14 ℔ C. G. [4]). Vor dem Juni 1246 muss sodann noch eine zweite (jüngere oder mindere) Pfründe in der Kirche St. Fiden gestiftet worden sein, da zu jener Zeit Abt Berchtold für Burkard von Rheineck, als Inhaber der ältern oder mehrern Pfründe, Verordnungen und Beschlüsse erlässt [5]). In den Jahren 1333 (20. Mai) und 1466 (1. Mai) bewilligten 12 Bischöfe und 8 Kardinäle der Kirche Ablass [6]) und den 26. Okt. 1480 erfolgte die Einverleibung des Rektorats derselben in das Predigeramt der Klosterkirche St. Gallen [7]), ferner am 8. April 1495 die Reconciliation durch den Weihbischof Daniel und die Festsetzung des Kirchweihfestes auf den Sonntag nach Bartholomäus [8]). — Das alte Kirchengebäude, welches laut einem Plan im Stadtarchive St. Gallen an der südwestlichen Ecke des erst 1575 errichteten Kirchhofs bei dem jetzigen Marchstein zwischen St. Gallen und St. Fiden stand, und über dem sich die Pfarrwohnung befand, ward 1776 abgebrochen und auf einer weiter rückwärts liegenden Stelle neu erbaut; von den vier Altären des letztern erhielten die beiden auf der Evangelienseite die h. Maria und Wiborada und die auf der Epistelseite St. Joseph und Idda am 5. Okt. 1778 als Patrone [8]).

St. Gallen, St. Aegidius und St. Leonhard. Am 13. Febr. 1152 nimmt Papst Eugen III. die von Abt Werner auf dem Hügel am Ende des Kugelmooses, südwestlich von St. Gallen, zu Ehren jener Heiligen errichtete Kirche in seinen Schutz [9]), und Papst Cölestin III. befiehlt am 24. November 1192 dem Abt und Convent in St. Gallen, die Kirche St. Leonhard dem Geistlichen Wer... zu übertragen [10]). Ihr Priester war 1227 (23. Mai) ebenfalls zum Chordienste in der Klosterkirche an den hohen Festen und zur Beobachtung eines von Abt Konrad I. am 28. April 1235 erlassenen Statuts verpflichtet [11]). Am 3. April 1244 erscheinen bereits drei Pfründer von St Leonhard, Ulrich, Werner und Heinrich, als Zeugen bei der Gründung des Frauenklosters Magdenau [12]) und 1275 beschworen zwei andere Pfründer von St. Leonhard, Walther von Kilchain und Andreas von Wildberg ihr Einkommen [13]). Am 24. Okt. 1480 werden jene drei Pfründen von Papst Sixtus IV. dem Kloster St. Gallen inkorporirt. Heinrich Breitenbach ist den 3. Dezember 1481 Priester der mindern Pfrund [14]). — Die alte, baufällig gewordene St. Leonhardskirche, welche auf dem Hügel gegenüber der jetzigen stand, wurde. nachdem Bischof Hugo zu Constanz 1516 den Aufbau einer neuen

1) Stumpf Chr. II. p. 22. — v. Arx G. d. Kt. St. G. I. p. 288. n. d). — Näf Ch v. St. G. p. 101. — 2) u. 3) Gedr. Doc. v. St. G. — 4) Freib. D. A. I. p. 214. u. 243. — 5)—7) Note 3. — 8) Stiftsarchiv S. G. — Näf Ch. v. S. G. p. 102. — 9)—11) Note 3. — 12) Neugart, C. D. A. II. p. 179. — 13) Freib. D. A. I. p. 214. — 14) Note 3.

erweiterten bei dem dortigen Nonnenkloster (siehe Klöster) bewilligt hatte, im Jahr 1530 auf den Grund geschleift, statt derselben die letztere benutzt und 1566—1569 alle Ansprüche der Abtei von der Stadt ausgelöst. Diese erkaufte sodann 1654 die Nonnenkapelle am Kirchhof, dessen Anlegung schon 1510 gestattet worden, verwandelte sie in eine Filialkirche und versah sie mit Thürmlein, 2 Glocken, Kanzel und Stühlen. Seit 1834 endlich bildet das Quartier St. Leonhard eine besondere Pfarrabtheilung, deren Kirchgenossen die Wahl des Geistlichen zusteht[1]).

Bruggen (Bruccon 933—942) in Strubenzell (Strubencelle 1167)[2]). St. Martin und St. Leonhard[3]). An der Stelle der uralten Kapelle, neben welcher ein Siechenhaus für Aussätzige bestand, wurde am 20. Mai 1600 eine neue Kirche zu bauen begonnen, und 1601 von Abt Bernhard II. eingeweiht, 1604 aus der von der Stadt für die St. Leonhards-Pfründe bezahlten Auslösungssumme eine Pfarrei gegründet, deren Patronat der Abtei vorbehalten blieb, 1637 ein neuer Kirchhof angelegt und 1682 der Pfarrhof erbaut, allein erst 1773 das Taufen in der Kirche und 1774 die Errichtung einer Frühmesse und Kaplanei bewilligt, und der jeweilige Pfarrer fernerhin als Coadjutor des Münsters in St. Gallen bezeichnet. In den Jahren 1783 und 1784 unternahmen die Kirchgenossen den Bau einer grössern Kirche und 1808 denjenigen eines neuen hohen Kirchthurms, für welchen sie schon 1807 zwei Glocken aus dem aufgehobenen Kloster Salmansweiler angeschafft hatten[4]).

Wittenbach (Witanbac)[5]), St. Ulrich[6]). Am 23. Sept. 1647 bewilligen Abt Pius, Dekan und Convent zu St. Gallen der in das dortige Münster pfarrgenössigen Gemeinde Wittenbach, nachdem sie ein Pfrundhaus und Kirchhof in ihren Kosten zu erbauen und unterhalten versprochen, die dem Gotteshause inkorporirte Pfründe St. Jakob nach Cappeln in St. Ulrichs Kapelle zu Wittenbach (siehe Kapellen) zu verordnen, verpflichten sich aber, wofern Mangel an Priestern sein würde, nicht einen Conventualen dahin zu schicken, sondern die Gemeinde soll alsdann, so lange dieser Mangel andauert, das Münster als ihre Mutterkirche besuchen, auch zum Zeugnisse dieser Abhängigkeit jährlich an St. Gallen Tag eine 3 ℔ schwere Wachskerze für den Fronaltar opfern[7]).

Von Jonschwil:

Bichwil (Pichilinwilare 865)[8]), St. Mauritius[9]). Betreffend die dortige Kapelle sind ein Lehenbrief um den Zehnten ab Aeckern und ein Zinsbrief um 2 Vrtl. Kernen vom 1. April und 16. Mai 1460 vorhanden[10]). Ueber dieselbe gebot 1520 das Kloster St. Gallen. Nachdem die evangelischen Glaubensgenossen zu Bichwil im Jahre 1597 die Bewilligung

1) Näf Ch. v. S. G. p. 565/6. — Wegelin, d. P. K. S. I., p. 17 note. — 2) Neugart, I. p. 585. — 3) Cat. eccl. St. G. v. 1769. — 4) Näf Ch. v. S. G. p. 830/1. — 5) v. Arx G. d. Kt. St. G. I. p. 174 n. d). — 6) Note 3. — 7) Gedr. Doc. v. St. G. — 8) Wartmann, U. B. d. A. St. G. II. p. 127. — 9) Cat. eccl. S. G. v. 1769. — 10) Stiftsarchiv S. G.

und 1712 das Recht erlangt hatten, die Kapelle theilweise für ihren Gottesdienst zu benutzen, 1771 aber in ein Filialverhältniss zur Pfarrei Oberutzwil getreten waren, und nachdem die Katholiken am 28. Aug. 1768 ein Pfarrvikariat, 1771 aber die Trennung von Jonschwil und eine eigene Pfarrei erhalten hatten, deren Stiftungsbrief von 1788 datirt, wurde 1789 von den Grafen von Thurn, als Gerichtsherren zu Bichwil, die Erlaubniss zu einem neuen Kirchenbau ertheilt, welcher indessen erst 1808 gänzlich zu Stande kam und beiden Konfessionen dient[1]).

Oberutzwil (Uzzewilare 817? Uzzinwilare 819)[2]). Nach Errichtung einer eigenen Kirche im Jahre 1766 erfolgte die Trennung von Jonschwil, wofür 1771 Abkurung getroffen wurde[3]).

Von Oberbüren;

Niederbüren (Purias 817, Puirron? 827[4]), Niderunbvrron 1275. Kleinbüren)[5]), St. Michael und Anton[6]). Der Ort war längere Zeit kirchgenössig nach Oberbüren, bis bei zunehmender Bevölkerung unter Mitwirkung der Besitzer der dortigen Burgen und Höfe, sowie der vom Kloster S. Gallen verliehenen Gerichtsherrlichkeit eine Kirche mit Pfrundeinkommen, das 1275 laut eidlicher Angabe sich im Ganzen auf 12 ₶ Cstzr. Mz. belief, erstellt wurde[7]). Ihr erster bekannter Kirchherr Ortwin ist am 12. Febr. 1266 zu Wil beim Verkaufe zweier Huben durch den Ritter Walther von Landsberg an's Kloster Tänikon als Zeuge anwesend[8]). Mitte März 1441 vergabt Frau Elsbeth Estrichin $2^1/_2$ ₶ ab dem Gute, genannt das Grüth, an den vordern Altar der Kirche zu Niederbüren und am 12. Mai 1500 ist Hans Klinger Altarpfleger St. Antoni's daselbst. Das Kollaturrecht gehörte dem Kloster St. Gallen, da in der Uebereinkunft vom 11. Oktober 1372 zwischen Abt Georg und den Gebrüdern Jos und Walther, Walthers des Meiers von Altstätten sel. Söhnen, Niederbüren unter denjenigen zehn Kirchen erscheint, von denen die erste ledig werdende der Abt den Meiern als Ersatz für ihre Ansprüche an Güter des Klosters zu Altstätten, Elgg, Matzingen und Wengi leihen soll[9]). — Am 12. Juli 1761 wurde der Grundstein zu einem neuen Kirchengebäude gelegt und dasselbe am 31. Mai 1766 zu Ehren St. Michaels und Antons, Abts, eingeweiht[10]).

Von Gossau:

Niederglatt (Glata 731 oder 736)[11]), St. Felix und Regula[12]). Die auf der nahegelegenen Glattburg wohnenden Gielen von Gielsberg bedachten diese Kapelle, welche früher von dem Kaplan zu Gossau ver-

1) Näf Ch. v. S. G. p. 90. — Stiftsarchiv S. G. — 2) Wartmann U. B. d. A. S. G. p. 219, 235. — 3) Näf Ch. v. S. G. p. 480, 645. — 4) Wartmann U. B. d. A. S. G. I. p. 222. — 5) Freib. D. A. I. p. 214. — Näf Ch. v. S. G. p. 623. — 6) Cat. eccl S. G. v. 1769. — 7) Näf u. Freib. D. A. l. c. — 8) K. v. R. Reg. v. Tänikon Nro. 6. — 9) Gedr. Doc. v. St. G. — 10) Näf Ch. v. S. G. p. 624. — Stiftsarchiv S. G. — 11) Wartmann U. B. d. A. S. G. I. p. 6. — 12) Cat. eccl. S. G. v. 1769.

sehen ward, mit Vergabungen, und stifteten, da sie sich mit ihrer Burg als kirchgenössig zu Niederglatt betrachteten, mittelst Anweisung beträchtlicher Gefälle eine Leutpriesterei daselbst[1]). Am 2. Januar 1431 wurde ein Zins von 1½ Mltr. Fäsen und 1½ Mltr. Hafer an das Licht und die Pfründe der Kirche zu Niederglatt erkauft und am 11. April 1463 von dem Ordinarius in Constanz dem Rudolf Giel von Glattburg, Edelknecht, die Befugniss ertheilt, für sich, seine Frau und Nachkommen eine Gruft in der Kirche zu errichten[2]). Der in Folge dessen entstandene heftige Streit zwischen dem Pfarrer von Gossau und Rudolf Giel von Glattburg wurde 1467 von Abt Ulrich VIII. durch einen gütlichen Spruch dahin beigelegt, dass zwar die Glattburg und ein Theil der vom Pfarrer angesprochenen Gefälle an die Kirche Gossau gehören, jedoch der Familie des Burgherrn freistehen solle, dort oder in Niederglatt den Gottesdienst zu besuchen und ihre Begräbnisstätte zu wählen, wo sie wolle. Forthin wurde an letzterm Orte für die diesseits der Glatt auf zahlreichen zerstreuten Höfen wohnenden Leute Gottesdienst gehalten und die Kirche, deren Pfarrpfründe 1520 das Kloster St. Gallen vergab[3]), seit 1556 von beiden Konfessionstheilen gemeinschaftlich benutzt[4]).

St. Josephen, St. Joseph[5]). Im Jahre 1660 unternahmen die Bewohner mehrerer ursprünglich zur Burg Wildegg, sowie zu Abtwil und im Gaiserwald gehörigen Höfe, welche späterhin dem Kirchsprengel des Klosters St Gallen beigezählt wurden, mit Zustimmung des letztern den Bau einer grossen Kapelle, wozu am 7. April 1660 von Abt Gallus der Grundstein gelegt und 1661 die Verwendung der Steine des Burgstocks Spissegg bewilligt wurde. Die Einweihung derselben nebst 3 Altären 1) St. Joseph, 2) U. L. Frau und 3) St. Joachim, erfolgte, nachdem sie von der Abtei aus dem Vermögen der abgegangenen St. Peters- und Schülerpfründe dotirt worden, am 26. Februar 1665 und nach Erbauung eines Pfarr- und Schulhauses 1681 die Errichtung einer Pfarrhelferei. Im Jahre 1682 schenkte die Abtei unter Vorbehalt des Kollaturrechts ihr Liegenschaftskapital von Spissegg an das Pfrundgut der nunmehrigen Kirche St. Joseph, welche sodann 1684 mit Glocken und Kultusgeräthschaften ausgestattet wurde[6]).

Von St. Josephen sonderte sich hinwieder ab:

Engelburg, (Gaiserwald hinter dem Tobel, seit 1266 Meieramt der Abtei St. Gallen) h. Schutzengel[7]). Abt Beda bewilligte 1767 die Gründung einer Helferei und Kirche in Gaiserwald bei Schönenbühl. Das diessfällige Instrument datirt vom 26. Juli 1768. Am 9. Oktober gl. J. wurde der Grundstein gelegt, den 2. September 1770 die Altäre

---

1) Näf Ch. v. S. G. p. 646. — 2) Stiftsarchiv St. G. — 3) v. Arx G. d. Kt. St. G. III. p. 50 n. b). — 4) Näf Ch. v. St. G. p. 646. — 5) Cat. eccl. S. G. v. 1769. — 6) Näf Ch. v. St. G. p. 480. — Note 2. — 7) Note 5.

der h. Maria und Karl Borromäus, sowie die angebaute Kapelle St. Anna, am 15. Juli 1777 aber die Kirche selbst geweiht[1]).

Von Gossau trennten sich noch unmittelbar:

Andwil (Anninwilare 846)[2]), St. Othmar[3]). Dieser bisher der Kirche Gossau zugetheilten Ortschaft, deren Leutpriester 1275 ausser den Opfern 2 ℔ 13 ß. als Einkommen beschwor[4]), wurde 1729 die Errichtung einer eigenen Pfarrei möglich gemacht, deren Concessions- und Confirmationsbrief vom 29. November 1731 datirt, am 22. April 1732 von Abt Joseph der erste Stein zur neuen Kirche gelegt und am 6. November 1737 dieselbe, sowie der Hochaltar in der Ehre des h. Othmar, der Altar auf der Evangelienseite der h. Maria u. s. w. und derjenige auf der Epistelseite dem h. Andreas u. s. w. geweiht[5]).

Niederwil (1219 ein den Edlen von Singenberg gehöriger Hof), St. Eusebius, war theils nach Gossau, theils nach Oberbüren kirchgenössig und begann mit Unterstützung der Abtei St. Gallen, welche am 29. November 1732 die Errichtung einer Pfarrei bewilligte, den Bau einer Kirche, deren Grundstein am 6. Mai 1732 gelegt und deren Einweihung in der Ehre des h. Eusebius mit zwei Seitenaltären der h. Maria und des h. Jakob am 5. November 1737 vorgenommen wurde[6]). Die Einverleibung der Niederwiler Kirchgenossen in die neue Pfarrei geschah 1740[7]).

Von Thal:

Rheineck (Rinegge 1218)[8]), St. Jakob[9]). Der Kirchensatz daselbst wurde mit der Mutterkirche am 18. Februar 1341 von Kaiser Ludwig den Edlen von Sulzberg als Reichslehen um 200 M. S. verpfändet und 1343 dem Grafen Albrecht von Werdenberg als Pfand für 300 M. S. überlassen[10]). Im Jahre 1433 stifteten Albrecht Schöri, Bürger zu Lindau, und Andere eine Frühmesserei für die St. Jakobs Kapelle in Rheineck, zugleich als Helferei für die Pfarrei Thal, welche Stiftung vom Generalvikar des Bischofs Otto von Constanz bestätigt ward[11]). Am 23. Mai 1434 schenkt Georg Kolb seine Zehnten zu Almensperg und Walzenhausen an den Bau der Kirchen U. L. Frauen zu Thal und St. Jakobs zu Rheineck[12]). — Statt der baufällig gewordenen alten Kapelle wurde 1591 für den Gottesdienst beider Konfessionen eine Kirche errichtet, welche 1722 einem Neubau unterworfen wurde. Die Trennung ihrer Angehörigen von Thal erfolgte erst 1809[13]).

Von Rorschach:

Grub (Höfe 1404 im Appenzellerkrieg verbrannt), St. Johannes Täufer[14]). Als Grub sich 1475 von Rorschach getrennt und im Oberholz eine eigene Kirche (St. Gallus) errichtet hatte (siehe Kt. Appenzell)

1) Stiftsarchiv St. G. — 2) Wartmann U. B. d. A. S. G. II p. 20. — 3) Cat. eccl. S. G. v. 1769. — 4) Freib. D. A. I. p. 214. — 5) Näf Ch. v. S. G. p. 426. — 6) Note 1. — 7) Näf Ch. v. S. G. p. 426 u. 638. — 8) Ib. p. 733. — 9) Urk. v. 1434 bei Zellweger G. d. a. V. I. 2. p. 452. — 10) Näf Ch. v. S. G. p. 848. — 11) Ib. p. 738. — 12) Zellweger l. c. — 13) Näf Ch. v. S. G. p. 741. — 14) Note 3.

sonderten sich in Folge der Reformation die beiden Konfessionsparteien daselbst hinsichtlich ihres Wohnsitzes so aus, dass sich die Katholiken ganz auf das St. Gallische, die Reformirten dagegen auf das Appenzellische Gebiet zurückzogen und der dazwischen fliessende Bach als Grenzlinie betrachtet wurde; nach einem schiedsrichterlichen Spruche vom Jahr 1589 vereinbarten sich beide Theile 1591, 1618 und 1691 über gemeinsame Benutzung der Kirche. Da jedoch hieraus fortwährende Reibungen und 1750 sogar Thätlichkeiten entstanden, so wurde endlich am 5. April 1751 von Abt Cölestin II. mit dem Stande Appenzell ein Vertrag abgeschlossen, laut welchem von den Katholiken zu Grub den Reformirten die dortige Kirche mit Friedhof und Glocken abgetreten und dafür von diesen an jene zur Erweiterung ihrer 1735 erbauten Kapelle St. Joseph oder für Erbauung einer neuen Kirche eine Auslösungssumme von fl. 4500 entrichtet ward. Die Gemeindsgenossen von katholisch Grub liessen hierauf 1755 im Orte Gschwend eine neue Kirche erbauen, welche mit drei Altären 1761 konsekrirt wurde [1]).

Von Bernang:

Diepoldsau (Thiotpoldesouva 890)[2]), St. Anton von Padua[3]) Laut einem Berichte von 1761 gehörten die Einwohner von Diepoldsau und Schmittern vor undenklichen Zeiten nach Widnau (S. 120) in die Kirche, wo sie getauft, begraben und gleich andern Pfarrkindern gehalten wurden; später wurden sie nach Bernang und Marbach eingepfarrt [4]). Die Evangelischen errichteten 1728 mit Beihülfe der Städte Zürich und St. Gallen eine Kirche und Pfarrei, deren Kollatur bis 1798 dem Rathe von Zürich zustand [5]). Die Katholischen aber erbauten 1762 und 1763 eine Kirche in Schmittern, als deren erster Vikar am 30. Mai 1767 Joachim Pancraz Wieland eingesetzt und deren Einweihung zur Ehre der h. Antonius von Padua und Othmar am 22. Juli 1777 vorgenommen wurde [6]).

Au, Mariahilf. Die dortigen katholischen Einwohner und diejenigen der mit ihnen zur ehemaligen Herrschaft Zwingenstein gehörenden Ortschaften Haslach und Monstein hatten 1721 mit Bewilligung des Abts Beda von St. Gallen, als Patronatsherrn der Mutterkirche Bernang, aus eigenen Mitteln im Dorfe Au eine Kapelle errichtet. Schon 1785 aber genügten die Räumlichkeiten derselben in Folge Anwachsens der Haushaltungen von 36 auf 76 nicht mehr, wesshalb diese bei den regierenden Orten um Errichtung einer eigenen Pfarrei und Erweiterung der Kapelle zu einer Kirche ansuchten, auch eine namhafte Summe freiwilliger Beiträge hiefür vorwiesen. Die Ausführung dieses Vorhabens unterblieb jedoch damals, weil zwischen dem Abt von St. Gallen und den Petenten wegen des Unterhalts des Pfarrers und zwischen ersterm und dem Bischof von

1) Näf Ch. v. S. G. p. 431—433. — 2) Wartmann U. B. d. A. S. G. II. p. 282. — 3) Cat. eccl. S. G. v. 1769. — 4) Stiftsarchiv S. G. — 5) Staatsarchiv Z. M. P. — Leusch. L. III. p. 242. — 6) Note 4.

Constanz wegen der geistlichen Jurisdiction kein Einverständniss erzielt werden konnte. Erst am 3. Mai 1803 wurde unter inzwischen gänzlich veränderten Verhältnissen der Bau der neuen Kirche an der Stelle der alten Kapelle begonnen, am 5. Juni feierlich der Grundstein dazu gelegt und 1804 die Einweihung vorgenommen. — Die Evangelischen blieben wie bisher nach Bernang pfarrgenössig [1]).

Von Marbach:

Altstätten (Altsteti 853)[2]), St. Niklaus[3]). Der Priester Dietrich von Altstätten ist am 3. April 1244 Zeuge zu St. Gallen bei der Stiftung des Frauenklosters Magdenau[4]). Die Kirche erscheint zum ersten Male in dem schon wiederholt erwähnten Ablassbriefe vom 20. Mai 1333[5]); sodann am 2. August 1351 als Filiale von Marbach in der Uebereinkunft des Bischofs Ulrich III. von Constanz mit Abt Hermann von St. Gallen betreffend Bezahlung der ersten Früchte[6]), und wird mit der Mutterkirche in weltlichen und geistlichen Sachen von Bischof Heinrich III. am 20. Januar 1360 dem Abt von St. Gallen übertragen[7]). In einem Lehenreverse des Leutpriesters Konrad Gaiser gegen Abt Ulrich VIII. vom 12. Februar 1466 heisst sie Pfarrkirche[8]). In ihr wurden folgende Pfründen gestiftet:

1) die Frühmesserei auf dem Altar St. Johannes Ev. und Bapt. (urkundlich 8. Mai 1470), auf deren Patronatsrecht Emerita von Rappenstein unterm 30. Mai 1516 in die Hände des Abts Franz von St. Gallen verzichtet[9]);
2) die Kaplanei oder Mittelmesspfründe U. L. Frauen Altars (urkundlich 8. Mai 1470), hinsichtlich deren von Abt Franz, als Kollator, am 24. Juli 1521 mit den Bürgern von Altstätten ein Vertrag abgeschlossen wird[10]);
3) die Pfründe St. Sebastians Altars, gestiftet den 8. Mai 1470 von Küngolt Thumin geb. von Altstätten, Hans Thumen sel. von Neuburg Wittwe, und von ihr am 23. Juni 1476 dem Stadtammann und Rath übergeben, von der Stadt aber mit Bewilligung des Abts Pius am 3. Februar 1636 zu andern Zwecken verwendet[11]).

Das beiden Konfessionen dienende Gotteshaus, dessen Kirchhof im Mittelalter befestigt war, wurde 1678 und wiederum 1797 bis 1798 neu erbaut[12]).

Von Altstätten löste sich weiter ab:

Eichberg (Eidberg 1348)[13]), das 1713 mit Beihülfe Zürichs eine evangelische Kirche und Pfarrei errichtete und am 3/4. März 1714 demselben die Kollatur übertrug[14]).

---

1) Mitth. v. Hrn. Präs. A. Näf in St. Gallen. — 2) Wartmann U. B. d. A. S. G. II. p. 43. — 3) Cat. eccl. S. G. v. 1769. — 4) Neugart, C. D. A. II. p. 179. — 5)—11) Gedr. Doc. v. S. G. — 12) Anzeiger f. sch. G. u. A. K. 1863. Nro. 4. p. 66. — Näf Ch. v. S. G. p. 10. — 13) v. Arx G. d. Kt. S. G. I. p. 487 n. c). — 14) Näf Ch. v. S. G p. 88. — Staatsarchiv Z. M. P.

Von Marbach trennten sich ferner:

Balgach (Palgaa 890)[1], h. 3 Könige[2]). Am 3. Februar 1424 kömmt Hr. Polycarpus, Leutpriester der dem Gotteshause St. Gallen einverleibten Kirche zu Marbach, mit den Nachbarn zu Balgach im Rheinthal, die Unterthanen derselben sind, und in ihrem Dorfe eine der h. Jungfrau Maria, den h. 3 Königen, allen Heiligen, den h. Leonhard, Jodocus und Dorothea, sowie allen Seelen geweihte Kapelle gebaut haben, dahin überein, dass sie den Weingarten am Blasenberg zu Marbach, den er von neuem zu machen angefangen habe, die nächsten vier Jahre auf ihre Kosten für seine Pfründe bearbeiten, bebauen und aufbringen, so dass er nichts als Mist und Stickel geben müsse; dafür soll er und seine Nachfolger in der Kapelle zu Balgach wöchentlich eine Messe halten[3]). Unterm 9. September 1437 bitten sodann Dietegenhard und sein Bruder Jakob von Grünenstein, Vogt, der Ammann, Ulrich Rigel, und die Gemeinde von Balgach den Generalvikar des Bischofs von Constanz um Bestätigung der von ihnen gestifteten und mit 40 lb Hlr. dotirten Pfründe für einen Kaplan in ihrer Kapelle[4]) Nach erfolgter Genehmigung präsentirt Abt Egloff von St. Gallen den Priester Gallus Scherer als ersten Kaplan in Balgach, welcher hierauf am 27. Nov. 1437 die Investitur erhält[5]). Die Stiftung des Rudolf Achmüller von Balgach (5. Mai 1466) verpflichtete ferner den Kaplan der Mittelmesspfründe auf St. Sebastians Altar in der Leutkirche zu Marbach, jeden Freitag in der Kapelle zu Balgach eine Messe zu lesen[6]). Doch genügte beides nicht lange; denn durch Vertrag mit Abt Franz von St. Gallen erlangte die Gemeinde Balgach unterm 12. Juli 1515 die Bewilligung, in ihrer Kapelle das Sakrament, die Taufe und Leichlege zu haben[7]), und durch einen zweiten Vertrag vom 20. Februar 1521 das Recht, dieselbe als Pfarrkirche aufzurichten und mit genugsamen Gülten und Renten zu begaben[8]). Zu diesem Zweck erliess der Landvogt im Rheinthal am 1. April eine Bittschrift um ein h. Almosen für die Pfarrkirche zu Balgach[9]), nachdem schon am 4. März 1521 der bisherige Kaplan Ulrich Wettach als Pfarrer derselben eingesetzt worden[10]). Sie wurde wohl damals vergrössert und in Folge dessen neu geweiht, wobei zu den alten einige neue Patrone hinzu kamen, d. i. die h. Agnes, Barbara, Katharina, Margaretha, Anna, Gallus, Sebastian, Elogius und die 10,000 Ritter[11]). Am 1. Mai 1825 wurde auf einem Hügel bei dem Dorfe der Grundstein zu einer neuen katholischen Kirche gelegt und am 22. August 1826 benedicirt, die alte Kirche aber den Evangelischen allein überlassen[12]).

Rebstein (Rebstein 1268)[13]), St. Sebastian[14]). Abt Ulrich VIII. in St. Gallen fällt am 26. Mai 1487 in dem Streite zwischen den Ein-

1) Wartmann U. B. d. A. S. G. II. p. 282. — 2)–11) Gedr. Doc. v. S. G. — 12) Wegeli's Msc. a. d. St. B. S. G. — 13) v. Arx G. d. Kt. S. G. I. p. 491. n. a). — 14) Note 2.

wohnern von Marbach und Rebstein wegen der von letztern beabsichtigten Erbauung einer Kapelle des h. Sebastian einen gütlichen Spruch, wodurch ihnen solches unter gewissen Bedingungen gestattet wird [1]. Nachdem alsdann diese Kapelle gebaut und mit Stücken, Zinsen und Gütern im Betrag von fl. 40 begabt worden war, so bewilligen Abt Franz, Dekan und Convent in St. Gallen am 3. Februar 1522 die Stiftung einer Kaplaneipfründe mit der Verpflichtung zur Abhaltung von wöchentlich mindestens vier Messen [2]. Im Jahre 1783 wurde von den Reformirten zu Rebstein, denen seit 1530 je am dritten Sonntag der Pfarrer zu Marbach in ihrer Kapelle einen besonderen Gottesdienst hielt, eine Pfarrpfründe gestiftet, auch 1784 eine neue Kirche erbaut und dazu die Ruinen des alten Schlosses Hardegg verwendet [3].

Von Goldach:

Eggersriet (Enkersriedt) [4], St. Anna [5]. Pius, Abt des Gotteshauses St. Gallen, ertheilt dem Hauptmann und der ganzen Gemeinde zu Oberegg in der Pfarrei Goldach am 12. März 1653 die Bewilligung, zur Ehre Gottes und der h. Maria eine neue Kirche sammt Kirchhof ausserhalb des Hofs Enkersriedt neben der Landstrasse nach Grub zu erbauen [6]. Nachdem dieselbe eine Pfarrkirche sammt Thurm, Geläute, Kirchhof und Pfrundhaus errichtet und den unklagbaren Unterhalt versprochen, auch zur Erhaltung eines von ihnen zu präsentirenden und vom Abt einzusetzenden Pfarrers ein Kapital von fl. 6000 zusammengelegt und auf ihre liegenden Güter versichert, endlich von der Mutterkirche Goldach mit fl. 225 sich befreit hatten, so bestätigt Abt Gallus am 14. April 1670 diese Stiftung [7]. Die Kirche wird am 24 August 1746 in der Ehre der h. Maria und Anna und der Altar auf der rechten Seite der h. Maria und allen Aposteln geweiht, aber das Kirchweihfest auf den Sonntag nach St. Jakob festgesetzt [8].

Von Oberglatt:

Flawil (Flawilare 858) [9], St. Laurenz [10]. Unter den Besitzungen, welche Papst Alexander III. am 24. Oktober 1178 dem Kloster St. Johannes, des Täufers, im Thurthale bestätigte, erscheint auch die Kirche Flawil mit einem Gute [11]. Noch 1520 ordnete es über die dortige Kapelle [12], welche sammt der Wiese, worin sie stand, den 14. Dez. 1463 von der Vogtei befreit worden war [13]. Bei der Reformation (1523) blieben die Katholiken im Besitze der Kapelle zu Flawil und die Evangelischen bei der Kirche zu Oberglatt. Bei der Abkurung von 1771 (siehe Seite 98) wurden auch die Katholiken der letztern Gemeinde auf

---

1) Stiftsarchiv St. G. — 2) Gedr. Doc. v. S. G. — 3) Näf Ch v. S. G. p. 701. — 4) Note 2. — 5) Cat. eccl S. G. v. 1769. — 6) u. 7) Note 2. — 8) Note 1. — 9) Wartmann U. B. d. A. S. G. II p. 81. — 10) Cat. eccl. S. G. v. 1769. — 11) Note 2. — 12) v. Arx G. d. Kt. S. G. III. p. 50. n. b). — 13) Note 2.

die Kapelle der erstern angewiesen, diese alsdann erweitert und zur Pfarrkirche erhoben, bei Anlass eines Strassenbaues aber beseitigt und 1844—1848 eine neue Kirche ausserhalb des Dorfes erbaut [1]).

Degersheim (Tegarascha? 762)[2]), St. Jakob[3]). Am 20. Mai 1494 fällt Gotthard, Abt des Klosters St. Gallen, in dem Streit der Aebtissin und Convent des Gotteshauses Magdenau, Kollators, und des Rudolf Ritter, Pfarrers zu Oberglatt, gegen die von Tegerschen, als Unterthanen der letztern, den Spruch, dass sie die von ihnen ohne Zustimmung der erstern erbaute Kapelle unter gewissen Bedingungen weihen lassen mögen [4]). Im Jahre 1708 löste der evangelische Konfessionstheil Degerschen seine Verpflichtungen gegen die Mutterkirche Oberglatt mit fl. 2897 ab und errichtete gemeinsam mit dem katholischen Theil eine Pfarrei, deren Fundations- und Confirmationsbrief aber erst vom 23. Juni 1763 datirt [5]). — Die Kirche ward nach der Einäscherung durch eine furchtbare Feuersbrunst in der Nacht vom 20./21. März 1818 neu aufgebaut und die Glocken 1858 umgegossen [6]).

Von Montlingen:

Kriesern (Curtis Cressarum 1229)[7]), Maria Heimsuchung[8]). Johannes Wägelin, Kaplan in Kriesern zum Bochsler, verzichtet am 18. Mai 1520 gegen Abt Franz, Dekan und Convent in St. Gallen auf den Zehnten von zwei halben Jucharten Acker zu Kobelwies unter dem Bach an der Letzi [9]). Am 27. Juni 1733 ward die neu errichtete Pfarrei daselbst bestätigt, den 13. August 1734 die bisherige Filiale Krieseren von der Mutterkirche Montlingen getrennt und am 24. Juli 1777 die nunmehrige Pfarrkirche in der Ehre der h. Maria und Gallus geweiht, auch das jährliche Kirchweihfest auf den Sonntag vor St. Michael festgesetzt [10]).

Kobelwald, St. Sebastian. Die dortigen Einwohner errichteten mit denjenigen von Grübach in der alten zu Kobelwald befindlichen Kapelle, der am 1. Juli 1766 von dem Pfr. Joseph Steiger zu Waldkirch fl. 100 für eine monatliche Christenlehre vergabt wurden, eine Kaplaneipfründe und trennten sich sodann nach Umwandlung derselben in eine Pfarrei, deren Stiftungsbrief vom 30. November 1794 datirt, 1801 gänzlich von der Mutterkirche [11]).

Oberriet (ursprünglich das obere Riet im Gegensatz des untern genannt und als Hof kurz vor der Reformation erscheinend) St. Wolfgang [12]). Die dortigen Einwohner beklagen sich den 8. November 1532 vor der Tagsatzung zu Frauenfeld, dass ihnen ihre Kirche (Kapelle)

---

1) Näf Ch. v. S. G. p. 103. — 2) Wartmann U. B. d. A. S. G. p. I. 38. — 3) Cat. eccl. S. G. v. 1769. — 4) Gedr. Doc. v. S. G. — 5) Stiftsarchiv S. G. — 6) Näf Ch. v. S. G. p. 82/3. — 7) v. Arx G. d. Kt. St. G. I. p. 352. n. d). — Näf Ch. v. S. G p. 641. — 8) Cat. eccl. S. G. v. 1769. — 9) Note 4. — 10) Note 5. — 11) Näf schriftl. Mitth. — 12) Note 3. — Näf.

geräumt, die Bilder und andere Gotteszierden verbrannt worden seien[1]; und beschliessen am 18. Oktober 1565, mit dem jährlich üblichen Kreuzgange nach Rotenkirchen (Salez) und Sennwald fürzufahren, worauf der Herr von Sax seinen Ammann an den Vogt zu Blatten schickte, damit derselbe die von Oberriet anhalte, ihn in seiner Kirche ruhig zu lassen[2]. Am 23. Februar 1771 erhielt die Kapelle St. Wolfgang die Befugniss, einen Kreuzweg zu errichten[3]. Im Jahre 1804 wurde denjenigen Kirchgenossen, welche durch freiwillige Beiträge eine Stiftung für Errichtung einer Pfarrei gründeten, vom bischöflichen Ordinariat die Bewilligung zur Aufstellung eines Taufsteins und Erweiterung der Kapelle ertheilt und alsdann zur Abhaltung eines regelmässigen Gottesdienstes ein Priester angestellt, bald hernach (1806) die bisherige Filiale zu einer Pfarrei erhoben, deren Patronat den Stiftern zustand, 1808 die Trennung von der Mutterkirche Montlingen vollzogen und 1809 der Bau eines neuen Gotteshauses auf der Stelle der alten St. Wolfgangs Kapelle begonnen und 1810 vollendet[4].

Von Arbon (Kanton Thurgau).

Steinach (Steinaha 782)[5], St. Jakob[6]. Am 20. April 845? übergibt der Gutsbesitzer Otpert dem Kloster St. Gallen für den Altar in Steinach einen Weiler bei Utinishusen, und am 19. September 904 Abt Salomo das dortige Bethaus dem Wolfhere behufs regelmässiger Abhaltung des Gottesdienstes[7]. Die Trennung von Arbon muss schon im 13. Jahrhundert stattgefunden haben, da Steinach unter den Pfarrpfründen aufgezählt wird, deren Besetzung damals dem Kloster St. Gallen zustand und da 1275 der Leutpriester ein Einkommen von 11 ℔ angab[8]. 1603 wurde die Kirche renovirt und mit schönen Glasmalereien geschmückt, am 12. November 1742 aber, wo der Grundstein gelegt ward, neu zu bauen begonnen und am 28. August 1746 in der Ehre der h. Jakob und Niklaus geweiht, auch das Kirchweihfest auf den Sonntag nach St. Jakob festgesetzt. 1773 kam durch Privatbeiträge die Stiftung einer Kaplanei und Frühmesspfründe zu Stande[9].

Von Steinach löste sich weiter ab:

Tübach (1203 Reichshof und Meiershof des Klosters St. Gallen), St. Mariahilf. Pius, Abt von St. Gallen, erlaubt am 8. Juni 1649 dem Hauptmann und der ganzen Gemeinde zu Tübach in der Pfarrei Steinach, statt der abgegangenen eine neue Kapelle ausserhalb des Dorfs an der Landstrasse nach St. Gallen auf ihre Kosten zu erbauen[10].

---

1) Gedr. Doc. v. S. G. — 2) Amtl. Sammlg. d. æ. e. A. IV. 2. p. 328. — 3) Stiftsarchiv S. G. — 4) Näf Ch. v. S. G. p. 643. — 5) Wartmann U. B. d. A. S. G. I. p. 92. 6) Cat. E. S. G. v. 1769. — 7) Wartmann l. c. II. p. 15. — Schweiz. Urk. Reg. I. Nro. 928. — 8) v. Arx G. d. Kt. S. G. I. p. 464. — Freib. D. A. I. p. 213. — 9) Stiftsarchiv St. G. — Näf Ch. v. S. G. p. 828/9. — 10) Note 1.

Am 9. Juli 1714 ward von den Erben des in Neapel verstorbenen Hauptmann Joseph Anton Waibel eine Kaplanei gestiftet, 1742 die Errichtung einer Pfarrei und Kirche bewilligt, 1746 letztere vom päpstlichen Nuntius geweiht und gleichzeitig von Steinach getrennt [1]).

Von Arbon trennten sich ferner unmittelbar:

Berg (Berga? 796, Perc 827, Villa Mons 851)[2]), St. Michael[3]). Am 19. September 904 überträgt Abt Salomo von St. Gallen dem Wolfhere die Besorgung von Messe, Gesang und Licht in dem Bethause zu Berg[4]). Mehrere Freisassen förderten gemeinsam mit umwohnenden Edelleuten und mit Beihülfe des Klosters St Gallen die Stiftung einer eigenen Pfarrei. — Im Jahre 1668 wurde das Schiff der alten Pfarrkirche zu Berg abgebrochen, wieder aufgeführt und eingesegnet[5]), endlich am 17. Juli 1777 die abermals neu erbaute Kirche in der Ehre der h. Michael, Sebastian und Barbara geweiht[6]).

Mörschwil (Maurini Vilare 811, Morinwilare 824)[7]), St. Johannes Täufer[8]). Eine alte Tradition vom frühern Vorhandensein einer Bruderkapelle wurde 1494 durch Auffindung von Todtengerippen an einer von altem Mauerwerk umgebenen Stelle bestätigt, dessbalb von den Bewohnern des Orts zuerst ein Bildstock und als zu diesem gewallfahrtet ward, eine Kapelle errichtet. Der starke Besuch der letztern und die weite Entfernung von der Mutterkirche veranlassten sodann die Erbauung einer Kirche, welche sammt vier Altären am 2. Juni 1510 von Bruder Balthasar, Generalvikar des Bischofs Hugo von Constanz, eingeweiht ward. Die gleichzeitig beabsichtigte Gründung einer Pfarrei aber, wofür die Gemeinde am 16. März 1498 päpstliche und am 6. September 1501 fürstäbtliche Bewilligung erhalten hatte, kam in Folge der vom Pfarramte Arbon erhobenen und durch Vergleich vom 8. November 1511 nur theilweise zu Gunsten von Mörschwil beseitigten Einsprache erst am 24. Juni 1649 vertragsweise zu Stande. Am 5. Juni 1730 ward auch eine Kaplanei daselbst errichtet[9]).

Untereggen (1403 Höfe unter den Eggen), St. Maria Magdalena[10]). Dieser Ort gehörte bis 1649 zum Kirchspiel Arbon, ward dann zur Pfarrei Goldach gestossen und die bisherige Kapelle laut Urkunde vom 25. April 1675 in eine Pfarrkirche umgewandelt, am 22. Dezember 1701 die Pfarrpfründe dem Anastasius Herzenberger übertragen und das Patronatsrecht derselben von den Pfarrgenossen am 20. August 1703 dem Kloster St. Gallen geschenkt[11]). — In den Jahren 1783 und 1784 ist die Kirche oberhalb des alten Gotteshauses neu erbaut worden.

---

1) Näf. — Stiftsarchiv S. G. — 2) Wartmann U. B. d. A. S. G. I. p. 132, 281. II. p. 32. — 3) Cat. E. S. G. v. 1769. — 4) Schweiz. Urk. Reg. I. Nro. 928. — 5) Wegeli's Msc. a. d. St B. S. G. — 6) Stiftsarchiv S. G. — 7) Wartmann U. B. v. S. G. I. p 194 u. 313. — 8) Note 3. — 9) Näf Ch. v. S. G. p. 599 u. 600. — Stiftsarchiv S. G. — 10) Note 3. — 11) Note 5. — v. Arx G. d. Kt. S. G. III. p. 208 n. e). — Note 6.

Häggenschwil (Hergentswil 1427), St Michael[1]. Nachdem die Gemeindegenossen von Lömmiswil (Liubmanneswilare 904)[2], wohin der Hof Hergentswil (später Herggiswil) wie die meisten daran grenzenden Höfe gehörte, 1728 die Errichtung einer eigenen Pfarrei, zu St. Notker genannt, zu Stande gebracht hatten, deren Bestätigungsbrief vom 22. Juni 1729 datirt, wählten sie als Baustelle für den vorzunehmenden Kirchenbau einen Platz bei jenem zu einem Dorfe angewachsenen Hofe. Vom Stifte St. Gallen, dessen Fürstabt der Grundsteinlegung und Glockenweihe der neuen Kirche beigewohnt hatte, wurden der Gemeinde für diese Baute die Ruinen der Burg Neu-Ramschwag im Hof Enggenbühl überlassen und alsdann die Steine derselben 1733 für den Kirchthurm verwendet. Die Einweihung der Kirche in der Ehre des h. Michael, des Altars auf der Evangelienseite zu Ehren der h. Maria und desjenigen auf der Epistelseite zu Ehren des h. Joseph erfolgte am 8. November 1737[3]. 1742 ward von der Gemeinde zu drei kleinern noch eine grosse Glocke angeschafft[4].

Von Hagenwil, Kanton Thurgau (siehe Seite 81):

Muolen (Muola 1155)[5], St. Joseph. Hier ward am 11. Nov. 1784 eine Kapelle sammt Pfrundhaus errichtet und eine Kaplanei gestiftet. Im Jahre 1803 erfolgte die Umwandlung in eine Pfarrkirche[6]) und 1863 fand ein Neubau der letztern statt[7].

Von St. Johann Höchst im Vorarlberg (siehe Seite 99):

St. Margaretha Höchst. Die Erbauung der auf einer Anhöhe beim Dorfe gelegenen, ursprünglich St. Johann dem Täufer geweihten und erst im 14. Jahrhundert unter dem Namen St. Margaretha vorkommenden Kirche soll 1147 und ihre Trennung von St. Johann Höchst auf dem rechten Ufer des Rheins ca. 1200 stattgefunden haben[8], sie wird aber noch am 24. Dezember 1462 eine Filiale von St. Johann Höchst genannt[9]. Die Kollatur besass schon im 13. Jahrhundert das Kloster St. Gallen[10], wesshalb Höchst, wie andere Kirchen desselben, am 20. Mai 1333 einen vierzigtägigen Ablass erhielt[11] und am 11. Okt. 1372 unter einer Zahl von Kirchen erscheint, welche Abt Georg bei der Erledigung zu verleihen hat[12]. Ihr Leutpriester Rudolf Hugs sendet dem Abt Cuno von St. Gallen am 23. Mai 1384 den Weingarten, genannt Oed, zu Marbach auf[13]. Den 12. Mai 1461 inkorporirt Papst Pius II. die Pfarrkirche St. Johannes in Höchst mit ihrer Annexe St. Margaretha dem Kloster St. Gallen[14]. — Nach Erbauung einer eigenen evangelischen

1) Stiftsarchiv S. G. — 2) Wartmann U. B. d. A. S. G. II. p. 341. — 3) Note 1. — 4) Näf Ch. v. S. G. p. 435 u. 436. — 5) Neugart, C. D. A. II. p. 87. — 6) Näf l. c. p. 438. — 7) Sulzberger. — 8) Näf l. c. p. 594. — 9) Gedr. Doc. v. S. G. — 10) v. Arx G. d. Kt. S. G. I. p. 165. — 11)–14) Note 9.

Kirche im Jahr 1806 wird die bisherige gemeinschaftliche Kirche den Katholiken allein überlassen[1]).

Von Lustnau im Vorarlberg (siehe Seite 99), St. Peter:

Widnau, St. Jakob[2]). Das Patronatsrecht der Mutterkirche stand den Grafen von Werdenberg zu, und kam 1395 mittelst Verpfändung der Herrschaft Zwingenstein und des Reichshofs Lustnau sammt allen andern dazu gehörigen Rechten an den Ritter Ulrich von Ems zu Hohenems. Laut Spruchbrief d. d. 23. Februar 1502 gibt Christian Rainli, Pfarrer zu Lustnau, die Einwilligung, dass die von den Einwohnern in Widnau mit Zustimmung des H. Johannes Sup. als frühern Besitzers jener Pfarrei, wegen des durch das Wasser (des Rheins) oft gehinderten Zugangs zur Mutterkirche angefangene Kapelle erbaut und ausgeführt werden dürfe; jedoch soll diess ohne Schaden und Nachtheil für ihn, die Kirche St. Peter und den Kollator, sowie ohne Beinträchtigung der Frühmesserei in Lustnau geschehen, ansonst die ertheilte Bewilligung als nichtig zu betrachten sei[3]). Nach dem Aussterben der Grafen von Hohenems, welche schon 1504 die Erhebung der Kapelle zur Pfarrkirche ermöglicht hatten, fiel die Kollatur derselben an ihre Erben, die Grafen von Harrach, von diesen 1776 an einen Freiherrn von Landsee und 1781 an Peter und Rudolf von Salis[4]).

2. Kirchenfilialen und Kapellen.

In der Pfarrei St. Gallen, St. Gallus und Othmar:

A. Innerhalb der Stadt St. Gallen.

St. Gallen, St. Gallus. Diese älteste Kapelle errichtete der h. Gallus († 637) mit eigenen Händen, und liess sie zur Ehre des h. Kreuzes, der h. Maria, Desiderius und Mauritius einweihen[5]). Abt Burkhard I. erbaute sie im Jahr 971 von Stein und weihte sie dem h. Gallus[6]). Am 20. Mai 1333 erhielt sie, wie viele andere Kapellen des Münsters, von zwölf Bischöfen zu Avignon vierzig Tage Ablass[7]). Da sie nicht gehörig dotirt war, so wurde sie am 27. Dezember 1391 von Abt Cuno und Convent behufs des bessern Unterhalts eines Kaplans mit des Hofammanns Weingarten bei der Stadt Altstätten begabt[8]). Ferner stiftet am 19. Dezember 1480 Johannes Knüsli von Wil, Priester und Kaplan U. L. Frauen Altars im Münster, in die St. Gallus Kapelle bei St. Tutilo's Kirchhof neben St. Peters Kirche innerhalb des Gotteshauses Mauern fl. 800 rh. für eine ewige Messe und Pfründe[9]), welche, zu dem Amte der h. Maria im Münster gehörig, von Abt Gotthard nach dem

---

1) Näf Ch v. S. G. p. 596. — 2) Näf, Mitth. — 3) Mitth. v. Hrn. Nikl Senn in Buchs bei Werdenberg. — 4) Näf. — 5) Lang, h. th. G. R. I. p. 228. 1033 u. 1047. — 6) Stumpf, Chr. II. p 20. — Näf Ch. v. S. G. p. 147. — 7)—9) Gedr. Doc. v. S. G.

Tode des Ulrich Siginer am 26. November 1500 dem Konrad Hirt verliehen ward[1]). — Die jetzt noch existirende Kapelle steht westlich vom frühern Haupteingange der alten Pfalz, jetzt einem das Gebäudeeigenthum des Stifts und der Regierung scheidendem Durchgang aui dem Platze, welcher früher den alten Kirchhof bildete[2]).

Ueber derselben liegt die ehemals äbtliche, nun bischöfliche Hauskapelle in der Pfalz, ebenfalls St. Gallus geweiht, deren Altargemälde den Heiligen in den Dornen zeigt[3]).

St. Gallen, h. Grab. Nachdem in dieser von Abt Ulrich I. ca. 984 erbauten Kapelle aus den Einkünften des Klosters eine ewige Pfründe errichtet worden, verzichtet Rudolf, Freier von Palm, im Januar 1269 auf die Hälfte des Zehntens zu Rohrbach, Kt. Bern, in die Hände des Propsts durch Burgund, seines Zinsherrn, damit ein jeweiliger Verwalter der Propstei 4 ℔ Cstzr. Mz. dem Kaplan des h. Grabs bezahle. In Unterstützung und Ausführung der vorstehenden Vergabung beschliesen Abt Berthold und Convent im Jahr 1270, dass die bisher dem Amte des Klosterkellners annexirte Pfründe, welche Meister Johannes, Schulherr, inne hat, nach eingetretener Erledigung dem Priester der Kapelle des h. Grabs zudienen solle, nebst 4 ℔ Cstzr. Mz. ab den Gütern in Sitterdorf und 2 ℔ vom Propste des Breisgau's, damit er im Ganzen 10 ℔ jährlicher Einkünfte habe[4]). Der bischöflichen Ablassbewilligung vom 20. Mai 1333 (siehe Seite 120) und dem päpstlichen Privilegium vom 15. Dezember 1414 (siehe Seite 122) wird laut Verbalprozess vom 8. Juni 1457 eine weitere apostolische Gnade hinzugefügt[5]), und am 1. Juni 1463 dem Abt Ulrich Rösch die Befugniss ertheilt, die 2 M. S. nicht übersteigenden Einkünfte der Kapelle für die Erhaltung der Zierrathen und des Gottesdienstes zu verwenden[6]). — Die Kapelle stand zuvorderst am Münster, d. h. auf der nördlichen Seite desselben[7]) und wurde 1529 beseitigt[8]).

St. Gallen, St. Ulrich, Gruftkapelle unter derjenigen des h. Grabs, von Abt Ulrich I. ca. 984 erbaut[9]) und noch im Ablassbriefe vom 20. Mai 1333 genannt[10]).

St. Gallen, St. Johannes Täufer. Diese Kapelle, in welcher der Leichnam des Abts Othmar († 759) nach der Enthebung von der Insel Werd bei Stein beigesetzt ward[11]), liess Abt Gerhard (990—1001) nahe beim Münster erbauen, der Dekan Heinrich von Sax aber (um 1213) an den Ort versetzen, wo jetzt das Posthaus am Schmalzmarkt steht[12]). Abt Walther erneuerte und vermehrte 1244 die Dotation derselben[13]), und Werner, Priester, genannt der Rot, ihr Kaplan, († 4. März 1334)

1) Gedr. Doc. v. St. G. — 2) v. Arx I. p. 327. n. b). — 3) Näf, Mitth. — 4) Note 1. — Lang, h. th. G. R. I. p. 1016. — 5) u. 6) Note 1. — 7) Stumpf Chr. II. p. 20a. — 8) u. 9) Näf. — 10) Note 1. — 11) Näf Ch. v. St. G. p. 139. — 12) Id. Mitth. aus dem Stiftsarchiv St. G. — 13) Lang, h. th. G. R. I. p. 1016.

liess die durch eine Feuersbrunst verwüstete Kapelle in eigenen Kosten herstellen. 1383 gehörte die Kollatur ihrer schon 1244 dotirten Pfründe dem Niklaus von Utzingen, Schatzmeister und Pförtner des Klosters St. Gallen [1]) und noch am 15. Dezember 1414 erhielt sie von Papst Johannes XXIII. das Privilegium, dass zur Zeit des Interdikts Gottesdienst darin verrichtet werden dürfe [2]). Fünfzig Jahre hernach hatten sich ihre Einkünfte so vermindert, dass Abt Ulrich VIII. von dem päpstlichen Seitenlegaten Dominicus am 1. Juni 1464 angewiesen wurde, dieselbe nach Erledigung ihrer Pfründe für Zierrathen und Gottesdienst zu verwenden [3]). 1566 kam sie an die Stadt Gallen, und ging durch Verkauf von dieser an Privaten, später aber als ein stattliches Wohnhaus, wobei der Thurm stehen blieb, an die kaufmännische Korporation über [4]) Beim Abbruche der Kapelle im Jahr 1578 [5]) wurden ihre Reliquien auf den St. Johannes-Altar im Münster übertragen.

St. Gallen, St. Jakob. Nach der einen Angabe errichtete Abt Ulrich III. (1077—1123) dem h. Jakob eine Kapelle ausserhalb der Stadtmauer zunächst einer grossen Wiese, genannt Brüel, und theilte ihr nach vorgenommener Dotirung einen eigenen Priester zu. Eine andere Nachricht aber bezeichnet erst Abt Ulrich IV. (1167—1199) als Stifter und den Pfarrer von Waldkirch als Mitstifter, sowie 1190 als das Gründungsjahr [6]). 1275 beschwor ihr Leutpriester ein Gesammteinkommen von 4 ℔ 10 ß. Cstzr. W. [7]) Am 20. September 1437 verkauft Johannes von Hub, Kaplan der St. Jakobs Kapelle vor der Stadt St. Gallen, den oberhalb derselben jenseits der Strasse gelegenen und an das Leimat anstossenden Berg [8]); und am 24. Oktober 1480 inkorporirt Papst Sixtus IV. auf Bitte des Abts Ulrich VIII. und Convents eine Pfründe in derselben dem Kloster St. Gallen, damit aus ihren und andern Einkünften das Predigeramt errichtet werde [9]). Ein Spruch der regierenden sechs eidgenössischen Orte vom 9. September 1549 bestimmt, dass, da die von St. Gallen die St. Jakobs Kapelle, wann sie zu bauen nothdürftig, aus ihrem Stadtseckel gebaut haben und fürder bauen wollen, sie dabei bleiben sollen [10]). Die Kaplanei St. Jakob wird noch von den Aebten Diethelm und Othmar II. 1539 an Fridli Scherer, 1553 an Florian Hesch und 1576 an Gabriel Greminger verliehen [11]). — Die mit einem Begräbnissplatze versehene Kapelle stand im Garten zwischen dem Hause zum Fideikommiss (siehe Klöster, St Jakobs Klause) und dem Meierischen Hause bei St. Jakob, bei dessen Erbauung viele Menschenknochen zum Vorschein kamen, auf der südlichen Seite der Thurgauerstrasse [12]).

1)—3) Gedr. Doc. v. S. G. — 4) Näf Mitth. — 5) Haltmeier. h. B. d. St. S. G. p 541. — 6) Näf. — 7) Freib. D. A. I. p. 165 u. 243. — 8) Wegeli's Urk. Dir. d. Stiftsarchivs S. G. Nro. 1794. — 9) u. 10) Note 1. — 11) Stiftsarchiv S. G. — 12) Näf.

St. Gallen. St. Maria, ursprünglich im Kirchhof beim h. Grab, seit ca. 1213 aber im Kreuzgang gelegen und hier auch «Kapitel-, Kinder-, dunkle oder schwarze Kapelle» genannt. Der Dekan Heinrich von Sax, welcher um das Jahr 1213 den alten weiter westlich als die jetzigen Thürme gestandenen und 1755 abgebrochenen Kirchthurm baute, verlegte die an der Stelle des letztern befindlich gewesene Frauenkapelle an den Ort, wo Vadian († 1551) sie sah, d. h. bei dem Kindhaus, und wo sie noch ist, nämlich in den Kreuzgang neben dem Chor der Klosterkirche [1]. Rudolf, Bischof zu Constanz und Pfleger des Gotteshauses St. Gallen, und das Kapitel desselben verleihen am 12. Mai 1332 dem Priester Jakob Siegrist die Kapelle zu St. Salvator und Unser Frauen Kapelle darunter am Münster, und geben ihm dazu 10 Mütt Kernen Gelds St. G. Mfs. vom Hofe zu Blasenberg. Gleichzeitig vergabt Heinrich Oehm den beiden genannten Kapellen den Zehnten zu Berg, der Lehen des Klosters ist, und bestimmt, dass ihr Priester dem Kapitel jährlich einen Stauf geben, die zwei Kapellen besingen und mit der Messe besorgen, auch mit dem Kapitel in's Chor gehen solle [2]. Sie ward am 15. Dezember 1414 mit dem päpstlichen Privilegium, während des Interdikts Gottesdienst halten zu dürfen, begnadigt [3], und hatte eigene Pfleger, denen am 23. Februar 1456 die Gebrüder Kleinhans, Rudi und Welti Püttinger zu Untereggen 1 Mütt Kernen jährlichen Zins ab allem ihrem Gute um 9 ℔ Pfg. verkauften [4]. Am 1. Juni 1463 besass die Kapelle nicht über 2 Mark Silber jährliche Einkünfte, so dass der päpstliche Referendar und Seitenlegat Dominicus dem Abte Ulrich Rösch die Befugniss ertheilte, dieselbe nach Erledigung der Pfründe für Zierrathen und Gottesdienst zu verwenden [5]. — Das Altargemälde der Kapelle stellt Unser Frauen Hinschied dar, und deutet auf die Bestimmung derselben hin. Es wurden nämlich bis zur Aufhebung des Klosters die Leichname der verstorbenen Kapitularen darin ausgesetzt und nach Abhaltung des Trauergottesdienstes in den anstossenden Theil des Kreuzgangs zur Bestattung gebracht [6].

St. Gallen. St. Oswald und St. Thomas. Der Dekan Heinrich von Sax liess um das Jahr 1213 diese Kapelle an dem yndern (hintern?) Thurm, später Schulthurm genannt, erbauen und weihen, und stiftete darin eine Pfründe [7]. Ihr Kaplan Ulrich ist am 24. April 1221 Zeuge bei Schlichtung eines Zehntenstreits zwischen dem Leutpriester von Romanshorn und den Rittern Eglolf und Konrad von Schwarzenbach, Brüdern, durch Propst Konrad von St. Gallen [8]. Abt Konrad I. verordnet sodann mit Zustimmung des Dekans und Kapitels am 25. Mai 1227, dass dem darin Gottesdienst haltenden Priester jährlich 20 Mütt Kernen gegeben werden, dass der Dekan die Kapelle mit Priester, Dach und Lichtern

1) Naf. — 2)—5) Gedr. Doc. v. St. G. — 6) u. 7) Naf. — 8) Gedr. Doc. v. S. G.

versehe und ihr Kaplan, wie die Priester der übrigen Kirchen in St. Gallen, den hohen Festen im Chore des Münsters beiwohne[1]). Gleich diesen letztern wird demnach den 9. April 1256 dem Isak, Priester der St. Oswald Kapelle, eine Pfründe angewiesen[2]), und 1275 durch den Leutpriester von St. Jakob versehen, welcher als Einkommen derselben 3 ℔ 5 ß. eidlich angab[3]). Am 12. Februar 1313 verleihen Abt Heinrich II. und Convent dem Johannes Füller, Bürger zu St. Gallen, die ihm von Walther Lesti sel., Kaplan zu St. Oswald, verkaufte Besitzung Oglisperg, und geben der Kapelle als Ersatz dafür die Einkünfte von der obern Jonsrüti[4]). Nachdem auch ihr von Papst Johannes XXIII. das Privilegium ertheilt worden, dass zur Zeit des Interdikts Gottesdienst darin gehalten werden dürfe[5]), verbrannte sie 1418 mit Stadt und Kloster, und unter Abt Kaspar (1442—1467) wurde eine Schulstube daraus gemacht[6]). — Ihr Standort war zunächst der St. Gallen Kapelle, ungefähr da, wo jetzt die beiden Klosterkirchthürme und die Sakristei sich erheben[7]).

St. Gallen. St. Elisabeth ward sammt einem Altar von Abt Konrad I. ca. 1228 auf des Portners Haus erbaut. Letzteres stand zunächst dem Klosterthore innerhalb der Mauer, welche das Kloster von der Stadt trennte, gegenüber der Mädchenschule. Diese ist noch vorhanden, das Portnerhaus dagegen in neuester Zeit abgebrochen und der Bauplatz zum Zeughaushof verwendet worden[8]).

St. Gallen, St. Tutilo und Katharina. Dieses Bethaus hinter der alten Pfalz und zu derselben gehörig[9]) lässt der Priester Werner, genannt Rot († 4. März 1334), nachdem es durch die Feuersbrunst von 1314 verwüstet worden, in eigenen Kosten herstellen; es erhält am 20. Mai 1333 unter zwei getrennten Titeln von zwölf Bischöfen, am 10. Dezember 1362 aber unter dem vereinigten Namen der beiden Heiligen von drei Erzbischöfen und neun Bischöfen vierzig Tage Ablass und am 15. Dezember 1414 das päpstliche Privilegium des Gottesdienstes während des Interdikts[10]). — Die Kapelle wurde, da sie der Ausführung des Baues der neuen Conventgebäude hinderlich war, 1671 abgebrochen[11]).

St. Gallen, St. Salvator. Des Priesters dieser Kapelle, Jakob Siegerist, (12. Mai 1332) und des päpstlichen Privilegiums wegen des Gottesdienstes während des Interdikts (15. Dezember 1414) ist bei der Frauenkapelle (Seite 123) Erwähnung geschehen. — Sie stand über der letztern im Kapitelhause, welches an der östlichen Seite des Kreuzgangs liegt und sich vom Chore des Münsters in südlicher Richtung bis an die ehemalige Klostermauer erstreckt, und wurde beim Neubau desselben unter Abt Gallus (1671) zerstört[12]). Ihr Licht wurde später bei

---

1)—2) Gedr. Doc. v. S. G. — 3) Freib. D. A. I. p. 213. — 4)—5) Gedr. Doc. v. S. G. — 6)—9) Näf. — 10) Gedr. Doc. v. S. G. — 11) Näf Ch. v. S. G. p. 248. — 12) Note 2 u. 11.

dem Grabe des Abts Pius († 9. Dec. 1654) in der Abseite des Chors angezündet[1]).

St. Gallen, St. Michael. Zu dieser in der Höhe über dem jetzigen hintern Theil der Kirche zwischen dem Münster und St. Othmar befindlichen Kapelle mit drei Altären stieg man auf einer steinernen Treppe empor, sie erhielt wie die andern Kapellen des Klosters am 20. Mai 1333 päpstlichen Ablass und ward durch den Brand von 1418 zerstört[2]).

St. Gallen. h. Apostel.
« « St. Constantius.
« « « Johannes Ev.
« « « Konrad.
« « « Martha.
« « « Niklaus.
« « « Remaclus.
« « h. 10,000 Ritter.

Die vorstehenden acht Kapellen kommen einzig in dem Ablassbriefe vom 20. Mai 1333 vor[3]) und sind sonst nicht weiter bekannt.

St. Gallen, Leiden Christi. Beinhaus auf dem Kirchhofe an U. L. Frauen Kapelle. Das Concilium in Basel verleiht am 17. Juli 1439 für die von Kaspar Ruchenacker, Kaufmann zu Constanz, in der Ehre des Leidens Unsers Herrn Jesu Christi zu errichtende und mit einer beständigen kirchlichen Pfründe für einen Priester zu dotirende Kapelle des Beinhauses im Kloster St. Gallen nach der Vollendung hundert Tage Ablass[4]), und am 6. Juni 1479 ertheilen zehn Kardinäle auf Bitte des Balthasar Ruchenacker, Bürgers zu St. Gallen, dem Altar des h. Kreuzes in der Krypta (Beinhaus) über dem Kirchhofe des Klosters einen weitern hunderttägigen Ablass[5]), nachdem schon unterm 22. Oktober 1474 von dem Bürger Jakob Grübel mit Bewilligung des Abts Ulrich VIII. in dasselbe eine ewige Pfrund, deren Kaplan Jakob Grübel den 22. Okt. 1478 den vorgeschriebenen Eid leistet, gestiftet hatte[6]) und dem Johannes Knüsli von Wil am 14. November 1478 erlaubt worden war, einen Altar in das neue Beinhaus setzen und in der Ehre der h. Joseph, Maria, Cleophea, Jakob und Salome weihen zu lassen[7]).

St. Gallen, St. Onuphrius. Ohne Angabe eines Jahres erwähnt[8]).

St. Gallen, h. Schutzengel. Kinderkapelle im Klosterhof, 1842 an der Stelle des ehemaligen Bruderhauses erbaut.

B. Ausserhalb der Stadt St. Gallen:

Rotmonten (Rotundus mons XI.)[9]), St. Peter und Paul[10]). Auf er aussichtsreichen Höhe des Berges zwischen St. Gallen und Arbon,

---

1) u. 2) Näf. — 3)—7) Gedr. Doc. v. S. G. — 8) Lang. h. th. G. R. I. p. 1047. — 9) v. Arx G. d. Kt. S. G. I. p. 128. n. b). — 10) Ib. II. p. 460.

welcher als eine Besitzung des um das Jahr 770 lebenden Zentgrafen Waltram «der Waltramsberg», bald aber und fortwährend wegen der runden Gestalt seines äussersten Theils «Rotmonten» genannt wurde, stand schon im eilften Jahrhundert eine Kapelle, zu der man alljährlich am Mittwoch vor Auffahrt einen durch ein besonderes Lied des Diakons Ratpert († nach 897) gefeierten Bittgang aus dem Kloster anstellte [1]. Dieselbe wurde zur Zeit der Kirchenreformation (1525) beseitigt, später aber wieder erbaut und ihr Altar am 18. August 1640 neu geweiht, endlich 1771, da sie wenig besucht war, zum zweiten Mal abgebrochen und die Materialien zum Neubau der benachbarten h. Kreuz Kapelle in Tablat verwendet; doch hat der Hof und das Wirthshaus, in dessen Nähe sie stand, den Namen beibehalten [2].

Tablat auf dem Espen, h. Kreuz, Wallfahrtsort. Nahe dem Orte, wo seit der Reformation 40 Schritte von der damaligen Thurgauer-Landstrasse ein andächtig verehrtes und viel besuchtes h. Kreuz aufgerichtet und 1693, 1733 und 1749 ausgebessert worden war, erbaute Abt Cölestin II. von St. Gallen eine Kapelle, in welche am 14. Sept. 1760 jenes Kreuz feierlich übertragen wurde. Ein Instrument vom 7. Juni 1761 bezeugt die Errichtung von Stationen daselbst. Am 21. Okt. 1763 wird darin eine jährliche, am 6. Mai 1765 eine wöchentliche und am 22. Januar 1773 eine monatliche Messe gestiftet, in den Jahren 1772 und 1773 die Kirche neu erbaut und am 14. Juli 1777 geweiht, nachdem die Weihung der drei Altäre, nämlich des Hochaltars des h. Kreuzes, des Altars der h. Maria auf der Evangelienseite und desjenigen des h. Johann von Nepomuk auf der Epistelseite am 24. Februar 1774, sowie 1776 die Vergrösserung durch zwei Seitenkapellen und Errichtung zweier weiterer Altäre des h. Pius und des leidenden Heilandes vorhergegangen war [3].

In der Pfarrei St. Gallen, St. Magnus:

St. Gallen, St Wiborada. Dieser auf der Todesstätte der Heiligen († 925) gestandenen, an die St. Magnuskirche in der äussern nordöstlichen Ecke zwischen Chor und Querschiff angebauten Kapelle bewilligten am 20. Mai 1333 zwölf Bischöfe vierzig und 1467 zehn Kardinäle hundert Tage Ablass [4]. 1456 stiftete der Priester Johann Rüteli eine besondere Kaplanei, und der sie bestätigende Bischof von Constanz gestattete die Wahl des Kaplans, wozu am 28. August 1463 Werner Friedrich präsentirt wurde, das erste Mal dem Stifter und nachher den Kirchgenossen von St. Magnus, denen sie auch nach Bestreitung durch die Einwohner von Bernhardszell 1467 laut Entscheid des bischöflichen Vikariats verblieb [5]. Im Jahr 1597 wurde die St. Wiborada Kapelle

1) v. Arx G. d. Kt. S. G. I. p. 23, 128. n. h) u. i), II. p. 460 — 2) u. 3) Näf Ch. v. S. G. p. 843 4. — Stiftsarchiv S. G. — 4) Gedr. Doc. v. St. G. — Näf l. c. p. 575. — 5) Näf l. c. p. 575 — Stiftsarchiv S. G.

zur Aufstellung der von Bürgermeister Joachim von Watt der Stadt St. Gallen vergabten Bibliothek verwendet und 1776 wegen Baufälligkeit abgebrochen[1]).

In der Pfarrei St. Gallen, St. Laurenz:

St. Gallen, h. Geist. Dem am 17. Juni 1229 noch unvollendeten, 1233 aber von Papst Gregor IX. in Schutz genommenen Spital, dessen Gründung im Jahre 1228 der Ritter Ulrich von Singenberg, Truchsäss des Gotteshauses St. Gallen, und Ulrich Blarer, Bürger dieser Stadt, durch Schenkung eines Hauses am Markt und verschiedener Einkünfte am 2. September 1238 Bestand verliehen, gestattet Bischof Heinrich II. von Constanz laut Urkunde vom 7. März 1308?, einen eigenen selbstgewählten Messpriester zu halten[2]), dessen freie Wahl die Pfleger und Bewohner des Spitals sich 1357 von Abt Hermann, als dem Lehenherrn der St. Laurenzkirche und der ihr untergeordneten Spitalkapelle, urkundlich bestätigen liessen[3]). Letztere zerfiel in zwei Abtheilungen, nämlich in eine obere Kapelle, welche dem h. Geist, Michael, Martin und Augustin und in eine untere, die den h. Maria Magdalena, Margaretha und Verena gewidmet ward. — Die 1572 neu erbaute Kirche wurde mit dem alten Spitalgebäude 1846 abgebrochen[4]). An ihrer Stelle steht nun das zweitunterste Haus auf der Ostseite der Marktgasse, «zur Kapelle» genannt. — Ein Siegel ohne Jahrzahl mit der Umschrift: «S. Hospitalis S. Galli» zeigt einen halb liegenden, halb aufgerichteten Kranken auf seinem Lager[5]).

St. Gallen. Bei dem Oelberg in der Mitte des Kirchhofs von St. Laurenz, der sich zwischen dieser Kirche, dem Münster und dem Portnerhofe ausbreitete, hatte die Familie Grübel, welche mit drei andern Geschlechtern denselben um's Jahr 1480 gestiftet, ihr Begräbniss. Dieser Oelberg war ein Gehäuse aus Quadern, mit in Stein gehauenen Bildern, welche den am Oelberg knieenden Erlöser und seine am Fusse desselben schlummernden Jünger darstellten. Davor stand eine hohe steinerne Säule und auf deren Gipfel ein Glaskästchen mit einem immerwährend darin brennenden Lichte. Im Einverständnisse der Gebrüder Sebastian und Jakob Grübel wurde 1528 der Oelberg beseitigt und die Steine 1532 zu einem sehr profanen Zweck verwendet[6]).

In der Pfarrei Jonschwil:

Stadt Schwarzenbach (Svarcinbah 779)[7]), St. Konrad[8]). Um den Neubau der Kapelle in der 1283 auf Anordnung des Königs Rudolf I. von Habsburg gegründeten und im Juli 1287 von Wilhelm, Abt des

1) Näf, Chr. v. S. G. p. 576/7. — 2) Spitalarchiv S. G. — 3) Wegelin, d. Pf. K. St. L. p. 40. — 4) Näf. — Haltmeier b. B. d. St. S. G. p. 537. — 5) Sammlg d. a. G. i. Z. 6) Haltmeier l. c. p. 203. — Wegelin, d. Pf. K. St. L. p. 78/9. — 7) Wartmann U. B. d. A. St. G. I. p. 82. — 8) Urk. v. 8. Juni 1476 im Stiftsarchiv St. G.

Klosters St. Gallen und Oberherrn der naheliegenden Stadt Wil, verbrannten, 1292 aber theilweise wieder aufgebauten Stadt zu fördern, ertheilte der Weihbischof von Constanz am 26. Juli 1299 allen Gutthätern Ablass. Die Kapelle und das Schloss blieben auch 1304 und 1306 bei der Vollziehung des am 16. Oktober 1301 zwischen König Albrecht und der Abtei St. Gallen abgeschlossenen Vergleichs, wonach ersterer die Zusicherung ertheilte, Stadt und Veste Schwarzenbach wieder abbrechen und zu keinen Zeiten mehr aufbauen zu lassen, in gegenseitigem Einverständniss stehen, und ihr Kirchherr, Graf Kraft von Toggenburg, erlaubte am 2. November 1336 den Unterthanen, Nussbäume zu pflanzen, um aus dem Ertrage derselben die Kapelle zu beleuchten. Sie wurde am 9. April 1859 durch eine Feuersbrunst in Folge Blitzeinschlags eingeäschert, indess wieder hergestellt[1]).

Schloss Schwarzenbach[2]).

Jonschwil, St. Anna bei der Kirche[3]).

In der Pfarrei Gossau:

Schloss Oberberg, 1277 den Meiern von Oberberg gehörig. Bischof Hermann zu Constanz ertheilt am 18. März 1468 die Bewilligung, in der neuen Schlosskapelle zu Oberberg zum Lobe und Gedächtniss U. L. Frau die Tagzeiten zu läuten[4]).

In der Pfarrei Thal:

Unter-Buchen, St. Bartholomäus[5]). Den Blarern von Wartensee, welche hier eine Kaplanei gestiftet, und ihren Nachkommen vom Mannsnamen wird am 6. Juni 1497 von den Eidgenossen für alle Zukunft die Lehensherrlichkeit über diese Pfründe zugestanden; jedoch soll diess mit des Obervogts im Rheinthal Gunst, Wissen und Willen geschehen und nach dem Aussterben der Blarer die Eidgenossen Lehenherren sein[6]). Bei der Reformation kam diese sogenannte untere Kapelle in Abgang; es wurde desshalb damals das Blarer'sche Beneficium verlegt nach:

Ober-Buchen, St. Sebastian, welche obere Kapelle aber das gleiche Schicksal hatte, bis am 15. Juli 1596 die acht alten eidgenössischen Orte als Kollatoren des Gotteshauses U. L. Frau in Thal auf das Begehren des dortigen Pfarrers, der die Kapelle geäufnet und vergrössert, auch mit einer neuen Altartafel geziert hatte, bewilligten, dieselbe aus dem Einkommen der Pfarrkirche in Bau, Dach und Zierden zu erhalten[7]).

In der Pfarrei Rorschach:

Schloss Rorschach, St. Anna. Die Kapelle dieses oberhalb des Dorfs hoch am Berge von den Edlen von Rorschach, die schon im Anfang des 13. Jahrhunderts vorkommen, erbauten Schlosses liess 1509

---

1) Näf, Chr. v. S. G. p. 816/7. — 2) u 3) Cat. eccl. St. G. v. 1769. — 4) Näf. — 5) Cat. D. C. 1779. p. 465. — 6) Amtl. Smlg. d. ae e. A. III. 538. — 7) St. A. S G.

Abt Franz von St. Gallen und 1558 der St. Gallische Obervogt Ital Hans Blarer von Wartensee wieder herstellen, der letztere auch mit seinem und seiner Gemahlin (geb. v. Hundtpiss), sowie mit andern Wappenschildern auszieren und vergrössern, nachdem sie ein stark besuchter Andachtsort der Bewohner des von der Kirche entfernt liegenden Rorschacher-Bergs geworden [1]).

Rorschach, St. Jakob, im untern Theile des Dorfs, nach der Sage die alte Pfarrkirche [2]).

Rorschach, Todtenkapelle auf dem Kirchhof. Ueber das Begräbnissrecht in derselben findet sich ein Instrument vom 3. März 1765 vor [3]).

Rorschach, h. Nothhelfer, im Gmür'schen Landgute.

Rorschach, h. Maria der Engel und Franz von Assisi [4]) im Hertenstein'schen Landgute [5]).

Rorschach, im Siechenhaus 1567 [6]).

Altenrhein (Rinisgemünde 1093), 1769 h. Schutzengel, jetzt h. Michael [7]). Wegen Einführung der Christenlehre in dieser Kapelle wird 1783 ein Dekret erlassen [8]).

Schloss Wartegg, U. L. Frau von Loretto [9]). Im Jahr 1557 übernahm bei der Gütertheilung zwischen den Brüdern Wilhelm, Christoph, Jakob und Kaspar Blarer von Wartensee der letztere den untern Theil dieses Hofs, der sich bis an den Bodensee zog, und baute in dem seiner vorspringenden Lage wegen «das Eck» oder «Eggli» genannten Gute ein neues Schloss, das er «Warteck» nannte, und wofür er 1560 die Belehnung als adeliches Leben in gleichen Rechten wie Wartensee empfing [10]). Ein Revers wegen Neubaus der Schlosskapelle datirt von 1706, und eine diessfällige Uebereinkunft zwischen den Besitzern des Schlosses und der Abtei St. Gallen vom 27. Januar 1760 [11]).

Schloss Wartensee, St. Karl Borromäus [12]). Das Schloss stand schon 1264, da sich in einer Urkunde aus diesem Jahre der zuerst bekannte Heinrich von Wartensee als Zeuge unterschreibt [13]). Nachdem die Kapelle unter Privathänden in Abgang gekommen, wurde sie nach Ankauf des Schlosses durch die Abtei St. Gallen von dem Statthalter derselben, P. Honorat Peier im Hof, 1760 wieder hergestellt und St. Karl Borromäus gewidmet. In Folge Verkaufs des Schlosses 1806 gerieth sie abermals in Verfall, und erhielt erst in den 1840er Jahren durch den damaligen Besitzer die Restauration [14]).

In der Pfarrei Bernang:

Schloss Bernang, seit 1305 von den damaligen Besitzern **Rosenberg** genannt. Im Jahr 1462 erbauten die Muntpraten eine

---

1) Näf, Ch. v. St. G p. 757–764. — 2) Näf. — 3) Cat. A. S. G. 1769. — Stiftsarchiv S. G. — 4) u. 5) Näf. — 6) Id. Ch. v. S. G. p. 767. — 7) v. Arx, G. d. Kt. St. G. I. p. 151. n. a). — Cat. A. S. G. 1769. — Näf. — 8) Stiftsarchiv S. G. — 9) u. 10) Näf. — 11) Stiftsarchiv S. G. — 12)–14) Näf.

Schlosskapelle, welche am 26. Juni gl. J. von Bruder Thomas, Generalvikar des Bischofs Heinrich IV. zu Constanz, in der Ehre der h. Johannes Ev., Sebastian, Anton Abt, Augustin, 10,000 Ritter, Anna, Agatha, Dorothea, Katharina und Barbara eingeweiht und deren Kirchweihfest auf den Sonntag vor dem Leiden des Herrn festgesetzt wurde [1]). — Die Veste gerieth zur Zeit der helvetischen Revolution in Verfall, und ihre noch übrig gebliebenen Hauptmauern stürzten 1827 zusammen [2]).

Dorf Bernang. Für die Errichtung dieser katholischen Kapelle zunächst bei der alten Pfarrkirche wurden durch ein bischöfliches Dekret vom 25. Juni 1691 jährliche Zinse aus dem Kapital verordnet [3]).

Dorf Bernang, h. Kreuz, 1759 an die Kirche angebaut und am 21. Juli 1777 in der Ehre des h. Kreuzes und der h. Katharina geweiht [4]).

Kobel (Cobolo 890) [5]), U. L. Frau [6]). Die Kapelle war 1672 schon vorhanden, mit eigner Pflegschaft versehen und wurde laut Revers vom 18. Dezember 1747 durch ein neues grösseres Gotteshaus ersetzt, für dessen Erbauung fl. 700 aus dem Stiftungsgute bewilligt wurden [7]).

In der Pfarrei Marbach:

Schloss Neu-Altstätten, St. Sebastian. Am 8. Mai 1470 stiftet Frau Kunigunde Thumb, Hansen sel. von Neuburg Wittwe, eine geborne von Altstätten und die letzte dieses alten Geschlechts, die Schlosskaplanei, welche mit der gleichnamigen Pfründe in der Pfarrkirche verbunden war [8]). (Siehe Seite 113).

In der Pfarrei Waldkirch:

Waldkirch, St. Anton von Padua [9]). Die Kapelle ward 1735 errichtet in Folge von Vergabungen der dortigen Bewohner und der Abtei St. Gallen, welche sich dagegen das Kollaturrecht vorbehielt und 1736 die Stiftung förmlich bestätigte [10]).

In der Pfarrei Montlingen:

Schloss Blatten (erbaut um 1270), St. Fridolin. Die am Fusse des Schlossfelsens beim Rheinfahr gelegene Kapelle erhielt am 23. August 1758 eine Vergabung von fl. 300; sie wurde mit dem Schlosse in einem Treffen zwischen den Franzosen und Oesterreichern 1799 durch Kanonenschüsse zerstört und nachher abgebrochen [11]).

Montlingen, St. Anna, auf dem Berglein 1764 [12]).

Freienbach, St. Maria Heimsuchung [13]).

in der Pfarrei St. Georgen:

St. Georgen, St. Wiborada. (Siehe Klöster Seite 134).

---

1) Gedr. Doc. v. St. G. — 2) Näf Chr. v. St. G. p. 33. — 3) u. 4) St. A. S. G. — 5) Wartmann U. B. d. A. St. G. II. p. 282. — 6) Cat. A. S. G. 1769. — 7) St. A. S. G. — Näf Chr. v. St. G. p. 495. — 8) id. p. 8 u. schriftl. Mitth. — 9) Note 6. — 10) Näf. — 11) Note 6. — St. A. S. G. — 12) Wegeli's Ms. St. B. St. G. — Näf. — 13) Note 6. — Näf.

In der Pfarrei St. Fiden:

St. Fiden, Beinhaus oder Todtenkapelle, schon frühe vorhanden, in den Jahren 1749 und 1750 aber an der Mitternachtsseite der alten Filialkirche auf dem Friedhof neu erbaut und als Grabstätte für die Geistlichen derselben und die weltlichen Beamten des Stifts St. Gallen benutzt, 1776 abgebrochen und der Altar in die neue Kirche versetzt, wo er 1778 der h. Idda geweiht ward[1]).

In der Pfarrei Bruggen:

Im Bild, St. Barbara. Diese Kapelle bei Kräzeren (1209 Chrazarun) wurde zur Erinnerung an die Schlacht auf dem Breitfelde (ca. 1209), in welcher Abt Ulrich VI. dem durch den Grafen von Kiburg verstärkten Heere des Bischofs von Constanz unterlag, auf der Begräbnissstätte der Gebliebenen von der Abtei St. Gallen errichtet[2]).

Schloss Waldeck, erbaut 1474 in der Gegend, genannt Burg, ausserhalb St. Leonhard[3]).

Im Hacken (Haccon 1219)[4]), St. Wolfgang. Die uralte Kapelle an der Hundwilerstrasse, welche das Kloster St. Gallen im Stand erhielt, kam 1567 in Abgang, wurde aber 1607 wieder geäufnet, 1646 mit einem neuen Altar versehen und 1679 der Kirche Bruggen einverleibt[5]).

Schönenwegen, U. L. Frau. Anstatt des auf einem Hügel an der Strasse von St. Gallen nach Bruggen, unweit der obern Ziegelhütte stehenden hölzernen Kreuzes hatte Hauptmann Joseph Boppart um das Jahr 1680 ein steinernes Bildhäuschen errichten lassen, worin inwendig die schmerzhafte Mutter Gottes mit ihrem vom Kreuze abgenommenen Sohne auf dem Schoosse, auswendig aber über der Thüre der bei dem Brunnen Jakobs mit der Samaritanerin redende Heiland abgebildet war, wesshalb das Bildhäuslein auch den Namen «Jakobsbrunnen» erhielt. Dasselbe ward auf Anordnung der Abtei St. Gallen 1768 beseitigt und dafür laut Urkunde vom 6. Dezember 1770 gemäss dem Wunsche des auf der naheliegenden Burg Waldegg wohnenden Landeshofmeisters zur Andachtverrichtung für die Bewohner mehrerer umliegender, von der Pfarrkirche entfernter Häuser eine Kapelle «Neu Maria Einsiedeln» erbaut[6]).

Bruggen. Das Siechenhaus zunächst der Kirche wurde laut Urkunde d. d. 7. Februar 1567 von einer Anzahl Gemeinden des obern Amts zu St. Gallen und des untern Amts zu Wil aus Pensionsgeldern der Krone Frankreich, sowie mit Beihülfe des Abts Othmar in St. Gallen gestiftet und am 15. Juli 1574 eine Ordnung für dasselbe erlassen. Gegenwärtig wird es als Gemeindehaus benutzt[7]).

---

1) Näf. — 2) Id. Chr. v. St. G. p. 499 u. 829. — 3) Id. l. c. p. 830 u. Mitth. — 4) Id. Chr. p. 829. — 5) St. A. S. G. — 6) Näf, Chr. v. S. G. p. 831. — 7) Näf, Mitth.

In der Pfarrei Wittenbach:

Kappel, zwischen Krobel und Steinachtobel. In diesem Bauernhofe stand schon im 13. Jahrhundert eine Kapelle[1]). Sie wurde zum Andenken des daselbst am 15. (nicht 17.) Juni (XVII Kal. Julii) 1405 von der Bürgerschaft der Stadt St. Gallen gegen eine Abtheilung des Heeres Herzogs Friedrich von Oesterreich glücklich bestandenen Treffens, in welchem von Seite der Feinde 30, aus der Stadt aber nur 2 Mann geblieben waren, wiederhergestellt, und man zog an jenem Tage alljährlich prozessionsweise dahin[2]). Später (1452) musste der Pfarrer von St. Laurenz jede dritte Woche eine Messe darin halten[3]). Ein noch vorhandener Bildstock bezeichnet die Stelle der zur Zeit der Reformation abgegangenen Kapelle[4]).

Wittenbach, St. Ulrich. Auch dieser Hof hatte schon frühe eine Kapelle, und heisst davon ebenfalls «Kappel», so z. B. in einem Zinsbriefe vom 12. August 1623[5]). Zu derselben ging am Freitag nach Lätare von St. Gallen aus eine Prozession mit den Gebeinen der Heiligen, um für Erhaltung der Feldfrüchte zu bitten[6]). Auf der Stätte dieser Kapelle im Dorfe wurde 1647 die Pfarrkirche erbaut und 1652 geweiht[7]). (Siehe Seite 108).

Wittenbach, St. Johann von Nepomuk, errichtet 1758 ausserhalb der Pfarrkirche von dem Dekan Johannes Pfister daselbst[8]).

In der Pfarrei Niederbüren:

Niederbüren, St. Antonius[9]).

In der Pfarrei Engelburg:

Engelburg, St. Anna, Joseph, Joachim und Elisabeth[10]).

In der Pfarrei Andwil:

Matten (1273 ein Hof), St. Margaretha[11]).

In der Pfarrei Grub:

Grub, St. Joseph Am 17. Mai 1667 geben Hans Bischof, Hauptmann, und die ganze Kirchhöre dem Offizial des Gotteshauses St. Gallen einen Revers, dass, nachdem er ihnen bewilligt habe, in der Kapelle beim Pfarrhofe das h. Sakrament aufzubewahren, und mit der Zeit fl. 300 zu einer ewigen Ampel zu stiften, sie bis dahin die Kapelle in ihren Kosten erhalten wollen[12]). Nachdem aber 1755 eine neue Pfarrkirche in Grub errichtet worden, begann man am 3. Mai 1765 das alte Gotteshaus abzutragen[13]).

In der Pfarrei Altstätten:

Auf dem Forst (ursprünglich ein Wald, seit 1299 ein Hof), U. L. Frau[14]). Abt Franz von St. Gallen verleiht den 6. November 1509

---

1) v. Arx G. d. Kt. S. G. I. p 327 n. d). — 2) Näf ex anniv. St. Laur. in S. G. — Wegeli d. P. K. S. L. p. 20. — 3) v. Arx l. c. — 4) Näf. — 5) St. A. S. G. — 6) Wegelin d. P. K. S. L. p. 19. — 7) Gedr. Doc. v. S. G. — Näf. — 8) Näf. — 9)—11) Cat. A. S. G. v. 1769. — 12) Gedr. Doc. v. St. G. — 13) Wegeli's Ms. St. B. S. G. — 14) Note 9.

dieser Kapelle ein Stück Reben. Wegen ihrer Pfründe wird am 18. Januar 1616 zwischen der Stadt Altstätten und dem Abte Bernhard II. von St. Gallen ein Vergleich abgeschlossen[1]).

Altstätten, auf dem Kirchhofe, Todtenkapelle[2]).

Ruppen, St. Michael[3]).

Altstätten, St. Placidus im Frauenhof in der Stadt[4]).

In der Pfarrei Oberriet:

Eichenwies, St. Joseph[5]).

In der Pfarrei Kobelwald:

Hard, St. Gallus[6]).

In der Pfarrei Steinach:

Ober-Steinach[7]).

In der Pfarrei Häggenschwil:

Roggensperg, St. Maria de victoria, 1684 von Niklaus, Abt des Klosters Marchthal in Schwaben, neben dem Schlösschen errichtet zum Andenken an den durch Johann Sobiesky 1683 vor Wien über die Türken errungenen Sieg und 1685 durch den Weihbischof in Constanz eingeweiht[8]).

3. Klöster.

St. Gallen, Benediktiner-Kloster St. Gallus, gegründet 614, aufgehoben durch Beschluss des Grossen Rathes vom 8. Mai 1805 (siehe Seite 89)[9]). — Das Siegel des Abts (S. Wernher. Abbat. mon. S. Galli) vom Jahr 1162 zeigt einen sitzenden Abt mit Buch und Stab, dasjenige des Convents (S. Confs. + Scs. Gallvs) 1224 das Brustbild eines Abts und 1277 einen sitzenden Abt mit Buch und Stab und dem Namen «Scs. Gallvs»; in den Jahren 1275 und 1290 aber zwei stehende Aebte mit Buch und Stab und den Namen: «Gallvs. Othmarvs»[10]).

St. Gallen, Chorherrenstift St. Magnus, ca. 890 (s. Seite 100). Nach Einführung der Reformation wurden die Ansprüche der Abtei St. Gallen an das Stift St. Magnus 1566 durch Vertrag erledigt und das Propsteigebäude unterhalb der Kirche sammt Baumgarten 1569 an Privaten und von diesen nachher an die Familie Schlatter verkauft, als deren Fideikommiss es den Namen «Schlatterhof» erhielt[11]).

Bettenau (Betinauvia 772)[12]), Männerkloster. Die alte Sage, dass im 10. Jahrhundert bei Jonschwil eine Zelle oder ein Klösterchen gestanden sei, wird dadurch bestätigt, dass der Centgraf Othar am 4. Oktober 903 oder 908 einer dort (bei Bettenau) angesiedelten Klosterbrüderschaft seine Besitzungen in dieser Markung und die dahin gehö-

---

1) Gedr. Doc. v. St. G. — 2)—6) Näf. — Cat. A. S. G. v. 1769. — 7) Cat. A. S. G. v. 1769. — 8) Ib. u. Wegeli's Msc. a. d. St. B. S. G. — 9) Näf Ch. v. S. G. p. 297. — 10) Sammlg. d. a. G. i. Z. — 11) Näf Ch. v. S. G. p. 576. — 12) Wartmann, U.-B. v. S. G. I. p. 63.

rigen Leibeigenen verschrieb und für sich und seine Nachfolger die Verpflichtung einging, die Brüder dieses Klosters, wenn sie jährlich zur Herbstzeit die Kirche in Jonschwil besuchen, jedes Mal während drei Tagen mit Brod, Bier und andern nöthigen Dingen zu bewirthen. Der Abt Emezo und die übrigen Beamteten unterzeichneten diese Vergabung[1]).

St. Georg, 912 Schwesternklause, 1731 Benediktinerinnenkloster St. Wiborada. Die h. Wiborada von Klingen bezog neben der von Bischof und Abt Salomo III. gegen Ende des 9. Jahrhunderts erbauten Kapelle im Zirrenthal an der Steinach oberhalb St. Gallen im Jahre 912 eine enge Klause, vertauschte aber dieselbe nach drei Jahren mit derjenigen bei St. Mang. Bald nachher (958) liess sich die junge Wittwe Bertrad und nach ihrem Tode der Klostergeistliche Hartker 980 darin einschliessen. Erstere brachte 22, letzterer sogar 30 Jahre in der niedern Zelle zu. Sie hiess die obere oder grössere Klause, war 1397 von Klausnerinnen bewohnt, denen Hans Estrich am 6. Januar 1 Pfg. vermachte, und bekannte sich schon vor der Reformation zum Benediktiner-Orden. Von dem Schaden, den die Schwestern während derselben erlitten, erholten sie sich allmälig wieder, so dass sie 1646 ein steinernes Wohngebäude neben der Kirche erbauen und diesem 1671 noch ein zweites beifügen konnten. Im Jahre 1731 erfolgte alsdann die förmliche Einführung der Klausur und die Umwandlung des Schwesternhauses in ein Frauenkloster Benediktiner-Ordens unter dem Namen «St. Wiborada», das aber wegen Mangels an hinreichenden Existenzmitteln durch Dekret des katholischen Grossrathskollegiums vom 3. Juni 1834 aufgelöst und dessen Gebäude anfänglich für das katholische Schullehrerseminar benutzt, 1839 aber vom Priesterseminar bezogen wurde. — Die erste bekannte Frau Mutter ist Maria Anna Rütiner † 1597[2]).

St. Gallen, Schwesternklause bei St. Mangs Kirche. Darin wurde die h. Wiborada im Jahre 915 durch Bischof Salomo III. feierlich eingeschlossen und von den Hunnen bei einem feindlichen Ueberfalle der Gegend 925 getödtet. Nach ihr lebte daselbst Kerhild, die Enkelin des h. Notker, 56 Jahre (952—1008). — Die Klause, welche an des Leutpriesters Haus stiess, und noch 1397 von Hs. Estrich 1 Pfg. als Jahrzeitstiftung erhielt, ging vor der Reformation ein[3]).

St. Gallen, 1266 Augustinerinnen-, 1471 aber Dominikanerinnen-Kloster St. Katharina[4]). Zur Gründung eines festen Wohnsitzes für eine Sammlung geistlicher Schwestern, welche an verschiedenen Orten inner- und ausserhalb der Stadt St. Gallen lebten, schenkten

1) Wartmann U. B. d. A. S. G. II. p. 330. — Wegelin, G. d. L. T. I. 24, 28. — 2) v. Arx G. d. Kt. S. G. I. p. 215, 234/2, II. p. 197, III. p. 307 u. 309. — Näf Ch. v. S. G. p. 416—418. — v. Mülinen H. S. II. p. 75/6. — 3) v. Arx l. c. I. p. 215, 234/2, II. p. 197 u. 198, III. p. 302. — 4) v. Mülinen H. S. II. p. 189. — v. Arx l. c. III p. 305.

am 2. September 1228 Berchtold Küchimeister und Ulrich Blarer ihre Hofstatt am Schwarzwasser (Irenbach), unfern von St. Magnus-Kirche. Abt Konrad I. verlieh ihnen dieselbe um den jährlichen Zins von 1 ℔ Wachs und stellte zugleich die Wohnung der Schwestern unter seinen und der h. Gallus und Othmar Schutz[1]). Unter der Priorin Mechtild von Rankwil nahm das Kloster, welches sich «Convent der Schwestern in der Wiese zunächst den Mauern der Stadt St. Gallen vor der Kirche des h. Magnus» nannte[2]), im Jahre 1266 von Eberhard II., Bischof zu Constanz († 1274) die Regel des h. Augustin an[3]), vertauschte aber dieselbe 1368 mit derjenigen des h. Dominicus, und kam unter die Aufsicht der Predigermönche in Constanz[4]). Gleichzeitig wurden die bisher nach St. Laurenz kirchgenössigen Nonnen von der Jurisdiction des dortigen Leutpriesters befreit, nachdem sie das Jahr vorher eine eigene Kirche sammt Friedhof im Umfang ihres Klosters errichtet hatten, welche am 8. Mai 1368 von dem Weihbischof zu Constanz konsecrirt ward[5]). 1482 brachte die Priorin Engel Varnbühler die Einführung der Klausur zu Stande[6]). 1545 warf der Magistrat, als die Nonnen dem Befehl, dass alle katholischen Bürger entweder die Stadt räumen oder zur Reformation übergehen sollen, nicht nachkommen wollten, die damalige Priorin Regula Keller in das Gefängniss, gab jeder der noch übriggebliebenen Klosterfrauen tausend Gulden als Aussteuer, schickte sie aus der Stadt und bemächtigte sich ihres Klosters mit allen seinen Besitzungen, Einkünften und Zubehörden, für das er jedoch auf Klage des Abts Diethelm im Jahr 1594 fl. 24,000 als Auskauf bezahlen musste. Während des diessfälligen langen Streites begaben sich 1575 drei Frauen in das Dominikanerinnen-Kloster Steinen bei Schwiz; die übrigen liessen sich in Bischofzell nieder, bis sie das Bruderhaus im Nollenberg bei Wuppenau angekauft hatten[7]). — Das Gotteshaus war durch die im April 1418 die ganze Stadt verheerende Feuersbrunst eingeäschert, bald aber mittelst kräftiger Beihülfe in erweitertem Umfange wieder aufgebaut worden. Die Kirche erhielt 1478 eine grosse, dem geschickten Bildschnitzer Mstr. Hans Vonwiller von St. Gallen in Verding gegebene Altartafel, 1483 einen neuen Tabernakel auf den Choraltar und 1512 von dem Bürgermeister Jakob Krumm einen eisernen Opferstock. Zur sichern Aufbewahrung des Kirchenschatzes wurden 1484 zwei übereinander liegende, durch eine Wendeltreppe verbundene Gewölbe in die Custorei gemacht, welche heutzutage in der Form eines Thürmchens an der Aussenseite der Kirche sich darstellt. Da letztere auf einer

1) Neugart, C. D. A. II. p. 160. — Hartmann Gesch. d. St. S. G. 1818. p. 38. — 2) Wegelin U. D. d. St. A. S. G. Nro. 404. — 3) v. Mülinen H. S. II p. 189. — Vgl. v. Arx G. d. Kt. S. G. II. p. 206. — 4) Vgl. Wegelin d. P. K. S. L. p. 16. — v. Mülinen l. c. — 5) Wegelin, l. c. — Beilage zu Nr. 125 des Tagblatts der Stadt St. Gallen, vom 6. Juni 1842 p. 617. — 6) Ib. p. 638. — 7) v. Arx III. p. 305/6.

Seite etwas dunkel war, so liess man 1514 gegen den Hof hinaus die Mauer aufbrechen und eine der h. Anna geweihte Kapelle mit drei kleinen Fenstern einrichten; diese bildet einen noch jetzt sichtbaren, aber von aussen zugemauerten Anstoss. 1519 wurde, nachdem schon 1485 für den täglichen Chordienst eine kleine Orgel angeschafft worden, in Folge der Freigebigkeit der Handelssocietät Zollikofer & Keller auf der Seite des vordern Chors eine zweite grössere Orgel errichtet und in die beiden Fenster über derselben zwei schöne Glasgemälde, enthaltend die Bildnisse der Luzerner Schutzheiligen Leodegar und Mauritius, wie auch das dortige Stadtwappen, eingesetzt zum Andenken und auf ausdrückliches Verlangen des Junker Jakob von Hertenstein, Schultheissen zu Luzern, als eines vorzüglichen Gutthäters des Klosters. — Seit 1685 wird die Kirche für den französischen Gottesdienst benutzt. Der an dieselbe anstossende, unvollendet gebliebene Theil des Kreuzgangs ward 1504 ausgebaut und mit 30 gemalten, leider nicht mehr vorhandenen Fensterscheiben geschmückt; jene Jahrzahl ist bei dem östlichen Ausgange des Kreuzgangs, der gedrückte Spitzbogengewölbe hat, in Stein gehauen. — Die übrigen Klostergebäude wurden 1598 bis 1855 für die Knabenschulen und Lehrerwohnungen verwendet und 1614 auch die Stadtbibliothek dahin verlegt; jetzt sind sie in Privathänden [1]). — Siegel des Klosters sind zwei vom Jahre 1381 erhalten. Das eine trägt die Umschrift: «S. convent'. sce. Catarine sci. Galli» und zeigt die h. Katharina stehend mit Rad und Schwert; das andere betitelt: «S. officialatvs. Conventvs sce. Katarine» hat oben das Brustbild der Heiligen, unten einen Baumzweig [2]).

Magdenau (Magginowe 1244), Cisterciensertinnen-Kloster U. L. Frau. Behufs Versetzung der zahlreich gewordenen Schwestern des geistlichen Hauses im Brühl bei St. Gallen, denen die Meisterin Adelheid vorstand, an einen passendern Ort erbauten 1241 der Ritter Rudolf Giel von Glattburg, Dienstmann der Abtei St. Gallen, und Gertrud, seine Gattin, zunächst ihrer Stammburg Gielsberg ein Kloster, und schenkten demselben das Patronatsrecht und die Vogtei der Kirche in Magdenau nebst verschiedenen Höfen und Grundstücken, welches alles Lehen jener Abtei war. Demzufolge bestätigen Abt Walther, Dekan Manegold, Propst Burchard und der ganze Convent des Klosters St. Gallen am 3. April 1244 diese Schenkung gegen Entrichtung eines jährlichen Zinses von 1 ℔ Weihrauch und 1 Corporale [3]). Schon am 29. Nov. 1321 stand das Kloster Magdenau unter der Aufsicht des Abts von Wettingen, Cistercienser-Ordens, und brannte sodann 1389 ab, ward aber wieder aufgebaut. In der Reformationszeit (1529) stand es

1) Tagblatt d. St. S. G. 1842. Nro. 125, 129, 135 u. 146. — Näf Ch. v. S. G. p. 488.
2) — Sammlg. d. e. G. i. Z. — 3) Neugart, C. D. A. II. p. 177.

über drei Jahre leer, und ward erst 1532 neuerdings mit Nonnen besetzt, welche dasselbe seither ununterbrochen inne haben[1]). — Das Siegel der Aebtissin vom Jahr 1277 enthält die Umschrift: «S. Abbatisse de Maggenowe», im Schild oben das Brustbild der h. Maria mit dem Kinde, unten eine Betende; dasjenige des Convents (Sigillvm conventvs in Maggenowe) die ganze Figur der h. Maria mit dem Kinde sitzend[2]).

Altstätten, { 1258 Schwesternhaus.
ca. 1517 Franciscanerinnen.
1602 Kapuzinerinnen-Kloster Mariahilf.

Schon 1258 bestand bei Altstätten eine Schwesternklause, deren Bewohnerinnen aber damals vertrieben wurden und den Zehnten zu Lemmischwil, den sie für Aufnahme einer Edlen von Rätenberg in ihren Convent erhalten hatten, nothgedrungen an einen Constanzer Bürger verkaufen mussten[3]). 1395 besassen die wieder eingezogenen Schwestern gemeinsam mit Heinrich Meier in Altstätten den Kornzehnten am Berge, und hatten ihre Wohnung in einem Hause auf dem Kirchhofe[4]). Um das Jahr 1517 wurde gegen Mutter und Schwestern von der dritten Regel des h. Franciscus zu Altstätten auf Dringen des dortigen Leutpriesters ein Monitorium erlassen[5]). Am 8. Mai 1522 fällt Abt Franz zu St. Gallen in dem Streite zwischen den Einwohnern von Altstätten einer- und Mutter und Schwestern vor der Stadt daselbst, welche vor kurz vergangenen Jahren ein Schwesternhaus und Klus haben bauen lassen, anderseits einen gütlichen Spruch. Demgemäss soll dasselbe den Schwestern verbleiben, sie aber ewiglich weder Kirchen, Kapellen noch Gemäuer bauen, auch solches Schwesternhaus nicht übersetzt und bei Annahme von Schwestern die aus den Gerichten Altstätten vor andern in Betracht gezogen werden[6]). Am 4. Oktober 1533 verkauft Hans Fretzer, Bürger zu Altstätten, als Bevollmächtigter der Barbara Wiechtbalmerin (Mutter des dortigen Schwesternhauses) dem Abte Diethelm von St. Gallen ihr eigenes Haus und Hofstatt, stosst an den Kirchhof, der Frühmesspfrund Gut und an die Ringmauer, um 200 ℔ Pfg.[7]). Am 17. August 1585 wurde das Klösterlein, worin nur sechs Schwestern unter Mutter Apollonia Tischlerin waren, noch von dem Provincial des Franciscaner-Ordens, Georg Fischer, visitirt, 1602 aber den Kapuzinern unterworfen[8]) und am 14. Juni 1610 von dem päpstlichen Nuntius der Fürsorge des Abts von St. Gallen empfohlen[9]). Durch einen Vergleich mit Stadtammann und Rath in Altstätten vom 17. Oktober 1617 ward ihnen gestattet, Kirchen, Kapellen und Behausungen zu erbauen, Gülten und Güter zu erwerben und Erb-

1) v. Mülinen H. S. II. p. 117/8. — 2) Sammlg. d. a. G. i. Z. — 3) Näf Ch. v. S. G. p. 7. — 4) Gedr. Doc. v. S. G. — v. Arx, G. d. Kt. St. G. II. p. 207. n. c). u. d). — Näf l. c. p. 8. — 5) Wegelin U. D. d. St. A. S. G. Nro. 443. — 6)—7) Note 4. — 8) u. 9) Mone, Zeitschr. f. d. G. d. O. Rh. XV. 466. —

schaften anzutreten, ganz wie die Bürger selbst. Demzufolge errichteten die Schwestern, nachdem sie ihr Haus am Kirchhofe verkauft hatten, 1673 ausserhalb der Stadt am Forst ein Kloster[1]), das 1733 neu gebaut wurde[2]).

Rotmonten, Waldbruderhaus bei der St. Peter und Pauls Kapelle. Die dortigen Klausner werden 1303 von Werner Hund, Bürger zu St. Gallen, in einer Jahrzeitstiftung mit einer Vergabung bedacht[3]); ebenso gibt der Lässer 1442 den «geistlich Lüten die bei St. Peters Kapell wärint» ein Baumgärtlein[4]). Von diesen Waldbrüdern, deren Klause schon vor der Reformation einging, erhielt der unten im Walde fliessende Bruderbrunnen den Namen; so in einer Urkunde vom 12. Mai 1553 betreffend Uebergabe eines «Holzes am Rodmunten bei dem Bruderbrunnen» an das Gotteshaus St. Gallen[5]).

St. Gallen, Schwesternklause bei St. Johannes Kapelle am Kirchhofe. Die Bewohnerinnen dieses Hauses, welches auch die untere oder mindere Klause hiess, verstiegen sich im Anfang des 14. Jahrhunderts in ihrer Andacht bis zum Aberglauben, und waren darauf so versessen, dass sie weder das Ansehen des Abts Hiltibold (1318—1329) noch der über sie verhängte Kirchenbann zum Nachgeben bewegen konnte. Desshalb liess Papst Johann XXII. den Bann verschärfen und am 21. April 1325 durch Mstr. Ulrich Wolfleibsch, Custos des Chorherrenstifts in Zürich, gegenüber der Meisterin Elisabeth Riserin und ihren Mitschwestern allen Gläubigen verbieten: Reden, Essen, Trinken, Kauf und Verkauf, Einlass in Häuser, Mühlen, Markt und noch viel minder Gebrauch des gleichen Feuerherdes[6]). Die Schwestern fügten sich nunmehr den Anordnungen ihrer geistlichen Obern; denn am 6. Januar 1397 wird ihre Klause an des Münsters Kirchhof in der Jahrzeitstiftung des Johannes Eggrich mit einem Vermächtniss von 7 Pfg. bedacht[7]), 1402 neu erbaut, am 3. Juni 1454 und 28. September 1482 von den Aebten Kaspar und Ulrich VIII. den Schwestern verliehen[8]), welche sich sodann laut Revers vom 15. Juni 1483 zum Benediktiner-Orden bekannten und aus folgenden vier Personen bestanden: Adelheid Schetzin, Margreth Bölin, Els Zinggin und Barbel Kunklerin[9]). Als aber bald nachher beim Tode der letzten Schwester keine andere Jungfrau die Klause bewohnen wollte, so zog Abt Franz (1504—1529) dieselbe als ein heimgefallenes Lehen zu seinen Handen. — Das Gebäude stand noch im Anfang dieses Jahrhunderts und hiess «der Engelskopf»[10]). Jetzt ist auf dem Platze derselben das Karrerische Haus erbaut[11]).

---

1) v. Arx G. d. Kt. S. G. III. 308. — 2) v. Mülinen H. S. II. 233. — 3) Näf, Ch v. St. G. p. 843. — 4) v. Arx l. c. II. p. 198. n. e). — 5) Gedr. Doc. v. S. G. — 6) v. Arx l. c. II. p. 197/8. — 7) Note 5. — 8) Wegelin U. D. d. St. A. S. G. Nro. 1805/6. 9) Stiftsarchiv S. G. — 10) v. Arx l. c. III. 303. — 11) Wegelin, d. Pf.-K. S. L. p. 8. n. *).

Notkersegg, 1381 Schwesternklause, 1585 Tertiarierinnen-, 1602 aber Kapuzinerinnen-Kloster U. L. Frau. Das Schwesternhaus wurde 1380 auf einem hohen Berge bei St. Gallen erbaut [1]) und zwar auf einer Hofstatt sammt Garten und Baumgarten, genannt «in dem Tann», welche Rudolf Stäbiner von Notkersegg, Kleinhans ab dem Kapf und dessen Bruder Heinrich den drei geistlichen Frauen Ursel Brunnerin aus dem Rheinthal, Elisabeth Schniderin von Berg und Anna Frimann von Uttwil vergabten. Niklaus von Ussingen, Custos der Abtei St. Gallen, bestätigte am 17. August 1381 diese Schenkung unter der Bedingung, dass so oft die Schwestern ausstürben, die neuankommenden jedes Mal das Lehen wieder empfangen, und die Vergabung nichts gelten solle, wenn die Schwestern sich schlecht aufführen würden [2]). Am 26. Januar 1449 überliess denselben der Magistrat der Stadt St. Gallen unter Vorbehalt des Eigenthumsrechts dasjenige Haus am Portnershofe, welches er nach der grossen Feuersbrunst von 1418 erbaut und bisher als Rathhaus benutzt hatte, zog es aber 1530 gegen eine Auslösung von fl. 35 wieder zu seinen Handen [3]). Inzwischen wurde den 26. Januar und 29. April 1454 für die, welche die Kapelle U. L. Frau in Egerseck besuchen, ein Ablass ertheilt [4]), 1528 bei der Reformation das Nonnenhaus am Kapf aufgehoben, 1532 aber von Abt Diethelm hergestellt und am 18. August 1585 die lange Zeit unterbrochene Visitation von dem Provincial des Franciscaner-Ordens, Georg Fischer, abermals begonnen [5]). Im Jahre 1602 mussten die Schwestern auf Befehl des Dekans von St. Gallen das Gewand der Kapuzinerinnen annehmen [6]), am 14. Juni 1610 auf Empfehlung des apostolischen Nuntius in der Schweiz, Ladislaus von Aquino, sich der Fürsorge des Abts von St. Gallen unterwerfen, und am 8. November 1614 ein Bekenntniss ausstellen, dass sie unter Schutz und Leitung desselben bleiben wollen. Damals war Mutter Sophia Sprengerin und die Zahl der Schwestern 29 [7]). 1666 ward das Haus auf dem Kapf niedergerissen und auf einem vom Linsebühlamte eingetauschten Platze tiefer unten am Berge beim Hofe Wiesen ein förmliches Kloster errichtet und 1669 bezogen [8]); letzteres brannte am 12. August 1718 durch ein in der Kirche entstandenes Feuer ab, wurde aber sofort wiederhergestellt und besteht noch [9]). Zu einem wunderthätigen Bilde des h. Antonius von Padua wird seit 1664 gewallfahrtet [10]). — Ein Siegel ohne Jahrzahl trägt die Umschrift «S. matris et sor. ī. Notgersegg» und das Bild zweier stehender Heiligen, von denen der eine ein Kreuz,

---

1) Mone, Z. S. f. d. G. d. O. Rh. T. XV. p. 168. — 2) Wegelin U. D. d. St. A. S. G. Nro. 371. — v. Mülinen H. S. II. 237. — v. Arx G. d. Kt. S. G. II. 198 — 3) Wegelin d. Pf.-K. St. L. i. S. G. p. 17. — 4) Ib. U. D. d. St. A. S. G. Nro. 372. — 5) u. 6) Mone l. c. — 7) Gedr. Doc. v. S. G. — 8) v. Arx l. c. III. 307. — 9) Walser Appenzeller Chronik 1740 p. 730. — 10) Burgener d. W. O. d. k. S. II. 33—35.

der andere eine Keule in der aufgehobenen Hand und unter sich den Drachen hat, mit den Buchstaben S. F(ranciscus) und S. N(otkerus?)[1]).

St. Gallen, Schwesternklausen bei der St. Leonhards-Kirche. Hier standen zwei Klausen, eine obere im sogen. Algi und eine untere. Zum ersten Male erscheint die obere Klause am 6. Jan. 1397 in der Jahrzeitstiftung des Hans Eggrich[2]). Im Jahre 1510 empfingen die dortigen «Clussneren vnd Schwösteren in der Clussen zu St. Lienhart» ihr Haus und Hofstatt sammt Krautgarten und einigen Grundzinsen von Abt Franz in St. Gallen als Lehen[3]). Ihr hinterlassenes Hab und Gut wurde in Folge eines Spruchs der 6 Orte, datirt 9. September 1549, von der Stadt St. Gallen am 20. Januar 1550 dem Abte Diethelm zu Handen gestellt[4]). — Die untere Klause stiftete Margaretha Rüteggerin, indem sie ihr eigenes Haus und Garten als eine Klausnerin zu bewohnen anfing und im Jahre 1425 mit Bewilligung des Abts Heinrich IV. verordnete, dass nach ihrem Hinschied der Kirchenpfleger zu St. Leonhard dieses Haus besorgen solle, bis sich wieder eine Frauensperson anmelde, um es als Klausnerin zu beziehen[5]). Für die Nonnen von St. Leonhard geht 1456 das Domvikariat zu Constanz den Rath zu St. Gallen um Steuerfreiheit an[6]). Um das Jahr 1470 war die untere Klause in ein Schwesternhaus Franciscaner-Ordens umgewandelt; denn es findet sich aus jener Zeit ein Bestätigungsbrief der Ordnungen und Satzungen der Mutter und Schwestern des Hauses oder Klosters St. Leonhard ausserhalb der Mauern der Stadt St. Gallen von der dritten Regel des h. Franciscus[7]). Im Jahre 1507 erhielten die Schwestern vom Rathe die Erlaubniss, ihre Gebäulichkeiten zu erweitern, unter der Bedingung, dass solche, wie alle Häuserbauten unweit der Stadt, in Kriegszeiten nöthigen Falls abgebrannt werden; 1510 wurde die Anlegung eines Kirchhofs beim Schwesternhause gestattet[8]) und am 3. Dez. 1520 erhielten Mutter und Schwestern in dem «vndern Schwösterhus zu Sant Lienhart» einen Lehenbrief[9]). Seit der Reformation (1527) mussten dieselben auf Ausübung ihrer kirchlichen Verrichtungen nach katholischem Ritus verzichten, konnten aber gleichwohl im Besitze des Klösterleins bleiben, das übrigens schon vorher in Ermanglung hinreichenden Stiftungsguts nur mittelst milder Gaben seine Existenz behauptete. Die Abtei St. Gallen übernahm daher nach ihrer Wiederherstellung im Jahre 1532 das Besitzthum der Nonnen zu St. Leonhard und besorgte dafür den Unterhalt derselben; indess dauerte das Verbot katholischen Gottesdiensts im Schwesternhause von Seite der Stadt fort. Letztere verglich sich sodann

---

1) Sammlg. d. a. G. i. Z. — 2) Gedr. Doc. v. S. G. — 3) Wegelin U. D. d. St. A. S. G. Nro. 1803. — 4) Note 2. — 5) v. Arx G. d. Kt. S. G. II. 197/8. — 6) Näf Ch. v. S. G. p. 565. — 7) Wegelin l. c. Nro. 1801/2. — 8) Note 6. — 9) Nro. 3.

mit der Abtei, da bei den obwaltenden Verhältnissen der Fortbestand des Klösterleins unmöglich war. 1560 über gänzliche Auslösung des Eigenthums der Nonnen und 1566—1569 über alle Ansprüche an dasselbe, und veräusserte die ihr in Folge dessen zugefallenen Gebäude an Privaten, welche die auf dem Hügel stehende Kirche in ein Wohnhaus umgestalteten und das eigentliche Kloster zu Industriezwecken benutzten. Allein 1654 kaufte die Stadt beide Gebäude zurück, verwandelte die Kapelle in eine Filialkirche von St. Laurenz und überwies das Kloster dem Prestenamt als Absonderungshaus bei eintretender Pest oder andern ansteckenden Krankheiten. Nach Aufhören dieser Verwendung wurde darin 1661 eine Waisen- und Zuchtanstalt, 1803 ein wirkliches Zuchthaus und eine Arbeitsanstalt, endlich 1848 ein Strafarbeitshaus eingerichtet[1]). — Ein Siegel des Schwesternhauses ohne Jahrzahl hat die Umschrift: «S. Sororv. t'tii. ord. S. Fracisi cenobii extra S. Gallv.» und das Bild einer Heiligen, die in der Linken einen Henkelkrug hält und einen Weggen[2]).

St. Gallen, Schwesternklause bei der St. Jakobs Kapelle auf dem Brühl. Jeder der beiden Klausnerinnen daselbst vermacht Johannes Eggrich am 6. Januar 1397 einen Pfenning, und Abt Ulrich VIII., als Lehenherr und derzeitiger Vorsteher der Pfründe zu St. Jakob, verkauft am 9. Mai 1478 den geistlichen Schwestern Engel Gross, Anna Wetter und Dorothea Wiss, Klausnerinnen zu St. Jakob, und ihren Nachfolgerinnen das hinten an ihrer Klause gelegene und der St. Jakobs-Pfründe zugehörige Gärtlein um 20 lb Hlr. St. G. W.[3]). Wegen Todes und Abgangs der Schwestern stand ihr Haus schon 1549 leer; denn am 20. Januar 1550 stellen Bürgermeister und Rath der Stadt St. Gallen in Folge eines gütlichen Spruchs vom 9. Sept. 1549 dem Abte Diethelm Blarer das Inventar des von den Schwestern zu St. Jakob hinterlassenen Hab und Guts zu Handen. Dasselbe zeigte ein Stück Land hinter dem Gemäuer der Kapelle, stosst an die Reichsstrasse und St. Jakobs Pfrundacker[4]). — An der Stelle des Schwesternhauses wurde später ein Haus gebaut, woran die drei Stifter des Schweizerbundes und Wilhelm Tell gemalt waren. Dasselbe steht noch an der Ausmündung der Strasse vom grossen Brühl in die Thurgauerstrasse, und heisst «zum Fideikommiss», da Rathsherr Jkr. Anton Locher ein solches daraus gemacht hatte[5]).

Gossau. Die Schwesternklause neben der Kirche wird in einem vom 26. Nov. 1395 datirten Lehenbriefe des Abts Kuno von St. Gallen für den St. Katharina-Altar in Gossau erwähnt, indem es

1) Näf Ch. v. S. G. p. 566. — 2) Sammlg. d. a. G. i. Z. — 3) Wegelin U. D. d. St. A. S. G. Nro. 1809. — 4) Gedr. Doc. v. St. G. — 5) Näf.

darin heisst, dass die zur Dotation einer ewigen Messe auf diesem Altar gehörige Meigers-Wiese an den Kirchhof daselbst vor der Klos stosse[1]). Sie blieb unbeschädigt, als im Appenzellerkriege (29. Nov. 1404) der Pfarrhof abgebrannt wurde, ging aber schon vor der Reformation ein[2]).

Hundtobel. Schwesternhaus im Galgentobel unterhalb des Hofs Hundwil, Pfr. Mörschwil. Am 7. November 1417 verleiht Bischof Otto von Constanz auf Bitte der Schwestern des Einsiedlerhauses in Hundtobel gewisse Indulgentien denen, welche beim Läuten des englischen Grusses beten[3]); und am 4. Februar 1428 empfangen Elisabeth Franzin und ihre Mitschwestern von dem St. Gallischen Klosterherrn Heinrich von Gundelfingen die Hofstatt und Hofreite des Waldhauses im Hundtobel, in der Leemannen-Hof zu Arbon gelegen, als Lehen[4]). Diese Liegenschaften nebst Haus, Wäldern, Gütern und übrigen Zubehörden bestätigten ihnen die Aebte Gotthard am 9. April 1496 und Franz am 26. April 1505 und 10. Mai 1527[5]). Bartholomäus Texer, Meister des Prediger-Ordens, macht am 7. Juni 1435 die Schwestern aller Güter, Werke und Verdienste des letztern theilhaftig[6]); und der Kardinal Julian, päpstlicher Legat in Deutschland, ertheilt denselben am 5. Juli 1436 die Erlaubniss, sich eines tragbaren Altars zu bedienen und einen weltlichen oder geistlichen Beichtvater zu erwählen[7]). Am 21. Oktober 1443 verlegt auf ihre Bitte der Generalvikar des Bischofs Heinrich von Constanz das Einweihungsfest der Kapelle vom Sonntag Judica auf den Dienstag nach Palmtag, und gibt dem Kloster die Befugniss, Schwestern, die in die Welt zurückkehren, gefangen zu nehmen und zum versprochenen Gehorsam zurückzuführen[8]). Für die geleistete Hülfe gegen die Türken erhalten die Mutter Margaretha Gelin und ihre zwölf Mitschwestern am 30. Mai 1488 von Raimund, päpstlichem Legat in Deutschland, Ablass[9]). Schon 1443, nach andern Nachrichten aber erst 1498 nahmen dieselben den dritten Orden des h. Franciscus an[10]) und erweiterten 1517 aus eingesammelten Almosen, zumal von St. Gallen, ihr Haus[11]). Bei der Visitation des lange Zeit verlassenen Klosters durch den Provincial Georg Fischer im Jahre 1586 waren nur fünf Schwestern darin, welche fl. 50 jährliche Zinse besassen[12]). 1602 ward es der Visitation der Kapuziner übergeben[13]) und am 14. Juni 1610 der Fürsorge des Abts von St. Gallen[14]). Bald nachher (30. Dezember 1614) ertheilt Papst Paulus V. dem Nuntius in der Schweiz die Vollmacht, das Kloster Hundtobel, in welchem nur 6 oder 7 Nonnen vorhanden sind, und dessen jährliche Einkünfte fl. 300 rh. nicht übersteigen, mit dem neu errichteten Kloster St. Scholastica in Rorschach,

---

1) Gedr. Doc. v. S. G. — 2) v. Arx G. d. Kt. St. G. II. 200. III. 302. — Zellweger G. d. A. V. I. 354. — 3) Wegelin U. D. d. St. A. S. G. Nro. 382. — 4) v. Arx l. c. II. 499. — Wegelin l. c. Nro. 383. — 5)—9) Stiftsarchiv S. G. — 10) v. Arx l. c. III. 309. — Mone Z. S. f. d. G. d. O. Rh. XV. 467. — 11)—13) Mone l. c. — 14) Note 1.

nachdem dieses vollendet und mit Klausur versehen sein wird, zu vereinigen und die Nonnen des erstern dahin zu versetzen[1]), welche Uebersiedlung am 20. Oktober 1616 vollzogen wird[2]).

Steinertobel, Schwesternhaus. In dieser Klause unterhalb der Burg Steinach im Galgentobel, oben anstossend an diejenige von Hundtobel, (zwischen beiden führt der Nonnensteg über die Steinach), hielten sich 1424 einige Frauen und Jungfrauen auf, die der Abt von St. Gallen, Heinrich IV., mit Hülfe und Gutthaten unterstützte und denen der Provincial des Franciscaner-Ordens, Jodocus Sangenberg, auf ihre Bitte die dritte Regel des h. Franciscus bewilligte[3]). Am 24. Juli 1430 übergeben sodann Blasius Bregenzer und die Vogtleute zu Mörschwil und Huob mit Zustimmung ihrer Vögte Jkr. Wilhelm und Diethelm Blarer von Wartensee den geistlichen Schwestern im Steinertobel zu einem rechten und steten Almosen das Waldhaus und die Hofstatt daselbst mit der Holzgerechtigkeit in den Hölzern der Vogtei zu Mörschwil; sie wollen auch, im Falle die Schwestern ausstürben, das Haus so lange bewahren, bis wieder andere «arme Menschen» es als Waldschwestern zu bewohnen wünschen, jedoch unter der Bedingung, dass die Kelche, Messgewänder und alles, was die Schwestern erhausen oder ankaufen würden, in dem Hause bleiben solle[4]). Am 23. Januar 1492 verkauft Hänsli Wernli, Ammann zu Mörschwil, der Mutter und den Schwestern im Steinertobel das Nunnenholz um 4 ℔ Pfg. und am 19. Juni gl. J. Bürgermeister und Rath von St. Gallen das Holz im Brand um 22 ℔ Pfg.[5]). Als 1586 der Provincial Georg Fischer die seit einigen Jahren unterbrochene Visitation in diesem Kloster wieder vornehmen wollte, fand er keine Nonne mehr darin; im vorhergehenden Jahre war nämlich die vorletzte Schwester, Anna Linderin, gestorben und die letzte noch übrige, Margaretha, zu den Nonnen im Hundtobel übergegangen, indem sie alle Einkünfte und Vorräthe ihres Klosters, bestehend in fl. 14 jährlichen Zinsen und dem Ertrage von 5 Jcht. Acker, mit sich nahm, damit sie hiefür lebenslänglich einen anständigen Unterhalt empfange. Hierauf versah der Provinzial 1587 das Kloster Steinertobel, soweit es dessen Armuth zuliess, mit einer hinreichenden Anzahl Nonnen, die er von einem andern Orte dahin sandte, und führte das klösterliche Leben wieder ein[6]). Allein kurze Zeit hernach wurden die Schwestern, nachdem sie 1602 vom Dekan in St. Gallen zur Annahme der Reformation der Kapuziner gezwungen und am 14. Juni 1610 vom apostolischen Nuntius in der Schweiz dem Abte von St. Gallen unterworfen worden, auf ihre Bitte vom 25. September 1608, sich mit Verlassung ihrer baufällig

1)—2) Gedr. Doc. v. St. G. — Wegeli U. D. d. St. A. S. G. Nro. 389. — 3) Mone Z. S. f. d. G. d. O. Rh. XV. 169. — 4) Wegeli l. c. Nro. 384. — v. Arx G. d. Kt. S. G. II 199. — 5) Note 4. — 6) Mone l. c.

gewordenen Wohnung, für deren Wiederherstellung sie von Abt Bernhard in den Jahren 1603 und 1615 Bewilligung zur Einsammlung von Almosen erhalten hatten, auf dem Rotmonten bei St. Gallen ansiedeln zu dürfen, unterm 20. Oktober 1616 mit den Schwestern des Hauses Hundtobel nach Rorschach versetzt, wo ihnen laut Revers der Mutter Clara Studerin von Winkelbach, d. d. 24. April 1615, die Abtei St. Gallen ein Haus und Gut in der Steingrube geschenkt hatte [1]).

Waldkirch, Schwesternhaus im Kirchtobel. Hans Heer, alt Hofammann des Gotteshauses St. Gallen, verleiht am 12. April 1460 der geistlichen Schwester Greth Rätscherin auf ihr Begehren lebenslänglich die Hofstatt und Hofreite im Kilchentobel ob Waldkirch, unter der Bedingung, dass sie dieselbe allein bewohne, ohne besondere Vergünstigung keine Schwester in das Haus nehme, auch Bücher, Messgewänder, Altartücher, Hausrath und andere Baarschaft nicht davon verändere, sondern dabei bleiben lasse. In einem zweiten Lehenbriefe vom 6. Juli 1467 wird ihr dann gestattet, eine geistliche Schwester zu sich zu nehmen, auch zu kaufen und verkaufen. Das Schwesternhaus ging aber schon vor der Reformation ein [2]).

Mariaberg bei Rorschach, Benediktinerkloster U. L. Frau. Abt Ulrich VIII. von St. Gallen erbaute in Ausführung der vorzüglich behufs Unabhängigkeit seines Klosters von der Stadt St. Gallen beabsichtigten und von Papst Sixtus IV. den 23. Mai 1483 genehmigten, sowie von Kaiser Friedrich III. am 17. August 1485 bewilligten Verlegung der Abtei St. Gallen nach Rorschach oberhalb dieses Orts unter Leitung des Baumeisters Erasmus Grässer ein neues Kloster mit Kirche [3]), wozu am 21. März 1487 feierlich der Grundstein gelegt ward [4]). Schon war letztere in der Ehre der h. Maria eingeweiht und der Bau des erstern über die Hälfte vorgerückt, als eine grosse Zahl missvergnügter Appenzeller, Rheinthaler, St. Galler und Gotteshausleute am 28. Juli 1489 die vorhandenen Gebäude zerstörten und verbrannten [5]). Allein in Folge der Rechtssprüche vom 15. Febr., 16. März, 7. und 10. Mai 1490 [6]) wurde zunächst die Kapelle des Kapitels mit drei Altären und der Kreuzgang wieder aufgebaut und am 23. September 1490 von Daniel, Generalvikar des Bischofs Otto zu Constanz, eingeweiht und zwar der Hochaltar in der Ehre der h. Maria, Anna, Joachim, Joseph, Gallus, Othmar, Georg und Ulrich; der Altar auf der rechten Seite in der Ehre der h. Benediktus, Andreas, 11,000 Jungfrauen, Columbanus, Barbara und Franciscus, und der Altar auf der linken Seite in der Ehre der h. Martin, Kilian, Wolfgang, Fridolin, Mauritius und Katharina [7]). Das

---

1) Mone Z. S. f. d. G. d. O. Rh. XV. p. 169. — Gedr. Doc. v. S. G. — Stiftsarchiv S. G. — Wegeli U. D. d. St. A. S. G. Nro. 387 u. 389. — v. Arx G. d. Kt. S. G. III. 307. — 2) Stiftsarchiv S. G. — v. Arx l. c. II. 200., III. 302. — 3) Gedr. Doc. v. S. G — 4) v. Arx l. c. II. 402. — 5)—6) Mitth. z. v. G. v. h. V. i. St. G. II. p. 74—101. — 7) Note 3.

Kirchweihfest ward auf den Sonntag nach Mathäus festgesetzt. — Die ausgebrannten Klostergebäude liess Abt Gotthard 1497 zum Zwecke der Benutzung für Schulanstalten unter dem Namen «Mariaberg» herstellen. Im 18. Jahrhundert wurde das Kloster zum Sitze der Statthalterei (Oekonomieverwaltung) und des Oberamts Rorschach eingerichtet, gegenwärtig dient es wieder als Schulhaus. — Der schöne Kreuzgang und das herrlich gewölbte Refektorium mit stämmigen Säulen sind sehenswerth[1]).

Rorschach, Kapuzinerinnen-Kloster St. Scholastica. Dasselbe datirt seine Entstehung von der Uebersiedlung und Vereinigung der Schwestern im Steinertobel und Hundtobel. Am 24. April 1615 geben nämlich Clara Studerin von Winkelbach, Mutter, und die Schwestern des Hauses Steinertobel, nachdem ihr in einer Einöde weit von den Leuten entferntes und ohnediess wegen Wassermangels nicht gut gelegenes, auch nur von Holz erbautes Haus vor Alter in Abgang gekommen war, und Abt Bernhard II. von St. Gallen ihnen auf ihre Bitte einen besser gelegenen Platz auf seinem Gute, genannt «die Steingrub», zunächst bei seinem Reichshofe am Bodensee angewiesen und sie dahin versetzt hat, ihm einen Revers betreffend die Annahme von Novizen, Ablegung von Rechnungen, Wahl der Mutter und Empfang des Lebens um 2 Corporale und 1 ℔ Weihrauch, sowie allfällige weitere Versetzung[2]). Am 20. Oktober 1616 bezogen dann 18 Schwestern aus dem Steinertobel und 5 aus dem Hundtobel das neue Gotteshaus, und wurden darin feierlich vom damaligen Stiftsdekan P. Udalricus Hemgartner eingeführt[3]).

C. Kanton Appenzell.

A. Ausserrhoden.

1. Pfarrkirchen.

a. Mutterkirchen.

Herisau (Herinisauva 837)[4]), St. Laurenz[5]). Einige freie Leute übertragen am 17. und 24. April 907? und 18. Juli 909 zu Herisau ihren Besitz in den Marchen Gossau und Flawil an das Kloster St. Gallen; den Zins für die Nutzniessung bezahlen sie um die St. Martins-Messe an die Basilica zu Herisau, in welcher sich ein Altar des h. Erlösers befand[6]). Der dortige Leutpriester ist am 23. September 1225 Zeuge im Kloster St. Gallen bei der Schenkung des Allodialgutes Brunau[7]).

1) Näf Chr. v. S. G. p. 761/6. — Gedr. Doc. v. St. G. — Lutz H. L. d. Sch. v. Sp. II. 9. — 2) Gedr. Doc. v. S. G. — 3) Note 2. — Wægeli U. D d. A. S. G Nro. 389 — v. Mülinen H. S. II. 239. — 4) Wartmann U. B. d. A. S. G. I. p. 341. — 5) Zellweger G. d. a. V. U. Nro. 692. — 6) Wartmann l. c. II. p. 352—354, 359 u. 360. — 7) Note 2.

Das Einkommen desselben belief sich 1275 im Ganzen auf 26 ℔ Constanzer Gewicht[1]). Am 20. Mai 1333 wurde der Kirche von zwölf Bischöfen zu Avignon vierzig Tage Ablass verliehen[2]). Im Mai 1460 stifteten die Herisauer eine Pfründe für einen Frühmesser, dem seine amtlichen Verrichtungen bei dem den h. Johannes und Paul geweihten Altar angewiesen wurden; als ersten erwählte der Abt von St. Gallen den Johannes von Rüti[3]). Ausser den Pflegern dieser und der Pfarrpfründe gab es auch noch solche für die Pfründen St. Anna und St. Sebastian und das Licht, sowie einen Spendmeister[4]). Die Kollatur der Kirche gehörte dem Kloster St. Gallen. — Die Bauart des Thurms, welcher aus harten, schwarzen, uneben auf einander geschichteten, mit festem Mörtel zusammengekitteten eckigen Steinen von mittlerer Grösse besteht, zeigt Aehnlichkeit mit den Trümmern der benachbarten Burgen Rosenberg, Rosenburg und anderer, und ist desshalb vermuthlich von den Alemannen im 6. Jahrhundert erbaut worden[5]). Es hängt darin eine 1679 neu gegossene, 86 Ztr. schwere Glocke[6]). Eine noch grössere, 170 Ztr. wiegende und sich sowol durch äussere Kunstform und innern Gehalt, als durch herrlichen Schall auszeichnende Glocke wurde im Jahr 1807 aus dem Kloster Salmansweiler um den Preis von fl. 10,000 angekauft[7]). Sie ist 1756 von Franz Anton Grieshaber gegossen und enthält nebst Inschriften oben und unten am Kranz in der Mitte 1) die Geburt Christi zu Bethlehem, 2) das Bild des Papsts Benedicts XIV. und das bischöfliche Wappen, 3) die Kreuzigung Christi; an der Krone die 4 Evangelisten nebst Petrus und Paulus. Die dritte Glocke stammt aus dem Jahr 1641, die vierte und fünfte von 1667[8]).

Zum Bau einer neuen Kirche wurde am 4. Juli 1516 der Grundstein gelegt und dieselbe am 5. September 1520 eingeweiht; sie brannte zwei Male, am 10. April 1559 und am 5. März 1606, ab, wurde indessen sofort hergestellt[9]). Ueber ihrem Portale ist ein 1517 in Stein gehauenes, mit den päpstlichen Schlüsseln geziertes Landeswappen (ein aufrecht stehender Bär) zu sehen, welches den Appenzellern zum Danke für ihre dem Papste 1512 geleisteten Dienste zu führen gestattet ward[10]).

Teuffenau (Tüffenowe 1302). Diese Pfarrei soll in einem aus dem 13. Jahrhundert stammenden Verzeichniss der Pfründen, die zum Bisthum Constanz gehören, aufgeführt sein, und kömmt noch 1360 vor, da von ihr die ministri de Rosenberg 3 Pfg. gaben[11]). — Im Jahre 1823 wurde nördlich von Herisau unterhalb Rosenburg an der Strasse nach Ramsen beim Baue eines Stalles eine 40—60 Fuss lange Grundmauer in der Richtung

---

1) Freib. D. A. I. p. 165, 213. — 2) Gedr. Doc. v. S. G. — 3) Zellweger G. d. a. V. II. 144. — 4) Ib. III. 2. p. 311. — 5) Rüsch, der Kt. Appenzell, St. Gallen u. Bern 1835. p. 14. — 6) Walser A. Ch. p. 84. — 7) Rüsch, d. Kt. A. p. 198. — 8) Mitth. v. Hrn. Pfr Leuzinger in Herisau. — 9) Zellweger l. c. III. 2. p. 311. — Walser l. c. p. 577—78. — 10) Note 7. — 11) Zellweger l. c. I. 215. Urk. Nro. 53 u. 99 p. 189.

von Ost nach West und unter dem Thore der Tenne gegen Osten ein eingefallenes Gewölbe entdeckt, wo folglich der Chor gestanden haben wird; nahe dabei an der nordwestlichen Ecke des Gutes Teufenau fand man auch die Fundamente eines Hauses, vielleicht des Pfarrhauses[1]).

Zu diesen beiden inländischen Mutterkirchen kommen noch eine Anzahl in dem benachbarten Kanton St. Gallen, nämlich St. Laurenz in St. Gallen, Altstätten, Bernang, Goldach, Marbach, St. Margaretha Höchst, Rorschach und Thal.

b. Tochterkirchen.

Von Herisau:

Urnäschen (Urnäschen 1353)[2]), St. Philipp und Jakob[3]). Die Landleute daselbst urkunden am 23. August 1417, dass ihre Kirche, die sie kürzlich von neuen Dingen gebaut haben, und nach Erkenntniss des Vikars zu Constanz aufbringen, weihen und widmen sollen, mit ihrer Lehenschaft und Zubehörden von nun an ewiglich dem Gotteshause St. Gallen, wie die Kirche zu Herisau, wohin sie vormals gehört haben, zustehen solle. Abt Heinrich IV. bittet hierauf am 5. Oktober den Bischof um Bestätigung der Stiftung, welche derselbe am 7. gl. M. ertheilt[4]), und sein Nachfolger, Abt Egloff, präsentirt am 8. Nov 1431 für die erledigte Pfarrkirche Urnäschen den Jakob Gässler, Priester[5]). Sie erhielt, wie die übrigen Pfarrkirchen im Kanton Appenzell, am 12. August 1518 von dem Kardinal Antonius Puccius eine Ablassbewilligung[6]). Ihre drei Altäre blieben bis zum Jahre 1602 stehen[7]). Neben ihr bestand noch eine zweite Kirche St. Anton, welcher mehrere Einwohner den 1. August 1432 den Kaufschilling für die an zwei Brüder Fächter zu St. Gallen veräusserte achtzigjährige Benutzung ihres Waldes, genannt der hintere Rossfall, zu ihrem Seelenheile übergeben[8]).

Von Urnäschen trennte sich hinwieder:

Schönengrund (zum Schönengrund 1268), einst «hinter dem Kamm» genannt[9]). Es erlangte die obrigkeitliche Erlaubniss zum Baue einer eigenen Kirche am 22. November 1719, legte am 4. Mai 1720 den Grundstein dazu und hörte am 30. Oktober gl. J. die erste Predigt darin an[10]).

Von Herisau lösten sich ferner ab:

Schwellbrunn (Schwellbrunn 1268)[11]), St. Anna. Das Bethaus (die St. Anna Pfrund) stand oben am Niederfeld und hatte noch 1540 einen eigenen Fond und Pfleger[12]). Die neue Pfarrkirche aber,

1) Zellweger G. d. a. V. I. p. 215. n. 47). — 2) Neugart, C. D. A. II. p. 452. — 3) Zellweger l. c. U. Nro. 692. — 4) Id. U. Nro. 226, 227, 228. — 5) Gedr. Doc. v. S. G. — 6) Zellweger U. Nro. 692. — 7) Walser A. Ch. p. 575. — 8) Zellweger U. Nro. 1054. — 9) Id. Nro. 39. — Rüsch d. Kt. A. p. 221. — 10) Walser A. Ch. p. 99. — 11) Zellweger U. Nro. 39. — 12) Rüsch d. Kt. A. p. 222.

deren Bau im Frühling 1648 begonnen und bis zum 22. Oktober gl. J. vollendet ward, befindet sich in der Mitte der Gemeinde[1]).

Waldstatt (Walstat 1374)[2]). Der Grundstein zur Pfarrkirche wurde nach der am 24. November 1719 vom Grossen Rath erhaltenen Trennungsbewilligung am 4. Mai 1720 gelegt und am 30. Oktober gl. J. die erste Predigt darin gehalten[3]).

Von St. Gallen, St. Laurenz:

Hundwil (Huntwilare 921)[4]), St. Peter und Paul[5]). Am 18. April 1297 unterzeichnet C. als Viceleutpriester daselbst, für den Propst H. von St. Gallen, der nicht schreiben konnte, den Verkauf des Dinghofes Kirchzarten an das Johanniterhaus zu Freiburg im Breisgau[6]). Am 20. Mai 1333 verleihen zwölf Bischöfe zu Avignon der Kirche Hundwil vierzig Tage Ablass[7]). Sie besass laut dem Einkünfterodel der Mutterkirche von 1300 bis 1400 einen eigenen Leutpriester, der im Ganzen 28 ℔ Cstzr. Mz. Einkommen und 170 Wohnungen hatte, wird aber noch 1443 eine Filiale von St. Laurenz genannt[8]). In ihr befand sich auch eine dem Altar der h. Anna gewidmete Kaplanei und schon vor 1479 eine Frühmesserei[9]). — Die sogen. Frauenglocke ist im Jahr 1452 und die grosse 1522 gegossen worden; letztere hat die Inschrift: «Rex Gloriæ Christe duce nos in pace»; auf einer dritten, welche die Bilder einerseits der h. Maria mit dem Jesuskinde auf dem Arm, anderseits des h. Joseph auf der Flucht nach Aegypten trägt, stehen die Worte: «Maria, du Gottes Zell, B'hüt alles, was ich überschell»[10]).

Von Hundwil schied sich weiter aus:

Stein, das früher die sogen. untere Rhode bildete und 1749 eine eigene Kirche stiftete[11]).

Von St. Gallen, St. Laurenz, trennten sich ferner:

Gais (Gaise 1282)[12]) U. L. Frau[13]). Der Filialkapelle dieser Gemeinde, wovon der östliche Theil in die Pfarrkirche Altstätten, der Rest aber nach Appenzell und St. Gallen gehörte[14]), verleihen am 20. Mai 1333 zwölf Bischöfe zu Avignon vierzig Tage Ablass[15]). Sie hatte einen eigenen Leutpriester, der an Opfern und allem andern 10 ℔ Cstzr. Gwcht. bezog, und wird vor 1446 zur Pfarrkirche erhoben worden sein, da in diesem Jahre Johannes Eigner von St. Gallen Pfarrer daselbst wurde, und fl. 10 als erste Frucht an den Bischof bezahlen musste[16]). Am 19. März 1456 stiftet Cuni am Bühl eine Jahrzeit in der Pfarrkirche U. L. Frau auf Gais[17]). Einige Unterthanen derselben

1) Walser d. Kt. A. p. 103. — 2) Zellweger U. Nro. 111. — Rüsch d. Kt. A. p. 240. — 3) Walser A. Ch. p. 119, 120. — 4) Neugart C. D. A. I. p. 578 — 5) Zellweger l. c. Nro. 692. — 6) Neugart, C. D. A. II. p. 348. — 7) Gedr. Doc. v. St. G. — 8) Zellweger G. d. Kt. A. I. p. 216 n. 52); p. 552 n. 47). — 9) Ib. II. p. 421. — 10) Walser A. Ch. p. 87. — Mitth. v. Hrn. Pfr. Etter in Hundwil. — 11) Rüsch l. c. p. 206 u. 229. — 12) Zellweger U. Nro. 41. — 13) Ib. Nro. 349. — 14) Walser A. Ch. p. 70. — Rüsch l. c. p. 467 u. 468. — 15) Note 7. — 16) Zellweger G. d. a. V. I. p. 217 n. 52) p. 552. — 17) Ib. U. Nro. 349.

errichteten mit Zustimmung des Klosters St. Gallen, als Kollators, eine Frühmesspfründe, in Folge dessen von diesem am 7. September 1460 Ulrich Bertschi von Rorschach als Kaplan präsentirt wurde[1]). — Die Kirche wurde nach dem Brande von 1780 neu erbaut[2]) und 1784 eingeweiht.

Trogen, U. L. Frau[3]). Im Jahre 1459 gelangten die dortigen Einwohner mit dem Gesuche an den Abt von St. Gallen um Erhebung ihrer neu erbauten Kapelle zu einer Pfarrkirche. Nach erhaltener Bewilligung kaufte sich Trogen laut Brief vom 21. Nov. 1460 um fl. 120 rh. von St. Laurenzen Kirche in St. Gallen, ferner laut Quittung vom 19. Februar 1461 die Höfe in der Eugst und Brudermatt um fl. 10 rh. von der Kirche Altstätten, endlich am 31. März 1461 die Höfe Lobenschwendi, Birli, Fahrenschwendi, Langenegg, Wald, Michlenberg, Halden, Berstang und Neuenschwendi um 51 ℔ 13 ß. 4 Pfg. und fl. 60 rh. von der Kirche Goldach los. Am 6. Juni 1463 wurde sodann der Stiftungsbrief der neuen Pfarrei ausgefertigt, der Abt und Convent von St. Gallen als Lehenherren derselben anerkannt und dem Pfarrer ein jährliches Pfrundgeld von 25 ℔ Pfg. auf sieben Höfe versichert[4]). Die Kirche, in welcher vor 1508 auch eine Frühmesspfründe gestiftet[5]) und der am 12. Aug. 1518 vom Kardinal Antonius Puccius ein Ablass bewilligt ward, erhielt 1656 eine 53½ Ztr. schwere Glocke[6]), erlitt aber 1777 in Folge eines Erdbebens so viele Risse, dass sie 1779 neu erbaut werden musste[7]).

Von Trogen lösten sich hinwieder ab:

Rehtobel. Es erlangte am 22. Oktober 1668 vom Grossen Rathe die Bewilligung zum Kirchenbau, legte am 8. März 1669 den Grundstein und vernahm die erste Predigt am 29. August gl. J.[8]). 1737 wurde eine neue grössere Kirche errichtet[9]).

Wald. Nach vielen Streitigkeiten über das Lokal der Kirche wurde am 25. Mai 1686 der Grundstein gelegt, im Jahr 1687 der Bau vollendet, auch drei Glocken aus Lindau angeschafft[10]).

Von St. Gallen. St. Laurenz trennte sich ferner:

Teufen (Tiuffen 890? Tüfen 1296)[11]), St. Johannes Täufer[12]). Abt Ulrich von St. Gallen bewilligt am 27. Juli 1479 den Nachbarn zu Tüffen im Land Appenzell, die in den beschriebnen Marchen gesessen und bisher in die beiden Kirchen St. Laurenz und St. Georg zu St. Gallen kirchhörig gewesen sind (ungefähr 77 Firsten), nachdem sie sich für die Sonderung, Opfer, tägliche Hülfe und andere Gaben am 24. gl. M. gegen den Abt um fl. 120, den Leutpriester zu St. Laurenz um fl. 300 und

1) Zellweger G. d. A. V. U. Nro. 379. — 2) Rüsch d. Kt. A. p. 189. — 3) Zellweger U. Nro. 692. — 4) Ib. Nro. 372, 384, 382, 383, 397, 692. — 5) Ib. G. d. A. V. II. p. 423. — 6) Walser A. Ch. p. 109. — 7) Rüsch l. c. p. 235. — 8) Walser l. c. p. 95. — 9) Leu sch. L. XV. p. 138. — 10) Walser l. c. p. 118. — 11) Neugart C. D. A. I. p. 482. — Zellweger U. Nro. 44. — 12) Zellweger U. Nro. 692.

dessen Kirche um fl. 120, die Kirche und Pfründe St. Georg um fl. 70 verschrieben, eine Pfarrkirche mit Sakramenten, Leichlegen, Taufen und allen pfärrlichen Rechten zu errichten unter Vorbehalt der Lehenschaft der Leutpriesterei und aller später zu stiftenden Pfründen, sowie gewisser Leistungen an das Münster in St. Gallen[1]). Am 1. Oktober 1479 wurde durch ihn Rudolf Weniger von St. Gallen dem Bischof Otto in Constanz als erster Pfarrer zu Teufen präsentirt[2]) und am 12. August 1518 der Pfarrkirche ein Ablass verliehen[3]).

Von Teufen löste sich weiter ab:

Bühler, das am 8. Mai 1723 den Grundstein zu einer eigenen Kirche legte, und am 24. Nov. gl. J. die erste Predigt darin anhörte[4]).

Von St. Gallen, St. Laurenz trennte sich zuletzt:

Speicher (Spicher). Zur Erneuerung der dortigen Kapelle bewilligen am 12. Dezember 1472 auf Fürbitte der Franciscanernonne Gertrud Hoczerin drei Kardinäle hundert Tage Ablass[5]). Nachdem in Folge der 1566 zwischen dem Kloster und der Stadt St. Gallen vollzogenen Gebietsausscheidung der grosse Kirchhof bei St. Laurenz völlig geschlissen und bei St. Mangen ein neuer Kirchhof angelegt worden war, nahmen die Bewohner von Speicher alsbald das Bestattungsrecht daselbst in Anspruch, worauf ihnen nach langen Streitigkeiten im Jahre 1572 durch eine gütliche Ausgleichung die Benutzung des im Linsebühl neu angelegten Begräbnissplatzes gestattet, dagegen ein angemessener Beitrag an die Besoldung des Mesmers und Todtengräbers, sowie zur Erhaltung des Kirchengebäudes auferlegt, im übrigen aber die Pfarrgenössigkeit nach St. Laurenz bestätigt wurde[6]). Erst am 19. Juli 1613 beschloss Speicher die Errichtung einer eigenen Pfarrkirche, deren Grundstein am Osterdienstag 1614 gelegt und deren Einweihung am 9. Oktober gl. J. vollzogen wurde[7]).

Von Rorschach, Kanton St. Gallen:

Grub, St. Gallus[8]). Abt Ulrich VIII., Dekan und Convent des Gotteshauses St. Gallen bewilligten am 28. Dezember 1475 den Bewohnern des Thals und der Gegend, genannt in der Grub, ob dem Rorschacher-Berg, welche bisher in die dem Gotteshause St. Gallen einverleibte Pfarrkirche zu Rorschach kirchhörig gewesen sind, unter gewissen Bedingungen eine Kapelle zu bauen und zu weihen[9]). Als Pfarrkirche wird ihr schon am 12. August 1518 von dem Kardinal Antonius Puccius Ablass ertheilt[10]). In Folge der Reformation erhoben sich zwischen Abt Joachim in St. Gallen und den Landleuten in der Grub Streitig-

---

1) Zellweger U. Nro. 485—489. — 2) Gedr. Doc. v. S. G. — 3) Zellweger U. Nro. 692 — 4) Walser A. Ch. p. 69. — 5) Zellweger U. Nro. 464. — 6) Wegelin d. Pf.-K. S. L. i. S. G p. 80 u. 81. — 7) Walser l. c. p. 100 u. 101. — 8) u. 9) Zellweger U. Nro. 476. — 10) Id. Nro. 692.

keiten über den Kirchensatz und die Benutzung der Kirche. Nachdem dieselben am 7. Januar 1589 durch einen gütlichen Spruch entschieden worden, wollten die Landleute diesen nicht halten, wurden aber durch Beschluss des Landammanns und zweifachen Landraths in Appenzell vom 28. Juni gl. J. zur Anerkennung oder Appellation an die nächste Tagsatzung in Baden verpflichtet[1]). Im Jahr 1735 erbauten alsdann die katholischen Einwohnern auf ihrem Landesantheil im Gebiete des Stifts von Grub St. Gallen eine schöne, zu Ehren St. Josephs geweihte Kapelle[2]) und wurden laut Vertrag vom 7. April 1751 um fl. 4500 für ihre Rechte am Gottesdienste im Lande Appenzell ausgekauft[3]). Die dortige evangelische Kirche unterlag hierauf ebenfalls einem Neubau, dessen Einweihung am 17. Dezember 1752 stattfand[4]).

Von St. Margaretha, Kanton St. Gallen:

Walzenhausen trennte sich im Jahre 1638 von der Mutterkirche und erbaute ein eigenes Gotteshaus, dessen Grundstein am 20. April gelegt und dessen Vollendung am 1. September 1638 durch die erste Predigt bezeugt ward[5]).

Von Thal, Kanton St. Gallen:

Heiden nebst **Wolfhalden** und Lutzenberg erhielten im Jahre 1651 die Erlaubniss zum Baue einer Kirche; die drei Gemeinden konnten sich aber über den Platz derselben nicht vereinigen. Nach vielen Streitigkeiten errichteten endlich Heiden und Wolfhalden jedes eine besondere Kirche, und Lutzenberg blieb bei Thal. Die Grundsteinlegung erfolgte bei Heiden am 23. März, bei Wolfhalden am 30. März, 1652; die erste Predigt dort am 12. September, hier am 19. September[6]).

Von Bernang, Kanton St. Gallen:

Reute legte am 15. Juni 1687 den Grund zu einer Pfarrkirche, in welcher am 12. August 1688 die erste Predigt gehalten ward[7]).

2. Kapellen.

In der Pfarrei Herisau:

Wilen. Die Kapelle wurde im Jahr 1524 abgebrochen[8]).

Schwänberg. In dem Reste eines thurmähnlichen Gebäudes daselbst mit $2^1/_2$ Fuss dicken, in der Mitte aus Kugelsteinen, an den Ecken aber aus Tufstein bestehenden Mauern, ähnlich denen der Rosenburg, liegen zwei gewölbte Keller übereinander, wovon der obere, zu ebener Erde befindliche einst eine Kapelle gewesen sein soll[9]).

In der Pfarrei Urnäschen und Hundwil:

Urnäschen und **Hundwil,** Beinhäuser, woraus im Jahr 1615 die Todtengebeine genommen und im Kirchhof beerdigt wurden[10]).

1) Gedr. Doc v. St G. — 2) Walser A. Ch. p. 77. — Wægeli Mcs. St. B. S G. — 3) Leusch. L. IX. p. 260. — 4) Holzhalb, S. z. L. sch. L. II. p. 620. — 5) Walser A. Ch. p. 122 u. 123. — 6) Ib. p. 80, 126, 620—621. — 7) Ib. p. 97. — 8) Ib p. 84. — 9) Rüsch d. Kt. A. p. 204. — 10) Walser l. c. p. 585.

In der Pfarrei Gais:

Am Stoss, St. Bonifacius. Diese Kapelle wurde zum Andenken an den von den Appenzellern unter der Führung des Grafen Rudolf von Werdenberg am 17. Juni 1405 erfochtenen Sieg über Herzog Friedrich von Oesterreich gleich nach der Schlacht errichtet und beschlossen, alljährlich am 14. Mai eine Kreuzfahrt dahin zu thun[1]).

Gais. Das bei der Kirche stehende Beinhaus, im Jahr 1520 auf den Wunsch des damaligen Pfarrers erbaut, ward, nachdem 1615 die Todtengebeine daraus entfernt worden, 1685 abgebrochen und die Steine zum Kirchenbau verwendet[2]).

In der Pfarrei Trogen:

Trogen, Beinhaus, wie in Urnäschen u. s. w.

3. Klöster.

Wonnenstein, Maria Rosengarten[3]), Kapuzinerinnen In diesem in der Gemeinde Teufen ob dem sogen. Gmündertobel unweit des Einflusses des Rothbachs in die Sitter gelegenen Walde soll sich im 11. Jahrhundert ein Einsiedler niedergelassen haben[4]). Später zogen daselbst Klausnerinnen ein, welche von Abt Konrad I. zu St. Gallen 1228 die Erlaubniss erlangten, ein geistlich Wesen und Wohnung aufzurichten[5]). Im Jahre 1379 stiftet Abt Kuno das eigentliche Kloster und schenkt demselben die Hofstatt und das Gut gegen eine jährliche Abgabe von ¼ ℔ Wachs an das Kloster St. Gallen[6]). Abt Kaspar bestätigt am 15. Dezember 1453 den Schwestern zu Wonnenstein, welche nach der dritten Regel des h. Franciscus leben, alle ihnen ertheilten Gnaden, Freiheiten und Gaben und gibt ihnen Satzungen betreffend die zu beobachtende Lebensordnung[7]). Dieselben waren nach der Kirche St. Laurenz in St. Gallen pfarrgenössig, wurden aber am 27. Juli 1479 von dieser Verbindung entlassen und der neuerrichteten Pfarrei Teufen einverleibt[8]). Abt Franz verleiht am 19. April 1505 dem Stephan Oberhuser, als Lehenträger der «Mutter und Schwestern in dem Wald auf dem Wunnenstein in der Gegni und Kilchspill zu Tüffen» das Haus daselbst mit Rechten und Zubehörden, ferner einen Weinberg zu Marbach und einige Fruchtzinse[9]). 1687 wurde das Kloster von Grund aus neu, grösser und regelmässiger aufgeführt und mit einer Ringmauer umgeben[10]).

Grimmenstein, St. Ottilia[11]), bis 1602 Franciscanerinnen, nachher Kapuzinerinnen. Schon 1378 hatten einige Wittwen und

1) Lang h. th. G. R. I. 1026. — Walser A. Ch. p. 72 u. 228. — 2) Walser l. c. p. 665 bis 666. — 3) v. Mülinen H. S. II. p. 241. — 4) Zellweger G. d. a. V. I. p. 145. — 5) Lang l. c. I. 1026. — Walser l. c. p. 107. — 6) Zellweger l. c. I. p. 302. — 7) Id. U. Nro. 344. — 8) Wegelin G. d. P. K. S. L. p. 17 u. 18. — Zellweger U. Nro. 487. — 9) Stiftsarchiv St. G. — 10) Walser l. c. p. 107. — 11) v. Mülinen l. c. p. 235.

Jungfrauen (die drei Klausnerinnen Anna Meier von Berneck, ihre Schwester und Anna Hug von Feldkirch) in einem Privathause des Dorfes, genannt «im Höchst» bei Eschach im Appenzellergebiete, welch letzterer Ort als im Walde Grimmenstein unweit Walzenhausen gelegen bezeichnet wird, ein klösterliches Leben eingerichtet, zogen dann aber am 14. August 1391 nach Valduno bei Rankwil im Vorarlberg[1]). Im Jahre 1400 begann der Bau eines Klösterleins bei der Pfarrkirche im Höchst oder Eschach theils aus Almosen der appenzellischen Einwohner, theils aus Erbgütern einiger Schwestern[2]). Da aber dieselben nach den Befehlen ihrer Obern nur auf einer freien Hofstatt wohnhaft sein durften, so wurde ihnen am 22. April 1424 von den Hofleuten zu St. Margaretha und St. Johann Höchst mit Bewilligung des Bürgermeisters und Raths der Stadt St. Gallen, denen der Forst der Höfe gehörte, die Hofstatt und Hofreite des Walzenhausers in Grimmenstein auf dem Gemeinwerk, wie solche mit einem Zaun umgeben ist, zugeeignet[3]). Am 6. Juli 1496 stellten dieselben nach der von Abt Cuno in St. Gallen erhaltenen Erlaubniss, ihre Kapelle weihen zu lassen, einen Revers aus, dass sie ohne Bewilligung des Abts nichts stiften oder bauen wollen, was den Rechten der Pfarrkirche in St Margaretha Höchst schädlich sein könnte[4]). Jm Jahr 1549 visitirte und reformirte Rochus Nachbauer, Guardian der Franciscaner in Luzern und Commissär des Provinzials Jodocus Schlüssler, das Kloster Grimmenstein und führte eine hinreichende Zahl Schwestern ein; ebenso restaurirte dasselbe am 28. Mai 1586 der Provinzial in eigener Person trotz der Gegenbemühungen des Dekans in St. Gallen und der Kapuziner. Allein schon 1602 begab sich in Folge starker Drohungen des letztern die Mutter anderswohin, und die übrigen Schwestern wurden gezwungen, Kapuzinerinnen zu werden[5]). Dieselben waren bis 1654 nach St. Margaretha pfarrgenössig, erhielten aber damals einen eigenen Beichtvater[6]). 1668 wurde das Kloster vergrössert und 1724 von Grund aus neu erbaut[7]).

Bruderwald bei Trogen. Hier hatte ein unbekannter Waldbruder wahrscheinlich schon im 11. Jahrhundert seinen Wohnsitz aufgeschlagen. Von seiner Klause sah man aber im 13. Jahrhundert keine Spur mehr[8]).

In **Herisau** gab es Klausnerinnen[9]).

---

1) Mone Z. S. f. d. G. d. O. Rh. XV. 67. — Zellweger G. d. A. V. I. p. 318. — 2) Mone l. c. — 3) Zellweger I c. p. 462. — U. Nro. 246. — 4) Stiftsarchiv St. G. — 5) Mone l. c. — 6) Walser A. Ch. p. 424. — 7) Id — v. Mülinen H. S. II. 235. — 8) Zellweger G. d. A. V. I. p. 115. — 9) Ib. I. p. 552.

B. Innerrhoden.

1. Pfarrkirchen.

a. Mutterkirche.

Appenzell (Abbacella 1061)[1], St. Mauritius[2]. Nortpert, Abt der Mönche des Gotteshauses St. Gallen, gründet im Jahr 1061? auf dem Neugrüt, genannt Appenzell, eine Basilica für den Gottesdienst, stellt solche, nachdem sie von dem Churer Bischof Thietmar erbaut worden, mit Erlaubniss des Bischofs Rumold von Constanz durch rechtmässige Einweihung als Bethaus für die Ortsbewohner fest und dotirt sie mit der Pfründe eines Klostergeistlichen, einem Antheil an der Kleideraustheilung für die Mönche, sowie mit dem sämmtlichen Zehnten innerhalb der Begrenzung der neuen Kirchgemeinde[3]. Am 23. April 1248 gestattet Petrus, Kardinaldiakon und apostolischer Legat, dem Abt von St. Gallen, die zu seiner Kollatur gehörige Kirche in Appenzell nach dem Abgange oder Hinschiede des Kirchherrn zu seinem eigenen Nutzen zu verwenden, jedoch so, dass dieselbe stets durch einen tauglichen Vikar bedient werde[4]; und Papst Innocenz IV. bestätigt am 13. März 1253 diese Einverleibung[5]. Als erster Pfarrer ist Hermann 1272 bekannt[6]. Unterm 20. Mai 1333 wurde der Pfarrkirche Appenzell, gleichwie den Altären, Kapellen, Filialen und Kirchen des Klosters St. Gallen, von zwölf Bischöfen zu Avignon ein vierzigtägiger Ablass verliehen[7]. Am 1. Februar 1522 ertheilte der Kardinal Puccius dem Lande Appenzell in den päpstlichen Monaten das Kollaturrecht, worauf ihm Abt Diethelm von St. Gallen am 3. Dezember 1532 dasselbe gänzlich abtrat und der Rath von Appenzell am 11. November 1534 Theobald Hurter zum Pfarrer erwählte[8]. Es findet sich indessen noch ein späterer Vergleich d. d. 17. November 1645 zwischen dem Gotteshause St. Gallen und Landammann und Rath von Appenzell I. Rh., wodurch letztern von ersterm die Kollatur der Pfarrkirche unter gewissen Bedingungen überlassen wird[9]. Ausser dem Pfarrer waren am Ende des 15. und Anfang des 16. Jahrhunderts noch 7. Geistliche in Appenzell, nämlich 1) der Helfer; 2) der Frühmesser. Schon am 27. Juni 1409 kaufen die Pfleger der Frühmesserei zu dem Altar der h. Maria einen jährlichen Zins aus der Vogtei Amergosswyla (Amriswil) under den Eggen für 36 ℔ Pfg. C. W.[10]. Nach dem Jahrzeitbuch indessen stiftete erst Konrad Herisower von St. Gallen, ein Weltgeistlicher, der die Pfarrei von 1426—1453 verwaltete, die Pfründe U. L. Frau[11]. 3) Der Kaplan

1) Zellweger U. Nro. 29. — 2) Ib. U. Nro. 692. — 3) Ib. Nro. 29. — 4) Ib. Nro. 33. — 5) Ib. Nro. 35. — 6) Mitth. von Hrn. Pfarrer u. bischöfl. Commissär Knell in Appenzell. — 7) Gedr. Doc. v. S. G — 8) Knell. — 9) Note 7. — Lang h. th. G. R. I. 1021. — 10) Note 7. — Zellweger U. Nro. 206. — 11) Knell.

der h. Dreifaltigkeit. Am 13. Mai 1483 bewilligt Papst Sixtus IV. dem Walther Küchimeister von St. Gallen und seiner Frau, Adelheid Baumann, auf den Altar der h. Dreifaltigkeit in der Pfarrkirche Appenzell eine Kaplanei zu stiften[1]). 4) Für die Kaplanei des h. Wendelin leistet der Priester Laurenz Fässler dem Abt Franz von St. Gallen am 2. November 1515 den vorgeschriebenen Eid[2]). 5)–7) Die Kapläne des Beinhauses, des h. Martin und des h. Gallus. — Die Kirche, welche sammt Glocken am 18. März 1560 verbrannt war, wurde, nachdem im August 1560 über ihren Wiederaufbau Rath gehalten worden, den 22. Juni 1561 wieder unter Dach gebracht. Sie hatte damals zwei Chöre über einander und ausser dem Hochaltar sieben Nebenaltäre, welche dem Rosenkranz, Skapulier (beide wahrscheinlich in Folge der errichteten Bruderschaften dieses Namens)[3]), der h. Dreifaltigkeit, Geisslung Christi, dem h. Kreuz, St. Karl oder Clemens (ohne Zweifel wegen Uebertragung des h. Leibs des letztern 1688) und St. Joseph gewidmet waren[4]). In dieser Kirche waren die von den Appenzellern in den alten Schlachten eroberten Panner aufgehängt[5]). In den Jahren 1824 und 1825 wurde das Langhaus der Kirche in modernem Styl erbaut, am 24. Dezember 1825 eingesegnet, aber erst am 5. Juni 1842 geweiht. Es enthält nur noch vier Seitenaltäre (h. Mutter Gottes, Geisslung Christi, St. Clemens und St. Joseph)[6]). Ueberdiess befindet sich in der Krypta, die ausserordentlich dicke Mauern und vier Kreuzgewölbe aus gedrückten Spitzbogen, getragen von zwei achteckigen Säulen, hat, der Altar des h. Eulogius[7]). Zu dem neuen Schiff der Kirche bildet nun der gothische Chor mit Strebepfeilern, worin ein Tabernakel und ein Gemälde, darstellend den Reichsadler mit zwei Appenzellerwappen, zu erwähnen ist, und der dicke Thurm von alterthümlicher Bauart einen starken Kontrast. Letzterer hat ein schönes Geläute von sieben Glocken, wovon die grösste, 1766 gegossen, 138 Ztr. wiegt. Von den sechs übrigen stammen die vierte und fünfte aus dem Jahre 1509, und enthalten folgende Inschriften:

4) Ave Maria gratia plena dominus tecum. anno domini m.ccccc.ix.

5) Lasset die Kinder zu mir kommen; denn irer ist das rich der himmel. a°. d^{i}. m.ccccc.ix.

Die zweite, dritte, sechste und siebente Glocke tragen die Jahrzahlen 1537, 1567, 1793, 1613.

b. Tochterkirchen.

Brüllisau (einst Brünnlisowe[8]), 1478 Prülisow), St. Sebastian[9]). Abt Ulrich VIII. von St. Gallen bewilligt dem Landammann und Rath

---

1) Zellweger U. Nro. 498. — 2) Ib. Nro. 679. — Ib. G. II. p. 420. — 3) u. 4) Lang h. th. G. R. I. 1029. — 5) Walser A. Ch. p. 64. — 6) u. 7) Knell. — 8) Rüsch l. c. p. 184. — 9) Note 3.

zu Appenzell am 25. August 1478, die von den Nachbarn in Brüllisau erbaute Kapelle mit zwei Altären unter gewissen Bedingungen weihen zu lassen[1]), was am 9. Oktober gl. J. geschah[2]). Den Gottesdienst darin hielten von Zeit zu Zeit Geistliche aus Appenzell und Rüthi im Rheinthal; doch wohnte schon 1600 ein beständiger Geistlicher dort, wie z. B. Dr. Johann Neff. 1647 wurde die Kapelle Brüllisau durch den Constanzischen Generalvikar zu einer Filiale von Appenzell erhoben, und der seit 5. Mai 1646 daselbst weilende Kaplan Joseph Anton Bühler zum ersten Kuratkaplan befördert[3]). Das vergrösserte und mit einem dritten Altar gezierte Gotteshaus erhielt am 9. September 1657 die bischöfliche Weihe[4]). 1808 wurde von den Gebrüdern und Pfarrern Weisshaupt die Erhebung der Filiale Brüllisau zu einer selbstständigen Pfarrei in Anregung gebracht, zog sich indessen wegen Widerspruchs der Gemeinds genossen und mangelnder Dotation sehr in die Länge, bis am 29. Mai 1828 die neue Pfarrei vom Grossen Rathe anerkannt und J. Anton Weisshaupt zum Pfarrer erwählt wurde. Obgleich beides die Bestätigung des Bischofs von Chur nicht erlangte, bestand die Pfarrei faktisch dennoch fort, die definitive Genehmigung erfolgte aber erst von Seite des Grossen Rathes am 31. Oktober 1844 und von Seite des Bischofs am 9. Oktober 1845[5]).

Gonten, St. Verena[6]). Schon lange vor der Reformation müssen Kapläne dort gewesen sein; denn in einem alten Jahrzeitbuche werden etwa 18 unter allgemeinen Namen erwähnt. 1524 zog ein Kaplan Suter mit den Gontnern nach Appenzell und las daselbst entgegen einem Landsgemeindsbeschlusse die Messe. 1608 verwandte sich Gonten für eine selbstständige Pfarrei, welche endlich am 7. September 1647 von der Obrigkeit und dem Bischof von Constanz förmlich bestätigt wurde. Der erste Pfarrer, vom Grossen Rath als Kollator erwählt, war Johannes Herzog, vorher 30 Jahre lang Kaplan daselbst, welcher seiner Kirche 1000 ℔ Schillinggeld vermachte. 1659 kömmt ein Peter Koch als Frühmesser in Gonten vor. Die Pfarrkirche, am 3. Oktober 1657 eingeweiht, wird 1707 zu einem Wallfahrtsort «Maria zum Trost» erhoben und 1863 mit drei Altären (h. Verena, h. Mutter Gottes und h. Kreuz) neu erbaut[7]).

Oberegg oder **Hirschberg** (Hersperch 1061)[8]), Maria zum Schnee[9]). Auf ein von Landammann Meggelin gegen Ende des Jahres 1514 in Rom gestelltes Ansuchen erhielten die Appenzeller trotz der Klagen des Abts Franz zu St. Gallen in den Jahren 1515 und 1516 von

1) Zellweger G. d. A. V. U. Nro. 482. — 2)—3) Knell. — 4) Ib. — Burgener d. W. O. d. k. S. I. 293. — 5) Knell. — 6) Lang h. th. G. R. I. 1025, 1029. — 7) Knell. — Walser A. Ch. p. 74. — 8) Zellweger U. Nro. 29. — 9) Lang l. c. I. 1029.

Papst Leo X. am 6. Juni 1519 die Erlaubniss, für ungefähr 600 Seelen ihres Landes, die in sechs Pfarreien, nämlich Altstätten, Marbach, Berneck, St. Johann Höchst jenseits und St. Margaretha Höchst diesseits des Rheines, sowie nach Thal kirchgenössig seien und wegen vieler Schwierigkeiten oft den Gottesdienst nicht besuchen können, eine Kirche mit allen nöthigen Zubehörden zu bauen, und das, was jene bisher diesen Pfarreien zu bezahlen hatten, für die neue zu verwenden[1]). In Folge dessen nahm Abt Franz seine Zuflucht zu den Eidgenossen, welche beide Parteien auf den 26. Oktober 1519 nach Zürich beschieden und von den Appenzellern das Versprechen erhielten, einstweilen in der Sache stille zu stehen[2]). Diese ruhte nun wirklich, bis am 22. Sept. 1652 den Obereggern erlaubt wurde, eine Kirche zu bauen, welche vorzüglich auf Betreiben des Pfarrers Dr. Paul Ulmann 1653 zu Stande kam und 1657 die Weihe empfing[3]). Unterdessen war am 5. Nov. 1653 die Abkurung mit Abt Pius von St. Gallen gegen eine Auskaufssumme von fl. 400 erfolgt und am 20. März 1654 zwischen Abt Pius einer- und Landammann und Rath von Appenzell I. Rh. anderseits über die neuerbaute Kirche auf dem Hirschberg, welche drei Altäre hatte, ein Vergleich abgeschlossen worden[4]). Der schliessliche Streit zwischen Bischof Franz Johann von Constanz und Abt Franz von St. Gallen über die Kollatur der neuen Pfarrpfründe fand am 6. Oktober 1657 ebenfalls eine gütliche Beilegung in der Weise, dass dem Bischof freistehen solle, in der neu erbauten Kirche zu Hirschberg eine Pfarrei zu errichten, wohin alle Einwohner im obern Bezirk von Appenzell gehören sollen, dass er dagegen dem Abte die Pfarrei Mörschwil abzutreten habe. Gemäss dieser Uebereinkunft wurden am 29. Oktober 1657 24 Orte und Familien von Marbach, 21 von Berneck und 1 von Altstätten getrennt[5]). Der erste Pfarrer war 1658 Hippolytus Bildstein. Die Kollatur der Pfarrpfründe besitzt nunmehr der Grosse Rath von Appenzell I. Rh. Die Kaplanei stifteten wahrscheinlich die Gemeindsgenossen; erster Kaplan war 1683 Johannes Bühler. — Die Kirche ward am 16. April 1817 durch einen Blitzstrahl in Asche gelegt, alsdann mit drei Altären (Maria zum Schnee, St. Karl und Rosenkranz) wieder erbaut und am 14. August 1817 benedicirt[6]).

Haslen, Mariabilf[7]). 1630 wurde der Bau einer Filialkapelle angeregt und 1649 durch den Pfarrer Dr. Paul Ulmann ausgeführt, am 9. September 1659 dieselbe eingeweiht, am 1. September 1666 als Pfarrkirche anerkannt und vom Bischof wie von der Obrigkeit bestätigt. Der erste Pfarrer war 1666 Martin Suter. Kollator ist der Grosse Rath

1) Zellweger G. d. A. V. III. p. 41—42. — Urk. Nro. 696. — 2) Ib. G. III. p. 43. — 3) Knell. — 4) Gedr. Doc. v. S. G. — Knell. — 5) Gedr. Doc. v. S. G. — 6) Rüsch d. Kt. A. p. 212. — Knell. — 7) Lang h. th. G. R. I. p. 1029.

von Appenzell I. Rh [1]). — Die Kirche hat drei Altäre, nämlich den Mariahilf-, Rosenkranz- und Kreuz-Altar. Auf dem Hochaltar steht ein Mariahilf-Bild, das vor der Reformation in Teufen war, alsdann über 100 Jahre in einer Scheune verborgen lag, endlich 1650 von Hrn. Statthalter Johannes Suter ab dem Lehn gekauft, der Pfarrkirche Hasle geschenk tund am 7. März feierlich dort aufgestellt wurde. Seither finden in Folge von Wundern Wallfahrten dahin statt [2]).

2. Kapellen.

In der Pfarrei Appenzell:

Appenzell, h. Kreuz. Diese Kapelle ist die älteste des Landes und soll sammt einer Herberge von den Aebten zu St. Gallen schon im Jahre 647 erbaut, anfänglich ihrem eignen Gottesdienste gewidmet, hernach aber beim Anwachsen der Bevölkerung auch für denjenigen der Landleute gebraucht worden sein, bis wegen ihres beschränkten Raums im Jahr 1061 die Pfarrkirche an der Sitter errichtet ward [3]). Sie blieb nach der Sage bei dem Brande am 18. März 1560 unversehrt und es findet sich keine Nachricht von einem Wiederaufbau [4]).

Kronberg (Chranperch 1061) [5]), St. Jakob, südwestlich von Appenzell. Die Kapelle stand jedenfalls schon im 13. Jahrhundert; sie wurde wegen Baufälligkeit 1859 abgetragen, neu erbaut und am 25. Juli 1859 eingesegnet, auch das erste Amt und Predigt gehalten [6]).

Appenzell, St. Michael, Beinhaus in der Mitte des Kirchhofs, mit zwei übereinander gebauten Kapellen und Altären, hatte zu Ende XV oder Anfang XVI einen Kaplan, ward aber wegen Baufälligkeit und behufs Erweiterung des Kirchhofs im Juni 1857 abgetragen. Das Glöcklein desselben mit der Jahrzahl 1744 liegt gegenwärtig in der Krypta der Pfarrkirche [7]).

Appenzell, St. Martin, im Armenhaus, nördlich vom Dorf. Im Jahre 1592 befahl der zweifache Landrath, aus dem Kapital des Siechenhauses eine Kapelle zu bauen, damit den Aussätzigen Gottesdienst gehalten und gepredigt werden könne [8]).

In der Lank, St. Lorenz, nordwestlich von Appenzell. Der erste Anfang der Kapelle mag 1595 sein, weil damals jede Rhod 2 Kronen (zusammen fl. 18) zum Baue derselben gab. 1608 schenkten die Obrigkeit und eine Bruderschaft 50 ℔. 1705 wurde die Kapelle erweitert und am 4. August 1708 benedicirt [9]).

Eggerstanden, St. Joseph, östlich von Appenzell. Im 16. Jahrhundert stand hier ein Bildstock oder Bethäuslein, «das Bild»

---

1) Walser A. Ch. p. 78. — 2) Lang h. th. G. R. I. p. 1029. — Burgener d. W. O. d. k. S. I. 298—301. — 3) Walser l. c. p. 60, 61, 64. — 4) Knell. — 5) Zellweger U. Nr. 29. — 6) u. 7) Lang l. c. — Knell. — 8) Zellweger G. d. A. V. III. 2. p. 379. — 9) Knell

genannt, wovon das nahegelegene Wirthshaus den Namen «im Bild» erhalten hat. Paul Ulmann, Pfarrer in Appenzell, vermachte am 15. April 1680 dem Altar der inzwischen durch Opfergaben der dortigen Bewohner vergrösserten Kapelle eine Dublone, und am 11. Dez. 1722 beschloss der Wochenrath, dass ihr zu immerwährendem Unterhalt fl. 400 hinterlegt werden. 1728 ward eine Jahrzeit gestiftet, mit der Verpflichtung, dort alljährlich eine Messe zu lesen, und 1730 die Kapelle neu erbaut. 1740 hatte sie einen Kaplan mit eigenem Haus dabei, und am 19. November 1796 wurde der erste Kuratkaplan erwählt[1]).

Auf der Steig, St. Karl Borromäus, nordwestlich von Appenzell, 1620 errichtet und allmälig durch freiwillige Gaben dotirt[2]).

Steinegg (ob der Haggenbruck), St. Maria Magdalena, südöstlich von Appenzell, ca. 1620 aus Opfergaben errichtet[3]).

Wildkirchlein, St. Michael, in einer Höhle auf der Ebenalp, südöstlich von Appenzell Die Kapelle wurde 1621 von P. Philippus gegründet, laut einer Inschrift am Altarblatt der Bau 1656 von Pfr. Dr. P. Ulmann ausgeführt und am 29. September 1657 das erste Hochamt darin gehalten[4]).

Schwendi, Allerheiligen, südöstlich von Appenzell. Ihr erster Anfang war ein Bildstock. Alsdann soll aus den Trümmern der 1402 zerstörten Burg Rachenstein eine Kapelle erbaut worden sein, welcher die Obrigkeit ein am 1. Januar 1635 von Johannes Eichmüller verordnetes Vermächtniss von 500 ℔ Schillinggeld nach seinem Tode als Propst von Solothurn am 15. Februar 1654 zuwandte. 1656 hielt darin der Pfarrer Paul Ulmann vom Wildkirchli aus an Sonn- und Feiertagen Gottesdienst. Um die Mitte des 18. Jahrhunderts wurde von den Gemeindsgenossen ein Kaplaneihaus erbaut, 1766 die Kapelle vergrössert und am 10. November 1767 die Errichtung einer Filiale mit eignem Priester durch den Bischof von Constanz bestätigt. Hauptstifter und Wohlthäter war Jakob Hersche von Schwendi[5]).

Bei der Brücke (im Haggen), St. Anna, südöstlich von Appenzell. Die Kapelle erhielt am 22. Juni 1656 einen Ablassbrief[6]).

Rikenbach, St. Anton von Padua, westlich von Appenzell. Hier war zuerst nur ein Bildstock oder Heiligenhäuschen, in welchem Andächtige manche Opfer niederlegten. Aus denselben liess Pfr. Wolfgang Aelisegger auf der gegenwärtigen Stelle eine schöne Kapelle bauen, wozu Hans Etter 1661 den Grund und Boden und Elisabeth Schiegg fl. 200 als erste Fundation gab, und hielt darin am 16. Juni 1665 das erste

1) Knell. — Walser A. Ch. p. 68. — 2) u. 3) Knell. — Walser l. c. p. 64. — 4) Walser l. c. p. 64. — Rüsch d. Kt. A. p. 187. — Knell. — Burgener d. W. O. d. K. S. I. 295—298. — 5) Knell. — Rüsch l. c. p. 182. — 6) Stiftsarchiv St. G.

Hochamt und Predigt. Die Einweihung durch den Bischof von Constanz erfolgte 1671 [1]).

Engenhütten, St. Peter und Paul, westlich von Appenzell. 1670 gibt Eva Rechsteiner fl. 300 zum Bau der Kapelle und 1674 Konrad Bodmer fl. 40 an einen Altar. Sie wurde nach und nach durch Vermächtnisse dotirt und am 10. September 1688 vom Bischof in Constanz eingeweiht [2]).

Im Lehn, St. Maria zur Sonne, nordöstlich von Appenzell, 1745 [3]).

Schlatt, St. Joseph, nördlich von Appenzell. Nach der Sage soll dort um die Mitte des 18. Jahrhunderts ein Bruderhaus mit einer kleinen Kapelle gewesen sein, was desshalb wahrscheinlich ist, weil im Errichtungsakt der Pfründe ein Eremit Grubenmann als Zeuge vorkömmt. Auf Ansuchen der Gegend (18. Oktober 1768) bestätigt nämlich der Bischof von Constanz die Erhebung der Kapelle zu einer Filiale mit einem Kuratkaplan. Ihr hauptsächlichster Stifter war Anton Moser in Schlatt, welcher fl. 1000 vergabte [4]).

Sonnenhalde, schmerzhafte Mutter Gottes, südöstlich von Appenzell. Der zuerst vorhandene Bildstock erweiterte sich durch freiwillige Opfer zu einer Kapelle, welche am 15. August 1861 eingesegnet wurde [5]).

In der Pfarrei Brüllisau:

Schwarzenegg, St. Martin, nördlich von Brüllisau, errichtet 1735 [6]).

In der Pfarrei Gonten:

Gonten, St. Anna [7]). Die Kapelle stand nahe bei der Pfarrkirche, diente als Beinhaus und wurde 1863 beim Neubau der Kirche abgetragen [8]).

Stechlenegg, Leiden Christi. Hier war 1665 ein Bildstock, woraus 1843 eine Kapelle und 1851 ein Klösterlein entstand [9]).

In der Pfarrei Oberegg:

Eschenmoos, St. Anna, erbaut 1671 [10]).

Büriswilen, St. Karl Borromäus, erbaut 1728 [11])

Auf der Egg, St. Anton von Padua [12]).

In der Pfarrei Haslen:

Haslen, St. Magdalena. Diese Kapelle wurde 1724 als Beinhaus erbaut [13]).

---

1) u. 2) Walser A. Ch. p. 64. — Knell. — 3) Rüsch d. Kt. A. p. 183. — Knell. — 4) Rüsch l. c. p. 182. — Knell. — 5) Knell. — 6) Knell. — 7) Walser l. c. p. 64. — 8) u. 9) Knell. — 10) u. 11) Rüsch l. c. p. 205. — 12) Walser l. c. p. 94. — 13) Knell.

3. Klöster.

Im **Bärenthal** (Barental 1061). Zwischen dem Säntis und der Meglisalp soll sich schon im 11. Jahrhundert ein Einsiedler niedergelassen und Bruder Ulrich eine Kapelle bewohnt haben, wovon aber längst jede Spur verschwunden ist; doch soll der Weg dahin jetzt noch der Bruderweg genannt werden[1]).

Am **Kronberg**, eine Viertelstunde unterhalb des Gipfels gegen Norden, ist eine Felsenhöhle, welche im 11. Jahrhundert einem Einsiedler als Wohnung diente[2]).

Heiliger Brunnen. Abt Kaspar von St. Gallen erlaubt am 5. November 1446 zwei Schwestern in Grimmenstein, nämlich Elisabeth Zimmermann und Elisabeth Rösch, an dem Orte, genannt zum heiligen Brunnen (in der Rhod Hirschberg, Pfarrei Oberegg), wo ehemals ein Bad war, welches Wunderkuren bewirkte, und wo jetzt noch eine Kapelle steht, mit andern Schwestern zu wohnen[3]).

Appenzell, 1426 St. Leonhard, 1619 St. Maria der Engel, vor 1554 Benedictinerinnen? 1560 Franciscanerinnen, und seit 1590 Kapuzinerinnen. Schon 1420 bekannten eine Wittwe und zwei Jungfrauen daselbst unter Anweisung der Minderbrüder die dritte Regel des h. Franciscus, und 1426 schenkte Margaretha Ruteggerin ihr Haus und Güter den Schwestern, welche sich alsdann ein Klösterlein einrichteten, und anfingen klösterlich zu leben; dasselbe wurde zu St. Leonhard genannt[4]). Dieses Schwesternhauses geschieht zuerst urkundliche Erwähnung, als der Bischof von Constanz am 25. Juli 1550 einen Geistlichen zur Bestrafung verlangte, der sich mit einer Schwester vergangen hatte[5]). Laut einem Wasserrechtsbriefe von 1554 bestand es schon früher, aber nur als eine Klause, und war des Ordens der Benedictinerinnen[6])? Am 18. März 1560 verbrannte diese alte Klause (Klos), welche nahe bei der Pfarrkirche gestanden hatte und von Schwestern des dritten Ordens des h. Franciscus bewohnt wurde[7]). Letztere bauten ihr Haus aus Almosen wieder auf, zerstreuten sich jedoch wegen Armuth 1574 bis auf eine, so dass die Visitation eine Zeitlang unterblieb und bei ihrer Wiederaufnahme 1584 der Provinzial Georg Fischer keine Schwester mehr übrig fand. In diesem Jahre aber wurde das fast dem Ruin nahe Kloster, dessen aus fl. 50 bestehende Einkünfte inzwischen das Kloster Wonnenstein bezog, von der Obrigkeit in Appenzell hergestellt und 1590 den Kapuzinern überlassen[8]). Am 8. November 1611 beschloss

---

1) Zellweger U. Nro. 29. — Id. G. d. A. V. I. p. 115. — 2) Id. Gesch. I. p. 115. — 3) Id. U. Nro. 326. — 4) Mone Z. S. f. d. G. d. O. Rh. XV. 166. — 5) Zellweger U. Nro. 849. — 6) Id. Gesch. III. Abth. I. p. 353. — 7) Chronik des Frauenklosters in Appenzell von P. A. Schmid. Msc. — 8) Mone l. c.

der Landrath, dass ein neues Frauenkloster gebaut und die erste spanische Pension (fl. 600) daran geschenkt werden solle, worauf 1613 das Schloss in Appenzell um 1600 ℔ oder fl. 640 hiefür angekauft wurde. Am 3. Dezember 1613 kamen acht Schwestern aus den Klöstern Wonnenstein und Grimmenstein an; am 4. Mai 1619 geschah die Grundsteinlegung zur Klosterkapelle neben dem Schlosse und am 2. August 1619 die Einweihung derselben mit drei Altären, nämlich Kirche und Hochaltar zur Ehre der h. Maria der Engel, Altar links St. Joseph und Altar rechts St. Franciscus. Endlich wurde am 15. April 1680 der Grundstein zum jetzigen Klostergebäude neben der Kirche gelegt und am 27. Oktober 1682 dasselbe von den Schwestern bezogen[1]).

Appenzell, Kapuzinerkloster, St. Maria Lichtmess. Zuerst wurde dem P. Ludwig und seinem Gehülfen P. Jakob ein Haus, genannt die Klaus, eingeräumt. Hierauf beschloss der zweifache Kirchhörerath am 22. Hornung 1587, die Kapuziner förmlich aufzunehmen und ihnen ein Kloster zu erbauen[2]). Am 26. Mai gl. J. wurde der Grundstein gelegt[3]), am 23. November 1588 die erste Messe in der Klosterkirche gelesen und letztere sammt Choraltar am 22. Juli 1590 eingeweiht. Schon 1631 aber erfolgte die Niederreissung dieser ersten Kirche und am 12. September 1688 die Weihung der zweiten mit drei Altären, nämlich des Hochaltars der h. Maria Lichtmess, des Altars rechts St. Joseph und des Altars links U. L. Frau. Die Feier des Kirchweihtages wurde auf den ersten Sonntag nach dem Feste des h. Mathäus Ap. festgesetzt[4]).

Gonten, Leiden Christi, Kapuzinerinnen. Die oben (Seite 160) erwähnte Kapelle Stechlenegg wurde 1851 zu einem Klösterlein eingerichtet, 1853 aber von Rosa Bättig aus Ettiswil, Kanton Luzern, nach Ankauf des dazu gehörigen Gutes Kirche und Kloster neu erbaut, erstere 1854 eingesegnet und am 14. Oktober 1855 geweiht, letzteres 1855 als Filial vom Kloster Wonnenstein übernommen[5]).

7. DECANAT LEUTMERKEN, auch Lütisburg oder Sirnach genannt[6]), später Wil.

Der päpstliche Zehntenrodel von 1275 enthält:

1) Kirchen.

A. Im jetzigen Kanton Thurgau.

Leutmerken, Lommis, Bussnang, Wuppenau, Welfensperg, Affeltrangen St. Margaretha, (Schönholzers)Wiler, Sirnach, Affeltrangen, Märwil, Amtzell, Rikenbach, Au, Dussnang, Bettwiesen, Tobel.

---

1) Chronik d. F.-K. i. A. — 2) Zellweger G. d. a. V. III. 2. 55. — 3) Walser A. Ch. p. 512. — 4) Tafeln in der Kapuzinerkirche zu Appenzell. — 5) Knell. — 6) Liber bannalium sive archidiaconalium (Ms. in Freiburg i. B. G.).

B. Im jetzigen Kanton St. Gallen:
Wil, Mogelsberg, Lütisburg, Oberhelfenschwil, Niederhelfenschwil, Kirchberg, Wattwil, Ganterschwil, Lenggenwil, Mosnang, Bütschwil, Kappel, Krummenau, Nesslau, Dreibrunnen, Dietenwil, Peterzell.

Dazu kommen laut dem spätern Bisthumsverzeichnisse St. Johann (mit dem Kloster verbunden) und Lichtensteig (Pfarrei seit 1435).

2) Klöster.

Fischingen (Benediktiner); St. Johann im Thurthal (Benediktiner); Tobel (Johanniter).

A. Kanton Thurgau.

1. Pfarrkirchen.

a. Mutterkirchen.

Bussnang (Pusinwanc 822, Bussenanc 857)[1], St. Gallus. Am 15. April 886 übergibt Wolfhart der Basilica des h. Gallus, welche an dem Orte Pusanhanc gebaut wird, all sein erbliches Eigenthum, das er in dem Orte Hünikon besitzt[2]. 1123 scheint laut einer an der Decke der Kirche angebrachten Jahrzahl ein Neubau derselben und vielleicht im Zusammenhang damit eine Veränderung ihres Schutzheiligen stattgefunden zu haben[3]; denn am 9. April 1343 gibt Hans von dem Toss auf Bitte seiner Mutter dem Licht des guten St. Johann und St. Nicolaus gen Bussnang die Spinnersäcker bei dem Dorf Waiblingen zu einer Jahrzeit für seinen Vater Johann[4]. Auch am 5. Dezember 1380 bei einem Gutsverkaufe des Cunz von Münchwile wird sie St. Johanns Kirche genannt[5]. Ihr beständiger Vikar Ulrich beschwor 1275 ein Einkommen von 26 ℔ Cstz. W.[6]. Als Patronatsherren finden wir am 1. Februar 1390 die landesabwesenden Brüder Konrad und Walter von Bussnang genannt, deren Pfleger mit Einwilligung des Kirchherren und Leutpriesters zu Bussnang gestatten, dass die Kapelle und der Kirchhof zu Nollenberg geweiht werde[7]. Am 7. Jänner 1464 aber schenkt Konrad von Bussnang den Kirchensatz und den Laienzehnten dem Johanniterhause Tobel, so dass sein Bruder Walther, Comthur von Tobel, Feldkirch und Wädenswil, und dessen Nachfolger dieselben besitzen können, wie andere Ordensgüter[8]. Leutpriester ist 1461. Joh. Höchli von Wil[9]. — Von Altären werden erwähnt: 1462 Sept. 15. St. Niklaus (s. Seite 174), 1468 März 15. Pfleger des St. Theodor Altars und 1486 Juli 4. eine Bruderschaft des neuen Altars der h. Jungfrau Maria, an dessen Stiftung um

1) Wartmann U. B. d. A. St. G. I. p. 257. II. p. 70. — 2) Ib. II. p. 255 — 3) Pupikofer Gesch. d. Kirchgem. Bussnang 1857 p. 24. — 4) Reg. d. Joh. Comth. Tobel. 1852 Nro. 30. — 5) Reg. v. Tobel Nro. 55. — 6) Freib. D. A. I. p. 165 u. 216. — 7) Reg. v. Kreuzlingen Nro. 257. — 8) Reg. v. Tobel Nro. 94. — 9) Reg. v. Feldbach, Nr. 165.

1483 Angehörige der Kirchspiele Bussnang und Weinfelden Theil nahmen[1]). — Der spitzbogige Chor der Kirche zeichnet sich durch schöne Verhältnisse aus[2]).

Tussnang (Tuzzinwang 754)[3]), Kreuzerhöhung[4]). Diese Kirche soll nebst Gütern zu Oberwangen Bischof Gebhard II. von Constanz (980—996) aus seinem Erbe dem Domstifte Constanz vergabt haben[5]). Mit Zustimmung des letztern schenkt 1244 Bischof Heinrich I. von Tanne die Pfarrkirche Tussnang nebst allen ihren Gerechtigkeiten, Zehnten und Zubehörden dem Kloster Fischingen, nachdem der dortige Abt, Konrad von Landenberg, ihm geklagt hatte, dass das Kloster wegen Verfolgung durch «Tyrannen» grossen Schaden erlitten habe und fast ganz verlassen dastehe. Als sodann 1264 der bisherige Kirchherr in Tussnang, Mstr. Ulrich, gewesener Notar, starb, bestätigte Bischof Eberhard II. unterm 21. Februar 1264 die Schenkung des Patronatsrechts der Kirche mit Seelsorge, Besitzungen und Zehnten dem Abt und Convent zu Fischingen, welche dabei bis zur Aufhebung des Klosters im Jahr 1848 verblieben. 1409 wurde die Kirche sammt ihren Altären, Friedhof und Zubehörden erneuert und geweiht, zugleich die mit Ablass verbundene Kirchweih auf Sonntag nach dem 12. Tag festgesetzt[6]). — Das Gotteshaus war bis auf kurze Zeit mit ganz schmalen Rundbogenfenstern versehen[7]). Die Glocken wurden 1852 umgegossen.

Fischingen (Augia Sanctæ Mariæ Fischine 1138)[8]), U. L. Frauen Himmelfahrt und St. Idda[9]). Der Priester Waltram, Mönch des Klosters Petershausen, vom Bischof Ulrich II. in Constanz zum Abte der Au der h. Maria in Fischingen erwählt und bestätigt, beginnt daselbst 1138 eine Basilica der h. Maria von Grund aus zu bauen, erwirbt dafür 6 gläserne Fenster und verschiedene Geräthschaften, ziert sie grossen Theils mit getäfelten Decken und errichtet auch ein Glockenhaus[10]). Diese Kirche wurde 1144 von Hermann I., Bischof zu Constanz, in der Ehre der h. Jungfrau Maria und St. Johannes des Täufers wie des Evangelisten eingeweiht[11]). 1245 wird ein Streit zwischen dem Kloster und Konrad von Waldegg als Käufer der Herrschaft Alt-Toggenburg um mehrere dazu gehörende, allein von frühern Besitzern derselben der Kloster- und Leutkirche Fischingen vergabten Höfe schiedsgerichtlich beigelegt. 1314 stiftet Propst Jakob eine Frühmesspfründe, welche nie eingehen zu lassen ein jeweiliger Abt bei seinem Amtsantritte schwören musste. 1367 und wiederholt 1417 wurde die mit dem Kloster ver-

1) Reg. von Tobel Nro. 99 u. 116. — Pupikofer G. d. K.-G. B. p 25. — 2) Mörikofer W. G. 1842. p. 193. — 3) Wartmann U. B. d. A. St. G. I. p. 22. — 4) Cat. D. C. p 66. — 5) Pupikofer, d. Ct. Th. p. 340. — 6) Gesch. Frd. II. p. 162 u. 165. — Sulzberger, ex Anniv. i. th. St. A. — 7) Mörikofer l. c. p. 178. — 8) Gesch. Frd. I. p. 375. — 9) v. Mülinen H. S. I. p. 89. — 10) Note 8. — 11) Lang, h. th. G. R. I. p. 1065.

einigte Pfarrkirche für immer von den bischöflichen Steuern befreit. 1386 schenkt das Kloster St. Gallen demjenigen von Fischingen das Vogteirecht von Ueterschen und Breitenacker, Pfr. Brunau, für Unterhaltung eines ewigen Lichts in der Kirche Fischingen. 1512 gab der Papst Julius II. dem Kloster das Recht, die Einkünfte derselben zu seinem und ihrem Nutzen zu verwenden. — 1697 vertauschte der Abt beim Ankaufe des Tannegger-Amts die Kollatur Fischingen an den Bischof von Constanz, welcher dafür die Kollatur Mosnang (Kt. St. Gallen) dem Kloster Fischingen abtrat[1]). Am 16. März 1414 ward die Kirche durch eine Feuersbrunst eingeäschert[2]). 1496 liess Abt Heinrich IV. das Grabmal der h. Idda unter einem Bogen zwischen der Kirche und der 1705 neu erbauten St. Idda-Kapelle von grossen gehauenen Steinen neu errichten[3]). 1574 wurde der neue Glockenthurm mit einem prächtigen Geläute aus den Steinen der Burgruine Moos bei Tussnang erbaut, unter Abt Joachim Seiler (1672—1688) die alte grosse Kirche abgebrochen und 1686/7 aus reichen Beiträgen der Familie Reding von Biberegg in Frauenfeld neu aufgeführt. Dieselbe liess ausserdem das mit prachtvollen Säulen gezierte Portal der Kirche und den Hochaltar auf ihre Kosten errichten[4]). Der Rath von Zürich gab am 22. Aug. 1687 über das bereits in die neuerbaute Kirche geschenkte Ehrenwappen noch fl. 50. für die Fenster[5]).

Lommis (Loubmeissa 824)[6]), St. Jakob, der ältere[7]). Am 29. März 1214 ist Ulrich von Zezikon, Leutpriester in Loumeissa, bei dem Nachlasse eines Zinses an's Kloster Peterzell durch die Grafen von Toggenburg anwesend[8]). Die dortige Pfarrpfründe hatte laut eidlicher Angabe 1275 ein Einkommen von 10 ℔ Cstz. W.[9]). Am 28. April 1519 verspricht Sebastian Muntprat zu Salenstein seinem Vetter Ulrich, Ritter, zu Constanz und nach dessen Tod dem jeweiligen Kaplan der Pfründe der neuen Kapelle zu Lommis ein vom Kaufe der dortigen Herrschaft her schuldiges Fuder Otenbergerwein, nämlich 20 Eimer weissen und 10 Eimer rothen, ab seiner Halde unter dem Schlosse Weinfelden jährlich zur Herbstzeit auszurichten[10]). Diese (St. Anna) und eine zweite Kaplanei (St. Katharina), beide schon vor 1270 vorhanden[11]), vergabten 1644 die Muntprat von Spiegelberg dem Kloster Fischingen[12]), welches 1599 das Schloss und die niedern Gerichte zu Lommis sammt dem damit verbundenen Kirchensatze (laut Spruch- und Richtungsbrief vom 25. Februar 1402 Eigenthum der Frau Kunigunde von Toggenburg,

---

1) Sulzberger. — 2) Leu sch. L. VII. 136. — 3) Lang, h. th. G. R. I. p. 1067. — 4) Thurg. Neujahrsblatt 1837 p. 7. — 5) Staatsarchiv Z. M. P. — 6) Wartmann U. B. d. A. S. G. I. p. 268. — 7) Cat. D. C. p. 65. — 8) Gedr. Doc. v. S. G. — 9) Freib. D. A. I. p. 166. — 10) Staatsarchiv Z. Weinf. U. — 11) Sulzberger. — 12) Thurg. N. B. 1837. p. 12.

Donats sel. Tochter, Gemahlin des Grafen Wilhelm von Montfort[1]), hierauf bis 1443 der von Lommis, dann der Muntprat, der von Greifenberg und der von Frauenfeld) vom Kloster Rheinau als letztem Besitzer käuflich erworben hatte[2]) und bis zur Aufhebung im Jahre 1848 die Pfarrei und Kaplaneien zu Lommis statt der frühern zwei Priester durch einen einzigen Conventualen als Statthalter versehen liess[3]). 1738 stifteten Quartierhauptmann Felix Ruckstuhl von Sirnach und seine Frau A. Maria Stoffel gegen den Willen des Gerichtsherrn (Kloster Fischingen) eine noch jetzt bestehende Frühmesspfründe, deren Kollatur und Verwaltung das Domkapitel in Constanz mit der Bestimmung erhielt, dass das Stiftungsgut nie einem Kloster einverleibt werden dürfe[4]). — Neben dem grossen und schönen gothischen Chor der alten Kirche ist die Gruftkapelle der Muntprat von Lommis und Spiegelberg, das bis 1504 zu Affeltrangen gehörte, mit mehreren Grabsteinen[5]).

Sirnach (Sirinach 790)[6]), St. Remigius[7]). Schon am 16. Dez. 1215 erscheint der ungenannte Leutpriester[8]) und 1228 Bertold, der Dekan von Sirnach, als Zeuge, letzterer bei der Vergabung des Hofes und der Kirche Tobel durch die Grafen von Toggenburg an den Spital zu Jerusalem[9]). 1275 gab der Leutpriester von Sirnach sein Einkommen eidlich auf 18 ℔ 9 ß. Cstzr. W. an[10]). In der dortigen Kirche beschwuren am 24. August 1292 Bischof Rudolf von Constanz für sich und als Pfleger seines Brudersohnes, des Grafen Hartmann von Habsburg, einer- und Herzog Albrecht von Oesterreich für sich und als Pfleger seines Brudersohnes Johannes anderseits eine Sühne um Misshellung und Krieg[11]). Am 23. Juli 1327 beraubt Rudolf III., Bischof zu Constanz, den Göswin von Hohenfels, Rektor der Kirche Sirnach, als einen schuldig befundenen, vorsätzlichen Mörder, seiner Pfründe, überträgt als Kollator dieselbe am 28. Juli gl. J. dem Priester Nicolaus von Wolfurt, Chorherren zu Lindau, und befiehlt dem Kammerer des Decanats Sirnach, letzteren in den Besitz einzuführen[12]). Das Patronatsrecht der dortigen Pfarrkirche schenkt alsdann Bischof Heinrich III. in Constanz mit Zustimmung seines Kapitels am 21. April 1362 dem Abt und Convent von Fischingen, welches dadurch die Erfüllung von Servituten und die Abgabe von fl. 50 rh. an einen beständigen Vikar übernahm[13]); und am 13. Januar 1512 bewilligt Papst Julius II. die Inkorporation des jährlichen Einkommens der Pfarrei Sirnach, das nicht über 4 M. S. betrug, in das genannte Kloster[14]). — Inzwischen hatten Ende 1492 oder Anfang 1493 die

---

1) Rettung der Ehren und Rechten etc. betr. die Landschaft Toggenburg 1710. Beil. Nro. 21. — 2) Leu sch. L. XII. 215. — 3) u. 4) Sulzberger. — 5) Id. u. Pupikofer d. Kt. Th. p. 299. — 6) Wartmann U. B. d. A. S. G. I. p. 117. — 7) Cat. D. C. p. 66. — 8) Staatsarchiv Z. Urk. v. Bnb. — 9) Pupikofer, G. d. Th. U. Nro. 4. — 10) Freib. D. A. I. p. 216. — 11) Kopp G. d. e. B. III. 1. p. 34. n. 1. — 12) Gesch. Frd. II. 174. 175. — 13) Ib. IV. 294. — Sulzberger. — 14) Id.

Gemeindsgenossen sammt ihrem damaligen Leutpriester, Konrad Semlin, in ihrer Leutkirche eine Frühmesspfründe auf den Altar U. L. Frau und aller Gottesheiligen gestiftet und waren dabei über die Wahl des Kaplans mit dem Kloster Fischingen in Streit gerathen, welcher von Bischof Thomas und dem Dompropst zu Constanz am 17. Februar 1493 dahin entschieden wurde, dass die Gemeinde den Kaplan wählen und der Abt ihm die Pfründe leihen solle. Die Stiftung der Kaplanei wurde hierauf am 20. Oktober 1493 verbrieft und am 25. gl. Mts. bischöflich bestätigt[1]). — 1767 fand ein Kirchenbau statt[2]), wobei der nennenswerthe gothische Chor stehen blieb. Von den Glocken sind die drei kleinern ohne Inschriften, und die grösste ist 1785 gegossen.

Tobel (Tobel? 1228, Tobele und Thobelen 1258)[3]), St. Johannes Täufer[4]). Im Jahre 1228 übergeben Diethelm der ältere, Graf von Toggenburg; Diethelm der jüngere, sein Sohn; Diethelm, Bertold, Kraft und Rudolf, des letztern Söhne, den Hof in Tobel und die Pfarrkirche des Dorfs dem Spital von Jerusalem[5]). Am 23. Juni 1489 wurde die Pfarrkirche, ihre Altäre, eine Kapelle, und der Kirchhof von Daniel, Vikar des Bischofs Otto von Constanz, reconcilirt[6]), was mit Bezug auf Kirche und zwei Kapellen sammt gleichzeitiger Weihung von 5 Altären wiederum am 1. Oktober 1642 durch den Weihbischof Franciscus Johannes geschah[7]). — Das jetzige Gotteshaus wurde erst im 18. Jahrhundert erbaut; als Kirchthurm, welcher von der Kirche getrennt steht, dient der Thurm der ehemaligen Burg Tobel[8]).

Affeltrangen (Affaltrawangas 779)[9]). In diesem Orte bestanden 1275 zwei Kirchen, nämlich:

a) St. Margaretha. Ihr Leutpriester beschwor 1275 ein Einkommen von 5½ M. S., war daselbst wohnhaft und nicht anderswo verpfründet[10]). Am 7. Mai 1316 übergeben die Ritter Heinrich von Griessenberg und Lütold, Sohn des sel. Ritters Albert, das ihnen gemeinsam eigenthümliche Patronats- und Vogteirecht der Kirche Affeltrangen dem Benediktinerkloster Fischingen als etwelche Rückvergütung für die von ihrem Geschlechte demselben öfter zugefügten Verlüste, und der Chorherr Heinrich von Werdenberg zu Constanz, als Generalvikar des Bischofs Gerhard, bestätigt am gleichen Tage diese Schenkung[11]). — Die Kirche wurde 1641 vom Kloster Fischingen neu gebaut und 1642 geweiht[12]). Jetzt ist sie zu einer Wallfahrtskapelle der h. 14 Nothhelfer herabgesunken und der Pfarrei Sirnach zugetheilt[13]).

---

1) Sulzberger. — 2) Holzhalb S. z. L. s. L. V. 232. — 3) Reg. v. Tänikon Nro. 3. — 4) Lang, h. th. G. R. I. p. 1054. — 5) Pupikofer, d. Kt. Th. U. Nro. 4. — 6) Reg. v. Tobel Nro. 121. — 7) Lang l. c. p. 1053. — 8) Pupikofer l. c. p. 339. — 9) Wartmann U. B. d. A. S. G. I. p. 84. — 10) Freib. D. A. I. p. 166 u. 246. — 11) Gesch. Frd. III. p. 243 u. 244. — 12) Sulzberger. — 13) Burgener d. W. O. d. k. S. I. p. 243/4.

b) St. Johannes, Täufer und Evangelist[1]. Wilhelm von Toggenburg, Chorherr der Kirche Basel, erlaubt am 18. März 1275 nach entstandenem Streite zwischen ihm und dem Comthur nebst den Brüdern des Johanniterhauses in Tobel über das Patronatsrecht und die Vogtei der Kirche Affeltrangen, welche die Mutterkirche der ganzen Gegend gewesen sein soll, und deren Leutpriester (der Propst Hugo von Embrach) in jenem Jahre ein Einkommen von 16 ℔ beschwor, vor dem Bruder H. von Bochsberg, obersten Meister des Ordens in Deutschland, die Restitution der Brüder in den Besitz der Kirche, und leistet einen Eid, sie darin auf keine Weise zu stören oder zu belästigen[2]. In Folge dessen schenkt Friedrich, Graf von Toggenburg (wahrscheinlich Wilhelms Neffe, genannt der jüngere), mit seinen Söhnen Friedrich und Kraft am 5. Juni 1286 alles ihm zustehende Recht an dem Patronate und der Vogtei der Kirchen in Märwil und Affeltrangen dem Meister und den Brüdern des Johanniterhauses Tobel[3]. Der Bischof Bonifacius, als Stellvertreter des Bischofs Heinrich II. von Constanz, verleiht den 15. September 1299 allen, welche die in der Ehre der h. Johannes, des Täufers und des Evangelisten, Silvester und Agatha geweihte Kirche in Affeltrangen besuchen, gewisse Indulgentien[4]. Dieselbe sammt dem Kirchhof wird am 20. Januar 1480? von Br. Johannes, Constanzischem Weihbischof, reconcilirt, auf der rechten Seite ein Altar in der Ehre der h. Maria, Sebastian und Athanasius geweiht, das jährliche Fest der Einweihung desselben auf St. Sebastians Tag festgesetzt, auch gewisse Indulgentien ertheilt[5]. — Der gothische Chor ist nennenswerth.

Leutmärken (Liutmarinhchowa 814)[6], St Peter und Paul[7]. Der Dekan daselbst beschwört 1275 ein Einkommen von 18 ℔ C. W. aus seiner Kirche[8], und vermittelt am 27. April 1278 zu Wil die Schenkung einer Leibeigenen durch die Ritter Ulrich und Werner von Löwenberg an's Kloster Kreuzlingen[9]. Der Kirchensatz war immer mit dem Besitze der Burg Griessenberg verbunden, deren Inhaber auch eine Kaplanei stifteten[10]. — Laut Jahrzahlen, die im Thurme der Kirche stehen, wurde das Langhaus 1556 neu gebaut, der Chor 1632. An jenes ist gegen Mitternacht für die Beerdigung der Familienglieder der Gerichtsherren von Griessenberg und katholischer Geistlicher eine Kapelle angebaut, worin sich zehn Grabsteine mit Ueberresten von Wappen befinden. Die drei Glocken im Kirchthurm tragen folgende Inschriften:

1) Die kleine: «O rex glorie Christe veni cum pace.» Ohne Bilder und Jahrzahl.

---

1) Reg. v. Tobel Nro. 15. — 2) Pupikofer. d. Kt. Th. U. Nro. 11. — Freib. D. A. I. p. 216. — 3) Pupikofer l. c. U. Nro. 19. — Reg. v. Tobel Nro 14. — 4) Note 1 — 5) Lang, h. th. G. R. I. p. 1054. — 6) Wartmann U. B. d. A. S. G. I. p. 202 — 7) Cat. D. C. p. 65. — 8) Freib. D. A. I. p. 166 u. 215. — 9) Pupikofer Reg. v. Kreuzl Nr. 97. — 10) Id. d. Kt. Th. p. 297.

2) Die mittlere: «Osanna hais ich, Niclas Oberaker zu Costenz gos mich. 1705.» Mit den Bildern der Mutter Gottes südlich und der h. Barbara nördlich.

3) Die grosse: «In omnem terram sonuit sonus apostolorum,
Obsequio quorum apostola vocor eorum.»
Mit den Bildern der h. Apostel Petrus, Paulus und Johannes und der Jahrzahl 1709[1]).

b Tochterkirchen.

Von Bussnang:

Wärtbühl (Wartpol 894)[2]), St. Peter und Verena[3]). Unter den Besitzungen des Domstifts Constanz wird am 27 November 1155 aufgeführt der Hof in Mettlen (Mittelo), d. h. das Ganze, welches Eberhard daselbst in der Kirche Wärtbühl hatte, mit Ausnahme der Burg[4]). Am 19. Mai 1307 tauschen Mstr. Felix Stucki, Dompropst zu Constanz, Lehenherr der Kirche zu Wärtbühl, und Rudolf Snewisse, Kirchherr daselbst, Eigenleute mit dem Johanniterhause Tobel[5]). Nachher erwarb Constanz auch die Burg Wärtbühl, vereinigte damit die zur Kirche gehörigen Besitzungen, und liess sie durch einen Geistlichen verwalten, welcher den Titel eines Propsts führte[6]) und, obgleich der Ort nach Bussnang kirchgenössig war, daselbst pfarrliche Verrichtungen übte, so z. B. 1562 und 1581[7]). Wärtbühl wird daher schon in dem spätern Constanzischen Bisthumsverzeichnisse als Pfarrkirche aufgeführt — Die Glocken wurden 1839 umgegossen.

Wuppenau (Wabbinauwa 820)[8]) St. Martin[9]). Der dortige Leutpriester beschwört 1275 ein Einkommen von 5 ℔[10]). Als solcher leiht Johannes Ammann aus der Reichenau, Namens der Kirche, am 4. Juni 1397 das Gütli zu Albisperg, genannt St. Peters Gütli, dem Johannes Gärtisperger[11]). 1391 bewilligt auf Bitte Friedrichs von Nürnberg, Stifters des Waldbruderhauses, der Kapelle und des Friedhofs am Nollenberg, der Bischof von Constanz, dass die Einwohner von Wuppenau, Kirchgenossen von Bussnang, den Gottesdienst in jener Kapelle besuchen und ihre Todten auf dem Friedhofe derselben beerdigen dürfen[12]). 1421 wird Jodocus Walk als Pfarrer in Wuppenau[13]) und 1495 dieser Ort als Kirchspiel in der Offnung der auf dem Berge genannt[14]) Kollator war das Ritterhaus Tobel bis zu seiner Aufhebung. Der gothische Chor

1) Sulzberger. — 2) Neugart, C. D. A. I. p. 496. — 3) Cat. D. C. p. 232. — 4) Neugart l. c. II. p. 88. — 5) Reg. v. Tobel Nro. 22. — 6) Pupikofer d. Kt. Th. p. 345. — Cat. D. C. p. 5, 232. — 7) Amtl. Samlg. d. æ e. A. IV. 205, 1020. — 8) Wartmann U. B. d. A. S. G. I p. 239. — 9) Cat. eccl. S. G. — 10) Freib. D. A. I. p, 216. — 11) Archiv Wil. — 12) u. 13) Sulzberger b. V. d. G. p. 174. — 14) Gedr. Doc. v. S. G.

der Kirche, in welcher sich ein Grabstein eines Herrn von Bussnang aus dem Jahre 1306 befindet[1]), ist nennenswerth[2]).

Schönholzerswilen (Wiler 1275)[3]), St. Marcus[4]). Der Leutpriester wohnt am 16. Dezember 1215 einem Compromisse als Zeuge bei[5]) und bezahlt 1275 den päpstlichen Zehnten von seinem Einkommen[6]). Die Errichtung der Kaplaneipfründe daselbst durch den Comthur zu Tobel, Walther von Bussnang, im Jahre 1468, bei der sich auch die Bewohner von Atzenwilen betheiligt haben sollen, wird daher als Erneuerung einer schon vorhandenen Stiftung bezeichnet[7]). Am 16. Sept. 1484 war Ulrich Herzog Leutpriester der Kapelle, neben der sich ein Friedhof befand[8]). Am 9. November 1508 verkauft Rudolf Nievergelt, Pfleger der Pfrund zu Wilen, dem Gotteshause Tänikon einen Grundzins[9]). Im gleichen Jahre wird aus einem unter Bischof Hugo erneuerten «Register der geliepten hilff aller Stift und Pfarrkirchen, auch der Ca«planien, Pfrunden und aller Klöster des Bisthums Constanz vff den «zwanzigsten Pfenning taxirt» notarialisch bewiesen, dass die Pfrund Wilen nur eine Kaplanei der Kirche Bussnang und nicht eine Pfarre sei[10]), und unterm 1. September 1564 von Statthalter und Räthen des Abts von St. Gallen, an welchen als Gerichtsherrn durch Tagsatzungsabschied zu Baden d. d. 21. Januar gl. J. der Streit des Comthurs Wähinger zu Tobel, Inhaber des Kirchensatzes, mit den von Wilen wegen der Pfrund und des Kirchleins daselbst gewiesen worden, zu Wil ein Erkenntniss in obigem Sinne ausgefällt[11]). Demzufolge ging die nach der Reformation vom evangelischen Pfarrer zu Wuppenau versehene Kirche in Wilen wieder an die Katholiken über, bis 1714 mit Beihülfe der Regierung des Standes Zürich eine reformirte Kirche gebaut und 1718 ein Pfarrer dafür angestellt ward[12]). Das damals erhaltene Kollaturrecht trat Zürich durch Vertrag vom 15. März 1843 an den Stand Thurgau ab[13]).

Welfensperg (Wælphrisberch 1275)[14]), St. Laurentius[15]). Der Leutpriester gab 1275 den Kommissarien für Einsammlung des päpstlichen Zehntens eidlich ein Einkommen von 5 ₶ an[16]). Am 8. Dez. 1451 und 14. Februar 1452 wurde die Zehntenwiese zu Göffenau dem Licht der Kirche, der Heuzehnten dem Pfarrer von Welfensperg zugesprochen, und 1499 über die Marken des Zehntens zu Lönberg bei Zuzwil zwischen

1) Pupikofer. — 2) Mörikofer W. G. — 3) Freib. D. A. I. p. 166. — 4) Pupikofer. — 5) Staatsarchiv Z. U. v. Bub. — 6) Freib. D. A. I. p. 216. — 7) Pupikofer G. d. K.-G. B. p. 23. — 8) Reg. v. Tobel Nro. 108. — 9) Reg. v. Tänikon Nro. 147. — 10) Reg. v. Tobel Nro. 151. — 11) Gedr. Doc. v. S. G. — 12) Sulzberger b. V. d. G. p. 178. — 13) Protokoll d. Z. F. C. XV. 143. — 14) Note 6. — 15) Cat. D. C. p. 199. — Cat. eccl. S. G. v. 1769. — 16) Note 6.

der Abtei St. Gallen und Fritz Jakob von Anwil, Namens der Kirche Welfensperg, ein gütlicher Vergleich abgeschlossen. 1500 war Pfarrer Konrad Scholl und 1534 Kollator Ludwig von Helmstorf von Zuckenriet. 1706 fand der Bau einer neuen Kirche und 1735 derjenige eines Pfarrhofs, sowie die Anstellung eines eigenen Geistlichen statt, nachdem Welfensperg meistens von Wil aus versehen worden[1]).

Von Tussnang:

Au (In der Owe 1275)[2]), früher St. Idda und Anna, jetzt U. L. Frauen Himmelfahrt und St. Idda[3]). Die h. Idda soll vor ihrer Uebersiedlung nach Fischingen einige Jahre als Klausnerin in Au gelebt haben und ihre Verehrung nach der Heiligsprechung Anlass zum Bau der dortigen Kirche (Wallfahrtsort) durch eine Gräfin von Toggenburg gegeben haben, da in einem alten Jahrzeitbuche des Klosters Fischingen folgende Notiz steht: «Obiit nobilis matrona Williburg de Tockenburg fundatrix ecclesiæ in Augia». Dieselbe erscheint in dem päpstlichen Zehntenrodel vom Jahre 1275, und war anfänglich eine Filiale von Tussnang; allein schon lange vor der Reformation, sowie auch bald wieder nachher (von 1542 bis 1848) besorgte das Kloster Fischingen den Gottesdienst in Au durch einen Conventualen[4]).

Von Affeltrangen St. Johannes:

Märwil (Marinwilare 827)[5]), St. Georg und Magdalena[6]). Der dortige Leutpriester kömmt am 16. Dezember 1215 als Zeuge vor[7]) und beschwört 1275 ein Einkommen von 9 ℔ weniger 6 ß.[8]). Das Patronatsrecht der Kirche schenkt Graf Diethelm der jüngere von Toggenburg, nachdem er es laut schiedsrichterlichem Spruche d. d. 2. April 1275 von seinem Oheim, Graf Friedrich, erhalten hatte[9]), am 26. Dezember 1276 den Brüdern des Johanniterhauses in Tobel[10]), ebenso Graf Friedrich III. mit seinen Sohnen Friedrich IV. und Kraft III. durch Urkunde vom 5. Juni 1286[11]). — Ein neuer Altar auf der rechten Seite wird am 27. Juni 1489 von Daniel, Vikar des Bischofs Otto IV. von Constanz, in der Ehre der h. Maria, Anna, Elisabeth u. s. w. und der Chor der Pfarrkirche am 3. Febr. 1520 von Melchior, Vikar des Bischofs Hugo von Constanz, in der Ehre St. Georgs und Magdalena, der Altar rechts wie oben und der Altar links in der Ehre St. Martin, Antonius, Pelagius und Katharina geweiht[12]).

---

1) Sulzberger. — 2) Freib. D. A. I. p. 166. — 3) Cat. D. C. p. 64. — Lang, h. th. G. R. I, 1066a. — 4) Sulzberger. — 5) Wartmann U. B. d. A. S. G. I. p. 284. — 6) Lang l. c. p. 1053. — 7) Staatsarchiv Z. Urk. v. Bub. — 8) Freib. D. A. I. p. 246. — 9) Urk. i. d. antiq. Sammlg. i. Z. — 10) Pupikofer G. d. Kt. Th. U. Nr. 12 u. 13. — 11) Ib. Nro. 19. — 12) Reg. v. Tobel Nro. 122 u. 158. — Lang l. c. 1053.

Von Märwil löste sich weiter ab:

Brunau (Pramunauwo 830)[1]. Die evangelischen Einwohner benutzten früher dann und wann für Leichenpredigten die dortige Kapelle. Später wurde ihnen nur noch erlaubt, ihre Todten auf dem Friedhofe derselben zu beerdigen. Nach dem Baue einer Kirche aber (1806) konstituirten sie sich als eigene Kirchgemeinde, erhielten 1810 einen Pfarrverweser und nach Aeufnung des Pfrundfonds 1861 die Erlaubniss, einen Pfarrer zu wählen[2].

Von Linggenwil, Kt. St. Gallen: (siehe daselbst).

Amtzell (Amptuncelle XIII, Ametencelle? 1215)[3]) oder **Heiligkreuz,** Kreuzerhöhung[4]). Der Leutpriester ist Zeuge am 16. Dez. 1215 in der bei Ermatingen erwähnten Urkunde, und bezahlte 1275 8 ß. als päpstlichen Zehnten[5]). Das Patronatsrecht gehörte schon im 13. Jahrhundert dem Benediktinerkloster St. Gallen[6]). Am 22. April 1430 stiftet sodann Joh. Rudolf von Rosenberg von Zuckenriedt auf dem den h. Maria, 3 Könige und Wendelin geweihten Voraltar dieser Kirche eine Kaplanei, welche Stiftung vom Abt zu St. Gallen, als Kollator der Mutterkirche Linggenwil, und vom Pfarrer der letztern genehmigt wurde. Der Stifter behielt sich bis zu seinem Tode die Kollatur der Kaplanei vor; hernach fiel dieselbe an die Abtei St. Gallen, welche sie bis zu ihrer Auflösung inne hatte. Der erste bekannte Kaplan ist 1465 Hugo Schneider von Bischofzell[7]). Noch vor der Reformation siedelte der Pfarrer von Linggenwil nach Heiligkreuz über; seit 1540 erhielt dieser Ort einen eigenen katholischen Geistlichen, und wurde von der ehemaligen Mutterkirche unabhängig. — 1772 geschah die Weihe von drei Glocken[8]).

Von Kirchberg, Kt. St. Gallen: (siehe daselbst).

Rikenbach bei Wil (Richinbach 754)[9]), St. Maria 838[10]), St. Verena 1769[11]). An die Kirche der h. Maria daselbst überträgt Svanihilt am 28. März 838 den von ihrem Gatten Olthere erhaltenen Besitz zu Morikon und Affeltrangen[12]). Sie erscheint auch im päpstlichen Steuerrodel von 1275[13]). Am 25. Juni 1350 wird ihr von 12 Bischöfen ein Ablass von 40 Tagen verliehen[14]), am 2. August 1359 das Patronatsrecht der Kirche Kirchberg sammt ihrer Filiale Rikenbach mit päpstlicher Gutheissung der Benediktinerabtei St. Gallen, welcher es schon vorher zuständig war, förmlich einverleibt[15]) und am 23. April 1422 die mit Einwilligung des Leutpriesters, Konrad Müller zu Kirchberg, geschehene Absonderung der bisherigen Filiale

---

1) Wartmann U. B. d. A. S. G. I. p. 310. — 2) Sulzberger b. V. d. G. p. 44. — 3) v. Arx G. d. Kt. S. G. I. p. 464 n. a). — Staatsarchiv Z U. v B. — 4) Cat. E. S. G. v 1769. — 5) Freib. D. A. I. p. 166 u. 216. — 6) v. Arx l. c. — 7) Stiftsarchiv S G. — 8) Sulzberger. — 9) Wartmann, U.-B. d A. S. G. I. p. 22. — 10) Ib. I. p. 344. — 11) Note 4. — 12) Note 10. — 13) Freib. D. A. I. p, 166. — 14) Stiftsarchiv S. G. — 15) Gedr. Doc. v. S. G.

Rikenbach von der Mutterkirche, sowie die Errichtung einer eigenen Pfarrei durch Bischof Otto III. von Constanz bestätigt[1]). Pfarrer ist 1510 Thomas Murer. Kirche und Dorf verbrannten 1638[2]), wesshalb erstere nach dem Wiederaufbau am 15. Juni 1644 in der Ehre der h. Maria, Maria Magdalena, Margaretha und Verena neu geweiht und das Kirchweihfest auf den nächsten Sonntag nach Maria Magdalena festgesetzt wurde[3]).

Von Wil, Kt. St. Gallen: (siehe daselbst).

Bettwiesen (Bettewise 1275)[4]), St. Katharina[5]), jetzt St. Urban[6]). Die Kirche ist eine alte Filiale von Wil. Laut dem päpstlichen Steuerrodel von 1275 bezahlte der Abt in Fischingen den Zehnten davon. Derselben weisen am 22. August 1278 Ulrich und Konrad Blüwel auf Lebenszeit ihren Zehnten in Enode an, damit auf die Altäre Lichter gesetzt werden[7]). Schon frühe hatten die Einwohner von Bettwiesen das Beerdigungsrecht bei ihrer Kapelle. Dieser wurden 1371 von Maugwil 3 Viertel Kernen und von des Stählis Gut in Landeswald 2 Mütt Kernen nebst Geldzins vergabt. Der eigentliche Begründer der dortigen Kirche aber ist der Freiherr Eghard von Bettwiesen, indem er laut Jahrzeitbuch und einem alten Todtenbuch die Kapelle ausbaute. Derselbe schenkte auch um 1414 die Burg, Weinberge und andere Güter zu Bettwiesen dem verarmten Kloster Fischingen, welches in Folge dessen durch einen Conventualen alle 14 Tage Gottesdienst daselbst halten liess. 1471 wurde zwischen der Gräfin Kunigunde von Schwarzenberg, geb. von Nellenburg, als Besitzerin von Griessenberg, dem Kloster Fischingen und den Kirchenpflegern zu Bettwiesen ein Gütertausch abgeschlossen. 1613 liess der Abt Placidus in Fischingen auf Kosten des Klosters jene Kirche umbauen, einen Chor daran fügen, einen Thurm aufsetzen, Stühle, Altar, Gemälde, Gewölbe und Taufstein nebst den nöthigen Zierrathen machen, und am 28. Juni 1644 wurde die neue Kirche Bettwiesen (sammt Friedhof), welche damals noch eine Filiale hiess, vom Constanzischen Weihbischof Franz Johann Vogt von Alten-Sommerau eingeweiht. Unmittelbar nachher fanden Unterhandlungen über die Lostrennung der Filiale Bettwiesen von der Mutterkirche Wil statt, welche sodann am 15. Juni 1646 in der Weise zu Stande kam, dass die Aebte Pius von St. Gallen und Placidus von Fischingen eine Abtauschung von Pfarrkindern machten. «Dornach sollen die Einwohner zu Bettwiesen, so bishero nach Wil pfärrig gewesen, dieser Pfarre entlassen sein und Leutgarben, Futterhafer, Ostereier u. s. w. fürohin dem Kloster Fischingen geben, das sie zu allen Zeiten mit pfärrlicher Seelsorge zu versehen hat. Dagegen lässt dieses los die Einwohner zu

1) Gedr. Doc. v. St. G. — 2) Sulzberger. — 3) Stiftsarchiv S. G. — 4) Freib. D. A. I. p. 189. — 5) Sulzberger. — 6) Cat. D. C. p. 65. — 7) Staatsarchiv Z. U. v. Bub.

Truongen, so vorher in der Kirche zu Sirnach pfärrig gewesen und nun fürohin der Pfarre zu Wil als Pfarrkinder einverleibt sein und von ihr mit Seelsorge versehen werden sollen. Die Todten aber dürfen sie zu Trübrunn beerdigen.» Seit diesem Tausche wurde Bettwiesen immer durch einen Conventualen von Fischingen pastorirt, der entweder im dortigen Schlosse oder in demjenigen von Lommis wohnte[1]).

2. Kapellen.

In der Pfarrei Bussnang:

Bussnang, St. Niklaus. Für diese von den Freiherren von Bussnang gestiftete Kapelle und Messpfründe präsentirt am 15. September 1462 Konrad von Bussnang, Chorherr der Domkirche in Strassburg, dem Bischof Heinrich IV. von Constanz den Heinrich Buwmann, Acolitus[2]). Sie wurde, nachdem sie seit der Zeit der Stiftung eingegangen war, von dem Freiherrn Walther von Bussnang, Komthur der Johanniterhäuser Tobel und Wädensweil, laut Urkunde vom 13. November 1466 wieder aufgerichtet und mit Gütern und Einkünften begabt, was Bischof Hermann III. zu Constanz unterm 14. November gl. J. bestätigte[3]). Als Kapläne werden genannt Heinrich Breitenbach (16. Sept. 1484) und nach dem Tode desselben Johannes Wähinger, Johanniterordens, (25. Jan 1494), präsentirt durch Albrecht von Nüwenegg, Komthur der Häuser in Tobel und Buchs, und investirt von Bischof Thomas zu Constanz[4]).

In der Pfarrei Tussnang:

Oberwangen, St. Martin. Die Kapelle, deren Patronatsrecht das Kloster Fischingen 1298 erwarb, steht auf einer Anhöhe, dem sogen. Martinsberg, wurde 1616 reparirt, allein 1693 vom Blitze zerstört, jedoch sofort wieder aufgebaut und noch 1695 täglich Messe darin gelesen[5]).

In der Pfarrei Fischingen:

Kloster Fischingen. Unter dem Eckzimmer, welches ehemals die Wohnung des Abtes war, befindet sich beim Speisesaal für Gäste eine kleine Kapelle, angeblich die alte Pfarrkirche, deren Fensterbogen auf den Anfang des 15. Jahrhunderts hinweisen[6]).

Kloster Fischingen, St. Johannes Baptist. Für denjenigen Priester, welcher in dieser Kapelle alle Wochen durch's ganze Jahr Messe halten würde, stiftete der Conventual, Bruder Johannes, 1 Mütt Kernen Zins[7]).

Kloster Fischingen, Allerheiligen. Auch hier wurde von einem Conventualen, Bruder Jakob von Engelberg, 1 Mütt Kernen für eine wöchentliche Messe gestiftet[8]).

---

1) Sulzberger. — Gedr. Doc. v. S. G. — 2) Reg. v. Tobel Nro. 93. — 3) Ib. Nro. 96–98. — 4) Ib. Nro. 108 u. 127. — 5) Pupikofer d. Kt Th. p. 222 u. schriftl. Mitth. — Sulzberger. — 6) Thurg. N.-B. 1837 p. 7. — 7) u. 8) Lang h. th. G. R. I. 1066.

In der Pfarrei Lommis:

Lommis, St. Anna
Schloss Lommis, St. Katharina } vor 1270[1]) (siehe Seite 165).

Schloss Spiegelberg, 1469[2]).

In der Pfarrei Sirnach:

St. Margarethen, 1275 St. Margaretha, jetzt h. 14 Nothhelfer. Diese ehemalige Pfarrkirche (siehe Seite 167) ist zu einer kleinen Wallfahrtskapelle herabgesunken und der Pfarrei Sirnach zugetheilt[3]).

Wallenwil, St. Elisabetha bona. Die Oeffnung des Grabes dieser 1420 in der Reute bei Waldsee gestorbenen Nonne im Jahr 1623 und die muthmassliche Vertheilung ihrer Reliquien gab Veranlassung zu ihrer Verehrung, namentlich in Schwaben, und zur Erbauung einer grossen Kapelle in Wallenwil, von deren Pflegschaft Rechnungen aus den Jahren 1779—95 vorhanden sind, und die als Wallfahrtsort oft besucht wird[4]).

Sirnach, zum guten Hirten[5]).

In der Pfarrei Tobel:

Tobel, St. Peter und Paul. Diese neue Beinhauskapelle wird den 25. Juni 1489 von dem Constanzischen Weihbischof Daniel zum ersten Male geweiht[6]). Vermuthlich ist diess die Kapelle neben der Kirche, in welcher laut Urkunde vom 2. September 1521 der Komthur Konrad von Schwalbach sein Begräbniss zu haben wünschte und deren Pflegern er für Anzündung eines ewigen Lichts aus dem Vermögen der Kirche fl. 60 rh. bezahlte[7]).

Kaltenbrunnen, U. L. Frauen Himmelfahrt, gestiftet 1662 von Adam Lauchenauer[8]).

Tägerschen, an der Strasse von Wil nach Constanz[9]).

In der Pfarrei Leutmärken:

Schloss Griessenberg, St. Anna, Am 17. März 1472 bestätigt der Constanzische Generalvikar die von der damaligen Besitzerin von Griessenberg, Kunigunde von Schwarzenberg, geb. von Nellenburg, um Gottes, des Allmächtigen, seiner Mutter Maria, der h. Anna und des ganzen himmlischen Heeres Lob und Ehre willen, sowie zum Seelenheile ihrer Eltern, Vorfahren und Nachkommen, auch aller Christgläubigen gemachte Stiftung einer ewigen Messe in der Kapelle ihres Schlosses. Diese hatte vor der Reformation einen besondern Kaplan, von denen 1477 Hans Schütt und 1480 Ulrich Keller von Rheineck erwähnt wird.

---

1) Sulzberger. — 2) Pupikofer. — 3) Burgener d. W. O. d. k. S. I. 243/4. — 4) Pupikofer d. Kt. Th. p. 223. — Archiv Wil. — Burgener l. c. I. 244. — 5) Cat. D. C. p. 64. — 6) Lang h. th. G. R. I. p. 1053. — 7) Reg. v. Tobel Nro. 159. — 8) Pupikofer l. c. u. schriftl. Mitth. — 9) Cat. D. C. p. 166.

Noch 1710 wurde drei Male wöchentlich katholischer Gottesdienst in der Schlosskapelle gehalten. In der zweiten Hälfte des 18. Jahrhunderts aber stürzte die Burg ein, und ist jetzt sammt der Kapelle ganz abgetragen[1]).

Zwischen Leutmärken und Griessenberg waren noch zwei Kapellen, in denen 1695 wöchentlich drei Mal Messe gelesen wurde[2]).

Hochenberg, U. L. Frau[3]). 1612; abgegangen[4]).

In der Pfarrei Wuppenau:

Grätensberg, St. Sebastian. Am 13. Januar 1634 bekennen Schultheiss, Rath und Bürger zu Wil, dass sie die Kapelle auf ihrem Hofe Grättensberg mit dem Altar der h. Sebastian, Martin und Rochus, sowie mit den Zierden und aller Nothwendigkeit in guten Ehren erhalten und auch die künftigen Besitzer dazu verpflichten wollen[5]). Noch jetzt hat der zweite Kaplan in Wil die Obliegenheit, alljährlich an den Tagen der h. Sebastian und Martin daselbst Gottesdienst zu halten[6]).

In der Pfarrei Bettwiesen:

Schloss Bettwiesen[7]).

3. Klöster.

Fischingen (Augia Sanctæ Mariæ Fishinæ 1138)[8]). St. Maria Himmelfahrt und St. Idda[9]). Benediktiner Männer- und Frauenkloster. Nach der Sage soll dieses Gotteshaus schon im dritten Jahrhundert den ersten Anfang erhalten haben, indem zur Zeit der Verfolgung unter den römischen Kaisern etliche Christen aus Welschland entflohen und in der damals wilden und von dichten Wäldern besetzten Gegend am Fusse des Hörnli (in dem jetzt noch sogenannten Bruderwald) sich niederliessen und ein Einsiedlerleben führten[10]). Die urkundlichen Angaben über Entstehung der Klosterkirche haben wir oben (Seite 164) mitgetheilt. Neben der dort erwähnten Basilica erbaute der aus dem Kloster Petershausen von Bischof Ulrich in Constanz zum Abte der Benediktiner in Fischingen erwählte Priester Waltram drei Wohnungen für die Brüder, die Schwestern und den Spital[11]). Nach dem Brande von 1414, welcher beide Klöster sammt der Kirche gänzlich zerstörte, liess man das Frauenkloster eingehen; das Männerkloster dagegen wurde vorzüglich durch Beihülfe des Freiherrn Eghart von Bettwiesen wieder aufgebaut[12]), allein nachdem es durch Beschluss des Grossen Rathes des Kantons Thurgau vom 18. Juni 1848 aufgehoben worden, verkauft und in eine Baumwollspinnerei umgewandelt[13]). —

1) u. 2) Sulzberger. — 3) Cat. D. C. p. 65. — 4) Pupikofer. — 5) Stiftsarchiv S. G. — 6) Mitth. v. Hrn. Custos Schwieter in Wil. — 7) Sulzberger. — 8) Gesch. Frd. I. 375. — 9) v. Mülinen H. S. I. 89. — 10) Lang h. th. G. R. I. 1064. — 11) Note 8. — 12) Thurg. N.-B. 1837. p. 9. — 13) v. Mülinen l. c. I. 90.

Das Siegel des Convents vom Jahre 1279 (S. conventus de Piscina) zeigt die h. Maria, daneben links und rechts einen aufrecht stehenden Fisch; das Siegel der Aebte von 1263 bis 1316 einen Bischof mit Stab und Buch (1278 auch die zwei Fische), von 1355 bis 1546 die h. Maria mit dem Jesuskinde[1]).

Tobel. Der Stiftung des dortigen Johanniterhauses durch die Grafen von Toggenburg im Jahre 1228 ist schon auf Seite 167 gedacht worden. Sie war an die Bedingung geknüpft, dass die Brüder des Spitals von Jerusalem stets zwei Priester und einen Minoriten unterhalten sollen, welche in der Kirche zu Tobel Gott dienen[2]). Bei der Auflösung des Johanniterordens im Anfang dieses Jahrhunderts fiel diese Komthurei an den Kanton Thurgau, welcher das Herrschaftsgebäude in eine Strafanstalt umwandelte[3]). — Das Siegel des Komthurs (S. Conradi de Schwalbach Commendatoris S. Joh. Hieros. in Tobel [1506—1523]) enthält sein Wappen[4]).

Nollenberg bei Wuppenau, bis 1399 Bruderhaus, seit 1498 Schwesternhaus. Hier legte im Anfange des Jahres 1390 Bruder Friedrich von Nürnberg ein Waldbruderhaus mit einer Kapelle und einem Kirchhofe an. Da nun desswegen der Pfarrer von Bussnang, als Kirchherr in Wuppenau, für sein Einkommen besorgt zu werden anfing, so sicherte ihm der Abt von Kreuzlingen, auf dessen Grund und Boden das Haus stand, alle Opfer zu, die während der Messe in der Kapelle von dem Zeitpunkte an, wo der Priester den Umler (Biret) aufsetzt, bis zu dessen Ablegung fallen, und versprach, ohne seine Bewilligung nie einem Laien auf dem Brüderkirchhofe das Begräbniss zu gestatten[5]). Hierauf geben Friedrich von Bussnang, Freier, und Rudolf von Rosenberg von Zuckenriet, Ritter, als Pfleger der landesabwesenden Brüder Jkr. Konrad und Walter von Bussnang und Patronatsherren der dortigen Kirche, im Einverständnisse mit dem Leutpriester am 1. Februar 1390 die Erlaubniss, dass die Kapelle und der Kirchhof zu Nollenberg geweiht werde, und bitten den Bischof zu Constanz, durch seinen Suffragan die Weihe zu veranstalten[6]). Noch ist eine Erklärung des Bruders Friedrich vom 28. Juni 1399 vorhanden, dass Abt Erhard von Kreuzlingen ihm durch Gottes willen das Haus, die Hofreite und das Wiesli im Nollenberg, wie es umgraben ist, auf Lebenszeit geliehen habe[7]). Am 17. November 1498 aber kaufen Schwester Greta Huwendobler, Mutter, und Schwester Gret Rietysen im Hause Nollenberg $2^1/_2$ Jcht. Feld sammt dem Hölzchen Waldrüti für 12 ℔ Pfg.[8]); und 1520 gestattet der bischöfliche Generalvikar in Constanz der Mutter und den

1) Sammlg. d. a. G. i. Z. — 2) Pupikofer G. d. Tb. U. Nro. 4. — 3) Id. d. Kt. Tb. p. 339. 4) Mitth. v. Hrn. Dr. Rem. Meier in Basel. — 5) v. Arx G. d. Kt. S. G. II. p. 203. 204. — Reg. v. Kreuzlingen Nro. 257. — 6) Ib. Nro. 266. — 7) Ib. Nro. 437.

Schwestern der dritten Regel des h. Franciscus in Nollenberg, auf ein von ihrem Visitator und Moderator, Sebastian Hofmeister, (dem nachmaligen schaffhausischen Reformator) unterstütztes Gesuch, für Reparatur der zu Ehren der h. Jungfrau Maria und anderer Heiligen erbauten Kapelle, des Wohnhauses und der übrigen Gebäude eine Steuer bei den Gläubigen zu sammeln, und gibt allen Beitragenden 40 Tage Ablass[1]). Zur Zeit der Reformation traten die Schwestern aus, und es wohnte ein Verwalter im Kloster, bis am 3. Februar 1561 das Stift Kreuzlingen als Eigenthümer, der Regula Keller, weiland Priorin, und gemeinem Convent des Gotteshauses St. Katharina in St. Gallen, Predigerordens, welche diese Stadt verlassen mussten, auf Bitte des Abts Diethelm daselbst erlaubte, am nächsten Sonntag Quasimodogeniti (13. April) die leeren Klostergebäude in Nollenberg zu beziehen[2]). Sie verbanden sich hierauf mit andern gleichgesinnten Frauen zur Fortsetzung des Klosterlebens, und wurden am 17. Juli 1579 von dem päpstlichen Nuntius Julianus dem Abt Joachim in St. Gallen zu Schutz und Schirm übergeben[3]), verliessen aber 1606 den Ort, um nach Wil überzusiedeln[4]). 1710 bestand im Nollenberg nur noch eine Kapelle, in welcher am Michelstage, als der Kirchweihe, ein Kapuziner eine Messe zu halten pflegte[5]).

B. Kanton St. Gallen.

1. Pfarrkirchen.

a. Mutterkirchen.

Wattwil (Wattinwilare 897)[6]). St. Felix und Regula[7]). Abt Salomo in St. Gallen verleiht am 3. Oktober 897 und 2. Juli 898 dem Liuto die von ihm der Abtei geschenkten Besitzungen zu Hemberg im Thurgau, ferner am 10. März 903 als Tausch gegen vergabtes Eigenthum in Helfenschwil dem Walthere ein gleich grosses Gut vom Hofe Wattwil, endlich 912 dem Weitram das der Abtei übergebene Eigenthum in der March Luterheim (Lütewil bei Nesslau an der Luter), allen drei auf Lebenszeit gegen Bezahlung jährlicher Zinse am Kirchweihfeste und zwar theils an die Basilica in Wattwil, theils an die Messe des h. Andreas daselbst[8]). Es geht hieraus hervor, dass dieser Kirchsprengel damals sehr ausgedehnt war, und dass die Stiftung der Pfarrkirche, welche mehrere Jahrhunderte die einzige im obern Toggenburg war, jedenfalls von der Abtei St. Gallen herrührt, da solche seit den ältesten Zeiten den dortigen Kirchensatz besass[9]). Der Leutpriester Heinrich in Wattwil ist 1222

---

1) u. 2) Sulzberger. — 3) Stiftsarchiv S. G. — 4) Wegeli U. D. d. St. A. S. G. Msc. — 5) Pupikofer G. d. K. G. B. p. 48. — 6) Wartmann U. B. d. A. S. G. II. p. 316. — 7) Cat. A. S. G. v. 1769. — 8) Wartmann l. c. u. p. 317, 327, 372. — 9) Wegelin G. d. L. T. I. p. 38.

Zeuge bei der Vergabung des Gutes Ahorn an die Zelle des h. Petrus im Neckarthale [1]). Am 24. Juni 1315 verpfändet Abt Heinrich II. von St. Gallen das Patronatsrecht der Pfarrkirche zu Wattwil mit demjenigen in Kirchberg und Sommeri um 140 M. S. dem Grafen Kraft von Toggenburg, Propst in Zürich und Chorherr in Constanz [2]), welcher aber am 8. Februar 1339 die drei Kirchensätze dem Abt Hermann zu Handen des Kapitels und Gotteshauses St. Gallen aufgab und den Pfandschatz kraftlos machte [3]). Schon vor 1491 wurde eine Frühmesserei gestiftet, für welche am 19. März 1491 Abt Gotthard und Convent nach dem Tode Albrechts Suter den Priester Konrad Fryen dem Bischof von Constanz präsentiren [4]). — Im Jahre 1844 am dritten Sonntag im September wurde der letzte Gottesdienst in der alten Kirche gehalten, alsdann dieselbe nebst Thurm wegen grosser Baufälligkeit und Mangel an Raum abgebrochen, am 20. April 1845 feierlich der Grundstein zur neuen Kirche gelegt und diese am 1. Juni 1848 eingeweiht, nachdem auch die Glocken umgegossen worden [5]). — Das Siegel des Leutpriesters vom Jahr 1344 (S. C. Plebani dci. Sele.) zeigt die h. Felix und Regula [6]).

Niederhelfenschwil (Helfolteswilare 818 [7]), Helfinteswilare 860) [8]), St. Dionysius [9]). Amata behält sich bei der Uebergabe ihres Eigenthums in Linggenwil an das Kloster St. Gallen unterm 13. Dezember 903 die Befugniss vor, wenn sie ihren zweiten Gatten Winihard überleben sollte, dasselbe nebst einem Schilling von der in Helfenschwil errichteten Kirche jederzeit nach ihrem Belieben zurückzukaufen [10]). Am 26. Mai 915 schenkte sodann Bischof und Abt Salomo III. jenem Kloster sein sämmtliches Eigenthum im Dorfe Helfenschwil mit der Kirche und allen übrigen Zubehörden unter Vorbehalt lebenslänglicher Nutzniessung für sich und seinen Diener Cozzolt [11]). Vom Kloster St. Gallen gelangte der Kirchensatz des Dorfs, dessen drei Kirchmeier am 7. Mai 1369 ein Gut der Kirche verkaufen [12]), an die Freien von Rosenegg, und wird mit Widum und Zubehörden als ein Leibding des Eppo von Eppenstein und seiner Hausfrau, Margaretha Gielin, am 8. Juni 1384 von den Eigenthümern, nämlich den Gebrüdern Heinrich und Johannes von Rosenegg an Lütold, den Schenken von Landegg um 90 ℔ Hlr. verkauft. In Folge dessen kommt der Leibdinginhaber Eppo am 12. November 1391 mit dem Käufer Lütold überein, dass jener alle Nutzen des Kirchensatzes, mit Ausnahme derjenigen des Kirchherrn und Leutpriesters, bis an sein Lebensende geniessen, nach seinem Tode aber Lütold dieselben nebst allem andern fahrenden Gut zu Handen ziehen soll [13]). Die Brüder

1) u. 2) Gedr. Doc. v. S. G. — 3) Wegeli Msc. St. B. S. G. — 4) Note 1. — 5) Näf. — 6) Sammlg. d. a. G. i. Z. — 7) Wartmann U. B. d. A. S. G. I. p. 224, II. p. 89. 8) Neugart C. D. A. I. p. 457. — 9) Cat. A. S. G. v. 1769. — 10) Wartmann l. c. II. p. 332. — 11) Neugart C D. A. I. p. 568/9. — 12) Reg. v. Tänikon Nro. 74. — 13) Note 1.

Konrad, Ulrich und Albrecht von Landegg veräussern hierauf den Kirchensatz mit dem grossen Zehnten zu Unterhelfenschwil, Widum und allen Zubehörden den 12. Juli 1454 um 330 rheinische Goldgulden an Abt Kaspar in St. Gallen[1], und der Freie Hans von Rosenegg zu Wartenfels ertheilt als Lehenherr unterm 29. September 1455 hiezu seine Einwilligung[2]. — Um das Jahr 1786 wurde nach Ueberwindung vieler Schwierigkeiten statt der uralten, sehr kleinen, elenden und baufälligen Kirche eine neue gebaut[3].

Peterzell (Cella S. Petri 1178)[4]. St. Peter[5]. In diesem auf drei Seiten von waldbewachsenen Bergen umgebenen und von dem Wildbache Necker durchflossenen Thale entstand um die Mitte des 11. Jahrhunderts eine Klause oder Zelle[6]. Als Stifter derselben werden laut einer in der Kirche zu Peterzell befindlichen Gedächtnisstafel und einem alten Jahrzeitbuche im dortigen Kloster die Freien von Illnau (Kt. Zürich) angegeben[7]. Als dieselbe mit andern Besitzungen von Papst Alexander III. am 24. Oktober 1178 dem Kloster St. Johann im Thurthale bestätigt wurde[8], war sie bereits mit einer Kapelle und einem Leutpriester versehen[9]. Zur Zeit des Kaisers Heinrich VI. (1190—1197) übergab der mit dem Kreuze bezeichnete Egelolf von Rorschach das ihm aus einer Erbtheilung zugefallene Gut im Ahorn seinen Neffen zu Handen der Zelle des h. Petrus im Nekarthale[10], welcher sodann 1222 Rudolf von Rorschach und seine Söhne den Rest des Guts um 40 M. S. und gegen eine Vogtsteuer von 2 β. verkauften und Abt Rudolf I. in St. Gallen als Lehenherr das Gut um den Zins von 1 β. verlieh[11]. Die Grafen Diethelm und Friedrich von Toggenburg und ihre Mutter Guta schenken am 29. März 1214 dem Kloster Peterzell einen Zins von vierzig Käsen und einer Kuh im Werth von 12 β. Cstzr. Mz. ab ihren Gütern im Enzenberg gegen Abhaltung einer wöchentlichen Messe während ihres Lebens und ihrer Jahrzeit nach dem Tode[12]; ferner übergibt am 23. September 1225 Adelheid von Mettendorf ihr Lehengut Brunau bei Hemberg dem Kloster St. Gallen, damit Abt Rudolf I. es um einen jährlichen Zins von 1 β. auf immer der Kirche Peterzell anweise[13]. Dieser unmittelbar schenkt Graf Kraft von Toggenburg 1242 seine Leibeigne Judenta, Tochter des Eberhard von Laupersberg[14]. Am 27. Mai 1260 ist Burkard, der Leutpriester von Peterzell, Zeuge vor dem Schlosse Utznaberg, als Graf Friedrich von Toggenburg den Verkauf des Hofes im Sack an das Kloster St. Johann im Thurthale bestätigte[15]. Dieses

1) u. 2) Gedr. Doc. v. S. G. — 3) Wægeli Msc. St. B. S. G. — 4) v. Arx G. d. Kt. S. G. I. 297 note. — Note 1. — 5) Cat. eccl. S. G. v. 1769. — 6) v. Arx l. c. I. 244. — Näf Ch. v. S. G. p. 647. — 7) Franz, kirchl. Nachr. über die evang. Gem. des Toggenburg p. 131 note. — 8) Note 1. — 9) Näf l. c. p. 647. — 10)—15) Note 1.

bezahlte auch 1275 den päpstlichen Zehnten für die Kirche Peterzell[1]). 1474 wird die dortige Zelle als Kloster förmlich anerkannt und in der Kirche desselben am 28. September 1520 von Melchior, Generalvikar des Bischofs Hugo von Constanz, ein Altar auf der linken Seite ausserhalb des Chors in der Ehre der h. Anna, Jakob, Christophorus, Sebastian, Rochus, 11,000 Jungfrauen und Agatha geweiht[2]). Bei der Reformation (1528) ging die Propstei Peterzell ein, und 1533 wurde laut schiedsgerichtlichem Vergleiche zwischen Abt und Convent von St. Johann einerseits und den Einwohnern von Peterzell anderseits eine reformirte Pfründe daselbst mit Wohnung im Propsteigebäude gestiftet, allein bald nach der Einverleibung jenes Klosters in die Abtei St. Gallen (1555) die katholische Pfarrei hergestellt und dafür der grösste Theil des Pfrundeinkommens verwendet. In Folge dessen schlossen sich die Evangelischen zu Peterzell an diejenigen in Hemberg an, bis es ihnen 1708 gelang, wieder eine eigene Pfarrei zu gründen. — Anstatt der alten, baufällig gewordenen Kirche wurde 1722 mit Beihülfe des Klosters St. Gallen und der Statthalterei St. Johann eine neue für beide Konfessionen gemeinschaftlich erbaut, auch 1764 das Propsteigebäude neu aufgeführt[3]).

Alt St. Johann (Monasterium S. Joannis Baptistæ in Turtal 1152)[4]), St. Johannes Täufer. In der ersten Hälfte des 12. Jahrhunderts errichteten Milo und Thüring in dem Walde, welcher damals noch das zwischen den Quellen des Thurflusses und der Breitenau (Stein) gelegene enge Thal bedeckte, eine Klause, und bemühten sich, nachdem sie lange Zeit als Einsiedler darin gelebt, dieselbe in ein Kloster umzuwandeln. Der Freie Wenzeslaus von Ganterswil, welcher jene Gegend als Lehen des Grafen von Montfort inne hatte, gab nicht nur den dazu benöthigten Boden her, sondern schenkte dem neuen Kloster alles Land von den Rothrisenen und dem Klostobel bis zum Starkenbach und Brockenberg, und der Graf von Kiburg, als Landgraf des Thurgau's, der Herzog von Schwaben und der Kaiser ertheilten die nachgesuchte Einwilligung zum Baue. Nach Vollendung desselben wurde das Kloster mit Mönchen aus der Benediktiner-Abtei Trub im bernerischen Emmenthale besetzt und sammt seinen durch andere Gutthäter vermehrten Besitzungen auf Bitte des ersten Abts Burkhard von Papst Eugen III. am 4. Oktober 1152, sowie von seinem Nachfolger Alexander III. den 24. Oktober 1178 in Schutz genommen[5]). — Die Klosterkirche von St. Johann war von Alters her zugleich die Pfarrkirche für die dortigen Einwohner und der Abt ihr Kollator, der Gottesdienst aber wegen der Pest lange Zeit in eine Kapelle innerhalb der Einfriedigung des Klosters verlegt. Als letztere in Folge Vermehrung der Bevölkerung

1) Freib. D. A. I. p. 189. — 2) Gedr. Doc. v. S. G. — 3) Näf. Ch. v. S. G. p. 647/8. — 4) Neugart C. D. A. II. p. 83 u. 137. — 5) v. Arx G. d. Kt. St. G. I. p. 296—298. — Noten 2 u. 4.

die Pfarrgenossen kaum mehr fassen konnte, so wurden mit Zustimmung das Generalvikars des Bischofs Hugo von Constanz, datirt 19. September 1514, die pfärrlichen Verrichtungen wieder in die Klosterkirche zurückverlegt, jedoch unter dem Vorbehalte, dass in der Kapelle nichtsdestoweniger an Sonn- und Festtagen mindestens eine Messe gefeiert werde[1]). Das Kloster wurde 1530 nach der Flucht des Abts und der angesehensten Conventualen in Folge der Reformation weltlicher Verwaltung unterstellt, 1534 gemäss Landfrieden und Vergleich von den Mönchen neuerdings bezogen, schon 1555 aber wegen ökonomischen und moralischen Verfalls der Abtei St. Gallen einverleibt. Am 12. Herbstmonat 1568 verzehrte das durch einen Bettler eingelegte Feuer das ganze Kloster mit der Kirche, und nachdem diese Gebäude von Abt Othmar II. wieder aufgebaut worden, äscherte ein zweiter aus Fahrlässigkeit eines Dieners am 2. Februar 1626 entstandener Brand dieselben nochmals fast völlig ein. In Folge dessen wurde das Kloster in die Nähe von Sidwald, weiter abwärts an der Thur, (nach Neu St. Johann) verlegt und nur ein Theil der abgebrannten Klostergebäude als Propstei und Wohnung des katholischen Pfarrers, sowie die Kirche für diese Konfession hergestellt und von Abt Bernhard II. am 27. August 1627 dotirt, auch den 12. März 1630 dem Kloster Neu St. Johann die Verpflichtung aufgelegt, einen Priester in Alt St. Johann zu unterhalten[2]). — Die nebenan stehende, 1533 den Reformirten behufs Errichtung einer Pfarrei überlassene grosse Kapelle ward durch den ersten Brand von 1568 ebenfalls in Asche gelegt, konnte aber damals hergestellt werden; dagegen mussten dieselben, ungeachtet bei dem zweiten Brande ihre Kirche gerettet wurde, wegen verkümmerter Pfrundeinkünfte auf den Fortbestand einer Pfarrei verzichten und sich mit ihren Glaubensgenossen zu Wildhaus vereinigen; erst 1722 wurde ihnen durch eigene und fremde Beiträge die Gründung einer besondern Pfarrpfründe wieder möglich[3]).

Nesslau (Nezzelow 1178)[4]), 1261 St. Martin?[5]), 1513 St. Niklaus[6]), 1769 St. Verena[7]). Die Kapelle und der Hof Nesslau, welcher von der Ortschaft «zum Wasser» (prædium quod. dicitur ze dem Wassere 1261), einem spätern Gerichtsbezirke, rings umgeben war[8]), werden am 24. Oktober 1178 von Papst Alexander III. als eine Besitzung des Klosters St. Johann bestätigt[9]). Eine Urkunde aus dem Jahre 1261 soll von einer dem h. Martin geweihten Kirche daselbst sprechen[10]). Vermuthlich ist diejenige Urkunde gemeint, laut welcher Ulrich, Abt des Klosters St. Johann, mit Zustimmung des Kapitels das Erblehen Bruder-

1) Gedr. Doc. v. S. G. — Wegelin G. d. L. T. I. 303. — 2) Gedr. Doc. v. S. G. — Näf, Ch. v. S. G. p. 472/4. — 3) Id. p. 474. — 4) v. Arx G. d. Kt. S. G. I. p. 296 n. e). — 5) Wegelin l. c. I. p. 65. — 6) Note 2. — 7) Cat. E. S. G. v. 1769. — 8) Wegelin l. c. I p. 98. — Näf Ch. v. S. G p. 622. — 9) v. Arx l. c. — 10) Note 8.

schwendi der Kirche in Nesslau um den jährlichen Zins von 28 ß. Cstzr. W. überlässt; darin wird jedoch der Name des Schutzheiligen nicht genannt[1]). Papst Leo X. bestätigt am 5. November 1513 die Einverleibung der Kirche St. Niklaus zu Nesslau in's Kloster St. Johann[2]). Nachdem 1528 beinahe sämmtliche Angehörige derselben sich zur evangelischen Glaubenslehre bekannt und von dem Abte zu St. Johann, als ihrem Gerichtsherrn, Schutz für die vollständige kirchliche Ausübung derselben erlangt hatten, wurde 1595 auf Verlangen einiger zur katholischen Kirche zurückgekehrten Einwohner von Abt Bernhard II. der katholische Gottesdienst wieder eingeführt und nach längerm Widerstande die Aufstellung eines Altars bewerkstelligt, 1602 eine katholische Pfründe dotirt und ein Pfarrhaus erbaut, auch am 12. März 1630 dem Kloster Neu St. Johann die Verpflichtung auferlegt, einen Priester in Nesslau zu unterhalten. In jener Zeit dürfte die Kirche zu Ehren der h. Verena neu geweiht worden sein. 1806 überliessen die katholischen Kirchgenossen zu Nesslau gegen eine Auslösung von fl. 600 und 12 Louisd'ors für den 1684 in der Säntisalp gebrochenen Taufstein von schwarzem Marmor den Evangelischen alle ihre Rechte an der bisher gemeinschaftlich benutzten Kirche und Friedhof, und traten in den Kirchenverband von Neu St. Johann, worauf 1811 an der Stelle der baufällig gewordenen Kirche von den evangelischen Nesslauern eine neue erbaut wurde[3]).

Wil (Wila 754? 796)[4]), St. Peter. Diese wahrscheinlich von den Grafen von Toggenburg gegründete Kirche steht in südlicher Richtung ausserhalb der Mauern der jetzigen Stadt, welche aber nach der Sage sich einst von der Wasenmeisterswiese bis zur Thuraustrasse erstreckte; noch heutzutage heissen einige Güter daselbst «in der alten Stadt»[5]). Der Leutpriester Albert ist am 24. Juni 1209 Zeuge bei dem Friedensschlusse zwischen Hugo von Montfort und dem Abt von St. Johann betreffend das Gut in Breitenau[6]) 1244 wird das Kloster St. Gallen als Schutzherr der Kirche in Wil genannt, da diese mit der Stadt von Graf Diethelm, dem alten, von Toggenburg nach dem Brudermorde am 12. Dez. 1226 demselben geschenkt worden war[7]). Am 7. September 1248 gestattet Papst Innocenz IV. dem Abt und Convent jenes Gotteshauses, die Kirche Wil, in welcher es das Patronatsrecht hat, bei eintretender Erledigung zu eignem Nutzen zurückzubehalten, jedoch unter der Bedingung, dass solche durch einen Vikar bedient und diesem eine angemessene Besoldung ausgesetzt werde[8]). Es wurden darin mit Einwilligung des Klosters St. Gallen allmälig folgende Pfründen gestiftet:

---

1) u. 2) Gedr. Doc. v. S. G. — 3) Näf Ch. v. S. G. p. 623. — 4) Wartmann U. B. d. A. S. G. I. p. 22 u. 133. — 5) Sailer Chronik von Wil. 1864. I. p. 52. — 6) Tschudi Ch. H. I. p. 108. — 7) Tschudi Ch. H. I. p. 121. — v. Arx G. d. Kt. S. G. I. p. 344. — 8) Note 1.

a) Von den Edlen von Iberg die Helferpfründe oder die Kaplanei des Altars des h. Petrus, deren Kollator, H. von Iberg, nach dem Tode Dietrichs von Grünenstein dieselbe am 31. Dezember 1284 dem B. genannt Homo (Oehm) übertrug[1]).

b) Von Schultheiss, Rath und Bürgern die St. Johannes Ev. Pfründe am 27. Februar 1414; die Dotation derselben erfolgte jedoch erst am 4. Juli und die bischöfliche Bestätigung am 10. Dez. 1461[2]).

c) Die St. Arbogasts Pfründe hatte zwar schon bei Lebzeiten des Franz Bischof drei Mütt Kernen als ewiges Almosen und Gottesgabe erhalten, welche von seinem Bruder Rudolf am 23. November 1462 auf den Hof zu Niederstetten versichert wurden; die förmliche Stiftung durch die Bürgerschaft geschah aber 23 Jahre später am 1. August und die bischöfliche Genehmigung am 6. August 1485[3]).

d) Die Pfründe U. L. Frau im Beinhause. An den Altar und die ewige Messe derselben gibt am 17. November 1490 Leonhard Hinder von Wilen, Pfründer im Spital zu St. Gallen, einen Mütt Kernen als Gottesgabe; die Kaplaneipfrund indessen, deren Begründerin, Margaretha Toberin, am 2. Juni Jahrzeit gehalten wurde, wird erst am 9. März 1495 von Schultheiss und Rath in Wil gestiftet, am 27. April gl. J. vom Bischof bestätigt[4]) und ihm dafür von Abt Gotthard in St. Gallen am 2. April 1502 Rudolf Hausammann als Kaplan präsentirt[5]).

Am 28. September 1460 wurde die Pfarrkirche St. Peter mit dem Kirchhofe reconcilirt, zwei Altäre darin geweiht, nämlich der Hochaltar im Chor St. Peter und Paul und der Altar St. Arbogast in der Mitte der Kirche; auch das jährliche Einweihungsfest für den erstern und die Kirche auf Sonntag nach Allerheiligen, für den letztern auf Sonntag vor St. Michael festgesetzt[6]). Die Kirchweih des St Johannes Ev. Altars fiel auf den Sonntag nach diesem Feste und diejenige des Altars U. L. Frau im Beinhause auf Sonntag nach St Katharina[7]). Im neuern Jahrzeitbuche aus der zweiten Hälfte des 15. Jahrhunderts wird auch ein Ablass erwähnt auf dem neuen Altar bei St. Peter ausserhalb der Stadtmauern, welcher in der Ehre des h. Kreuzes geweiht ist.

Der gothische Chor der Kirche hat ein Rippengewölbe mit sechs Schlusssteinen, auf denen das Lamm Gottes, Christus, Maria mit dem Kinde, St. Petrus mit dem Schlussel, der Evangelist St. Johannes mit dem Kelche und St. Paulus mit dem Schwerte dargestellt sind. Das Langhaus ist laut der Jahrzahl über der südlichen Seitenthüre 1741 neu erbaut worden. Die Glocken im Thurm stammen aus neuerer Zeit. Die Kirche wird nunmehr hauptsächlich zu den Feierlichkeiten bei Begräbnissen

---

1) Gedr. Doc. v. S. G. — 2)—4) Archiv Wil. — 5) Stiftsarchiv St. G. — 6) Archiv Wil. — 7) Anniv. Wil.

auf dem sie umgebenden Friedhof benutzt; denn im 16. Jahrhundert war der Pfarrgottesdienst in die Stadt verlegt worden, nämlich nach

Wil, St. Niklaus. Diese Kapelle befand sich schon 1304 in der Mitte der Stadt[1]). Es wurden darin folgende Pfründen und Altäre gestiftet:

a) Die Frühmesse, welcher am 20. Mai 1345 Ulrich von Gossau 8 Pfg. zu seiner Jahrzeit vergabt hatte[2]), am 19. Januar 1351 durch Abt Hermann von St. Gallen auf St. Katharina-Altar[3]). Die Stiftung erhielt am 18. Februar gl. J., die Dotation der Pfründe aber am 26. August 1376 die bischöfliche Bestätigung[4]). Als Frühmesser ist am 28. Februar 1434 Marquard Meiger bekannt[5]).

b) An St. Gallus und Othmar Altar schenken Walther von Englaberg und Adelheid, seine Frau, unterm 30. November 1363 ihren Garten am Wilberg[6]). Allein erst am 27. März 1634 dotiren Schultheiss und Rath der Stadt Wil mit drei Beamten des Fürstabts von St. Gallen eine neue Pfründe zu Ehren der h. Dreifaltigkeit, Maria und des himmlischen Heers, besonders aber St. Gallus, Sebastian, Martin und Rochus[7]).

c) Die Pfründe auf U. L. Frauen Altar, welche von Ulrich Trunger sel. durch Schenkung von 90 ℔ angefangen worden, bewidmen Abt Heinrich III. und Convent in St. Gallen am 22. August 1416; ihrem Pfründer (1418 Johannes Schmid) setzt am 26. September 1425 Werner Zehnder 1 ß. zu seiner Jahrzeit. Die Errichtung und Dotation dieser Pfründe wird am 26. August 1435 vom bischöflichen Generalvikar bestätigt[8]).

d) Für eine Pfründe auf St. Agatha Altar ordnen am 23. August 1416 Elsbeth Hürner, Konrads sel. Wittwe, ihr Haus, Hofstatt und Hofreite an der vordern Gasse zu Wil und Heini von Roxlau seinen Kornzehnten in Zuberwangen unter der Steig; der Bischof genehmigt dieselbe am 8. Mai 1460. Als Kaplan wird 1448 Peter Ferwer genannt[9]).

e) Eine ewige Pfründe auf einem Altar, der dazu gemacht und in der Ehre der h. Verena u. s. w. geweiht werden soll, stiftet am 31. Oktober 1466 Küngolt Schenk von Landegg, Antons sel. Tochter; derselben wird am 8. November gl. J. die bischöfliche Bestätigung ertheilt[10]). Für diese Pfründe präsentirt Abt Ulrich VIII. in St. Gallen am 11. August 1473 den Rudolf Bischof[11]).

f) Im neuern Jahrzeitbuche von Wil aus der zweiten Hälfte des 15. Jahrhunderts findet sich auch zum 17. Januar eine Vergabung an

1) Sailer Ch. v. W. I. p. 99. — 2) Archiv Wil. — 3) Stiftsarchiv S. G. — 4) Note 2 u. 3. — 5) u. 6) Anniv. Wil. — 7) Gedr. Doc. v. S. G. — 8)—10) Archiv u. Anniv. Wil. — 11) Note 3.

St. Elogius Altar in St. Niklaus Kirche, der einen eigenen Pfleger hatte. Ueberdies wird im ältern Jahrzeitbuchevon 1397 am 14. Febr. 1435 Ulrich Waltz als Pfleger der St. Niklaus-Bruderschaft erwähnt.

Das jährliche Kirchweihfest wurde gefeiert auf den Altären:

St. Katharina am 26. November; St. Maria in der Oster-Oktav; St. Agatha am Sonntag nach St. Agatha; St. Verena am Sonntag vor St. Katharina; St. Elogius am Sonntag vor St. Andreas; für die ganze Kirche am Sonntag nach Mariä Reinigung [1]).

Von den obgenannten Altären waren bis zur gegenwärtigen Reparatur der Kirche noch vorhanden der Hochaltar St. Niklaus im Chore, der Muttergottesaltar in der Mitte unter dem Chorbogen und der Altar St. Agatha auf der rechten Seite; an die Stelle der übrigen Altäre (St. Katharina, Gallus, Verena und Eulogius) traten St. Pankratius auf der rechten Seite, St. Joseph und die Ablösung Christi am Kreuz auf der linken Seite.

Von den sämmtlichen Pfründen in St. Peters und St. Niklaus Kirche existiren nur noch fünf, nämlich diejenigen des Pfarrers, Custos und dreier Kapläne [2]).

Am 20. Okt. 1429 bitten Schultheiss und Rath zu Wil jedermann, dem ihr Brief gezeigt wird, um Almosen an ihre Kirche in der Stadt, woran sie jetzt einen neuen gewölbten Chor zu machen angefangen haben, und die mit Ablass von 26 Bischöfen begabt, auch in der Ehre St. Niklausen geweiht ist [3]). Der Bau dieses schönen gothischen Chors wurde aber durch Pest-, Theurungs- und Kriegsjahre unterbrochen und erst 1478 wieder aufgenommen [4]). Das Langhaus trennen vier Säulen auf jeder Seite in ein Hauptschiff und zwei Nebenschiffe. — Von den vier Glocken im Thurme sind die drei kleinern 1862 umgegossen worden; die grösste dagegen stammt aus dem Jahr 1589; sie trägt die Bildnisse der h. Gallus mit dem Bären, Nikolaus und Maria, ferner die Wappen des Fürstabts und der 24 Herren des Regiments, endlich folgende Inschriften:

O rex gloriæ veni nobis cum pace.
Sancta Maria ora pro nobis.

Aus dem Feuer bin ich gflossen
Hans Frei zuo ? hat mich gossen.

Deum verum laudo, clerum congrego.
plebem voco, Defunctos ploro, festa
decoro, Tempestates fugo, vox mea
cunctorum terror sit dæmoniorum [5]).

---

1) Anniv. Wil. — 2) Schwieter. — 3) Archiv Wil. — 4) Sailer Ch. v. W. I. p. 221. — 5) Schwieter.

Hemberg (Hemenberch 878)[1], St. Johannes Täufer[2]. Dieser Ort gelangte um das Jahr 1214 durch Beihülfe des Klosters St. Gallen zu einer Kirche, deren Kollatur sich dasselbe vorbehielt[3]. 1261 erscheint Arnold, der Pfarrer von Hemberg, als Zeuge in einer Urkunde des Klosters St. Johann[4]. Dem letztern überlassen sodann am 10. Mai 1383 Abt Kuno und der ganze Convent des Klosters St. Gallen tauschweise gegen den Hof Kienberg zwischen der Burg Bichelsee und dem Kloster Tänikon den Kelnhof in Hemberg, mit welchem seit undenklichen Zeiten das Patronatsrecht der dortigen Pfarrkirche verbunden ist[5]. Im Laufe der Zeit kam diese Pfarrpfründe so in Abgang, dass nur alle Wochen eine Messe gehalten und jeden vierten Sonntag durch einen Priester aus dem Kloster Peterzell ein regelmässiger Gottesdienst in der Kirche zu Hemberg besorgt wurde. Am 11. Mai 1459 aber schliessen die Kirchgenossen mit Abt Niklaus und dem Convent zu St. Johann eine Uebereinkunft betreffend Stiftung einer neuen Pfrunddotation, welche der Generalvikar des Bischofs zu Constanz am 2. Juni gl. J. bestätigte[6]. 1531 trat beinahe die ganze Gemeinde der Reformation bei, trennte sich jedoch nachher wieder in zwei Konfessionen, von denen die evangelische, als die grosse Mehrheit bildend, im Besitze der Kirche, des Pfrundguts und Pfarrhauses blieb, bis Abt Othmar II. in St. Gallen 1570 den katholischen Gottesdienst alle 14 Tage durch den Leutpriester von Peterzell versehen liess, Abt Bernhard II. am 28. April 1618 auf's neue eine katholische Pfarrpfründe zu Ehren der h. Dreifaltigkeit, Maria (als besondere Patronin) und der h. Gallus und Othmar stiftete[7], und 1778 die Reformirten die bisherige gemeinschaftliche Kirche, welche 1623, durch einen Blitzstrahl entzündet, ganz abgebrannt, jedoch sofort wieder hergestellt worden war, den Katholiken überliessen. Im gleichen Jahre ward sodann eine evangelische und 1781/2 eine neue katholische Kirche gebaut[8].

Lütisburg (Lutinisburc 1214, Luitensburck 1228)[9], St. Michael[10]. Die dortige Kirche wurde als eine der ältesten Besitzungen der Grafen von Toggenburg sehr wahrscheinlich auch von diesen erbaut, da sie von jeher die Lehenschaft derselben besassen[11], und zwar neben dem auf einem Felsen oberhalb des Zusammenflusses des Thur und des Necker gelegenen Schlosse, dessen Alter seiner Bauart wegen in das 12. Jahrhundert versetzt wird[12]. Bei der von den Grafen von Toggen-

1) Wartmann U. B. d. A. S. G. II. p. 216. — 2) Cat E. S. G. v. 1769. — 3) Näf, Chr. v. St. G. p. 462. — 4) Wegeli G. d. L. T. I. p. 63. — 5) Gedr. Doc. v. S. G. — Wegeli l. c. I. p. 171. — 6) Gedr. Doc. v. S. G. — Wegeli l. c. I. p. 262. — 7) Gedr. Doc. v. S. G. — 8) Näf l. c. p. 462/3. — Wegeli Mcs. St. B. S. G. — 9) v. Arx G. d. Kt. S. G. I. p. 465 n. f). — Pupikofer G. d. Th. U. Nro. 4. — 10) Urk. v. 1362. — 11) Wegeli G. d. L. T. I. p. 62. — 12) Näf l. c. p. 571.

burg dem Kloster Peterzell am 29. März 1214 gemachten Schenkung dienten Werner, der Pfarrer von Lütisburg, und sein Kaplan als Zeugen[1]. Auf dem Kirchhofe daselbst wurde 1228 zwischen dem jüngern Grafen Diethelm von Toggenburg und seinen vier Söhnen einer- und Burkard, dem Meister des Johanniterhauses in Bubikon, anderseits ein Vergleich über die Vergabung der erstern an den Spital von Jerusalem abgeschlossen[2]. Graf Wilhelm von Toggenburg bezahlte 1275 als Leutpriester von Lütisburg 22 ß. Cstzr. Mz. päpstlichen Zehnten[3]. Am 19. November 1316 weiht Bruder B., Vikar der Diözese Chur, einen Altar in der Kirche Lütisburg zu Ehren der h. Maria und Katharina; und am 10. Dezember 1362 verleihen ihr drei Erzbischöfe und neun Bischöfe 40 Tage Ablass[4]. Nach dem Tode des letzten Grafen von Toggenburg (Friedrich VI. † 30. April 1436) ging die gleichnamige Landschaft, worunter auch das Schloss und die Kirche Lütisburg enthalten war, von dem Erben desselben, dem Freien Petermann von Raron, durch Kauf, datirt 15. Dezember 1468, an den Abt Ulrich VIII. von St. Gallen über[5]. Zu Handen desselben, als Kollators, verzichtet Johannes Spitzli, Leutpriester in Lütisburg, am 23. August 1487 auf seine Pfründe[6]. — Seit der Reformation im Toggenburg (1528) wurde die ehmalige Schlosskirche von beiden Konfessionen gemeinschaftlich benutzt, der katholische Gottesdienst von dem dortigen Pfarrer, der evangelische aber von demjenigen zu Kirchberg versehen; erst in neuester Zeit ist eine besondere evangelische Pfarrei und Kirche in Lütisburg errichtet worden[7]. Die alte katholische Kirche ist aus dem Mauerwerke des Schlossthurms, der in Folge sehr nothdürftiger Unterhaltung seit der Mitte des 18. Jahrhunderts in Verfall gerieth, 1810 neu erbaut worden[8].

Kirchberg (Kirchberg 1215), St. Peter und Paul[9]. Wallfahrtsort. Die Stiftung der Kirche rührt vermuthlich von der Abtei St. Gallen her, welche seit dem 13. Jahrhundert das dortige Patronatsrecht nebst Zubehörden besass. Ein ungenannter Leutpriester von Kirchberg wird am 16. Dezember 1215 in dem Compromissspruche zwischen dem Kloster St. Johann im Thurthale und dem Johanniterhause Bubikon, der erste mit Namen bekannte Leutpriester daselbst aber, Walther, 1222 in einer im Kloster St. Gallen ausgestellten Urkunde als Zeuge erwähnt[10]. Das Einkommen dieser Pfründe belief sich 1275 auf 24 ℔ Cstzr. W.[11] Am 24. Juni 1315 verpfändet Abt Heinrich II. in St. Gallen das Patronatsrecht zu Kirchberg dem Grafen Kraft von Toggenburg, Propst in Zürich

1) Gedr. Doc. v. St. G. — Wegeli G. d. L. T. I. p. 62. — 2) Pupikofer G. d. Th. U. Nro. 4. — 3) Freib. D. A I p. 216. — 4) Stiftsarchiv St. G. — 5) Wegeli l. c. p. 269. — — 6) Gedr. Doc. v. S. G — 7) u. 8) Näf Ch. v. S. G. p. 572. — 9) Cat. E. S. G. v. 1769. — 10) Staatsarchiv Z. U. v. Bubikon. — Wegelin l. c. I. p. 61. — 11) Freib. D. A. I. p. 216.

und Chorherr in Constanz für 140 M. S.; schon am 8. Februar 1339 aber übergibt letzterer alles Recht an jenem Kirchensatze zu seinem Seelenheile der Abtei und macht den Pfandschatz kraftlos[1]). Hierauf inkorporirt Bischof Heinrich III. in Constanz die Pfarrkirche zu Kirchberg (mit ihrer Filialkapelle Rikenbach), deren jährliche Einkünfte 16 M. S. nicht übersteigen, unterm 2. August 1359 dem Tische des Klosters St. Gallen, und Papst Innocenz VI. bestätigt am 30. August 1361 diese Einverleibung[2]). Abt Kuno bewilligt den 23. Juni 1408 der Gemeinde die Stiftung einer ewigen Frühmesse auf dem Altar U. L. Frau in Kirchberg[3]). Nachdem 1527 sich ein grosser Theil der dortigen Gerichtsangehörigen der Reformation angeschlossen, kehrte 1541 die Mehrzahl wieder zum katholischen Kultus zurück, und da bei der nachherigen Abchurung zwischen den Angehörigen der beiden Konfessionen die Pfrundeinkünfte der Evangelischen zur Besoldung eines eigenen Pfarrers nicht mehr hinreichten, so verständigten sie sich mit Lütisburg für dessen gemeinsame Beibehaltung. — Die durch Blitzeinschlag 1731 stark beschädigte und nur nothdürftig hergestellte Kirche, an der nebst Thurm die Kirchgenossen schon 1436 einen bedeutenden Bau vorgenommen hatten, ward 1748 abgebrochen, am 22. Juli der Grundstein zu einer neuen paritätischen Kirche gelegt und der Bau derselben 1750 vollendet[4]), am 8. Mai 1784 aber durch eine Feuersbrunst zerstört[5]). Auf dem Hochaltar derselben befindet sich ein ursprünglich am Chorbogen angebrachtes, wunderthätiges h. Kreuz, zu dem gewallfahrtet wird[6]).

Kappel (Capella 1218)[7]), 1224 St. Maria, 1620 St. Michael[8]). Die Kirche war, als in den Hof Sirnach gehörig, Eigenthum des Domstifts von Constanz[9]). Bischof Konrad II., von welchem Graf Diethelm von Toggenburg das Patronatsrecht als Lehen und der Ritter Ulrich von Glattburg als Afterlehen besass, übergibt dasselbe mit Zustimmung dieser Lehenträger und seines Kapitels am 1. Juni 1218 tauschweise dem Abte des Klosters St. Johann im Thurthal, Konrad I., wogegen ihm letzteres die Höfe in Hiltisau (bei Oberhelfenschwil) und Rindal bei Wilberg sammt Mühle (Pfr. Lütisburg) abtrat[10]). Am 6. März 1219 wies der Bischof die Seelsorge und Einkünfte der Kirche Kappel dem Tische des Klosters an und gestattete auch, dass die Kirchgenossen Güter dahin vergaben[11]). Diese Einverleibung wurde von dem Erzbischof Sigfrid in Mainz am 30. Dezember 1220 und von dem päpstlichen Legaten Konrad am 29. Januar 1224 bestätigt[12]) In der Urkunde des letztern wird die Kirche bezeichnet als «Ecclesia beatæ Mariæ virginis in Tuortal

---

1)–3) Gedr. Doc. v. S. G. — 4) Näf, Ch. v. S. G. p. 190. — 5) Ib. p. 191. — Wegelin G. d. T. I, p. 211. — 6) Burgener d. W. O. d. k. S. II. 69–78. — 7) Neugart C. D. A. II. p. 137. — 8) Note 1. — Cat. E. S. G. v. 1769. — 9) Wegelin l. c. p. 63, 64. — 10) Neugart l. c. — 11) Ib. II. p. 139. — 12) Note 1.

quæ Chapele appellatur». Bischof Heinrich I. ertheilte den 13. Juni 1245 dem Abte Ulrich I. zu St. Johann die Befugniss, dass er in Kappel nach Belieben geistliche oder weltliche Priester anstellen möge [1]). Durch die Inkorporation dieses Klosters ging 1555 das Kollaturrecht an die Abtei St. Gallen über. Inzwischen wurde 1528 in Kappel der reformirte Gottesdienst eingeführt und solchem bis 1593 die Kirche ausschliesslich gewidmet, damals aber auch den Katholiken wieder eingeräumt und die kirchlichen Verrichtungen dem katholischen Pfarrer in Wattwil übertragen, wohin jene für ihre Religionsübung bisher verwiesen waren [2]). Am 23. Mai 1610 fand zwischen beiden Konfessionen eine Abchurung über die Nutzniessung des Pfrundeinkommens statt [3]), und am 8. April 1620 stiftet und bewidmet Abt Bernhard in St. Gallen zu Ehren der h. Dreifaltigkeit, Maria und Michaels, als Hauptpatrons, mit Hülfe der betreffenden Kirchgenossen eine neue katholische Pfarrei [4]). Die Evangelischen, welche wahrscheinlich in Folge Theilung der Pfrundeinkünfte sich an Krummenau angeschlossen hatten, trennten sich 1679 wieder hievon und errichteten gleichfalls eine besondere Pfarrei. — Im Jahre 1820 wurde die gemeinschaftlich benutzte Kirche wegen des dringenden Bedürfnisses einer Vergrösserung in Folge der vermehrten Volkszahl den Katholiken allein überlassen, von den Evangelischen eine neue Kirche erbaut und am 19. Oktober 1822 eingeweiht. Die Glocken wurden 1855 umgegossen [5])

Mogelsberg (Mogoldesberch 1152) [6]), 1513 St. Niklaus, 1769 U. L. Frau und St. Veit [7]). Die Kirche mag von dem Kloster St. Johann für seine Lehenleute erbaut worden sein, indem dasselbe dort schon 1152 Besitzungen, wie auch sehr frühe den Kirchensatz hatte [8]). Burkard, der Pfarrer von Mogelsberg, kömmt 1228 als Zeuge bei der Stiftung des Johanniterhauses Tobel vor [9]). Laut einer Vergabung des Grafen Kraft von Toggenburg an das Kloster Peterzell sind 1242 zwei Geistliche in Mogelsberg angestellt, nämlich B. der Pfarrer und Burkard, Priester an der gleichen Kirche [10]). Dieselbe gelangte im Laufe der Zeit auf unbekannte Weise an die Grafen von Toggenburg. Graf Wilhelm bezahlt 1275 als Leutpriester 25 ß. päpstlichen Zehnten [11]), und Graf Donat stiftet 1389 aus dem Helfenschwiler-Gute Berlang zwei Mütt Hafer jährlichen Geldes zu Handen des Leutpriesters von Mogelsberg, damit dieser jedes Mal auf St. Georgen Tag seine Jahrzeit und diejenigen seines Vaters Graf Friedrich IV., seiner Mutter Kunigunde von Vatz, sowie seiner Brüder, der Grafen Georg, Friedrich, Kraft und Diethelm, endlich auch des Grafen Waldraf von Thierstein und seines

1) Gedr. Doc. v. S. G. — 2) Näf Ch. v. S. G. p. 584. — 3) u. 4) Note 1. — 5) Näf l. c. — 6) Neugart C. D. A. II. p. 83. — 7) Cat. E. S. G. v. 1769. — 8) Wegelin G. d. L. T. I. p. 62. — 9) Pupikofer G. d. Kt. Th. U. Nro. 4. — 10) Note 1. — 11) Freib. D. A. I. p. 216.

Neffen Friedrich VI. von Toggenburg begehen und ihrer aller jeden Sonntag auf der Kanzel eingedenk sein möge[1]). Letzterer Friedrich, Herr in Prättigau und Davos, verkauft am 28. Mai 1406 eine jährliche Gült von 27 Mütt Kernen Lichtensteiger-Maass ab dem Kirchensatze zu Mogelsberg um 372 ℔ Hlr. dem Abt Rudolf und Convent des Gotteshauses St. Johann im Thurthal[2]), und stellt, als er erinnert worden, dass jene Pfarrkirche mit Zehnten u. s. w. einst dem Tische des genannten Klosters einverleibt gewesen sei, diesem den Kirchensatz, den er ohne die Widum besass, am 26. April 1408 freiwillig zurück[3]); hernach bestätigt Papst Leo X. ihm den 5. November 1513 die Inkorporation der Kirche St. Niklaus in Mogelsberg aufs neue[4]).

Oberhelfenschwil (Helfoltiswilare 882)[5]), St. Johannes Täufer[6]). Die Erbauung der Kirche wird den Grafen von Toggenburg, deren Schloss Neutoggenburg im Umfange des Pfarrsprengels stand, zugeschrieben. Gegenüber von Ulrich, dem Dekan in Helfenschwil, und seinen Mitbrüdern bestätigt am 13. Juni 1245 Bischof Heinrich von Constanz dem Abt Ulrich von St. Johann den Besitz der Kirche Kappel[7]). 1397 fertigt Graf Donat von Toggenburg zu Gunsten der Kirche Oberhelfenschwil einen Zehntenbrief[8]).

Ganterschwil (Cantrichesvilare 779)[9]), 1360—1501 U. L. Frau[10]), 1769 St. Peter und Paul und St. Anton von Padua[11]). Swiker, der Geistliche dieser Kirche, deren Patronatsrecht dem Kloster St. Gallen zustand[12]), erscheint am 13. Juni 1245 in einem Zwiste mit dem Kloster St. Johann[13]), und 1275 bezahlt Andreas von Wildberg, als Leutpriester derselben, den päpstlichen Zehnten[14]). Ihr verleihen 18 Bischöfe am 4. April 1361 und 12 Kardinäle am 20. Juli 1501 Ablass[15]). Kirchherr ist am 6. Oktober 1430 Rudolf Stigleder[16]). Die Kirche wird am 28. Juni 1489 in der Ehre U. L. Frau, der neue Altar auf der linken Seite den h. 3 Königen, derjenige auf der rechten Seite ohne Angabe eines Patrons geweiht und das Einweihungsfest auf den Sonntag Exaudi festgesetzt[17]). 1711 wird nach Trennung von Oberhelfenschwil eine eigene evangelische Pfarrei in Ganterschwil errichtet[18]). — Die Bauart des Kirchthurms lässt auf ein hohes Alter schliessen.

Linggenwil (Linkenwilare 903)[19]), St. Mauritius[20]). Der Leutpriester daselbst und derjenige von Amtzell schuldeten 1275 von diesen

1) Wegelin G. d. L. T. I. 186. — 2)—4) Gedr. Doc. v. S. G. — 5) Wartmann U. B. d. A. S. G. II. p. 234. — 6) Cat. E. S. G. v. 1769. — 7) Note 2. — 8) Näf Ch. v. S. G. p. 641. — 9) Wartmann l. c. I. p. 82. — 10) Stiftsarchiv S. G. — 11) Cat. E. S. G. v. 1769 u. Cat. D. C. v. 1779 p. 197. — 12) v. Arx G. d. Kt. S. G. I. p. 464. n. a). — 13) Note 2. — Wegelin l. c. I. p. 63. — 14) Freib. D. A. I. p. 216. — 15) Note 10. — 16) Archiv Wil. — 17) Note 10. — 18) Näf l. c. p. 412. — 19) Wartmann l. c. II. p. 232. — 20) Note 6.

Kirchen dem Papste 16 ß. als Zehnten[1]. Am 3. Juli 1366 erhielt Rudolf von Rosenberg den Kirchensatz zu Linggenwil von Abt Georg in St. Gallen als Lehen[2]; Kirchherr war damals Konrad Ruch von Constanz[3]. Die Abtei löste aber später das Patronatsrecht wieder ein; denn am 16. Januar 1477 verleiht Abt Ulrich VIII. den beiden Kirchenpflegern zu Linggenwil verschiedene Zehnten[4]. Später muss diese Pfarrei längere Zeit eingegangen sein; denn erst 1720 wurde sie laut dem dort vorhandenen Pfarrbuche wieder hergestellt; inzwischen waren die Kirchgenossen der Pfarrei Niederhelfenschwil zugewiesen. Am 3. November 1737 wird die neuerbaute Kirche dem h. Mauritius, der Altar auf der Evangelienseite der h. Maria und derjenige auf der Epistelseite den h. Schutzengeln u. s. w. neu geweiht[5].

Mosnang (Masinang 854)[6], St. Georg[7]. Die Kirche wird 1275 in dem Rodel der Einsammler des päpstlichen Zehntens aufgezählt[8]. Sie war dem Hochstifte Constanz zuständig; in Folge dessen verwendeten Bischof Heinrich III. und das Kapitel ihre Einkünfte zur Dotation zweier im Münster zu Constanz errichteten Kaplaneien, jedoch unter ausdrücklichem Vorbehalt einer angemessenen Besoldung für den Geistlichen der Kirche[9]. Am 17. August 1680 geschah die Stiftung einer Frühmesserei St. Joseph und am 29. Oktober 1735 die Einweihung der Kirche zu Ehren St. Georgs, sowie der zwei Seitenaltäre, nämlich nördlich U. L. Frau, St. Katharina und Barbara, südlich St. Joseph, Sebastian und Theodul[10].

Dreibrunnen (Tüffenbrunnen 1275, Tivnbrunnen 1276[11]), U. L. Frau[12], Wallfahrtsort. Graf Diethelm der jüngere von Toggenburg schenkt am 26. Dezember 1276 das Patronatsrecht der Kirchen Märwil und Tüffenbrunnen, von denen letztere schon im päpstlichen Steuerrodel von 1275 aufgezählt wird, dem Johanniterhause Tobel[13]. Am 1. Mai 1289 aber vergabt Friedrich von Toggenburg den Kelnhof in Tunbrunnen mit dem Patronatsrecht der dortigen Kirche dem Kloster Rüti[14], welchem Bischof Rudolf von Constanz gemäss Bulle des Papsts Johann XXII. vom 14. April 1330 dieselbe als eine Pfarrkirche am 15. Dezember gl. J. inkorporirte[15]. Im Jahr 1441 gibt Beringer von Landenberg von Greifensee, der ältere, 1 Mütt Kernen von seinem Hofe Redenbühl zwischen Matzingen und Watzenwil an ein ewiges Licht in der Kirche U. L. Frau zu Dreibrunnen[16]. Nach der Aufhebung des Klosters Rüti in Folge der Reformation, bei welchem Anlasse nach der

---

1) Freib. D. A. I. p. 216. — 2) Stiftsarchiv S. G. — 3) Wægeli Msc. auf d. St. B. St. G. — 4) Gedr. Doc. v. S. G. — 5) Note 2. — 6) Wartmann U. B. d. A. S. G. II. p. 45. — 7) Cat. E. S. G. v. 1769. — 8) Freib. D. A. I. p. 166. — 9) Wegeli G. d. L. T. I. 170. — 10) Note 2. — 11) Freib. D. A. I. p. 166. — Pupikofer U. z. G. d. Th. Nro. 12 u. 13. — 12) Archiv Wil. — 13) Pupikofer l. c. — 14) Zapf mon. anecd. p. 176. — 15) Note 2. — 16) Archiv Wil.

Sage ein Marienbild von dort nach Dreibrunnen übertragen worden ist, und alsdann die Wallfahrt begonnen hat[1]), verkaufen Bürgermeister und Rath der Stadt Zürich am 16. April 1526 dem Schultheiss und Rath der Stadt Wil zu Handen ihres Spitals den Kirchensatz in Tunbrunnen mit zwei Höfen und Zubehörden um fl. 600 Z. W.[2]). Im Jahr 1763 übertrug der Stadtrath von Wil, als Eigenthümer des Spitals, das erledigte Pfarrvikariat zu Dreibrunnen einem Kaplan der dortigen Pfarrkirche, welche Vereinigung nach einigen Korrespondenzen vom Officialat in St. Gallen am 1. August gl. J. bestätigt ward, so dass nun Dreibrunnen eine Filiale von Wil mit Begräbnissplatz bildet[3]).

b. Tochterkirchen.

Von Wattwil:

Krummenau (Crumenowe 1266[4]), 1438 St. Ulrich, 1769 St. Gallus und Niklaus von der Flüe[5]), 1779 St. Matthäus[6]). Die Kirche erscheint 1275 unter denen, welche den päpstlichen Zehnten bezahlten[7]); sie wurde laut dem Stiftungsbrief am 26. Juni 1438 von Wattwil abgesondert und zu einer Leutkirche erhoben[8]), deren Pfründe Abt Franz von St. Gallen nach dem Tode des Johannes Zehnder am 30. Oktober 1512 dem Gallus Högger von Oberdorf verlieh[9]). 1528 fand daselbst die Reformation, 1622 die Wiederaufstellung eines Altars, 1806 aber eine Abkurung zwischen beiden Konfessionen statt, in Folge deren die Katholiken sich an die Kirche von Neu St. Johann anschlossen und diejenige in Krummenau gegen Auslösung ihres Antheilrechts den Reformirten überliessen[10]).

Von Krummenau trennte sich hinwieder:

Ennetbühl (Enetbüel 1437)[11]), dessen evangelische Einwohner, bisher zum Theil auch nach Nesslau gehörig, im Jahre 1755 eine Abkurung mit den beiden Mutterkirchen trafen und eine eigene Pfarrei errichteten, wofür ihnen von den Ständen Zürich und Bern ein Steuerbrief bewilligt wurde[12]).

Von Wattwil wurden ferner abgelöst:

Lichtensteig (Lichsteiga 1083)[13]), St. Felix und Regula[14]). Graf Donat von Toggenburg († 10. November 1400) und die Bürger von Lichtensteig hatten die Stiftung und Bewidmung einer ewigen Pfründe und Tagmess auf den Altar des h. Kreuzes und St. Antonien in der

---

1) Burgener d. W. O. d. k. S. II. 78. — 2) Stiftsarchiv S. G. — 3) Schwyter, der Wallfahrtsort Dreibrunnen. Ingenbohl. 1865. p. 23—28. — Stiftsarchiv S. G. — 4) Näf Ch. v. S. G. p. 558. — 5) Cat. E. S. G. v. 1769. — 6) Cat. D. C. v. 1779. p. 198. — 7) Freib. D. A. I. p. 166. — 8) Wegelin Msc. auf d. St. B. S. G. — 9) Gedr. Doc. v. S. G. — 10) Näf l. c. p. 558/9. — 11) v. Arx G. d. Kt. S. G. I. p. 536. n. g). — 12) Franz k. N. ü. d. e. G. d. T. p. 45. — 13) Neugart C. D. A. II. p. 35. — 14) Note 5.

dortigen Kapelle ausserhalb des Thors angehoben. Sein Neffe, Graf Friedrich VI. vergönnt und befördert nun mit Einwilligung des Kirchherrn zu Wattwil, Hansen Schubingers, am 20. September 1425 die Ausführung jenes Vorhabens unter festgesetzten Bedingungen[1]), nachdem er schon am 14. März 1415 den Bürgern der Stadt die Uebergabe von Gütern an jene Pfründe erlaubt[2]) und am 17. Januar 1423 seine und seiner Gemahlin Elsbeth, geb. von Matsch, Jahrzeit gestiftet hatte[3]). Die Kapelle in der Stadt wird alsdann laut Urkunde des Abts Egloff von St. Gallen, des Grafen Friedrich VI. von Toggenburg, des Kirchherrn zu Wattwil (Johannes Eichhorn) des Schultheissen (Heinrich Forrer) und der Bürger in Lichtensteig d. d. 17. Oktober 1435 mit Genehmigung des Bischofs Friedrich II. von Constanz zu einer Pfarrkirche erhoben und zu diesem Behufe von ihnen mit Nutzen, Zinsen und Gülten für einen Leutpriester bewidmet[4]). Als solchen präsentirt Abt Franz von St. Gallen nach dem Tode des Bonifacius Rösch dem Generalvikar des Bischofs Hugo von Constanz am 1. Oktober 1520 den Fridolin Steiger[5]). 1496 wurde eine grosse Glocke für die Pfarrkirche angeschafft, 1528 der reformirte, 1532 aber wieder der katholische Gottesdienst eingeführt und die Abhaltung des erstern durch den Pfarrer von Wattwil nur unter grossen Beschränkungen gestattet. Am 3. Oktober 1609 erfolgte die Wiederherstellung der zur Reformationszeit erloschenen Frühmesspfründe und 1646 die Errichtung einer evangelischen Pfarrei[6]).

Ebnat (ursprünglich Ober-Wattwil, seit 1762 Ebnet). Im Jahre 1667 erwarben die dortigen evangelischen, nach Wattwil kirchgenössigen Einwohner wegen allzu grosser Entfernung von der Mutterkirche das Recht, in der näher gelegenen Kirche zu Kappel ihre Kinder taufen, ihre Ehen einsegnen und ihre Todten begraben zu lassen, auch den Gottesdienst daselbst zu besuchen. Allein in Folge von Streitigkeiten, die sich schon 1737 erhoben hatten, errichteten sie eine eigene Kirche auf dem Ebnet, deren Grundsteinlegung am 27. April und deren Einweihung am 10. Oktober 1762 stattfand. Die Abkurung mit Wattwil betreffend das Armengut gelang schon 1762. Die vollständige Auslösung aller Verbindlichkeiten wegen Unterhalts der dortigen Kirche erfolgte jedoch erst im Jahre 1808[7]).

Ricken, Alle Heiligen. 1783 erlangt dieser Ort auf unablässiges Betreiben des Priesters Joseph Helg und nach Vergabungen der Einwohner von Abt Beda in St. Gallen die Bewilligung zur Erbauung einer Filialkirche, deren Vikar die Abtei bestellte. 1784 wurde dieselbe in eine Pfarrkirche

---

1) Gedr Doc. v. S. G. — 2) u. 3) Stiftsarchiv S. G. — 4) u. 5) Gedr. Doc. v. S. G. — 6) Näf Ch. v. S. G p. 568. — 7) Seifert, Gesch. d. ev. Kirche u. Gemeinde Ebnat. 1863. p. 44—59.

umgewandelt, deren Dotation Gutthäter zusammengesteuert und das Kloster St. Gallen vermehrt hatten. 1786 ward eine besondere Stiftungsurkunde hierüber ausgestellt und 1790 erneuert, wobei sich die Abtei das Kollaturrecht vorbehielt[1]).

Von Alt St. Johann:

Neu St. Johann, St. Johannes Täufer. Nachdem das Kloster Alt St. Johann sammt der Kirche am 6. Februar 1626 fast ganz abgebrannt war, liess Abt Bernhard von St. Gallen diese Gebäude nur theilweise für das Bedürfniss einer Pfarrei herstellen, erkaufte dagegen mit einer ansehnlichen Summe Geldes in der Au beim Dorfe Sidwald (Sitewalt 1209)[2]) im Thurthal einen Platz zu einem neuen Kloster, legte am 2. Oktober gl. J. feierlich den Grundstein dazu und besetzte dasselbe 1629 mit Conventualen von St. Gallen. Der Kirchenbau ward erst 1690 vollendet und der Convent nach der Revolution von 1798 aufgelöst[3]).

Von Nesslau:

Stein, St. Gallus? Dieser Hof und später das Dorf befindet sich in dem Gute Breitenau (Breitunowe 1219)[4]) und erhielt den Namen von der oberhalb desselben gelegenen, von den Grafen von Montfort erbauten Burg Starkenstein, die zum ersten Male in einem Kaufbriefe vom Jahre 1329 um das anstossende Schlossgut Wildenburg erwähnt wird. Die Pfarrkirche zu Stein soll 1497 durch das Kloster St. Johann, welches desshalb auch Kollator ward, erbaut und dem h. Gallus gewidmet worden sein[5]). Ihren Angehörigen ertheilt der päpstliche Legat Ennius Philonardus am 18. April 1515 die Erlaubniss zum Genusse von Milchspeisen sowohl in der jährlichen Fastenzeit als an den übrigen Tagen, an welchen derselbe verboten ist[6]). 1528 wurde ausschliesslich der reformirte, 1595 aber auch der katholische Gottesdienst in Stein wieder eingeführt, ein Priester angestellt und für dessen Unterhalt das Kirchen- und Pfrundgut in Anspruch genommen. Da der Rest für den Fortbestand einer eigenen evangelischen Pfarrei nicht hinreichte, so schlossen sich die Reformirten an diejenige von Nesslau an, bis es ihnen gelang, 1711 den frühern Zustand wieder herzustellen. Seither wird die Kirche von beiden Konfessionen gemeinsam benutzt und unterhalten[7]).

Von Wil:

Zutzwil (Zozinvilare 761)[8]), St. Joseph[9]). Die frühere Kapelle wurde in eine Pfarrkirche umgewandelt und der Ort als eigene Pfarrei von Wil getrennt, indem Abt Gallus am 3. Januar 1673 bewilligte, dass ein jeweiliger Helfer in Zutzwil alle Jahrzeiten, die bisher zur Kirche

1) Näf. — 2) Tschudi Ch. H. I. 108. — 3) Gedr. Doc. v. S. G. — Näf Ch. p. 474/6. — 4) Neugart C. D. A. II. p. 189. — 5) Näf Ch. p. 824. — 6) Note 3. — 7) Näf Ch. p. 824/5. — 8) Wartmann U. B. d. A. S. G. I. p. 33. — 9) Cat. E. S. G. v. 1769.

St. Joseph daselbst vermacht worden oder weiter vergabt werden möchten, ohne Einrede aller umliegenden Pfarrer und Kapläne der Stiftung gemäss versehen, halten und geniessen solle. Am 10. März 1675 wurde Vollmacht zur Benediktion des Friedhofes der Kirche und am 9. Juni 1684 letzterer ein Ablass ertheilt[1]). Der erste Pfarrer ist 1677 Amandus Ledergerwer von Wil[2]).

Zuberwangen (Zibroneswanga 754)[3]), St. Maria Magdalena[4]). Die dortige Filialkapelle, deren Kirchweihfest schon in der zweiten Hälfte des 15. Jahrhunderts am Sonntag nach Maria Magdalena gefeiert wurde[5]), erhielt am 16. Juni 1747 eine Ablassbewilligung und wurde nach mehrjährigen Streitigkeiten unter dem Titel des h. Herzens Jesu und dem Patrocinium der h. Maria Magdalena in eine Pfarrkirche umgewandelt, deren Stiftungsrevers vom 19. März 1775 datirt[6]).

Von Kirchberg:

Rikenbach im Kanton Thurgau, St. Maria (siehe Seite 172).

Gähwil (Gainwilare 1209)[7]), 1404 St. Margaretha[8]), 1769 St. Idda[9]). An das Licht der Mutterkirche zu Kirchberg und ihrer Filiale zu Gähwil verkauft je zur Hälfte Abt Cuno von St. Gallen unterm 20. Febr. 1404 den sogen. Strickzehnten um 115 ℔ Pfg. Cstzr. Mz.[10]). 1611 wurde bei dem Kirchlein zu Gähwil ein Friedhof angelegt und eine Ausscheidung der dazu gehörigen Gegend vorgenommen und 1748, nachdem die Errichtung einer eigenen Pfarrei durch Abt Cölestin II. in St. Gallen gutgeheissen worden, der Bau einer neuen Kirche unter dem Titel der h. Dreieinigkeit und unter dem Patronate der h. Idda aus den Steinen der Burgruine Alttoggenburg begonnen und 1750 vollendet. Die förmliche Gründungs- und Bestätigungsurkunde der neuen Pfarrei Gähwil datirt aber erst von 1764[11]). — Die Glocken wurden 1842 umgegossen.

Von Ganterschwil:

Bütschwil (Bucinesvilare 779)[12]), St. Kilian[13]). Die Kirche, anfänglich eine Tochter von Ganterschwil, bezahlte 1275 den päpstlichen Zehnten[14]) und erscheint bereits im Jahr 1414 als unabhängige Pfarrei[15]), deren Kollator 1520 die Abtei St. Gallen war[16]). 1748 wurde die Kaplanei gestiftet und in den Jahren 1778/9 die Kirche neu erbaut[17]).

Von Bütschwil löste sich weiter ab:

Krinau (1357 Gerichtsherrlichkeit der Grafen von Toggenburg). Die Evangelischen daselbst gründeten 1724—1727 eine eigene Pfarrei und

---

1) Stiftsarchiv S. G. — 2) Senn. — 3) Wartmann U. B. d. A. S. G. I. p. 22. — 4) u. 5) Anniv Wil. — 6) Note 1. — 7) Tschudi Ch. H. I. p. 108. — 8) Näf Ch. p. 489. — Wegeli G. d. L. T. I. p. 281. 9) Cat. E. S. G. v. 1769. — 10) Gedr. Doc. v. S. G. — 11) Note 1. — 12) Wartmann l. c. I. p. 82. — 13) Note 9. — 14) Freib. D. A. I. p. 166. — 15) Wegeli l. c. I. p. 294. — 16) v. Arx G. d. Kt. S. G. III. p. 50. n. b). — 17) Note 1.

erbauten eine Kirche; die Trennung von der Mutterkirche erfolgte erst 1775 mittelst förmlicher Abkurung[1]).

Von Linggenwil:

Amtzell oder **Heiligkreuz** im Kanton Thurgau, Kreuzerhöhung (siehe Seite 172).

Von Mosnang:

Libingen St. Gallus und Niklaus von der Flüe[2]). Schon vor der Reformation soll eine Kapelle daselbst gestanden und damals eingegangen sein. Am 31. Oktober 1750 genehmigen und unterstützen die Aebte von St. Gallen und Fischingen die von Joseph Helg, Kaplan zu Mosnang, beabsichtigte Errichtung einer Kirche und Pfarrei, worauf am 17. Oktober 1751 der Grundstein der erstern gelegt und am 31. August 1755 dieselbe in der Ehre der h. Gallus und Niklaus von der Flüe eingeweiht wurde. Der Revers um den Fundations- und Confirmationsbrief der Pfarrei datirt erst von 1759[3]).

Mühlrüti (1487 mit Mosnang zum Tanneggeramt gehörend), St. Joseph und Othmar. Hauptmann Joseph Hollenstein und seine Frau, Verena Brunin, gründeten 1664 eine Kapelle auf dem Hof und Gut Mühlrüti in der Pfarrei Mosnang, deren Stiftungsbrief aber erst vom 14. Sept. 1669 datirt. Die Errichtung einer Pfarrrei in Mühlrüti fand statt, nachdem das Kloster St. Gallen solche am 20. August 1761 erlaubt und am 2. April 1764 auch das Kloster Fischingen, als Kollator in Mosnang, eingewilligt hatte[4]). Der diesfällige Revers datirt vom 30. August 1764. Die Einweihung der Kirche zu Ehren St. Josephs und Othmars erfolgte am 5. Juni 1766, die der Seitenaltäre, nördlich U. L. Frau, südlich St. Johannes Täufer u. s. w. im Jahre 1770[5]).

Von Oberhelfenschwil:

Brunnadern, 1652 U. L. Frau, 1769 h. Dreieinigkeit[6]). Hier ward an der Stelle einer ältern, in einem Kaufbriefe vom 7. März 1458 genannten Kapelle 1461 eine neue erbaut, welche sammt einem Altar der Minderbruder Johannes, Generalvikar des Bischofs Heinrich IV. von Constanz, am 8. März 1461 in der Ehre der h. Maria, Christoph, Servatius, Cosmas und Damianus, Jakob, Theodora, Margaretha, Agnes, Barbara und Agatha einweihte, indem er zugleich das jährliche Kirchweihfest auf den Sonntag nach St. Jakob festsetzte[7]). Das daraus weggenommene h. Oel musste der Leutpriester von Oberhelfenschwil auf Befehl des bischöflichen Generalvikars d. d. 3. März 1515 zurückbringen[8]). Seit der Reformation, welcher 1525 die Ortschaft Brunnadern beitrat, stand die dortige Kapelle verlassen; gleichwohl ward die von den Einwohnern

---

1) Näf Ch. p. 558. — 2) Cat. E. S. G. v. 1769. — 3) u. 4) Näf Ch. p. 603. — Stiftsarchiv S. G. — 5) Stiftsarchiv S. G. — 6) Noten 5 u. 2. — 7) u. 8) Gedr. Doc. v. S. G. — Wegelin G. d. L. T. I. p. 263.

nachgesuchte Abhaltung des evangelischen Gottesdienstes in derselben und die Errichtung einer besondern Pfarrei 1598 durch Abt Bernhard in St. Gallen abgeschlagen und nur eine jährliche Predigt zugegeben. Seine Nachfolger aber gestatteten stillschweigend, dass der evangelische Pfarrer von Oberhelfenschwil alle Monate Gottesdienst in jener Kapelle halte. 1708 kam alsdann die Errichtung einer Pfarrei, welche von dem Helfer zu Lichtensteig versehen wurde, 1711 die Anstellung eines eigenen Pfarrers, 1743 die Trennung von Oberhelfenschwil mittelst einer Auslösungssumme von fl. 800 und 1763/4 der Bau einer Pfarrkirche zu Stande, die schon am 15. Januar 1765 eingeweiht werden konnte[1]).

2. Kirchenfilialen und Kapellen.

In der Pfarrei Wattwil:

Regulastein, St. Regula. Noch im vorigen Jahrhundert sollen Trümmer der Kapelle zu sehen gewesen sein[2]).

Schloss Iberg (Iberg 1228)[3]). Bei Anlass der 1617 von der Abtei St. Gallen angeordneten Hauptrenovation des Schlosses wird 1619 berichtet, es sei auch die Schlosskapelle wieder hergestellt worden; sie wurde aber, nachdem sie schon lange nicht mehr benutzt worden, 1838 bei der Abtragung des Schlosses ebenfalls beseitigt[4]).

In der Pfarrei Alt St. Johann:

Alt St. Johann, Todtenkapelle[5]).

In der Pfarrei Nesslau:

Nesslau, bei der Kirche[6]).

In der Pfarrei Wil:

Wil, 1395 h. unschuldige Kinder[7]), 1769 St. Verena[8]). Die Kapelle des um 1350 gestifteten Sondersiechenhauses am Feld hatte schon 1395 Ablass[9]). Am 19. Februar 1410 bekennen Schultheiss, Rath und Bürger zu Wil, dass alles das, was zu mehrerem Gottesdienste an die Sondersiechenkapelle ausserhalb der Stadt gestiftet, geordnet und gemacht würde, der Kirche zu St. Peter und ihrem jeweiligen Leutpriester unschädlich geschehen solle[10]). Das Einweihungsfest dieser Kapelle ward jährlich am Sonntag nach St. Michael begangen[11]). — Sie stand auf der Südseite der Stadt und ging ca. 1850 durch Verkauf in Privathände über. Der gegen Osten gelegene Chor, sowie das Thürmchen, worin ein Glöcklein hing mit der Inschrift: «Ave Maria gratia plena dominus tecum», sind abgebrochen und der Rest des Gebäudes in eine

---

1) Näf Ch. v. S. G. p. 51. — Franz k. N. ü. d. e. G. d. T. p. 115. — 2) N. J. B. v. S. G. 1832 p. 16. — 3) Pupikofer U. z. G. d. Th. Nro. 4. — 4) Näf. — 5) u. 6) Cat. E. S. G. v. 1769. — Stiftsarchiv S. G. — 7) Anniv. Wil. — 8) Cat. E. S. G. — 9) Anniv. W. — 10) Archiv W. — 11) Anniv. W.

Scheune verwandelt worden. Das einzige Kennzeichen der frühern Bestimmung ist noch ein gothisches Fenster auf der Nordseite.

Wil, St. Mauritius[1]. Die Kapelle in dem 1446 gestifteten h. Geist Spital musste, wie diejenige des Siechenhauses, laut Revers vom 7. September 1442 der Leutpriesterei von St. Peter unschädlich sein[2]. Die Kirchweih derselben wurde am Tage des h. Mauritius gefeiert[3]. Ihr Gebäude, auf der Westseite des nunmehrigen demtien Platzes zwischen dem Knabenschulgebäude und der Gasse gelegen, ward zwischen 1835 und 1840 abgetragen. — Im Siegel des Spitals (S. Hospitalis pavpervm in Wil) vom Jahre 1447 erscheint eine Taube mit ausgebreiteten Flügeln und einem Kreuze darüber[4].

Wil, U. L. Frau im Beinhause auf dem Friedhofe bei St. Peter. Nachdem die Gläubigen dem dortigen Marienbilde wegen eines 1425 geschehenen Wunders reichliche Opfer gebracht hatten[5], erfolgte am 9. März 1495 die Stiftung einer Kaplaneipfründe (siehe Seite 184) und bald hernach der Neubau der Kapelle; denn das Beinhaus trägt über der seitlichen Eingangsthüre die Jahrzahl 1498. Der gothische Chor mit Rippengewölbe enthält einen schönen Flügelaltar, auf dessen Vorderseite in der Mitte die Krönung der h. Maria, im einen Flügel die h. Maria und Elisabeth, im andern die Begrüssung der erstern durch Simeon gemalt sind. Die Rückseite zeigt die h. Laurenz und Benedikt auf Goldgrund.

Wil, St. Jakob in der Pfalz[6]. Ihr Altar war laut dem neuern Jahrzeitbuch geweiht in der Ehre der h. Maria, Gallus, Othmar, Marcellus, Cyriacus, Gregor, Constantius, Eunomia und Sabina, und hatte schon Ende XV. Ablass; das Kirchweihfest fand am St. Jakobs Tage statt. Die Kapelle lag auf dem obern Boden der Pfalz oder des sogen. Hofs des Abts von St. Gallen. Der hoch über der Stadtmauer vorspringende gothische Erker, worin der Chor mit dem Altar angebracht war, ist wegen Baufälligkeit ca. 1860 heruntergestürzt. Die Pfalz selbst trägt über den Thüren die Jahrzahlen 1565 und 1566 nebst dem Wappen des Fürstabts. Die Zimmer des letztern haben die Jahrzahl 1579.

Wil, St. Antonius, Schlosskapelle in dem Hause auf Neulanden, genannt Bischofsburg. Hier bewilligte Abt Pius am 5. Oktober 1634 dem Ludwig von Thurn, Pannerherrn zu Wil, eine Kapelle zu bauen und darin die Messe zu feiern[7]. In neuester Zeit wurde dieselbe zu andern Zwecken verwendet und der Altar mit einem Gemälde des Schutzheiligen St. Antonius, welchem die h. Maria das Jesuskind zur Verehrung vorstellt, verkauft[8].

---

1) Cat. E. S. G. — 2) Stiftsarchiv S. G. — 3) Anniv. W. — 4) Smlg. d. a. G. i. Z. — 5) Sailer Ch. v. W. I. p. 222. — 6) u. 7) Gedr. Doc. v. S. G. — 8) Näf.

Wil, h. Dreifaltigkeit[1]), im Hofe der Pfalz, nach 1805 in ein Turnhaus verwandelt.

In der Pfarrei Hemberg:

Hemberg, St. Anna[2]).

In der Pfarrei Lütisburg:

Lütisburg, schmerzhafte Mutter Gottes[3]).

Tuffertswil, h. Fridolin[4]). Diese Kapelle wird in einem Abschied zu Schwyz 1537, ihre Messmerei am 30. Juni 1685 und ein Zehnten derselben 1687 erwähnt[5]).

In der Pfarrei Kirchberg:

Kirchberg, schmerzhafte Mutter Gottes, an die Kirche anstossend und geweiht am 28. September 1704[6]).

Kirchberg, St. Martin bei der Kirche.

Batzenheid (Pacinweidu 779)[7]), St. Laurentius. Am 2. Juli 1772 wird die Bewilligung zur Errichtung eines Kreuzwegs in der Kapelle ertheilt[8]).

Schloss Sterneck (1284 den Edlen dieses Namens gehörend). Die Stelle der frühern Kapelle bezeichnet ein einfaches Kreuz[9]).

In der Pfarrei Ganterschwil:

Ganterschwil, St. Joseph, auswendig an die Seite der Pfarrkirche angebaut, für das Beichtehören benutzt[10]).

In der Pfarrei Oberhelfenschwil:

? St. Rupert[11]).

In der Pfarrei Linggenwil:

Schloss Zuckenried (Zuckinreod 782)[12]). Die kleine, im alten Zustand gut erhaltene Kapelle enthält eine flache gemalte Holzdecke[13]).

Dorf Zuckenried, St. Gallus und Othmar, jetzt St. Georg[14]). Dekan und Deputirte des Convents von St. Gallen bewilligen am 8. November 1611 dem Ammann und der ganzen Gemeinde Zuckenried, zur Ehre Gottes und der h. Aebte Gallus und Othmar allernächst bei dem Dorfe eine neue Kapelle, 12 Fuss breit und mindestens 24 Fuss lang zu erbauen, und erlauben ihnen, zu diesem Behufe hundert Stück Tufsteine aus des Gotteshauses Bruch in Helfenschwil zu brechen, worauf sie letzterm unterm 11. Oktober 1631 hiefür einen Revers geben, und ihre Gemeinmark als Unterpfand verschreiben[15]).

In der Pfarrei Mosnang:

Mosnang, Todtenkapelle auf dem Kirchhof[16]).

---

1)–4) Cat. E. S. G. v. 1769. — 5) u. 6) Stiftsarchiv S. G. — 7) Wartmann U. B. d. A. I. S. G. p. 82. — 8) Note 5. — 9) Näf Ch. v. S. G. p. 493. — 10) Wägeli's Msc. auf d. St. B. S. G. — 11) Cat. E. S. G. — 12) Wartmann l. c. I. p. 93. — 13) Näf. — 14) Pfarramt Linggenwil. — 15) Gedr. Doc. v. S. G. — 16) Note 1.

In der Pfarrei Lichtensteig:

Lichtensteig, h. Dreieinigkeit im Höfli. Diese Kapelle mit Altar und zwölf jährlichen Messen wurde am 11. November 1621 von Heinrich Fuchs, Schultheiss der Stadt, und Ursula Lenzlingerin, seiner Frau, in ihrer Behausung an der hintern Gasse gestiftet [1]).

Lichtensteig im Siechenhaus, dessen Pfleger am 17. Mai 1645 in einer Kundschaft um den Zehnten unter dem Stirzbühl erscheint [2]).

Lichtensteig, U. L. Frau von Loretto. Wallfahrtsort auf einem Hügel nördlich vom Städtchen, von Abt Gallus mit einer Beisteuer des Landvogts Hug Ludwig Reding und seiner Gemahlin in den Jahren 1677 und 1678 nach der Form des Nazarethanischen Hauses zu St. Loretto in Italien errichtet [3]). Anna Barbara Germann, Wittwe des Schultheissen Joh. Balthasar Wirth, stiftete 1706 eine besondere Kaplanei dahin [4]).

Lichtensteig im Spital [5]).

Lichtensteig, St. Karl Borromäus [6]).

In der Pfarrei Bütschwil:

Dietfurt, h. Dreieinigkeit [7]).

3. Klöster.

Peterzell, Benediktinerkloster St. Petrus XI. (s. Seite 180).

Alt St. Johann, Benediktinerkloster St Johannes Täufer 1152 (s. Seite 181). Das Siegel des Abts, wovon das älteste die Umschrift hat: «S. Vlrici abbatis sci. Johis. in Turtal», zeigt 1261 einen sitzenden, 1280 und 1328 einen stehenden Abt mit Buch und Stab, dagegen 1301 und von 1354 an abwärts den h. Johannes Täufer mit dem Lamm in der Rechten und in den spätern Jahren neben ihm einen stehenden oder knieenden Abt mit Stab. Das Siegel des Kapitels (S. Capitvli sci. Johannis) enthält ein Brustbild des h. Johannes Täufers in kameelhaarigem Gewand mit dem Lamm in der Rechten [8]).

Neben diesem Männerkloster scheint auch, wie in Fischingen und an andern Orten, ein Frauenkloster bestanden zu haben, da Bischof Konrad II. von Constanz am 6. März 1219 den armen Brüdern und Schwestern von St. Johann gestattet, dass die Pfarrgenossen von Kappel, welche dem Hofe in Sirnach angehören, ihr Land und Gut jenem Kloster übertragen dürfen [9]).

---

1) u. 2) Stiftsarchiv S. G. — 3) Lichtensteig nach seinem gegenwärtigen Zustande und seinen bisherigen Schicksalen. 1826. p. 61. — 4) Ib. p. 62. — 5)–7) Cat. S. G. v. 1769. — 8) Sammlg. d. a. G. i, Z. — 9) Neugart C. D. A. II. p. 140.

Wil, XIII Sammnung der Schwestern St. Dominicus, 1615 Dominikanerinnenkloster St. Katharina. Schon seit dem 13. Jahrhundert hatte sich in der Pünten vor der Stadt ein klösterlicher Verein unter Leitung einer Priorin gebildet, von denen zuerst Adelheid Trungerinn aus Wil 1362 bekannt ist[1]). Am 13. Jan. 1390 verkauften die Schwestern Ursula und Margaretha Kammrer, Rudolf Gloggners und Ulrich Stucki's, Bürger von Zürich, eheliche Wirthinnen, ihre Wiesen und Gärten zu Wil im Thurgau der Priorin und dem Convent der geistlichen Frauen in der Sammlung vor der Stadt daselbst um 80 ℔ alte Haller[2]). Während des Appenzellerkrieges (1403) wollten die Schwyzer und Appenzeller dieses Kloster verbrennen, wurden aber durch die Scharfschützen der Stadtbesatzung daran gehindert[3]). Gleichwohl zogen die Schwestern in die Stadt und zwar in ihr Haus bei der Kirche St. Niklaus, das sie schon 1362 besassen[4]). Daselbst gab ihnen Abt Diethelm von St. Gallen am 19. November 1557 Satzungen, um die klösterliche Disciplin nach der Regel des h. Dominicus zu erhalten[5]). Allein am 3. April 1605 erliess Papst Paulus V. ein Breve, wonach die Nonnen in Nollenberg bei Wuppenau, damals aus einer Priorin, sechs Convent- und einer Laienschwester bestehend, mit den Frauen des Klosters St. Katharina in Wil vereinigt werden sollten. In Folge dessen verlieh Abt Bernhard II. in St. Gallen, welcher am 28. April 1606 von dem päpstlichen Legaten in der Schweiz, Johannes, den Auftrag zur Vollziehung dieses Breve erhielt, unterm 10. Dezember 1608 der Barbara Liechti, Priorin des Gotteshauses am Nollenberg, das Gut, genannt die Pünt, zunächst an der Stadt Wil, um darauf ein neues Kloster zu Ehren der h. Katharina zu erbauen. Schon am 13. April 1615 war es von ihnen bezogen; denn an diesem Tage geloben sie, dass sie einen Priester, den die Aebte von St. Gallen ihnen jeweilen geben werden, auf ihre Kosten unterhalten wollen. Am 19. August 1615 wurden sodann auch die fünf Nonnen, welche unter der Priorin Barbara Kafer das Haus oder die Kapelle St. Dominikus, genannt in der Sammlung, neben der Pfarrkirche bewohnten und nicht mehr als 400 Scudi jährliche Einkünfte besassen, von Ludwig, dem päpstlichen Legaten in der Schweiz, mit jenen von Nollenberg vereinigt und in das neue Kloster versetzt[6]). Gleichzeitig ertheilt der Legat dem Abte Bernhard die Erlaubniss, die nicht mehr nöthige und wegen Unterhalts eines Kaplans beschwerliche Kapelle des h. Dominicus, deren Kirchweihfest am Tage dieses Heiligen gefeiert ward[7]), zu entweihen, zu zerstören, oder zu anderm anständigen Gebrauche zu verwenden, wenn nicht irgend ein Patronatsrecht vor-

1) Wegelin U. D. d. A. S. G. — v. Arx G. d. Kt. S. G. II. p. 207 n. b). — 2) Kauf- und Gemächtbriefe im Staatsarchiv Zürich. — 3) u. 4) v. Arx l. c. II. p. 206 n. e). p. 207 n. a). — 5) Stiftsarchiv S. G — 6) Gedr. Doc. v. S. G. — 7) Anniv. Wil.

handen sei, und am 2. Oktober 1615 gestattet derselbe in Folge eines Briefes des Kardinals Borghese vom 12. September gl. J. der Priorin und den Nonnen zu St. Katharina, dass sie 5½ Mütt Kernen, welche nach alter Gewohnheit jährlich an die Armen ausgetheilt wurden, künftighin zum Unterhalte des in ihrer Kirche die Messe feiernden Priesters oder Kaplans verwenden dürfen[1]). — Das alte Gebäude der Sammlung, welches gegen Morgen an die Pfarrkirche St. Niklaus und gegen Abend an den Spital grenzte, wurde mit Einschluss der Kapelle am 27. Nov. 1783 verkauft[2]), zwischen 1835 und 1840 niedergerissen und auf der Stelle desselben ein freier Platz angelegt.

Ganterschwil, Waldbrüder im Tobel, genannt Sedel oder Brudertöbeli. Am 7. Juli 1369 verkauft Schwester Christine von Hausen, Aebtissin, und der Convent des Klosters Magdenau das Schützengut zu Ganterschwil den Waldbrüdern Hans von Jonschwil, Heinrich von St. Gallen, Priester; Welti und Heinrich, die wohnhaft und gesessen sind in dem Tobel daselbst, das man nennt im Sedel, um 33 ℔ C. M. und thut zugleich kund, dass der Zins oder Nutzen dieses Guts an das Licht gehören soll, das da brennt vor dem würdigen Fronleichnam unsers Herrn Jesu Christi in der Kapelle der Hofstatt im Sedel, so lange als geistliche Priester, Brüder oder Schwestern daselbst wohnhaft sind; wenn aber dieselbe zerstört würde, oder sonst niemand darin wohnte, so soll das Gütli wieder gen Magdenau gehören[3]). Die Hofstatt selbst und den Wald im Sedel gibt Graf Friedrich V. von Toggenburg zu Lichtensteig am 30. September 1369 den geistlichen Leuten, Bruder Hansen und seinen drei Mitbrüdern, sowie ihren Nachfolgern, und bestimmt, dass alles zeitliche Gut, Almosen, Hausgeschirr, der Kapelle und den Heiligen, in deren Ehre sie geweiht ist, gehören soll, besonders an das schon erwähnte Licht. Würde die Kapelle oder die Hofstatt öde stehen, so soll man ihr Gut in eines ehrbaren Mannes Hand zu behalten geben, und dieser es getreu besorgen Jahr und Tag bis zur Wiederbesetzung; wenn aber sich diese länger verzöge, so soll das Gut der Kapelle und die Hofstatt an das Licht U. L. Frauen Kirche in Ganterschwil fallen, bis jene wieder in Aufnahme gebracht und in Ehre gesetzt sind[4]). Am 28. Mai 1375 bestätigt Heinrich III., Bischof von Constanz, vorstehende Schenkung, nimmt die Kapelle, Einsiedelei und alle ihre Sachen in den Schutz der h. Jungfrau Maria, Johannes, des Täufers und Evangelisten, denen sie geweiht ist, und erlaubt, dass jeder Priester den Brüdern Messe lese, Beichte höre, Busse auflege und den Leib des Herrn darreiche[5]). Im Jahre 1481 bewohnte den Sedel nur noch ein Bruder, welcher den Stiftungsbrief seiner Klause

1) Gedr. Doc. v. S. G. — 2) Archiv Wil. — 3)—5) Note 1.

vom Landvogt erneuern liess[1]). Dieselbe ging schon vor der Reformation ein; die Kapelle aber mit Weidgang und Holzhau wurde am 15. Juli 1614 von Abt Bernhard II. zu St. Gallen dem Johannes Hasler, Pfarrer in Bütschwil, verliehen gegen einen Revers, dass er alle Wochen an einem ihm gelegenen Tage darin eine Messe lesen und dazu Altar, Messgewänder und Kapelle sauber halten, jedoch letztere nicht bauen solle[2]). Ein Urbar der Kapelle St. Magdalena im Brudertobel datirt vom Jahr 1753[3]).

Wattwil, 1411 Schwesternhaus in der Waldwilde, genannt Pfanneregg; als Kapuzerinnenkloster St. Maria der Engel 1621 nach Iberg verlegt. Am 28. April 1411 verleiht Abt Cuno von St. Gallen die Hofstatt des Schwesternhauses auf Pfanneregg im Gericht Wattwil «den erbern, Gott lebenden Swöstren, die da jetz ze ziten vnd im Leben sind», und gibt ihnen dazu eine Ordnung, Gehorsame und Meinung, welche Schenkung und Satzungen auf Bitte der Meisterin und Schwestern jenes Hauses von der dritten Regel des h. Franciscus durch Bischof Heinrich IV. zu Constanz am 19. März 1451 bestätigt wurden, unter Beifügung der Erlaubniss, dass die Schwestern mit Zustimmung des Leutpriesters der Pfarrkirche die Eucharistie und das Sakrament der letzten Oelung in ihrer Kapelle haben können[4]). Die Aebte Eglolf und Bernhard II. erneuerten unterm 2. Januar 1431 und 23. Oktober 1612 obiges Lehen, worin auch das Haus und die Hofreite, sowie der kleine und grosse Zehnten zu Henau begriffen war[5]). Den Waldschwestern, nämlich Ita Böschin, Margaretha Schedlerin und ihren Mitschwestern «ietz wonhaft in der Waldwilde zu Bernvelsguot an Pfanneregg» vergaben am 23. Juni 1431 die Brüder Johannes und Rudolf Thurmann, Bürger zu Lichtensteig, Hofstatt und Hofreite, wo das Schwesternhaus ist, und einen Theil des Waldes rings um dieselbe, wie er ausgemarchet ist[6]). Inzwischen verfiel die klösterliche Disciplin in Pfanneregg, wesshalb der Provinzial des Franciscaner-Ordens, Jodocus Schlüssler, dieselbe unterm 15. Februar 1573 wiederherstellte und die Nonnen zu besserer Lebensart zurückbrachte, eine derselben aber im gleichen Jahre wegen schrecklicher Schandthaten durch seinen Commissär, Bruder Georg Späth, Lector in Ueberlingen, des Ordens verlustig erklärte und aus dem Kloster stiess[7]). Der anstössige und leichtfertige Lebenswandel dauerte jedoch fort, so dass der genannte Provincial und der St. Gallische Abt Othmar sich genöthigt sahen, am 22. Januar 1574 den Schwestern in der Person der Elisabeth Spitzlin eine neue Mutter vorzusetzen[8]). 1592 nahmen einige das Gewand der Kapuzinerinnen

---

1) v. Arx G. d. Kt. S. G. III. p. 303. — 2) Gedr. Doc. v. S. G. — 3) Stiftsarchiv S. G. — 4)—6) Gedr. Doc. v. S. G. — 7) u. 8) Mone Z. S. f. d. G. d. O. Rh. XV. 168.

an [1]), und alle mussten sich 1602 der Visitation der Kapuziner[2]) sowie am 14. Juni 1610 der Fürsorge des Abts von St. Gallen unterwerfen[3]). Laut Brief, datirt München 6. April 1612, stiftete Anna von Carrara, Gräfin von Angwillara, genannt Pabafabin, durch Verschreibung von fl. 1500 auf ihr Hab und Gut in Baiern eine Kaplanei im Schwesternhause Pfanneregg unter gewissen Bedingungen, für deren Erfüllung Mutter und Schwestern am 11. Oktober gl. J. einen Revers ausstellten[4]). Am 16. Juni 1620 brannte das Kloster, in welchem schon 1600 das Feuer und 1611 die Pest gewüthet hatte, gänzlich ab[5]); in Folge dessen kauften Mutter und Schwestern nach der am 2. Juli 1620 erhaltenen landesherrlichen Bewilligung zur Steuersammlung unterm 22. Juli gl. J. die Hofstatt auf der Reuti zunächst beim Schloss Iberg behufs Erbauung eines neuen Klosters[6]). Schon am 3. März 1621 stellen Mutter und Conventschwestern des Gotteshauses St. Maria der Engel bei Iberg, sonst von Pfanneregg, gegen dasjenige von St. Gallen einen Revers betreffend Einführung der Klausur[7]) und am 1. April 1633 einen solchen um das Lehen des Guts Reuti aus[8]).

Neu St. Johann, Benediktinerkloster St. Johannes Täufer (siehe Seite 182).

Wil, Kapuzinerkloster St. Anton von Padua[9]). Die Errichtung desselben wurde vom kleinen und grossen Rathe der Stadt am 16. Febr. 1652 beschlossen. Hauptstifter ist der Reichsvogt Georg Renner, welcher nebst einem Walde, um das zum Baue nöthige Holz zu schlagen, 8000 Reichsgulden vergabte. Am 4. Januar 1654 wurde der Grundstein gelegt und vom Fürstabte Gallus geweiht, 1656 das Kloster vollendet und in dasselbe die Kapuziner am 24. Juni 1657 aus dem Hospiz der Sammlung feierlich eingeführt. Von den drei Altären in der Kirche stiftete Sebastian Müller, Pfrundpfleger, den Hauptaltar St. Anton von Padua; Joachim Schobinger, Kirchenpfleger, den linken Seitenaltar St. Maria, und Konrad zum Meermann den rechten Seitenaltar St. Franz von Assisi. Die beiden letztern wurden am 17. September 1656, die Kirche sammt dem Hochaltar am 28. August 1657 eingeweiht[10]).

Libingen, Benediktinerinnenkloster 1760, nach **Glattburg** (Clataburuhc 788)[11]) verlegt 1785. Joseph Helg, Pfarrer in Libingen, sammelte einige fromme Jungfrauen, und führte vermittelst derselben am 31. Juli 1754 die sogenannte ewige Anbetung des allerheiligsten Altarsakraments ein. Diese wurde von dem Abte Cölestin II. in St. Gallen am 22. November 1760 gutgeheissen, dafür ein Kloster unter dem Namen «Neu St. Gallen» gebaut, den Frauen die Ordensregel

1) u. 2) Mone Z. S. f. d G. d. O. Rh. XV. 168. — 3)—4) Gedr. Doc. v. S. G. — 5) u. 6) Wegeli U. D. d. A. S G. Nro. 466. u. 467. — 7) u. 8) Note 3. — 9) u. 10) Mitth. v. Hrn. Custos J. M. Schwyter in Wil aus dem Klosterarchiv. — 11) Wartmann U. B. d. A. St. G. I. p. 109.

des h. Benedikt gegeben und Barbara von Sailern als erste Priorin erwählt[1]). Wegen frühzeitigen Verfalls sowol als auch der feuchten und ungesunden Lage des schlecht gebauten Klosters wurde laut Akkord, Rechnung und Handbuch vom Jahre 1780 das Schloss Glattburg bei Oberbüren am linken Ufer der Thur unterhalb des Einflusses der Glatt mit einem Kostenaufwand von fl. 22,548 in ein Kloster, genannt St. Gallenberg, umgewandelt, eine Kirche daneben gebaut und am 17. Nov. 1781 die Libinger Nonnen dahin versetzt. Das förmliche Instrument hierüber datirt vom 8 Dezember 1785[2]).

8. DECANAT WIESENDANGEN (später Frauenfeld oder Elgg).

Der Liber decimationis pro papa von 1275 erwähnt nachstehende Kirchen:

A. Im jetzigen Kanton Thurgau:
Gahenanch, Wengen, Adorf, Tundorf, Bilchilnse, Onewanch, Losdorf, Erchingen.

B. Im jetzigen Kanton Zürich:
Wisendangen, Elnsowe, Zell, Ailgowe, Slatte, Wiler, Turbatun und die Kapelle in Kiburg.

Im spätern Verzeichnisse des Bisthums Constanz sind hinzugefügt:
Im Kanton Thurgau die Kirche Tänikon.
Im Kanton St. Gallen die Kirche Krummenau (getrennt 1438 von Wattwil).

Dagegen ist weggelassen:
Im Kanton Zürich die Kirche Schlatt.

A. Kanton Thurgau.

1. Pfarrkirchen.

a. Mutterkirchen.

Langen-Erchingen (Erichinga 860)[3]) (jetzt Langdorf oder Oberkirch), St. Laurenz[4]). Die Kirche stand schon, bevor die Gegend, wo jetzt die Stadt Frauenfeld liegt, bewohnt war, und trug den Namen von Erchingen, weil dieses, obschon 10 Minuten von ihr entfernt, bis zur Erbauung jener Stadt der grösste Ort der Kirchgemeinde war. Dieselbe wird mit dem Kirchensatze von Kaiser Karl dem Dicken (881—888) dem Bischof Lanthold von Novarra unter der Bedingung vergabt, dass sie nach seinem Tode an die Abtei Reichenau falle[5]). Demzufolge schlichtet Abt Albert im Jahre 1272 zu Erchingen in der

1) v. Mülinen H. S. II. p. 76 u. 77. — 2) Ib. — Wegeli U. D. d. St. A. S. G. Nro. 432—436. — 3) Wartmann U. B. d. A. S. G. II. p. 87. — 4) Lang, h. th. G. R. I. p. 1055a. — 5) Pupikofer. G. d. Kt. Th. p. 312.

obern Kirche einen Streit zwischen der Aebtissin und Convent in Tänikon einer- und Mechtild, Wittwe Hiltibolds von Gerlikon, anderseits [1]). Der dortige Kirchherr bezahlte 1275 46 ℔ als päpstlichen Zehnten [2]). Am 27. Nov. 1362 ertheilen drei Erzbischöfe und neun Bischöfe auf Bitte des damaligen Leutpriesters, Leonhard Wolf (schon früher 8. Dez. 1252 ist Diethelm, Schenk von Kiburg, als solcher bekannt [3]) der in der Ehre St. Laurenzen gestifteten Pfarrkirche zu Oberkirch, deren Einweihungsfest laut dem Jahrzeitbuche auf Sonntag nach St. Johannes Täufer fiel, und ihren Filialen St. Niklaus in der Stadt Frauenfeld und St. Johann Ev. zu Kurzen-Erchingen (Kurzdorf) je vierzig Tage Ablass [4]). — Das Gebäude derselben wurde im Jahre 1425 neu aufgeführt [5]), wahrscheinlich aber, wie die verschiedenartig gestalteten Aussenseiten, insbesondere die Fenster schliessen lassen, damals bloss erweitert. Im Chore sind zu akustischem Zwecke, nämlich zur Verstärkung des Gesangs der Geistlichen, auf allen drei Seiten eine Anzahl irdene Töpfe eingemauert, vorn offen und inwendig rein glasirt. Auf der Vorderseite sind vier Töpfe und zwar auf beiden Enden zwei oben und zwei in der Mitte so angebracht, dass sie die Endpunkte eines regelmässigen Vierecks bilden; an der Südseite sind ein Paar Töpfe unregelmässig neben einander gereiht und gegenüber an der Nordseite liegt, ebenfalls in der Mitte, eine ganze Gruppe von neun oder mehr Töpfen dicht beisammen [6]). Das Hauptfenster des Chors enthält ein Glasgemälde, welches von Sachkennern für das älteste der Schweiz gehalten wird; dasselbe stellt oben die h. Maria, Christus und Johannes nebeneinander, unten einen Engel, die h. Maria und Laurentius dar, mit der Inschrift: «Ave Maria gratia plena dominus tecum.» Vor dem Hochaltar befindet sich ein Grabstein mit der Inschrift: «Anno 1611 den 12. Oktober zwischen 3 und 4 Nach- «mittag Endtschlief in Gott der Edel und Gestreng Juncker Hans Rudolf «von der Breitenlandenberg zu Spiegelberg, dem Gott genad» und mit den Wappen seines und des von hornsteinischen Geschlechtes, aus welchem seine Gemahlin Margaretha stammte. Hieraus lässt sich schliessen, dass ein gegenwärtig auf einem Seitenaltar aufgestelltes Gemälde, welches oben Christus am Kreuz mit Maria und Johannes, unten aber links einen Sohn knieend und neben ihm den Vater in Rüstung, rechts zwei Töchter in Nonnentracht knieend und die Mutter stehend, in der Mitte aber die Wappen der von Breitenlandenberg und von Hornstein zeigt, früher zum Hochaltar gehört habe, und von jenem davor begrabenen Hans Rudolf von Breitenlandenberg gestiftet worden sei. Gegenwärtig ist die Kirche, nachdem der Pfarrgottesdienst beider Konfessionen in

1) Reg. v. Tänikon Nro. 14. — 2) Freib. D. A. p. I. 94. — 3) Hergott g. H. II. p. 299. — 4) Lang, h. th. G. R. I. p. 1054a u. 1055. — 5) Leu sch. L. VII. 306. — 6) Vögeli, das alte Zürich. 1829. Note 394 p. 322. — Anzeiger f. sch, G. u. A. K. IX. 1863. Nr. 4. p. 69 u. 70.

die Stadt Frauenfeld verlegt worden, zur Filialkapelle herabgesunken, bei welcher sich die Wohnung des katholischen Pfarrers und der Gottesacker beider Religionstheile befindet.

Aadorf (Ahadorf 775)[1], St. Alexander[2]). Die Aebtissin Irmindrud und ihre Schwester Perehdrud, Töchter des Grafen Ulrich und der Perehheide, übergeben am 30. Juli 886 das ihnen zu Handen dieser Klosterkirche von Engilbiric geschenkte Eigenthum in Hochfelden und Hettlingen letzterer um den jährlichen Zins von 1 Pfg. als Lehen auf Lebenszeit[3]). Schon acht Jahre hernach scheinen die Nonnen daselbst ausgestorben und Mönche (eine Propstei von 12 Chorherren)[4]) an ihre Stelle getreten zu sein; denn am 10. Januar 894 erhält das Kloster St. Gallen zu Handen der Brüder, welche in dem Kloster zu Aadorf Tag und Nacht Gott dienen, von Graf Ulrich Eigenthum an verschiedenen Orten im Thurgau und Schwarzwald, darunter auch die Widum der Kirche[5]). Durch diese Vergabung, welche von Salomo III., Bischof zu Constanz und Abt zu St. Gallen, unterm 30. März 895 bestätigt ward[6]), gelangte letztere Abtei zu dem Patronatsrechte der Kirche Aadorf, welche im päpstlichen Steuerrodel von 1275 mit einem Einkommen von 3 M. S. erscheint[7]) und deren Kirchherr, Heinrich von Bernegg, mit seinem Vater und Brüdern am 17. Jänner 1277 das Eigen im Dorfe Ringweil an's Johanniterhaus Bubikon, 1279 ein Lehengut des Klosters St. Gallen auf dem Berge Ahorn an Abt und Convent von Rüti verkauft. Am 24. Juni 1349 aber wird dasselbe von dem Ritter Hermann von Landenberg von Greifensee, dem ältern, dem Abt und Convent in Rüti geschenkt und diesem Prämonstratenserkloster von Bischof Ulrich zu Constanz am 8. Mai 1350 inkorporirt. Am 6. April 1358 erklären sodann die Söhne Hermann und Beringer und der Enkel Ulrich ihren Verzicht auf den von ihrem Vater, beziehungsweise Grossvater vergabten Kirchensatz in Aadorf[8]). Durch die Aufhebung des Klosters, von dessen Conventualen Karl Sailer 1426 als beständiger Vikar zu Aadorf bekannt ist[9]), in Folge der Reformation (1525) kam die Kollatur der Pfarrpfründe Aadorf an die Regierung von Zürich und ging endlich laut Vertrag vom 15. März 1843 an die Regierung von Thurgau über[10]). — Die Kirche (mit nennenswerthem Chor) besass vor der Reformation eine grosse Menge von Reliquien, deren Verzeichniss noch vorhanden ist[11]).

Wängi (Wengiu 818,)[12]), 887 St. Georg[13]), später (vielleicht seit dem Kirchenbau Anfang XVI) St. Johannes Täufer[14]). Schon am

1) Wartmann U. B. d. A. S. G. I. p. 71. — 2) u. 3) Wartmann l. c. II. p. 259. — 4) Lang th. G. R. I. p. 1053. — 5) Wartmann l. c. II. p. 292. — 6) Id. II. p. 298. — 7) Freib. D. A. I. p. 219. — 8) u. 9) Staatsarchiv Z. Amt Rüti. — 10) Zürch. Fin. Prot. — 11) Sulzberger. — 12) Wartmann l. c. I. p. 224. — 13) Id. II. p. 262. — 14) Cat. D. C. 1779 p. 66. —

19. April 887 wird in der Vorhalle dieser Kirche zwischen Walher und Sikar ein Tausch um Huben abgeschlossen [1]). Der Kirchensatz war ein Lehen der Abtei St. Gallen; denn bevor derselbe am 27. April 1401 von Margareth und Elsbeth in der Bünd von Constanz, Töchtern Hug's und Ulrichs sel., um fl. 960 an Gold dem Ulrich von Tettingen, Komthur des Johanniterordens zu Tobel, und dessen Convent verkauft und vor Gericht gefertigt wurde, hatte ihn Abt Cuno von den in der Bünd unterm 28. März 1401 aufgenommen und dem Ordenshause geschenkt, welchem sodann die Pfarrkirche mit ihren 9 Mark Silbers nicht übersteigenden Einkünften von Papst Bonifacius IX. laut Bulle vom 31. Jan. 1402 einverleibt wurde [2]). Den 25. April 1487 übergaben Bernhart von Knörringen zu Sonnenberg und Barbara, seine Gemahlin, den drei Pflegern der Kirche zu Wengi 1 ℔ Pfg. und 2 Vrtl. Kernen ewigen Zinses zur Begehung der Jahrzeit verschiedener ihrer Verwandten durch Seelenmessen und Austheilung von Brod an die Armen [3]). Eine fernere Stiftung geschah nach erhaltener Bewilligung des Komthurs Konrad von Schwalbach zu Tobel d. d. 10. September 1504 durch die Kirchgenossen selbst, indem sie am 29. September 1505 eine ewige Messe und Kaplanei auf den Altar der h. Christophorus, Theodulus, Maria Magdalena und Anna gründeten, mit Zinsen, Renten und Gülten im Betrage von 53½ Stück begabten, und zum ersten Kaplan Ulrich Keller von Pfyn wählten, die künftige Besetzung der Pfründe aber dem Komthur überliessen. Diese Stiftung erhielt sodann unterm 6. März 1506 die Bestätigung des Bischofs Hugo von Constanz [4]). — 1519 wurde laut der an der Emporkirche angebrachten Jahrzahl das Langhaus erweitert und die Wände mit den Bildnissen der zwölf Apostel geschmückt, wozu der Komthur in Tobel und mehrere Edelleute in der Umgegend Beiträge leisteten, wie aus den auf einem Balken angebrachten Wappen derselben zu schliessen ist [5]). Im Jahre 1524 wurden zu den zwei ältern noch zwei neue, von Niklaus Oberacker in Constanz gegossene Glocken, nämlich die erste oder grösste und die dritte, angeschafft. Von jenen trägt die zweite die Inschrift:

+ S. Mathæus. S. Marcus. S. Lucas. S. Joañes.
Anno dni. millesimo . . . . XXX°.

Die Inschrift der vierten (kleinsten):

IVRTINOT SATTIGAS TAGVF SVTISOP AIRDNAXÆLA
IN P. SPE SVLLIRIC

muss rückwärts gelesen werden: «Cirillus episcopus patriarcha in Alexandria positus fugat sagittas tonitrui» [6]).

1) Wartmann U. B. d. A. S. G. II. p. 262. — 2) Reg. v. Tobel Nro. 69—71. — 3) Pupikofer G. d. Th. U. Nro. 91. — 4) Reg. v. Tobel Nro. 143 u. 145. — 5) u. 6) Pupikofer Gesch. d. Kirchgemeinde Wängi. 1844. p. 19. — Anzeiger f. Kunde d. deutschen Vorzeit 1864. Nro. 6 p. 215 u. 216.

Ueber die Wiederherstellung des nennenswerthen gothischen Chors entstand 1528 ein Streit zwischen dem Komthur und der Gemeinde, welcher an das Landgericht verwiesen wurde. Es befindet sich darin jetzt noch eine Altartafel mit der Jahrzahl 1501, die ohne Zweifel von der Familie Muntprat herrührt und unter anderm die h. Ursula und Petronella mit den Wappen der Muntprat und Blarer darstellt[1]). Dagegen sind die schönen gemalten Fensterscheiben bei einer Bauveränderung im Anfang dieses Jahrhunderts theils zerschlagen, theils verschleppt worden[2]).

Aawangen (Oninwanc 839 oder 844)[3]), St. Michael[4]). Graf Ulrich von Kiburg, Bischof zu Constanz, soll bei Stiftung des Klosters Kreuzlingen diesem den Kirchensatz zu Aawangen geschenkt haben[5]). Die Stiftungsurkunde vom 7. Januar 1125 erwähnt aber nichts hievon[6]). Dagegen hatte das Kloster schon 1151 Güter daselbst[7]); der Kirchensatz gehörte ihm vor 1263[8]), und ward am 1. Mai 1280 von Bischof Rudolf II. in Constanz dem Tische desselben einverleibt[9]), welchem er bis zur Aufhebung im Jahre 1848 verblieb. Johelarius, Chorherr der Kirche St. Stephan in Constanz, bezahlte 1275 von der Kirche Aawangen den päpstlichen Zehnten[10]).

Gachnang (Kachanang 889)[11]), St. Pankratius[12]). Ein halbes Chorherrenstift, welches laut Reichenauischen Dokumenten noch im 13. Jahrhundert daselbst bestanden haben soll, ist ohne Spur verschwunden[13]). Der Leutpriester der Kirche, deren Vogtei im Anfang des 14. Jahrhunderts die Herrschaft Oestreich inne hatte[14]), beschwor 1275 ein jährliches Einkommen von 32 ℔[15]). Neben ihm war schon vor 1405 ein Kaplan des St. Peter und Paul Altars, dessen Einkünfte 1532 an den evangelischen Pfarrer abgetreten wurden[16]). Vermuthlich ist diess die Pfründe, von welcher 1275 Walter Lesti, Chorherr der Kirche St. Stephan in Constanz, 30 ß. als päpstlichen Zehnten bezahlte[17]). 1470 schloss das Kloster Reichenau als Kollator mit den Unterthanen zu Gachnang und Ellikon einen Vertrag betreffend Anstellung eines Helfers ab. Laut demselben verpflichteten sich letztere, dafür jährlich 14 Mütt Kernen zu geben, und ersterer versprach, sie bei der Stiftung, welche am 28. September bestätigt wurde, zu schützen[18]). — In der mit vielen Ablässen begabten Kirche, deren Einweihung stets am Sonntag vor dem Feste des h. Johannes Täufers gefeiert wurde[19]), standen vier Altäre, nämlich im Chore der Hochaltar, vor dem Chorgitter der

1) Pupikofer G. d. K. G. W. p. 12 note. — 2) Ib. p. 19. — 3) Wartmann U. B. d. A. S. G. II. p. 10. — 4) Pupikofer. — 5) Stumpf Chr. II. p. 98. — 6) Gerbert hist. silv. nigr. III. p. 54. — 7) Reg. v. Kreuzl. Nr. 7. — 8) Pupikofer d. Kt. Th. p. 240. — 9) Reg. v. Kreuzl. Nro. 98. — 10) Freib. D. A. I. p. 243. — 11) Dümge Reg. Bad. p. 81 n. 17. — 12) Anniv. Gachnang. — Lang, h. th. G. R. I. p. 1054. — 13) Pupikofer d. Kt. Th. p. 269. — 14) Pfeifer H. Ö. U. B. p. 242. — 15) Freib. D. A. I. p. 219. — 16) Sulzberger. — 17) Freib. D. A. I. p. 244. — 18) Note 16. — 19) Anniv. Gachnang.

h. Kreuz Altar, ferner der schon erwähnte St. Peter und Paul Altar auf der rechten, sowie der St. Andreas Altar auf der linken Seite[1]). Das Grabmal des frommen, im 13. Jahrhundert verstorbenen Hirten Heinrich von Gerlikon unter der Kanzel, zu welchem gewallfahrtet wurde, ist wahrscheinlich beim Kirchenbau (1493) verschwunden[2]). Aus dieser Zeit stammt auch der durch schöne Verhältnisse sich auszeichnende Chor. Eine Glockeninschrift lautet: «1493 + Lucas, Marcus, Matheus, Johannes. O rex glorie»[3]).

Lustorf (Losdorf 1275). Kollator dieser schon 1275 mit einem Einkommen von 12½ ℔ aufgezählten Pfarrei[4]) war bis 1368 das Kloster Reichenau. Am 10. Dezember dieses Jahres aber verkauft dasselbe wegen Schulden das Patronatsrecht sammt Zubehörden in Lustorf mit dem Vorbehalt des Wiederkaufs um 60 ℔ Cstzr. W. dem Heinrich Goldast von Constanz[5]), von dessen Geschlecht es im 15. Jahrhundert durch die Benediktiner-Abtei Fischingen erworben wurde[6]). Als Pfarrer wird 1480 erwähnt Hans Heinrich[7]).

Thundorf (Thuruftisthorf 838[8]), später Kirchberg, St. Peter. Der Leutpriester daselbst hatte nach eidlicher Angabe im Jahr 1275 ein Einkommen von 6½ M. S.[9]). Am 5. Februar 1495 verkauft Heinrich Messmer, genannt Rottengatter, Wirth und Bürger zu Constanz, dem Hans Tuochschmid und Hans Keller von Thundorf, als Kirchenpflegern der Kirche St. Peters, den dortigen Kirchensatz und den Zehnten zu Reuti, beides mit Zubehörde, wie solches nebst anderm nach dem Tod Kaspar Hofmeisters, genannt Senger, Vogts zu Frauenfeld, auf offener Gant an ihn gekommen, um fl. 160 rh.[10]). — 1702 wurde in Kirchberg ein neuer Kirchthurm gebaut[11]).

b. Tochterkirchen.

Von Erchingen, jetzt Langdorf oder Oberkirch:

· **Frauenfeld** (Vroiwenvelt 1261[12]), St. Niklaus. Am 10. Oktober 1286 stiften die Bürger der Stadt Frauenfeld wegen der öftern Schwierigkeiten des Besuchs der Messe in der eine Viertelstunde weit entlegenen Pfarrkirche eine ewige Pfrund für einen Priester[13]). Diese Filialkirche in der Stadt, deren Einweihung in St. Niklausen Ehre auf Sonntag vor St. Margaretha verzeichnet ist, erhielt mit der Mutterkirche am 27. Nov. 1362 vierzigtägigen Ablass[14]). Es wurden darin folgende fernere Pfründen gestiftet: 1) am 17. April 1363 von den Bürgern zu Frauenfeld mit

---

1) Sulzberger. — 2) Pupikofer d. Kt. Th. p. 271. — 3) Pupikofer. — 4) Freib. D. A. I. p. 219. — 5) Note 1. — 6) Pupikofer l. c. p. 300. — 7) Note 1. — 8) Wartmann U. B. d. A. S. G. I. p. 350. — 9) Freib. D. A. I. p. 219. — 10) Staatsarchiv Z (Schloss Wellenberg). — 11) Note 1. — 12) Hergott G. d. a. g. H. II. p. 369. — 13) Lang h. th. G. R. I. p. 1057. — 14) Ib. p. 1054.

Bewilligung des Abts Eberhard von Reichenau eine ewige Frühmesse zum vordern Altar (St. Agathapfründe)[1]. 2) Von Niklaus Rüdiger von Mösskirch, Priester, am 15. Januar 1363 eine ewige Messe zu St. Michaels Altar auf der Emporkirche[2]. 3) Am 24. Februar 1444 von der Bürgerschaft eine ewige Pfrund und Messe zu dem Altar der h. Maria und Georg, welcher schon 1407 von dem Weihbischof Hermann consecrirt worden war[3]. 4) Von der 1515 aus Geistlichen und Weltlichen in Frauenfeld und Umgebung zur Anbetung der. h. Dreifaltigkeit gebildeten Bruderschaft die St. Katharinenpfründe, welche nunmehr für Anstellung eines Lehrers zur Ertheilung des katholischen Schulunterrichts verwendet wird[4]. 5) Am 24. Juni 1580 von Joachim Joner, genannt Rüppli, reichenauischem Amtmann zu Frauenfeld eine Frühmesspfründe zu dem Altar U. L. Frau (auf der linken Seite des Chors gegen der Gasse), die bis 1863 besetzt blieb[5]. 6) Endlich wurde die von dem Kaplan G. Fausting einige Jahre vor der Reformation gestiftete und am 22. März 1537 erneuerte Pfründe auf den St. Jodocus Altar in der Beinhauskapelle zu Oberkirch (Seite 215) später nach Frauenfeld in die katholische St. Niklaus Kirche verlegt[6].

Gegenwärtig funktioniren in letzterer ausser dem zu Oberkirch wohnenden Pfarrer nur noch zwei Kapläne[7]. — 1648 wurde dieselbe sammt vier Altären neu aufgeführt[8], am 19. Juli 1771 aber mit der obern Stadt durch eine Feuersbrunst eingeäschert[9]. Schon 1772 begann der Wiederaufbau, und am 25. Juli 1781 fand die Einweihung durch den Constanzischen Weihbischof statt[10]. Ein darin vorhandenes Altargemälde, darstellend die h. Jungfrau Maria, war bis 1522 in der Pfarrkirche zu Winterthur aufgehängt, und wurde bei der Einführung der Reformation daselbst von dem damaligen Schultheiss Hauser an seinen Schwager Jakob Joner, genannt Rüppli, verschenkt, von dessen Nachkommen Joachim 1580 die obenerwähnte Kaplanei zu dem betreffenden Altar stiftete[11].

Die evangelische Kirche in Frauenfeld ward 1644 zu bauen angefangen und am 21. Dezember 1645 eingeweiht. Bis dahin hielten die evangelischen Bewohner der Stadt Wochengottesdienst in der St. Niklaus Kirche, und traten alsdann ihr Eigenthumsrecht an die Katholiken ab[12].

Von Wängi:

Matzingen (Mazcingas 779)[13], St. Verena[14]. Am 11. Februar 894 verleiht Salomo III., Abt von St. Gallen und Bischof zu Constanz, an Ruodrud den Besitz, welchen sie im Thurgau zu Matzingen und anderswo

---

1) Mone Z. S. f. d. G. d. O. R. VII. 318. — Lang h. th. G. R. I. p. 1057. — 2) Lang l. c. — Sulzberger. — 3) Lang l. c. I. p. 1053, 1057. — 4)—7) Sulzberger. — 8) Lang l. c. I. p. 1053. — 9) Holzhalb S. z. L. sch. L. II. 333. — 10)—12) Sulzberger. — 13) Wartmann, U.-B. d. A. S. G. I. p. 82. — 14) Lang l. c. I. p. 1054.

von ihrem Manne Walthere erhalten oder sonst erworben und an das Kloster St. Gallen übertragen hat, in der Meinung, dass sie diesen Besitz gegen Bezahlung von 4 Pfg. an die Kirche in Matzingen wieder einlösen könne[1]). Den dortigen Kirchgenossen bewilligt Konrad von Schwalbach, Komthur zu Tobel und vergönnt der Leutpriester Buchmann in Wängi am 8. Dezember 1518, dass sie in ihrer Filialkapelle St. Verena eine eigene Pfarrei und ewige Messe stiften und begaben mögen[2]). Als Hauptwohlthäterin der letztern bezeichnet die Sage Verena Gubler. Laut einem am gleichen Tage abgeschlossenen Vertrage verpflichten sich sodann die Kirchgenossen von Matzingen, dem Pfarrer Buchmann in Wängi für die Nachtheile der geschehenen Trennung jährlich fl. 12 zu vergüten[3]).

Stettfurt (Stetivurt 827, Stetifurtiu 849)[4]). Im Juli 1746 wurde der Bau einer Kirche vollendet und 1752 unter Einwilligung der Komthurei Tobel mit der Mutterkirche Wängi ein Abkommen getroffen, wonach Stettfurt zwar eine eigene evangelische Pfarrei bilden möge, doch zur Mittragung der Kosten für die Kirche Wängi verpflichtet und zugleich im Besitze der dortigen Kirchenstühle gesichert bleibe. Erst 1785 verzichtete Stettfurt ganz auf alle seine Rechte an Wängi, und zahlte für seine bisherigen Verpflichtungen eine Ablösungssumme von 40 neuen Louisd'ors. Bald nachher erlangte die Gemeinde von der bernerischen Familie Tscharner die Verzichtleistung auf die ihr 1752 wegen geleisteter Beihülfe übertragene Kollatur[5])

Von Turbenthal, Kt. Zürich (siehe Seite 220):

Bichelsee (Pichelense 894)[6]), St. Niklaus[7]). Konrad, Leutpriester daselbst, dessen Einkommen sich 1275 auf 14 ℔ belief[8]), verkündet am 29. November 1276 aus Auftrag der Aebtissin Elisabeth von Tänikon der Priorin und den Schwestern in Töss den Verkauf eines Gütleins in Lieboltsberg[9]); als Kirchherren in Bichelsee werden 1303 Konrad Gesili und 7. April 1320 Hiltpolt von B. genannt[10]). Die Burg, den Wald und den Kirchensatz daselbst mit dem zu letzterm gehörigen Kelnhof oder der Widum, den See mit der Fischenzen, die Vogtei zu Balterschweil, den Weingarten zu Stettfurt und alle Mannlehen, Leute und Güter verkauft am 2. Oktober 1358 Walther von Bichelsee dem Hermann von Landenberg von Greifensee, dem ältern, um 850 ℔ Pfg. und verpflichtet sich, dafür zu sorgen, dass sein Sohn Werner, Kirchherr zu B., diese Kirche dem Käufer aufgebe; jedoch soll der jährliche Nutzen derselben über des Leutpriesters Pfrund hinaus dem Verkäufer

---

1) Wartmann U. B. d. A. S. G. II. p. 294/5. — 2) Reg. v. Tobel Nro. 157. — 3) Pupikofer G. d. K. G. W. p. 18. — 4) Wartmann l. c. I. p. 284 II. p. 28. — 5) Pupikofer l. c. p. 37. — 6) Wartmann l. c. II. p. 292. — 7) Reg. v. Tänikon Nro. 60. — 8) Freib. D. A. I. p. 219. — 9) Reg. v. Einsiedeln Nro. 101. — 10) Reg. v. Tänikon Nro. 21. u. 36

bis zu seinem Tode verabfolgt werden[1]. Nachdem sodann das Kloster Fischingen 1419 das Schloss und die Burgherrschaft Bichelsee nebst der Vogtei Balterswil von der Familie von Hohenlandenberg um 550 ℔ Pfg. käuflich erworben hatte, vergaben diesem wegen des 1414 erlittenen grossen Brandunglückes die Brüder Beringer und Hans Rudolf von Landenberg von Greifensee am 5. August 1419 den Kirchen- und Pfrundsatz zu Bichelsee, und Bischof Otto III. von Constanz bewilligt am 13. September gl. J. die Inkorporation desselben in's Kloster, welches die Pfarrei durch einen Conventualen versehen und erst 1769 auf Bitte der katholischen Kirchgenossen ein Pfarrhaus erbauen liess[2]. — In den Jahren 1863 und 1864 wurde die Kirche, welche zu den ältesten gehört, erweitert[3]. — Aus dem Jahre 1317 ist vorhanden: «S. Hilteboldi rector in Bichelnsee»[4].

Von Elgg, Kt. Zürich (siehe Seite 222):

Tänikon (Tennikon 1257)[5], vor 1257 St. Anna[6], nachher U. L. Frauen Himmelfahrt[7]. Die dortige Kapelle ward am 12. Juni 1257 durch die Ritter Eberhard von Bichelsee, Vater und Sohn, behufs Erbauung eines Cistercienserinnenklosters von der Unterthänigkeit der Kirche Elgg befreit[8]. 1303 ist Hermann von Rheinau Kaplan zu Tänikon[9]; allein noch am 25. März 1306 schwebte zwischen der Aebtissin und Convent daselbst einer- und dem Kirchherrn von Elgg anderseits ein Prozess über die Behauptung der erstern, dass die Conversen und die weltlichen Taglöhner und Mägde, welche denselben innerhalb der Einzäunung des Klosters dienen, bis dahin in einem Zeitraume von 40 Jahren die geistlichen Sakramente von dem Kaplan oder Leutpriester der Aebtissin oder auch von ihrem durch den Abt in Cappel geschickten Beichtiger empfangen haben[10]. Dieser Streit fand dadurch thatsächliche Erledigung, dass am 23. Brachmonat 1415 die Gebrüder Beringer und Hermann von Hohenlandenberg und Heinrich von Gachnang, genannt Münch, zum Seelenheile ihrer am 16. Oktober 1406 bei Arbon umgekommenen Brüder Hugo von Hohenlandenberg und Konrad von Gachnang eine Kaplaneipfründe in Tänikon stifteten, welche von Bischof Otto III. in Constanz am 4. Brachmonat 1416 genehmigt wurde und deren erster Kaplan der Priester Heinrich Keller war[11]. Die Verleihung der Pfründe wurde von den Stiftern während ihrer Lebzeiten abwechselnd dem ältesten der beiden Geschlechter vorbehalten, fiel aber nach ihrem Aussterben an das Kloster. Als nun dieses 1565 das halbe Wechsel-

---

1) Archiv Fischingen. — 2) Sulzberger. — 3) Mörikofer W. G. 1842. p. 190. — 4) Smlg. d. a. G. i. Z. — 5) Reg. v. Tänikon Nro. 1. — 6) Pupikofer. — 7) Lang h. th. G. R. I. p. 1057. — 8) Note 5) — 9) Reg. v. Tänikon Nro. 21. — 10) Ib. Nro. 23 — 11) Gesch. Frd. XIV. p. 193 n. 2). — Anniv. Turbenthal im Breitenlandenbergischen Lagerbuch (St. B. Z. Msc. G. Nro. 34).

lehen der von Gachnang erhalten hatte, überliess ihm Sebastian von Hohenlandenberg zu Herdern gegen eine Jahrzeit die andere Hälfte ebenfalls [1]). Die Klosterkirche erscheint daher im spätern Bisthumsverzeichnisse zugleich als Pfarrkirche.

2. Kapellen.

In der Pfarrei Erchingen (jetzt Frauenfeld):

Oberkirch, St. Laurenz (siehe Seite 206—208).

Oberkirch, St. Anna [2]). G. Fausting, Kaplan dieser neben der Pfarrkirche stehenden Beinhauskapelle, für deren ewiges Licht Veronica Bocherin auf den 6. November eine Stiftung gemacht hatte [3]), vergabte mehrere Jahre vor Ausbruch der Reformation (1528) sein ganzes Vermögen, damit nach seinem Tode auf dem dortigen Altar des h. Jodocus eine ewige Messe gehalten werde, und erneuerte 1537 die Stiftung dieser Kaplanei, welche später in die St. Niklaus Kirche zu Frauenfeld übertragen wurde. Von der Reformation bis zum Ende des 17. Jahrhunderts gehörte die Beinhauskapelle beiden Konfessionen, welche sie zur Aufbewahrung des Todtengeschirrs benutzten. Erst am 11/21 Jan. 1699 wurde dieselbe wieder den Katholiken allein überlassen. — Der Todtentanz war daran gemalt; und als die Messe in Stammheim, Kanton Zürich, abgeschafft wurde, wusste sich Hans Heinrich Fehr, Landammann der Landgrafschaft Thurgau, eine in der St. Anna Kapelle zu Oberstammheim gestandene Altartafel mit zwei Flügeln, worauf der Tod der h. Anna abgebildet war, zu verschaffen, bezeichnete dieselbe mit seinem Wappen, und liess sie beim St. Jodocus Altar in der Beinhauskapelle aufstellen [4]).

In der Pfarrei Aadorf:

Aadorf, Beinhaus. Am 19. Januar 1684 ertheilt der Rath von Zürich den Evangelischen in Aadorf seinen Rath, unter welchen Bedingungen sie den Katholischen nach ihrem Begehren an die Wiederaufbauung des neben der Kirche stehenden Beinhauses beisteuern sollen [5]).

In der Pfarrei Wängi:

Ober-Tuttwil (Tutwille 1244) [6]), St. Stephan [7]). Nachdem schon früher eine Kapelle daselbst errichtet worden, um deren Widum sich ein Lehenbrief vom 7. Dezember 1493 vorfindet [8]), wurden am 29. September 1505 aus dem Kirchengute derselben 11 Stück zur Stiftung der auf Seite 209 erwähnten Kaplanei in der Pfarrkirche Wängi gegeben, unter der Bedingung, dass dafür der Kaplan wöchentlich zwei Messen

---

1) Sulzberger. — 2) Pupikofer. — 3) Lang h. th. G. R. I. 1061. — 4) Sulzberger. — Lang l. c. p. 1058. — 5) Staatsarchiv Z. M. P. — 6) Reg. v. Kreuzl. Nro. 51. — 7) Lang l. c. I. p. 1056. — 8) Reg. v. Tobel Nro. 126.

in Ober-Tuttwil lese[1]). Nach der Reformation wurde die Kapelle in ein Wirthshaus umgewandelt, nach der Schlacht bei Kappel aber im Jahr 1531 neu geweiht[2]).

Schloss Wittenwil (Witenwile 1336[3]). Die Stiftung dieser Kapelle wird dem H. und L. Muntprat zu Spiegelberg, als Eigenthümern der Herrschaft Wittenwil seit 1464, zugeschrieben. Noch 1656 stiftete der Besitzer des Schlosses, Benedikt Harder, eine in der Kapelle desselben wöchentlich zu feiernde Messe und eine jährliche Armenspende von 6 Vrtl. Kernen, und setzte dafür ein Kapital von fl. 2000 aus[4]). Ebenso vergabte Jakob Vögeli, Unterschreiber daselbst, fl. 200 für zwei Fronfastenmessen (nebst ferneren fl. 200 dem Kloster Fischingen, als Protektor der Kapelle), sowie für Abhaltung eines Jahrtages[5]). Ein zwischen letzterm und der Familie Schulthess von Zürich, als Besitzerin des Schlosses Wittenwil, am Ende des 18. Jahrhunderts entstandener Streit über nicht gehörige Erfüllung jener Messverbindlichkeit fand durch eine entsprechende Zusage der Verpflichteten Erledigung; als sie aber wegen ökonomischer Bedrängniss dieselbe nicht halten konnten, kam 1828 ein Vergleich zu Stande, wonach sie jene Last mit fl. 1750 loskauften. Nachdem für diese Summe die Harderische Stiftung eine Zeitlang vom Kloster Fischingen übernommen worden, ging solche endlich 1842 theilweise gegen Bezahlung von fl. 975 an die katholische Pfarrei Wängi über, welche schon 1831 fl. 150 für die Fronfastenmessen erhalten hatte[6]). Seither ist die Kapelle in eine Wagnerwerkstätte verwandelt.

Wängi, Beinhaus. Dem Priester zu Wängi wird vom Rath in Zürich am 27. April 1709 gestattet, einen Altar in das dortige Beinhaus zu setzen gegen einen Revers, dass durch Verrichtung des katholischen Gottesdienstes darin den Evangelischen kein Hinderniss geschehen solle[7]).

Wängi, St. Anna[8]).

Schloss Sonnenberg[9]).

In der Pfarrei Gachnang:

Schloss Gachnang, St. Sebastian[10]). In dem Reverse vom 15. Juli 1613, laut welchem Hektor von Beroldingen, als Besitzer der Herrschaft Gachnang, für sich und seinen Sohn auf die Benutzung der dortigen Pfarrkirche verzichtet, bemerkt er, er habe im Bezirke des Schlosses eine neue Kirche bauen lassen; es geschah diess 1587[11]). Dieselbe steht innerhalb der Mauern des Schlosses, diesem gegenüber.

---

1) Reg. v. Tobel Nro. 145. — 2) Pupikofer G. d. K.-G. W. p. 22. — 3) Reg. v. Tänikon Nro. 49. — 4) Pupikofer l. c. p. 12 u. 33. — 5) u. 6) Sulzberger. — 7) Staatsarchiv Z. M. P. — 8) Pupikofer d. Kt. Th. p. 223. — 9) Holzhalb Suppl. zu Leu sch. L. VI. 352. — 10) Cat. D. C. p. 65. — 11) Leu sch. L. VIII. 3.

1613 wurde darin der katholische Gottesdienst eingeführt[1]) und am 13. April 1624 der Kapelle von Bischof Jakob zu Constanz das Tauf- und andere Pfarrrechte verliehen[2]).

Gerlikon (Gerlikouin 1267)[3]), St. Georg[4]). In der noch vorhandenen Kapelle, deren Einweihung am 12. Januar gefeiert wurde und mit Ablass verbunden war, musste bis 1855 vom Pfarrer in Gachnang Wochenpredigt gehalten werden. Laut einer Notiz im Jahrzeitbuche der Pfarrkirche zum 5. Februar war die h. Agatha matrona in Gerlikon und am 23. April (St. Georg) das patrocinium[5]).

In der Pfarrei Frauenfeld:

Frauenfeld, U. L. Frau? In dem Hause gegenüber dem Schlosse befand sich wahrscheinlich das älteste Gotteshaus im Thurgau. Die eine Hälfte des Gebäudes hatte sorgfältig gearbeitete, kleine Bogenfenster und einen mit Verzierungen, welche an diejenigen des Grossmünsters in Zürich erinnerten, versehenen Gurt, besonders aber zwei ebenfalls kunstreich verzierte, steinerne Thürgerichte in der die Mitte des Gebäudes durchschneidenden Mauer. Nachdem dasselbe später als Scheune gedient hatte, ward es in den Dreissiger Jahren des laufenden Jahrhunderts abgebrochen[6]).

Kurzen-Erchingen (Kurzdorf), St. Johannes Evangelist. Diese in der Ablassertheilung für die Mutterkirche am 27. Nov. 1362 genannte Filialkapelle[7]) (mit Kaplan) war ein grosser Wallfahrtsort[8]). Am 1. April 1385 übergab Johannes Hofmeister, der Sänger, den Kirchmeiern derselben lehensweise $1\frac{1}{2}$ Jcht. Ackerland, das theils an ihren Friedhof, theils an den Widumacker grenzte[9]). 1419 wurde darin neben dem alten ein neuer Altar in der Ehre des h. Leibs und Bluts Jesu Christi, der h. Maria, Philipp und Jakob, Sebastian, Fabian, Pelagius, Gregor, Dominicus. Barbara und Cäcilia errichtet und das Einweihungsfest auf den fünften Sonntag nach Ostern festgesetzt[10]). 1588 wurde der Pfrundfond der seit der Reformation für den evangelischen Gottesdienst benutzten St. Johannes Kapelle der evangelischen Kirchgemeinde Frauenfeld abgetreten, deren zweiter Pfarrer seitdem seine Wohnung daselbst hat. — 1638 fand nach Abbruch der Sakristei eine Erweiterung der Kirche und die Beseitigung des daneben stehenden Beinhauses statt[11]).

Algi, St. Leonhard[12]). Die in der nordöstlichen Vorstadt von Frauenfeld stehende Kapelle (ebenfalls Wallfahrtsort vor 1517)[13]) wurde an St. Verenen Abend (31. August) geweiht und die jährliche Kirchweih auf den nächsten Sonntag vor dem Feste jener Heiligen festgesetzt[14]).

1) Sulzberger. — 2) Documente des Archivs Einsiedeln Ms. XII. Nro. 6. — 3) Mone Z. S. f. d. G. d. O. Rh. III. 479. — 4) Pupikofer. — 5) Sulzberger. — 6) Id. — Vgl. Die Schweiz in ihren Ritterburgen etc. 1839 III. 455 u. 458. — 7) Lang h. th. G. R. I. 1055. — 8) Pupikofer. — 9) Sulzberger. — 10) Lang h. th. G. R. I. 1053. — 11) Sulzberger. — 12) Holzhalb Suppl. zu Leu sch. L. II. 332. — 13) Pupikofer. — 14) Lang l. c. I. 1053, 1056.

Martin Kranz, gewesener Kirchherr in Frauenfeld (1480—1501) und andere Kirchgenossen, sowie Angehörige benachbarter Kirchgemeinden steuerten laut Dotationsbrief vom 15. Januar 1517 so viel, dass ein Kaplan angestellt werden konnte, der mit Ausnahme des Montag täglich vor dem Fronamt in dieser Kapelle Messe lesen, auch in den andern Gotteshäusern von Frauenfeld kirchliche Verpflichtungen erfüllen musste. 1534 wurde der Fond derselben den Evangelischen in Frauenfeld für Anstellung eines Schulmeisters überlassen, nach dem Baue der evangelischen Kirche aber (1668) das Gebäude den Katholiken zurückgegeben, welche es 1862 zur Abtragung verkauften[1]).

Frauenfeld, Kapelle, genannt der Oelberg, auf dem Kirchhofe, deren Altar von Bischof Franz Johann in Constanz 1648 zu Ehren des am Oelberg Blut schwitzenden Heilands geweiht wurde unter Festsetzung des jährlichen Kirchweihfests auf den Sonntag vor St. Margarethen Tag und Ablassertheilung[2]).

In der Pfarrei Bichelsee:

Bichelsee, Kirchhofkapelle[3]).

3. Klöster.

Aadorf, St. Alexander. Nonnenkloster 886, Mönchskloster 894 (siehe Seite 208).

Gachnang, St. Pankratius. Chorherrenstift XIII (siehe Seite 210).

Murkhard, 1437 Bruderhaus, 1522 Schwesternhaus. Dieses Gut zwischen Matzingen und Frauenfeld auf einem Hügel am rechten Ufer der Murg, wo 1102 eine Burg stand, wurde am 27. Febr. 1244 von dem Freien Lütold von Regensperg, dem ältern, und seinem gleichnamigen Sohne, Ritter, mit andern Besitzungen um 100 Mark Silber an das Kloster Kreuzlingen verkauft[4]) und von diesem einer geistlichen Bruderschaft eingeräumt[5]). In dem zwischen Abt Johannes IV. von Kreuzlingen und der Komthurei Tobel obwaltenden Streite über den Hof Murkhard entscheidet Heinrich Pfisterwerk, Vogt zu Frauenfeld, am 19. November 1437: «Was innerhalb des Zauns ist, der vor Zeiten um das Bruderhaus und bei dem alten Thürli oben an den Rain hin bis an das Burgstall und unten um dieses herumging, soll dem Bruderhause, was ausserhalb des Zauns liegt, auch der Burgstall und der Stein dem Freiengut und dem Kloster Kreuzlingen zugehören, so dass die Brüder des Bruderhauses auf die letztbezeichneten Güter keine Anrechte haben sollen»[6]). Im Jahre 1462 wurde Murkhard kaufweise der Stadt Frauenfeld abgetreten; am 9. Oktober 1522 aber bewilligt der Komthur von Tobel, nachdem die

1) Sulzberger. — 2) Lang h. th. G. R. I. p. 1053. — 3) Pupikofer. — 4) Reg. v. Kreuzl. Nr. 51. — 5) Pupikofer G. d. K.-G. W. p. 9. — 6) Reg. v. Kreuzl. Nro. 316.

früher bestandene geistliche Brüderschaft in Murkhard sich aufgelöst hatte, dass das Haus und die Kapelle daselbst einer Anzahl Schwestern Franciscanerordens übergeben und diese der geistlichen Obhut der Pfarrer in Wängi und Matzingen, sowie des Lehensrechts der Komthurei Tobel entlassen sein sollen [1]. Nach der Reformation zerstreuten sich die Schwestern, und der Hof Murkhard konnte sich kirchlich an die Gemeinde Frauenfeld anschliessen [2]. 1578 wollte der Visitator des St. Claren-Ordens in Luzern das Kloster wieder mit Frauen besetzen; allein der Versuch misslang. Seitdem gerieth dasselbe in Verfall; 1710 standen noch Ruinen von der Kirche, die ebenso gross war als St. Leonhards Kapelle zu Frauenfeld [3].

Tänikon (Tennikon 1257) [4]. Zuerst sollen hier graue Schwestern gewohnt, den Gottesdienst in der St. Anna Kapelle, einer Filiale von Elgg (Kt. Zürich), gehalten und von dem Papst Innocenz IV. in den Jahren 1246 und 1250 schöne Privilegien empfangen haben. Ihre Wohnung lag auf einem etwas erhöhten Platz, welcher das alte Kloster genannt wird und ungefähr einen Büchsenschuss von dem späteren entfernt ist [5]. Am 12. Juni 1257 aber schenken, da die Ritter Eberhard von Bichelsee, Vater und Sohn, beabsichtigen, einige ihrer Güter der Kapelle Tänikon zu vergaben, welche sie sammt ihrer Dotation neulich von der Unterthänigkeit der Kirche in Elgg befreit haben, um daselbst ein Nonnenkloster Cistercienser-Ordens zu erstellen, Abt Berthold, Dekan Manegold, Propst Albert und der ganze Convent des Klosters St. Gallen die Hälfte ihrer dortigen Besitzungen, sowie verschiedene Zehnten der erwähnten Kapelle und den Nonnen [6]. Das neue Kloster führte den Namen U. L. Frauen Lilienthal zu Tänikon [7]; in der Kirche desselben befand sich 1303 auch ein St. Germans Altar [8]) und zwei Tafeln (Gemälde), von denen eine (darstellend den Anfang der Welt) Elisabeth, Frau Albrechts von Ainwil, schenkte und die andere auf dem Fronaltar im Chor das Kloster um fl. 40 rh. machen und am 29. November 1464 aufstellen liess [9]. Durch Beschluss des Grossen Rathes des Kantons Thurgau vom 27. Juni 1848 wurde das Kloster aufgehoben und die Liegenschaften desselben, sowie die gemalten Fensterscheiben im Kreuzgange, ausgezeichnete Kunstwerke und Denkmäler der Freunde und Wohlthäter des Stifts, verkauft [10]. — Das Siegel des Convents vom Jahre 1449 (S. conventvs. Mon. in Tennikon) zeigt, wie dasjenige der Aebtissin, die h. Maria mit dem Jesuskinde [11].

Frauenfeld, Kapuzinerkloster. Hans Ulrich Locher, 1595 Landschreiber der Landgrafschaft Thurgau, vergabt dazu von seinem

1) Pupikofer G. d. K. G. W. p. 18. — 2) Id. p. 24. — 3) Sulzberger. — 4) Reg. v. Tänikon Nro. 1. — 5) Lang h. th. G. R. I. 1076/7. — 6) Note 4. — 7) Lang l. c. — 8) Reg. v. Tänikon Nro. 24. — 9) Gesch. Freund. II. p. 125 u. 127. — 10) v. Mülinen H. S. II. p. 136. — Pupikofer d. Kt. Th. p. 336. — 11) Sammlg. d. a. G. i. Z.

Gute Haselberg bei Frauenfeld so viel Grund und Boden, als nothwendig ist, und vollendet mit seiner ersten Frau, Maria Stucki, im nächstfolgenden nicht allein das erste Klösterlein, sondern auch die heute noch stehende Kirche. Diese weihte im Jahr 1598 der Constanzische Weihbischof Balthasar in der Ehre der h. Dreifaltigkeit, den Choraltar eben derselben, der Himmelfahrt Mariä, den h. Antonius und Ludovicus und den Altar in der Nebenkapelle den h. Franciscus, Ulrich, Elisabeth, Martha und Clara [1]). Als das Kloster zu klein und baulos geworden, wurde es mit einer Beisteuer des Jodocus von Muntprat 1644 neu und grösser aufgeführt [2]); durch Beschluss des thurgauischen Grossen Rathes aber vom 27. Juni 1848 aufgehoben [3]).

B. Kanton Zürich.

1. Pfarrkirchen.

a. *Mutterkirchen.*

Turbenthal (Turbatuntale 825) [4]). St. Gallus [5]). Einen Theil der dortigen Basilica übergibt Reginbert am 27. März 858 dem Kloster St. Gallen [6]). Ihr erster bekannter Leutpriester Heinrich ist am 12. Juli 1228 Zeuge in der Pfalz des Abts Konrad zu St. Gallen, als derselbe den Zehnten zu Runsthal oder Riethain dem Kloster Salem überlässt [7]). Abt Georg war laut Urkunde vom 17. Mai 1364 Patron der Kirche Turbenthal [8]), verlieh aber das Patronat dem Albrecht von Breitenlandenberg; ein gleichnamiger wird den 16. März 1449 Lehenherr der Kirche und Pfründe Turbenthal genannt [9]). Erst am 9. März 1495 übergeben Abt Gotthard und der Convent des Gotteshauses St. Gallen die Kirchensätze in Turbenthal und Wila unter dem Schlosse Breitenlandenberg, wozu dieselben laut Lehensbrief vom 27. Juni 1544 gehörten [10]), mit Widum, Lehenschaften und allen Gerechtigkeiten ihrem Dienstmann, dem Ritter Hans von Breitenlandenberg, seinen Erben und Nachkommen, indem sie auf alle Forderungen und Ansprachen verzichten [11]); doch mussten nach jeder neuen Abtswahl die Edlen von Breitenlandenberg diese Veste sammt Zubehörden neuerdings als Lehen empfangen [12]). Durch Vertrag vom 30. Dezember 1837 ging, nachdem schon am 8. Mai 1805 das Kloster St. Gallen aufgehoben worden, die Kollatur von Turbenthal an den Stand Zürich über [13]).

In der dortigen Kirche wurden neben der Pfarrpfründe folgende fünf Kaplaneipfründen gestiftet:

---

1) Lang h. th. G. R. I. 1074. — Leu sch. L. VII. 307. — 2) Ib. — Sulzberger. — 3) v. Mülinen H. S. II. 136. — 4) Wartmann U. B. d. A. S. G. I. p. 269. — 5) Urk. v. 1401 im Pfarrarchiv Turbenthal. — 6) Wartmann l. c. II. p. 78. — 7) Mone Z. S. f. d. G. d. O. Rh. III. 466. — 8) u. 9) Archiv d. Zürch. Dom.-Verw. — 10) Gedr. Doc. d. St. A. S. G. — 11) Note 8 u. 9. — 12) Note 10. — 13) Prot. d. zürch. Fin. Raths.

1) U. L. Frauen Pfründe. Die Dotirung eines Altars zu Ehren der h. Jungfrau Maria durch den Ritter Hermann von Breitenlandenberg wird mit Zustimmung des Abts Georg von St. Gallen von Bischof Heinrich III. in Constanz am 17. Mai 1364 bestätigt[1]). Seine Gemahlin Adelheid von Blumenberg vergabte an diese Pfründe zu Begehung ihrer Jahrzeit den halben Theil des Gutes zu Neubrunnen und fl. 6 Kernen jährlicher Gült ab dem Kelnhof in Turbenthal[2]). Ein Erbleben derselben war auch laut Urkunde vom 22. Januar 1509 der Hof und das Gut, genannt Rüti, sammt dem Badhause (das jetzige Girenbad)[3]).

2) Die St. Peters Pfründe. Als Stifter wird den 16. Jan. 1378 ebenfalls der Ritter Hermann von Breitenlandenberg genannt, und Lehenherr der Pfründen 1) und 2) war laut Theilbrief d. d. 19. Februar 1377 je der älteste dieses Geschlechts[4]). Von 1533 bis 1566 heisst letztere «St. Peter und Pauls Pfründe»[5]).

3) St. Margaretha Pfründe. Ihr Stifter ist derselbe Ritter Hermann, und ihr Kaplan (1502 Konrad Koch) kömmt zum ersten Male in der bereits erwähnten Urkunde vom 16. Januar 1378 vor.

4) Die Allerheiligen Pfründe. Am 7. September 1390 vollziehen die Brüder Johannes, Hermann, Hug und Beringer von Hohenlandenberg die durch ihre verstorbenen Eltern, Hugo und Ursula, angeordnete Stiftung und Begabung des Altars, der gebaut und gemacht ist zu Turbatun in der Abseite der Kirche und geweiht in der Ehre U. L. F. St. Maria und aller Gottesheiligen[6]). Für die Pfründe desselben kauft Sigmund von Hohenlandenberg, Ritter, sesshaft auf dem Schlosse Wellenberg, am 6. März 1407 einen ewigen Zins von 1 ₶ Hlr. Zch. Mz. und 1 Mütt Kernen Wthr. Ms. behufs Begehung der Jahrzeit seines Vaters Johannes und seiner Mutter, Margaretha von Stein[7]); vor seinem am 19. Juni 1459 erfolgten Tode stiftete er noch auf jenem Altar den eigenen Jahrtag mit einer Gült von 3 Mltr. Hafer[8]).

5) Der h. 3 Könige Pfründe, gestiftet von Hermann von Breitenlandenberg, dem ältern, zu Hagenwil, vergabt Frau Margaretha von Ifenthal, Wittwe seines Sohnes Hermann sel. Ritters, am 10. Mai 1407 für die beidseitige Jahrzeit ihren Theil der Güter des Kelnhofes zu Elggau[9]). Ihr Kaplan (1511 Hans Stahel) kömmt schon 1405 vor; und ihrem Altar bestätigt Konrad Paier zu Hagenwil am 25. Juni 1446 eine von seinen Vorfahren gestiftete Gottesgabe von 4 Mütt Kernen Cstzr. Ms. ab der Veste Klingenberg[10]).

Die jetzige Pfarrkirche in Turbenthal, welche einen hohen, ehmals mit herrlichen Glasmalereien geschmückten gothischen Chor hat, wurde in den Jahren 1510 bis 1512 erbaut[11]), nachdem folgende Mitglieder der

---

1) Archiv d. z. D. V. — 2)—10) Breiten- und Hohenlandenbergisches Lagerbuch (Msc. auf der Stadt-Bibl. Zch.). — 11) Werdmüller M. T. II. 163.

Geschlechter von Hohen- und von Breitenlandenberg, nämlich Hugo, Bischof zu Constanz; Gotthard zu Wetzikon; Hans zu Breitenlandenberg; Balthasar zu Frauenfeld, Ritter; Hans zu Rapperswil; Hans zu Altenklingen; Kaspar zu Wellenberg; Melchior zu Neuenburg; Ulrich zu Hegi; Albrecht zu Constanz; Moritz, Balthasar und Sigmund, am 27. Nov. 1504 aus freiem Willen zu Steuer und Hülfe des Baues den Kirchenpflegern und Kirchgenossen 600 ₶ Hlr. Zchr. W. geordnet und diese für solche Gottesgabe ihnen am 14. Januar 1510 zugesichert hatten, dass sie ohne ihre Kosten und Schaden die Kirche sammt dem Erbbegräbniss der von Landenberg von neuem bauen, d. h. Mauern, Dach und Gemach, Vertäferung des Himmels obenan, Gestühl in den Chor, Verglasung der sämmtlichen Fenster und alles was die Nothdurft erfordert, machen und in Ehren halten wollen [1]). — Von den drei Glocken im Kirchthurm ist die zweite ohne Umschrift, die erste 1570 und die dritte 1727 gegossen [2]).

Elgg (Ailaghoga 760) [3]), St. Georg [4]). Erchinbert, Mönch zu St. Gallen, überträgt in den Jahren 890—900 an das dortige Kloster sein Gut und ein Lehen zu Elgg, wobei er unter anderem die Bedingung machte, dass dieser Besitz nicht der Kirche in Elgg gegeben werden dürfe. Davon ausgenommen bleibt derjenige Theil des Lehens, welchen er an die Kirchen zu Elgg und Aadorf geschenkt hat [5]). Der Leutpriester Werner ist am 3. April 1244 Zeuge zu St. Gallen bei der Gründung des Cistercienserinnen-Klosters Magdenau durch den Abt Walther [6]). Seine Pfründe galt im Jahr 1275 vier Mark Silbers [7]). Am 14. Okt. 1346 verkaufen Hermann, Abt und Convent des Gotteshauses St. Gallen dem Hermann, Johannes und Rudolf von Bonstetten verschiedene Eigengüter in dem Kelnhofe zu Elgg mit dem Kirchensatze der dortigen Kirche [8]). Von dem Ritter Johannes von Bonstetten zu Uster wurden sodann die Aecker, in welche jener Kirchensatz gehörte, unterm 29. November 1409 an Schultheiss und Rath in Rapperswil zu Handen ihres Spitals veräussert [9]), welcher ihn nach der Reformation durch zwei Urkunden vom 13. Juni 1530 und 25. Mai 1537 tauschweise gegen das Patronat der Pfarreien Eschenbach und Nieder-Bollingen, Kanton St. Gallen, der Stadt Zürich überliess [10]).

In der Kirche Elgg, deren Einweihungsfest am nächsten Sonntag vor St. Michael gefeiert wurde, befanden sich ausser dem Hochaltar des h. Georg folgende Altäre und Pfründen:

---

1) B. L. Lagerbuch. — 2) Vögeli G. B. — 3) Wartmann U. B. d. A. S. G. I. p. 30. — 4) Anniv. Elgg. — 5) Wartmann l. c. II. p. 391. — 6) Neugart C. D. A. II. p. 177. — 7) Freib. D. A. I. p. 167 u. 219. — 8) Staatsarchiv Z. Urk. d. St. u. L. — 9) Ib. — 10) Gesch. v. Rapperswil p. 108 n. y).

1) Der Altar und die Frühmesserei der h. 3 Könige. Den Pflegern derselben übergibt Adelheid von Rümikon am 18. Juni 1386 alles Gut, das sie jetzt hat oder noch gewinnt, gegen Verleihung auf Lebenszeit um einen jährlichen Zins[1]. Kaplan war am 5. Nov. 1459 Heinrich Keller[2]) und das Einweihungsfest am Sonntag nach Epiphania[3]).

2) Der Pfründe des Altars U. L. Frau, links neben dem Eingang in den Chor, vergabte Hermann von Hohenlandenberg, genannt Bick († 1431), den Zehnten zu Zünikon[4]). Ihr Kaplan (1488 Hans Ross) kömmt auf Erlaubniss des Lehenherrn, Jkr. Herdegen von Hinweil, des jüngern, mit Vogt und Rath zu Elgg wegen einer Schuld an die Spend überein[5]). Am 10. April 1507 erneuert Jörg von Hinweil mit bischöflicher Genehmigung vom 28. Mai den verloren gegangenen Stifts- und Dotationsbrief dieser Pfründe, woraus sich ergibt, dass dieselbe den von Landenberg (Ende XIV oder Anfang XV) ihre Entstehung verdankt[6]). Im Jahr 1508 wurde zur Vollführung des Kirchenbaues eine Bruderschaft U. Frauen gestiftet[7]), und nach der Reformation von den Räthen der Stadt Zürich zu Recht erkennt, dass U. Frauen Kaplaneipfrund in Elgg zu Hülf, Trost und Aufenthalt der Armen daselbst verwendet werden soll. Das Einweihungsfest dieses Altars fiel auf Sonntag vor St. Marcus[8]).

3) Der Altar des h. Kreuzes unter dem Gewölbe. Seinen Pflegern verkaufen den 17. Nov. 1455 Heintzmann Künzli und Uli, sein Sohn, Bürger zu Elgg, einen jährlichen Zins von ¼ Mütt Kernen ab einem Acker am Herweg[9]). Schon am 10. Februar 1474 wird Uli Hegnower bei einer Güterverleihung Trager der h. Kreuz Pfrund genannt[10]); allein erst am 24. August 1475 melden die Räthe der Stadt Elgg dem Dekan und Kapitel des Domstifts Constanz, dass sie mit Einwilligung des Leutpriesters Jakob Hilffli und der Pfleger des Spitals in Rapperswil, als Kollators, zu Lob und Ehre des h. würdigen Fronkreuzes U. H. Jesu Christi eine ewige Pfrund gestiftet und mit Gütern, Zinsen und Nutzen begabt haben, was der Bischof unterm 16. September gl. J. genehmigt[11]). Der Kaplan derselben, Hans Klinger, steuerte wie der Frühmesser Hans Landenberg und der Kaplan U. L. Frau, Hans Ross, 1488 3 ℔ an den Bau der beiden Thürme beim Grossmünster[12]). Das Einweihungsfest war am Sonntag nach Kreuzerfindung[13]).

4) Der Altar St. Martin auf der linken Seite erscheint in einer Jahrzeitstiftung von 1495; die Pfründe wird am 8. Juni 1506 von den Räthen der Stadt Elgg dotirt[14]), ihr Kaplan aber erst am 2. Mai 1514 in einem Vermächtniss bedacht[15]). Das Einweihungsfest fand statt am Sonntag nach St. Martin.

---

1) u. 2) Gem. Arch. Elgg. — 3)—5) Anniv. Elgg. — 6) Werdmüllerisches Fam. Arch. — 7) Anniv. Elgg. — 8) u. 9) G. A. Elgg. — 10) Anniv. Elgg. — 11)—13) G. A. Elgg. — 14) Staatsarchiv Z. — 15) Anniv. Elgg.

5) Der Kaplan des neuen Altars der h. Anna in dem rechten Winkel ausserhalb des Chors erhält mit den vier alten Antheil an einer Jahrzeitstiftung vom 15. November 1503[1]). Das Einweihungsfest ward am Sonntag nach St. Anna gefeiert.

6) Der Altar des h. Sebastian über dem Gewölbe wird bei der Einweihung der jetzigen Kirche im Jahr 1516 aufgezählt. Sein jährliches Fest fiel auf den Sonntag nach St. Sebastian; mit ihm war auch eine Bruderschaft verbunden, die am 26. Januar 1519 eine Vergabung erhielt[2]).

7) Der Altar in der Gruft unter dem Chor wurde 1516 in der Ehre des bittern Leidens Christi und des schmerzhaften Mitleidens seiner Mutter geweiht. Das Einweihungsfest beging man am Samstag nach der Osteroktav[3]).

Von der alten Kirche, welche am 23. Januar 1453 der Minderbruder Johannes, als Generalvikar des Bischofs Heinrich IV. von Constanz, reconcilirte, ist einzig noch die Gruft unter dem Chor übrig, deren rundbogige Kreuzgewölbe von vier Säulen getragen werden. Am 5. Juni 1508 wurde zur jetzigen Kirche der erste Stein aus dem Bruche rechts neben dem Schlossgraben gelegt und dieselbe 1516 sammt den 8 Altären, Beinhaus und Kirchhof eingeweiht[4]). Ihr Chor hat Spitzbogenfenster, zwischen denen die Strebepfeiler des künstlichen Gewölbs stark hervor treten. Im Thurme hängen fünf Glocken, wovon die erste und dritte 1516, die vierte 1559, die fünfte 1670 und die zweite 1837 gegossen ist. Die beiden ältesten tragen folgende Inschriften:

1) Hac campana defunctos plango, festa colo, fulgura frango. anno domini M.CCCCCXVI. — Auf der einen Seite ist das Kreuz abgebildet, unter demselben in knieender Stellung Maria, den vom Kreuze heruntergenommenen Jesus im rechten Arm haltend; auf der andern Seite der h. Ritter Georg zu Pferd, wie er mit der Lanze den Drachen tödtet.

3) O rex glorie criste veni nobis cum pace, anno domini m.ccccc.xvi[5]).

Wiesendangen (Wisuntwangas 804)[6]), h. Kreuz[7]). Der Hof mit der Kirche wird in der vom 27. November 1155 datirten Urkunde des Kaisers Friedrich I. über die Grenzen des Bisthums Constanz unter den Besitzungen des letztern aufgezählt[8]). Ihr Geistlicher C. ist am 8. Dezember 1252 Zeuge im benachbarten Schlosse Mörsperg, als Diethelm, der Schenk von Kiburg, Ritter, mit seiner Gattin und Söhnen Güter in Niederflach dem Propst und Kapitel in Zürich verkaufte[9]); und im Jahre 1275 beschwor der Dekan zu Wiesendangen ein Einkommen von 6 M. S.[10]). Dem Gotteshause des h. Kreuzes daselbst verordnet Hans von Sal, alt-Schultheiss zu Winterthur, am 30. Sept. 1428

---

1)—4) Anniv. Elgg. — 5) Mitth. v. Hrn. Seckelmeister R. Büchi in Elgg. — 6) Wartmann U. B. d. A. S. G. I. p. 168. — 7) Urk. v. 1428 im St. A. Winterthur. — 8) Neugart C. D. A. II. p. 87, 88. — 9) Hergott g. H. II. p. 300. — 10) Freib. D. A. I. p. 219.

letztwillig fl. 1 und Hans Müller von Elgg vergabt demselben unterm 22. Juni 1513 eine ewige Gült von ½ Mütt Kernen Wthr. Ms. ab seinem Zehnten zu Buch[1]). Kollator der Pfarrpfründe war vermuthlich der Abt von Petershausen bei Constanz, da mit seiner Bewilligung d. d. 1. Februar 1525 Olbe Marqualt, genannt Klug von Wiesendangen, von der dortigen Pfarrpfründe die Widum um fl. 185 als Erblehen kaufte[2]), und da er selbst 1581 die Zehntengefälle von Wiesendangen, Oberwinterthur und Seen um fl. 13,000 der Stadt Zürich veräusserte[3]). — Von den vier Glocken im Kirchthurm trägt die zweite die Umschrift: O rex glorie Criste veni nobis cum pace. anno domini M CCCCCXXX; die dritte ist 1587, die erste 1713 und die vierte 1785 gegossen[4]).

Schlatt (Sclatte 754)[5]), St. Peter[6]). Im Jahr 1241 bestimmt der Leutpriester Hermann in Schlatt zur Ehre des h. Apostels Petrus, als Patrons dieser Kirche, und der andern Heiligen, deren Reliquien darin enthalten sind, den Nusszehnten der ganzen Pfarrei mit Zustimmung des Bischofs Heinrich I. von Constanz und des Ritters H. von Schlatt, welcher die Vogtei und das Patronatsrecht der Kirche inne hatte, zur Anzündung eines ewigen Lichts[7]). Sein Nachfolger beschwor 1275 ein Einkommen von 31 ℔ Zch. W.[8]). Am 5. Juni 1473 verkaufte Hans von Breitenlandenberg der Kirche und gemeinen Chorherren auf dem Heiligenberg bei Winterthur um fl. 125 rh. an Gold den Kirchensatz und die Lehenschaft der Leutkirche zu Schlatt, der Altäre und Pfründen, die darin gestiftet sind oder noch werden, worauf Bischof Hermann III. dieselbe am 17. September 1473 dem Tische jenes Kollegiatstiftes einverleibte[9]). Schon am 16. Juni 1485 aber machten Bürgermeister und Rath der Stadt Zürich, als Kastvögte, mit dem um Bestätigung dieser Erwerbung und Einverleibung nachsuchenden Kirchherrn und gemeinen Pfrundherrn auf dem Heiligenberg ein Verkommniss, wonach die Pfründe zu Schlatt, so oft sie ledig wird, nach dem Willen und Gefallen des Raths mit einem Leutpriester versehen werden und der Rath die Leihung dazu haben soll, auch das Einkommen bestimmt wird[10]). Die Einweihung der Kirche, welche einen Chor mit Rundbogengewölbe und ein Schiff mit flacher Decke hat, wurde am nächsten Sonntag vor dem Feste des h. Gallus, diejenige des Altars der h. Maria ausserhalb des Chors am 15. August gefeiert[11]). — Von den drei Glocken im Thurme trägt die erste die Inschrift: Ave Maria gracia ple(n)a dominus tecum. Sancte spiritus a(d)sit nobis. 1491, und auf der einen Seite das Bild des h. Petrus mit dem Schlüssel, auf der andern St. Christoph. Die zweite enthält in gothischen Buchstaben die Worte: «AVE MARIA

1) Staatsarchiv Z. Amt Wthr. — 2) Ib. — 3) Mem. d. Gem. Verw. v. Z. p. 124. — 4) Vögeli G. B. — 5) Wartmann U. B. d. A. S. G. I. p. 22. — 6) Urk. v. 1241. im Anniv. Schlatt. — 7) Anniv. Schlatt. — 8) Freib. D. A. I. p. 219. — 9)—10) Note 1. — 11) Anniv. Schlatt.

GRACIA . PLENA . DOMINVS . TECVM . BENEDICTA.» Beide wurden 1843 und die dritte schon 1754 umgegossen[1]).

Elsau (Elnesouua 1043)[2]), St. Georg[3]). Der dortige Leutpriester beschwor 1275 ein Einkommen von 13 M. S. aus seiner Kirche[4]). Die Kirchenwidum und den Kirchensatz mit allen Zubehörden, sein rechtes Eigen, vergabt Graf Donat von Toggenburg am 1. Februar 1396 zu Lichtensteig dem Abt und Convent des Gotteshauses U. L. Frau zu Rüti, um damit die ewige Messe zu vollbringen, die sein Vater sel., Graf Friedrich, zu dem neuen Altar vor seinem Grabe in der Allerheiligen Kapelle daselbst angefangen hat zu stiften[5]). Die Inkorporation der Kirche Elsau in's Kloster Rüti wird am 15. November 1426 auf Befehl Papsts Martin V. durch Heinrich von Randegg, Schulherrn der Propstei Zürich, vollzogen[6]). Am 13. September 1484 legen zwei Schiedsrichter Streitigkeiten betreffend die Besorgung des Gottesdienstes dahin bei, dass Abt Marx und der Convent des Klosters Rüti die Kirchgenossen in Elsau von nun an zu ewigen Zeiten mit einem Priester versehen solle, der ihnen in der Pfarrkirche auf bestimmte Tage Messe halte, sie auch mit allen andern pfärrlichen Rechten zum Leben und Tod nach ihrer Nothdurft versehe, jedoch nicht schuldig sei, persönlich Wohnung bei ihnen zu haben[7]). Ein solcher Viceleutpriester Johannes vergabte im 15. Jahrhundert der Kirche Winterthur 5 ß.[8]). Als Leutpriester von Elsau war in die 1515 und 1518 mit Ablass begabte Bruderschaft zu Frauenfeld Heinrich (Graf?) eingeschrieben[9]). Der Kirchensatz ging in Folge Aufhebung der Klöster durch Beschluss vom 3. November 1524 an die zürcherische Regierung über. — Im Thurm der 1787 erweiterten und erneuerten Kirche[10]) hängen drei Glocken, von denen die erste die Inschrift trägt: «O Rex Glorie XPE veni nobis cum pace. A° dom. M.CCCCC.LIII. jar»[11]).

Zell (Cella 741? und 744)[12]), St. Johannes[13]). Das Gesammteinkommen des Leutpriesters (1311 Rudolf)[14]) aus dieser Kirche belief sich 1275 auf 5 M. S.[15]); darüber hinaus galt sie wohl noch 3 M. S. Sie wurde, als zur Grafschaft Kiburg gehörig, im Anfange des 14. Jahrunderts von der Herrschaft Oestreich verliehen[16]); durch Nichtwiederlösung jener, 1452 von Herzog Sigmund von Oestreich der Stadt Zürich verpfändeten Grafschaft aber ging der Kirchensatz in Zell an diese über. Ein von dem Landvogte Rudolf Escher in Kiburg 1489 errichteter Vertrag, wonach die Kirchenpfleger von Zell von St. Johannes Ev. bis

---

1) Vögeli G. B. — 2) Gesch. Frd. I. 130. — 3) Urk. v. 1492 im Staatsarchiv Z. Amt Rüti. — 4) Freib. D. A. I. p. 219. — 5)—6) Staatsarchiv Z. Amt Rüti. — 7) Ib Amt Winterthur. — 8) Gesch. Frd. XIV. 197. — 9) Lang h. th. G. R. I. p. 1058. — 10) Vogel a. Ch. 1845. p. 169. — 11) Vögeli G. B. p. 187. — 12) Wartmann U. B. d. A. S. G. I. p. 7. — 13) Urk. v. 1502 im Staatsarchiv Z. K. u. G. B. — 14) Staatsrachiv Zch. Amt. E. — 15) Freib. D. A. I. p. 167. — 16) Pfeifer H. Ö. U. p. 206.

St. Johannes Tfr. Tag. und der Leutpriester während der andern Hälfte des Jahres die Ampel vor dem Sakrament in ihrer Kirche mit Oel bezünden sollen, wird am 12. Juli 1511 vom Rathe in Zürich bestätigt[1]). Von den drei Glocken im Kirchthurm ist 3) 1734, 2) 1826 und 1) 1823 gegossen[2]). Früher sollen zwei Glocken mit folgenden Inschriften dort gewesen sein:

O Maria Ma. X. adjufa nos. Osanna in eccelsis. an. d. M.CCCC.XVI.

O + Rex + glorie + criste + veni + LXXII. + Jahr. (Aus dem Kloster Beerenberg bei Wülflingen)[3]).

b. Tochterkirchen.

Von Turbenthal:

Bichelsee, Kt. Thurgau, St. Niklaus (siehe Seite 213).

Wila (Wila 762)[4]) U. L. Frau. Die Kirche wird schon im päpstichen Steuerrodel von 1275 erwähnt[5]). Im Jahre 1288 ertheilen ein Erzbischof und drei Bischöfe zu Rom allen wahrhaft bussfertigen und zerknirschten Christgläubigen, welche die in der Ehre der h. Jungfrau Maria, der Mutter unsers Herrn Jesu Christi, geweihte Kapelle in Wila an gewissen Festtagen andächtig besuchen oder zum Baue derselben fromme Almosen beisteuern, vierzig Tage Ablass[6]). Am 13. Okt. 1377 verleiht Rudolf Hofacker, Kirchherr der Kirchen zu Wila und Turbatun, den vierten Theil der Widum zu Wila als Erblehen um einen jährlichen Zins[7]). Patron derselben war laut einer Vereinbarung vom 16. März 1449 betreffend den Zehnten in der Au Albrecht von Breitenlandenberg, welcher die Mutterkirche in Turbenthal und ihre Tochter in Wila vom Gotteshause St. Gallen zu Lehen hatte[8]). Derselbe mit Pfaff Konrad Hofer und den Unterthanen zu Wila begabt am 24. Januar 1462 den in der dortigen Kirche auf der rechten Seite gelegenen und in der Ehre des h. Fronleichnams Unsers Herrn geweihten Altar mit Einkünften behufs einer ewigen Messe; welche Stiftung am 27. Febr. gl. J. die Bestätigung des bischöflichen Generalvikars in Constanz erhielt[9]). Die bald hernach entstandenen Streitigkeiten zwischen Heinrich Seiler. Kirchherr in Turbenthal, und der Gemeinde zu Wila wurden durch drei Mitglieder des Raths von Zürich unterm 21. November 1465 dahin beigelegt, dass die Kirche zu Wila als eine eigene Pfarrkirche von Turbenthal abgesondert werden solle[10]). Demgemäss setzt der Generalvikar des Bischofs Burkard II. in Constanz am 26. März 1466 fest, dass die Filialkapelle Wila einen ausgeschiedenen Sprengel, sowie einen eigenen Priester mit der Seelsorge, auch Begräbnissplatz, Glocken, Taufstein

1) Staatsarchiv Z. — 2) Pfarramt. — 3) Vögeli G. B. — 4) Wartmann U. B. d. A. St. G. I. p. 39. — 5) Freib. D. A. I. p. 219. — 6)–10) Archiv d. D. V. Z

und andere Zeichen einer Pfarrei haben soll[1]). In Folge dessen kaufen die Kirchenpfleger zu Wila am 26. August 1471 von Herdegen von Hinwil, dem alten, für fl. 258 rh. die Zehnten zu Veldmoos und Urendal, eine Wiese unterhalb des Schlosses Werdegg und zwei Haferzinse, alles Lehen des Gotteshauses St. Gallen[2]). Endlich übergeben der Abt und Convent des letztern unterm 9. März 1495 den Kirchensatz zu Wila mit Widum, Lehenschaften und Gerechtigkeiten ihrem Dienstmann, dem Ritter Hans von Breitenlandenberg[3]), von dessen Nachkommen er unterm 30. Dezember 1837 an den Stand Zürich abgetreten wurde[4]). — Von den drei Glocken im Kirchthurm trägt die erste die Inschrift: O . Maria . du . Gotes . Zell . behüet . was . ich . überschell . M.CCCC.LXXXXVI. Die zweite ward 1632 und die dritte 1745 umgegossen[5]).

Von Wila (theilweise auch von Bauma) löste sich hinwieder ab:

Sternenberg. Nachdem der abgefasste Antrag wegen des dortigen Kirchen- und Pfarrhausbaues und der jährlichen Kompetenz des Pfarrers am 23. Juni 1706 vom Rathe in Zürich einhellig bestätigt worden, erkannte dieser unterm 25. April 1708 weiter, die Armen in Sternenberg, welche zuvor in die Pfarrei Wila gehört haben, sollen fernerhin aus dem Kirchengut derselben verpflegt, diejenigen aber, welche der Pfarrei Bauma einverleibt gewesen, von der dortigen Kirche oder dem Almosenamt in Zürich verpflegt werden; Kirche, Kirchhofmauer und Pfarrhaus sind von dem Kirchengute Wila in Ehren zu halten, dessen Verwaltung wie bisher zwei Pflegern, je einem aus den beiden Pfarreien Wila und Sternenberg, obliegen soll. Wer sich künftig in letztere einkauft, ist ihr neben den fl. 20, die der erstern zugehören, fl. 10 zu erlegen schuldig[6]). — Zu den beiden ursprünglichen Glocken vom Jahre 1705 sind 1857 zwei weitere (die grösste und die kleinste) hinzugekommen[7]).

Von Turbenthal trennte sich unmittelbar:

Sitzberg. Durch Beschluss des Grossen Rathes vom 29. Brachmonat 1836 wurde den Bergbewohnern der Kirchgemeinde Turbenthal, namentlich den Bewohnern der Schulgemeinde Schmiedrüti und deren Umgebungen gestattet, eine Filialkirche mit Taufstein und Begräbnissplatz unter Verpflichtung künftiger Unterhaltung zu errichten und dieselbe am 14. Weinmonat 1838 eingeweiht[8]), auch in den Jahren 1845—1848 ein Pfarrhaus erbaut[9]). — Die zwei Glocken datiren von 1837.

Von Elgg:

Tänikon, Kt. Thurgau, St. Maria (siehe Seite 214).

---

1)—3) Archiv d. D. V. Z. — 4) Prot. d. Zürch. Fin. Raths. — 5) Vögeli G. B. — 6) Staatsarchiv Z. M. P. — 7) Vögeli G. B. — 8) Vogel M. T. 1840. p. 559—562. — 9) Ib. 1853. p. 426.

2. Kirchenfilialen und Kapellen.

In der Pfarrei Turbenthal:

Turbenthal, St. Maria. An ein ewiges Licht in dieser 1862 abgetragenen Kapelle neben der Kirche gab der Ritter Hermann von Breitenlandenberg am 16. Januar 1378 verschiedene Frucht- und Geldzinse[1].

In der Pfarrei Elgg:

Elgg, h. Dreieinigkeit. Das Beinhaus auf dem Kirchhofe wurde 1516 in der Ehre der ungetheilten Dreieinigkeit und sein Altar in der Ehre derselben, sowie des h. Michael, aller Engel und der gläubigen Seelen, der h. Cosmas und Damianus und Elisabeth geweiht und das Patrocinium sowol der Kapelle als des Altars am Freitag nach der Pfingstoktav gefeiert[2].

Schloss Elgg. Das jährliche Einweihungsfest des dortigen Altars, auf welchem der Kaplan U. L. Frauen Pfrund in Elgg laut dem erneuerten Stiftbriefe derselben d. d. 10. April 1507 alle Wochen zwei Messen haben musste[3], war stets am Sonntag nach Georg[4].

9. DECANAT DINHART (Winterthur).

Es umfasst laut dem päpstlichen Zehntenrodel vom Jahre 1275 die Kirchen Tinhart, Tätilichon, Berg, Heiligenberg (Sanctus mons), Söza, Lufingen, Andelfingen, Velthain, Buch, Rorbas, Enkart, Briton, Wintertur, Wulfelingen, Neftenbach, Phungingen, Richenbach, Oberwinterthure, Embrach (Vmbriacum) und Ober-Flach (Flach superius).

Das Verzeichniss der Pfarreien des Constanzer-Sprengels aus dem 15. Jahrhundert enthält ferner Unter-Flach und Dorlikon.

1. Pfarrkirchen.

a. Mutterkirchen.

Oberwinterthur (Vitvdvrvm 294[5]), Ventertura 843?[6]), St. Arbogast[7]). Der Hof mit der Kirche in Winterthur erscheint in der vom 27. November 1155 datirten Urkunde des Kaisers Friedrich I. über die Grenzen des Bisthums Constanz unter den Besitzungen der Domkirche[8]. Der langjährige Streit zwischen dem dortigen Leutpriester Diethelm und dem Grafen Hartmann von Kiburg über die Pfarrgenossen und die Kapelle in Niederwinterthur wurde von Bischof Berchtold II. in Constanz am 22. August 1180 durch freundschaftlichen Vergleich beigelegt[9]. Lehenherr der Pfarrkirche von Oberwinterthur war laut Urkunden aus dem

1) Breitenlandenbergisches L. B. I. p. 432. — 2) Anniv. Elgg. — 3) Werdmüllerisches F. A. in Z. — 4) Anniv. Elgg. — 5) Mitth. d. a. G. i. Z. II. 2 p. 200 Nr. 275. X. p. 46 u. 47. — 6) Wartmann U. B. d. A. S. G. II. p. 9. — 7) Urk. v. 1427 St A. Z. A. W. — 8) Neugart C. D. A. II. p. 88. — 9) Gesch. Frd. IX 197.

Ende des 15. und Anfang des 16. Jahrhunderts der Abt zu Petershausen bei Constanz[1]). Von den zwei Pfründen derselben erscheint zwar die eine, St. Gebhard und Margaretha, schon in einem Einkommensverzeichnisse vom Jahre 1409, und hatte am 14. Jan. 1422 einen Pfleger Heinrich Bachmann[2]); sie heisst aber noch 1467 und 1475 die neue Pfrund, und ihr Altar wurde erst am 10. Juni 1476 nach erhaltener Bewilligung des Abts Johannes in Petershausen von Hug von Hegi, Hans von Goldenberg zu Mörsperg, Jakob von Hohenlandenberg und den Unterthanen der Leutkirche mit einer ewigen Messe bewidmet. Der Kaplan derselben, Johannes Senn, steuerte wie derjenige der zweiten Pfründe (Josua Eschenberg) 1488 3 ℔ an den Bau der Thürme beim Grossmünster in Zürich[3]). Ausserdem befand sich darin noch des von Goldenberg Altar, welcher laut Rathserkenntniss vom 6. Mai 1527 aus der Kirche entfernt werden musste[4]). Das Kollaturrecht wurde vermuthlich mit dem Zehnten im Jahre 1581 von der Abtei Petershausen an die Regierung von Zürich verkauft[5]).

Die Kirche, welche einen viereckigen Chor und ebensolche durch Rundbogen mit einander verbundene Pfeiler zwischen dem Mittel- und den beiden Seitenschiffen hat[6]), soll die älteste der Landschaft Zürich sein. Auf der Südseite des Kirchthurms ist neben den Schalllöchern ein Steinbild der h. Kümmerniss, das obgleich sehr verwittert, eine gekreuzigte Figur mit einem Bart und einem dieselbe umgebenden Bogen, sowie einen knieenden Geiger und einen ihm zugeworfenen Schuh erkennen lässt[7]). — Von den fünf Glocken im Innern des Thurms tragen die drei ersten mit geringen Abweichungen die Inschrift: O rex glorie Criste veni nobis cum pace, und zwar

die erste mit der Jahrzahl: Anno domini 1527;
die zweite mit dem Datum: Anno domini M.CCC.XXXVI. VII. nonas Julii;
die dritte mit dem Zusatze: S. Arbogast ora pro nobis.

Die vierte ist 1830 und die fünfte 1750 umgegossen worden[8]).

Lufingen (Luvingin 1157)[9]), St. Margaretha[10]), erscheint unter den Kirchen, welche Papst Adrian IV. am 8. Juni 1157[11]), sowie seine Nachfolger Calixtus III. den 26. April 1173[12]) und Alexander III. den 6. März 1178[13]) dem Kloster St. Blasien im Schwarzwald bestätigen. Der zürcherische Chorherr, Heinrich von Mülimatten, als Leutpriester derselben, beschwört 1275 ein Einkommen von 6 ℔[14]), und der Kirchherr Mstr. Marchward ist am 6. Mai 1292 Zeuge bei einer Gutsverleihung

1)—3) Staatsarchiv Z. Amt W. — 4) Ib. Raths- u. Richtbücher. — 5) Holzhalb S. z. L. sch. L. VI. 147. — 6) Zeichnung v. Hrn. Ingen. L. Schulthess. — 7) Anzeiger f. schw. G. u. A. K. 1857 Nr. 1. p. 19. — 8) Vögeli G. B. — 9) Gerbert H. S. N. III. p. 83. — 10) Siegel des Kirchherrn in d. Sammlg. d. a. G. in Z. — 11) Note 9. — 12) Neugart C. D. A. II. 104. — 13) Gerbert l. c. p. 103. — 14) Freib. D. A. I. p. 217 u. 241.

des Klosters St. Blasien[1]). Die Kollatur, Gerichte, Grundzinse und Güter, welche vom Kloster St. Blasien 1628 an seinen Amtmann, Jkr. Gerold Edlibach, verkauft worden, kam durch verschiedene Hände im Jahr 1765 an den Stand Zürich[2]). Das Pfarrhaus von Lufingen stand zunächst der Kirche in Embrach und war vor der Reformation die Wohnung des Stiftspropsts und seines Kaplans, erst 1812 wurde es in Folge eines Tausches nach dem Schlosse in Lufingen verlegt[3]). — Die Kirche wurde 1842 in grösserm Umfang neu aufgebaut und dabei der Chor bedeutend erhöht; der Thurm blieb unverändert[4]). Von den Glocken wurde die erste von 1641 in den Jahren 1659 und 1830 umgegossen; statt einer zweiten, welche die Inschrift trug: SALVATOR . MVNDI . ADIUVA . NOS . und 1774 schadhaft wurde, schenkte der Rath in Zürich ein abgegangenes Glöcklein aus der Kirche Embrach, auf welchem der englische Gruss in folgender unvollkommener Form steht: + Ave § aria § racia § plena[5]). Das Siegel des Kirchherrn (S. R. Villici rectoris ecclesie in Luvingen) zeigt das Bild der h. Margaretha[6]).

Rorbas (Rorboz 984)[7]), St. Johannes Täufer[8]). Der dortige Leutpriester Cuno ist am 31. Juli 1188 Zeuge bei dem Entscheide, dass die Kapelle zu Niederhasle nicht als Filiale zur Kirche Bülach gehöre, sondern von aller Unterthänigkeit derselben befreit sei[9]). Ein späterer Leutpriester, Konrad von Klingenberg, der auch Chorherr in Embrach war, hatte 1275 ein Einkommen von 15 M. S. aus seiner Kirche und bezahlte davon 3 M. S. als päpstlichen Zehnten für zwei Jahre[10]); er führte damals in seinem Siegel (S. Conradi de Klingenberg, rect. eccl. in Rorbas) den h. Johannes Täufer[11]). Am 11. Mai 1268 schenkt im Schlosse Uster Ita, Tochter des Freien Hugo von Teufen und Gemahlin des Freien Johannes von Wetzikon, mit Zustimmung Eberhards II., Bischofs von Constanz, und ihres Gemahls Höfe und Schupposen auf der rechten Seite der Töss beim neuen Schlosse Freienstein, sowie Hofstätten und Häuser bei der Kirche Rorbas und das dazu gehörige Patronatsrecht der letztern, ferner ihre Güter und Vogteien in den Pfarreien Rorbas, Bülach, Embrach, Berg und Tengen und andere Besitzungen, die sie mit Leibeigenen und übrigen Zubehörden bis heute als väterliches Erbe inne hatte, dem Abt und Convent des Klosters Kappel[12]). Schon am 25. September 1269 aber vertauscht dieses die Kirche zu Rorbas sammt Gütern, Leuten, Vogtei und Patronatsrecht an den Bischof Eberhard II. von Constanz gegen Ueberlassung des zu seinem Tafelgute gehörenden

1) Mone Z. S. f. d. G. d. O. Rh. VI. 241. — 2) Werdmüller M. T. I. 361. — 3) Ib. u. Vogel a. Ch. 1845. 413. — 4) Vogel M. T. 1853 p. 398. — 5) Vögeli G. B. — 6) Siegel d. Kirchherrn in d. Sammlg. d. a. G. in Z. — 7) Gesch. Frd. I. 116. — 8) Siegel d. Kirchherrn v. 1275. — Auszug aus dem Anniv. Rorbas im Staatsarchiv Zch. — 9) Gedr. Arch. Wettingen v. 1694 p. 287. — 10) Freib. D. A. I. p. 218 u. 239. — Staatsarchiv Zch. Urk. v. Töss. — 11) Sammlg. d. a. G. in Z. — 12) Staatsarchiv Z.

Patronatsrechts und der Güter der Kirche zu Beinwil im aargauischen Reussthale [1]). Am 23. Februar 1405 aber quittirt Diethelm von Gerwil, Custos und Chorherr der Propstei Zürich, da der Kirchensatz zu Rorbas mit aller Rechtung ihm zugehört und sein rechtes Leibding ist, einen Leibeigenen dieser Kirche für die wegen Verehlichung mit einem unnossamen Weibe bezahlte Busse von 6 ℔ Zch. Pfg. [2]). Der Kirchensatz kam alsdann in unbekannter Zeit an das Chorherrenstift in Zürich, welches ihn 1520 besass [3]) und mehr als drei Jahrhunderte lang ausübte, bis durch das Gesetz vom 20. Christmonat 1831 die Wahl des Pfarrers der Gemeinde überlassen wurde [4]). — Die Kirche, deren Einweihungsfest jährlich am Sonntag nach Verena stattfand, wurde nebst dem Kirchhofe 1469 reconcilirt und der hintere Theil derselben neu geweiht, ebenso der vordere Altar in der Ehre St. Antonius M. u. s. w. [5]). Der viereckige Chor mit rundbogigem Kreuzgewölbe befindet sich im untersten Theile des ganz aus Tufsteinen erbauten Thurms, in welchem auch zwei 1843 umgegossene Glocken mit folgenden Inschriften hingen:

1) O + Maria + du + godes + zel + behüet + was + ich + überschel + 1520. Jar., darauf ein Marienbild und noch ein anderes;

2) O rex glorie XPE. veni nobis cum pace M.CCCC.LVI [6]).

Das Schiff der Kirche mit Holzdecke ward am 25. Juli 1585 neu aufzubauen erkannt [7]).

Brütten (Pritta 876) [8]), St. Gallus. Das Einweihungsfest dieser Kapelle, deren Altar Reliquien vom h. Grab enthielt, wurde am 28. März gefeiert [9]). Ihr Leutpriester R. ist am 25. Mai 1223 Zeuge zu Embrach bei der bischöflichen Bestätigung des Schiedsspruches betreffend einen Zehntenstreit des Klosters Zürichberg [10]). Am 4. Juli 1349 inkorporirte Bischof Ulrich III. von Constanz und sein Kapitel die Kirche Brütten dem Kloster Einsiedeln, welches schon längst das Patronatsrecht derselben hatte, und erlaubte ihm, die davon eingehenden ordentlichen Früchte wegen der grossen Schuldenlast zu seinem Nutzen zu verwenden, jedoch unter Vorbehalt eines angemessenen Theils für den beständigen Vicar, sowie der Rechte der Kirche Constanz und ihres Archidiacons [11]). Durch Vertrag vom 19. März 1834 ging die Kollatur an den Stand Zürich über [12]). — Die Kirche wurde 1729 neu gebaut [13]). In ihrem Thurm hängen drei Glocken, wovon die beiden ältern folgende Inschriften tragen, als:

---

1) Meier v. Knonau, Reg. d. Cist. Abt. Kappel 1850 Nro. 98. — 2) Staatsarchiv Z. Rüti-Urk — 3) Kelleramts-Urbar d. Stift u. Prompt. Präp. — 4) Off. Sammlg d. Ges. u. s. w. d. e. St. Z. 1831. I. 326. — 5) Auszug a. d. Anniv. Rorbas im Sts.-Arch. Z. — 6) Vögeli G. B. — 7) Staatsarchiv Z. M. P. — 8) Wartmann U. B. d.A. S. G. II. p. 208. 9) Cod. Ms. Nro. 319 in d. Stiftsbibl. Einsiedlen. — 10) Urbar von Zürichberg. — 11) Reg. v. Einsiedlen Nro. 334. — 12) Zürch. Fin Prot. — 13) Staatsarchiv Z. M. P.

a) O Maria du reine Meit.
behuet uns hie und doert for leid.
Anno Domini M.CCCCC.II. jar.

b) O rex glorie XPE. veni cum pace.

Die dritte vom Jahre 1697 ist 1777 umgegossen worden[1]).

Veltheim (Feldhaim 774)[2]), St. Anna[3]). Im Jahre 1230 erwarb Graf Hartmann von Kiburg, der ältere, mit dem Gelde, das er als Heiratsgut seiner Gemahlin, der Gräfin Margarita von Savoien, empfangen hatte, das Dorf Veltheim sammt dem Patronatsrechte der dortigen Kirche; und die ungenannten Verkäufer verzichteten auf ihr bisheriges Recht in die Hand des Freien Lütold von Regensberg[4]). Durch Urkunden vom 28. Mai und 9. Juli 1242 wies alsdann der Käufer mit Einwilligung seines Brudersohnes, des jüngern Grafen Hartmann, jene Erwerbung seiner Gemahlin als Eigenthum an[5]). Von dieser kam der Pfarrsatz zu Veltheim an die Grafen von Habsburg und durch den König Rudolf aus diesem Stamme an die Herrschaft Oestreich, welche laut dem in den Jahren 1303 bis 1311 aufgenommenen Urbar ihrer Besitzungen die über den Pfaffen 8 Mark Silbers geltende Kirche zu Veltheim verlieh[6]). Am 28 September 1358 aber schenkt Herzog Rudolf von Oestreich für sich und seine Brüder Friedrich, Albrecht und Leopold dem Dominikanerinnen-Kloster Töss bei Winterthur wegen des Schadens, den es neulich in dem Kriege zwischen Herzog Albert sel. einer- und den Zürchern, Luzernern und ihren Eidgenossen anderseits, sowie durch die nöthige Ausübung der Gastfreundschaft erlitten, den Kirchensatz von Veltheim[7]), und Bischof Heinrich III. von Constanz inkorporirt denselben am 12. Dezember 1358 dem Tische der Nonnen[8]). Bei der Aufhebung dieses Klosters in Folge der Reformation durch Beschluss der Räthe und Bürger in Zürich d. d. 3. Nov. 1524 wurde das Kollaturrecht zu Veltheim Eigenthum des Staates. — Der erste bekannte Leutpriester daselbst, Burkhard von Wagenberg, beschwor im Jahr 1275 ein Einkommen von 8 M. S. aus seiner Kirche[9]). Nachdem am 13. April 1292 die Winterthurer auf dem Tössfelde durch List einen Sieg über die Zürcher erfochten hatten[10]), so veranstalteten sie eine jährliche Wallfahrt zu der h. Anna in Veltheim[11]). Am 19. Juli 1409 stellen Pfaff Johannes Töber von der Schär, Dekan des Kapitels zu Winterthur und bestätigter Leutpriester zu Veltheim, Stephan Lüchental, der Sigrist, sowie die beiden Kirchmeier und Pfleger der Kirche zu Handen des Baues und Lichts

---

1) Vögeli G. B. — 2) Wartmann U. B. d. A. S. G. I. p. 69. — 3) Werdmüller M. T. II. 166. — 4) Archiv. f. sch. G. V. 293. — 5) Kopp U. z. G. d. e. B. II. p. 81—86. — 6) Pfeifer H. Ö. U. B. p. 221. — 7) Archiv f. Geogr., Hist. Sts.- u. Krgskst. Jahrg. 1819 X. p. 484. — 8) Gesch. Frd. IV. 290. — 9) Freib. D. A. I. p. 218. — 10) Mitth. d. a. G. i. Z. II. 4. 62. — 11) Werdmüller M. T. II. 166.

derselben einen Erblehenbrief um 2 Jcht. Acker an Störchlishalden aus [1]). — Die Kirche bestand ursprünglich nur aus einer kleinern Kapelle, deren Ecken aus gehauenen Steinen aufgeführt sind; allmälig wurde an die Südseite derselben eine grössere Kapelle und an den Gibel der letztern die eigentliche Kirche angebaut. Zu sämmtlichen drei Gebäudetheilen sollen die Ruinen eines alten Schlosses benutzt worden sein. Die erste Kapelle diente nach Vollendung der zweiten als Sakristei, worauf Spuren eines Schrankes hinweisen; sie wurde im Sommer 1864 abgebrochen. Die zweite Kapelle stand an der Stelle des jetzigen Chors, welcher sammt zwei Altären im Jahre 1482 neu errichtet wurde. Das Langhaus soll nach der Einverleibung der Kirche Veltheim in das Kloster Töss (1358) von der Priorin mit historischen Bildern in Lebensgrösse geziert worden sein, welche jedoch im Jahre 1740 übertüncht wurden. Den Bau des Glockenthurms begann der Werkmeister Stüdli im Jahr 1498. Darin befinden sich vier Tragsteine, von denen der erste wie ein Krug ausgehauen ist, der zweite einen Manns- und der dritte einen Thierkopf mit kurzen, gerade aufstehenden Hörnern darstellt, der vierte aber verstümmelt ist [2]). Von den drei Glocken ist die erste 1724 und die zweite 1819 gegossen; die dritte hat in gothischen Majuskeln die Inschrift: Ave Maria gracia plena dominus tecum benedicta tu. IH. MAL. [3]). Der Kirchhof wurde laut Urkunde vom 21. Juli 1401 mit Einwilligung des östreichischen Landvogts, Johannes von Lupfen, durch Hinzufügung eines Theils des anstossenden Kelnhofes, welchen Hermann von Adlikon als Pfand von der Herrschaft Oestreich inne hatte, von den Unterthanen aus Nothdurft erweitert [4]). Im Jahre 1774 zeigten sich bei der Bereitung eines Grabs im Chor der Kirche viele Todtengebeine, die im Schutte lagen, und im Verfolge feste Stockmauern, auf denen zum Theil die älteste Kapelle (Sakristei) stand [5]). Ferner wurde im Jahr 1839 auf der Nordseite des Kirchhofs eine Nachgrabung vorgenommen und in der Tiefe von etwa 7 Fuss ein Theil einer römischen Mauer und ein Estrichboden aufgedeckt, bei welchem Fragmente römischer Dachziegel zum Vorschein kamen [6]).

Heiligenberg (Ecclesia Sancti Jacobi prope Winterthur 1255 [7]), E. S. J. p. villam W. in sancto monte 1259) [8]), St. Jakob. Nicht nur heisst der Vorsteher F. dieses wahrscheinlich 1233 errichteten Augustiner-Chorherrenstifts (siehe Klöster) schon in einer Urkunde vom 17. Febr. 1263 Leutpriester und in spätern Urkunden, datirt 1369, 1445, 1497 bis 1505 Pfarr-Rektor, Pfarrer, Kirchherr, und war durch die Statuten

1) Stadtarchiv Winterthur. — 2) Zürcherische monatliche Nachrichten. März 1775. p. 25—30. — L. Bosshards Winterthurer-Chronik Msc. — 3) Vogeli G. B. — 4) Schirmlade Veltheim. — 5) Note 2. — 6) Vogel M. T. 1841. p. 652. — Mitth. d. a. G. i. Z. XV. 3. p. 117. — 7) Hergott g. H. II. p. 318. — 8) Gesch. Frd. XIII. 239.

vom 12. Juni 1273 zum fortwährenden Aufenthalte bei der Stiftskirche verpflichtet, sondern diese selbst wird in einem Ablassbriefe von 1418, sowie in Urkunden vom 9. Mai 1464 und 6. November 1493 ausdrücklich Pfarrkirche genannt, und es waren laut ersterer die Waldbrüder im Eschenberg bei Winterthur dem Leutpriester derselben unterstellt[1]). Nach der Reformation aber (1530) wurde in Folge Aufhebung des Chorherrenstifts vom Rathe in Winterthur der Abbruch der Kirche drei Steinhauern in Verding gegeben[2]).

Buch am Irchel (Buoch 1239)[3]). Gemäss einem Spruche von sechs Schiedsrichtern, der zwischen die Jahre 1238 und 1240 fällt, und die Theilung der Besitzungen Graf Rudolfs, des alten, von Habsburg betrifft, sollen dessen Söhne Albrecht und Rudolf die Kirchen zu Buch und Wülflingen, wann sie ledig werden, gemeinsam leihen[4]). Der Kirchherr der erstern, Diethelm von Embrach, bat mit Vater und Brüdern am 7. April 1265 seine Herren, die Grafen Gottfried und Eberhard von Habsburg, um Bestätigung des Verkaufs eines Hofs und einer Schuppose in Bännikon, Gemeinde Embrach, an die Aebtissin und Schwestern in Seldenau bei Zürich[5]). Das Einkommen des Leutpriesters von Buch betrug 1275 laut eidlicher Angabe 17 M. S.[6]). Darüber hinaus galt die Kirche, welche im Anfang des 14. Jahrhunderts die Herrschaft Oestreich, als Erbin von Habsburg, verlieh, wohl auf 18 M. S.[7]). Herzog Albrecht inkorporirte mit Zustimmung seines Bruders, Kaisers Friedrich, und seines Neffen, Fürsten Sigismund, am 11. Dezember 1444 das Patronatsrecht der Pfarrei Buch dem Chorherrenstifte St. Jakob auf dem Heiligenberg bei Winterthur wegen dessen Verarmung durch Krieg, was Bischof Heinrich IV. von Constanz am 15. gl. M. genehmigte[8]). Da jedoch laut einem ältern besiegelten Briefe die Frau von Braunschweig den Heinrich von Gachnang sel., genannt Münch, um Dienste für ihren Gemahl, Herzog Friedrich sel. von Oestreich, mit dem Rechte, die Kirche in Buch auf drei Leiber zu leihen, begabt hatte, und erst ein Leben zu Ende war; so fällten in dem hierüber entstandenen Streite Schultheiss und Rath zu Winterthur unterm 24. Dezember 1449 den Spruch, dass Hans von Gachnang, Sohn Heinrichs, bei den noch vorhandenen zwei Leben bleiben und erst wann dieselben zu Ende sind den Pfrundherren auf dem Heiligenberg ihr Recht zu dem Kirchensatze in Buch vorbehalten sein solle[9]). Indem Bürgermeister und Rath der Stadt Zürich, als Kastvögte jenes Chorherrenstifts, die Vergabung dieses Kirchensatzes am 30. März 1497 bestätigten, machten sie dabei die Bedingung, dass sie als Patrone die Leihung der Leutpriestereipfründe

1) Stadtarchiv W. — Staatsarchiv Z. Amt W. — 2) Bosshard W. Ch. — 3) u. 4) Herrgott g. H. II. p. 255. — Kopp G. d. B. II. I. p. 588 n. 1). — 5) Staatsarchiv Z. Obm. Amt. — 6) Freib. D. A. I. p. 218. — 7) Pfeifer H. Ö. U. B. p. 223. — 8) u. 9) Staatsarchiv Z. Amt W.

der Pfarrkirche zu Buch haben sollen, und setzten zugleich die Verpflichtungen der Herren auf dem Heiligenberg betreffend das Corpus und die bischöflichen Steuern des Leutpriesters, sowie den Bau des Pfarrhauses fest[1]). Durch einen spätern Beschluss des Raths von Zürich d. d. Oktober 1517 wurde das Stift ferner angewiesen, gemäss einem kürzlich ergangenen Spruche der Räthe des Bischofs von Constanz auch die Kirche in Buch mit Bau nach Nothdurft zu versehen, oder Recht dagegen zu suchen[2]). Bald hernach aber (3. November 1524) gingen in Folge Aufhebung des Chorherrenstifts Heiligenberg aus Anlass der Reformation die erwähnten Servituten an die Regierung von Zürich über.

Die Kirche ist im Jahre 1669 neu erbaut worden[3]) und hat eine flache Holzdecke; der Thurm dagegen, in dessen unterstem Stockwerke sich der viereckige Chor mit zwei Rundbogenfenstern befindet, und an welchen ein Beinhaus mit Kreuzgewölbe und eine Sakristei angebaut war, ist sehr alt, und soll, wie man vermuthet, spätestens im 12. Jahrhundert erbaut worden sein[4]); er wurde 1824 theilweise neu aufgeführt, die Anbauten aber ganz abgetragen[5]). — Von den vier Glocken ist die erste 1636 gegossen; die zweite hat die Inschrift: O rex glorie Criste veni cum pace. + Caspar + Balthasar + Melchior + gracia. Die dritte: O rex glorie Kriste veni nopis cum pace. M.CCCC.LXII. Die vierte ward im Anfang des 18. Jahrhunderts gegossen und zerbrach 1824[6]).

Wülflingen (Wulvilinga 897)[7]). Um das Jahr 1239 hatten nach einem S. 235 erwähnten schiedsrichterlichen Spruche die Grafen Albrecht und Rudolf von Habsburg die Kirchen in Buch und Wülflingen, wann sie ledig werden, gemeinsam zu leihen[8]). Der Leutpriester am letztern Orte bezahlte 1275 als päpstlichen Zehnten 5 ℔[9]). Ueber den Pfaffen hinaus galt die Kirche, deren Kollator die Herrschaft Oestreich durch Erbschaft geworden war, 30 M. S.[10]). Ihr Kirchherr, Konrad von Klingenberg, Dompropst zu Constanz, verleiht mit Rath Hermanns, des Leutpriesters, und der ehrbarsten Unterthanen der Kirche 2 Jcht. Acker unterhalb Eckenwiese an dem Gestein dem Konrad Merzeler von Winterthur und Heinrich Müller von Wülflingen um einen Zins von 6 Vrtl. Kernen[11]). Noch am 23. Oktober 1387 war die Leutkirche in Wülflingen ein Lehen des Herzogs Albrecht von Oestreich, indem er zu Schaffhausen den Prior und Convent U. L. Frauen Zelle auf dem Beerenberg mit Leuten und Gütern innerhalb eines Umkreises von 100 Klaftern von aller pfärrlichen Gewalt, Forderung und Rechten jener Kirche gegen einen jährlichen Ersatz von 10 ß. Pfg. für Opfer u. s. w. auf ewig befreit[12]).

---

1) u. 2) Staatsarchiv Z. Amt W. — 3) Ib. M. P. — 4) Vogel a. Ch. 1845. p. 94. — 5) Id. M. T. 1844. p. 75. — 6) Vögeli G. B. — 7) Wartmann U. B. d. A. S. G. II. p. 315. — 8) Hergott G. H. II. p. 255. — 9) Freib. D. A. I. p. 218. — 10) Pfeifer H. Ö. U. B. p. 223. — 11) Staatsarchiv Z. U. v. Töss. — 12) Ib. Amt W.

Am 20. März 1455 aber wird die auf dem Schlosse Wülflingen und den (vermuthlich dazu, resp. der Grafschaft Kiburg gehörigen)[1] Kirchensätzen Wülflingen und Buch haftende Heimsteuer der Agnes von Hohenlandenberg, Martins sel. Tochter, von ihrem Gatten, Heinrich von Rümlang, versichert[2]. Seine Söhne Hans Konrad und Hans verkaufen am 2. April 1515 ihren grossen und kleinen Zehnten zu Wülflingen sammt dem Kirchensatze um fl. 5500 dem Schultheiss und Räthen der Stadt Winterthur, als Schirmherren und Kastvögten des dortigen Spitals, von welchem derselbe durch Vertrag vom 23/26. September 1856 an den Stand Zürich abgetreten wurde[3]. — In dem 1736 neu gebauten Kirchthurm hängen drei Glocken, von denen die erste und zweite 1626 umgegossen ward; die dritte trug bis 1784 in gothischen Buchstaben die Inschrift: O. Maria. ma. X. adiuta. nos. osanna in excelsis. an. d. M.CCCC.XVI. Es befanden sich darauf 5 kleine Bilder, nämlich 3 Bischöfe? und 2 Christus am Kreuze[4]. — Die hölzerne Decke der Kirche wurde 1826 weggeschafft[5]. Die Siegel der Kirchherrn, als: «S. H. de Rümlang rectoris ecclesie de Wülflingen» und: «S. Ulrici dicti Vischer rectoris ecclesie in Wülflingen» trägt, zeigen einen Bischof, welcher in der einen Hand den Stab und die andere zum Segnen aufgehoben hat[6].

Embrach (Emberrachum 970)[7], St. Peter (und Paul)[8]. Die Kirche dieses weltlichen Chorherrenstifts (siehe Klöster) war laut der bei Rorbas (Seite 231) erwähnten Schenkungsurkunde vom 11. Mai 1268 zugleich auch eine Pfarrkirche, und ein Leutpriester derselben, Konrad, erscheint schon am 17. März 1260 als Zeuge in einem Vergleiche der Grafen von Toggenburg mit dem Kloster Rüti betreffend Erblehen Güter[9]. — Zur Zeit des Sempacherkriegs (1389) und des alten Zürichkriegs (1447) wurden Stift, Kirche und Dorf verbrannt, beide Male aber wieder aufgebaut[10].

In der Kirche, deren Einweihungsfest jährlich am Sonntag nach St. Philipp und Jakob begangen wurde, waren neben dem Hochaltar noch folgende 6 Altäre[11]:

1) Der Altar der h. Antonius, Wolfgang, Benediktus, Barbara und Dorothea vor dem Chore, der am 21. März 1498 von dem Constanzischen Weihbischof Daniel geweiht und dessen Einweihungsfest auf den Sonntag nach dem Feste des h. Benediktus festgesetzt wurde. Vor demselben erhielt der Chorherr Heinrich Altnower sein Begräbniss.

2) Der Altar der h. Maria und des h. Kreuzes ausserhalb des Chors, vor welchem der am 26. Februar 1501 gestorbene Leutpriester

1) Pfeifer H. Ö. U.' B. p. 223. — 2) u. 3) Stadtarchiv W. — 4) Vögeli G. B. — 5) Vogel M. T. 1841 p. 738. — 6) Sammlg. d. a. G. i. Z. — 7) Gesch. Frd. I. 110. — 8) Staatsarchiv Z. Amt Embrach. — 9) Ib. Amt Rüti — 10) Stumpf Chr. II. p. 114a, — 11) Anniv. Embrach im St. A. Z.

Johannes Mathis von Bremgarten begraben wurde. Einweihungsfest: 15. Februar.

3) Der Altar der h. Felix und Regula auf der linken Seite vor der Sakristei. Einweihungsfest: 22. Februar.

4) Der Altar der h. Bartholomäus und Martin auf der rechten Seite vor der Kapelle des h. Blasius. Einweihungsfest: 1. August.

5) Der Altar des h. Blasius in der gleichnamigen Kapelle. Das in derselben befindliche Grab des am 24. April 1470 gestorbenen Propsts, Mstr. Eberhard Nellenburger, wurde in Folge seiner Stiftung am Jahrzeittage besucht.

6) Der Altar der h. Katharina.

Der baufällige Kirchthurm, den man ausbessern wollte, stürzte in der Nacht vom 29. auf 30. Juni 1778 auf das Dach der Kirche herab, und beschädigte diese so stark, dass sie niedergerissen und neu aufgebaut werden musste, was bis 1781 geschah [1]). Von den vier Glocken blieben drei unversehrt; sie hatten folgende Inschriften:

1) + O + Rex + glorie + Criste + veni + nobis + cum + pace + LXXII Jar. Mit vier Heiligenbildern, darunter St. Johannes Bapt., St. Peter und Paul. Umgegossen 1717.

2) O ⊞ regx ⊞ glorie ⊞ Kriste ⊞ Feni ⊞ nopis ⊞ cum ⊞ pace ⊞ LXVI Jar. Diese Glocke ward beim Einsturze des Kirchthurms ganz zerschmettert.

3) § Ave § Aria § racia § plena.

4) Ganz glatt.

Alle 4 Glocken wurden 1780 in 3 umgegossen [2]).

Dättlikon (Tattilinchovun 829) [3]). Das Einkommen des zuerst 1275 erwähnten Leutpriesters aus seiner Kirche belief sich damals laut eidlicher Erklärung auf $5^1/_2$ M. S. [4]). Am 16. August 1318 verkaufte Jakob von Wart zu Töss der Priorin und Convent des dortigen Dominikanerinnenklosters viele Eigengüter zu Dättlikon mit der Schuppose, in welche der Kirchensatz gehörte, und nebst mehr als 30 Eigenleuten auch jene, die er und sein verstorbener Bruder Rudolf gemein hatten [5]). Papst Clemens VI. inkorporirte alsdann in Avignon am 25. Juni 1344 die Pfarrkirche zu Dättlikon dem Kloster Töss, welche Einverleibung der Generalvikar des Bisthums Constanz, Diethelm von Steinegg, am 16. September 1344 und Bischof Ulrich III. am 13. Juli 1346 ratifizirten [6]). Als Kirchherr in Dättlikon ist bekannt Werner von Hasle, der am 18. Dezember zwischen 1323 und 1352 starb [7]). Der Kirchensatz kam durch

---

1) Holzhalb Suppl zu Leu's sch. L. II. 122. — 2) Vögeli G. B. — 3) Wartmann U. B. d. A. S. G. I. p. 295. — 4) Freib. D. A. I. p. 217. — 5) Kopp G. d. e. B. IV. 2. p. 280. n. 4. — 6) Staatsarchiv Z. Amt T. — 7) Anniv. Präp. Thur.

die Aufhebung des Klosters Töss in Folge der Reformation (3. Nov. 1524) an die zürcherische Regierung.

Das Schiff der Kirche ist in schiefer Richtung an den fast ebenso grossen Chor, die ursprüngliche Kapelle, angebaut[1]). Bei einer Reparatur im Jahr 1842 zeigte es sich, dass die Wände des Chors und Schiffs, welche beide eine flache Holzdecke haben, ganz bemalt waren, und zwar nach Art der Gemälde im Kreuzgang des Klosters Töss[2]). Von den beiden Glocken im Thürmchen trägt die eine die Umschrift: O Rex Glorie XPe veni nobis cum pace. 1605, die andere die Jahrzahl 1761[3]).

Dinhart (Tinhart 1275)[4]), St. Petronella[5]). Im Jahre 1275 bezahlte der dortige Leutpriester von 42 ℔ 10 ß. Einkommen aus seiner Kirche den päpstlichen Zehnten[6]). Kirchherr war damals Konrad Wiss[7]). Ein späterer Kirchherr, Niklaus Schultheiss von Winterthur, gab am 19. Februar 1332 seine Einwilligung zum Verkaufe eines Guts in Wenzikon an das Kloster Töss behufs der Aussteuer seiner daselbst befindlichen Schwestern Ursula und Anna[8]). Der Kirchensatz war am 21. Juli 1359 Eigenthum der Freiherren und Ritter von Hohenklingen oberhalb der Stadt Stein am Rhein, nämlich der Gebrüder Ulrich und Ulrich, der ältern, und ihrer Vettern, der Gebrüder Ulrich und Walther, der jüngern. Von ihnen besassen die Gebrüder Niklaus und Wetzel, die Schultheissen am Ort zu Winterthur, den Kelnhof in Dinhart und den dazu gehörigen Kirchensatz als Lehen, und versetzten nun denselben mit Erlaubniss ihrer Herren ihren Frauen, deren jedwede Anna hiess, je für 100 M. S. als Pfand[9]). Agnesen, der Tochter Wetzels Sch. sel., ihrem Ehemann, Konrad II. von Sal, Schultheiss zu Winterthur, und ihrer Tochter Agnes leiht Walther von Hohenklingen, als ältester des Geschlechts, für sich und seine Vettern am 10. Januar 1390 den Kelnhof und die Widum sammt Kirchensatz in Dinhart und den Büelhof[10]). Der Sohn Konrads von Sal aber, Johannes III., ebenfalls Schultheiss zu Winterthur, verkauft am 8. September 1427 das Recht jenes Kirchensatzes mit Haus, Scheunen, Widum, Zehnten und Kelnhof, welches sein Lehen gewesen von Jkr. Ulrich zu Hohenklingen, dem jüngern, und von diesem schon am 20. Juni 1427 dem Käufer zugeeignet worden war, um fl. 860 rh. dem Meister Niklaus Naso, Propst zu Embrach, und dem Kapitel dieses Gotteshauses[11]). In Folge dessen befiehlt Papst Martin V. den 29. Sept. 1427 dem Propste des Augustinerklosters Ittingen, die Kirche Dinhart, deren Einkünfte 60 M. S. nicht übersteigen, dem Tische des Kapitels von St. Peter in Embrach zu inkorporiren[12]). Diese Einverleibung

1) Zeichnung v. J. Sch. K. — 2) Mitth. v. Hrn. Pfr. Zwingli in Dättlikon. — 3) Vögeli G. B. — 4) Freib. D. A. I. p. 247. — 5) Urk. 1428. St. A. Z. Amt. E. — 6) Freib. D. A. I. p. 217. — 7) Staatsarchiv Z. Amt Cstz. — 8) Ib. Amt Töss. — 9)—12) Ib. Amt E.

wurde von dem Propste Wilhelm Nithart in Ittingen am 7. Juli 1428 vollzogen und Propst Niklaus Naso in Embrach für die desswegen bezahlten fl. 40 rh. von dem Einnehmer der päpstlichen Kammer. Konrad Hoflich, Chorherr in Chur und Constanz, den 23. Dezember gl. J. quittirt[1]). Bei der Reformation (1524) erhielt die Regierung von Zürich durch freiwillige Uebergabe des Stifts Embrach mit allen seinen Besitzungen ab Seite des Propsts Heinrich Brennwald auch den Kirchensatz von Dinhart. Als die dortigen Kirchgenossen 1511 den Chor und Kirchthurm bauen lassen wollten und über die diessfälligen Verpflichtungen des Propsts und Kapitels in Embrach, als Lehenherren der Kirche, in Streit geriethen, wurde von zwei Mitgliedern des Raths in Zürich am 16. Mai ein gütlicher Vertrag gemacht, wonach letztere den erstern 210 ℔ Hlr. Z. W. als Auskaufssumme an den Bau bezahlen und dazu ein Fenster in den Chor geben, erstere dagegen den Thurm und Chor nach der Visirung des Werkmeisters der Stadt Zürich, Stephan Rützenstorfer, ausführen lassen sollen[2]). Der hohe Chor der Kirche enthält in den gothisch verzierten Fenstern einige Glasgemälde, sowie ein künstliches Spitzbogengewölbe, auf dessen beiden Schlusssteinen die Bildnisse des h. Apostels Petrus mit dem Schlüssel und eine h. Jungfrau mit Palmzweig (Petronella?) nebst Umschriften angebracht sind[3]).

Die Inschriften der Glocken lauten also:

1) O rex glorie Criste veni nobis cum pace. Anno domini M.CCCC.LXXXX. Osanna heis ich. In dem Namen Gottes ward ich. In der Ere unser lieben Frowen stiftet man mich. Ludwig Peiger von Basel gus mich.

   In der Mitte war Christus am Kreuz, daneben Maria und Johannes abgebildet.

2) Ave Maria gracia plena dominus tecum benedicta tu. — Umgegossen 1833.

3) Dieselben Worte in gothischen Majuskeln[4]).

Henggart (Hengart 1228)[5]). Der Leutpriester Konrad von und zu Henggart, welcher 1275 den Einsammlern des päpstlichen Zehntens 5 M. S. als Einkommen aus seiner Kirche angegeben hatte[6]), verkaufte am 10. Dezember 1289 mit seinem Vater und Brüdern Leibeigne an das Frauenkloster Töss[7]). Der Kirchensatz gehörte laut einem Vertrage vom 6. Dezember 1474 dem Dekan und Kapitel des Domstifts in Constanz, welchem er vom Kloster Rheinau lange nach 1296 als Anerkennung der Abtretung des Patronats der dortigen Pfarrkirche vergabt worden; es wurden nämlich damals die Streitigkeiten des letztern mit der gemeinen Bauersame zu Henggart betreffend die dortige

---

1) u. 2) Staatsarchiv Z. Amt E. — 3) Zeichnung v. J. Sch. K. — 4) Vögeli G. B. — 5) Gerbert h. s. n. III. p. 133. — 6) Freib. D. A. I. p. 168 u. 218. — 7) Staatsarchiv Z. Amt T.

Kirche und Pfarre dahin ausgeglichen, dass das Stift den Henggartern, wenn es zu Fall kömmt, einen Priester, der dieselben in aller Geistlichkeit versehe, geben, dieser sich mit den Nutzen und Renten, so zur Pfarre gehören, begnügen und weder er noch die Gemeinde das Stift in irgend einer Weise um weiteres ersuchen, sondern hiebei bleiben sollen[1]). Wann das Kollaturrecht zu Henggart von Constanz an Zürich gelangte, ist unbekannt; nach den Chroniken geschah diess schon vor oder doch während der Reformation. — Am 14. April 1820 wurde der Grundstein zu einer neuen Kirche gelegt und am 1. November gl. J. dieselbe eingeweiht[2]). Im Kirchthurm hängen zwei Glocken aus den Jahren 1637 und 1645[3]).

Neftenbach (Aeftenbach 1275, Neftinbach 1276)[4]). Das Einkommen des Leutpriesters (1396 Dietrich)[5]) belief sich im Jahre 1275 auf 30 M. S.[6]). Den Hof, Kirchensatz, Twing und Bann im Dorfe Neftenbach, das Burgstall zu Wart, das Fischrecht zu Töss und einen Weingarten zu Neftenbach mit einem andern zu Bruggbach, was alles Lehen vom Gotteshause Reichenau war, veräusserte der Freie Jakob von Wart den 2. September 1322 um 200 M. S. an Johannes, den Truchsäss von Diessenhofen. Dabei wurden vorbehalten vier Juchart, die zu Wiesen gemacht werden und nach seinem und seiner Gemahlin Kunigunde Tod an die zwei Pfründen gehören sollen, deren Stiftung er zu Neftenbach angefangen hat; ebenso sollen 3 Jcht. Wiesen seinem Sohne Berchtold als Lehen bleiben, dagegen die künftige Belehnung der Grundstücke wie der Pfründen dem Käufer zukommen. Die Fertigung dieses zu Diessenhofen vor drei Freien abgeschlossenen Verkaufs, welcher auch die Eigenleute des von Wart (seines Lehens von Reichenau) umfasste, geschah am 8. Januar 1323 vor dem Schultheissen und Rath in Winterthur[7]). In Folge desselben veräusserte am 31. Oktober 1405 der Ritter Johannes, Truchsäss von Diessenhofen, genannt Brakk, als Patron und Lehenherr des St. Othmars Altars mit Pfründe zu Neftenbach, und Pfaff Jakob Fächtiger von Andelfingen, Pfründer derselben, $1\frac{1}{2}$ Jcht. Feld, genannt Kaufmann, an Priorin und Convent in Töss um 3 ℔ 15 ß.[8]). Ein anderer Hans, Truchsäss von Diessenhofen, genannt Bitterlin, gab sodann am 15. Oktober 1410 mit Bewilligung des Abts Friedrich in der Reichenau die Herrschaft zu Neftenbach sammt dem Kollaturrechte seiner Tochter Ursula, Gemahlin Hermanns von Breitenlandenberg, zur Heimsteuer[9]), und dieser empfing nach dem Tode seines Schwiegervaters dieselbe am 24. Juni 1432 als Lehen[10]). Sein

1) Staatsarchiv Z. Amt Andelfingen. — 2) Vogel M. T. 1841. p. 247. — 3) Vögeli G. B. — 4) Freib. D. A. I. p. 218. — Reg. v. Eins. Nr. 401. — 5) Staatsarchiv Z. Amt E. — 6) Note 4. — 7) Kopp G. d. e. B. IV. 2. p. 280 u. 281. — 8) Staatsarchiv Z. Amt T. — 9) u. 10) Werdmüller M. T. II. p. 1.

Nachkomme, Hans von Breitenlandenberg, soll kurz nach 1468 die Hälfte der Herrschaft Neftenbach seiner Mutter und seiner Schwester Anna überlassen haben, welche einige Jahre später ihren Antheil an das Kloster Paradies verkauften [1]). Nach einem andern Gewährsmann aber war letzteres schon seit dem Jahre 1439 theilweise Kirch- und Zehntenherr zu Neftenbach und zwar in Folge einer Uebereinkunft mit Abt Friedrich von Reichenau, die von Papst Eugen IV. (1431—47) bestätigt ward [2]). Und wirklich bekennt in Uebereinstimmung mit dieser Angabe Ulrich Fötzer, Leutpriester zu Neftenbach, am 27. März 1463, dass, da die Frauen von Paradies und die Frau von Landenberg ihm fl. 4 an das von ihm gemachte Angebäude zu dem alten Pfarrhause gegeben haben, dasselbe bei der Pfründe bleiben und von ihm und seinen Erben unangesprochen sein soll [3]). Am 14. Mai 1478 urkunden vor dem öffentlichen Notar in Constanz Ritter Johannes von Landenberg und Johannes Atzenwiler, Amtmann der Aebtissin und des Convents des Klosters Paradies, St. Clara-Ordens, als wahre Patrone und Kollatoren der Pfarrkirche Neftenbach, dass sie beabsichtigen, den Priester Heinrich Hackenberg für die durch den Tod des letzten Kirchherrn, Ulrich Fötzer, ledig gewordene Kirche dem Bischof zu präsentiren, wenn er gewisse Artikel beschwören wolle [4]). Diess geschah; denn 1488 steuert letzterer an den Bau der beiden Thürme beim Grossmünster in Zürich fl. 3 und sein Kaplan Ulrich 3 ℔. Jedem der beiden Priester vermacht laut Urkunde des Raths in Winterthur d. d. 8. August 1500 der kürzlich in Frankreich verstorbene Hans Reigel von Hettlingen 2 Dukaten und der Pfarrkirche 50 Dukaten, wofür die Kirchenpfleger am 1. September 1501 sich verpflichten, auf Dienstag nach St. Georg seinen Jahrtag mit sechs Priestern zu begehen [5]). Am 22. September 1506 stiften die Dorfmeier und alle Kirchgenossen von Neftenbach mit Gunst und Willen der erwähnten Gerichtsherren und Patrone der Pfarrpfründe, dessgleichen des Priesters Martin Wipf, ihres jetzigen Kirchherrn, eine ewige Kaplaneipfründe zu dem Altar des h. Gallus, und begaben sie mit Zinsen und Grundstücken; diese Stiftung erhielt am 28. Dezember gl. J. die bischöfliche Bestätigung [6]). — Die eine Hälfte der Gerichtsherrlichkeit und des Zehntens zu Neftenbach (sammt Kirchensatz) verkaufte Wolfgang von Breitenlandenberg um fl. 7000 der Stadt Zürich laut ihrer Schuldverschreibung d. d. 28. April 1540 und seiner Quittung d. d. 27. November 1542 [7]); der andere halbe Theil ward erst 1611 Mittwoch nach der Fassnacht vom Kloster Paradies um fl. 13,839 an Zürich abgetreten [8]).

---

1) Werdmüller M. T. II. p. 1. — 2) Mitth. v. Hrn. Dir. Harder in Schaffhausen. — 3)–6) Staatsarchiv Z. Amt W. — 7) Memorial d. Gem. Verw. v. Z. 1801. p. 123. 8) Werdmüller M. T. II. p. 2.

Die Kirche wurde laut folgender, noch vorhandener Inschrift vom 4. Juni 1466 neu erbaut: «Anno domini millesimo quadringentesimo sexagesimo sexto inceptum est hoc opus vigilia corporis Christi» [1]). Im Jahre 1842 schritt die Kirchgemeinde zum Umbaue des Schiffs der Kirche und Neubau des Thurms, wobei das an letztern angebaute Beinhaus mit den Bildern zweier Heiligen, St. Andreas und ?, abgetragen ward. Der Chor dagegen, der aus zwei spitzbogigen Kreuzgewölben besteht und einige in Holz geschnitzte Chorstühle mit der Jahrzahl 1470? enthält, blieb stehen [2]).

Von den vier Glocken ist die erste 1592 gegossen. Die zweite hat die Inschrift: «O + rex + glorie + XPE. + veni + nobis + cum + pace. M.CCCC.LVII». Die dritte war ganz glatt, und soll nach der Sage in einem Weinberg zu Neftenbach, Altkilchoer genannt, ausgegraben worden sein. Sie ward 1812 und 1834 umgegossen; ebenso die vierte von 1590 im Jahr 1806 [3]).

Bei einer frühern Reparatur der Kirche und des Thurms (1747) wurden silberne und kupferne römische Münzen gefunden, die grösstentheils in dem Münzkabinet der Stadtbibliothek zu Winterthur aufbewahrt sind [4]).

Pfungen (Phungingen 1275) [5]). Aus dieser Kirche bezog 1275 der Leutpriester ein Einkommen von 6 M. S. [6]). Bei dem Verkaufe von Neftenbach am 2. September 1322 hatte der Freie Jakob von Wart, Bruder des wegen Betheiligung am Morde Kaiser Albrechts I. am 18. Sept. 1309 in die Acht erklärten und bald hernach hingerichteten Rudolf von Wart, versprochen, den Kirchensatz zu Phungingen, die Burg und was er an Leuten dort habe, wenn es wieder in seine Gewalt komme, ebenfalls zu veräussern, mit Ausnahme des Kelnhofs, welchen der von Griessenberg, sein Anverwandter, zu niessen habe [7]). Allein seine Voraussetzung erfüllte sich nicht; denn im Jahr 1346 soll Konrad von Fürstenberg das Schloss und die Herrschaft Pfungingen als Lehen dem Otto von Wellenberg [8]), welcher 1355 im Besitz der Veste erscheint [9]), übergeben und nach dem Tode des letztern dieselbe eine Zeit lang in verschiedene Hände gekommen sein, bis 1454 Hans von Lee solche an Hans von Wellenberg, den jüngern, verkauft habe [10]). Dieser verpfändet den 28. November 1463 mit Zustimmung seines Herrn, Jkr. Hansen von Hewen, Freien, Schloss und Kirchensatz Pfungingen an seinen Bruder, Peter von Wellenberg, dem er fl. 300 schuldig geworden [11]). Thomas, der Sohn Peters, verkaufte 1526 jene Herrschaft an Hans Steiner

1) Vogel a. Ch. 1845 p. 490. — 2) Vogel M. T. 1850 p. 402. — Zeichnung v. J. Sch. K. — 3) Vögeli G. B. — 4) Werdmüller M. T. II. 2 — 5) u. 6) Freib. D. A. I. p. 248. — 7) Kopp G. d. e. B. IV. 2. p. 280. — 8) Leu sch. L. XIV. 519; XIX. 275. — 9) Lindinners Msc. (St. B. Z.). — 10) Leu l. c. — Werdmüller l. c. — 11) Stdtarch. Wthr.

von Winterthur, dessen Nachkommen sie am 10. Februar 1629 mit den niedern Gerichten, Zehnten, Kollatur und andern Rechten der Stadt Winterthur abtraten[1]). Von ihr ging der Kirchensatz durch Vertrag vom 23./26. September 1856 an den Stand Zürich über[2]). — Der erste bekannte Kirchherr zu Pfungingen, Konrad von Mandach, zugleich auch Leutpriester am Fraumünster in Zürich, ist den 3. Juli 1364 einer der vier Schiedsrichter in dem Streite zwischen der Sammlung der Frauen von Constanz daselbst und ihrem Lehenmann, Walther Lang in Schüpfen, betreffend Zinsrestanzen[3]).

In den Jahren 1648 und 1649 wurde die Kirche, welche vermuthlich an der Stelle einer frühern Kapelle stand, erweitert und der Chor sammt Thürmchen neu gebaut. In diesem hingen drei Glocken mit den Jahrzahlen 1777, 1765 und 1737, die 1860 umgegossen wurden. Bei der Abtragung der an der Kirchhofmauer befindlichen Zehntenscheune im Jahre 1819 entdeckte man Menschengerippe, woraus man schloss, dass dort eine Gruft gewesen sei[4]).

Rikenbach (Richenbach 1275)[5]). Der Leutpriester daselbst bezahlte 1275 von 14 ₶ 10 ß. Einkommen aus seiner Kirche den päpstlichen Zehnten[6]). Als solcher handelt Rudolf Kaufmann laut einem Spruchbriefe d. d. 23. Mai 1419 betreffend Streitigkeiten zwischen Heinrich Balber und Hans Wellnau um Geldschulden und andere Sachen[7]). Ein späterer Leutpriester, Berchtold Pur, steuerte 1488 an den Bau der Grossmünsterthürme in Zürich fl. 9[8]), stiftete 1497 in der Kirche Winterthur eine Jahrzeit für sich und seine Grosseltern[9]), und verlieh am 15. Oktober des letztern Jahres mit Bewilligung Konrads von Schellenberg zu Hüfingen, als Lehenherrn seiner Pfründe, eine dazu gehörige Hofstatt auf dem Bühl dem Wilhelm Flachmüller als Erblehen um den jährlichen Zins von 5 Vrtl. Kernen[10]). Derselbe Konrad von Schellenberg trifft durch seinen Sohn Hans am 19. August 1519 mit zwei Bevollmächtigten des Stifts Embrach eine Abrede betreffend Verkauf und Ledigung der Pfarrpfründe Rikenbach, und schenkt, nachdem die diessfälligen Bedingungen erfüllt waren, am 31. Mai 1521 den Kirchensatz sammt dem Lehen zu Jakob Kleinen Hofstatt jenem Stift[11]), von welchem er bei der Reformation 1524 an die Regierung von Zürich kam[12]). — Von den drei Glocken sind 1) und 3) 1822 umgegossen worden; die zweite hat eine Inschrift in gothischen Majuskeln, wovon der Anfang lautet: «DEVS . REX . GLORIE», die übrigen Worte aber unleserlich sind[13]).

---

1) Stadtarchiv W. — 2) Zürch. Fin. Prot. — 3) Obsol. Grdzs. Instr. d. Not. Neuamt. — 4) Staatsarchiv Z. M. P. — Vogel a. Ch. 1845. p. 523. — 5) u. 6) Freib. D. A. I. p. 196. — 7) Note 1. — 8) Staatsarchiv Z. — 9) Gesch. Frd. XIV, 214. — 10) u. 11) Staatsarchiv Z. Embr. Urk. — 12) Werdmüller M. T. II. p. 90. — 13) Vögeli G. B.

Seuzach (Soeza 1275)[1], St. Martin[2]). Als Einkommen aus dieser Kirche gab im Jahre 1275 der Leutpriester derselben, Heinrich von Mülimatten, Chorherr der Propstei Zürich, den Einsammlern des päpstlichen Zehntens 20 ℔ Zch. Pfg. an[3]). Ihrem Kirchherrn, Rudolf von Eschlikon, der zugleich auch Pfrundherr des Allerheiligen-Altars in Winterthur war, verkaufte zu Handen dieser Kaplanei am 25. Nov. 1379 Johannes Hindermann von Veltheim ein Haus und Hof an der Schmidgasse in jener Stadt, und am 10. März 1380 gab ihm Rudolf Hoppler zu Schlatt mit Sohn und Töchtern die Ykenwiese in Schottikon auf, welche Rudolfs Bruder sel. dem genannten Altar geschenkt hatte[4]). — Die Kollatur der Pfarrpfründe besassen die Herren von Randeck; denn im Jahre 1426 berief der Ritter Johannes von R. nach dem Absterben des Heinrich von R., Pfarrers in Seuzach, den Johannes von Eberhardschwil, genannt von Nüwenburg, als Nachfolger desselben[5]), und am 1. Christmonat 1494 verkauften die Gebrüder von Randeck, Burkard, Ritter; Johannes, Domherr in Constanz; Heinrich, Ritter; Kaspar und Martin, den Kelnhof und die Widum sammt dem Kirchensatze in Seuzach dem Schultheiss und Rath zu Winterthur um fl. 300 rh., worauf Bischof Thomas in Constanz am 4. Februar 1495 den Kauf bestätigte, und Bischof Hugo am 6. November 1497 die Pfarrpfründe dem Spital in Winterthur einverleibte[6]). Von letzterm gelangte der Kirchensatz durch Vertrag vom 23./26. September 1856 an die Regierung von Zürich[7]).

Das Siegel des Kirchherrn: «S. reverendi sacerdotis rectoris ecclesie in Soezach» zeigt den h. Martin im Schilde[8]). — Der Chor der Kirche, welcher etwas höher und breiter ist, als das Schiff, hat ein künstliches Spitzbogengewölbe[9]). Die drei Glocken im Thurme haben die Jahrzahlen 1778, 1820 und 1676[10]).

Flach (Flacha 1044)[11]). Hier standen ehmals zwei Pfarrkirchen, nämlich:

Ober-Flach (Flach superius 1275), St. Georg. Diese Kirche erscheint unter denjenigen, welche 1275 den päpstlichen Zehnten bezahlten[12]). Hans Hägg, Leutpriester zu St. Jörgen in Flach, und sein Vogt, Hans Gessler, kömmt am 20. August 1470 mit dem Propst, Dekan und Kapitel der mehrern Stift in Constanz, als Kollator seiner Pfründe, überein, dass er sein an der Landstrasse, auch an der Strasse gen Winterthur gelegenes, Haus und Hofreite mit aller Zubehörde, ferner ein Messbuch, sowie einen silbernen und vergoldeten Kelch der Pfründe

1) Freib. D. A. I. p. 217 u. 244. — 2) Siegel d. Kirchherrn i. d. Smlg. d. a. G. i. Z. — 3) Note 1. — 4) Stadtarchiv W. — 5) Staatsarchiv Z. M. P. — 6) Gesch. Frd. XIV. 209. — 7) Zürch. Fin. Prot. — 8) Sammlg. d. a. G. i. Z. — 9) Zeichn. v. Hrn. J. Sch. K. — 10) Vögeli G. B. — 11) Grandidier hist. d'Alsace I. n. 400. — 12) Freib. D. A. I. p. 168.

St. Jörgen als ewiges Eigenthum übergebe gegen ein jährliches Leibding von 5 Saum Ossinger-Wein und -Maass [1]). Im Jahr 1488 steuerte Hans Schmid, Leutpriester zu Ober-Flach, 3 ℔ an den Thurmbau beim Grossmünster in Zürich [2]).

Nieder-Flach, St. Niklaus. Das Johanniterhaus Bubikon verkauft am 11. März 1368 alle seine Güter im Dorfe und Banne Flach mit dem Kirchensatze und St. Niklaus Kirchenlehen sammt Zubehörden (vom Zehnten jährlich der Kirche zu geben 16 Stück) an Johannes von Fulach, den alten, Bürger zu Schaffhausen, um fl. 750 rh. an Gold [3]). Zwischen einem Nachkommen desselben, Wilhelm von Fulach zu Schaffhausen, einer- und Thommann Verr, Leutpriester der St. Niklaus Kirche zu Flach, anderseits erhob sich Streit betreffend die dortige Widum, worauf Bürgermeister und Rath der Stadt Zürich am 26. Juni 1466 erkennen, dass ersterer dabei bleiben, sie inne haben, nutzen, brauchen und niessen solle, wie seine Vordern, von dem jeweiligen Leutpriester der Kirche ungesäumt, ungeirrt und unbekümmert [4]). Als solcher steuert Hans Eigenheer im Jahre 1488 ℔ 3 an den Bau der Grossmünsterthürme in Zurich [5]). Noch heisst eine Wiese im Moos zu Flach, in welcher häufig unter der Erde Gemäuer und Todtengebeine gefunden werden, die Kirchwiese.

Die 1488 genannten Leutpriester beider Pfarreien hatten am 5. Juli 1492 Streit mit Abt und Convent des Klosters Rheinau wegen des Zehntens von den Neubrüchen und Rütinen im Thurhölzli, welcher durch Spruch des Raths von Zürich zu Gunsten ihrer Kirchen entschieden wurde [6]).

Am 11. Mai 1544 haben MGHH. des Rechenraths, da an jedem der beiden nahegelegenen Orte Ober- und Nieder-Flach eine besondere Pfarrei, ihr Einkommen aber nicht so statthaft gewesen, als dass ein Pfarrer in Armuth leben und seiner Nahrung halb Mangel leiden musste, die beiden Pfarreien (wegen deren Combination schon am 22. März 1530 ein Spruch ergangen war) zusammengestossen und die rechte Pfarrei nach Ober-Flach verlegt, damit aus beiden schmalen Kompetenzen eine gute gemacht und ein Pfarrer zur Nothdurft versehen werde. Sein Einkommen belief sich nunmehr auf 120 Stück, wovon er einem Prädikanten zu Trüllikon jährlich auf Martini 13 Stück geben musste, so dass ihm noch 107 Stück blieben [7]). — Nachdem St. Jörgen Kirche auf Hächingen 1569 verlängert worden, befahl der Rath in Zürich am 24. Nov. 1608, wegen ihrer Presthaftigkeit einen Neubau zu befördern, und den 28. Nov. 1610 ward erkannt, die alte Kirche niederzureissen, und gegenüber derselben eine neue in Ulrich Frauenfelders Weingarten zu bauen; auch soll die bisher nach Andelfingen kirchgenössige Gemeinde Volken künftighin gen

---

1)—5) Staatsarchiv Z. Schloss Flach. — 6) Archiv Rheinau. Kyb. Pfr. I. 28. — 7) Staatsarchiv Z. Amt Andelfingen.

Flach gehören. Am 18. Juli 1611 ward der erste Gottesdienst in der neuen Kirche und zwar eine Leichenpredigt betreffend den an der Pest verstorbenen Hans Heinrich Fisler gehalten [1]). — Der Kirchthurm scheint erst später errichtet worden zu sein, da vom 19. Dezember 1618 eine Erkanntniss betreffend die Steuer an den Bau desselben datirt [2]). Es hängen darin drei Glocken mit der Jahrzahl 1640 und eine vierte, die ganz glatt ist [3]).

Zu diesen Mutterkirchen im Decanat Dinhart kommen noch:

Rheinau, St. Niklaus im Decanat Diessenhofen (siehe Seite 37).

Gachnang, St. Pankratius im Decanat Wiesendangen (siehe Seite 210).

b. Tochterkirchen.

Von Oberwinterthur:

Niederwinterthur (Niderun Winterture 1180) [4]), St. Laurenz. Der langjährige Streit zwischen den Leutpriestern der Pfarrkirche Oberwinterthur und dem Grafen Hartmann von Kiburg über die Kapelle in Niederwinterthur, welche wegen ihrer Lage innerhalb der Grenzen der Pfarrei jene nach dem Rechte der Mutterkirche als eine Tochter beanspruchten, dieser dagegen als durch Verjährung befreit behauptete· wird am 22. August 1180 durch den Bischof Berchtold II. von Constanz freundschaftlich beigelegt; darnach übergibt der Graf als Ersatz für die rechtmässige Befreiung der Kapelle zwei Güter in Arlinchoven und Limperg der Mutterkirche, unter der Bedingung, dass alle der Pfarrkirche angehörigen Landwirthe von dem Leutpriester derselben, Diethelm, und seinen Nachfolgern die Sakramente und Seelsorge empfangen, der Verseher der Kapelle aber, Hermann, die Kaufleute mit ihren Familien und einige Landwirthe, welche ihm von Alters her den Zehnten bezahlten, in seiner Seelsorge behalte; ferner dass, wenn einer der Dienstleute des Grafen sein Begräbniss bei der Kapelle erwählen wollte, er vom Leutpriester der Pfarrkirche nicht daran gehindert werde; endlich dass wenn mit dem Wachsthum der Bevölkerung an jenem Orte Aecker oder Wiesen mit neuen Häusern von Kaufleuten oder Landwirthen besetzt würden, die Bewohner derselben unzweifelhaft zur Mutterkirche gehören. Ueberdiess tritt der Graf die Hälfte des dritten Theils vom Schlosse Weinfelden der Domkirche in Constanz ab, und empfängt solche wiederum aus der Hand des Bischofs als Lehen [5]). — Der erste bekannte Leutpriester von Niederwinterthur, Meister Friedrich, welcher zugleich Notar des Grafen Hartmann von Kiburg war, erscheint unter den Zeugen in einer von seinem Herrn am 10. April 1235 auf der Veste Baden ausgestellten Urkunde betreffend Zehnten in Kilchdorf [6]). Den Kirchensatz mit anderm

1) Mitth. v. Hrn. Pfr. Nabholz in Flach aus dem alten Tauf- und Todtenbuch. — 2) Staatsarchiv Z. Amt A. — 3) Vögeli G. B. — 4) u. 5) Gesch. Frd. IX. 497/8. — 6) Hergott G. H. II. p. 249.

Besitzthum trat jener Graf im Sommer 1264 seinem Schwestersohne, Rudolf von Habsburg, ab[1]). Dieser Graf, als König, erweist den Bürgern von Winterthur am 26. Febr. 1275 die Gnade, dass seine Erben die dortige Kirche, so oft sie ledig werde, nur einem solchen Priester leihen sollen, der sich eidlich binde, bei derselben seinen Wohnsitz zu nehmen[2]). Den 25. November 1298 ertheilen die Herzoge Rudolf und Friedrich von Oestreich, als Patronatsherren der Pfarrkirche Winterthur, ihre Genehmigung zu Stiftung der Kaplanei U. L. Frau[3]). Laut dem Urbarbuch aus dem Anfang des 14. Jahrhunderts galt die von der Herrschaft Oestreich zu verleihende Kirche 110 Stück an Korn und 10 ℔ Zch. Pfg. nebst Opfern und Seelgeräthen[4]). Wann das Kollaturrecht an Schultheiss und Rath gekommen sei, ist ungewiss. Doch gibt schon für den Kirchherrn Johannes von Hoff sein Vater Walther dem Rathe von Winterthur am 10. Juli 1383 einen Brief mit eidlichem Versprechen, wie es betreffend Obliegenheiten gegenüber den andern Geistlichen gehalten sein soll[5]). Bei der Reformation ging das Wahlrecht hinsichtlich des ersten Pfarrers an die Regierung von Zürich über; mit Bezug auf die zweite Pfarrstelle dagegen verblieb es der Stadt Winterthur[6]).

Inzwischen waren im Laufe zweier Jahrhunderte (1279—1482) folgende 13 Kaplaneien gestiftet worden:

1) Die Pfründe des Altars des h. Niklaus in der Mitte vor dem Chore, der seiner Zeit 30 Stück Einkünfte zugeordnet worden, erweitern am 17. Februar 1279 der Kirchherr H. von Wida und die Bürger in Winterthur durch ihre Schenkungen bis auf den Betrag von 6 Mark Silbers und bestimmen zugleich die Obliegenheiten des jeweiligen Priesters derselben. Ihrem ersten bekannten Kaplan, Johannes Stehelli, übergeben am 17. März 1347 die Gebrüder Rudolf und Eberhard Stehelli für die Jahrzeit ihres sel. Vaters Johannes 5 Vrtl. Kernen Gelds ab ihren Gütern, Rütinen und Holz im Beerenberg[7]).

2) Für den Altar der h. Maria neben der Chorthüre auf der linken (Mitternachts)Seite stiftet der Dekan Eberhard, Rektor der Kirche in Winterthur, am 15. Mai 1287 eine Pfründe, und bewidmet dieselbe mit einem selbst angepflanzten Weinberg auf dem Limperg, behält sich aber ½ ℔ Wachs als jährliche Nutzniessung vor. Die Stiftung wird vom Bischof in Constanz am 25. Nov. 1298 bestätigt. Heinrich, dem ersten Pfrundherrn des Altars U. L. Frau, verkaufen am 16. März 1305 die Gebrüder Heinrich, Konrad, Wilhelm und Johannes von Oberwinterthur das Leibgeding ihrer Schwester Mechtild um 18⅓ M. S., und am 29. Januar 1328 gibt ihm und Johannes von Sala, dem alten,

1) Kopp G. d. e. B. II. p. 628. — 2) Ib. II. p. 661. — 3) Stadtarchiv W. — 4) Pfeifer H. Ö. U. B. p. 128. — 5) Note 4. — 6) Vogel a. Ch. 1845. p. 826. — 7) Note 4. — Vgl. Gesch. Frd. XIV. p. 198. n. 1.

als Pfleger des Altars U. L. Frau, zur Tagmess (Fruhmesse), Elisabetha Burchart, Wittwe des Kozen sel., Bürgers von Winterthur, die Eigenschaft eines Guts in Welsikon und zweier Aecker gegen Veltheim und Töss. Von da an heisst der Kaplan jenes Altars der Tagmesser und seine Pfründe die Tagmesserei [1]).

3) Den Altar des h. Geists im Armenspitale (urk. 10. Nov. 1306), für welche schon am 13. Jan. 1312 eine Jahrzeitstiftung gemacht wurde, errichtete laut Bestätigungsurkunde des Bischofs Gerhard von Constanz d. d. 13. Februar 1317 die Königin Agnes von Ungarn, indem sie zugleich eine Kaplaneipfründe daselbst mit 3 M. S. jährlich dotirte. Erster Kaplan ist Heinrich Rinwin am 30. Mai 1320 [2]).

4. An das Licht zum Allerheiligen-Altar in der Ecke auf der linken Seite sind laut der Jahrzeitstiftung der Anna Stucki, Johannes sel. Gattin, d. d. 2. April 1350 zwei Viertel Kernen, haftend auf dem obern Hofe zu Götzenwil bei Seen, bestimmt und dem Kaplan desselben, wenn einer wird, sechs Brote. Ein solcher (jedoch ohne Namen) wird in der Jahrzeitstiftung des Stadtschreibers von Winterthur und seiner Gemahlin Mechtild zu Gunsten des Spitals d. d. 22. Juni 1360 mit einem Brote bedacht. Erst am 25. November 1379 verkauft Johannes Hindermann von Veltheim dem Rudolf Eschlikon, Kirchherrn zu Seuzach und Pfrundherrn des Allerheiligen-Altars in Winterthur, zu Handen dieser Kaplanei ein Haus und Hof in der Schmidgasse um 78 ℔. Da ihr Stiftungsbrief am 10. Oktober 1487 nicht mehr vorhanden war, so liess der Rath von Winterthur unter diesem Datum einen neuen aufrichten und durch Bischof Otto IV. von Constanz bestätigen [3]).

5) Auf den St. Johannes Evangelisten Altar im Winkel der rechten (Mittags)Seite stiftet Hartmann Gevetterli, Kirchherr zu Winterthur, mit Wissen und Willen seines Vogts, Konrad Saler, am 5. Juli 1368 eine ewige Pfründe, und bewidmet sie mit 400 Goldgulden, welche er auf seine zwei Häuser am obern und niedern Markt und seinen Weingarten zu Eycholtren mit der halben Trotte und Zubehörden versichert. Dem neuen Kaplan (am 8. Januar 1375 wird Ulrich Stüdiner eingesetzt), dessen Bestellung er sich vorbehält, nach seinem Tode aber den drei Aeltesten des Raths zufällt, weist er als Wohnung an das gemauerte Haus hinter seinem vordern Hause, dessen Stubenfenster nach dem Kirchhof gerichtet sind. Der Kaplan soll alle Wochen vier Messen lesen und im Chor der Kirche mit Gottesdienst aushelfen [4]).

6) Behufs Stiftung einer ewigen Pfründe an St. Johannes Täufers Altar, der auf der rechten Seite gegen Mittag gelegen ist, übergibt Egbrecht Negelli dem Schultheiss und Rath zu Winterthur am 15. Nov. 1370 all sein liegendes und fahrendes Gut. Ferner sendet er das Gluren-Gut

1)–4) Stadtarchiv W. — Vgl. Gesch. Frd. XIV. p. 195. n. 1. p. 195. n. 1. p. 199 n. 3. p. 203 n. 1.

zu Oberwinterthur, ein östreichisches Lehen, auf, damit es verkauft und der Erlös an jene Pfründe verwendet werde. Endlich bewidmet er dieselbe am 31. Dezember gl. J. noch mit seinem Steinhause in Winterthur, der Scheune in der obern Vorstadt beim Graben und beim Negellins-Thor, einem Weingarten bei der Stadt zu Wolimanshusen, 24 Jucharten Ackerland vor dem Eschenberg und 5 Jucharten auf dem Brühlberg. Ueberdiess ist sein Wille, dass der gegenwärtige Geistliche U. L. Frauen Altars, Ulrich Klaib, zum ersten Kaplan der neuen Pfründe bestimmt werde mit der Verpflichtung zu wenigstens einer wöchentlichen Messe; seine Nachfolger aber haben drei Messen zu lesen. Die Besetzung der Kaplanei, welche am 11. Juli 1371 die bischöfliche Bestätigung erhielt, fällt nach dem Tode des Stifters an den Schultheissen und die drei Aeltesten des Raths[1]). Mit derselben wurde auf Bewilligung des Bischofs vom 10. Oktober 1487 der Orgeldienst verbunden und die Einweihung des Altars stets am Ostermontag gefeiert[2]).

7) Für den Altar der h. Katharina zwischen U. L. Frauen- und Allerheiligen-Altar soll der Kaplan Johannes Bäldi schon im Jahr 1380 die erste Vergabung gemacht haben[3]); es findet sich aber im Jahrzeitbuche nur eine Verordnung desselben für sich und seine Eltern Hartmann und Mechtild ohne Angabe der Zeit[4]). Erst am 17. Juni 1435 bekennen Schultheiss, Rath und Bürger zu Winterthur, der St. Katharinen Pfründe fl. 165 rh. schuldig geworden zu sein, und diese Schuld alljährlich mit fl. 8 rh. und dem Ort eines Guldens (10 ß.) verzinsen zu wollen bis auf Wiederlösung. In einem Briefe um 6 Viertel Kernen Grundzins ab dem Kelnhofe zu Seen zu Gunsten derselben Pfründe, datirt 18. Juli 1488, wird als ihr Kaplan Konrad Kisling genannt[5]).

8) Zu Handen einer zu errichtenden Messpfründe auf dem Altar des h. Antonius in der Pfarrkirche zu Winterthur, der auf der rechten Seite gegen die Thüre lag, verzichtet Herzog Leopold von Oestreich am 4. Juli 1392 auf mehrere Zehnten und Schupposen in Oberwinterthur. Dieselbe stiftete bei seinen Lebzeiten Johannes Steinkeller, Bürger zu Winterthur, und bewidmete sie mit verschiedenen Zehnten und einem Hofe zu Seuzach; der bischöfliche Constanzische Generalvikar aber bestätigte auf Bitte des damaligen Pfrundherrn, Ulrich Altdorf, unterm 3. Juli 1396 die Stiftung[6]).

9) Der gleiche Herzog Leopold eignet der zu gründenden Mess- und Kaplaneipfründe des St. Anna Altars in Winterthur neben der Thüre auf der linken Seite am 5. Oktober 1403 den Zehnten in Eidberg bei Seen zu; wenige Tage hernach (10. Oktober) stiftet sodann dieselbe Pfaff Hans Töber von der Schär, genannt von Tettnang, bestätigter

1) Stadtarchiv W. — Vgl. Gesch. XIV, p. 196. n. 1. — 2) Anniv. W. (G. Frd. XIV. 199). — 3) Neujahrsblatt der Bürgerbibliothek W. 1838. p. 16. — 4) Gesch. Frd. XIV. 215. — 5) u. 6) Note 1. — Vgl. Gesch. Frd. XIV. p. 199. n. 1.

Leutpriester zu Veltheim und Dekan des Kapitels Winterthur, und bewidmet sie mit seinem Gute zu Velsch (Fæltsch bei Elgg), dem Zehnten zu Eidberg und einem Garten vor dem Schmidthore. Die Kollatur überträgt er am 17. Juni 1404 den drei Aeltesten des Raths und im Versäumnissfalle, (d. h. nach Monatsfrist) dem Bischof von Constanz, welcher am 30. Juli die neue Stiftung bestätigt. Als Pfleger der letztern erscheint am 29. November 1438 Hans Meiger[1]) und als Kaplan am 13. Oktober 1461 Ulrich Meier.

10) Den Altar der h. 3 Könige bei der Säule auf der rechten Seite errichtete zu Lebzeiten Heinrich Haldemann, Bürger von Winterthur. Mit seiner Frau Margaritha wollte er auch eine Kaplanei hinzufügen; beide Eheleute wurden aber vorher vom Tode ereilt (1404 und 1408). Nun vollzieht Schwester Adelheid von Aadorf, als Universalerbin, die letzte Willensmeinung ihres verstorbenen Schwagers, indem sie am 1. Mai 1408 eine Pfründe (die mehrere oder ältere) und ewige Messe auf jenen Altar stiftet und mit hinreichenden Gütern, Nutzen und Zinsen bewidmet, was schon früher der ehrbare Priester, Peter Vischer von Heigerloch, zu thun angefangen hatte. Dabei wird bestimmt: der Kaplan soll in der Stadt wohnen, wöchentlich vier Messen auf dem Altar lesen, dem Leutpriester bei den gottesdienstlichen Verrichtungen Aushülfe leisten, und von seinem Einkommen 4½ Mütt Kernen für die Jahrzeit der Stifter abgeben. Nach dem Tode der Schwester Adelheid hat ihr Freund, der Priester Johannes Schiltknecht, vor allen Bewerbern Anspruch auf die Pfründe, deren Besetzung den drei Aeltesten des Raths überantwortet wird[2]). Dieser gibt der Stiftung, da sie ihm gütlich, ziemlich und ehrlich däucht, die Zustimmung, und Bischof Albrecht von Constanz bestätigt sie am 19. Oktober 1408. Zum Kaplan der neu gegründeten Pfründe ernennt am 12. Oktober 1423 der Rath den Konrad Schnabel, Leutpriester in Winterthur, welcher auf die Evangelien schwört, die Obliegenheiten derselben genau nach den Stiftsbriefen erfüllen zu wollen[3]).

11) Nachdem der Kaplan des h. 3 Könige Altars, Peter Vischer von Haigerloch, schon am 5. Juli 1413 die niedere Wiese und die beiden Tobelwiesen in Ober-Schottikon für 25 ℔ Hlr. zu Handen seiner Pfründe erkauft hatte, äufnet er und sein Bruder Johannes, ebenfalls Priester, dieselbe am 13. Juli 1414 durch neue Bewidmungen so, dass eine zweite Kaplanei, die mindere oder jüngere 3 Könige Pfründe genannt, geschaffen werden konnte, deren Errichtung und Pfrundherrn (Peter Vischer vom Rathe erwählt) der Generalvikar des Bischofs Otto III. sofort (18. Juli 1414) bestätigte[4]).

---

1) Stadtarchiv W. — Vgl. Gesch. Frd. XIV. p. 215. n. 1. — 2) Staatsarchiv Z. Amt Töss. — 3) u. 4) Note 1. — Vgl. Gesch. Frd. XIV. p. 216. n. 6. p. 199. n. 2.

12) Dem Altar der h. Apostel Petrus, Paulus und Andreas verleihen 1418 drei Kardinalpriester der römischen Kirche auf Bitte des edlen Fräuleins Adelheid von Eberhardschwil, als der Gründerin und Bewidmerin, hundert Tage Ablass. Auf ihm stiftet sodann dieselbe Adelheid, geb. von Emptz, Wittwe des Ritters Johannes von Eberhardschwil, mit Zustimmung ihres Vogts Hans von Sal und des Kirchherrn Hans Ross eine ewige Messe und Kaplaneipfründe, deren Besetzung die Familie der Stifterin sich vorbehält, nach ihrem Aussterben aber an Schultheiss und Rath fällt. Dieser, wie der Bischof, bestätigten am 13. und 15. Juli 1420 die Stiftung, und letzterer ertheilt zugleich dem Kapitelsdekan den Auftrag, den ihm für jene Pfründe präsentirten Johann von Eberhardschwil zu investiren. Mit derselben verbinden Schultheiss und Rath zu Winterthur unterm 23. Febr. 1475 ein eigenes Predigtamt, wozu der Priester Johann Weibel in Säckingen Bücher im Werthe von fl. 200 und Altschultheiss Rudolf Bruchli mit seiner Frau Anna Ebinger fl. 400 schenken. Ein zweiter Stiftungsbrief betreffend das Predigtamt datirt vom 27. Oktober 1497 [1]).

13) Betreffend die neu errichtete Kaplanei des bei der Säule auf der linken Seite gelegenen Altars des h. Sebastian, den die Brüderschaft der Pfeilschützen zu Winterthur als Patron erwählt hatte, findet sich ein Verkommniss zwischen dem Rath und dem Kirchherrn von 1482 [2]). Am 23. September gl. J. vermachen derselben Jkr. Herdegen von Hinweil und Margaretha von Schinen, seine Frau, fl. 30 jährlichen Gelds als eine Gottesgabe, und am 9. August 1483 ertheilt der päpstliche Nuntius Bartholomäus dem St. Sebastians Altar einen Ablassbrief, welchen der Bischof von Constanz am 31. gl. M. bestätigt und ausdehnt. Die förmliche Stiftung der Pfründe durch Schultheiss und Räthe in Winterthur erfolgt aber erst am 17. November und die bischöfliche Bestätigung am 1. Dezember 1515; für die Verleihung derselben stellt der Kaplan Johannes Nussbaumer am 29. Dezember 1515 der Wahlbehörde einen Revers aus [3]).

Von weitern Stiftungen in der Pfarrkirche Winterthur sind noch zu erwähnen:

Am 19. Januar 1369 bestätigen Schultheiss und Räthe zu Winterthur das Gebet und sogenannte Almosen am Salter (13. Jan. 1376 heisst es «der Frowen Salter»), welches von Alters her in dieser Stadt in grossen Ehren gehalten und von den Bürgern hergebracht worden ist [4]).

Ferner errichten am 23. Juni 1462 die Gold-, Huf-, Messer- und Kupferschmiede, Kessler und Schlosser und alle, die den Hammer brauchen, in der Ehre des h. Bischofs Eligius eine Bruderschaft,

---

1) Stadtarchiv W. — Staatsarchiv Z. M. P. — Vgl. G. F. XIV. p. 214. n. 4. — 2) Staatsarchiv Z. M. P. — 3) u. 4) Stadtarchiv W. — Vgl. G. F. XIV. p. 211. n. 1. p. 202. n. 2.

und den 26. September 1467 bestätigt Bischof Hermann III. von Constanz die zwischen dem Kirchherrn und den Kaplänen in Winterthur gegenseitig aufgerichtete Bruderschaft[1]).

Endlich ordnet am 18. Dezember 1472 Adelheid Dystel von Totterhausen eine Lampe, die vor dem Behältniss des verehrungswürdigsten Sakramentes der Eucharistie Tag und Nacht unaufhörlich brennen soll[2]).

Ablässe erhielt die Kirche Winterthur am 24. März 1350 von drei Bischöfen und am 14. November 1362 von zwei Erzbischöfen und neun Bischöfen, sowie im 15. Jahrhundert drei Male von den Bischöfen zu Constanz (1418, 1423, 1455) und 1483 vom päpstlichen Nuntius Bartholomäus.

Der Auskauf der Vorstädte und der sechs Mühlen zu Niederwinterthur von der Mutterkirche in Oberwinterthur erfolgte um fl. 320 den 9. Mai 1482[3]).

In baulicher Beziehung ist hervorzuheben:

Aus einem Urbar des Klosters Töss ergibt sich, dass die schon 1264 verbrannte Pfarrkirche in Winterthur wiederum sollte erbaut werden. Am 8. Januar 1361 wurde durch die Nachlässigkeit des Hochwächters der Kirchthurm mit den Glocken bis auf die unterste Mauer von den Flammen verzehrt. Schon 1362 aber stand ein neuer Thurm da, und die fünf Glocken goss der Meister Hans in Ravensburg um; zur Er-Erinnerung an diesen Brand trägt eine derselben die Inschrift: «Primo fusæ sunt hæ campanæ anno incarnationis dn̄i. M.CCC.LX.» 1486 wurde von den Meistern Hans Hettlinger und Konrad Gisler ein zweiter Thurm zu bauen begonnen, 1490 um St. Michaels Tag vollendet und hierauf die zwei grössten Glocken hineingehängt, nämlich die St. Laurenzen- oder Mittagsglocke 1490 und die St. Albans- oder Feuerglocke 1491[4]).

Im Jahre 1501 fing man an, das Langhaus der Kirche neu zu bauen; den alten Chor und die beiden Thürme liess man stehen. 1505 erlaubte der Kaiser Maximilian den Bürgern von Winterthur, die 1100 ℔, welche im Ablass gefallen waren, für den Kirchenbau zu verwenden[5]). Am 24., 25. und 26. Juni 1515 weihte sodann der Constanzische Suffragan Franz Balthasar, Predigerordens, die neue Kirche sammt fünf Altären auf jeder Seite des Schiffs und dem Altar in der Mitte vor dem Chor, und setzte das Gedächtniss der Kirchweih auf den Sonntag vor St. Laurenz fest. Erst 1518 ward der Bau ganz vollendet[6]).

Hinsichtlich der Glocken ist zu bemerken:

1) trug die Inschrift: «O. Rex. glorie. veni. nobis. cum. pace. Anno. domini. M.CCCC.LXXXX.» und die Bilder der 4 Evangelisten, der h. Maria, Laurentius und Albanus; sie ward 1806 umgegossen.

---

1) Stadtarchiv W. — 2) Anniv. W. — G. F. XIV. p. 212 u. 213. — 3) St. A. W. 4) G. F. XIV. p. 197. n. 2 u p. 215. n. 3. — 5) Bosshard W. Ch. — 6) G. F. XIV. p. 215. n. 3.

2) datirt von 1653.
3) Ecce. sto. ad ostium et pulso; si quis audierit vocem meam, intrabo ad illum (Apok. III, 20). M.CCCC.LXXXXIII.
4) Sant Lucas. Sant Marcus. Sant Mateus. der. gut. her. sant. Johans.
5) ward 1669 umgegossen.
6) ist unbekannt (Schlagglocke).
7) hat die Jahrzahl 1640[1]).

Von Oberwinterthur wurden ferner abgetrennt:

Töss (Toissa 853)[2]). Die Hofstatt bei der Tössbrücke, auf welcher eine Mühle lag und mit Erlaubniss des Bischofs und Kapitels der Kirche Constanz ein Frauenkloster gebaut wurde, gehörte laut der Stiftungsurkunde des letztern d. d. 19. Dez. 1233 zur Pfarrei Oberwinterthur[3]). Nach der Reformation wurde die Klosterkirche zur Pfarrkirche des allmälig dabei entstandenen Dorfs erhoben; denn 1523 wird Gallus Lüthi als erster reformirter Pfarrer in Töss genannt[4]). Das Langhaus erlitt 1704 einen Umbau, wobei indess die Grundmauern stehen blieben; der Chor fand Verwendung zu Fruchtschütten[5]). 1854 wurden die sämmtlichen alten Kirchengebäude verkauft und in eine Fabrik umgewandelt, dagegen ausserhalb der Klostermauern auf dem Tössfelde der Bau einer neuen Kirche begonnen und 1855 vollendet[6]).

Seen (Sehaim 771)[7]). Der Gottesdienst daselbst wurde von 1550 bis 1649 durch den Helfer in Oberwinterthur, der zugleich Schulmeister war, abgehalten, alsdann aber Seen zu einer eigenen Pfarrei erhoben, die Kirche neu erbaut und am 11. November 1649 eingeweiht[8]). Die Abchurung mit Oberwinterthur geschah am 15. September 1649 und 16. Juni 1651[9]). Der Pfarrer wohnte indessen noch 1758 an letzterm Orte, wo er wie sein Vorgänger die Schule besorgte; erst damals wurde ihm diese Beschwerde abgenommen und ein Pfarrhaus in Seen erbaut[10]).

Das alte, 1859 umgegossene Geläute hatte drei Glocken, wovon 1) eine unleserliche Inschrift in gothischen Minuskeln, 2) und 3) aber die Jahrzahl 1649 trugen[11]).

Von Dinhart:

Altikon (Alticon 1243, Altrinchoven 1244[12]). Am 6. Okt. 1328 werden Abt Diethelm und Convent des Gotteshauses in der Reichenau mit dem Ritter Egbrecht von Goldenberg, Vogt ihrer Kapelle zu Altikon, um die Stösse und Kriege, die er wider Johannes, Sohn Hansen Spule, Bürger zu Constanz, und Kirchherrn derselben Kapelle, hatte, so aus-

1) Vögeli G. B. — 2) Neugart C. D. A. I. p. 283. — 3) Staatsarchiv Z. Urk. v. T. Nro. 1. — 4) Bluntschli M. T. p. 486. — 5) Vogel a. Ch. 1845. p. 770. — 6) Rechenschaftsberichte des zürch. Regierungsrathes. — 7) Wartmann U. B. d. A. S. G. I. p. 62. — 8) Leu's ch. L. XVII. 34. — Vogel l. c. p. 726. — 9) Staatsarchiv Z. M. P. W. p. 26. 10) Holzhalb Suppl. zu Leu's sch. L. V. 483. — Vogel l. c. — 11) Vögeli G. B. — 12) Zapf m. a. p. 479. — Reg. v. Kreuzl. Nro. 51. (II. 4. p. 11).

gerichtet, dass, wann diese ledig werde, der Abt, Pfleger oder Convent sie einem ehrbaren Priester leihen und dieser einen Eid schwören soll, mit Haus bei der Kapelle sesshaft zu sein und darin alle Tage eine Messe zu singen oder sprechen, wenn ihn ehhafte Sache nicht irre. Wo diess nicht geschieht, soll und mag der Vogt die Nutzen der Kapelle einnehmen und einem Priester zu seiner Nothdurft überantworten, bis dass sie auf vorgeschriebene Weise verliehen wird. Ueber die Güter und Huben, so zur Kapelle gehören, soll Vogt sein und Vogtrecht haben Egbrecht von Goldenberg und seine Nachkommen, auch dieselben besetzen und entsetzen, Geld und Nutzen jährlich sammeln und dem Kaplan überantworten. Wann die Kapelle Wiedermachens oder Besserns bedarf an den Mauern, Dach, Büchern, Kelch, Messgewand oder andern Zierrathen, so soll der Kaplan dies von den Geldern der Kapelle besorgen, wie es nothdürftig und ehrlich ist; sofern er es aber nicht innerhalb zwei Monaten nach der Mahnung durch den Vogt vollführt, so soll dieser es thun. Egbrecht und seine Söhne Egbrecht und Rudolf geloben auch eidlich, dass sie in den nächsten zwei Jahren von kommender St. Martins Dult 2 M. S. Herrengült an Huben oder an andern liegenden Gütern an die Kapelle kaufen und ihr zufertigen wollen, damit der Priester seine Nothdurft desto besser haben möge[1]). Am 30. April 1454 verlieh Hans Ehinger von Constanz, welcher die Burg Altikon von Hans v. Griessen erkauft hatte, die dortige Kirche[2]); am 18. September und Oktober 1634 aber erlauben MGHH. in Zürich eine weitere Veräusserung des Sitzes Altikon nur unter der Bedingung, dass der Käufer sich der Kaplaneipfrund und des Kirchenguts daselbst nicht beladen, sondern die Kastvogtei ihnen zuständig sein solle[3]). Am 24. November 1641 wurde der Ort von Dinhart getrennt, zu einer besondern Pfarrei erhoben und dieser auch Dorlikon als Filiale zugetheilt[4]). — Die Kirche wurde 1641 neu erbaut[5]). Ihre drei Glocken stammen aus den Jahren 1652, 1528? und 1735[6]).

Von Neftenbach:

Hettlingen (Hetelinga 886)[7]), St. Niklaus[8]). Von den Artikeln, welche die Leutpriester in Neftenbach laut Urkunden vom 14. Mai 1478 und 23. Dezember 1505 beschwören mussten, um von der Aebtissin des Clarissinnen-Klosters in Paradies und dem Ritter Johannes von Landenberg, als Patronen und Kollatoren, für jene Pfarrkirche dem Bischof präsentirt zu werden, bezog sich auch einer auf die Versehung der Tochterkirche Hettlingen[9]). Der St. Niklaus Kapelle daselbst vermachte laut Urkunde des Raths in Winterthur d. d. 8. August 1500 der

1) u. 2) Staatsarchiv Z. Altikon. — 3) u. 4) Ib. M. P. A. p. 153. — 5) Bluntschli M. T. p. 243. — 6) Vögeli G. B. — 7) Neugart C. D. A. I. p. 464. — 8) u. 9) Staatsarchiv Z. Amt W.

kürzlich in Frankreich verstorbene Hans Reigel von Hettlingen fl. 10[1]). Am 3. März 1530 bestätigen Bürgermeister und Rath der Stadt Zürich das an sie appellirte Urtheil der Ehrichter betreffend Zutheilung der Kaplaneipfründe in Neftenbach an die Einwohner von Hettlingen. Darnach haben die Frauen in Paradies und Wolf von Breitenlandenberg zugesagt, denselben für ihre neue Pfarrei jährlich 6 Mütt Kernen aus dem Zehnten zu geben, unter der Bedingung, dass sie hinfür unangestrengt, unbekümmert und ruhig bleiben, und dass der Kaplan zu Hettlingen alle Sonn- und Feiertage, so die Kirche in Zürich hält, das Gotteswort zu gewöhnlicher und kummlicher Zeit, auch etwa in der Woche, wann er gebeten wird, nach Inhalt göttlicher und biblischer Schrift getreulich verkünde, predige, taufe, und anderes, was christliche Nothdurft erfordert, thue; dafür sollen ihm auch zu obiger Gült (6 Mt. K.) jährlich 4 Mt. K. und fl. 10, so die von Hettlingen zu geben sich erboten, zukommen. Das Lehen der Pfründe, so oft es zu Fall kömmt, ist den Patronen vorbehalten; derzeit sollen sich die von Hettlingen begnügen, mit dem Kaplan Hans Jakob Zinzeli, der sich befleissen und üben will, das ihm übertragene Amt getreulich und nach bestem Vermögen zu verwalten[2]). Durch Vertragsbrief vom 2. September 1544 wird das Corpus des H. Adam Etter, Kaplans in Neftenbach und Prädikanten zu Hettlingen, durch Zuweisung etlicher Liegenschaften zu seiner Pfarrei verbessert, dagegen alles übrige Einkommen der Kaplanei zu Neftenbach den Hettlingern zur Erweiterung und Aeufnung ihrer Kirche, resp. Ermöglichung der Anstellung eines eigenen Prädikanten überlassen und den Obrigkeiten von Zürich und Schaffhausen, als Patronen, der Kirchensatz und die Lehenschaft der Pfarrpfründe vorbehalten[3]). Durch Rathserkanntniss vom 18. Januar 1571 wurde alsdann ein eigener Pfarrer nach Hettlingen verordnet und sein Pfrundeinkommen bestimmt, das Pfarrhaus aber erst 1583 gebaut[4]).

Der Chor der Kirche hat ein Spitzbogengewölbe, das Schiff dagegen eine flache Holzdecke mit bemalten Friesen[5]). Im Kirchthurm sollen früher nur zwei Glocken gewesen sein, wovon die eine 1566 gegossen war und die andere die Inschrift trug: «O Sancta Maria ora pro nobis.» Von den jetzigen vier Glocken ist 1) 1660, 2) 1820, 3) 1672 und 4) 1731 gegossen[6]).

Von Rheinau, St. Niklaus:

Gross-Andelfingen (Andolvingen 1246)[7]), St. Placidus und Sigisbertus. Am Tage dieser Heiligen und Patrone des Klosters Disentis (11. Juli) war nach dem Auszuge aus einem alten Pfarrbuche

1)—3) Staatsarchiv Z. Amt W. — 4) Ib. M. P. W. p. 23. — 5) Zeichnung v. J. Sch. K. — 6) Vögeli G. B. — 7) Hergott g. H. II. p. 286.

von St. Niklaus in Rheinau das Patrocinium in Andelfingen [1]. Eberhard II., Bischof von Constanz, verleiht am 13. August 1260 den Zehnten in Dorf der Priorin und Convent in Töss um einen jährlichen Zins; und wenn er die Quart der Kirche Andelfingen, in deren Pfarrei der Zehnten gelegen ist, erhält, so soll das Kloster in jenem Jahre ihm nur 10 Mütt Kernen Wtbr. Ms. bezahlen [2]. Der Leutpriester daselbst beschwor im Jahr 1275 ein Einkommen von 87 ℔ 10 ß. Zch. Pfg. [3]. Darüber hinaus galt die Kirche, welche im Anfang des 14. Jahrhunderts in den obern Kelnhof gehörte und von der Herrschaft Oestreich verliehen wurde, wohl 40 M. S. [4]. Ihr Kirchherr, Eberhard von Lupfen, ist Zeuge am 13. Mai 1304, als die Gebrüder Jakob und Rudolf von Wart dem Konrad Heggenzi, Bürger von Schaffhausen, die Eigenschaft der Hub zu Ergoltingen gaben [5]. Am 26. November 1404 vertauschte Herzog Friedrich von Oestreich den Kirchensatz zu Andelfingen gegen die ihm abgetretene Pfarrei Griesingen in der Herrschaft Schelklingen (K. Würtemberg) an Abt Berchtold II. und Convent des Klosters Allerheiligen in Schaffhausen [6]. Der Bischof von Constanz bestätigte 1415 diesen Tausch, und inkorporirte alsdann 1418 die Pfarrei dem Kloster, welches dafür der päpstlichen Kammer fl. 120 an Gold oder 20 Mark Silber bezahlte [7]. — Von den Truchsässen zu Diessenhofen wurde vermuthlich schon im Anfange des 15. Jahrhunderts (vor 1410?) eine Pfründe in der Kirche Andelfingen gestiftet [8], deren Kaplan Heinrich 1488 3 ℔ an den Bau der Grossmünsterthürme steuerte, und die 1491 der Rath von Zürich in Folge des 1434 geschehenen Ankaufs der Herrschaft zu leihen hatte [9]. Ferner übernahm durch einen gütlichen Vertrag vom 12. Nov. 1491 der Leutpriester in Andelfingen, Johannes Schadenmüller, die Verpflichtung, behufs besserer Versehung der Pfarrkirche und ihrer Unterthanen, insbesondere behufs Abhaltung eines wöchentlichen Gottesdiensts in der Kapelle zu Dägerlen einen Helfer zu halten. Dafür gaben ihm Abt und Convent zu Schaffhausen jährlich 10 Mütt Kernen und 4 Saum Wein, und die Bewohner von Dägerlen einen auf ihre Güter gesetzten Zins von 20 Mütt Kernen [10]. Das Kollaturrecht betreffend die Pfarrei Andelfingen ging durch einen am 27. Juli 1864 mit der Regierung von Schaffhausen abgeschlossenen Vertrag an diejenige von Zürich über [11].

Im alten Kirchthurme hingen vier Glocken, nämlich: 1) aus dem Jahr 1600, umgegossen 1602 und 1775. 2) trug die Inschrift: O rex glorie XPE veni nobis cum pace. anno domini M.CCCC.LX. 3) war ganz glatt.

1) Archiv Rheinau. Andelf Herrsch. I. 1. — 2) Staatsarchiv Z. Amt T. — 3) Freib. D. A. I. p. 168 u. 218. — 4) Pfeifer H. Ö. U. p. 235. — 5) Urk. Sammlg. des Hrn. Med. Dr. Weidmann in Niederweningen. — 6) Staatsarchiv Z. Amt A. — 7) Archiv Allerheiligen in Sch. — 8) Vgl. Dalp Ritterburgen II. 302. — 9) Staatsarchiv Z. (M. P.). — 10) Ib. Amt A. — 11) Amtsblatt des Kt. Z. 1864 Nro. 92.

4) hatte nur die Jahrzahl: Anno domini M.CCCC.LXXXXIII; sie ward 1712 umgegossen. Alle vier Glocken wurden beim Neubau des Kirchthurms im Jahr 1862 zu einem stärkern Geläute verwendet[1]).

Von Grossandelfingen lösten sich hinwieder ab:

Dorlikon (Torlicon 1251)[2]). Am Kirchweihtage der dortigen, nach Andelfingen gehörigen Kapelle war der Leutpriester dieser Pfarrkirche laut dem schon erwähnten Vertrage vom 12. November 1491 nicht verpflichtet, in Dägerlen Messe zu halten[3]). Abt Heinrich und Convent des Gotteshauses Allerheiligen in Schaffhausen verleihen am 9. April 1492 einen Zehnten und die Widum in Dorlikon dem Hans Bind, Bürger von Schaffhausen, als Erblehen unter der Bedingung, dass er den Insässen zu Dorlikon die von früher hergebrachten Verpflichtungen gegen ihre Kapelle mit Licht, Läuten, Wucherstier und Eber erfülle[4]). Am 31. März und 24. Oktober 1599 bewilligte der Rath in Zürich den Einwohnern von Dorlikon und Gütikhausen, dass in der Kirche an ersterm Orte gepredigt, Sakramenten zugedient und Ehen eingesegnet werden dürfen[5]). Der Gottesdienst wurde anfänglich von fünf benachbarten Pfarrern besorgt, alsdann 1643 verordnet, dass nur diejenigen von Dinhart und Rikenbach die Kirche Dorlikon abwechselnd versehen sollen, auf Beschwerden und Anerbietungen derselben aber Rudolf Huber zum alleinigen Pfarrer erwählt, der sich, um in der Gemeinde zu wohnen, aus eigenem Geld ein Häuschen erbaute. Nach Errichtung der Pfarrei Altikon im Jahre 1646 wurde Dorlikon zu einer Filiale derselben[6]). — Die beiden Glocken im Thürmchen tragen die Jahrzahlen 1711 und 1754[7]).

Dägerlen (Tegerlo 1405)[8]), St. Ursula. Laut Vertrag vom 12. November 1491 bewilligten die Einwohner von Dägerlen, Rutschwil, Berg (am Weiher), Oberwil und Bänk, die alle im Kirchspiel Andelfingen gesessen waren, dass der jährliche Zins von 20 Mütt Kernen, den sie unter einander auf sich selbst und ihre Güter gesetzt und an ihre Kapelle oder Filialkirche zu Dägerlen geordnet hatten, um einen Priester zu bekommen, der ihnen an etlichen Tagen Messe halte, dem Leutpriester zu Andelfingen verabfolgt werde, damit er selbst oder durch seinen Helfer (vgl. Seite 237) in jener Kapelle alle Sonn- und Feiertage (mit einigen Ausnahmen) Messe halte[9]). Am 19. Sept. 1492 thut Rudolf Escher, Vogt zu Kiburg, kund, dass die Kirchgenossen der in der Ehre des Himmelsfürsten und lieben Heiligen St. Johannes, der 11.000 Mägde (deren Führerin die h. Ursula ist) und anderer Heiligen geweihten Kapelle zu Dägerlen eine ewige Messe alle Wochen auf

1) Vogeli G. B. — 2) Staatsarchiv Z. Amt Töss. — 3) Pfarrarchiv Dägerlen. — 4) Staatsarchiv Z. Amt T. — 5) Ib. M. P. K. 85. — 6) Werdmüller M. T. I. 116. — 7) Vögeli G. B. — 8) Kurz u. Weissenbach, Beiträge zur Geschichte u. Literatur d. Kts. Aargau 1847. I. 4. p. 520. — 9) Note 3.

die geordneten Tage gestiftet haben, dass sie aber dieses ohne Beihülfe frommer Christenleute nicht vollbringen mögen, und bittet desshalb jedermann freundlich um ein heilig Almosen[1]). Auch verheisst der päpstliche Nuntius Ennius Phylonardus am 24. April 1547 allen wahrhaft bussfertigen Christgläubigen, welche jene Kapelle, eine Filiale der Pfarrkirche in Andelfingen, an den Festtagen der h. Ursula, Patronin derselben, der Evangelisten Marcus und Johannes minor andächtig besuchen, und für ihren baulichen Unterhalt, Bücher, Lichter und andere zum Gottesdienst nöthige Kirchenzierrathen hülfreiche Hand bieten, für sieben Jahre und ebenso viele Quadragenen Ablass von den ihnen auferlegten Bussen[2]). Nach der Reformation wurde die Filiale Dägerlen theils durch den Kapitelshelfer von Winterthur, theils durch Kirchendiener von Schaffhausen versehen, 1642 aber zur Pfarrei erhoben und in Rutschwil ein Pfarrhaus erbaut[3]). Der Kirchensatz kam gleichzeitig mit Andelfingen durch Vertrag vom 27. Juli 1864 von der Regierung des Kantons Schaffhausen (als Rechtsnachfolgerin des Klosters Allerheiligen) an diejenige von Zürich[4]).

Der Chor, welcher auswendig ein Viereck, inwendig aber eine halbrunde Nische bildet, ist schmäler als das Schiff, und enthält einen Tabernakel mit gothischer Verzierung. Auf der Nordseite ist eine Sakristei angebaut. Das Schiff hat eine flache Holzdecke[5]). Im Thurm hängen zwei Glocken aus den Jahren 1677 und 1716[6]).

Dorf (Dorf 1044)[7]). Auch am Kirchweihtage dieser Kapelle war der Leutpriester der Pfarrkirche Andelfingen laut Vertrag vom 12. November 1491 nicht schuldig, in Dägerlen Messe zu halten[8]). Nach der Reformation stand sie öde und leer. Im Jahr 1580 aber säuberten und bestuhlten die von Dorf ihr Kirchlein, und warben zuerst vergeblich bei ihrem Pfarrer in Andelfingen, nachher aber mit Erfolg bei Johannes Jud, Pfarrer in Flach, dass er ihnen am Sonntag eine Predigt thue[9]). Die erste ward am 5. Juni 1580 gehalten und ihm dafür laut Bewilligung des Raths vom 18. November 1583 jährlich 20 ℔ aus dem Amt Töss verabfolgt[10]). Eine eigene Pfarrpfründe ward erst im Jahre 1658 von dem Besitzer des Schlosses Goldenberg, Jkr. Schmid, mit Beiträgen der Gemeinde gestiftet[11]) und der Kirchensatz bald nachher dem Stande Zürich übergeben[12]). — Die drei gemalten Glasscheiben in der Kirche tragen die Jahrzahl 1581 und enthalten die Wappen der Herrschaft Andelfingen, der Stadt Winterthur und der Gemeinde Dorf[13]). Von den beiden Glocken im Thurm, welcher 6 Fuss dicke Mauern und an der

1) u. 2) Pfarrarchiv Dägerlen. — 3) Werdmüller M. T. I. 111. — 4) Amtsblatt d. Kt. Z. 1864. Nro. 92. — 5) Zeichn. v. J. Sch. K. — 6) Vögeli G. B. — 7) Grandidier h. d. A. I. Nro. 400. — 8) Pfarrarchiv Dägerlen. — 9) Mitth. v. Hrn. Pfr. Freitag in Dorf. — 10) Staatsarchiv Z. M. P. k. 84. — 11) Note 9. — 12) Werdmüller M. T. I. p. 115. — 13) Note 9.

Eingangsthüre die Jahrzahl 1623 (vermuthlich das Jahr der Erneuerung) hat, ist die eine 1701 umgegossen worden; die andere hat in gothischen Buchstaben die Inschrift: + O REX GLORIE CHRISTE VENI CVM PACE [1]). Nach der Sage bemühte sich das Kloster Rheinau angelegentlich, die letztere (kleine) Glocke zu erhalten, um sie als Wetterglocke zu gebrauchen, und bot dafür der Gemeinde Dorf eine grosse Glocke an; allein diese nahm das Anerbieten desswegen nicht an, weil man glaubte, jene kleine Glocke bestehe fast ganz aus Silber [2]).

Von Rheinau, St. Niklaus, löste sich weiter ab:

Berg (Berge 1243)[3]), U. L. Frau[4]). Am 11. Mai 1268 schenkt Ita, Tochter des Freien Hugo von Teufen und Gemahlin des Freien Johannes von Wetzikon, neben andern Besitzungen auch Güter in der Pfarrei Berg dem Abt und Convent von Cappel[5]). Der dortige Leutpriester (1273 Rudolf)[6]) beschwor im Jahr 1275 zehn Mark Silbers als Einkommen aus seiner Kirche[7]). Am 21. September 1386 erhielt Hr. Heinrich Pfister und jeder geistliche oder weltliche Priester die Befugniss, an dem neulich durch Hugo von Landenberg gestifteten, aber noch nicht geweihten Altar in der Kapelle Berg auf einem tragbaren Altar den Gottesdienst zu verrichten[8]). Am 18. März 1497 verkaufen der Kirchherr Heinrich Gamp und die Kirchmeier Hans Vaterlaus und Konrad Fisler zu Berg dem Propst und Kapitel des Gotteshauses St. Peter in Embrach den kleinen Zehnten zu Volken, welcher in der letztern grossen Zehnten daselbst gelegen ist, und an das ewige Licht Unser Lieben Frauen Kirche zu Berg gehört, um fl. 33[9]). Nach der Reformation wurde zwischen Bürgermeister und Rath der Stadt Zürich einer- und Abt Hans Heinrich und Convent in Rheinau anderseits am 28. Mai 1558 ein Vertrag abgeschlossen, wonach erstere den letztern die Pfarre Berg zustellen und einhändigen, so dass das Kloster rechter Kollator und Lehenherr dieser Pfründe sein und heissen, dagegen einen Pfarrer gen Berg erwählen und nehmen soll, der frommen, ehrbaren Wandels und Wesens, der Herren von Zürich Religion und Glauben gleichförmig, zuvor durch ihre Gelehrten examinirt und zu einem Prädikanten tauglich erfunden, dazu den Herren von Zürich, als der Obrigkeit, annehmlich und gefällig, auch innerhalb ihrer Stadt und Landschaft erboren sei[10]). Durch Uebereinkunft vom 30. August 1836 kam aber die Kollatur von Berg wieder an die Regierung von Zürich[11]). — Die Höhe und Breite der frühern Kirche oder Kapelle, deren Einweihung am 25. Juli gefeiert wurde[12]), ist im Innern des Thurms an einer Seiten-

1) Vögeli G. B. — 2) Pfr. Freitag. — 3) Zapf m. a p. 179. — 4) Staatsarchiv Z. Amt Embrach. — 5) Ib. D. Nro. 7. — 6) Archiv Rh. — 7) Freib. D. A. I. p. 168. u. 215. — 8) Archiv Rh. — 9) Staatsarchiv Z. Amt E. — 10) Staatsarchiv Z. Urk d. St. u. L. — 11) Zürch. Fin. Prot. — 12) Anniv. S. Nicolai in Rheinau.

wand deutlich zu erkennen; sie wurde 1654 neu erbaut, während der alte Thurm stehen blieb. Unter einem bei der Niederreissung der Kirchenmauern zum Vorschein gekommenen, mit einem Eber (dem Wappen der benachbarten Edlen von Ebersberg) bezeichneten Grabstein sollen sehr grosse Todtengebeine, die man Riesen zuschrieb, gefunden worden sein [1]. — Von den vier Glocken ist die grösste 1634 gegossen; die drei ältern tragen folgende Inschriften:

2) + O rex glorie veni nobis cum pace et tempestive. C.XV.XIII Jahr (1513).

3) O rex glorie XPE veni nobis cum pace, et libera nos ap omni tempestate C.XV.XII (1512). Auf der einen Seite das Marienbild und unter demselben die Wappen des Klosters Einsiedeln und des Abts Konrad von Rechberg, auf der andern St. Meinrad und seine Mörder.

4) O rex glorie Kriste veni. MCCCC Jar. Nach Andern M.CCC.LIV. Umgegossen 1791 [2].

Von Gachnang:

Ellikon (Ellinkon 1257) [3]. St. Quirinus war Patron des Hochaltars, St. Laurentius M. derjenige des grössern und die h. Antonius Abt, Margaretha und Verena die Patrone des kleinern Altars. Die Kirchweih wurde in der Pfingstoktav gefeiert und hatte Ablass [4]. Im Jahr 1529 bewilligte der Rath von Zürich den Einwohnern von Ellikon, sofern der Mehrtheil der Kirchhöre dem Gottesworte anhängig, einen Prädikanten bei ihnen zu haben, und aus den jährlichen Gefällen zu erhalten, die sie bisher dem Herren von Gachnang gegeben [5]. Bis 1630 wurde die Kirche Ellikon als eine Filiale von Gachnang aus versehen, damals aber ganz davon abgetrennt, zu einer Pfarrei erhoben und dem bisherigen Helfer ein eigenes Pfarrhaus gebaut. Die Kollatur gehört dem Rathe in Zürich; jedoch bestätigte und belehnte früher der Bischof von Constanz den Erwählten als Pfarrer [6]. — Im Thurme der 1748 erweiterten Kirche hängen vier Glocken; die erste hat die Inschrift: »O . erx . glorie XPe . veni . nobis . cum . pace . afulgure . et ✝ maria . CXV.VIIIII. (1510). Die zweite: O . rex . glorie . X̄Pe . veni . nobsi . cum . pace. a . furlgure . XCV . X iar . (1510). Die dritte ist 1634 und die vierte 1694 gegossen [7]. An dem Uhrwerk auf dem Gestell findet sich folgende Inschrift: W. L. L. 1 . 5 . 3 . 0. [8].

---

1) Vogel a. Ch. 1845. p. 68. — 2) Vögeli G. B. — 3) Neugart C. D. A. II. p. 219. — 4) Anniv. Gachnang. — 5) Staatsarchiv Z M. P. K. p. 81. — 6) Leu sch. L. VI. p. 308. — Werdmüller M. T. I. 132. — 7) Vögeli G. B. p. 185. — 8) Dr. F. Keller

2. Kirchenfilialen und Kapellen.

In der Pfarrei Oberwinterthur:

Schloss Mörspurg (Morsperch 1241)[1]. Die Kapelle liegt im obern Theile des Schlosses in der nördlichen Ecke, und enthält zwei Kreuzgewölbe von gedrückten Spitzbogen, die auf Wandsäulen mit byzantinischen Kapitälen ruhen. Der Schlussstein des vordern Gewölbes zeigt das Lamm Gottes mit der Siegesfahne[2].

Schloss Hegi (Hegi 1225)[3]. Die in einem halbachteckigen Thürmchen an der Nordseite befindliche Kapelle mit gothischem Rippengewölbe, deren Altar in einem nach Osten vorspringenden Erker stand, rührt vermuthlich von dem Constanzischen Bischof Hugo von Hohenlandenberg her, welcher das Schloss (als seine Geburtsstätte) erneuern und auszieren liess, und dessen Wappen in einem Fenster der Ritterkammer die Umschrift trug: «Hugo de Landenberg, Dei Gratia Episc. Constantiensis. Anno Domini 1493»[4].

In der Pfarrei Rorbas:

Tüffen, wahrscheinlich **Schloss,** St. Nicolaus. Das Patrocinium wurde daselbst am 6. Dezember gefeiert[5].

In der Pfarrei Embrach:

Embrach, Beinhaus am Wege, auf dem man in den Kreuzgang geht. In der Gegend desselben erhielt der 1435 gestorbene Vater des Leutpriesters von Embrach, Petrus Behem, seine Ruhestätte[6].

In der Pfarrei Dättlikon:

Schloss Wart (Wart 1100, Warta 1107)[7]. Der Freie Rudolf von Kaiserstuhl und seine Gemahlin Adelheid, Tochter des verstorbenen Freien H. von Tengen, schenken ihre ausgemarchten Güter an verschiedenen Orten, worunter auch der Thurm und die Kapelle in Wart und was neben und oberhalb der letztern liegt, am 21. Februar 1254 dem Cistercienser-Kloster der h. Maria in Wettingen zum Seelenheile ihrer selbst, sowie ihrer dort begrabenen Tochter Mechtild und aller ihrer Vorfahren[8]. Die Burg Wart wurde durch Herzog Leopold von Oestreich in der Blutrache gegen die Mörder seines Vaters, Königs Albrecht, worunter auch Rudolf von Wart sich befand, im Frühjahr 1309 von Grund aus zerstört[9].

In der Pfarrei Neftenbach:

Neftenbach, Beinhaus. (Siehe Seite 213).

In der Pfarrei (Nieder)Winterthur:

Winterthur, St. Georg am Feld. Am 24. Mai 1287 schenkt Herzog Rudolf von Oestreich den armen Veldsiechen bei Winterthur den

1) Kopp U. z. G. d. e. B. II. p. 85. — 2) Zeichnung v. J. Sch. K. — 3) Staatsarchiv Z. Amt Rüti. — 4) Bluntschli M. T. p. 203/4. — Zeichn. v. Hrn. Rud. Rahn. — 5) Ausz. aus d. Anniv. Rorbas im Sts. Arch. Z. — 6) Anniv. Embrach ib. — 7) Gerbert h. s. n. III. p. 38. — Arch. d. zürch. Dom. Verw — 8) Kopp G. d. e. B. II. Beil. 43 p. 722/3. — 9) Johannis Vitodurani Chronicon im A. f. sch. G. Bd. XI. Ste. 47.

Grund und Boden, worauf die Kapelle und der Friedhof gebaut ist, und lässt denjenigen, welche dieses Feld um die Kapelle und den Gottesacker bebauen, zwei Viertel Kernen am jährlichen Grundzinse nach [1]). Das Patronatsrecht der Siechenkapelle ausserhalb der Mauern der Stadt Winterthur überträgt Herzog Albrecht von Oestreich am 15. Brachmonat 1298 dem Stephan Hoppler, welcher dieselbe reichlich bewidmet hatte, und weiterhin zu äufnen gedenkt [2]). Sie war der sel. Jungfrau Maria und dem h. Georg geweiht und erhielt im Jahre 1300 von drei Erzbischöfen und acht Bischöfen Ablass für alle Gläubigen, welche an gewissen Festtagen bestimmte Bedingungen daselbst erfüllten. Ihr Kaplan wird zuerst in der Jahrzeitstiftung des Dekans Eberhard am 13. Jan. 1312 und hernach öfter mit Austheilungen und Vergabungen bedacht. Als solcher erscheint am 28. April 1347 Johannes von Elgg. Am 15. Jan. 1425 überträgt Hartmann Hoppler, als der älteste seines Geschlechts und desshalb Patronatsherr, für sich und im Namen seiner Brüder Jakob, Rudolf und Peter die Kapelle des h. Georg auf dem Felde mit allen ihren Rechten, Gefällen und Einkünften der Kirche St. Jakob auf dem Heiligenberg bei Winterthur zur Aeufnung und mehreren Bewidmung des St. Martins Altars, jedoch unter der Bedingung, dass die Pfrundherren den Gottesdienst und die gestifteten Messen in der Siechenkapelle wie bisher ordentlich versehen sollen [3]). Nach der Reformation wurde dort alle Sonntage eine Morgenpredigt gehalten, 1712 eine bestimmte Predigerstelle dafür geschaffen und 1825 der Gottesacker der Stadt Winterthur dahin verlegt. Das Siechenhaus ward 1804 aufgehoben und 1823 abgetragen; die Kapelle aber besteht noch [4]).

Winterthur, h. Geist im Spital. Dem Meister und den Dürftigen daselbst verkaufen am 10. November 1306 die Geschwister Schwarz und Suter einen der Kirche Heiligenberg zinseigenen Weingarten mit Trotte und Acker am Limperg um 15 ℔ Pfg [5]). Dieser älteste Spital soll am Markt gestanden sein. Für den Kaplan desselben, wenn einer ist, wird schon am 13. Januar 1312 eine Jahrzeitstiftung gemacht, allein erst von der Königin Agnes von Ungarn ein Altar und eine Pfründe mit 3 M S. Einkommen gestiftet und den 13. Februar 1317 vom Bischof in Constanz bestätigt [6]). Dem ersten Inhaber derselben, Heinrich Rinwin, und seinen Nachfolgern übergibt der Dekan Eberhard in Winterthur am 30. Mai 1320 ein Haus an der Kirchenhofstatt zur Wohnung. Die Stiftung eines ewigen Lichts im obern Spital durch ihre Vorfahren bestätigen die drei Brüder Andreas, Rudolf und Eberhard Hoppler den 22. Oktober 1355 [7]). Neben demselben erscheinen nun in einer letztwilligen Verordnung des Altschultheissen Hans von Sal d. d. 30. Sept. 1428,

1)—3) Stadtarchiv W. — Vgl. G. F. XIV. p. 196. n. 2. — 4) Vogel a. Ch. 1845. p. 827. — Id. M. T. 1841. p. 688. — 5)—7) Note 1. — Vgl. G. F. XIV. p. 197. n. 1. p. 199. n. 4.

sowie in spätern Zinsbriefen die armen Durftigen im untern Spital[1]). Im Jahre 1528 wurden die Räume des aufgehobenen Frauenklosters zum Spital bestimmt, 1807—1814 aber am Rindermarkt ein neues Spitalgebäude erbaut[2]). — Das Siegel des Spitals (S. Ospitalis sci. Spiritvs i. Wintertvr) vom Jahr 1400 zeigt eine Taube mit ausgebreiteten Flügeln, die ein Doppelkreuz im Schnabel hält[3]).

In der Pfarrei Töss:

Schloss Rossberg. Bischof Eberhard II. von Constanz bestätigt und genehmigt, nachdem die Einkünfte der Kapelle des schon längst zerstörten Schlosses Rossberg mit dieser selbst durch eine fromme Schenkung an das Kloster Töss übergegangen waren, um die Gewissensskrupel des letztern über den rechtmässigen Besitz zu beseitigen, auf Bitte des Bruders Alexander, Lektors der Predigerbrüder im Hause zu Constanz, am 9. Februar 1266 die fragliche Schenkung, soweit sie auf den Bezug der Einkünfte sich erstreckt[4]). Der Zehnten des ganzen Hofes Rossberg gehörte früher nach Schaffhausen und derjenige des Kapellguts insbesondere soll vom dortigen Kloster Allerheiligen demjenigen in Töss angewiesen worden sein[5]). — Die ehemalige Kapelle, (jetzt Trotte und Schütte), deren Mauern noch in einer Höhe von 15 Fuss stehen, ist äusserlich durch ihre alterthümliche Bauart, die rundbogige Thüre und die theilweise offenen, theilweise aber vermauerten Rundbogenfenster, sowie durch ihren gegen Osten vorspringenden viereckigen Chor deutlich erkennbar. Im Innern ist der Bogen zwischen dem letztern und dem Schiff, um Platz zu gewinnen, weggeschafft worden; von den Frescogemälden an der Ostwand des Chors, darstellend vier Heilige in Lebensgrösse, von Glorienscheinen umgeben, sind zwei in Folge Durchbruchs eines Fensters verschwunden und die beiden übrigen nur in schwachen Spuren vorhanden[6]).

In der Pfarrei Andelfingen:

Kleinandelfingen, St. Katharina. Am Kirchweihtage dieser Kapelle war der Leutpriester in Grossandelfingen laut Vertrag vom 12. November 1491 nicht schuldig, in Dägerlen Messe zu halten[7]). — Sie stand an der Stelle des jetzigen Gemeindehauses, und hatte einen Friedhof (jetzt Garten), in dem Todtengebeine ausgegraben wurden. Der Bewohner des später daselbst erbauten Hauses hiess desshalb «Kilchhöfer».

Volken (Volchlincon 1258)[8]). Der Gottesdienst am Kirchweihtage wurde in dem erwähnten Vertrage vom 12. November 1491 ebenfalls

---

1) Stadtarchiv W. — 2) Vogel a. Ch. 1845. p. 828. — 3) Staatsarchiv Z. Amt Embr. 4) Ib. Amt Töss. — 5) Prot. des zürch. Domainendepartements T. V. p. 61 u. 67. — 6) Mitth. v. Hrn. Commandant M. Pfau in Kiburg. — 7) Pfarrarchiv Dägerlen. — 8) Staatsarchiv Z.

vorbehalten. — An einem Wohnhause daselbst sieht man noch eine gewaltig dicke Mauer mit einer Rundbogenthüre. Unter dem Hause ist ein Keller, in welchem ein Taufstein ausgegraben worden sein soll. In der Umgebung findet man häufig Todtengebeine. Erst 1610 wurde Volken mit der Kirchgemeinde Flach vereinigt [1]).

Klöster.

Embrach, weltliches Chorherrenstift St. Peter (1221) und [seit 1435] St. Paul. Von dem Anfang desselben meldet Stumpf[2]) folgendes: «Dennach habend zwen Waldbrüder vorüber, im berg Irchel, ob dem «schloss Fryenstein gewonet, der ein hat den anderen ermürdt, darnach «das Bruderheüssle mit fheür angestossen, vnd sich daruon gemachet, als «ob sein lieber Bruder in seinem abwesen one sein wüssen im huss ver«brunnen wäre. Aber der leychnam des ermürdeten ward noch gantz «vnuerbrennt in der äschen funden, der erzeiget mit bluten (als der thäter «darzu kam) das mord. Der mörder ward den Landgrauen von Kyburg «zugebracht vnd gericht, der ermürdet aber in die pfarrkirch Embrach «begraben, vnd ein Cappel über sein grab gebuwen, vnd er bald hernach «von dem popel für einen heiligen geeret. Do erhub sich ein Wallfart vnd «grosser zulauff des volcks, dardurch mit der zeyt gross gut dahin gefiel. «Vnd ward erstlich darauss mit bewilligung der Grauen von Kyburg «vnd steür des vmmgesässnen Adels, ein Closter zu bauwen angefangen «der geregulirten Chorherren etc. Sölichs alles ist mer durch ein alte «vnd stäts härgebrachte sag, dann durch geschrifft an vnns kommen: «Dann dieweyl diser Gstifft vnd fläcken zu mermals grundtlich ver«brunnen, sind damit die alten geschrifften vnd fürnämiste waarzeichen «auch zerschmultzen, desshalb wir zu der rechten Fundation nicht «kommen mögend. Mit der zeyt ist das Kloster Embrach verarmet «vnd zu abgang kommen, das ward (nach etlicher alter geschrifften an«zeigung) durch Graff Hunfrieden von Kyburg (einen Thummherren vnd «Ertzpriester zu Strassburg) widerumm geaufnet vnd zu einem Gstifft «vnd Propstey gemacht». — Dieser Hunfrid schenkte laut einer noch vorhandenen Urkunde im Jahr 1044 sein väterliches Erbgut Embrach dem Bischof Wilhelm von Strassburg zu Handen seiner Kirche und durch eine andere verlorene Urkunde auch die Propstei Embrach demselben Hochstifte [3]). Das erste, die letztere betreffende Schriftstück ist ein von 1189 datirtes Zeugniss des Bischofs Wilhelm I. von Sitten und des Abts Wilhelm I. von St. Moritz, dass der Propst Reginhard von Embrach, welcher

1) Mitth. von Hrn. Pfr. Nabholz in Flach. — 2) Stumpf Ch. II. 114. — 3) Schweizerisches Museum. Zürich. 1789. Jahrgang V. 826.

des Gebets halb zu dieser Abteikirche gekommen war, auf seine inständige Bitte Reliquien der Thebäischen Legion erhalten habe, und eine Bitte an seine Mitbrüder, diese hochheiligen Pfänder der Märtyrer mit würdiger Verehrung zu empfangen und die Erneuerung ihres Gedächtnisses durch tägliche Gebete und Gesänge nicht zu unterlassen[1]). — Das Stift, die Kirche und das Dorf Embrach wurden im Sempacherkriege (1389) von den Zürchern und im alten Zürichkriege (1444) von den Eidgenossen verbrannt, allein aus Almosen und Steuern wieder aufgebaut[2]). Bei der Reformation (1525) übergab der Propst Heinrich Brennwald mit Einwilligung des Kapitels das Stift dem Bürgermeister und Rath der Stadt Zürich[3]).

Das Siegel des Kapitels (S. Imbriacensis Ecclesie 1221) und der Pröpste (S. Conradi Imbr. præpos. 1225) zeigt den h. Petrus.

In einem Privathause zu Embrach, nicht weit von den beiden Pfarrhäusern, war ein das Laster der Trunkenheit in zwölf Bildern darstellendes Mauergemälde mit lateinischen und deutschen, 1517 gedichteten Versen, das seiner Zeit kopirt und 1583 in etwas veränderter Gestalt in einen Kalender aufgenommen wurde[4]).

Heiligenberg, Augustiner-Chorherrenstift St. Jakob. Die Gründung desselben wurde laut den Statuten vom 12. Juni 1273 von dem Grafen Ulrich von Kiburg und seinen Söhnen Werner und Hartmann unter Bischof Konrad II. von Constanz († 1233) begonnen und der Bau der Kirche von seinem Bruder, Graf Hartmann dem ältern, im Jahr 1244 vollendet[5]). Die erste Urkunde, worin zwei Chorherren der Kirche St. Jakobs bei Winterthur, Hermann und Konrad, als Zeugen erscheinen, datirt vom 3. August 1255[6]). Am 13. März 1259 werden bei der Verleihung eines Ackers am Berge Bühl vier Chorherren der Kirche Heiligenberg genannt[7]) und ihr am 28. Juli 1264 von Graf Hartmann von Kiburg, dem ältern, Einkünfte im Betrage von 60 Stück Zch. Ms. behufs Errichtung einer fünften Pfründe übertragen, die er dem ihm von den Chorherren präsentirten Priester Volmar von Winterthur verleiht[8]). Zu diesen fünf ältern Pfründen (Leutpriesterei oder Dechanei St. Martin, U. L. Frau, St. Katharina und St. Jakob) stiftete Johannes Wiesendanger sel., Chorherr der Kirche Heiligenberg, noch eine sechste Pfründe, genannt St. Martins die jüngere, welche durch Bischof Heinrich III. von Constanz am 30. April 1373 bestätigt ward[9]). Jeder Pfründer besass laut Urkunde vom 22. Juni 1347 ein eigenes Haus[10]). Von diesen Pfrundhäusern, die ganz zerstreut lagen, blieben nach der Reformation nur zwei übrig, nämlich das Dechanten-

1) Neugart C. D. A. II. p. 119. — 2) u. 3) Stumpf Ch. II. p. 114a. — 4) Bluntschli M. T. p. 120—122. — 5) Neugart l. c. II. p. 288. — Vgl. Tschudi Ch. H. I. 132, 140. — 6) Hergott G. H. II. p. 318. — 7) Staatsarchiv Z. Amt T. — 8) Ib. Amt. W. — 9) Stadtarchiv W. — 10) Staatsarchiv Z. Amt W.

haus und ein anderes, die beide in Landgüter verwandelt wurden [1]). Mit Ausnahme des Leutpriesters hatte auch jeder Pfründer seinen Altar oder Kapelle. Als solche werden genannnt: 1) St. Jakobs Altar (urk. 1273); er stand unter dem Gewölbe, wo der Chor ein Ende hat. 2) und 3) St. Martins Kapelle; sie lag zu äusserst neben dem Thurm gegen den Winterthurer Wald; ihr Altar (urk. 1366) diente der ältern und jüngern Pfründe gemeinsam. 4) St. Katharinen Kapelle (urk. 1471), sie befand sich zwischen dem Chor und St. Martins Kapelle. 5) U. L. Frauen Kapelle war neben dem Chor gegen die Stadt Winterthur. — Die Kirche, welche im Chor und an einigen andern Orten bemalt war, stand auf der linken Seite des Dechantenhauses, wenn man von der Stadt hinaufgeht, gerade oberhalb des Steinbruchs. Im Anfang des Jahres 1530 wurden zuerst die beiden Abseiten derselben und St. Martins Kapelle, sodann nach Wegräumung der Steine das Mittelschiff und der Thurm abgebrochen und später auf ihrem Platze ein Garten angelegt. 1749 kamen die Ueberreste des Fundaments der Kirche und Kirchhofmauer wieder zum Vorschein [2]). In derselben hatten laut Urkunde vom 6. Juni 1260 die Grafen von Kiburg und Habsburg ihr Begräbniss [3]). Von den Grabsteinen waren zur Zeit der Reformation noch zwei vorhanden. Auf dem einen sah man ein Todtenkreuz mit der Inschrift: «Ulrich ein Graf von Kiburg» ohne Jahrzahl»; auf dem andern eine Frau, die einen Kelch in der Hand hielt, dabei folgende Inschrift: «Hier liegt begraben Richenza von Lentzburg, die geboren «hat Hartmann? von Kiburg und was sie gehabt an Silber, Gold und «Edelsteinen, auch einen Kelch gen Nerisheim vergabt hat. Ferner hat «sie den Hof Gerüte der Pfrund St. Johannes Evangelisten (in Winter- «thur) gegeben. Ihr Gedächtniss soll alle Wochen am Mittwoch begangen «und ihre Jahrzeit im Mai gehalten werden». Ohne Jahrzahl [4]).

Das Siegel des Leutpriesters vom Jahre 1267 hat das Bild eines Engels und die Umschrift: S. Conradi p̄bendarii in Sancto monte [5]); das Kapitelssiegel, dessen Stempel noch vorhanden ist, hängt an einer Urkunde vom Jahre 1486 und zeigt den h. Jakob mit einigen vor ihm knieenden Gestalten; es trägt die Inschrift im äussern Kreise: S. PL'BNI. ET. P̄BEDARIOR'. ECCE. S̄CI. M̄OTIS.; im innern: S. JACOBI [6]).

Töss (monasterium juxta pontem Tusce 1233, claustrum in Tossebrucge 1234, sorores in Tozze 1247), bis 1247 Augustinerinnen, seit 1252 Dominikanerinnen, St. Maria [7]). Bischof Heinrich I. und das Kapitel der Kirche Constanz erlauben vorzüglich auf Bitte des Grafen Hartmann von Kiburg am 19. Dezember 1233 mehreren Frauen (nach

1) u. 2) Goldschmids Winterthurer Chronik Msc — 3) Staatsarchiv Z. Amt W. — 4) Bosshard W. Ch. Msc. — 5) Staatsarchiv Z. Amt T. — 6) Stadtarchiv W. — 7) Staatsarchiv Z. Amt T.

den Chroniken der Euphemia von Herten, welche bereits ein Schwesternhaus bewohnte)[1]) neben der Tössbrücke in der Pfarrei Oberwinterthur ein Kloster zu bauen und daselbst nach der Regel des h. Augustinus und den Satzungen der Schwestern des h. Marcus in Strassburg zu leben, eine Priorin zu wählen, auch mit bischöflicher Genehmigung andere Frauen zum Bekenntniss der Regel und Satzungen aufzunehmen. In Folge dessen vergaben Hartmann, Graf von Kiburg, und Hartmann, sein Bruderssohn, im Jahr 1234 die ihnen eigenthümliche Hofstatt sammt Mühle in Tössbrugg, damit dort ein Nonnenkloster in der Ehre der sel. Jungfrau Maria errichtet werde. Bischof Heinrich I. von Constanz nimmt hierauf die Kirche Töss, welche er zur Ehre Gottes und seiner sel. Mutter Maria geweiht hat, mit allen Zubehörden am 28. Januar 1240 in seinen Schutz, und am 5. Sept. 1247 übergibt Papst Innocenz IV. das Kloster dem Provinzial des Predigerordens in Deutschland[2]). Dasselbe hatte seit dem Jahr 1312 von Päpsten, Erzbischöfen und Bischöfen eine erstaunliche Zahl von Ablässen und zwar nicht nur tägliche, sondern auch für alle Sonn- und Festtage durch das ganze Jahr, sowie für alle Gutthäter. — Die Kirche sammt Chor und fünf Altären ward am 1. Oktober 1315 neu geweiht, nämlich 1) der Hochaltar der h. Maria, Michael und Elisabeth; 2) der obere Altar gegen dem Kloster (südlich) dem h. Dominicus u. s. w.; 3) der obere Altar gegen der Strasse (nördlich) den h. Aposteln u. s. w.; 4) der untere Altar gegen der Strasse dem h. Niklaus. Die Weihung des fünften Altars in der Kapelle zu Ehren einer grossen Zahl von Heiligen, deren vorzüglichster unbekannt ist, geschah schon am 26. Juni 1315 und diejenige des sechsten Altars gegen dem Kloster St. Remigius u. s. w. erst am 17. April 1325. Das jährliche Einweihungsfest fand statt für Kirche, Chor und die Altäre 1—5 am zweiten Sonntag nach der Osteroktav (Jubilate) und für den Altar 6) am dritten Sonntag nach derselben (Cantate)[3]). Nach der Reformation wurde das Kloster im Jahr 1525 aufgehoben und die Frauen mit Leibdingen ausgesteuert. — Die Kirche enthielt Holzschnitzereien in gothischem Styl, welche zum Theil bemalt waren und die Inschrift trugen: «der frid. «in . disem . hvs . vnd . allen . den . die . darin . wonen . sind. «M.CCCC.LXXXXI. ward . gemacht + ihs». Ferner wurde um das Jahr 1598 ein Denkstein entdeckt, der seit Anfang des 17. Jahrhunderts im Chore auf 4 Säulen ruhte, 1704 aber unter die Kanzel versetzt und behufs besserer Aufbewahrung bedeckt wurde. In den Ecken desselben waren die Symbole der vier Evangelisten mit ihren Namen und in der Mitte zwischen Blumengewinden die Wappen des Königreichs Ungarn und des Herzogthums Oestreich, wesshalb angenommen wurde, dass dieser

1) Stumpf Chr. p. 106a. — Tschudi I. 129. — 2) u. 3) Staatsarchiv Z. Amt T.

Stein ein Monument der Königin Agnes, Gutthäterin, oder ihrer Stieftochter Elisabeth, Nonne des Klosters, gewesen sei[1]. Im Kreuzgange las man folgende Inschrift: «Anno Dni. MCCCC im. LXVIIII Jar ward «der buw angehept»[2]. Er bestand aus 64 Spitzbogen, und war mit 80 Frescogemälden aus der biblischen Geschichte des alten und neuen Testamentes geziert, von denen im Jahr 1837 noch 35 gut erhalten waren. Sie rührten von verschiedenen Personen her, deren Wappen darunter gesetzt und von deren Namen noch folgende zu lesen waren: a) Sibilla Suterin; b) Beatrix von Goldenberg und Vren, ihre Schwester; c) Hans Jakob Blaarer und Magdalena, sin Frow; d) Jakob von Helmstätt und Walpurg Mundpratin, sin Hussfrow; e) Laurentius Reyer[3]. — 1833 wurden die Klostergebäude und 1854 die Kirche verkauft und in eine Fabrik umgewandelt.

Das Siegel des Convents (S. CONVENTVS SORORVM DE TŒSSE 1267) zeigt den Engel der Verkündung und die h. Maria, dazwischen ein Stern; dasjenige der Priorin (S. PRIORISSE IN TŒSSE 1287) die h. Maria mit dem Kinde[4].

Wintertbur, Sammlung von Augustinerinnen, seit 1311 Dominikanerinnen. Bischof Eberhard II. von Constanz gestattet im Oktober 1260 dem Convent der Schwestern in Winterthur auf ihre Bitte, nach der Regel des h. Augustin zu leben und aus ihrer Mitte eine Priorin zu erwählen, sowie auch abzusetzen[5]. Am 9. März 1311 kaufen Wetzel, der Schultheiss, und der Rath in Winterthur von der Priorin und dem Convent zu Töss für 15 M. S. das Haus in der hintern Gasse zwischen der Kirchgasse und des Oringers Haus, um daselbst einen ewigen Convent Prediger-Ordens zu haben[6], und am 27. Juli gl. J. richten dieselben mit der Priorin und den Frauen eine Ordnung auf, wodurch der Convent von jeglicher Steuer befreit, die Bestimmung der Aussteuer einer Klosterfrau der Priorin, dem Pfleger und Rath vorbehalten, die Zahl der Schwestern auf höchstens 12 beschränkt, die Bedingungen ihres Austrittes festgestellt, dem Gotteshause ewiger Fortbestand, Hülfe, Schirm und Schutz verheissen und zum Frommen desselben ein Pfleger eingesetzt wird[7]. Den Predigerfrauen vergabt hierauf Elisabeth, Wittwe des Ritters Eberhard von Eppenstein, am 22. Juli 1336 vor dem Rathe zu Winterthur das Haus und die Hofstatt, Garten und Scheune an der Ringmauer, damit sie dasselbe nach ihrem Tode ewiglich als Conventhaus bewohnen, nach der Regel des Ordens einrichten und in Dach und Gemach erhalten, auch eine Kapelle bauen,

1) Müller sch. A. III. 5—7. — Werdmüller M. T. II. p. 159, 160. — 2) u. 3) Notizen des sel. Hrn. KR. S. Vögeli. — 4) Sammlung d. a. G. i. Z. — 5) Gesch. Frd. XIII. 240. — 6) Staatsarchiv Z. Amt W. — 7) Stadtarchiv W.

um den Gottesdienst darin zu halten. Wollen die Frauen das bisherige Wohnhaus (am Kirchhof von St. Laurenz) los werden, so sollen sie es an einen eingesessenen Bürger verkaufen. Sollte das Kloster abgehen, so fällt das Haus dem Spital zu [1]). Am 5. Februar 1366 unterstellt Bischof Heinrich III. von Constanz die Klosterfrauen aus dem Orden des h. Augustin in Winterthur der geistlichen Leitung und Pflege der Prediger in Zürich, überträgt ihnen mit Einwilligung des Leutpriesters die Zudienung der h. Sakramente, und will, dass von nun an diese Schwestern als Personen geistlichen Standes angesehen werden [2]). 1493 wurde eine neue Kapelle in der Sammlung gebaut, nach der Reformation aber (1523) das Kloster aufgehoben, die Frauen ausgesteuert und die Gebäude 1528 zum Spital eingerichtet, welchen die armen Leute in der Woche vor St. Gallus zu bewohnen anfingen [3]).

Das Siegel des Klosters, welches eine Nonne mit einem Stab ohne Krümmung oben zeigt und die Umschrift hat: «S. Priorissæ et sororum convent'. ī. Witt.» hängt an einer Urkunde vom 6. Jänner 1330 [4]).

Beerenberg (Berreberch 1318) [5]). Kloster, genannt U. L. Frauen Zell, 1362 von der dritten Regel des h. Franciscus, 1374 aber vom Orden der regulären Chorherren St. Augustins [6]). Dasselbe soll schon 1268 Ablass und in den Jahren 1270, 1274, 1275, 1277 und 1284 von verschiedenen Bischöfen die Bestätigung seiner Privilegien erhalten haben [7]). Die erste, noch vorhandene Urkunde aber datirt vom 8. November 1318. Laut derselben erlaubt Erzherzog Leopold von Oestreich dem Bruder Stephan Rheinauer von Winterthur, im Walde Beerenberg unter den Bleichen eine Einsiedlerhütte aufzurichten [8]). Im Jahre 1355 soll das Kloster durch Bruder Heinrich von Linz in Oestreich, Priester vom Orden des h. Franciscus, zu bauen angefangen worden sein [9]). Nachdem dieser mit Zustimmung der Herzoge von Oestreich, des Bischofs Johannes III. von Constanz (1351—1356), Johannes Sättelin, Kirchherrn in Wülflingen, sowie mit Unterstützung der Gläubigen und durch seine Arbeit im Beerenberg in der Pfarrei Wülflingen ein Kloster errichtet, auch mit seinen leiblichen Brüdern und andern geistlichen Personen einen Convent gebildet und aus der Hand Otto's von Rinegg, bischöflichen Vikars, die dritte Regel des h. Franciscus angenommen hatte, so ertheilte Heinrich III., Bischof von Constanz, am 28. Jan. 1362 demselben verschiedene Befugnisse mit Bezug auf den Gottesdienst, den Ein- und Austritt der Brüder, die Wahl des Meisters und die Annahme eines andern Ordens [10]). Im folgenden Jahre (14. März 1363) thut Rudolf, Erzherzog von Oestreich, dem geistlichen Bruder Heinrich

1) u. 2) Stadtarchiv W. — Vgl. G. F. XIV. p. 207 n. 2. — 3) Bosshard W. Ch. — 4)—6) Staatsarchiv Z. Amt W. — 7) Hottinger, Analecta p. 62. — 8) Staatsarchiv Z. Amt W. — 9) Bosshard l. c. — 10) Staatsarchiv Z. Amt W.

von Oestreich, Priester, und seinen Mitbrüdern die Gnade, dass sie für ihre Nothdurft und Nahrung bis auf den Betrag von 10 M. S. ungefähr liegende Güter kaufen dürfen, die von ihm zu Lehen sind, wo sie die finden oder haben mögen[1]); und am 16. Oktober 1364 schenkt er ihnen die Hofstatt in dem Beerenberg in seinem Lande Thurgau bei Winterthur in der Grafschaft Kiburg, also dass sie ein Haus und eine Kapelle, die daselbst gebaut sind oder werden, und den umliegenden Wald, 50, später 100 Klafter weit von der Ringmauer, inne haben, wofür er der erste Stifter heissen solle. Ferner vergönnt er ihnen, eine bewährte Regel und Orden mit dazu gehörigem Kleid und Gewand anzunehmen, auch in andern Wäldern der Herrschaft Zimmer- und Brennholz, so viel sie bedürfen, zu hauen, und statt eines verstorbenen Bruders, dessen Verlassenschaft dem Hause bleibt, einen andern, ihnen wohlgefälligen anzunehmen. Endlich nimmt er ihre liegende und fahrende Habe in seinen Schutz, und gebietet seinen Untergebenen, sie dabei zu belassen, bei Strafe von 100 ℔ Gold für Uebergriffe[2]). Bischof Heinrich III. von Constanz weiht sodann am 22. Dezember 1372 das von Heinrich von Linz und seinen leiblichen Brüdern Paulus, Konrad und Johannes errichtete Kloster zur Ehre des allmächtigen Gottes, der glorreichen Jungfrau Maria und des ganzen himmlischen Heeres; den Hochaltar der Seele Jesu Christi, der Maria, Meinrad und vielen andern Märtyrern und Heiligen, deren Reliquien darin eingeschlossen sind; den Altar in der Kapelle auf der rechten Seite des Chors den 11,000 Jungfrauen, 10,000 Rittern, St. Moritz und seinen Genossen; den Altar zur Linken des Chors den h. Maria Magdalena, Elisabeth, Anna, Joachim, Joseph und Simon; den Altar ausserhalb des Chors unter der Kanzel in der rechten Ecke den h. Augustin, Martin, Niklaus, Jodocus, Leonhard, Lucius, Theobald, Gregor, Onuphrius u. a. Der Bischof bestimmt zugleich, dass die Einweihung des Chors und der Kapellen jährlich am nächsten Sonntag nach der Oktav Epiphaniä gefeiert werden solle[3]). Am 17. August 1378 wurde wieder ein Altar in der Ehre des h. Johannes Ev.[4]) und am 3. Juni 1396 noch ein Altar auf der Kanzel zu Ehren des h. Kreuzes unsers Herrn Jesu Christi, St. Michael, des Erzengels, aller Engel, Heiligen und Erwählten geweiht[5]). — Inzwischen hatte das Kloster den Orden gewechselt. Denn schon in einer Urkunde vom 15. November 1374 führt es den Namen «vom Orden der regulären Chorherren St. Augustins»[6]). 1525 wurde das Kloster aufgehoben, 1527 ein Verkommniss mit seinen Bewohnern betreffend ihr Leibding vom Rathe in Zürich bestätigt und die Gebäude und Güter um 1000 ℔ Hlr. dem Vogtherrn zu Wülflingen verkauft.

---

1)—3) Staatsarchiv Z. Amt W. — 4) Bosshard W. Ch. — 5) Note 1. — 6) Note 4.

Mit der Zeit aber wurden die Gebäude abgebrochen, insbesondere 1717 aus den Steinen derselben das Haus zur Geduld in Winterthur erbaut, so dass gegenwärtig nur noch ein Mauerstock übrig ist[1]).

Das an einer Urkunde vom Jahre 1507 hängende Conventsiegel, dessen Stempel noch vorhanden ist, führt die Umschrift: S. CONVENTVS. ECCLĒ. B̄TE. MARIE. IN. MŌTE. BERRB'G. und zeigt in der Mitte Maria mit dem Kinde, links Johannes den Täufer mit dem Lamm, rechts Johannes Evangelist mit dem Adler und der Palme[2]).

Oberwinterthur. Hier gab es Mönche zufolge einer Jahrzeitstiftung des Rudolf Lochli (welcher am 7. Februar 1360 urkundet) und seiner Gattin Verena an die Kirche Niederwinterthur[3]).

Veltheim und **Winterthur am Feld.** Den Klausnerinnen an diesen beiden Orten musste laut der Jahrzeitstiftung des Stadtschreibers Heinrich in Winterthur und seiner Frau Mechtild d. d. 22. Juni 1360 ein Brot ausgetheilt werden[4]).

Heiligenberg bei Winterthur. Geistliche Schwestern daselbst kommen in einer Jahrzeitstiftung des Heinrich Löninger panniscida († 11. Januar 1386) vor[5]).

Eschenberg bei Winterthur. Waldbrüder. Schultheiss und Rath zu Winterthur bestätigen am 23. April 1395 dem Priester, Bruder Hans von Rheinau, zu seiner Mitbrüder Handen im Walde Eschenberg den Fortgang ihres Hauses und was dazu gehört, sowie ihre althergebrachten Gebräuche und Gewohnheiten, und gestatten, dass sie denjenigen unter ihnen zu einem Altvater nehmen und erkiesen mögen, der sie am nützlichsten und besten bedünkt[6]). Am 9. Mai 1464 ertheilt der Generalvikar des Bischofs Burkard II. von Constanz den Waldbrüdern im Eschenberg, welche die dritte Regel des h. Franciscus befolgen, die Vergünstigung, in ihrer Kapelle, welche schon im Jahre 1424 erbaut, geweiht und mit grossem Ablass begabt worden war[7]), die h. Eucharistie an einem anständigen Orte mit einer immerfort brennenden Lampe verschlossen aufzubewahren, jedoch den Rechten des Leutpriesters der Pfarrkirche auf dem Heiligenberg und des dortigen Leutpriesters, dem die Eremiten unterstellt sind, unbeschadet[8]). — Nach der Reformation wurde die Kapelle anfänglich als Holzbehälter benutzt[9]), 1786 aber wegen Baufälligkeit niedergerissen. Das Bruderhaus dient nach verschiedenen Verwendungen gegenwärtig als Wirthschaft[10]).

---

1) Bosshard W. Ch. — 2) Sammlg. d. a. G. i. Z. — 3) Anniv. Winterthur in G. F. XIV. 212. — 4) Stadtarchiv W. — 5) Anniv. W. i. G. F. XIV. 211. — 6) Stadtarchiv W. — 7) Bosshard W. Ch. — Vgl. G. F. XIV. p. 196. n. 3. — 8) Stadtarchiv W. — 9) Goldschmid W. Ch. — 10) Vogel M. T. 1841 p. 680.

Irchel. Bruderhaus. Am 6. Februar 1450 wurde der Bruder am Irchel von vier Räubern, welche dafür die Todesstrafe erlitten, niedergeworfen und seine Pfenninge nebst andern Sachen weggenommen [1]). — Die Stelle, wo das Bruderhaus stand, heisst noch jetzt «der Brudergarten» und liegt etwa 10 Minuten von der Armenanstalt Freienstein am Fusswege nach Buch, der ehemals «Pilgerweg» genannt wurde. Ungefähr 300 Schritte davon soll nach alter Sage eine Bettlerhütte gestanden haben [2]).

Hasle bei Andelfingen. Den dortigen Schwestern verkaufen 1453 Dienstag vor Pfingsten (15. Mai) Konrad Schwager, Bürger zu Schaffhausen, und seine Frau Agnes das Gütlein zu Volken um fl. 42½ [3]). Am 25. Okt. 1488 bewilligt ihnen der Rath von Zürich, für den Bau ihrer Kapelle zu kollektiren, und 1489 wurde der Weihbischof von Constanz eingeladen, dieselbe zu weihen. Sie besassen 1492 einen Baumgarten und Einfänge bei ihrem Hause, und erhielten 1497 eine Vergabung Mutter war 1504 Schwester Agnes Widmer. Das Schwesternhaus, welches laut Urkunde vom 17. März die dritte Regel des h. Franciscus befolgte, wurde am 17. Okt. 1527 aufgehoben [4]). — Das ausgedehnte, vom Rasen bedeckte Gemäuer desselben liegt circa 10 Minuten südlich vom Hause des Ziegelbrenner Müller in Dättweil auf einer an drei Seiten von Nadelholz eingeschlossenen Riedtwiese an der nördlichen Abdachung eines Berges gegen das Thurbett. Die Gebäude bildeten eine viereckige, ohne Zweifel von einer Mauer eingeschlossene Hofstatt, durch welche das Wasser einer starken Quelle fliesst. An einer Stelle hat der Eigenthümer des Bodens dreissig Fuder Bausteine, worunter viel Tuf, ausgegraben [5]).

Flach. Einige Schwestern Predigerordens sollen schon im 14. Jahrhundert sich bei der Kapelle St. Niklaus in Niederflach aufgehalten haben [6]). Ihr Haus ist aber im Laufe der Zeit abgegangen. Erst am 25. August 1516 bewilligen Bürgermeister und Rath von Zürich auf Bitte der von Flach den Klosterfrauen Adelheid und Anna Gislerin, Schwestern, und Verena Egardin in der Sammlung zu Winterthur, welche vom päpstlichen Stuhl die Freiheit erworben, aus ihrem Kloster wegzugehen und eine Stätte zu erwählen, wo sie sich getrauen, am besten Gott zu dienen, dass sie die Hofstatt, genannt St. Niklaus, im Zwing und Bann der von Flach, wo vor Zeiten auch geistliche Schwestern gewesen seien und jetzt ein Bildhaus stehe, wiederum äufnen und bauen, daselbst eine Wohnung machen und nach Vorschrift des Predigerordens Gott dienen [7]). — Laut einer Urkunde vom 7. Februar 1564 verkauft

1) Dürsteler B d. St. u. Kl. Msc St B. Z. — 2) Mitth v. Hrn Staatsförster Schellenberg in Teufen. — 3) Lindinners Msc. St. B. Z. Th. XII. Nro 684. — 4) Ib. — Notizen des sel. Hrn. K R. S. Vogeli — 5) Mitth. v. Hrn. Dr. Ferd. Keller. — 6) Werdmüller M. T. I. 146. — 7) Staatsarchiv Z.

Hans Breiter im Moos zu Flach dem Gerichtsherrn Jkr. Hans Peter von Fulach eine Hofstatt beim Kloster[1]). Noch ist an einem alten Wohngebäude eine Mauer davon übrig, in der eine Rundbogenthüre mit Pfosten und Bogen aus Eichenholz sich befindet[2]).

Teufenau. Ein Bruderhaus, von dem jede geschichtliche Kunde mangelt, lag unterhalb des Dorfes Dättweil bei Andelfingen auf einer Halbinsel der Thur gegenüber dem Schloss Widen bei Ossingen[3]).

Brütten. Ein Schwesternhaus? soll nach der Sage nahe an der Strasse gegen dem Widler in den Steinmüripünten, wo römische Mauerreste gefunden wurden, gestanden sein[4]).

Buch. Ein Gebäude, das Kloster heisst, und auf der Westseite eine ungewöhnlich dicke Mauer hat, steht in Oberbuch[5]).

Andelfingen. Auf dem Heiligenberg soll ehemals ein Kloster oder Wallfahrtsort gewesen sein[6]); ebenso zu

Dorlikon in der Bättbur ein Kloster? oder Schloss[7]).

Berg. Ein umfangreiches Haus, worin sich eine alterthümliche Stube, eine sehr grosse Küche, Gang u. s. w. befindet, heisst «Kloster». Dasselbe soll von dem ersten reformirten Pfarrer in Berg, der ein Gemeindsbürger war, auf seine Kosten erbaut worden sein[8]).

---

1) Staatsarchiv Z. — 2) Pfr. Nabholz. — 3) Dr. F. Keller. — 4) Mitth. v. Hrn. Pfr. Irminger sel. in Brütten. — 5) Vogel a. Ch. 1845 p. 90 — 6) u. 7) Localnamenverzeichniss. — 8) Mitth. v. Hrn. Pfr. Finsler in Berg.

Zusätze und Berichtigungen.

S. 8. Kleinbasel, Clarissinnenkloster. Das Siegel desselben (S. sororum sce. Clare Basil.) vom Jahre 1274 zeigt einen Heiligen, vor dem eine andere Heilige (St. Clara?) kniet, dasjenige von 1280 (S. conventus ædis sce. Clare i. Bas. min.) den gekreuzigten Christus und zu beiden Seiten desselben je eine Figur. (Mitth. von Hrn. Dr. Rem. Meier in Basel).

S. 10. Kleinbasel, Karthäuserkloster. In einem Siegel ohne Jahrzahl mit der Umschrift: „S. Prioris et Conventus domus Cartus. in Basil. minori" erscheint die h. Margaretha, auf einem Drachen stehend und in der Rechten ein Kreuz haltend, unten eine betende Figur. (Mitth. v. Hrn. Dr. R. Meier in Basel).

S. 46 und 47. Rheinau, Benediktinerkloster. Die am 3. Juni 1705 behufs eines Neubaues abgetragene alte Klosterkirche bildete ein längliches Viereck. Sie war der Länge nach durch Pfeiler mit darüber gespannten Bogen in eine mittlere und zwei seitliche Abtheilungen, der Breite aber durch einen mit Kreuzgewölben bedeckten Lettner, auf den eine gewundene Treppe führte, in das Chor und Langhaus geschieden. Ersterer, gegen Osten gelegen, endigte in drei halbrunde Nischen; vor dem Mittelschiffe des letztern, an der geradlinigen Gibel(West)seite, stand der Thurm. Innerhalb des Gibels trugen zwei Kreuzgewölbe im Mittel- und nördlichen Nebenschiff die Emporkirche. Die Eingänge zur Kirche waren auf beiden Seiten angebracht. In derselben befanden sich:

A. 9 Altäre, nämlich

1. In der Chornische des Mittelschiffes der Hochaltar der h. Maria Himmelfahrt.
2. In derjenigen des nördlichen Seitenschiffes der Altar der h. Apostel.
3. In derjenigen des südlichen Seitenschiffes der Altar St. Benedikts; vor demselben war der Begräbnissort der Priester und Laienbrüder.
4. In der Mitte der nördlichen Chorabtheilung der Altar St. Fintans.
5. Unter dem Lettner zwischen Chor und Schiff nördlich der Altar der h. Jungfrauen.
6. Ebendaselbst in der Mitte der Altar Unserer L. Frau und
7. südlich der Altar St. Blasius.
8. Im Langhause an dem vordersten Pfeiler zwischen dem Mittelschiff und dem nördlichen Seitenschiff der Altar des h. Kreuzes.
9. Diesem gegenüber auf der andern Seite der Altar St. Niklaus.

B. 33 Grabmäler und Grabsteine,

worunter das Grabmal des h. Fintan hinter seinem Altar und dasjenige der Stifter des Klosters in der Mitte des Langhauses, ferner die Grabsteine von 10 Aebten († 1480–1697) und zwar theils in den beiden Seitenchören, theils in der Mitte des Langhauses; sodann solche von mehreren Edlen, wie Rudolf von Sax († 1487), Thomann von Wellenberg († 1536), und zweier Frauen aus dem Geschlecht von Landenberg, endlich diejenigen einer Anzahl anderer bekannter oder unbekannter Gutthäter des Klosters, meistens aus dem 16. und 17. Jahrhundert. (Idæa veteris ecclesiæ monasterii Rhenaugiensis, destructæ 3. Juni 1705. Archiv Rh. C. I. 180 b).

S. 50. Eschenz. Der Leutpriester H. kömmt schon am 13. Februar 1243 als Zeuge vor. (Mitth. d. a. G. i. Z. VIII. Beil. 90).

S. 72. Kreuzlingen, Augustiner-Chorherrenstift. Zwei Siegel der Aebte aus der zweiten Hälfte des 14. Jahrhunderts zeigen einen Prälaten auf der Sella mit der Umschrift: „S. Erhardi abb. eccl. Crucelinensis (1389—1423). Das Siegel des Convents ist eine aus den Wolken herunterlangende, ein Kreuz haltende Hand, vor welcher zwei Mönche knieend die Hände erheben. (Mitth. v. Hrn. Decan Pupikofer in Frauenfeld).

S. 72. Münsterlingen, Augustinerinnenkloster. Im Siegel der Priorin vom Jahre 1353 (S. priorisse in Munsterlingen) erscheint die Himmelskönigin stehend und eine betende Nonne segnend, über der Nonne ein Stern, am Boden eine Rose. Die Priorion Anna von Hornstein (1355) dagegen führte eine stehende Nonne mit Hirtenstab im Siegel. In demjenigen des Convents von 1347 (S. conventus eccl. in Munsterlingen) ist abgebildet die Himmelskönigin sitzend, in der Rechten eine Lilie haltend, auf jeder Seite eine anbetende Nonne, über der auf der Linken befindlichen Nonne fünf Sterne. (Ibid.)

S. 97. Waldkirch. Das dortige Patronatsrecht besass die Abtei St. Gallen schon im Anfang des 13. Jahrhunderts. (v. Arx G. d. Kt. St. G. I. p. 464. n. a).

S. 98. Montlingen. Die Pfarrkirche hatte schon 1607 St. Johannes Bapt. als Schutzheiligen. (Senn Rheinth. Urk. p. 106).

S. 114. Balgach. Der Generalvikar des Bischofs Otto III. in Constanz weiht am Sonntag nach der Oktav der Himmelfahrt des Herrn 1419 die Kapelle und den Hochaltar zu Balgach in der Ehre der h. Maria, 3 Könige, Dominicus, Agnes, sowie den Seitenaltar (links?) in der Ehre der h. Dorothea, 10,000 Martyrer, Leonhard, Jodocus, Aegidius und Thomas von Aquino, und verleiht ihr zugleich den gewöhnlichen Ablass von 1 Jahr resp. 40 Tagen. Ein neuer Altar auf der rechten Seite wurde am 9. Oktober 1453 in der Ehre der h. Bernhard, Gallus, Barbara und Margaretha geweiht, ebenso wiederum der Chor und ein anderer Altar mit der gleichen Ablassertheilung. (Senn Rheinth. Urk. p. 18—20).

S. 115. Rebstein. Die reformirte Kirche wurde schon am 20. Mai 1782 begonnen und am 15. Dezember 1782 eingeweiht. (Senn Rheinth. Urk. p. 130 u. 131).

S. 118. Tübach. Die Bewilligung zur Errichtung einer eigenen Pfarrei und Trennung von Steinach ertheilte Abt Cölestin II. in St. Gallen 1742 unter der Bedingung, dass die Ortsgemeinde die Erbauung der neuen Kirche sammt Thurm, Friedhof und Pfarrhaus, sowie die würdige Ausstattung derselben mit Zierden, Geräthen und Glocken in ihren Kosten bewerkstellige und alles stets unterhalte, auch das Kirchen- und Pfrundgut gehörig sicher stelle. In Folge dessen wurde am 30. April 1744 an der Stelle der bisherigen baufälligen Kapelle der Grundstein zur Kirche gelegt und letztere am 21. August 1746 eingeweiht. (Näf, Ch. v. St. G. p. 918).

S. 119. St. Margaretha Höchst. Die Predigt bei der Grundsteinlegung der evangelischen Kirche ward am 15. Juli 1804 und diejenige bei der Einweihung am 15. Dez. 1805 gehalten. (Senn Rheinth. Urk. p. 137).

S. 120. Widnau. Michel und Marx Sittich von Hohenems bewilligen als Lehenherren der Pfarrei Lustnau am 20. Januar 1504 der Gemeinde und Bauerschaft zu Widnau einen eigenen Priester und pfarrliche Rechte bis zur Aufrichtung der rechten Separation von der Mutterkirche. (Senn Rheinth. Urk. p. 75—79).

S. 121. St. Gallen, h. Grab. Dem Walther Kuchimeister, Priester, seinem Vorfahren Andreas Mertz sel. und seinen Nachfolgern in der Pfründe des h. Grabs schuldete am 21. Februar 1461 Hans Schöbin in Bernang zwei Viertel guten Rheinthalerweins ab seinem Weingarten daselbst. (Senn Rheinth. Urk. p. 37—39).

S. 122. Schloss Wartegg. Im Jahr 1717 stiftete der Freiherr Fidel von Thurn eine Kaplaneipfründe zu Wilen, als Schlosskapelle von Wartegg, zu EhrenSt. Maria von Loretto. (Näf Ch. v. St. G. p. 973).

S. 129. **Schloss Wartensee.** Die Kapelle desselben wurde erst 1777 hergestellt und von Abt Beda (1767—1796) eingeweiht. (Näf Ch. v. St. G. p. 978).

S. 130. **Montlingen, St. Anna.** Dem Pfleger dieser Kapelle verkauft am 11. Nov. 1658 Jakob Zäch, genannt Schniderli, einen Pfenningzins von 2 fl. 5 Btzn. 1 Krzr. ab seinem Stück Acker im Eichwieser Feld um fl. 47. (Senn Rheinth. Urk. p. 109 u. 110).

S. 151. **Heiden und Wolfhalden.** Die gänzliche Auslösung der Ansprüche beider Gemeinden an die Kirche zu Thal und ihre Güter erfolgte erst 1809 mittelst Bezahlung von fl. 3000 an jede derselben. (Näf Ch. v. St. G. p. 852).

S 154. **Appenzell.** Johannes Lener, genannt Hess, wird am 26. Januar 1513 von Abt Franz in St. Gallen als Frühmesser des Altars der h. Maria beeidigt. (Gedr. Doc. v. St. G.)

S. 167 u. 168. **Affeltrangen.** Der Leutpriester Hu. ist schon 1238 Zeuge. (Mitth. d. a. G. i. Z. VIII. Beil. 86).

S. 176. **Fischingen.** Erst um das Jahr 920 finden sich Spuren von einem Kloster daselbst. Anfangs führten seine Vorsteher nur den Namen Pröpste, der fünfte Propst wurde zum ersten Abte erhoben. Vom zweiten Abt Albert wird gemeldet, dass er 972 gestorben sei. (Pupikofer Gesch. d. Th. I. p. 100).

S. 178. **Wattwil.** St. Felix und Regula kommen 1344 als Schutzheilige dieser Pfarrkirche vor. (Näf Ch. v. St. G. p. 979 aus einem Toggenb. Urbar).

S. 179. **Niederhelfenschwil.** Der Pfarrer (1397 Jodocus Winfelder) beschwor 1275 ein Einkommen von 5 M. S. aus seiner Kirche. (Gedr. Doc. v. S. G. — Freib. D. A. I. p. 166 u. 216).

S. 188. **Lütisburg.** Den dortigen Kirchensatz überlässt laut Verkommniss vom 2. April 1275 Graf Diethelm von Toggenburg seinem Oheim, Graf Friedrich. (Urk. in d. antiq. Sammlg. in Zch.)

S. 189. **Kirchberg.** Graf Friedrich von Toggenburg bewilligt am 28. Juni 1423 den Verkauf eines Hofes zu Gunsten des Kirchenbaues in Kirchberg und der Stiftung eines ewigen Lichts daselbst. (Stiftsarchiv St. G.)

S. 190. **Mogelsberg.** Gemäss einem Verkommniss vom 2. April 1275 erhält Graf Friedrich von Toggenburg von seinem Neffen Diethelm den Kirchensatz zu Mogelsberg. (Urk. in d. antiq. Sammlg. in Zch.)

S. 192. **Mosnang.** Der Leutpriester H. ist Zeuge 1238. (Mitth. d. a. G. i. Z. VIII. B. 86).

S. 195. **Zutzwil.** An der Stelle der alten St. Gallus Kapelle wurde 1662 auf einem anmuthigen Hügel eine neue Kirche gebaut und im nämlichen Jahr zu Ehren St. Josephs eingeweiht. (Näf Ch. v. St. G. p. 1070 aus Wägeli's Msc. St. B. St. G.)

S. 199. **Wil, Beinhaus.** Hier liegen Grabsteine mit den Wappen der von Landenberg, von Thurn, von Castell u. A., welche zu Wil verbürgert waren. (Näf Ch. v. St. G. p. 1061).

S. 199. **Wil.** Der Hof (die Pfalz) mit Kapelle und andern baulichen Zubehörden wurde 1809 an Privaten verkauft. (Ibid.)

S. 202. **Wil, Sammlung.** Hermann Kupferschmid, der junge, Bürger von Wil, stiftete schon am 29. November 1353 für sich und seine Frau Anna eine Jahrzeit daselbst. (Seller Chr. d. Stdt. Wil p. 255).

S. 258. **Dorlikon.** Der bischöfliche Generalvikar, Johannes Dahinden von Zürich, schrieb 1489 die Geschichte der Einweihung der Altäre und einer Kapelle in jenem Dorfe (Brennwald, Cat. d. Cod. Msc. d. Kt. Bibl. in Zch. C. 152).

INHALTSVERZEICHNISS.

CPSIA information can be obtained
at www.ICGtesting.com
Printed in the USA
LVHW100335230422
716647LV00008B/42

9 783752 597455